国家哲学社会科学成果文库

NATIONAL ACHIEVEMENTS LIBRARY
OF PHILOSOPHY AND SOCIAL SCIENCES

澳大利亚文学批评史

王腊宝 等著

中国社会科学出版社

作者简介

王腊宝 苏州大学教授、博士生导师，1999年在澳大利亚悉尼大学获博士学位后回国。著有《多元时空的回响：20世纪80年代的澳大利亚短篇小说研究》（2000）、《最纯粹的艺术：20世纪欧美短篇小说样式批评》（2006）等；在国内外重要学术期刊发表论文50多篇；主持并完成江苏省社科基金课题"欧美短篇小说样式理论研究"及国家社科基金课题"澳大利亚文学的批评传统"。现任全英文国际学术期刊 *Language and Semiotic Studies*（《语言与符号学研究》）主编。

《国家哲学社会科学成果文库》
出版说明

为充分发挥哲学社会科学研究优秀成果和优秀人才的示范带动作用，促进我国哲学社会科学繁荣发展，全国哲学社会科学规划领导小组决定自2010年始，设立《国家哲学社会科学成果文库》，每年评审一次。入选成果经过了同行专家严格评审，代表当前相关领域学术研究的前沿水平，体现我国哲学社会科学界的学术创造力，按照"统一标识、统一封面、统一版式、统一标准"的总体要求组织出版。

全国哲学社会科学规划办公室
2011年3月

目　　录

前言 …………………………………………………………………… (1)

第一部分　澳大利亚文学批评的崛起与民族主义

第一章　民族主义时期的澳大利亚文学批评 ………………………… (3)
第二章　A. G. 斯蒂芬斯与澳大利亚文学批评的发源 ……………… (17)
第三章　P. R. 斯蒂芬森的澳大利亚民族文化基石论 ……………… (32)
第四章　"津迪沃罗巴克运动"的本土主义诗歌观 ………………… (55)
第五章　万斯·帕尔默的"散文精神"论 …………………………… (71)
第六章　A. A. 菲利普斯与澳大利亚"文化自卑症" ……………… (92)
第七章　澳大利亚的早期左翼民族主义文学批评 ………………… (108)
第八章　朱迪思·赖特的融合主义诗学 …………………………… (126)

第二部分　澳大利亚的"新批评"与普世主义

第一章　"新批评"与澳大利亚文学 ……………………………… (153)
第二章　G. A. 维尔克斯的民族主义"迷思"批判 ………………… (175)
第三章　利昂尼·克雷默的反民族主义文学史观 ………………… (189)
第四章　文森特·巴克利的形而上诗学 …………………………… (205)
第五章　A. D. 霍普的普世文学标准论 …………………………… (216)
第六章　詹姆斯·麦考利的新古典主义诗学 ……………………… (230)

第三部分 "理论"的兴起与澳大利亚文学批评的转型

第一章 "理论"的兴起与澳大利亚文学批评 ………………………（249）
第二章 结构、解构与澳大利亚文学批评 …………………………（263）
第三章 符号学与澳大利亚文学批评 ………………………………（279）
第四章 伊恩·里德的后结构主义叙事交换理论 …………………（301）
第五章 "新左翼"、土著及移民文学批评 …………………………（319）
第六章 澳大利亚的女性主义文学批评 ……………………………（341）
第七章 澳大利亚的后殖民文学理论 ………………………………（366）
第八章 文化研究与帕特里克·怀特批判 …………………………（392）

第四部分 "理论"的消退与当代澳大利亚文学批评

第一章 "理论"的消退与澳大利亚的"文化战争" ………………（409）
第二章 多萝西·格林的早期后现代"理论"批判 ………………（423）
第三章 "德米丹科事件"中的"文化战争" ……………………（438）
第四章 戴维·威廉森的《死白男》与"文化战争" ……………（450）
第五章 澳大利亚后现代小说与"文化战争" ……………………（460）
第六章 "理论"之后的澳大利亚文学批评走向 …………………（475）

参考文献 ……………………………………………………………（505）

索引 …………………………………………………………………（531）

后记 …………………………………………………………………（545）

Contents

Introduction ··· (1)

Part One The Roots of Australian Literary Criticism and the Nationalist Movement

1. Australian Literary Criticism in the Age of Nationalism ············· (3)
2. A. G. Stephens and the Beginnings of Australian Literary Criticism ··· (17)
3. P. R. Stephensen and "the Foundations of Culture" in Australia ·· (32)
4. The Jindyworobak Movement and Nativism in Australian Poetry ··· (55)
5. Vance Palmer and "the Spirit of Prose" in Australian Literature ·· (71)
6. A. A. Phillips and the "Cultural Cringe" in Australian Literature ·· (92)
7. The Old Left and Its Engagement with Nationalism ················ (108)
8. Judith Wright and Her Integrationist Poetics ··························· (126)

Part Two Australian New Criticism and Its Universalist Aesthetics

1. The New Criticism and Australian Literature ·························· (153)

2. G. A. Wilkes' Critiques of Nationalist Myths ·················· (175)
3. Leonie Kramer's Anti-Nationalist History of Australian
   Literature ··· (189)
4. Vincent Buckley's Metaphysics for Australian Poetry ········ (205)
5. A. D. Hope's Universalist Literary Standards ················· (216)
6. James McAuley's Neo-Classicist Approach to Poetry ·········· (230)

Part Three The Rise of Theory and New Paradigms in Australian Literary Criticism

1. Theory and Australian Literary Criticism ····················· (249)
2. Structuralism and Deconstruction in Australian Literary
   Criticism ··· (263)
3. Semiotics and Australian Literary Criticism ·················· (279)
4. Ian Reid's Poststructuralist Theories of Narrative Exchange ········ (301)
5. Critical Endeavors from the New Left, the Aborigines and
   the Migrants ·· (319)
6. Australian Feminist Literary Criticism ······················· (341)
7. Postcolonial Literary Criticism in Australia ·················· (366)
8. Cultural Studies and Simon During's Critique of Patrick
   White ·· (392)

Part Four The Fall of Theory and Contemporary Australian Literary Criticism

1. The Fall of Theory and the Australian Culture Wars ·············· (409)
2. Dorothy Green's Early Objections to Theory ··················· (423)
3. The Culture Wars in the Demidenko Affair ···················· (438)
4. David Williamson's *Dead White Males* and the Australian
   Culture Wars ·· (450)

5. Theory and Postmodern Fiction in Australia ·················· (460)
6. New Orientations of Australian Literary Criticism in the
   Post-Theory Epoch ··· (475)

References ··· (505)

Index ·· (531)

Postscript ··· (545)

前　言

一

作为前英殖民地，澳大利亚的文学批评是一个复杂的概念。从 19 世纪开始，澳大利亚文学批评一直包括三方面内容，第一方面是澳大利亚人对于国外文学的评论，比较有代表性的有澳大利亚诗人 A. D. 霍普（A. D. Hope）的《洞穴与涌泉：诗歌论随笔集》（*The Cave and the Spring*：*Essays on Poetry*, 1965）、澳大利亚文学教授 S. L. 戈尔德伯格（S. L. Goldberg）的《古典秉性》（*The Classical Temper*）、澳大利亚诗人文森特·巴克利（Vincent Buckley）的《诗歌与道德》（*Poetry and Morality*）和澳大利亚文学教授 D. C. 缪易克（D. C. Muecke）的《反讽指南》（*The Compass of Irony*）；第二方面是外国人对于澳大利亚文学的批评，比如英国人弗兰西斯·亚当斯（Francis Adams）对于亚当·林赛·戈登（Adam Lindsay Gordon）、英国人爱德华·加尼特（Edward Garnett）对于亨利·劳森（Henry Lawson）、美国人哈特利·格拉屯（Hartley Grattan）对于约瑟夫·弗菲（Joseph Furphy）的评论；第三方面才是澳大利亚人对于本国文学的评论，在整个澳大利亚的文学批评当中，这一类的文学批评只占一部分。长久以来，在澳大利亚，批评家对于莎士比亚的阅读和批评兴趣远超过对于任何一个本土作家，所以我们在讨论澳大利亚文学批评时必须充分认识到，很多澳大利亚的文学批评家并非只管澳大利亚文学，他们中的绝大多数人对于英美和欧洲文学有着同样大的兴趣。[1]或许正因为这一原因，澳大利亚文学批评从一开始就存在两种价

---

[1] Brian Kiernan, *Criticism*, Melbourne: Oxford University Press, 1974, pp. 3 – 4.

值体系之间的矛盾,一方面是对于建构民族文学的高涨热情,另一方面是立足世界文学经典对澳大利亚文学所作的冷眼旁观。从某种意义上说,这对矛盾构成了澳大利亚最核心的文化传统。

关于澳大利亚文学的批评历史最早可以追溯到19世纪中叶,1856年,弗雷德里克·西尼特(Frederick Sinnett)通过《澳大拉西亚杂志》(*Journal of Australasia*)发表文章,他在文章中就当时可见的澳大利亚本土小说和英国时下畅销的小说创作进行比较,针对澳大利亚文学的本土特征和普世价值之间的关系破天荒地提出了自己的思考。西尼特不是一个专职从事文学研究的批评家,更没有把自己看作专门从事澳大利亚文学研究的专家,所以,在澳大利亚,大家心目中普遍公认的第一个文学批评家不是他,而是活跃于19世纪90年代的A. G. 斯蒂芬斯(A. G. Stephens),斯蒂芬斯长期在《公报》(*The Bulletin*)的"红页"(Red Page)担任文学编辑,由于这个原因,他把文学批评当成自己的全部工作,所以有人认为,斯蒂芬斯为澳大利亚的文学批评做出了开天辟地的贡献,因为在他之后,文学批评在澳大利亚成了可供专门从事的体面职业。[①]在斯蒂芬斯之后,以文学批评为职业的澳大利亚文学批评家在很长一段时间里并没有大量地出现。相反,在很长一段时间里,文学批评作为一种文学活动仍然相当匮乏。20世纪20年代,万斯·帕尔默(Vance Palmer)有感于澳大利亚文学批评的缺失,连续撰文为建构澳大利亚自己的文学批评大声疾呼,希望通过文学批评的推广来推动澳大利亚民族文学的健康发展。[②]后世的澳大利亚文学史家喜欢把斯蒂芬斯和帕尔默所代表的那个时代称作澳大利亚文学批评的民族主义时代,一般认为,这期间涌现的其他民族主义批评家还有耐蒂·帕尔默(Nettie Palmer,万斯·帕尔默的妻子)、A. A. 菲利普斯(A. A. Phillips)以及P. R. 斯蒂芬森(P. R. Stephensen)等人,民族主义时期的澳大利亚文学批评并没有形成一个大家公认的理论体系。此外,以"津

[①] David Carter, "Critics, Writers, Intellectuals: Australian Literature and Its Criticism", in David Carter & Wang Guanglin, eds., *Modern Australian Literary Criticism and Theory*, Qingdao: China Ocean University Press, 2010, pp. 75 – 76.

[②] Vance Palmer, "The Spirit of Prose", *Fellowship*, VII, No. 10, 1921: 151 – 152; "The Missing Critics", *The Bulletin*, 26 July (1923): Red Page; "The Writer and His Audience", *The Bulletin*, 8 Jan. (1925): Red Page.

迪沃罗巴克运动"（the Jindyworobak Movement）为代表的民族主义文学运动虽然得到了不少批评家的支持，但是，这场运动所追求的本土主义方向到50年代以后便受到了来自澳大利亚主流文学界的强力抵制和批判。

从20世纪50年代初到70年代中叶，澳大利亚文学和文学批评在民族主义和"新批评"的博弈中进入了大学学院，但是，在澳大利亚文学步入学院的过程中，民族主义批评在"新批评"的巨大影响之下被一卷而空，在一种利维斯式的"伦理形式主义"（ethico-formalism）批评的主导下，澳大利亚文学研究进入了一个体制化和学院化的阶段。1956年，A. D. 霍普在《公报》杂志上撰文严正提出"澳大利亚文学的标准"[①] 问题，该文立足普世主义主张，对本土的民族主义的批评立场进行了无情的抨击。此后，格雷汉姆·约翰斯顿（Grahame Johnston）主编出版《澳大利亚文学批评文集》（*Australian Literary Criticism*，1962），该书以明确无误的立场宣告了澳大利亚"新批评"的到来。伴随着"新批评"的到来，批评成了澳大利亚文学界高度关注的话题。1967年，克莱蒙特·森姆勒（Clement Semmler）主编出版批评文集《20世纪澳大利亚文学批评》。1969年，约翰·巴恩斯（John Barnes）主编出版批评文集《澳大利亚作家：一组文学文献1856—1964》。1970年，悉尼大学集中了一批在一次联合国教科文组织研讨会上提交的澳大利亚文学批评论文，并以"文艺批评"为题将其出版。1974年，布莱恩·基尔南（Brian Kiernan）以"批评"（*Criticism*）为题撰写出版首部澳大利亚文学批评简史，该书以47页的篇幅简明而精到地介绍了截止到20世纪70年代澳大利亚出现的最优秀的文学批评著述，勾勒出了澳大利亚批评从无到有的发展历程。[②]

70年代后期，随着新一代澳大利亚文学批评家的崛起，"新批评"作为主导澳大利亚文学研究的批评范式走到了尽头，一批年轻的批评家先后撰文，系统反思澳大利亚文学批评的新方法和新路径，同时为澳大利亚文学批

[①] A. D. Hope, "Standards of Australian Literature", *Authority and Influence: Australian Literary Criticism 1950–2000*, Delys Bird, et al. eds., St. Lucia, Qld.: University of Queensland Press, 2001, pp. 3–5.

[②] Grahame Johnston, ed., *Australian Literary Criticism*, Melbourne: Oxford University Press, 1962; Clement Semmler, ed., *Twentieth Century Australian Literary Criticism*, Melbourne: Oxford University Press, 1967; John Barnes, *The Writer in Australia: A Collection of Literary Documents 1856–1964*, Melbourne: Oxford UP, 1969; *Criticism in the Arts by Australian Unesco Seminar University of Sydney 1968*, Canberra: Australian National Advisory Committee for Unesco, 1970; Brian Kiernan, *Criticism*, Melbourne: Oxford University Press, 1974.

评的革新大声疾呼。有人呼吁在不同前殖民地国家之间采用一种跨国的比较文学方法重新定位澳大利亚文学批评[1]，有人主张借鉴国外理论启动一种更为激进的澳大利亚文学批评[2]，有人提出立足殖民经验建构属于自己的澳大利亚文学理论[3]，部分女批评家主张学习英、美和法国的女性主义文学批评，关注土著文学创作的批评家主张启动澳大利亚的土著文学批评，关注移民写作的批评家呼吁立足多元文化经验建构一种澳大利亚的多元文化主义批评[4]。真可谓异彩纷呈的70年代！80年代初期，欧美结构主义和后结构主义理论几乎同时登陆澳洲，它们与70年代在澳大利亚本土兴起的马克思主义、女性主义、后殖民理论一起完成了澳大利亚文学批评的"理论"转向。对于20世纪七八十年代的澳大利亚文学批评中的新变化，许多批评家都给予了高度的关注，罗伯特·达比（Robert Darby）在他的《堡垒批评的衰落》一文中对澳大利亚"新批评"的轰然倒塌给予了评价[5]，迪特·里门斯奈德（Dieter Riemenschneider）在他的《澳大利亚文学批评：批评范式的变迁？》一文中对包括移民文学和土著文学批评在内的一些新的澳大利亚文学批评潮流给予了充分的肯定[6]，维罗妮卡·布雷迪（Veronica Brady）在其《批评问题》一文中结合80年代日益时髦的电影研究、通俗文化研究和妇女

---

[1] Ian Reid, "Australian Literary Studies, the Need for a Comparative Method", *New Literatures Review*, 6 (1979): 34 – 39.

[2] Michael Wilding, "Whither 'Australian Literary' Studies", *Pacific Quarterly Moana*, 4.4 (1979): 446 – 462.

[3] Bill Ashcroft, "The Function of Criticism in a Pluralistic World", *New Literatures Review*, 3 (1977): 3 – 14; "Postscript: Towards an Australian Literary Theory", *New Literature Review*, 6 (1979): 45 – 48.

[4] Drusilla Modjeska, *Exiles at Home: Australian Women Writers 1925 – 1945*, Sydney: Angus & Robertson, 1981; Shirley Walker, *Who Is She? Images of Woman in Australian Fiction*, St. Lucia: University of Queensland Press, 1983; Carole Ferrier, *Gender, Politics and Fiction: Twentieth Century Australian Women's Novels*, St. Lucia: University of Queensland Press, 1985; J. J. Healy, *Literature and the Aborigine in Australia 1770 – 1975*, St. Lucia: University of Queensland Press, 1978; Adam Shoemaker, *Black Words, White Page: Aboriginal Literature 1929 – 1988*, St. Lucia: University of Queensland Press, 1989; Mudrooroo Narogin, *Writing from the Fringe: A Study of Modern Aboriginal Literature*, Melbourne: Hyland House, 1990; Sneja Gunew, "Migrant Women Writers: Who's on whose margins?", *Meanjin*, 42.1 (March 1983): 16 – 26.

[5] Robert Darby, "The Fall of Fortress Criticism", *Overland*, 102 (1986): 6 – 15.

[6] Dieter Riemenschneider, "Literary Criticism in Australian: A Change of Critical Paradigms?", in Giovanna Capone, ed., *European Perspectives: Contemporary Essays on Australian Literature*, St. Lucia, Queensland: University of Queensland Press, 1991, pp. 184 – 201.

研究，指出80年代澳大利亚文学批评在西方马克思主义、法国符号学以及文化批评的影响下日益与社会学融合的跨学科倾向①。

20世纪80年代或许是澳大利亚批评史上的一个黄金时代。在"理论"的影响下，一大批批评家努力探索澳大利亚本土文学批评的革新道路，其中对澳大利亚文学影响最大的是女性主义批评，此外，土著文学批评、少数族裔（亦称多元文化主义）文学批评以及后殖民理论也是80年代引人注目的焦点，它们先后推出了一大批的研究成果。80年代的澳大利亚文学批评的共同特点在于理论化和政治化，此时的澳大利亚文学批评与激进的政治结缘，形成了澳大利亚文学批评史上前所未有的强大的文化批判巨潮，在无数激烈的论争和立场交锋中，澳大利亚文学批评的影响从学院漫溢到了整个澳大利亚社会，吸引了无数国民的目光，也引起了世界范围的关注。

从方法论上说，始于20世纪七八十年代的澳大利亚女性主义批评、土著文学批评、移民文学批评和后殖民理论共有一种批判的特征，他们立足自身经验批判男权主义和狭隘的民族主义和殖民主义，从80年代进入澳大利亚的欧美结构主义和解构主义"理论"中，他们汲取了精神灵感和理论武装，共同形成了一股浩浩荡荡的"文化研究"队伍，为澳大利亚文学拓展了空间，也指出了新的方向。纯粹意义上的澳大利亚的"文化研究"是在德国法兰克福学派、英国伯明翰大学学派和美国文化研究等的共同影响下形成的，格雷姆·特纳（Graeme Turner）在《民族、文化、文本：澳大利亚文化和媒体研究》(*Nation, Culture, Text: Australian Cultural and Media Studies*)一书的导言中指出，澳大利亚的文化研究与英国相比没有后者那么明确的神话般的起点，更没有形成什么具有标志性的组织机构，如果说澳大利亚的"文化研究"成果还比较显著的话，那么从组织上说，研究者还处在比较分散的状态下。不过，他同时承认，澳大利亚的"文化研究"也并非完全没有先兆，例如，80年代前后，澳大利亚各地创办的《竞技场》(*Arena*)、《干预》(*Intervention*)、《澳大利亚电影理论》(*the Australian Journal of*

---

① Veronica Brady, "Critical Issues", in Laurie Hergenhan, ed., *The Penguin New Literary History of Australia*, Ringwood, Vic.: Penguin, 1988, pp. 467–474.

Screen Theory)、《澳大利亚文化研究》(*the Australian Journal of Cultural Studies*)等期刊,各届联邦政府对于文化产业的巨额投资以及由高校升格带来的高等教育的扩容等都为一种跨学科的澳大利亚文化研究准备了土壤。[1] 从高等教育的角度而言,澳大利亚"文化研究"的产生与老牌的学府没有太大的关系,按照约翰·弗洛(John Frow)的说法,早期参与澳大利亚"文化研究"的大学大多是新兴的、所谓第三代大学(如1975年才建立的默多克大学和格里菲斯大学),或者是一些高等技术学院或者高职类的文科院系,这些学校没有老牌大学的文化资本,其研究师资的教育背景与传统老牌大学聘用的教师相比相距甚远,这些学校的研究人员认为,自己立足现实开展的研究较之老牌大学里的学者所从事的研究更加贴近澳大利亚社会和文化。20世纪90年代,正是在这样的社会和历史背景之下,"文化研究"如同一阵春风迅速崛起,并很快吹遍了澳大利亚,在其影响下,一些著名的老牌学府纷纷响应,使一种总体上的"文化研究"得以成为20世纪末澳大利亚文坛最具冲击力的思想潮流之一。[2]

澳大利亚"文化研究"的最大特点是它对长期以来主导澳大利亚主流文学和文化的保守势力发动的毫不留情的攻击。或许正是因为80年代澳大利亚文学批评的文化自省和批判锋芒深刻地触痛了澳大利亚主流社会的核心价值和利益,90年代的澳大利亚批评界出现了一股强劲的反"理论"思潮,美国保守派理论家艾伦·布鲁姆(Allan Bloom)的《封闭的美国心灵》(*The Closing of the American Mind*, 1987)、E. D. 赫施(E. D. Hirsh Jr.)的《文化素养》(*Cultural Literacy*, 1987)、阿尔文·柯南(Alvin Kernan)的《文学之死》(*The Death of Literature*, 1990)以及哈罗德·布鲁姆(Harold Bloom)的《西方正典》(*The Western Canon*, 1995)著作先后传入澳大利亚,并迅速成为澳大利亚保守势力的理论武器。在澳大利亚,路克·斯拉特里(Luke Slattery)和杰弗里·马斯伦(Geoffrey Maslen)等人不仅通过《澳

---

[1] Graeme Turner, "Introduction: Moving the Margins: Theory, Practice and Australian Cultural Studies", in Graeme Turner, ed., *Nation, Culture, Text: Australian Cultural and Media Studies*, London: Routledge, 1993, pp. 4–5.

[2] John Frow, "Australian Cultural Studies: Theory, Story, History", in *Modern Australian Criticism and Theory*, eds. David Carter & Wang Guanglin, 2010, p. 106.

大利亚人报》（*The Australian*）连篇累牍地撰文批判"理论"，还于1994年出版了《我们的大学为何衰落》一书，他们在这些著述中以最激烈的言辞对"理论"提出了严厉的批评。①此外，彼得·克雷文（Peter Craven）和约翰·弗洛等也都对80年代的"理论"给予了不同程度的指责，他们以澳大利亚经典文化的捍卫者身份自居，扬言为了维护澳大利亚社会的传统道德和核心价值而与腐朽的"理论"抗争。在他们的影响下，澳大利亚文坛和批评界一时间风气急转，在一片保守的声浪中，"文化研究"的各个批评流派都不同程度地受到了指责。此时，澳大利亚的文坛也争议不断，其中最广为人知和轰动一时的大案包括海伦·加纳（Helen Garner）的《第一石》（*The First Stone*）案②、海伦·德米丹科（Helen Demidenko）的小说《签署文件的手》③获迈尔斯·弗兰克林奖（Miles Franklin Award）案，以及马德鲁鲁·纳罗金（Mudrooroo Narogin）等众多土著作家的身份案。④

不过，90年代的澳大利亚文学批评并没有因为这些激烈的论争而停滞，除了女性主义、后殖民、土著文学、移民文学批评之外，世纪末的澳大利亚文学批评中至少出现了另外两种新的趋势，一个是对于文学体制的文化史研究⑤，另一个则是立足于一种跨国的视角对澳大利亚文学进行的重新审视。⑥前者一改80年代文化批判的负面特征，转而以一种全新的正面的态度考察文学的传记、文学出版和阅读史、文学教育史、文学批评史、文学经典形成史的研究，这种研究不乏经典解构者的犀利，但更多了一份历史的厚重感；后者在后殖民理论的基础上将澳大利亚文学置于世界文学的语境中探究，从狭隘的文化民族主义中走出来，研究澳大利亚作家的跨国别和跨文化经验对于他们的创作、出版以及翻译方面的巨大影响。上述两个方向的一个共同特

---

① Luke Slattery & Geoffrey Maslen, *Why Our Universities Are Failing: Crisis in the Clever Country*, Melbourne: Wilkinson Books, 1994.
② Helen Garner, *The First Stone: Some Questions about Sex and Power*, Sydney: Picador, 1995.
③ Helen Demidenko, *The Hand that Signed the Paper*, St. Leonards, NSW: Allen & Unwin, 1994.
④ Ken Gelder & Paul Salzman, *After the Celebration: Australian Fiction 1989 – 2007*, Melbourne: Melbourne University Press, 2009: 55 – 57.
⑤ David Carter, "Critics, Writers, Intellectuals: Australian Literature and Its Criticism", in David Carter & Wang Guanglin, eds., *Modern Australian Literary Criticism and Theory*, 2010, pp. 87 – 88.
⑥ Robert Dixon, "Australian Literature and the Global Dimensions of Globalization", in David Carter & Wang Guanglin, eds., *Modern Australian Literary Criticism and Theory*, 2010, pp. 115 – 138.

点是经验性，这种经验性研究在传统的文学批评中或许会因为其高度的繁琐而难以深入贯彻，但是，随着21世纪的数字和互联网技术的发展和推进，一种数字化的经验主义（e-empiricism）研究在澳大利亚逐渐蔚然成风。

二

从19世纪末到21世纪初，澳大利亚文学批评的历史不过120多年，所以，相对于英国这样的老牌文学批评大国，似乎很难奢谈什么"澳大利亚文学的批评传统"。但是，从20世纪70年代开始，澳大利亚批评界开始以不同的方式反思自己的批评传统，先是布莱恩·基尔南在他的《批评》一书中梳理澳大利亚文学批评从萌芽到20世纪70年代的发展脉络。最早明确以"澳大利亚批评传统"为题讨论澳大利亚文学批评的批评家是帕特里克·巴克里奇（Patrick Buckridge），在一篇题为《思想运动与澳大利亚批评传统》的文章中，他系统梳理了1945—1975年间澳大利亚批评中的自由主义、保守主义和左翼传统。[1]在巴克里奇之后，戴维·卡特（David Carter）以"批评家、作家、知识分子：澳大利亚文学及其批评"为题撰文考察了澳大利亚文学的批评发展脉络。[2]此后，戴利斯·伯德（Delys Bird）等人在一部题为《权威和影响》的文选中系统考察了1950—2000年间的批评情况。[3]从这些著述中我们不难看见澳大利亚批评界认真梳理自身文学批评传统的努力。

讨论澳大利亚的文学批评传统，人们可以选择不同的视角和立足点，如果我们站在21世纪之初回望澳大利亚文学批评的演进史，我们可以清楚无误地看到由民族主义、"新批评"、"理论"和新经验主义先后形成的四个时代，对于澳大利亚文学的批评历史来说，上述每一个时代都为澳大利亚的文学批评留下了极其珍贵的传统遗产，例如，民族主义坚持文学批评应当立足

---

[1] Patrick Buckridge, "Intellectual Authority and Critical Traditions in Australian Literature", in Brian Head & James Walter, eds., *Intellectual Movements and Australian Society*, Melbourne: Oxford University Press, 1988, pp. 188–213.

[2] David Carter, "Critics, Writers, Intellectuals: Australian Literature and Its Criticism", in David Carter & Wang Guanglin, eds., *Modern Australian Literary Criticism and Theory*, 2010, pp. 87–88.

[3] Delys Bird, Robert Dixon & Christopher Lee, eds., *Authority and Influence: Australian Literary Criticism 1950–2000*, St. Lucia, Queensland: University of Queensland Press, 2001.

本土文学经验,"新批评"主张文学批评应弘扬文本的"细读"精神,同时树立超越民族和国别界限的普世标准,"理论"倡导融合语境分析和形式批评的文化研究,新经验主义主张融合先进的数字和网络技术对传统文学进行大范围的跨国别、跨学科和跨体制的研究。除此之外,澳大利亚的左翼文学批评、土著文学批评和移民文学批评等也在经过一段时间的发展和积累之后形成了自己传统。总之,历经了一百多年的澳大利亚文学批评为未来留下了丰富而弥足珍贵的传统遗产,为澳大利亚文学和澳大利亚文学批评的进一步发展打下了坚实的基础。

澳大利亚文学是较具典型意义的后殖民文学,所以,在讨论澳大利亚的文学批评史时,很容易看到一份别的国别文学中不常看见的纠结,从某个角度说,那是一份关于何为文学性的纠结,换一个角度看,这份纠结更在于如何处理澳大利亚民族文学和普世性的世界文学之间的关系。什么是文学性?文学性究竟是民族的,还是世界性的?众所周知,所谓文学性的问题,其实还是一个关于文学如何界定的问题。"文学是什么?"英文中的 literature 一词源自拉丁文的 *littera*,意思是"字母",换句话说,文学最早的意思是"文字",根据这个词源,文学的定义应该是广义的,广义的文学包括一切以文字的形式出现的书面写作。一般认为,这个界定足够宽泛到包罗万象的程度,但是,以今日的立场观之,它毫无道理地把口头文学排除在外,所以并不是一个可以被大家普遍接受的定义。还有一种文学观认为,文学应该是一种艺术,一部文学作品不管它是口头的还是书面的,只要它充分显示出创作者的想象力和创造力就可以被称为文学,持这种观点者引用德文中的 *Wortkunst* 一词说明,文学的最根本要素在于想象力和创造力的展示,所以真正称得上文学的应该是包括诗歌、戏剧、小说以及其他虚构类创作。狭义的文学定义同样受到许多人的质疑,质疑者们认为,仅凭想象判定文学有可能把美国歌星麦当娜的《性》和饶舌(rap)歌词都当成文学,而那样做是非常不妥当的。[①]

在 20 世纪西方文学批评中首次提出文学性这一概念的是俄罗斯形式

[①] Charles E. Bressler, *Literary Criticism: An Introduction to Theory and Practice* (2nd ed.), New Jersey: Prentice-Hall, Inc., 1999, p.10.

主义批评。俄罗斯形式主义理论家们认为，文学研究不是二流的民族志或历史，而是一种以文学为研究对象的独立科学，所谓形式主义批评既非一种美学理论，更不是一种方法，它试图构建一种专门研究文学的文学科学，形式主义批评家关心的第一个问题不是如何研究文学，而是文学研究究竟应该研究些什么。俄国形式主义认为，传统的表现主义和现实主义文学观多多少少都存在不少问题，因为如果文学文本仅仅是作者思想或者现实表征的工具，那么文学本身所具有的特征势必被忽略，例如，如果把文学作品看作作家个性的表现，那么文学研究最终必然会变成传记和心理学研究，把文学简单地看作现实世界的一种反映最终一定将文学研究推向历史、政治和社会学研究，就连象征主义对于文学的界定终究还是会把文学研究引向艺术之外，引向认识论和心理学。形式主义认为，如果文学呈现事实，那么它区别于其他呈现方式的特质在于它的陌生化，艺术的最大特点在于，它给人们一种关于生活和经历的还原了的新鲜感，艺术化的舞蹈让人们对步行有了一种新的感受，在日常生活中，我们使用语言时，习惯让一切成了自动的程序，但当我们听到诗歌时，我们对于语言的物理特性又恢复了一种形式上的感知。形式主义在这个基础上形成了自己的文学观。

在20世纪西方文论中，另外一个十分关注文学特异性的流派是英美"新批评"。作为英美"新批评"的主要思想来源之一，F. R. 利维斯（F. R. Leavis）的文学观在"新批评"的早期传播中影响很大。作为20世纪文学批评中里程碑式的人物，利维斯最早在他的论述中指出，文学研究应该与文化史的研究以及文明的保护联系在一起，文学批评应着力保护日益受到威胁的弱势文化，文学批评家应该努力通过最优秀的文学阅读不断提高自己的感悟力和生命力，努力培养自己的聪颖和细致入微地洞察世事的洞察力，与此同时，还必须培养一种手术刀般的鉴别力，以帮助他们判断哪些作品不具备上述特点。在利维斯看来，批评家不只是文学家亦步亦趋的跟屁虫，批评家的任务是拯救文明，保持传统的活力，文学批评的根本任务在于文化评价。在探求文学性的时候把注意力集中于文本之上，虽然他们实践了一种名副其实的"实用批评"（practical criticism），但跟所有的"新批评"家们一样，他们假设一个文学文本传达一个时代的某种精神，所以文本细读和分析是手段，目的是要在文本中找出他们认为可以代表那种精神的细节，例如，他们在安德鲁·马维尔（Andrew Marvell）的诗歌中努力找寻17世纪早期文明的精细，在乔治·艾略特和D. H. 劳伦斯的作品中寻求英国农业社会留存下来的价值和美德。利维斯和"新批评"家们认为，最优秀的文学不仅是文学技巧和手段的精妙，它更展示一个时代精神中最有价值的东西。[①]

文学究竟是什么？对于这个问题，文学理论界至今依然是仁者见仁智者见智。俄国形式主义借助形式陌生化来界定文学性着力于一种普遍性的总结，利维斯关于文学承载时代文化和文明精神的观点把文学性与民族性更多地联系在了一起。那么，所谓的文学性究竟是民族性的，还是世界性的呢？针对上述问题，不同时代的澳大利亚批评家给出了非常不同的回答，澳大利亚早期的民族主义文学主张唯有民族的才是世界的，主张普世主义的"新批评"认为只有符合世界性标准的文学才算得上真正的文学。70年代后期，在西方"理论"和左翼思潮的影响之下，一种新民族主义在澳大利亚迅速回潮，在这种思潮的影响下，一大批澳大利亚文学评论家对"新批评"展开了猛烈的攻击，在他们看来，那种普世主义的形而上文学判断根本不值一驳，他们不仅挑战民族主义，也挑战一切形式的普世主义。不论是土著文学、女性主义文学，还是后殖民文学、移民文学批评，他们大多立足比民族观念更具体的自我身份定位，对传统民族主义和普世主义抱着深刻的敌意，他们在文学批评中为自己设定的一个首要任务是开放经典，在这一诉求的背后是他们对现有一切民族经典的深刻质疑和批判，不论是女性主义，还是土著文学，不论是移民批评，还是后殖民理论，他们所要着力揭示的是一切现有民族文学经典中的问题和矛盾，批判这些经典背后暗含的主流文化和意识形态。

从民族性和世界性的角度去观察澳大利亚文学批评的发展历史有其独到的优势，但是，如果对70年代之后的澳大利亚文学批评给予更多的关注，那么整天纠结于不同批评家对于文学性的定义则显得很不足了。从事澳大利亚文学的批评传统研究还可以有许多不同的视角，例如，约翰·多克（John

---

① David Robey, "Anglo-American New Criticism", in Ann Jefferson & David Robey, eds., *Modern Literary Theory: A Comparative Introduction* (2nd ed.), New York: Barnes & Noble, 1987, pp. 70–91.

Docker)的《批评情境》和帕特里克·巴克里奇的《思想运动与澳大利亚批评传统》可以算是一种思辨性的研究，布莱恩·基尔南的《批评》、维罗妮卡·布雷迪的《批评问题》、戴利斯·伯德等人的《权威和影响：澳大利亚文学批评 1950—2000》[1] 可以算另外一种断代的描述性研究。本书立足澳大利亚文学批评的四个不同时代，选择一种范式描述方法，我们认为，一百多年的澳大利亚文学批评史上曾经出现了多个批评范式，对它们分别进行描述对于我们很好地认识澳大利亚文学批评的发展历程无疑有着重要的意义。在本书的写作过程中，我们特别针对民族主义和"新批评"时期的澳大利亚文学增加了对于一些具体批评家的考察，以期让读者通过这些个案研究获得对于这两个曾经尖锐对立的两个范式的更深入的了解。当然，澳大利亚文学批评史上曾经涌现过许许多多有影响的批评家，在 20 世纪 80 年代以前，除了我们讨论过的部分批评家之外，还有拉塞尔·沃德（Russel Ward）、约翰·巴恩斯、维罗妮卡·布雷迪、利昂·坎特里尔（Leon Cantrell）、T. 英格里斯·摩尔（T. Inglis Moore）、杰弗里·达顿（Geoffrey Dutton）、H. P. 赫索尔廷（H. P. Heseltine）、格雷汉姆·约翰斯顿、斯蒂芬·马雷－史密斯（Stephen Murray-Smith）、布莱恩·基尔南、克莱蒙特·森姆勒、杰弗里·塞尔（Geoffrey Serle）、克里斯·华莱士－克拉比（Chris Wallace-Crabbe）等都在澳大利亚的文学批评史上留下过令人难忘的印迹；80 年代之后的批评家更是数不胜数，他们中包括布鲁斯·本尼特（Bruce Bennett）、苏珊·利维尔（Susan Lever）、罗伯特·迪克逊（Robert Dixon）、雪莉·沃克（Shirley Walker）、卡罗尔·费里尔（Carole Ferrier）、帕特里克·巴克里奇、戴维·卡特、利·戴尔（Leigh Dale）、约翰·科默（John Colmer）、约翰·多克、西蒙·杜林（Simon During）、肯·杰尔德（Ken Gelder）、帕姆·吉尔伯特（Pam Gilbert）、凯里恩·哥尔斯华绥（Kerryn Goldsworthy）、斯内娅·古尼夫（Sneja Gunew）、J. J. 希里（J. J. Healy）、凯·谢菲（Kay Schaffer）、曼弗雷德·约根森（Manfred Jurgensen）、克里斯托弗·李（Christopher Lee）、布朗温·勒维（Bronwen Levy）、约翰·麦克拉伦（John McLaren）、布莱

---

[1] Delys Bird, Robert Dixon & Christopher Lee, eds., *Authority and Influence: Australian Literary Criticism 1950 – 2000*, 2001.

恩·马修斯（Brian Matthews）、德鲁希拉·莫杰斯卡（Drusilla Modjeska）、米根·莫里斯（Meaghan Morris）、马德鲁鲁·纳罗金（Mudrooroo Narogin）、苏珊·谢里丹（Susan Sheridan）、亚当·舒马克（Adam Shoemaker）、肯·斯图尔特（Ken Stewart）、伊恩·赛森（Ian Syson）、伊利莎白·维比（Elizabeth Webby）、吉莉安·惠特洛克（Gillian Whitlock）、迈克尔·怀尔丁（Michael Wilding）等等。一部完整意义上的澳大利亚文学批评史不应该完全忽略他们对于澳大利亚文学研究做出的贡献。

三

澳大利亚文学批评所走过的道路虽然与许多其他英语国家有着不少共同之处，但是，澳大利亚文学批评自有其非常独特的地方。其中之一是，以前的批评理念和实践常常并不会随着旧有的批评范式而消失，相反，它们会顽强地存在下去，并与新的批评范式做坚决的抗争，所以澳大利亚文学批评的历史从来都不是一个简单的范式更替史，的确，如巴克里奇所言，"二战"以后的澳大利亚文学批评一直存在三种传统，包括自由人文主义、左翼和保守主义，三者之间不断的角力推动了澳大利亚文学批评的发展；[①]此外，澳大利亚文学批评作为一种体制的存在较其他国家是稀薄的，由于澳大利亚人口稀少，文学读者在很长时间里更是少而又少，文学书籍的出版在很长时间内受到很多限制，从事文学批评的人数在很长时间内也不多，专门的文学理论著作难得一见，这些都给文学批评传统的积累带来不小的问题。

澳大利亚文学批评从殖民文学中走来，经历了激进的民族主义和"新批评"，更在当代西方"理论"的激荡中得到了巨大的拓展，澳大利亚文学批评在特定的澳大利亚语境中形成，如果曾经的殖民背景极大地限制了澳大利亚文学批评的发展，当代的澳大利亚文学批评在全球化的影响下形成了自己

[①] Patrick Buckridge, "Intellectual Authority and Critical Traditions in Australian Literature 1945 – 1975", in Brian Head & James Walter, eds., *Intellectual Movements and Australian Society*, 1988, pp. 188 – 213.

独有的特色，一方面，为了能获得更多的读者和反响，澳大利亚文学批评家常常不得不打破传统的学科和体制界限，在从事文学批评的同时大胆打破文学与社会的界限，在自己的文学评论中积极关注国家、种族和殖民等社会和政治论争；另一方面，积极借鉴英美等国经验，把文学批评的文本讨论与政治议题结合起来，用文学的讨论努力推动澳大利亚公共政治在土著、殖民和民族归属感等问题上的重新定位。所有这些都值得我国的外国文学工作者去认真研究和考察。

一个国家的文学批评史所反映出来的常常是它深深植根其中的文化。19 世纪的英国人马修·阿诺德（Matthew Arnold）在其《文化与无政府状态》（*Culture and Anarchy*）一书中指出，所谓文化，就是一种对于完美的追求，从事文化工作的人就是要努力将全人类最优秀的思想和最精彩的言论在全世界传播开来，以便世人尽知。在澳大利亚的文学语境中，阿诺德的话具有双重的意义，针对国内，澳大利亚文学批评作为一种文化实践活动在推进和传播澳大利亚文学的进程中长期扮演着无可比拟的重要角色。对外，澳大利亚的批评家们一方面大力向全世界推介本国的文学成就和文学思想，另一方面同时把来自世界各地，尤其是欧美等地的文学和批评理论引进给国内文坛。一个多世纪以来，澳大利亚的文学批评便是在上述的双重定位中比较好地行使着自己的职责，为本民族文学传统的形成做出了重要贡献，更为世界范围的文学思想交流付出了自己的努力。

我国学者李春青在2012年11月2日的《中国社会科学报》上撰文指出："'本土化'是国际化或全球化的伴随物。其意有二：一者，假如没有全球化或者国际化，人人依照自己的已有传统生活，也就无所谓本土化问题，所以本土化实为全球化和国际化的派生物；二者，全球化、国际化不意味着一方对另一方单向的影响，更不意味着一方对另一方的简单普及，其中必然有一个适应本土的过程，换言之，全球化、国际化是要靠本土化来实现的。因此，本土化也就是甲地的某物适应乙地环境的过程。对中国学界的情况来说，来自欧美的新理论、新方法的影响无处不在。接受影响就是本土化问题，因为按照哲学阐释学的看法，接受就意味着建构。按照现代翻译理论的观点，从一种文字翻译为另一种文字，同样是一种建构。"他认为，中国在接受西方理论的时候应注意三点原则，具体来说包括

(1) 重视历史化的研究保证对象的独特性，(2) 要学会取其神而遗其形，(3) 要以'对话'为立场。"① 在对澳大利亚文学批评史的研究中，我们始终不忘的一个重要话题正是外来思想如何登陆澳大利亚并在澳大利亚文学批评中实现本土化的。外来思想的"本土化"问题对澳大利亚文学而言历来就是一个不得不时常面对的问题，一百多年来，鉴于澳大利亚的殖民历史背景及与西方的特殊关系，包括民族主义在内的许多文学和文学批评思想最早都源自欧美，但是，它们在特定的历史时刻来到澳大利亚，为澳大利亚的文学发展提供了宝贵的思想资源，并在此过程中先后扎根，成了澳大利亚文学发展史上的本土思想力量。早期的澳大利亚文学和文学批评理念基本上都是从西方引进的，例如民族主义批评、左翼文学批评、"新批评"、结构主义、符号学以及后结构主义。与此相比较，20世纪70年代之后的女性主义和马克思主义更是一种外来思潮与本土思想融合的结果，80年代以后，澳大利亚成了世界范围内的重要理论生产力量，特别是在后殖民理论和生态批评的建构中，澳大利亚批评家为世界后殖民理论和生态批评的知识生产做出了重要的贡献。

在接受外来思潮的过程中，澳大利亚文学批评曾经表现出的另一个突出特点是时间上的滞后性（belatedness）。这一特点突出地表现在对于包括"新批评"和结构主义在内的形式批评上，但是，这种滞后性到20世纪70年代后期似乎不再那么突出，特别是到女性主义和后殖民理论崛起的时候，澳大利亚文学批评首次与整个西方知识界同步，此外，从80年代后期到90年代中叶，澳大利亚文学批评界跟西方一样经历了激烈的左翼主导的"文化研究"以及随后发生的右翼主导"文化战争"，21世纪伊始，在"文化战争"的硝烟逐渐散去的时候，澳大利亚文学批评并没有像有些人预测的那样回归经典，相反，澳大利亚批评界再次与英美等国一样启动了声势浩大的文学体制性研究和跨国文学研究，澳大利亚文学充分利用最新的网络科技，大兴"新经验主义"研究，努力立足网络为新时代的文学批评搭建大规模的数据库和其他网络基础设施，特别是在参与国际"书籍史"（History of the Book）网络平台建设方面，澳大利亚与国外同行密切合作，再一次将澳大利

---

① 李春青：《文学理论的"本土化"问题》，《中国社会科学报》2012年11月2日。

亚的文学批评和研究推向了世界的前沿。

在当今英语世界，我们研究澳大利亚文学批评史，首先自然为的是学习和了解，是要从中观察澳大利亚文学观念的变迁和特点，但更重要的是，我们应该从它的历史沿革中深入考察澳大利亚文学批评如何通过吸纳外来思想资源将自己一步步变成世界文学批评中令人尊敬的知识生产地。所谓"他山之石，可以攻玉"，澳大利亚是当今英语世界和亚太地区的一个较有影响力的国家，作为一个前殖民地国家，澳大利亚一百多年来为了建构自己的本土批评话语进行了艰苦的探索，在对外来批评观念和方法进行本土化的过程中积累了大量的经验，研究澳大利亚文学批评在过去的一百年中所走过的道路，就是要考察其在每一个时代所做出的选择对于我国的批评理论建设所具有的借鉴意义，为我国的文学批评建设贡献思想资源。本书分四个部分针对澳大利亚文学批评史上的四个时代分别展开论述，每个部分具体分成若干章（第一、三部分分八章，第二、四部分分六章），各部分第一章为概述，其余各章结合每个时期的一些有代表性的批评家的理论著述或专题分别梳理和评价，努力将各个时期最突出的文学思想和批评观念呈现在读者面前，笔者希望通过这样一个简洁明了的结构，为国内同行就这一课题更加深入地开展研究勾勒一个初步的路线图，为我国的澳大利亚文学研究不断走向深入做出一些微薄的贡献。

第一部分

澳大利亚文学批评的崛起与民族主义

第一章
民族主义时期的澳大利亚文学批评

民族主义时期的澳大利亚文学批评大体上可分为联邦和激进民族主义两个阶段,联邦民族主义批评是指盛行于19世纪90年代前后的批评风尚,A.G.斯蒂芬斯代表着这一时期的批评风格,而他供职的《公报》"红页"则是这种批评的主要发表园地;而激进民族主义批评则始于20世纪20年代,其最核心的干将包括P.R.斯蒂芬森、万斯·帕尔默和耐蒂·帕尔默夫妇和A.A.菲利普斯等人。当然,澳大利亚民族主义时期的文学批评思潮除了民族主义之外还有左翼批评,早自19世纪90年代开始,澳大利亚的左翼力量就开始融入民族主义运动之中,"一战"以后,澳大利亚的共产主义运动风起云涌,此时一大批著名的民族主义作家和批评家先后加入澳大利亚共产党,这些左翼作家以澳大利亚民族文化的守护者自居,在他们心目中,社会主义和乌托邦之类的概念与民族主义可以完全地糅合在一起。同民族主义批评一样,澳大利亚的左翼批评在20世纪30—60年代的这段时间里异常活跃;与民族主义一样,澳大利亚的左翼批评同样关注民族文学的建构和发展,特别是在激进民族主义时代,澳大利亚左翼批评思潮与民族主义批评一起照亮了一个时代。

一

自1788年首批欧洲白人移民定居澳大利亚,有书面记载的早期澳大利亚文学都是我们常说的殖民文学。一个世纪后的1888年,当白人移民为定居澳大利亚一百周年而庆祝时,澳大利亚的民族主义运动风起云涌,此时的澳大利亚文学步入了一个由殖民文学走向民族文学的转折期。1901年，澳大利亚结束分散的殖民统治，宣布建立统一的联邦国家。斯蒂芬斯生活于这样的年代，也亲眼见证了澳大利亚作为一个独立国家的成长。作为《公报》的编辑兼文学评论家，他以其异常敏锐的眼光首先提出了澳大利亚国内文学创作的标准（standards）问题，他认为，澳大利亚文学必须有自己的标准，而澳大利亚文学的标准之一应当是：澳大利亚的文学必须具有自己的民族或本土特色。

与斯蒂芬斯相比，P. R. 斯蒂芬森声称自己是被逼迫着接受民族主义思想的，在其最著名的《澳大利亚文化的基石》[①] 一书中，他以一种极端的方式表达了他对建构澳大利亚民族文化的看法。他认为，澳大利亚缺乏欧洲人那样的文化传统，也没有英国那样的当代文学，他呼吁在澳大利亚崇尚智性，大力培植一种"精细的，非轰动性的，非新闻性的澳大利亚文学"；斯蒂芬森最核心的民族主义文学思想是，澳大利亚需要一种成熟的现代化的文学，而真正的澳大利亚民族文化必须是建立在真实的澳大利亚物理环境之上的。斯蒂芬森的这种民族主义思想直接影响了澳大利亚文学史上著名的"津迪沃罗巴克运动"。[②]

严格地说，"津迪沃罗巴克运动"是一个诗歌运动，这一运动始于30年代，运动的发起者是一群白人诗人，他们的目标是推动建立属于澳大利亚人自己的民族文学。他们一方面从斯蒂芬森的著作中找到了关于建构澳大利亚民族文学的理论依据，另一方面从土著澳大利亚人的文化、思想和观念中找到了切实可行的方法。该运动的代表诗人努力通过自己的演讲、著述和诗歌创作表达立足澳大利亚本土文化抵制殖民文化入侵的决心。

在民族主义时期，万斯·帕尔默无疑是一个最重量级的人物，不仅因为他是20世纪上半叶澳大利亚文坛的一个重要作家，更因为他以自己的文学批评影响了澳大利亚的整整一代作家。他一生著述丰富，其主要批评文字散见于一大批的著作、传记、广播评论和期刊文章中。1954年，帕尔默出版

[①] P. R. Stephensen, *The Foundations of Culture in Australia*, Sydney: Miles, 1936.
[②] Brian Elliot, ed., *The Jindyworobaks*, St. Lucia, Qld.: University of Queensland Press, 1979.

了自己的代表作《传说中的 19 世纪 90 年代》①，以完整的篇幅全面表达了自己对于 19 世纪 90 年代的澳大利亚历史的看法。万斯·帕尔默夫妇认为，20 世纪 20 年代前后的澳大利亚在国家日益走向现代化的过程中同时暴露出两个突出的问题，一方面，此时的澳大利亚社会弥漫着一种异常狭隘的地方主义和殖民心态，另一方面，日益盛行的现代化和商业化严重地威胁着这个国家曾有的传统。面对这两个问题，帕尔默夫妇提出，作家应该与读者、民众以及脚下的土地形成一种鲜活的交互关系，用耐蒂·帕尔默的话说，作家与环境、作家与受众之间应该形成一种亲密的关系（intimacy）。在他们看来，19 世纪 90 年代的澳大利亚或许代表着这样一种理想的社会和文化状态，此时，作家的个体和社会的群体民主地融合在一起，自觉的文学和民间的文化共同塑造了基于丛林的澳大利亚有机社会的理想形象，但是，20 世纪的 20 年代，这样的理想状态在国家现代化的过程中逐步消失了，此时的澳大利亚作家和批评家们必须勇敢地站出来，在抵制商业化和殖民心态的同时为澳大利亚塑造一个共同的文化。万斯·帕尔默认为，弘扬民族主义并非要颂扬一种农牧传统，而是要努力建立一种现代民主制度，要了解澳大利亚独有的文化，现实主义的长篇小说便是这种文化最典型的现代表达，因为在长篇小说中，个体和社会的情感表达常常能得到融合，理想的长篇小说在他看来最能反映澳大利亚最理想的民族文化，这种立足民族主义的样式选择在同时代的民族主义批评家中得到了强烈的共鸣。

  A. A. 菲利普斯 1900 年出生于澳大利亚墨尔本的一个律师世家。菲利普斯的文艺观主要见于《澳大利亚传统：殖民文化研究》②，他的文学思想还散见于他在不同报刊上发表的文章中，其中包括知名刊物《公报》、《米安津》（*Meanjin*）、《陆路》（*Overland*）和《南风》（*Southerly*）。他反对殖民心态，在一篇短文中，他用"文化自卑"（cultural cringe）来描述澳大利亚的殖民心理，主张澳大利亚文学批评秉持民族主义立场，努力从殖民主义阴影中摆脱出来。在其漫长的文艺批评生涯中，他始终主张在澳大利亚发展不

---

  ① Vance Palmer, *The Legend of the Nineties*, Melbourne: Melbourne University Press, 1954.
  ② A. A. Phillips, *The Australian Tradition: Studies in a Colonial Culture*, Melbourne: F. W. Cheshire, 1958.

依附于母国文化的独立自主的民族文化。在菲利普斯看来，澳大利亚文学有着独特的主题和传统，对本民族文化感到盲目自卑的殖民心态是毫无必要的。菲利普斯认为，一个贯穿澳大利亚文学的核心主题是民主，因为澳大利亚作家相信"普通人"，喜欢揭示人性中最简单的品质，不喜欢表现人性的复杂。

20 世纪 50 年代，在万斯·帕尔默的《传说中的 19 世纪 90 年代》、A. A. 菲利普斯的《澳大利亚传统》和拉塞尔·沃德的《澳大利亚的传说》[①]出版之后，澳大利亚民族主义思潮达到了顶点。这些理论家在自己的著作中详细地论述了澳大利亚民族的生存环境和社会政治特征，指出澳大利亚基于历史经验基础上形成的独特的民主思想、澳大利亚的丛林民谣（bush ballads）以及 19 世纪 90 年代的文学为他们提供的共同文化资源。通过万斯·帕尔默等人的努力，澳大利亚民族主义文学批评基本实现了现代化。首先，澳大利亚民族主义批评家大多毕生致力于文学创作和文学批评，这种集作家和批评家于一身的公共知识分子把建构民族文化视作自己一生为之奋斗的事业，文学对于他们来说并非一种随兴而为之的业余爱好，而是一种职业，虽然他们一生都会感觉到这种处于职业和业余之间的智性工作的不稳定性，但他们矢志不渝的追求令人感动。此外，澳大利亚民族主义批评家继承了 19 世纪欧洲历史主义的进化论思想，认为澳大利亚文学必须经历一个从殖民到民族主义到成熟的发展过程，他们相信澳大利亚作为一个民族所固有的生命力，但他们认为澳大利亚面临着社会和文化的危机，特别是战后的澳大利亚明显地患上了一种文化病（cultural malaise）。

澳大利亚民族主义文学批评是时代的产物。作为澳大利亚民族主义文学批评的最重要的代表，万斯·帕尔默继承了 A. G. 斯蒂芬斯的思想遗产，他从 19 岁开始为澳大利亚民族文学的建设鼓与呼，在随后的半个多世纪里为澳大利亚文学而奔走和努力。他充分肯定斯蒂芬斯对自己的影响，一生大力宣传后者在文学评论中为澳大利亚文学做出的巨大贡献，为确定斯蒂芬斯在

---

① Russel Ward, *The Australian Legend*, Melbourne: Oxford University Press, 1958.

澳大利亚文学批评史上的地位做出了不懈的努力。① 不过，细心的读者不难发现，斯蒂芬斯的文学批评根植于殖民时代，他早期讨论的许多问题深刻打上了殖民批评的烙印，但万斯·帕尔默从第一篇文章开始就传达出一种清晰的民族主义文化态度，他写作《传说中的 19 世纪 90 年代》的时候，澳大利亚社会正在转型，那时的澳大利亚已不像 40 年代以前的澳大利亚人那样对于民主理想抱有那样的乐观态度，所以他把目光投向了澳大利亚曾经经历的一段历史，努力从 19 世纪末的澳大利亚文学中梳理和提炼出他心目中的民族主义理想，反映了他所演绎的民族主义与澳大利亚本土经验之间的深刻渊源。

从斯蒂芬斯和帕尔默的共同经验来看，澳大利亚民族主义的批评并不像人们批评的那样单纯是一个本土文化现象。因为民族主义从一开始就是一个国际性的运动，20 世纪 20 年代，当万斯·帕尔默从欧洲返回澳大利亚时，他的文学批评思想直接受到了爱尔兰文学家叶芝和 J. M. 辛吉（J. M. Synge）的影响。叶芝鼓励他说，澳大利亚应该在文学上有所建树，因为年轻的国家一般对于文学都有一种热诚；辛吉则认为，澳大利亚的内陆养殖场里生活着许多孤独而狂躁的农民，澳大利亚的作家们应该通过戏剧去书写他们。正是在这样的支持下，万斯·帕尔默与路易斯·艾森（Louis Esson）共同创建了澳大利亚国家剧院。布莱恩·基尔南认为，如果要为澳大利亚的民族主义批评寻找一个根源，那么爱尔兰的民族主义戏剧无疑给了澳大利亚一个巨大的灵感。②

二

讨论澳大利亚的民族主义文学批评，不能不谈左翼文学批评。帕特里克·巴克里奇认为，20 世纪（特别是"二战"以后）的澳大利亚文学批评大体上可以划分出三个流派，由于它们分别代表三种文学思想传统，所以不

---

① 帕尔默编选出版了 A. G. 斯蒂芬斯的一部批评文集：*A. G. Stephens: His Life and Work*, Melbourne: Robertson & Mullens, 1941。

② Brian Kiernan, *Criticism*, 1974, p. 23.

妨把它们称作自由派、左派和保守派，其中的左派指的就是在澳大利亚共产主义运动影响下形成的文学批评。20世纪30—60年代的澳大利亚共产主义运动不仅推出了一批重要的作家和作品，也形成了具有独特理论和实践风格的左翼批评。20世纪的澳大利亚左翼文学批评不仅对同时代的澳大利亚文学产生了影响，也为国际左翼文学批评做出了自己的贡献。[①]

20世纪澳大利亚左翼文学批评的先驱是19世纪的激进知识分子。安德鲁·米尔纳（Andrew Milner）在一篇题为《激进知识分子：未获认可的立法？》的文章中指出，澳大利亚早期激进政治运动始于19世纪，广义上的激进运动包括社会主义、女权主义和民族主义三个支流。19世纪80年代和90年代，这三个运动首次形成有组织的声音，女权主义反对男性对于女性的压迫，争取选举权；社会主义希望创造一个无阶级的社会，希望成立工党；民族主义者希望建立一个没有帝国标签的共和国，希望建立统一的联邦政府。[②] 在澳大利亚，狭义的左翼是指由19世纪的社会主义思潮和20世纪共产主义运动共同形成的一个呼唤变革的社会风潮。澳大利亚的社会主义运动始于19世纪80年代，就参与这一运动的人员来说，澳大利亚社会主义既是本土滋生的实践，又是一种舶来理论。早先的社会主义运动的参与者主要是劳工（这里面又可分为农民和工人），虽然并非所有的工会劳工都自动支持社会主义，但是，19世纪后期的普通工会会员当中普遍抱有一种求变的情绪，例如要联邦，要共和，民众们希望通过实施结构性的大变革一扫现行体制中的各种问题，传统的流放犯管理制度和狭隘的殖民管理制度必须让位于民主，一切形式的不平等都不能再容忍。[③] 19世纪后期，社会主义思潮通过报纸杂志在澳大利亚得到广泛传播，1887年，威廉·雷恩（William Lane）编辑出版《飞去来镖报》（*Boomerang*），1888年，亨利·劳森的母亲路易莎·劳森（Louisa Lawson）编辑出版《黎明报》（*Dawn*），1890年，威廉·

[①] Patrick Buckeridge, "Intellectual Authority and Critical Traditions in Australian Literature 1945 to 1975", in *Intellectual Movements and Australian Society*, eds. Brian Head & James Walter, 1988, p. 190.

[②] Andrew Milner, "Radical Intellectuals: An Unacknowledged Legislature?", in *Constructing a Culture: A People's History of Australia Since 1788*, eds. Verity Rugmann & Jenny Lee, Fitzroy, Victoria: McPhee Gribble/Penguin Books, p. 262.

[③] Joseph Jones, *Radical Cousins: Nineteenth Century American & Australian Writers*, St. Lucia, Qld.: University of Queensland Press, 1976. p. 96.

雷恩编辑出版《工人报》（*Worker*），1891年，亚瑟·雷（Arthur Rae）等编辑出版《澳大利亚工人报》（*Australian Worker*），1897年，伯纳德·奥多德（Bernard O'Dowd）等编辑出版《警钟：人民小报》（*Tocsin：The People's Penny Paper*）等。值得特别关注的是，所有这些社会主义报刊都大力支持文学创作和出版。

19世纪末的澳大利亚社会主义运动中涌现了一大批颇有才情的文学艺术家，弗兰西斯·亚当斯和约瑟夫·弗菲便是其中的两位，弗兰西斯·亚当斯1862年出生于马耳他，后在英国长大，1884年从英国移居到澳大利亚，他的祖父是个古典文学专家，父亲是一个科学和旅游图书作家。在当时的社会主义思潮风起云涌的时候，他不仅积极参与，而且广泛旅历，先后访问过中国和日本，后回到英国。他思维敏捷，目光犀利，在实地考察了许多不同国家之后，他提出澳大利亚是实践社会主义的最佳去处。他31岁因结核病而英年夭折，身后留下了一大批的著述，其中最有名的是《夜军之歌》（*Songs of the Army of the Night*, 1888）。约瑟夫·弗菲1843年生于澳大利亚的维多利亚州的一个爱尔兰移民家庭，自幼参加繁重的劳动，但热爱文学。弗菲一生在农场劳动，农场工人从事的所有劳动，他都会做。40岁以后开始在一个学校老师的鼓励下写作，60岁那年出版了小说《如此人生》（*Such Is Life*）。弗菲的声音激情昂扬，读者从他的小说《里格比的浪漫爱情》（*Rigby's Romance*）中不难读到一种激越的社会主义政治理论和对于民主的呐喊。

在19世纪的澳大利亚，玛丽·吉尔摩（Mary Gilmore）是另一个不折不扣的社会主义作家，她对于激进社会变革的理想一直延续到了澳大利亚共产主义运动开始之后。她1865年8月16日生于新南威尔士州的考塔瓦拉（Cotta Walla），后搬至沃伽沃伽（Wagga Wagga）。曾就读于沃伽沃伽公立学校，并在该校担任教师。1890年，她迁居悉尼，成为一名《公报》学派的激进作家，先后深受劳森和A. G. 斯蒂芬斯的影响，在后者的影响下，她通过《公报》发表了一大批的作品，牢固确立了她作为一名工人阶级代言人的声誉和地位。1896年，她跟随威廉·雷恩及一批社会主义者去了巴拉圭。1902年，在这场社会主义实验失败之后回到澳大利亚。1908年，她开始担任"澳大利亚工人工会"组织创办的《工人报》的编辑，她利用这一平台发表了大量支持劳动妇女改善劳动条件、改善儿童福利、提高土著人待遇等方面的文章。1910年出版第一部诗集。她虽然一直没有加入共产党,但她30年代开始为共产党报纸《论坛报》(Tribune)撰写专栏,继续表达对于社会变革的理想。

20世纪20年代,世界范围的经济大萧条让澳大利亚人再一次看到了资本主义制度的严重问题,澳大利亚的社会主义者开始在黑暗中寻求希望,此时,他们发现了俄国革命后日益传播开来的共产主义思想。1920年10月30日,来自多数激进劳工团体的代表和社会主义者在悉尼市利物浦街的社会主义礼堂集会,这次会议上,与会者决定成立澳大利亚共产党,并开始积极筹划"彻底推翻资本主义制度"。在澳大利亚共产党的早期创始人当中,多数是澳大利亚各个工会组织的成员,如悉尼行业工会负责人焦克·加顿(Jock Garden),英国妇女选举权运动家艾米林·潘科斯特(Emmeline Pankhurst)和亚德拉·潘科斯特(Adela Pankhurst),还有"世界产业工人联合会"的澳大利亚分会会员(Industrial Workers of the World),国际共产运动先后派遣多位代表前往指导工作,其中包括加拿大共产主义活动家杰克·卡瓦纳(Jack Kavanagh)和美国共产党人哈利·威克斯(Harry Wicks)。30年代,由共产国际指定的J. B. 迈尔斯(J. B. Miles)、兰斯·沙基(Lance Sharkey)和理查·迪克逊(Richard Dixon)开始负责组织的日常工作,持续三十多年。1935—1960年,在澳大利亚共产党成立之后的三十多年中,澳大利亚左翼共产主义运动成了澳大利亚激进社会运动的主导力量,澳大利亚共产党领导了澳大利亚绝大多数的行业工会的活动,组织了许多重要的劳工斗争,领导层中集中了一大批知识界人士,如小说家凯瑟琳·苏珊娜·普里查(Katharine Susannah Prichard)、朱达·沃顿(Judah Waten)、弗兰克·哈代(Frank Hardy)、埃里克·兰伯特(Eric Lambert)、艾伦·马歇尔(Alan Marshall),画家诺埃尔·考宁汉(Noel Counihan)以及诗人戴维·马丁(David Martin),他们在澳大利亚全国的文化生活和建设中扮演了非常重要的角色。[1]

20世纪30—60年代,共产党作家成了领导澳大利亚左翼文学的核心力

---

[1] Alastair Davidson, *The Communist Party of Australia: A Short History*, Stanford: Hoover Institute Press, 1969, pp. 1–42.

量。先后加入澳大利亚共产党的作家包括普里查、弗兰克·哈代、朱达·沃顿、简·德凡尼（Jane Devanny）和莫娜·布兰德（Mona Brand）等。普里查1883年生于斐济，父亲汤姆·普里查（Tom Prichard）是《斐济时报》（*Fiji Times*）的主编，她的童年在澳大利亚塔斯马尼亚岛和墨尔本度过，大学阶段就读于南墨尔本学院，在那里，她受到其老师兼诗人J. B. 欧哈拉（J. B. O'Hara）的影响。1908年，她前往英国伦敦为墨尔本的《先锋报》（*Herald*）担任自由撰稿人，回国以后担任该报妇女版的编辑，1912年再赴英国，并开始投身专业创作。1916年回国，1919年与雨果·斯洛瑟尔（Hugo Throssell）结婚后搬至西澳，并在这里投身到写作和政治当中去。1920年，她参与创建了澳大利亚共产党，一段时间内担任中央委员会委员，1935年，她当选澳大利亚"作家协会"（the Writers' League）的主席，3年后参与创建了西澳州的"澳大利亚作家联谊会"（Fellowship of Australian Writers），该组织后提名她申报诺贝尔文学奖。1969年去世。简·德凡尼1894年生于新西兰，父亲是锅炉工和矿工，自幼受到行业工会运动的深刻影响，1911年与工运积极分子弗兰西斯·哈罗德·德凡尼（Francis Harold Devanny, 1888—1966）结婚，并接触到马克思主义和其他社会主义理论，走上劳工运动的道路。1923年开始写作，1926年出版第一部小说《屠宰店》（*The Butcher Shop*），该小说公开谴责婚姻家庭中的性别压迫，此后的三十多年中先后又出版二十多部作品，在澳大利亚、英国、美国、德国和俄罗斯等国发表大量文章。1930年加入澳大利亚共产党，1940年被驱逐出党，1944年重新入党，但最终还是于五年后脱党。简·德凡尼在澳大利亚的文学组织中扮演了重要的角色，1935年，她与凯瑟琳·苏珊娜·普里查及伊冈·吉什（Egon Kisch）一起创建了"作家协会"并担任首任主席。德凡尼一生精力旺盛，与迈尔斯·弗兰克林（Miles Franklin）、马乔莉·巴纳德（Marjorie Barnard）以及维尼弗雷德·哈密尔顿（Winifred Hamilton）等作家过从甚密，她认为，小说是宣传的工具，喜欢在自己的作品中明确表达政治思想。1962年去世。

弗兰克·哈代和朱达·沃顿是四五十年代澳大利亚文坛的重要人物。哈代1917年生于维多利亚州的西部，后搬至墨尔本西部的巴克斯湿地（Bacchus Marsh），14岁时因领不到救济金而辍学，离开学校之后从事过各种各样的体力劳动。1939 年参加了澳大利亚共产党。哈代长期为报纸杂志撰稿，后转向文学创作，他曾是"现实主义作家"小组的成员。他最著名的小说《不光荣的权利》(Power Without Glory) 在其他共产党员的帮助下得以出版（1950），小说以虚构的形式记录了一个墨尔本生意场大佬的故事，后因当事人约翰·伦恩（John Wren）向法院提起诉讼，引起全国轰动，哈代因诽谤罪被捕，后来经过艰难辩护获得释放。哈代一生积极参加政治活动，先后两次竞选澳大利亚议员，曾于 1968 年通过《不幸的澳大利亚人》(The Unlucky Australians) 一书为澳大利亚土著人大声疾呼，使澳大利亚土著人的问题成了全世界关注的焦点。1994 年去世。沃顿生于俄罗斯的一个犹太家庭，1914 年移民到西澳的一个小镇，1926 年移居墨尔本，1931—1933 年先后旅居欧洲和英国，在英国期间积极参与失业工人运动并被判入狱服刑 3 个月。沃顿是共产主义的忠实信徒，但与澳大利亚共产党的关系并不顺利，是澳大利亚共产党中的亲苏联派党员。他是"现实主义作家"小组成员，长期与包括苏联在内的海外作家保持着密切的联系。沃顿是"澳大利亚作家联谊会"以及其他多个文学组织的重要成员，1973 年参与创建了"文学董事会"（Literature Board，1973—1974）。沃顿一生创作了七部长篇小说，多部短篇小说集，如《异乡子》(Alien Son，1952)、《爱与背叛》(Love and Rebellion，1978)，一部儿童图书《收空瓶子》(Bottle – O!，1973)，编辑出版两部短篇小说集。1985 年去世。

莫娜·布兰德是 60 年代澳大利亚最有影响的共产党剧作家。布兰德 1915 年生于澳大利亚的悉尼，"二战"期间从事工业社会福利工作，1945—1948 年间曾担任劳动和服务部的调研官员，此后的六年中旅居欧洲，一度在越南的河内生活过，1958 年回到悉尼。她从 1948 年开始写作戏剧，她创作的戏剧关注具有争议的政治话题，作品中反映出明显的左翼倾向，作品屡次在国内各大剧院上演。布兰德的戏剧作品包括：《本地的外乡人：两个关于马来亚的剧作》(Strangers in the Land in Two Plays about Malaya，1954)、《莫娜·布兰德剧作选》(Mona Brand：Plays，1965)、《此处苍天下》(Here Under Heaven，1969)、《飞碟》(Flying Saucery，1981)、《吉什来了》(Here comes Kisch!，1983)。1963 年，她的《我们的"真"亲戚》(Our "Dear" Relations) 在新南威尔士州艺术理事会戏剧节上获一等奖后，她的剧本得到更广泛的关注。1968年的两幕剧讽刺《去吧去吧去了》（Going, Going, Gone）受到观众的广泛好评。她的剧本在澳大利亚以外的一些社会主义国家尤其深受欢迎。她的其他作品包括三部诗歌集：《轮与管》（Wheel and Bobbin, 1938）、《银铃般的歌声》（Silver Singing, 1940）和《恋爱中的女孩》（Lass in Love, 1946）。此外，她还在越南出版过一本中篇小说和诗歌集《越南的女儿》（Daughters of Vietnam, 1958）。

从20世纪30年代开始，澳大利亚左翼批评开始形成自己的影响，作为一种批评流派，左翼批评倡导现实主义，从早期的社会现实主义到后来的社会主义现实主义，左翼批评坚定地把现实主义看作澳大利亚文学的根本道路。跟民族主义一样，左翼批评以澳大利亚现实主义文学传统的捍卫者自居，多数早期的左翼批评家反对现代主义，努力在自己的共产主义信仰和民族主义之间寻求妥协，但是，50年代中叶之后，左翼批评受到自由主义者和"新批评"的强力排斥，最终在政治和其他文学批评思潮的双重压力之下不得不渐渐地退出历史舞台。值得注意的是，左翼的思潮并未彻底消失，因为60年代末之后，一种有别于老左翼的"新左翼"批评思潮强力崛起，虽然这一老一新之间差距甚大，但"新左翼"批评的重新崛起不能不常常令人想起曾经在澳大利亚批评史上写下浓墨重彩的老左翼批评。

三

在澳大利亚文学批评史上，"民族主义"一词反复出现，所以它给人的感觉是，澳大利亚文学批评中存在一个不间断的民族主义传统，戴维·卡特认为，在澳大利亚，延续不断的民族主义文学批评实际存在的时间很短，而且好像从来都没有形成一种系统的体系。在澳大利亚文学批评中，虽然大家反复地说：澳大利亚文化源自丛林，澳大利亚文化重通俗不崇智性，澳大利亚文化在劳森和帕特森手里形成，澳大利亚的环境和民族性格铸就了澳大利亚文化，但是，民族主义从来就没有形成一套自成体系的思想和批评体系，而且从一开始就面临着浪漫主义、生机论（vitalism）和自由民主主义的挑战，因此澳大利亚的民族主义批评缺乏连续性，每隔一段时间，同样的民族主义文学思想不得不一再地重申，所以在怀疑者面前，民族主义批评家始终表现得非常犹豫、迟疑而不自信。虽然人们在讨论澳大利亚文学的时候常常假定一种基于农牧和澳新军团神话的民族主义理论体系,以帕尔默夫妇和斯蒂芬森为代表的较为激进的民族主义所代表的常常是一种边缘立场。[1]

在澳大利亚文学批评史上,民族主义一直是许多人批判的对象。最早对民族主义批评提出批判的批评家有《愿景》(*Vision*,1923—1924)杂志的编辑肯尼思·斯莱塞(Kenneth Slessor)、杰克·林赛(Jack Lindsay)和弗兰克·约翰逊(Frank C. Johnson)。《愿景》杂志是在诺曼·林赛(Norman Lindsay)的启发下创办起来的,办刊宗旨是在澳大利亚重建欧洲文艺复兴的艺术传统。在《愿景》的创刊号中,三位编辑在"编者按"中激烈地批评20世纪初期欧洲"现代主义"文学的浅薄,宣称要启动一个关于文学的"重新评判和分析计划",同时表示反对澳大利亚民族主义文学和批评。在一篇题为《澳大利亚诗歌与民族主义》(Australian Poetry and Nationalism)的文章中,杰克·林赛指出,喜欢现实主义的民族主义诗人成天在作品中写剪羊毛工和骏马,民族主义批评家总是用作品是否表现澳大利亚的自然环境和社会生活来衡量作品的优劣,可是,文学的美妙在于想象力和戏剧性,艺术的标准不在乎是否表征了社会,而在于展现出特别的想象力,而这些东西在单纯强调现实主义再现的民族主义文学中无论如何也找不见。[2]

《愿景》杂志对于民族主义批评的排斥到30年代以后得到了继续,30年代的经济大萧条、法西斯和共产主义等政治运动改变了澳大利亚人对于关注民主的民族主义思想的内涵,很多人感到这些事件都与当时的澳大利亚社会有着密切的关系,而且越来越多的人觉得这些事件恰好说明澳大利亚民族文学正经历一场前所未有的危机,很多作家注意到,文学除了智性之外多了一份政治色彩,文学期刊和作家组织开始与激进的政治和艺术运动相联系,小说家和评论家开始评论文化、民主和自由问题,在这样的审美和政治交织中,澳大利亚诞生了一种崭新的文学知识分子。在这样的时代语境中,澳大利亚民族主义批评受到了很大的冲击。

---

[1] David Carter, "Critics, Writers, Intellectuals: Australian Literature and Its Criticism", *Modern Australian Criticism and Theory*, eds. David Carter & Wang Guanglin, 2010, pp. 79 – 80.

[2] Brian Kiernan, *Criticism*, 1974, pp. 24 – 25.

有人说，以帕尔默夫妇为代表的澳大利亚民族主义批评在许多问题上都暴露出严重的内部矛盾。例如，作为文学评论家，他们大力倡导国际视野，主张积极学习他国文学，但是对于20世纪二三十年代的现代主义文学思潮抱着坚决的排斥和抵制态度；他们主张文学应该接近普通读者和普通民众，但在他们的评论中，人们丝毫也不能觉察到大众的存在；他们对于澳大利亚的民族文化的历史渊源表现得信心满满，但对于澳大利亚民族文化的现实传承却表现得异常悲观；他们倡导严肃而智性的文学，但在文学想象和抽象思维之间的关系上，他们所表现出的却是严重的反智特征。所以说，帕尔默夫妇在"二战"期间所倡导的民族主义是非常复杂的，这种复杂的民族主义集中折射了澳大利亚批评界自觉和不自觉的殖民身份。[1]

的确，以今天的立场来看，20世纪上半叶的澳大利亚民族主义文学批评制造出了不少的悖论，其中之一是，19世纪90年代的斯蒂芬斯在《公报》作者的作品中并没有见到他希望见到的澳大利亚民族文学价值，然而，20世纪50年代以后的澳大利亚民族主义批评家帕尔默、菲利普斯、H. M. 格林和T. 英格里斯·摩尔不约而同地在19世纪90年代的文学中见到了自己民族的核心精神和文化精髓。此外，始于殖民批评的普世主义和地方主义之争虽然在民族主义批评中得到短暂的缓和，但是，澳大利亚文学究竟应该向哪个方向发展的问题并没有在民族主义批评之后得到彻底解决，相反，在20世纪30年代以后，包括斯蒂芬斯在内的批评家们曾经为之纠结的普世和地方主义价值逐步演变成了两个批评阵营之间的论争。50年代以后，随着英美学院派的"新批评"的登陆，民族主义在澳大利亚文学批评中成了众矢之的，崇尚普世价值的"新批评家"们将民族主义批评首先拉下马来，70年代之后的女性主义、后殖民主义、结构主义与符号学、后结构主义更是持续地将民族主义彻底打翻在地并踏上一只脚。大家普遍认为，澳大利亚民族主义文学批评围绕丛林、伙伴情谊和民主精神建构自己的批评经典注定了要在澳大利亚批评中制造阴影，或者说在倡导民族主义的同时有意无意地掩盖和抹杀澳大利亚文学的非现实主义和非民主传统，根据民族主义批评标

---

[1] David Carter, "Critics, Writers, Intellectuals: Australian Literature and Its Criticism", in *Modern Australian Criticism and Theory*, 2010, pp. 78–81.

准，非现实主义和非民主的文学代表着一种域外的文学，像克里斯托弗·布伦南（Christopher Brennan）和帕特里克·怀特（Patrick White）这样的作家以及他们创作的作品不仅从空间上显得怪异，就是在时间上也显得非常不合时宜。具有讽刺意味的是，民族主义批评强调文学的社会性，特别擅长以文学的社会相关性评价文学，但是恰恰在这一点上，民族主义批评暴露了它的最大缺陷，因为它忽略了同样在澳大利亚社会语境中形成的许多其他文学成就。

必须指出的是，作为一种批评范式，民族主义在20世纪的澳大利亚文学批评史上仍然占据着非常重要的地位，这种以关注澳大利亚本土文学建设为主旨的批评方法即使到了20世纪六七十年代也并没有完全消失，在"新批评"与民族主义殊死角力并逐步赢得对于澳大利亚文学批评的主导权之际，以朱迪思·赖特（Judith Wright）为首的一批澳大利亚作家批评家对于传统民族主义的批评立场表示了由衷的支持，赖特一度热情支持"津迪沃罗巴克运动"，认为澳大利亚诗歌从一开始就纠缠于本土与外来之间，所以澳大利亚文学的根本前途在于融合，她明确反对"新批评"的形式伦理取向，主张在欧洲文化和澳大利亚本土文化之间寻找一条适合澳大利亚民族文学发展的独特道路，在这种思想的影响下，不同形式的新民族主义思潮还将不断涌现。

在澳大利亚文学批评史上，民族主义经历了长期的积累，对于形成澳大利亚文学批评的基础贡献甚大，为了更好地了解这一时期的澳大利亚文学批评，以下结合A. G. 斯蒂芬斯、P. R. 斯蒂芬森、"津迪沃罗巴克"运动、万斯·帕尔默、A. A. 菲利普斯、早期的左翼文学批评和朱迪思·赖特等在澳大利亚民族文学建构方面的著述分别展开评述，从中揭示这一时期澳大利亚文学批评的发展轨迹和核心特征。

第二章
A. G. 斯蒂芬斯与澳大利亚文学批评的发源

一

在 A. G. 斯蒂芬斯（A. G. Stephens，1865—1933）出现之前，澳大利亚关于本土文学的评论是零星的。1856 年，弗雷德里克·西尼特在一篇题为《澳大利亚的小说之野》的文章中比较了澳大利亚本土作家和英国小说家司科特和狄更斯的作品，首次针对澳大利亚文学面临的问题进行了具有历史意义的讨论，他指出："多数澳大利亚故事太过澳大利亚化，它们不表现一般意义上的人类生活，而只关注本土的'习惯和风俗'……我们希望看看普世的人类生活和情感，但是这些故事当中的人的生活和情感被澳大利亚的环境扭曲了。"[①]西尼特本人认为，澳大利亚小说中出现一些澳大利亚因素是正常的，一切对于澳大利亚的外部环境的描写应该真实完整，但这些因素应该从作家本人的经验中得来，必须服务于小说更宏大的目的，在谈到澳大利亚文学与澳大利亚环境的关系时，西尼特指出，澳大利亚和美国一样都是新兴国家，这里没有多层的楼房窗口，没有生长常青藤的废墟，没有封建贵族遗留的古董，更没有男主人公在紧急状态下逃生的地下通道，在这样一个缺少传统的国家，澳大利亚文学的写作受到很多限制。西尼特承认"地方特色"

[①] Frederick Sinnett, "The Fiction Fields of Australia", *Journal of Australasia*, September and November 1856; reprinted in John Barnes, ed., *The Writer in Australia*, Melbourne & New York: Oxford University Press, 1969, pp. 17–18.

的意义,但他同时强调文学的"普世"价值,主张要判断澳大利亚小说的优劣,应该运用英国和欧洲小说的标准。[1]

西尼特的这篇文章被认为是澳大利亚文学批评的开始,西尼特也因此获得了"澳大利亚第一个文学批评家"的称号。19世纪澳大利亚文学批评的主要阵地在全澳各殖民地的期刊上,早期的澳大利亚文人喜欢阅读英国各类书评期刊,并且不时地模仿英国作家在英国的《西敏寺》(Westminster)和《爱丁堡》(Edingurgh)上发表一些习作。当殖民地拥有了自己的期刊之后,文学评论成了其中的一个重要内容,不少著名的英国作家偶尔也会把他们的稿件投给澳大利亚殖民地的期刊,例如,1937年,狄更斯在一份名叫《文学新闻》(Literary News)的期刊上发表一篇自己的《博兹札记》(Sketches by Boz),此外,《人之首》(Heads of the People)和《澳大拉西亚人》(Australasian)杂志先后刊载过狄更斯的《董贝父子》(Dombey and Son)和乔治·艾略特的《米德尔马契》(Middlemarch)的部分内容。如果说早期澳大利亚殖民地的期刊对于英国年轻作家来说提供了一个发表处女作的园地,对很多生活在澳大利亚的本土作家来说,这些期刊常常是他们发表作品的唯一途径。[2]

19世纪澳大利亚最成功的期刊无疑是《墨尔本评论》(Melbourne Review, 1876—1885)季刊,该季刊由时任澳大拉西亚商业银行总经理、同时兼任墨尔本莎士比亚研究会主席的历史学家H. G. 特纳(H. G. Turner)创办,首任主编是文学评论家亚瑟·帕切特·马丁(Arthur Patchett Martin),继任者先后包括特纳本人和曾任墨尔本大学教务长的文学教授亚历山大·萨瑟兰德(Alexander Sutherland),包括查尔斯·哈珀(Charles Harpur)、亨利·肯德尔(Henry Kendall)、亚当·林赛·戈登在内的许多澳大利亚作家

---

[1] Frederick Sinnett 的原话是:"No storied windows, richly dight, cast a dim, religious light over any Australian premises. There are no ruins for that rare old plant, the ivy green, to creep over and make his daily meal of. No Australian author can hope to extricate his hero or heroine, however pressing the emergency may be, by means of a spring panel and a subterranean passage, or such like relics of feudal barons, and refuges of modern novelists, and the offspring of their imagination." (John Barnes, ed., *The Writer in Australia*, p. 9) 此一段话与 Henry James 在论霍桑时 (*Hawthorne*, 1879) 用类似的话评论美国 ("美国没有城堡、没有爬满常青藤的废墟、没有等级森严的社会") 可谓异曲同工,但从时间上说早了20多年。

[2] Brian Kiernan, *Criticism*, 1974, p. 6.

先后通过这一期刊发表过自己的文学作品。该期刊在创刊号上即发表了一篇署名"S. S. T."（塞缪尔·圣约翰·托普，Samuel St. John Topp）的作者的评论文章，题曰《澳大利亚诗歌》（Australian Poetry），在该文中，作者继续了西尼特关于澳大利亚文学中的地方色彩（local colour）的讨论，但与西尼特不一样的是，他首次提出，所谓"澳大利亚诗歌"是指散发出澳大利亚土地味道、表现澳大利亚风景地貌、澳大利亚生活和思维方式的诗歌，澳大利亚诗人不能光学着华兹华斯、拜伦、雪莱和史文朋（Swinburne）等英国诗人的样子写诗，否则他就不是澳大利亚诗人了。托普表示并不主张一味书写澳大利亚自然环境，因为澳大利亚诗歌在表现身边熟悉的人和物的同时也应该表现"普世"价值。显然，跟西尼特一样，托普试图解决困扰澳大利亚诗歌的这一矛盾，但是他的努力并不成功。①

19世纪的澳大利亚文学批评注定要在普世价值和地方色彩之间继续纠结下去。从1890年10月到1891年9月，墨尔本大学的T. G. 塔克（T. G. Tucker）和鲍德温·斯宾塞（Baldwin Spencer）教授编辑出版了另一个季刊，题曰《澳大拉西亚批评家：文学、科学和艺术月评》（*The Australasian Critic: A Monthly Review of Literature, Science and Art*），值得注意的是，塔克时任墨尔本大学的古典和比较历史与文学教授，他本人最感兴趣的是澳大利亚的本土文学，但该季刊的文学编辑E. E. 莫里斯（E. E. Morris）是英、法和德国文学教授，该期刊同时发表关于国外和国内作家的评论文章。在1890年11月份出版的一期当中，莫里斯亲自操刀撰写了一篇文章，文章开宗明义地指出马库斯·克拉克（Marcus Clarke）关于澳大利亚诗歌普遍存在一种"忧伤"（melancholy）基调的说法是错误的，莫里斯认为，澳大利亚并不存在任何一种统一的诗歌基调，也没有形成一种独特的澳大利亚民族诗歌传统，莫里斯从根本上怀疑某些人努力建构一种民族文学传统的企图会有任何意义。莫里斯的这一普世主义态度与西尼特可谓一脉相承。但是，就在同一期《澳大拉西亚批评家》当中，读者看到了另一篇观点酷似托普的评论文章，该文的未署名作者在评论凯瑟琳·马丁（Catherine Martin）的小说《一个澳大利亚女孩》（*An Australian Girl*）时理直气壮地指出，该小说详细刻画

---

① Brian Kiernan, *Criticism*, 1974, p. 7.

澳大利亚本土的太阳和天空、澳大利亚的动物和植物、澳大利亚的乡村和城市生活变化，这些描写没有问题，因为这些外部环境直接影响了作者的心灵和精神。值得注意的是，在随后一期的《澳大拉西亚批评家》中，读者又看到一篇未署名的文章（疑为塔克所写），该文在评论澳大利亚短篇小说时指出，澳大利亚短篇小说中有着太多对澳大利亚原始风貌的描写，这些描写很容易让英国读者误认为澳大利亚人不知道什么是大城市，或者说澳大利亚人不是squatters（牧场主），就是diggers（士兵），不是stock-riders（骑马牧人），就是shepherds（羊倌）或者bushrangers（丛林盗匪），澳大利亚人住的最好的房子是木板房，很多人居住在简易木屋和帐篷里。从这一系列的文章来看，关于澳大利亚文学在使用地方色彩的问题上究竟是走普世主义路线还是地方主义路线的问题已经演变成一场论争，论争的内容从文学写作扩大到事关澳大利亚民族身份的大思考。[1]

澳大利亚民族主义文学批评正是从这样的论争当中逐步形成了自己的价值取向。一般说来，19世纪90年代被认为是澳大利亚文学批评走向自觉的时代，但是，这一时代的批评家们在澳大利亚文学批评标准的问题上面临的困难并没有得到解决。1891年，E. H. 欧文（E. H. Irving）在一篇书评中说，他认为亨利·肯德尔作为一个"澳大利亚诗人"优于亚当·林赛·戈登，但后者作为一个诗人又明显优于前者，他之所以这样说，是因为他觉得可以用不同的标准来评价这两位诗人：用社会的标准来评价，肯德尔更佳，用纯文学的标准来衡量，则戈登更优秀。这就是澳大利亚早期文学批评中的所谓"双重标准"（double standards），很多后人说起它来就不屑一顾，但在19世纪的澳大利亚，这样的双重标准成了绕不开的纠结，因为19世纪的澳大利亚是一个正在建构中的殖民地国家，澳大利亚的文化建设所依赖的是一批像T. G. 塔克教授那样通过传统英国和欧洲教育成长起来的文人和知识分子，他们心目中的文学标准是荷马、但丁和莎士比亚，但他们又热切地希望通过自己的努力为澳大利亚建构起属于自己的民族文学，于是，他们将自己情不自禁地投入了难以自拔的两难之中。[2]

---

[1] Brian Kiernan, *Criticism*, 1974, pp. 12–13.
[2] Ibid., p. 14.

二

　　1899 年，墨尔本大学的塔克教授在《超级评论》（*Review of Reviews*）上发表一篇题为《澳大利亚诗歌批评》（A Criticism of Australian Poetry）的文章。在该文中，他表示强烈反对读得出澳大利亚土地味道（smack of the soil）的澳大利亚诗歌，热切地呼吁结束澳大利亚本土文学批评中的狭隘地方主义和自以为是，认为诗歌的本质与地方色彩无关，诗歌的地方性应该来自它的真实性，主张将来最典型的澳大利亚诗歌应该从根本上根除那种国家和民族的自觉。1902 年，塔克在另一篇文章《澳大利亚文学之培育》（The Cultivation of Literature in Australia）中更加狂热地叫嚣说，人生太短，读者根本没有时间去读澳大利亚的书籍，澳大利亚社会在人口、贸易和经济体量上的增长并不能保证它在文学上的进步；塔克指出，英国文学有一大批和莎士比亚相比肩的其他巍峨高峰，所以人们称其为伟大的文学，澳大利亚要推出具有古典标准的文学作品，必须首先构建出真正的批评标准，有了批评标准，澳大利亚民族文学的进步便有了基础。他还认为，19 世纪的澳大利亚已经有了几个不错的诗人，如布伦顿·斯蒂芬斯（Brunton Stephens）和班卓·帕特森（"Banjo" Patterson），所以没有理由在批评中为了保护民族文学特意降低标准。①

　　公平地说，塔克也关心澳大利亚文学，不过，他的这种关心更是一种理论上的思考。与塔克这样一个相对刻板的大学教授相比，澳大利亚民族主义批评家在对待本土文学的问题上显然要积极得多。19 世纪 90 年代澳大利亚民族文学早期最重要的倡导人和批评家是 A. G. 斯蒂芬斯。斯蒂芬斯 1865 年 8 月 27 日出生在澳大利亚昆士兰的图乌姆巴（Toowoomba），父母均是英国移民，1863 年在英国结婚后来到澳洲。1877 年，斯蒂芬斯成为其父创建的图乌姆巴语法学校的第一位报名入学的学生。14 岁时，他通过了悉尼大学的入学考试，第二年就跟随当地的一位印刷师当学徒。1886 年，他从悉尼技术专修学校毕业后成功加入新南威尔士州印刷者协会。1888 年，在从

---

① Brian Kiernan, *Criticism*, 1974, pp. 16 – 17.

事印刷业和写作与出版的兴趣方面略有所成后,斯蒂芬斯回到北部,加入了昆士兰印刷者协会,并且担当起《金皮采矿者》(The Gympie Miner)杂志的编辑一职。由此,他开始了一生在澳大利亚从事新闻和文学工作的事业。此后,他担任过多家杂志和报纸的编辑,其中,他供职时间最长的杂志是《公报》,从1894年起到1906年11月,长达12年之久。1893—1894年,他出卖了自己在《阿耳戈斯》(The Argus)杂志的股份,并用其所得前往美国、加拿大和欧洲各国旅行。此次旅行加深了其爱国情结,使他成为慷慨激昂的民族主义者。供职于《公报》杂志期间,他于1896年8月29日设立了著名的文学专栏"红页"。此前,此专栏只是该杂志前内页的新书介绍列表,有时附有简短的评论。"红页"专栏设立后,斯蒂芬斯将其改为周刊,一方面,它向读者介绍国外的优秀文学作品,另一方面,向读者大力推介国内的文学新作。很快,"红页"专栏便成为"一个名副其实的文学之窗"[1]。1906年11月,由于与当时的杂志经理不和,他离开了工作多年的《公报》杂志。此后,从1907年至1933年他去世时止,斯蒂芬斯零星地供职于各家杂志和报纸,靠从事自由撰稿和演讲得来的微薄收入勉强度日。斯蒂芬斯1894年结婚,婚后生有6个子女,家庭负担沉重。1933年4月15日,他于极度的破落中去世。

斯蒂芬斯一生著述很多,其文学思想散落于他所编辑的各类文集的引言或杂志专栏评论中。从表面上看,他的这些言论并没有形成一个完整的体系,但是,这并不影响其成为早期澳大利亚文学评论的奠基人和旗手。斯蒂芬斯热爱文学;他对文学创作、文学经典以及文学民族化的真知灼见时刻闪现在他那文笔精炼而又观点独到的字里行间。作为一位饱含民族主义激情的文学评论者,斯蒂芬斯提携了众多与其同时代的澳大利亚作家和诗人,向澳大利亚的同胞推介了许多同时期的海外文坛作家,并终其一生坚持倡导其为澳大利亚文学创作设定的标准,为19世纪末20世纪初的澳大利亚文学指引了明确的民族化方向。斯蒂芬斯生前的很长一段时间里,他的热情工作被人误解和忽视,不过,他毕其一生的努力为他牢固奠定了在澳大利亚文学批评

---

[1] Leon Cantrell, "Introduction", in *A. G. Stephens: Selected Writings*, Leon Cantrell, ed., Sydney: Angus and Robertson publishers, 1978, p. 14.

史上不可动摇的地位。在20世纪的澳大利亚文学和文学批评史上，人们持续地缅怀和纪念他，因为他在澳大利亚民族文学走向自觉的时代肩负起了一个开拓者的责任，在后世的澳大利亚文学批评家的心中，他是澳大利亚一位坚毅的民族文学旗手。

斯蒂芬斯于1894年被《公报》任命为"红页"的编辑，此时的澳大利亚文学批评尚处于殖民批评的包围之中。1901年、1907年和1922年，斯蒂芬斯先后发表了三篇题为《澳大利亚的文学》（一、二、三）的短论，专门论述澳大利亚的文学状况及其文学创作，并提出了自己对新兴的澳大利亚文学该向何处去的看法。三篇论文的核心都是澳大利亚的文学应该有自己的民族特色或本土特色。在《澳大利亚的文学》（二）中，他指出："意大利、法国和英国的文学繁荣是靠掠夺希腊的文学宝库而形成的。大批的形象、大量的情感以及众多的想法——所有从古典文学中重新发掘的财富都被那些中世纪的精英所利用。他们窃取了现成的箸寻。欧洲的文艺复兴与其说是激发灵感的时期，倒不如说是一个大规模盗窃的时代。"[①] 对澳大利亚而言，作家不能像欧洲白人前辈那样去窃取他国的文学经典，而应该"将已有的技法应用于这个古老而又年轻的国家……我们的作家可以在自己的新环境中去重复古老的故事——这是这个时代和澳大利亚所要求的全部。创新是文学的魅力，多变是艺术的调味品，因此一本书不经意地提及了金合欢树就给它打上了澳大利亚的印记"[②]。同样在这篇短论中，斯蒂芬斯指出，一个国家的文学与另一国家的文学虽然因为地方特色不同而不同，但文学的激发手段应该是相通的。他形象地借用酒证明他的这一观点。他认为，所有酒精带来的不同愉悦感仅仅是因为酒中所含百分之二的香料物质的不同，不同国别的文学也无外乎于此。法国白兰地与澳大利亚威士忌的不同也只是地方特色的不同。我们只能用新瓶装旧酒，如果我们酿了新酒，那还是古老的酒精给了新酒以酒效。"我们应该用澳大利亚来重述这个熟悉的世界，我们的文学才是澳大利亚的文学，才会成为世界性的文学。"[③]

[①] A. G. Stephens, "Australian Literature Ⅱ", in *A. G. Stephens: Selected Writings*, 1978, p. 90.
[②] Ibid., pp. 90–91.
[③] Ibid., p. 91.

关于澳大利亚文学创作的标准，斯蒂芬斯以作家亨利·劳森为例说明了自己的观点。斯蒂芬斯曾多次撰文评论劳森及其作品。斯蒂芬斯认为，"作为澳大利亚作家的代表，劳森是澳大利亚到目前为止培育出的最具原创性和特色的澳大利亚作家之一"[1]，其作品的价值就在于他的作品具有个人和地方色彩，体现了澳大利亚的价值，但其"显著的澳大利亚特色削减了其作品作为世界性文学的力量。他的眼界狭小，这一点增加了他对澳大利亚的诉求，却降低了他对文学的诉求"[2]。读者不要以为斯蒂芬斯在用一种双重的文学标准衡量劳森，因为事实上，斯蒂芬斯意在强调一个非常重要的事实："'眼界狭小'的文学可以传播极为重要的历史学和社会学意义，而无需成为伟大的作品。依照文学批评的最高标准，劳森显然失败了。但依照澳大利亚体验的最高标准，他的'短处'和其功劳相比就算不上什么了。"[3] 作为一位澳大利亚作家，劳森对于澳大利亚读者来说，显然要比其他国家的作家更重要。这是因为劳森在用自己视野中的澳大利亚阐释这个为人熟知的世界，他的文学作品首先必须是澳大利亚的，然后才能成为世界性的。斯蒂芬斯在《澳大利亚的文学》（三）中指出："尽管那些历史久远的国家自然而然在艺术的开发和对美的认识上比澳大利亚走得更远，但没有哪个国家的地方文学比澳大利亚的地方文学更具活力。也没有哪个国家的文学比澳大利亚的本土文学更值得澳大利亚人审视和珍惜。"[4] 澳大利亚作家创作的文学首先应该具有本土特色或民族特色，这就是20世纪初澳大利亚文学创作应该秉持的标准。

斯蒂芬斯不大理会传统文学理论，他更关心在澳大利亚特定的环境和语境中完成的具体的文学作品，他用他那特有的实用视角关注同时代澳大利亚人的文学创作，并及时针对他们做出具有个性而大胆的评判。他并不避讳"双重标准"，就在塔克发表《澳大利亚诗歌批评》一文的同一年，他在《超级评论》上发表了一篇题为《新近的澳大利亚诗人》（Newer Australian Verse Writers）的文章，该文介绍了包括维克多·达利（Victor Daley）、罗德

---

[1] A. G. Stephens, "Henry Lawson II", in *A. G. Stephens: Selected Writings*, 1978, p. 254.
[2] A. G. Stephens, "Lawson and Literature", in *A. G. Stephens: Selected Writings*, 1978, p. 228.
[3] Leon Cantrell, "Introduction", in *A. G. Stephens: Selected Writings*, 1978, p. 17.
[4] A. G. Stephens, "Australian Literature III", in *A. G. Stephens: Selected Writings*, 1978, pp. 96–97.

里克·昆恩（Roderick Quinn）、克里斯托弗·布伦南等一批新兴的澳大利亚诗人及其作品，然后指出，澳大利亚人口稀少，人们在这块土地上艰苦地与自然环境斗争，这种生活极大地限制了澳大利亚的文学艺术的发展，但是，澳大利亚诗人偶尔推出的一些作品的确令人刮目相看。① 斯蒂芬斯一面向国内读者介绍国外的文学艺术成就，一面热情地鼓励本土创作，他承认迈尔斯·弗兰克林的小说《我的光辉生涯》（My Brilliant Career）或许对于世界文学没有什么太多的价值，但对于未来的澳大利亚文学来说无疑有着深远的影响。②

斯蒂芬斯对澳大利亚文学民族化的认识首先表现在他对澳大利亚文学史的分期上。在《澳大利亚的文学》（一）中，他提出，澳大利亚文学有三个明显的分期，每一个时代分别与一份报纸紧密联系。第一个时期是《帝国》（The Empire）时期，以亨利·帕克斯（Henry Parkes）为代表；第二个时期是《澳大拉西亚人》（The Australasian）时期，以约里克俱乐部（Yorick Club）为代表；第三个时期是《公报》时期，出现了像劳森和达利这样的新派作家。在该文中，他反复用了两个英文单词来表述自己对于澳大利亚的热切关注："OUR COUNTRY"（我们的国家）。在他看来，19世纪末的澳大利亚文学已经开始形成自己的特色，并日益走向民族化。他对未来的澳大利亚文学充满希望。

其次，斯蒂芬斯担心澳大利亚没有坚毅的作家来为澳大利亚创作民族文学。在1901年发表的《〈公报〉小说集》（The Bulletin Story Book）"引言"中，他表述了对澳大利亚文学民族化过程的担心："如果用高标准作为判断依据，我们许多有才能的作家还仅仅是写作艺术的学生。只有两三位已经能够以文学为职业来谋生，但就是这样的作家也还不得不与新闻业作很危险的妥协。"③ 在《澳大利亚的文学》（一）中，斯蒂芬斯认为，文学是艺术的一种形式，是闲暇与安逸的产物，而闲暇与安逸又是与财富相关联的；19世纪下半叶的澳大利亚仍然是在创造财富，与此同时，澳大利亚已经出现了这

---

① Brian Kiernan, *Criticism*, 1974, p. 17.
② Ibid., p. 16.
③ A. G. Stephens, "Introductory to *The Bulletin Story Book*", in *A. G. Stephens: Selected Writings*, 1978, p. 105.

样的人才：如果他们具备足够的敬业精神和毅力，他们足以创作出令人铭记的澳大利亚文学，澳大利亚文学仍不繁荣的原因乃是这个国家没有产生足够的能量去利用这些人才。他同时指出，澳大利亚作家所缺乏的不是资助，也不是才能，而是"个性的力量、勤劳和毅力"①，这是典型的澳大利亚人所不具备的，而这些品质在毛利人身上却显得非常充分，可惜他们却没有艺术气质。他认为："具有一百多年历史的澳大利亚值得用宏伟的风格来讲述，但不是它的任何部分或环节都值得这样讲述。澳大利亚的历史更应该作为社会史和运动史讲述，而不是作为政治史和人类史。……某一天，当一位澳大利亚人与毛利人结婚成家，他们的后代就可以书写这本书了。"② 不过，总体而言，他对澳大利亚文学的民族化还是充满了信心。他在《〈公报〉小说集》"引言"中指出："表现澳大利亚精神、情景或事件的文学作品才刚刚开始出现。……今天的澳大利亚的民族性就如炼金术士的在黄金炼成前的坩埚，红色的火苗在下面烧得正旺，散发出奇怪的味道，有时在液体的汩汩气泡和沸腾中会闪烁出耀眼的光芒。"③ 不过，他提醒澳大利亚作家要用清晰可辨的澳大利亚眼光来观察澳大利亚，观察澳大利亚的一草一木、一川一山，而不带有任何被偏见模糊了的英国眼光，这样就不会有比澳大利亚更美丽的国家了。他指出："如果澳大利亚文学没有逐渐地变得令人铭记，那不是这片国土的过错，而是澳大利亚作家的过错。"④

澳大利亚文学评论家利昂·坎特里尔在其1978年整理出版的《A. G. 斯蒂芬斯写作选集》一书中这样评论斯蒂芬斯："澳大利亚产生这样的一位知识广博的评论家尚属首次，他深谙文学创作的标准，并且从不惧于将它援用到文学评论中去"⑤，"他的批评与编辑工作，尤其是通过悉尼《公报》杂志著名的'红页'专栏，成就了他在澳大利亚文学界无与伦比的地位"⑥；"从1890年到本世纪［20世纪］头几年走红的每一位重要的澳大利亚作家

---

① A. G. Stephens, "Australian Literature Ⅰ", in *A. G. Stephens: Selected Writings*, 1978, p. 78.
② Ibid., p. 81.
③ A. G. Stephens, "Introductory to *The Bulletin Story Book*", in *A. G. Stephens: Selected Writings*, 1978, p. 106.
④ Ibid., p. 108.
⑤ Leon Cantrell, "Introduction", in *A. G. Stephens: Selected Writings*, 1978, p. 15.
⑥ Ibid., p. 3.

都在A. G. 斯蒂芬斯的作品中被评论过"[1],"都与他有来往"[2]。另一位澳大利亚文学评论家汤姆·英格里斯·摩尔则将斯蒂芬斯描述为"澳大利亚文学形成过程中最强有力的孤军"[3],他这样的评价得到了澳大利亚著名文学评论家帕尔默的认同,后者认为,斯蒂芬斯的文学评论是给其同时代作家的"一份十分幸运的礼物"[4]。上述评论家之所以给予斯蒂芬斯如此崇高的评价,原因主要是:作为一位文学编辑,斯蒂芬斯慧眼独具、成竹在胸;作为一位文学评论者,斯蒂芬斯恪守标准、坚忍不拔;作为一位澳大利亚民族主义者,斯蒂芬斯审时度势、洞察内外;他的所有这些素质让他在澳大利亚文学和文学批评的草创阶段成就了一番值得铭记的伟大事业。

三

斯蒂芬斯是一个爱国者,但也有人说他算不上一个严格意义上的民族主义者,因为他一生写过的批评文字多半与澳大利亚本土文学无关。的确,斯蒂芬斯的文集《红色异教徒》[5] 中的许多文章评论的是英国文学中的拉斯金、勃朗特姐妹、乔治·艾略特和吉卜林,但细心的读者不难看出,在这些批评文字中,斯蒂芬斯强调的是这些英国作家对于澳大利亚本土文学发展的重要价值,并以这些作家为参照和比对探讨了澳大利亚文学的相对普世意义。

斯蒂芬斯的文学视野非常开阔,他在自己的批评实践中总是用"向外看"的方法来"向内看"。在日常工作中,他用自己特有的国际视野引领澳大利亚作家的文学创作,他非常留意国外作家及其作品,这些作家,无论是欧洲的还是美国的,比如:勃朗特姐妹、乔治·艾略特、罗伯特·彭斯、罗素、斯蒂芬·克莱恩等,无一不在其审视和评论的范围。这些欧美作家的作

---

[1] Leon Cantrell, "Introduction", in *A. G. Stephens: Selected Writings*, 1978, p. 20.
[2] Ibid., p. 3.
[3] Stuart Lee, "Stephens, Alfred George (1865 – 1933)", in *Australian Dictionary of Biography* (online ed.), Vol. 12, Melbourne: Melbourne University Press, 1990. http://www.adb.online.anu.edu.au/biogs/A120081b.htm.
[4] Ibid.
[5] A. G. Stephens, *The Red Pagan*, Sydney: Bulletin Newspaper Co., 1904.

品在斯蒂芬斯生活的年代有的虽然还未成为文学经典，但他利用"红页"专栏及时介绍，并及时提出自己的看法，言辞恳切，常常一语中的。例如，他认为，夏洛蒂·勃朗特"有着非凡的观察和分析力、颇为引人瞩目的才智，以及敏锐而带有强烈感情的语言天分。……她的洞察力和行文能力使其成为天才"[1]。在评论罗素时，斯蒂芬斯认为，罗素的行文风格就如其大脑一样玄不可测。美国作家斯蒂芬·克莱恩的小说《红色勇士勋章》在他看来更像是托尔斯泰和左拉的作品，因为斯蒂芬·克莱恩"意在呈现事物本来的面目，呈现本真的男女，他从不赋予其作品中的对象任何诗化的痕迹，从不使用花哨的修饰语，除非它能更准确地反映事实。他认识世界的能力与其语言表达能力相当：他的语言使其思想活灵活现"[2]，但他"缺乏史诗般的理性，而想象力对于这种理性十分重要。……他的思维太过靠近描写的对象，他的作品缺少一种宽广的视野，他的小说都是些精美的图案或轮廓的描绘，与外在的世界断裂"[3]。从这些评论当中，我们不难看到，斯蒂芬斯对待国外作家并不简单地一味颂扬，相反，他秉持独立的批评立场，始终以批评家的独到眼光审视这些欧美作家。

关于文学经典问题，斯蒂芬斯也有着自己独到的看法。在他看来，诗歌中的时尚就如同服装中的时尚一样，所不同的是，在诗歌领域，我们的祖辈深深地影响着我们。荷马、但丁、弥尔顿对于后人的影响深远，尽管他们的诗歌，按照现在的创作标准，已经备显沉重、落伍，但他们依然被人崇敬，这是因为"我们从父辈们那里继承了崇敬的传统，我们很难强大到将它从我们的思想中抖落"[4]。这样的传统往往会深深地刻印在后来的每一代作家心中，令他们无法摆脱。因此，"只有那些口味很差的人才会拒绝承认《失乐园》和《复乐园》是人类诗歌史上最伟大的诗歌成就之一"[5]。

斯蒂芬斯坦承，今天的人们对荷马和但丁的态度只不过停留在口头上而已，人们更关心的是现在的诗人和作家。他在《诗歌中的时尚》一文中这

---

[1] A. G. Stephens, "The Brontë Family", in *A. G. Stephens: Selected Writings*, 1978, pp. 321–322.
[2] A. G. Stephens, "Stephen Crane", in *A. G. Stephens: Selected Writings*, 1978, p. 341.
[3] Ibid.
[4] A. G. Stephens, "Fashions in Poetry", in *A. G. Stephens: Selected Writings*, 1978, p. 47.
[5] Ibid.

样写道:"即使你去问那些应该具有品味和经典口味的人,你会发现他们正在阅读的却是济慈、海涅,或是斯蒂芬·菲利普斯;如果你去留意他们正在不厌其烦地研究哪些作家的话,你会发现是布朗宁、马拉美,或是吉卜林。但丁与荷马毫无疑问都是大家;但他们的作品却是与雷德的《地方政府议案》一起被束之高阁"①,这是因为:"荷马毫无疑问是他(们)那个时代的一位或几位伟大的诗人,但那不是我们的时代。我们有其他的想法、其他的品味、其他的需求。荷马的魅力和人文主义将会一直有其价值,但是,使2700年前希腊人欣喜若狂的直白情感和单一场景并不是现代读者所期待的富于诗意的最高恩赐。"②

不过,斯蒂芬斯在《诗歌中的时尚》一文中进一步说明:现代诗歌实质上又是寄生于荷马、但丁和弥尔顿的诗歌。他认为,现在的作家全都是站在古人的肩臂上,在现代的作家笔下很容易就可找到抄袭古人的内容,在现代与古代之间,有一点可以肯定,不光彩的事情显然是存在的。斯蒂芬斯借用婴儿在大人的引领下学会走路为例来说明今人回归和寄生经典其实是在潜意识中完成了对传统的遵循,接受了"弥尔顿是一位伟大的诗人"这样一个概念。现在的作家如果要摒弃传统,那就像是婴儿拒绝学习走路,因此,传统作为一种规则已经预先占领了现代作家的思维,他们无法逾越这一门槛。他们头脑中所可能产生的任何有别于传统的想法都将显得十分柔弱。这就是今天的我们为什么一边总想着摆脱传统而去追求文学创新,一边总是对传统欲罢不能了。

在《诗歌中的时尚》中,斯蒂芬斯援引澳大利亚诗人布伦顿·斯蒂芬斯(Brunton Stephens)模仿英国诗人丁尼生进行的诗歌创作来论证传统对于个人的约束。19世纪90年代的诗人布伦顿·斯蒂芬斯在澳大利亚已经声名大噪,但他的诗歌带有大量丁尼生诗歌的痕迹,这是因为"每个人的想法都会永久带有同时代名人的想法的一些色彩;名望具有传染性,就像天花肯定会使身体表面变成麻子一样,名望会使人的大脑产生缺陷。就像我们会得流感一样,我们很容易受到流行作家的影响。……但是,有一条自然法则,它

---

① A. G. Stephens, "Fashions in Poetry", in *A. G. Stephens: Selected Writings*, 1978, p. 48.
② Ibid.

使上一代体内的毒素能够提供抗体给下一代：我们的上一代所忍受的苦痛会逐渐使我们对上一代的疾病免疫"[1]。因此，布伦顿·斯蒂芬斯在模仿丁尼生的诗歌时，他的创作"就如服饰的时尚一样，保留了19世纪中期的怀疑和问题，所以，它们与周围的环境十分不协调"[2]。布伦顿·斯蒂芬斯无法超越传统，读者通过他的作品不难看到丁尼生高高地屹立在所有伟大诗人之上。

作为一个文学批评家，斯蒂芬斯与塔克所代表的早期澳大利亚学院派批评家有着显著的区别，因为后者的工作是向本土的学生传授关于欧洲和英国古典文学的知识，他们不读本土作家的作品，更不与本土作家打交道。相比之下，斯蒂芬斯是一个通俗批评家，他通过"红页"直接与本土作家联系，在他的工作中，他不仅读澳大利亚作家的作品，还直接策划并大力鼓动澳大利亚人参与文学创作。他一生帮助作家无数，有时虽不免严苛，但是，包括劳森在内的整整一个时代的澳大利亚作家在他的直接帮助之下成长了起来。

斯蒂芬斯可谓一生为民族化的澳大利亚文学鞠躬尽瘁。斯蒂芬斯曾于1893—1894年间游历美国、加拿大和欧洲各国，回国以后，他在《一个昆士兰人的旅行笔记》（*A Queenslander's Travel-Notes*）中这样写道："我建议所有年轻人都去做做类似的事情——周游世界、看看世界各地，回国后肯定会确信澳大利亚是所有国家中最好的国家。"[3] 这样的言辞非常明显地反映了斯蒂芬斯的民族主义观点，在澳大利亚国内民族主义风起云涌的年代，他这样稍显激进的民族主义言语鼓舞了一代人。

斯蒂芬斯对早期澳大利亚文学批评的贡献首先在于他是一个观点独到的文学编辑。"他的紫色墨迹和红色的铅笔字已经成为一种传奇。"[4] 正因为如此，有人说他经常"对其专栏作家的作品进行'恶劣的胡乱修补'。不过，

---

[1] A. G. Stephens, "Fashions in Poetry", in *A. G. Stephens: Selected Writings*, 1978, p. 51.
[2] Ibid., p. 52.
[3] Leon Cantrell, "Introduction", in *A. G. Stephens: Selected Writings*, 1978, p. 7.
[4] Ibid., p. 3.

以后人的眼光去审视，他给作家的修改建议往往很明智并且被作家们采纳"①。他曾被误指对《公报》的一位已故诗人巴科罗弗特·伯克（Barcroft Boake）的诗歌《亡魂安葬之所》（Where the Dead Men Lie）进行了大段的篡改。事实上，斯蒂芬斯从不隐瞒自己编辑工作中的修改细节。他对诗歌《亡魂安葬之所》的修改远非先前评论者们所想象的那样无节制。

斯蒂芬斯在编辑工作中所提出的澳大利亚文学创作标准、对文学经典的认识以及对文学民族化的论述在20世纪初的澳大利亚具有重大意义。在他生活的时代，他的文学批评指引了澳大利亚文学的发展方向。澳大利亚文学评论者戴维·卡特认为："作为《公报》杂志'红页'文学专栏的评论家和编辑，斯蒂芬斯在文学方面工作的新颖性不在于他有什么全新的文学理论，而在于他改进了批评的方法。"② 斯蒂芬斯的文学批评方法，说到底，就是以澳大利亚文学创作的民族化为出发点，同时借鉴欧美的文学创作，来考量澳大利亚作家及其作品。如果斯蒂芬斯是澳大利亚的第一个职业文学评论家，那么，更让人习以为常的是，他是一位谈论文学——以及其他很宽泛的话题——的职业新闻工作者，在文学批评方面，他显得业余而并不专业。③ 在斯蒂芬斯写作的时代，澳大利亚文学的职业批评仍然在其初始阶段，但澳大利亚的文学批评肇始于斯蒂芬斯，而斯蒂芬斯作为澳大利亚文学批评奠基人的地位的确是无可争议的。

---

① W. F. Refshauge, "Fresh Light on A. G. Stephens as Editor of Barcroft Boake's Works", *Australian Literary Studies*, Vol. 22, Issue 3 (2006): 368.
② David Carter, "Critics, Writers, Intellectuals: Australian Literature and Its Criticism", in *The Cambridge Companion to Australian Literature*, Elizabeth Webby, ed., Cambridge: Cambridge University Press, 2000, p. 263.
③ Ibid.

第三章
P. R. 斯蒂芬森的澳大利亚民族文化基石论

P. R. 斯蒂芬森（P. R. Stephensen，1901—1965）是一个在当代澳大利亚文学史上较少被提及的名字，但在澳大利亚民族主义浪潮风起云涌的20世纪30年代，他却是位举足轻重的人物。他的《澳大利亚文化的基石：为民族自尊而作》（*The Foundations of Culture in Australia：An Essay towards National Self Respect*, 1936）一书被誉为20世纪30年代澳大利亚最有影响力的批评著作。斯蒂芬森全名为珀西·雷金纳德·斯蒂芬森（Percy Reginald Stephensen），1901年11月20日出生于昆士兰州的马里伯勒（Maryborough）。在昆士兰大学攻读学士学位期间，他在著名作家诺曼·林赛之子杰克·林赛（Jack Lindsay）的引荐下，结识了布里斯班的一批激进知识分子。1921年，斯蒂芬森主编了一本校园杂志，由于其中收录了杰克·林赛的颇具色情意味的诗句而引发了争议。1924年，斯蒂芬森获昆士兰州罗氏奖学金（Rhodes scholarship），前往牛津大学女王学院深造。在那里，他加入了共产党在该校的分部组织。由于他鲜明的政治倾向，学校向他发出了开除学籍的警告，但他并未太在意，仍参与了1926年的大罢工，并在大罢工失败后帮助组织了伦敦的工人戏剧运动。1927年大学毕业后，斯蒂芬森和杰克·林赛共同经营位于布卢姆茨伯里（Bloomsbury）的芳弗洛里科出版社（Fanfrolico Press），致力于提升出版物的品质。其间，他们还合作出版了一份名叫《伦敦阿芙洛狄忒》（*London Aphrodite*）的文学杂志。1928年，斯蒂芬森与D. H. 劳伦斯相识，成为他的忠实拥护者，并积极投身于反审查制度的运动中。

他曾在自己创办的曼德拉草出版社（Mandrake Press）出版劳伦斯极具争议的画集，并秘密策划了《查特莱夫人的情人》在英国的出版。

斯蒂芬森1932年返回澳大利亚后，和诺曼·林赛一起在悉尼创办了奋进出版社（Endeavour Press），使包括班卓·佩特森和迈尔斯·弗兰克林在内的一些重要作家的作品得以先后问世。不久，由于他与董事会在一些问题上的争执致使其于1933年辞职，辞职之后，他随即又创办了自己的出版公司，继续出版包括弗兰克林、亨利·汉德尔·理查森（Henry Handel Richardson）、埃莉诺·达克（Eleanor Dark）等人的系列作品，但他的公司很快因缺乏资金而于1935年破产，致使当时正等待出版的泽维尔·赫伯特（Xavier Herbert）的代表作《卡普里康尼亚》（*Capricornia*）历经波折，直至1938年才得以正式问世。

《澳大利亚文化的基石》（以下均作《基石》）写于一个充满喧嚣和躁动不安情绪的历史时期。20世纪30年代的澳大利亚人口出生率持续下降，并首次经历了移民人口的大幅回落。由于世界范围内的经济萧条，严重依赖世界市场（特别是英国市场）的澳大利亚经济出现了严重的危机，大批工人失业，小农纷纷破产，中小企业受到严重打击，垄断势力乘机加强控制。由于社会矛盾的激化，国内法西斯分子开始展开积极行动，他们向英国王室和大英帝国效忠，大力排挤民族主义思想和行为。1931年的《威斯敏斯特法令》（Statute of Westminster）虽然在表面上宣布了澳大利亚在法律上的独立地位，英国对于澳大利亚的文化和军事控制仍在发挥作用。与此同时，保守的澳大利亚政府在国内实行文化审查制度，激起了知识分子对"思想自由"问题的关注。他们开始认真思考民族性格、土著传统、民族文化身份等一系列问题。对澳大利亚"精神"的空前关注是这一时期文化知识领域的重要特征。始于1938年的"津迪沃罗巴克运动"正是这一思潮的产物，对此，我们将辟专章进行介绍。"二战"爆发前后，由于来自亚洲（尤其是日本）的威胁，知识界普遍产生了对在澳大利亚继续推行白人文化可能性的质疑。

《基石》由斯蒂芬森为其短命的民族文学刊物《澳洲水星》（*Australian Mercury*）撰写的一系列文章扩充而成。全书分三个分册，第一分册中的二十篇文章通过该刊物得以率先问世，但《澳洲水星》很快因无法找到赞助而不得不停刊，第二、三分册在事先没能在杂志上刊登的情况下，直接与第一分册的内容一起集结成书。用克雷格·蒙罗（Craig Munro）的话说，《基石》一书"既是这一时期民族身份危机的结果，又是斯蒂芬森个人事业和政治挫折的忠实表达"①。鉴于该书对于20世纪澳大利亚民族主义批评的巨大影响，有必要对作者在此书中提出的主要思想作一梳理。

一

斯蒂芬森在第一分册开头处开宗明义地指出，一个没有民族文化的国家不是完整的国家。一个国家的政治、经济和社会形式是暂时的，是时代精神的体现，会随着时代的不同而发生变化，但一个国家的文化是永恒的："对于一个国家而言，没有什么是永恒的，除了它的文化——它是那些表现在艺术、文学、宗教和哲学中的永恒的理念，超越现代性和转瞬即逝性的理念，经历过政治、社会和经济变迁的理念。"② 澳大利亚如果没有自己的民族文化，将永远是一个殖民地，而不是一个国家。而要建设民族文化，首先必须明确哪些是澳大利亚文化中的决定性要素。

斯蒂芬森认为，对于一种文化而言，种族和地域是两大永恒因素。其中，在界定某一文化的方向时，地域或许比种族更为重要，因为当种族发生迁徙时，他们会将文化带到一个新的地域，文化也随之发生改变。一个地域的"地之灵"（spirit of place）最终赋予一种文化以独特的个性。澳大利亚文化是从英国文化的土壤中滋生出来的，但由于澳大利亚独特的"地之灵"——特殊的地理和生态环境，其在文化上的表现将明显区别于英国。③澳大利亚也不同于美国。虽然两者都拥有广袤的大陆、分布较稀薄的土著人口、曾被征服和殖民过的历史，但相似之处仅限于此。澳大利亚没有人口众多的少数族裔——黑人、犹太人、意大利人和混居的欧洲人，没有在历史上

---

① Craig Munro, "Introduction", *The Foundations of Culture in Australia: An Essay towards National Self Respect*, Sydney: Allen & Unwin Australia Pty Ltd., 1936, p. x.

② P. R. Stephensen, *First Instalment*, in *The Foundations of Culture in Australia: An Essay towards National Self Respect*, 1936, p. 15.

③ 在斯蒂芬森对澳大利亚的分析中，可以明显看出D. H. 劳伦斯及其《经典美国文学论》的导论《地之灵》（spirit of place）一文对他产生的影响。

受到过来自西班牙、法国或清教徒的影响，而这些在美国都是无法回避的事实。澳大利亚百分之九十的人口来源于英国，百分之十的少数民族主要包括德国人和丹麦人，他们很快与人数极少的拉丁人和零星的其他少数族裔相融合，成为一个全新的民族，这种总体上的种族同质性决定了澳大利亚文化与美国文化迥然有别，那种对澳大利亚变得越来越美国化的指控，只是沮丧的英国人在目睹了其与"母本"渐行渐远时发表的无稽之谈，因为澳大利亚只会变得更加澳大利亚化。

斯蒂芬森接下来提出了又一个相关的命题：如果说艺术和文学是民族性的创作，并与来源地和邻近的地域密切相关，那么还会有所谓的普遍性的、国际性的艺术和文学吗？他指出，要回答这个问题，需分清创作和欣赏这两个概念。"艺术和文学最初是民族性创作，但却在全世界范围内被接受和欣赏。文化由一国传播到另一国，每一个国家都对他国的文化贡献了一些见解和主张。莎士比亚、巴尔扎克、陀思妥耶夫斯基都是从民族性作家起步，最终成长为国际性的作家。"[1]纵观人类历史，文化只能起源于某一个特定地区，这是因为最初世界上的各个地区是互相孤立的，彼此之间并没有太多交流。由于印刷术的发明以及交通和通信手段的发展，民族文化互相融合、互相影响，地域特色逐渐消失，整个世界日益成为一个文化单元、一个国际经济单位。即便如此，仍然应当坚信文化是基于地域性而创造的，对于世界文化的每一项贡献，都必须基于其起源地的特色。关于人性和世界文化的普遍观念并未要求泯灭个性。即使是秉持国际共产主义理想的苏联，也积极倡导各个联盟国大力发展各自的语言和文化，因为苏联的哲学家们意识到，国际主义理念本身就包含着许多不同的民族性——为了经济和政治团结而联系在一起，同时又保留着各自不同的习俗和文化。"写作的魅力在于写一个人知道的事情，而阅读的魅力在于去读一个人不知道的事情。正因为这一原因，文化在创作上必须保持地域性，在欣赏上必须保持普遍性。"[2] 因此，无论时代如何发展，必须坚持文化的地域特征。即使是在一个国际化的世界，艺

---

[1] P. R. Stephensen, *First Instalment*, in *The Foundations of Culture in Australia: An Essay towards National Self Respect*, 1936, p. 16.

[2] Ibid., p. 17.

术和文学也必须基于当地或本国的特征而创作。

斯蒂芬森指出,澳大利亚是地球上唯一一个由一个民族定居,由一个政府领导,讲同一种语言的大陆。在 21 世纪到来之前,人口将有望达到两千万,并将拥有基于地域特点的独特文化。届时,澳大利亚将褪去所有殖民地的痕迹而成为一个独立的国家。但在当前,无论在政治还是经济上,澳大利亚都处在独立和非独立之间的尴尬境地。"我们已经不是纯粹简单意义上的殖民地了,但也没有成为一个羽翼丰满的国家。我们只介于两者之间,被模糊地称为'自治领',或一个拥有'自治地位'的'联邦',法律将我们与大英帝国的其他自治领松散地联结在一起,又由于情感和一种互相保护的理念而紧密相守……将我们同其他'自治领'相连的政治和法律纽带是松散的,但情感和财政纽带却是强有力的,特别是与名为'大不列颠'的'自治领'之间。此外,文化方面的纽带也是强有力的。"[①] 不过,澳大利亚已经拥有了成为一个独立的国家的基础和可能性。澳大利亚的民族特性,不论有没有大英帝国的理念支撑,都有理由存在,没有一个国家可以没有自己的民族文化。"作为殖民地,我们出口原材料,进口工业品和贷款,交易是双向的。我们还进口文化,但仅仅是单向的。作为一个国家,我们将继续进口文化,但我们还将出口文化,作为我们对世界文化的贡献。"[②]

斯蒂芬森表示,自己写作这本书的缘由是一位定居澳大利亚的英国教授对澳大利亚文学的批判。这位在墨尔本大学教授英国文学的 G. H. 考林(G. H. Cowling)教授在发表于 1935 年 2 月 16 日的《时代报》(*The Age*)上的一篇文章中提出了一系列的观点,表达了对澳大利亚文学存在之可能性的质疑。他认为:澳大利亚没有伦敦这样的大都市;文学奖项不足以吸引最优秀的人才;书籍产量低;乡村生活贫乏,缺乏传统;没有古老的教堂、城堡、废墟以及那些逝去的先人的纪念地;澳大利亚自传体的空间很小;澳大利亚旅游文体的空间也很小;澳大利亚生活太过混乱,所以根本无法成就太多一流的小说;澳大利亚可能会出现一位辛克莱·刘易斯(Sinclair Lewis),

---

[①] P. R. Stephensen, *First Instalment*, in The Foundations of Culture in Australia: An Essay towards National Self Respect, 1936, pp. 18–19.

[②] Ibid., p. 18.

但不会有很多，因为澳大利亚不具有本土的文学文化，它的一切文化均来自欧洲。斯蒂芬森指出，考林教授的观点部分地反映了澳大利亚的现实。"在墨尔本大学还没有澳大利亚文学的席位，在其他的澳大利亚大学里也是如此。就一定程度而言，这位教授说澳大利亚文学方面的文化是非本土的，来自一个欧洲的源头，这一点无可辩驳。"[1] 但他同时指出，上述言论同样适用于对早期美国文学的评价。事实证明，缺乏教堂、城堡和废墟等并不会成为无法发展民族文学的理由，君不见今日的"美国文学发展得如此迅猛，至少可以与当代的英国文学并驾齐驱，有些人甚至认为它的发展势头更加强劲一些"[2]。

斯蒂芬森认为："考林教授的言论是投向澳大利亚文学创造性火焰的一张湿毯，除了将其读作是对我们的民族主义的文学热忱所泼下去的冷水，恐怕再无其他的解读。"[3] 在他看来，这位英国教授的态度如同曾经的拉丁人，在目睹了乔叟等人的英语写作时，对所谓的英国文学不屑一顾。他不无骄傲地指出："现在我们也正处在澳大利亚自我意识觉醒的关键时期，处于发展民族意识以及文化的关键点，我们正处在我们的'乔叟时代'。这位教授没能觉察其中涌动的生命力，失去了如此近距离地研究和为后代记录一个正处在形成期的新文学的诞生的绝佳时机……将来有一天，当学者们在撰写澳大利亚20年代和30年代的文学发展史时，他们将会援引考林教授的这篇文章以展示当时澳大利亚文学面临的诸多困境。这样一来，考林教授的这篇文章将间接地帮助建立澳大利亚文学，以一种他未曾想过的方式。"[4] 所以，澳大利亚人在某种程度上应当感谢考林教授以如此无畏的精神挑起一场争论，他将顽固的英国人的观点如此坦白地付诸纸上，从而激发澳大利亚知识分子认真思考民族文学的相关问题，所以与其责备其遮盖了火焰，斯蒂芬森认为至少应该感谢他无意中煽起了火苗。

斯蒂芬森认为，任何一个国家的文化都包含两种因素——外来的和本土

---

[1] P. R. Stephensen, *First Instalment*, in *The Foundations of Culture in Australia: An Essay towards National Self Respect*, 1936, p. 21.

[2] Ibid.

[3] Ibid., p. 22.

[4] Ibid.

的。外来文化对本土文化的影响是对文学的最大刺激因素；外来文化就好比用来滋养一个国家文化土壤的磷肥，它将刺激本土的庄稼快速生长，但最重要的不是磷肥而是植物本身。那位英国教授宣称"澳大利亚文学方面的文化是非本土的，来自欧洲"，这种行为就如同一位贩卖磷肥的小贩过于沉浸在叫卖商品的热忱中，从而忘记了使用这些商品的真正目的是使庄稼长得更好。"输入的英国文化，如果仅作为陈列品，对于我们而言，是毫无价值的……除非我们可以利用输入的英国文化作为建构本土文化的一个因素（姑且承认它是一个最重要的因素），不然它对于我们只是一个毫无意义的景象。"①

一个国家的文化是其民族性的精髓。民族性是值得个体炫耀的东西，但"我们不能以英国人为骄傲，而只能以班卓·佩特森和亨利·劳森为我们的骄傲。他们的缺陷就是我们自己的缺陷。这并不是说他们比甘地、辛格（J. M. Synge）、高尔斯华绥更为重要。这里我无意做一个质量上的比较，我仅仅想申明：佩特森和劳森对于我们澳大利亚人而言在地缘上更加真实；我也承认甘地对于印度人，高尔斯华绥对于英国人，辛格对于爱尔兰人比他们当中的任何一位对于澳大利亚都更为真实。"②

每一位思想家都是首先对本民族的文化贡献力量，接着才对世界文化做出贡献。作家或艺术家需要自己民族的人民为其提供鼓励和刺激，没有这些他将变得胆怯或令人失望。作家、艺术家和思想者，像运动员一样，都需要掌声的鼓励才能达到自己的全盛时期。在异国，他们必然是在模仿，不能做自然的自己，不能像在自己的祖国和在自己的人民中那样放松。因此，文化必须源于自己的民族，而一个民族在文化上的自我定义也正是其对世界文化的最大贡献。

在斯蒂芬森看来，班卓·佩特森和亨利·劳森可被认为是澳大利亚本土文化的典型的先驱者。外国人不会以澳大利亚的眼睛来看待澳大利亚。而对于佩特森和劳森，澳大利亚是家，是故乡。他们再没有其他的故乡。以亨

---

① P. R. Stephensen, *First Instalment*, in *The Foundations of Culture in Australia: An Essay towards National Self Respect*, 1936, p. 25.
② Ibid., p. 26.

利·劳森为例，他有斯堪的纳维亚血统，但对他而言，出生在澳大利亚就意味着他与欧洲的纽带永远地切断了，因而他会为澳大利亚民族性而热情战斗。同样的感情适用于在澳大利亚出生的第二、三代人，不管他的祖先来自哪里。说英国是所有澳大利亚人的"家园"，只是一种比喻的说法，或出于一种表达的习惯，而不是一个事实。否认英国是在澳大利亚出生的人的"家园"，目的在于寻求建立本土文化的基础，寻求一种澳大利亚文化可以从中萌生的思想状态。

在1823年，英国剑桥大学举办了一场著名的诗歌竞赛，在这场由25人参加角逐、主题为"澳大拉西亚"的诗歌竞赛中，最终的优胜奖被英国人W.麦克华斯·普雷德（W. Mackworth Praed）夺得。二等奖被授予了一位土生土长的澳大利亚人威廉·查尔斯·温特沃斯（William Charles Wentworth）。前者本人从未离开过英国，而后者对该主题的了解程度毫无疑问超过了任何一位其他竞争者。这一评判结果发人深思。在斯蒂芬森看来，前者的诗是对英国文学的贡献，它提供了英国人对待澳大利亚的主要态度的一个特别范例。这首诗没有告诉读者任何关于澳大利亚的真实的东西，而更多的是关于英国人对待澳大利亚的态度，即认为澳大利亚是一块充斥着囚犯和野人的土地，前者渴念着回到自己的故乡，而后者等待着英国传教士前来救赎使其摆脱蒙昧的状态。这首诗包含了19世纪甚至当今英国关于澳大利亚的书写的所有胚芽。温特沃斯的诗则是对澳大利亚文学的早期贡献。他在英国文化殿堂的中心，在剑桥，激情澎湃地抒发了对澳大利亚的思乡之情。他指出"流放制度"（convictism）是导致澳大利亚的"缪斯"沉默失声的主要原因。诗歌以预言和希望结尾，他大胆预言：假如不列颠群岛在将来势力逐渐衰弱，澳大利亚将成为一个伟大的独立的国家；他希望澳大利亚人永远不要卷入国外的侵略战争。由此可见，诗人的对外政策是：不要与他国争斗，除非他国胆敢前来挑衅。诗人希望澳大利亚参与各种形式的和平行动，希望澳大利亚人发展科学、哲学、经典研究以及诗歌创作，期待澳大利亚本土的文学巨匠的横空出世。

在澳大利亚文学中，"流放制度"这一主题长久以来都是倾向于英国的作家的特别领域。这一主题始终不曾被遗忘，不是因为它是澳大利亚历史的主导主题，而是因为移民作家带着先入为主的假想，认为这一主题应当是主导性的。如果一件事证实了某人已有的观念，它常被认为是深刻的。而要形成新观念却要付出极大的努力，是极其困难的。对于英国人而言，要认识到澳大利亚不仅仅曾经是囚犯流放地，还是一个新国家，需要付出一定的心力。这一新事实超出其理解的能力范围，于是他宁愿选择继续保留旧的观念。因此，牛津的教授们选择将奖项颁给普雷德的幻想，而不是温特沃斯的现实主义。基于同样的原因，英国的读者青睐马库斯·克拉克和罗尔夫·博尔特沃德（Rolf Boldrewood）胜过劳森、佩特森和斯蒂尔·拉德（Steele Rudd）。

斯蒂芬森不无讽刺地指出，流放制度和鞭刑是英国人自然而然就能接近的主题，因为刑事殖民是英国刑事体系的一个直接组成部分。野蛮的流放制度和残酷的鞭刑都是当时英国人的杰作。刑罚体系的加害者和受害者同样都是英国人，而不是澳大利亚人。澳大利亚很快废除了流放制度这一英国体制的舶来品。事实上，截至1855年，罪犯在澳大利亚总人口中的比例不高于二十分之一。随着移民潮的到来，至1880年，这一比例不超过百分之一。至1900年，这一比例为零。20世纪30年代，澳大利亚总人口达六百万，其中极少一部分是英国罪犯的后代。因而，没有必要篡改历史，以粉饰澳大利亚作为囚犯流放地的可耻过去。篡改历史的做法源于热衷"流放制度"这一体裁的作家的错误强调。他们用不成熟的历史性素材搭建一个明显的虚构故事，而看不到澳大利亚成长为一个国家的细微之处，做不到将占澳大利亚人口绝大多数的自由人的开创性的、国家建设方面的功绩作为文学创作的素材。

斯蒂芬森分析了《公报》对澳大利亚文学的影响。《公报》为19世纪80和90年代的民族主义文学运动提供了阵地。在编辑J. F. 阿奇博尔德（J. F. Archibald）的旗帜引导下，一批文学反叛者致力于反抗传统英国文学的束缚，创作具有本土特色的文学作品。但在阿奇博尔德的主导下，《公报》并不鼓励高品质的作品，而是鼓励一种"粗糙文学"样式。回顾历史，不难发现阿奇博尔德的《公报》给澳大利亚的文学和文化造成了一种可疑的后果。它展示了一种恶棍式的澳大利亚生活，并把这种生活演绎成澳大利亚最重要的生活形态。在斯蒂芬森看来，恶棍和罪犯并不是典型的澳大利亚人，他们在澳大利亚文学中的作用就相当于印第安人和牛仔之于美国文学——是对典型澳大利亚生活的虚构和歪曲。《公报》在倡导摆脱英国的影响方面功绩卓著,但"反英"的态度本身并不能造就更好的澳大利亚人,澳大利亚文学和文化如果想比19世纪90年代更加成熟,就必须从现已失去活力的阿奇博尔德传统中解放出来。

二

19世纪90年代的民族主义的创造精神为何未能在20世纪30年代迸发出新的能量?斯蒂芬森认为,这是因为澳大利亚缺少一批无畏的社会批评家和思想家,在澳大利亚,自鸣得意成为一种稳固的思想状态,并逐渐变成一种昏昏欲睡的自我满足;庸俗品的承包商没有受到接受者的抵制;在澳大利亚,二流的知识分子占居高位,真正的天才却举步维艰。澳大利亚出产天才,但如果他们留在国内,他们的才华会被慢慢地扼杀掉。澳大利亚并不缺乏天才,只是缺乏给予他们的机会和鼓励。澳大利亚人体力和智力上都不亚于世界上最优秀的民族,其备受谴责的迟钝和自满不是与生俱来的品性,而是由某些可被改造的外部因素造成的。

斯蒂芬森认为,自我认识、自我定义以及对历史和命运的洞察都是当代澳大利亚所迫切需要的,因为在文化上起支撑作用的旧世界的体系正处在崩溃的边缘;澳大利亚最终实现真正的文化上的自给自足,其意义在于在澳洲这片土地上为欧洲文化保留遗迹,成为欧洲文化、礼法典范和文明的唯一贮藏所;欧洲如果执意要卷入战争,其文化将难以避免被摧毁:"澳大利亚地理上的孤岛状态和远离欧洲的实际状况,可能是使我们远离战争的有利因素。我们必须时刻为短暂的历史赋予我们的地位和责任而做准备——作为唯一一块白种人的大陆,唯一一块孤立的大洲;恰好还是一块完全在现代才有人定居,没有被旧的传统封地、差异、语言和仇恨所阻碍和分割。美国是由多民族组成,它永远不能成为纯粹意义上的白种文化的卫道士。"[1] 斯蒂芬森认为,即使没有战争,关于澳大利亚努力实现文化自足的提议也是值得考

---

[1] P. R. Stephensen, *Second Instalment*, in *The Foundations of Culture in Australia: An Essay towards National Self Respect*, 1936, p. 89.

虑的，因为一旦将独立自主的文化深深植根于当地的土壤，它就可以自行成长，不再需要欧洲的帮助；要做到这一点，第一要务是："作为一个国家，我们必须主动地认识到我们自己的历史、文学和传统，以便形成关于我们自身命运和民族性格的适当的观念。"①

澳大利亚在自觉自愿的基础上，用五十年的时间建成了一个联邦国家。19 世纪八九十年代，澳大利亚人实现了民族的自我定义："在一片爱国热忱和热切期盼中，澳大利亚联邦成立了，'白澳'的理念形成并得以宣扬，澳大利亚民主得以彰显，澳大利亚文学在斯蒂芬斯等人的扶持下像个调皮的孩子得以茁壮成长。"② 20 世纪国际政治局势急转直下，混乱复杂的"荒原"景象造成了人类精神上的危机，在经历了二三十年代的动荡后，极少有人能够保持世纪初的那种单纯的乐观主义。没有亲历过战前正常秩序的年轻一代，在成长过程中形成了一种根深蒂固的观念，那就是，这个地球就是一个疯人院，只有通过文学的手段，才可以将在过去几十年（1850—1920）间发生的精彩事件，传达给现在年轻的一代以及将来的人。澳大利亚已经具备了文化上达到自给自足的先决条件：除了传统的景物描写，粗浅的歪曲和模仿，这儿也像其他任何地方一样拥有可供忠实书写的大量空间，悉尼和墨尔本像其他的大都市一样充斥着各种各样可用于写作的素材，土著人的仪式也为文学写作提供了许多可供表现的经验；正如神圣传统和传说为土著部落提供了一个集体的灵魂和一种延续性一样，以写作形式记录下来的历史和文学同样为一个文明国家提供了民族的灵魂和连贯性。对民族传说的详细记录为民族观念的存续提供了基础。没有对这些传说的记录就没有民族文化，没有了文化，就没有民族。历史和传统是任何一个地域文化的真正核心，因为它们以一种可供记忆的方式保存了民族的经验。

作为一个国家，澳大利亚有自己独特的历史。19 世纪以前的澳大利亚历史是英国的，澳大利亚人继承了英国的历史、传奇故事和传说并以此而自豪。但后来的澳大利亚开始拥有自己的历史。1850—1920 年间的 70 年是为

---

① P. R. Stephensen, *Second Instalment*, in *The Foundations of Culture in Australia: An Essay towards National Self Respect*, 1936, p. 90.

② Ibid., p. 91.

澳大利亚民族打下基石的关键时期,对澳大利亚人具有恒久的意义。斯蒂芬森认为,这70年间的经历比发生在19世纪以前的所有事件都重要得多。澳大利亚民族的传说应当建立在对发生在19世纪末以及20世纪初的事件的详述、整理以及研究的基础上,至于更早的历史,当代人大可不必理会。然而,遗憾的是,最重要的澳大利亚历史和传说,并没有被传授给年轻的一代:"我们正在雇佣海外的'游客'来向我们的年轻人传授他们本国的故事、传统和阐释(甚至是针对我们的阐释)。这一过程只能带来一个后果,那就是反澳大利亚的效果,无论这些引进的教学多么'高尚',它们都不能巩固澳大利亚的民族精神,只能强化一种倾向于英帝国的幼稚情感。"[1]

斯蒂芬森认为,澳大利亚的教育,无论是宗教的还是世俗的,都没有扎根于澳大利亚的土壤。澳大利亚的年轻人仅仅被授以空洞的欧洲的文化模式,而没有被引导去认识他们的生活与澳大利亚民族传统和历史渊源的关系。这种本土文化和教育现实之间的分裂造成的严重后果是一种精神上倾向于欧洲(或想象中的欧洲)的错误定位,因而,许多澳大利亚年轻人被赋予了一种分裂的人格——精神上对欧洲的向往被浇铸在生活在澳大利亚的现实需要中;成年人获得教育的种种方法和途径也同样被扭曲了,澳大利亚人对于本国的情感被挤压至下等的地位,或根本没有地位。在澳大利亚,异域文化对成人教育的持续的、无所不在的影响,加上在教室里形成的反澳的根基,这些影响严重破坏了曾在光辉的80年代和90年代起航的澳大利亚精神。"除非我们能够对澳大利亚思想以及过去的澳大利亚精神拥有足够的尊重,否则我们在文化上将继续作为被动的接受者而存在。"[2]

斯蒂芬森批判了保守的澳大利亚出版界,说他们总是倾向于向公众提供同一种模式的图书,拒绝冒险。在他看来,"称职的出版人乐于扶持'新'作者、非正统的作者、个性突出的作者、具反叛精神的作者,并希望能发掘出一位萧伯纳、一位威尔斯、一位高尔斯华绥"[3]。斯蒂芬森认为,出版人应当在建设民族文化方面发挥重要的作用。"是书籍唤起读者,而不是读者

---

[1] P. R. Stephensen, *Second Instalment*, in *The Foundations of Culture in Australia: An Essay towards National Self Respect*, 1936, p. 102.

[2] Ibid., p. 106.

[3] Ibid., p. 108.

唤起书籍。为澳大利亚本土书籍'创造市场'的责任在作者和出版人身上，而不在读者大众身上。读者大众如同未经发酵的面团，它并不清楚自己想要的是什么……它只是单纯地接受自己被给予的，或能够得到的，然后在此基础上企求最好。逐渐地，通过越来越多的高质量的澳大利亚图书的出版，澳大利亚读者将逐渐意识到自己想要阅读的澳大利亚图书是什么。但是，在这之前需要度过一个'教育'的阶段。"① 在四十多年的时间里，澳大利亚在文化上是被动的，依附于海外书籍的供应。作为结果，许多重要的澳大利亚作家被迫走上"返乡"之旅——返回英国寻找出版的机会。即使是作品得以发表的作家，他们在澳大利亚也远未得到其应该得到的欣赏和尊重。澳大利亚拥有值得其祖国为之骄傲的世界级的小说家和诗人，但可悲的是，其祖国似乎从未以其为骄傲。

　　斯蒂芬森认为，澳大利亚人可以创造出任何东西，包括伟大的文学，但澳大利亚人自己应当首先树立这方面的自信心："我们在文化上不再需要其他国家的代表团前来驻防和维持治安。英国、美国和巴塔哥尼亚的文化驻军可以回家了，或者，如果它们选择留下，应当学会向我们的国旗致敬，但首先我们得升起这面旗帜，并自己学会向它致敬。"② 人们注意到，智力文化在澳大利亚还未受到足够的重视，而智力文化恰是唯一能够持久的文化，澳大利亚自卑情绪的消除也有赖于这一文化的发展；澳大利亚需要来自本土知识分子的自我批评，因为这是由对于这个国家的爱和信仰引发的，虽然它有可能比来自外界的批评更为严苛，但却是极具建设性的，是有效的、真实的。澳大利亚的知识分子，常常轻易地选择离开，而不愿担负起建设民族文化的重任，他们部分是被广告、书籍和日常广播所宣扬的欧洲的荣光所吸引，部分是被联邦内自鸣得意的氛围和占据权威地位的二流人士所推行的令人难以忍受的霸权所驱赶。逃走比留下来战斗容易得多，因此，对澳大利亚来说，"一个全国性的重大问题是，如何避免我们最优秀的人才被逼迫离开或被引诱走，因为这对我们而言，是一个巨大的损失"③。澳大利亚流失海

---

① P. R. Stephensen, *Second Instalment*, in *The Foundations of Culture in Australia: An Essay towards National Self Respect*, 1936, p. 110.

② Ibid., p. 117.

③ Ibid., p. 122.

外的英才数目惊人，但这必须作为一笔死账被勾销掉，与其懊悔感伤，不如顶着人才流失的障碍努力建设澳大利亚民族文化："我们目前所能做的只能是发现、培养、鼓励并留住一批新的作家，来弥补我们的损失。"[1] 斯蒂芬森认为，留在国内的知识分子同样没有担负起自己应尽的义务，他们大多从澳大利亚的现实社会生活中抽离，让一些琐屑的小事、自鸣得意的情感占据他们的头脑。他们藏身于各自孤立的"城堡"中，从那儿偶尔发出一声类似于"澳大利亚没有文学"之类的自言自语的嘀咕，来附和他们曾经刻苦研读的英国书籍和杂志里的观点，他们没有对荒谬的文化审查制度做出任何有效的抗议，针对其他对自由的侵害行为、希特勒主义和法西斯主义的横行，他们也没有做出有力的反击。这种逃避主义的态度与移居海外人士的态度几无二致。

斯蒂芬森认为，由于缺乏成熟的出版机构，缺乏客观公正的评论性杂志，缺乏具有公正报道和公平竞赛传统的优秀报纸，在澳大利亚媚俗的、党派性的日常刊物压倒性的存在下，澳大利亚的知识分子常常陷入无用的白日梦中，任由他们的才智腐蚀生锈，所以他呼吁，必须采取行动，来促使知识分子在国家生活中发挥重要作用，"没有成熟的图书出版机构和传统，没有成熟的提供信息和观念的刊物，我们的知识分子只能各自分散行动，像一支没有作战计划的军队，'每一个士兵都是他自己的将军'"[2]，为了使知识分子在国家事务中充分发挥作用，必须为他们提供这些机构。

斯蒂芬森高度赞扬"一战"中澳大利亚士兵奋勇无畏地抗击敌人的事迹，认为这些澳大利亚平民在战争中创造了历史："澳大利亚士兵在土耳其（加里波里）、巴勒斯坦以及法国各个战场上的事迹不应被用作对军国主义的赞美，而应用作相反的用途，它们是澳大利亚人自律、关心同伴、具有进取心和自尊心的明证。同时，它也是对整个国家陷入欧洲的征服战争的警示，它提醒我们远离其他国家的争斗，守卫我们自己的领土不被侵犯；必要的话，时刻准备'公然反抗整个文明世界的观念'，来捍卫我们的领土和权

---

[1] P. R. Stephensen, *Second Instalment*, in *The Foundations of Culture in Australia: An Essay towards National Self Respect*, 1936, p. 124.

[2] Ibid., p. 129.

利以在这里发展我们新的文明。"① 怯懦的知识分子应当在澳大利亚士兵精神的感召下,不惧怕抵制法西斯主义、苛政、商业霸权、自满者的统治和帝国主义的入侵,时刻准备着奋起捍卫澳大利亚的自由。

斯蒂芬森认为,在澳大利亚不存在真正意义上的出版自由,因为澳大利亚的出版界已沦为了商业和广告业主的奴仆。澳大利亚没有一份报纸是基于公众的利益运作的,所有的报纸都是反公众的,是特殊派系的产物。正是由于这些原因,澳大利亚的出版业受到公众的唾弃,新闻出版的职业陷入谷底。只有当出版自由意味着捍卫公众利益、抵制勒索、强权和压迫时,它的优势才会充分展示出来。在大多数国家,至少有一些老派的刊物,它们不迎合特殊的利益,坚持向读者宣示真理,批评对公众权利的蚕食鲸吞。这些刊物是制定并废除政府和国家政策的基础。在澳大利亚没有这样的刊物。对书籍的官方审查和官僚专政都不足以与那些把持报刊运作的无名编辑对澳大利亚思想实行的审查造成的危害相比。他们捍卫大公司的利益使其免遭"颠覆性的"思想的侵害,他们永远向广告客户卑躬屈膝。编辑的审查"制度"确立了自满者的独裁地位和二流知识分子的霸权,而可怜的、怯懦的知识分子对这种状况永远无法应付,他们面对编辑的退稿条无法做出任何有力的反驳,对编辑的任意修改也无权追索,于是,他们只能带着私下的抱怨,从澳大利亚现实生活的洪流中撤身,将自己埋入关于欧洲的美梦和幻想中:"但其实智力生活和现实生活,隐居的欧洲幻想者和普通的澳大利亚人之间的鸿沟是可以被轻易跨越的,只要我们开始充分接受我们的国家命运,并开始努力实现它。"② 斯蒂芬森认为,一个国家的命运和它的历史不可分割。"如果我们果真没有历史(如同那些欧洲中心主义者认为的那样),我们就不得不创造一些出来;但它是存在着的,就在那里,这毫无疑问。我们只需要把它发掘出来——我们自己的故事、传说和传统。这是我们作家所要做的工作,一项极端重要的具全国性意义的工作。"③

斯蒂芬森认为,澳大利亚有必要从已经写出来并得以发表的作品中选出

---

① P. R. Stephensen, *Second Instalment*, in *The Foundations of Culture in Australia: An Essay towards National Self Respect*, 1936, p. 131.

② Ibid., p. 135.

③ Ibid.

几部反映澳大利亚民族观念并代表民族精神的书籍。在现有的澳大利亚书籍当中，有超过一百本一流的书，超过十本伟大的书，它们可在澳大利亚大学和中学里被用作学习的素材。他呼吁澳大利亚知识分子多多参与这项意义重大的发掘工作："澳大利亚文学、澳大利亚民族和自由的生活以及联邦知识分子和劳动人民之间的联系，永远不会受到欧洲中心主义者的推动，也不会被任何来自海外的恩赐所推动。我们必须通过自己的努力建立自己的民族文化和民族自尊，通过我们自己的品质和爱国主义的民族本能，来满足我们自己民族的需要。"[1]

三

斯蒂芬森指出，他在刚开始写作时，曾试图为澳大利亚文化（尤其是澳大利亚文学）的发展发掘一个非政治和非经济的基础，他认为这一基础可以在"地之灵"中、在澳大利亚的地貌中、在这一片被英国教授斥为"贫瘠"的土地上找到。但随着写作的进展，他发现澳大利亚的民族性，不仅仅是一个文化问题，还是金融、政治、经济问题，这些非物质因素，虽然不容易对其下定义，却依然真实存在，它们在决定民族事务（特别是国家事务）方面的影响不可忽视，因为"我们的基础必须是具体的，牢牢植根于当前的现实以及最终的可能性，基于这一原因，我不得不下这样的结论：澳大利亚目前在文学上对英国的依赖只不过是其经济上对'母国'依赖的结果，如果我们的文学想变得更加独立自主，从英国的统治下解放出来，那么，通过某种形式的政治斗争将澳大利亚从英国（及其他国际力量）对其经济体系的控制中解放出来的行动必须同时发生"[2]。

1931年，英国颁布《威斯敏斯特法令》，法令规定，英国和已经由殖民地变为自治领的加拿大、澳大利亚、新西兰和南非是"自由结合的英联邦成员"，各成员国地位平等，在内政和外交的任何方面互不隶属，唯有依靠对

---

[1] P. R. Stephensen, *Second Instalment*, in *The Foundations of Culture in Australia: An Essay towards National Self Respect*, 1936, p. 136.

[2] Ibid., pp. 141 – 142.

英王的共同效忠精神统一在一起。斯蒂芬森认为，如果法案规定的原则得到承认，澳大利亚拥有政治自治权，包括从帝国分离的权利，那么，即使澳大利亚人赞同与英国分离也称不上是煽动性的或不忠诚的，斯蒂芬森不无幽默地揶揄道，如果《威斯敏斯特法令》真实可信，人们不妨提议将王座和国王本人迁至堪培拉或艾丽斯斯普林斯，然后，由澳大利亚派遣一位总督到英国去，但这样的提议英国人会接受吗？

斯蒂芬森认为，澳大利亚的爱国者必须将澳大利亚置于其考虑的首位，同样，假如英国根据法案获得了"自治地位"，英国人也应当维护英国的利益，而不是澳大利亚的利益；对于爱国者而言，不论是英国的、澳大利亚的还是加拿大的，部分都比整体重要得多，所谓的爱国主义从来都首先是地方性的，任何一位生活在英国的英国人，如果习惯性地将澳大利亚认作是帝国最重要的组成部分，将被认定是一个疯子；如果伦敦的某位报纸编辑习惯性地将从澳大利亚发来的新闻以醒目的字号置于报纸的头条，而将本土的新闻放在次要的位置，他将被认作是傻瓜、疯子，或仅仅被认定为不称职而理所当然地被"解雇"。但在澳大利亚，情况则恰恰相反，数以千计的澳大利亚人习惯地将英国视作帝国最重要的组成部分，数以百计的报纸编辑将英国的新闻置于头版，而将本土的新闻置于次要的位置。斯蒂芬森提醒读者思考：这些澳大利亚人疯了吗？还是仅仅欠缺考虑？他们没有听说过《威斯敏斯特法令》，因而没能意识到澳大利亚是一个和英国拥有同等地位的国家？还是《威斯敏斯特法令》除了是个漂亮的谎言外，什么都不是？答案不言而喻。

斯蒂芬森指出，澳大利亚所有的政党，不论其在政见上存在多么大的分歧，都认为增加人口是目前澳大利亚的头等大事。澳大利亚注定要成为白种人的未来家园，所以白人的人口应当被提升至一定的数目，从而使其在面对军事进攻时能够做出有效的防御。这是一个全国性的、非个别政党的问题，也是一个"帝国"问题。但在过去的若干年拥有五百万之多失业人口的英国，却未能设计出切实可行的向澳大利亚移民的计划。这一事实表明，两国的根本利益在这一问题上是相冲突的。这也从另一个侧面说明了大英帝国并不是一个和谐相处的大家庭。澳大利亚人口的增长意味着澳大利亚工业的发展，这与英国的工业利益形成直接冲突："如果澳大利亚人口达到两千万或三千万甚至一亿，澳大利亚在工业上将能达到自给自足。事实上，澳大利亚到那时将可能成为另一个美国,一个在世界市场上的工业竞争者。假如两国拥有同样的人口,澳大利亚将迅速成为更富有、更强大的国家,因为其拥有更加丰富的自然资源,包括煤、钢铁和各种英国稀缺的原材料。因而,澳大利亚人口的增长将直接损害'英国的'利益。'英国的'利益要求澳大利亚维持少量的人口。"① 在澳大利亚,人们寄希望于英国人将失业人口输送到这里。但英国人清楚地意识到,在当前疯狂的经济体制下,向澳大利亚输入人口将在英国造成一个比现存的更为严重的失业问题。两国在该问题上的根本冲突,是帝国会议上任何温和的欺骗都无法抹杀的。"站在澳大利亚的角度,这意味着必须在英国积极或消极的敌意面前保护好自己现有的人口。"②

在国家安全防御的问题上,斯蒂芬森认为日本帝国主义者征服和殖民澳大利亚的可能性很小,因为对于日本而言,即使这一举动是成功的,他们也将付出巨大的代价。他认为:"深刻的思考者将意识到,假使他们征服澳大利亚并在这里殖民,澳大利亚将成为一种新型的日本人的家园,日裔澳大利亚人,他们与本土的日本人的区别将不次于目前的英裔澳大利亚人与英国本土人的区别。被日本人殖民的澳大利亚毫无疑问将成为一个伟大的国家——世界上最先进的国度之一——从而成为北半球的日本母国的有力竞争者。"③ 权衡利弊之后,日本帝国主义必将发现通过武力征服澳大利亚并不能给其带去任何好处,他们需要的原材料可以通过和平贸易的方式从澳大利亚购买,澳大利亚可以允诺他们包括运费在内的国际平价,如果日本征服了这里,日本母国的工业家仍然不得不以同样的价格从这里购买羊毛,虽然负责该业务的换成了日裔澳大利亚人,既然如此,以高昂的军事冒险来"征服"这片大陆又有何好处呢?"澳大利亚不可能在人口增加后达不到工业化,也不可能在达到工业化后不成为母国的强有力的竞争者,无论母国是英国还是日本:这是一个无可辩驳的逻辑。"④ 但是,假如日本人目光短浅,一意孤行,英国的海军也不会前来保护澳大利亚的领土,因为日本人必然等战争、革命

---

① P. R. Stephensen, *Second Instalment*, in *The Foundations of Culture in Australia: An Essay towards National Self Respect*, 1936, p. 150.
② Ibid.
③ Ibid., p. 151.
④ Ibid., p. 152.

或其他烦心事将英国海军困在自己的水域时才会发动进攻。在危急的情况下，澳大利亚人将被置于必须谋求自我保护的处境。在斯蒂芬森看来，这种处境不见得全然是坏事，它将"带来一种愉悦感，一种幼鹰即将离巢的感觉，或一个年轻人，离开他父母的家，第一次住进自己建造的房子时的感觉"。澳大利亚的民族精神，本身虽可以孕育一种文化，"但在很大程度上却被英国和英国海军提供的'保护'，而不是被任何外国的武力威胁给破坏和瓦解了"①，破除英国和英国海军"保护者"的神话，将有利于澳大利亚正视自己的民族命运，承担自己的民族责任。

斯蒂芬森认为，古老而肮脏的欧洲大陆在不久的将来将无法承载光辉灿烂的欧洲文化，而澳大利亚将成为欧洲文化的最佳贮藏所，由于欧洲大陆和英国的政治家没有认识到或拒绝承认这一点，他们将不惜牺牲澳大利亚的利益；澳大利亚人必须保护好自己的人口，避免将自己的年轻人送进欧洲的"屠宰场"。在分析了澳大利亚在第一次世界大战中的损失后，他呼吁国人明确自己的立场，远离欧洲这一世界战争的危险的风暴眼："澳大利亚不能为欧洲未来的战争奉献一个人，一个先令。每一位年轻的男性都是为了繁衍我国的人口的目的而不可或缺。"② 在未来的战争中，澳大利亚即使参战，也不可能成为决定战争胜负的最重要因素，"但又一批四十万澳大利亚男性被送往海外战场将决定我们作为这块大陆定居者的国家命运，它将削弱这一国家的力量，使其无法对亚洲势力的侵蚀作出有力的反击。另一场欧洲战争，假如澳大利亚在任何程度上参与其中的话，将意味着澳大利亚成为白种人未来家园的理想的终结"③。

斯蒂芬森认为，澳大利亚的民族主义不同于欧洲概念上的民族主义，在欧洲，一位民族主义者将是希望自己的国家参加战争的人，出于国家扩张的爱国主义目的；而在澳大利亚，民族主义者基于同样的目的，将希望他的国家远离战争："沙文主义是欧洲国家以及英国的好学生——日本所特有的陋习。澳大利亚的国民性不可能具有沙文主义的色彩。很显然，澳大利亚没有

---

① P. R. Stephensen, *Second Instalment*, in *The Foundations of Culture in Australia: An Essay towards National Self Respect*, 1936, p. 153.

② Ibid., p. 157.

③ Ibid.

任何需要去征服和侵略他国的领土以获得更多的土地。我们拥有的土地已经足够了。防御，在澳大利亚，就仅仅意味着防御，不可能通过想象力的延伸或虚假的逻辑意味着侵略。"① 澳大利亚人寻求的是一种更得体的民族性的概念，即澳大利亚的民族性并不应建立在抹杀其他民族的民族性的基础上。斯蒂芬森认为，广袤的大陆赋予了澳大利亚人独特的民族想象力，所以澳大利亚人既具有岛民性，又具有某种大陆赋予的广博性。

斯蒂芬森指出："说这些政治的题外话，是想说明文化在澳大利亚的发展，其前提条件是国家从欧洲的经济和政治统治下、从欧洲的思想统治中解放出来，'亲欧'的心理定位来源于我们的经济定位。我们还固守着同英国的旧的经济合作方式，即我们提供原材料来换取工业品。"② 而与此同时，在欧洲大陆或者英国，明智人士却在大张经济上民族主义的大旗。"英国的农民和养牛户在抱怨澳洲牛肉和奶制品形成的'竞争'。英国出口商坚持同丹麦、阿根廷以及其他澳大利亚的'竞争者'进行'双向贸易'。在旧的经济形式下，澳大利亚作为初级产品生产国、原材料和食品来源地的模式正走向终结。澳大利亚制造业的发展正在加速'帝国贸易'的灭亡。"③ 因此，在当前的历史条件下，固守旧的经济方式已经不再可能，澳大利亚必须实现经济上的独立："我们的'大客户'正在去往其他地方购买黄油、鸡蛋、培根和牛肉，我们自然应当对其失去部分尊重……我们必须吸引新的客户。这就是澳大利亚关于英国方面的商业情感。"④

斯蒂芬森惊喜地发现，在澳大利亚，以往对英国卑躬屈膝的一代商人正在被自我尊重、不讨好他人的新一代所取代。他认为，不同于弃绝文学、艺术和情感的老一辈，新一代的澳大利亚商人有可能扶持澳大利亚文化；出于智力上的自尊，他们将寻求对澳大利亚的商业自立所带来的权力感的全新表达方式。但澳大利亚商业帮派一贯的狼藉名声又使其充满焦虑："在过去的四十年间，澳大利亚的商业帮派向英国寻求三种好处——贸易、保护其免遭

---

① P. R. Stephensen, *Second Instalment*, in *The Foundations of Culture in Australia: An Essay towards National Self Respect*, 1936, p. 161.
② Ibid., p. 165.
③ Ibid., p. 166.
④ Ibid., p. 167.

日本的进攻以及保护其免遭社会主义制度的进攻——他们一起共谋压制澳大利亚思想。因而，本可为提高民族文化水准做出贡献的杰出的澳大利亚人被驱逐出这个国家，或被压制得发挥不出任何作用。邪恶的商业主义扼住了这个国家的咽喉。"[1] 在斯蒂芬森看来，悉尼的商业帮派善于用小城镇式的诽谤之术排挤敢于独立思考的知识分子，如果他想要在悉尼出版关于澳大利亚的书籍，他将会发现暗中进行的阴谋使其陷入无穷无尽的延误和挫折中。斯蒂芬森警告那些英帝国的"卫戍部队"：在轻视、忽视或阻碍澳大利亚文学发展的同时，他们也将荆棘置于自己的背上，"他们将这个国家最优秀的思想家驱赶至社会主义的阵营，使其能够组织和集中火力以期有朝一日摧毁整个现行的商业制度，代之以对民族思想发展不那么具有毁灭性的新制度"[2]。斯蒂芬森最终得出结论：澳大利亚文化的未来只能在平民中寻找守卫者。

四

在 20 世纪的不同历史时期，几代文学批评家反复不断地从斯蒂芬森的《基石》中发掘出新的现实意义。从 40 年代开始，这本书影响了一大批重要的澳大利亚知识分子，这其中包括"津迪沃罗巴克"运动的创始人、诗人雷克斯·英格梅尔斯（Rex Ingamells）和《来自荒漠的先知：澳大利亚的创造精神，1788—1972》（*From Deserts the Prophets Come: The Creative Spirit in Australia, 1788 - 1972*）的作者——杰弗里·塞尔。克雷格·蒙罗在《澳大利亚传记辞典》（*Dictionary of Australian Biography*）中对斯蒂芬森的总体评价是："除了知识分子、文学冒险家和政治反叛者这些身份，斯蒂芬森还是一位才华横溢的作家和一位杰出的编辑。作为出版人，他影响了许多重要作家的创作生涯。"[3] 布伦特·多克（Brenton Doecke）在发表在《西风》

---

[1] P. R. Stephensen, *Second Instalment*, in The Foundations of Culture in Australia: An Essay towards National Self Respect, 1936, p. 180.

[2] Ibid., p. 182.

[3] Craig Munro, "Stephensen, Percy Reginald (1901 - 1965)", *Australian Dictionary of Biography*, National Centre of Biography, Australian National University. http://adb.anu.edu.au/biography/stephensen-percy-reginald-8645/text15115.

(*Westerly*) 上的一篇文章中指出，尽管斯蒂芬森脾气暴躁，跟包括万斯·帕尔默、克莱姆·克里斯特森（Clem Christesen）在内的一批同时代知识分子都有过嫌隙，尽管他同情法西斯主义的倾向使得他被排除在澳大利亚知识界的主流之外，这些都无法否认他作为一位民族主义文学批评家的重要贡献。此外，"作为最早肯定埃莉诺·达克和泽维尔·赫伯特的重要性的批评家之一，他对他们的小说的回应充分阐明了澳大利亚民族主义和文学创作之间的复杂关系"[1]。

在对斯蒂芬森的庞杂的思想体系进行梳理的过程中，读者不难发现其中的真知灼见，但同时也看到其中存在的一些危险因素，例如，他自始至终均奉行种族主义思想，宣扬"白澳"理念。在《基石》一书中，他简单地将澳大利亚民族等同于英裔白人移民，将包括澳大利亚土著人在内的所有其他种族统统地排除在自己的考虑范围之外。只有在其对自己的阐述有利用价值时才对其有所提及。他支持和宣扬"白澳"政策，直至全书的书末，他一直在为自己的极端民族主义倾向作辩护，在他看来，"种族优越的观点只有当它意味着消除或镇压其他种族时才是危险的：我们的白澳理念并不意味着谋杀性的教义。我们可以不以牺牲其他民族为前提达到腾飞和发展；而是通过我们自己的美德，以我们的首创精神和活力，在我们自己的土地上"[2]。

斯蒂芬森如此极端的民族主义思想之所以形成除了斯蒂芬森自身的因素外，还有一些外来影响不能忽视。在第三分册的写作过程中，斯蒂芬森得到了威廉·迈尔斯（William Miles）——一位富裕的会计师和企业主管——的资助。由于个人事业的失败，民主政治理想的幻灭，加上这位极端民族主义和孤立主义的文学赞助人的刻意引导，斯蒂芬森在政治立场上渐趋极端的右翼，最终导致其因叛国罪而被监禁。斯蒂芬·卡沃登（Stephen Cowden）在《不稳的基石》（*Shaky Foundations*）一文中对斯蒂芬森充满悲情色彩的后半生充满了同情，他指出，1932 年，当斯蒂芬森踌躇满志地返回他的祖国时，"他抱有这样的使命感：确保澳大利亚文学在澳大利亚受到像英国文学在英

---

[1] Brenton Doecke, "P. R. Stephensen, *Fascism*", *Westerly* 2 (1993): 18.

[2] P. R. Stephensen, *Third Instalment*, in *The Foundations of Culture in Australia: An Essay towards National Self Respect*, 1936, p. 190.

国那样的严肃对待"。但除了一些小高潮,如埃莉诺·达克的《克里斯托弗的序曲》(*Prelude to Christopher*, 1934)和泽维尔·赫伯特的经典作品《卡普里康尼亚》的出版,斯蒂芬森在接下来十年中遭遇了一连串的挫折和梦想破灭,在出版事业接连破产之后,他无可奈何地落入了富有的极端独裁主义和排犹主义者威廉·迈尔斯的陷阱①,虽然对斯蒂芬森与日本法西斯相勾结,密谋叛国的指控并没有确凿的证据,但他却一直被羁押至战争结束,当时负责案件的联邦调查委员会认为,有"充分的理由"对其施行监禁,然而,定罪的依据却仅仅是其战前对英国的"不忠"态度以及对德国和日本的崇敬之情。反观斯蒂芬森致力于打造民族文化基石以及为民族主义文化摇旗呐喊的一生,这种遭遇令人唏嘘。

---

① Stephen Cowden, "Shaky foundations", *Antipodes* 14.1 (2000): 65.

第四章
"津迪沃罗巴克运动"的本土主义诗歌观

澳大利亚的"津迪沃罗巴克运动"（the Jindyworobak Movement）是发生于20世纪三四十年代的一场激进的民族主义文学运动，在20世纪澳大利亚文坛占有举足轻重的地位。"津迪沃罗巴克运动"更是澳大利亚文学批评史上不得不大书一笔的重要事件，因为它在一个"白澳"思想主导的时代提出了一个以学习和效仿土著文化为核心的澳大利亚民族主义理论，而这种特别的理论即便在民族主义文学批评中也代表了一种比较极端的方向。该运动于1937年由雷克斯·英格梅尔斯及其他几位"津迪沃罗巴克俱乐部"成员在澳大利亚南部城市阿德莱德首先发起，影响所及一直延伸至50年代初期。"津迪沃罗巴克运动"大体上可以分成两个阶段，第一阶段最具代表性的人物包括雷克斯·英格梅尔斯（Rex Ingamells，1913—1955）、弗莱瑟莫尔·哈得逊（Flexmore Hudson，1913—1988）、伊恩·穆迪（Ian Mudie，1911—1976），这一阶段的代表人物都是土生土长的澳大利亚人，且都来自南澳洲首府城市阿德莱德。第二阶段的代表人物是威廉·哈特－史密斯（William Hart-Smith，1911—1990）和罗兰·罗宾逊（Roland Robinson，1912—1992）。这一阶段的两位代表人物都出生于国外，其中，哈特－史密斯生于英国，罗宾逊生于爱尔兰。作为"津迪沃罗巴克运动"的发起人，英格梅尔斯从一开始就全身心地投入这一运动之中，有时甚至表现得有些狂热；哈得逊虽然没有全身心投入，但他始终支持这个运动，以自己的方式做出了自己的贡献；穆迪给整个运动带来了许多活力和能量。在第二阶段，哈特－史密斯开始情绪热烈，后期慢慢脱离这个运动，而罗宾逊则自始至终参与其中。总体而言，第一阶段的三位积极分子似乎更加着迷于"津迪沃罗巴克"理论的发展；第二阶段的两位更多地关注诗歌和艺术本身，对他们而言，"津迪沃罗巴克"理论只是指导他们写出好诗的途径。

1938年，第一部年度《津迪沃罗巴克选集》(Jindyworobak Anthology)出版，在此后的十多年间，该选集连续出版，不仅为新生代的民族主义诗人提供了极其重要的发表园地，也刊登了追求诗歌本土风味的老一代诗人创作的作品，更以实际行动为澳大利亚民族主义文学批评提供了有力的支持。1948年出版的《津迪沃罗巴克回顾》(Jindyworobak Reviews)一书回顾了该运动在此前十年间的发展历史，同时发表了一批作家对此运动的看法和观点。[①] 总体而言，"津迪沃罗巴克运动"成员充满了爱国热诚，为澳大利亚民族文学的发展做出了不懈的努力，也为20世纪的澳大利亚文学批评做出了独特的贡献。从文学创作和批评的角度看，他们重视文学创作与本土环境的结合，注重澳大利亚化意象的运用；他们主张澳大利亚诗歌摆脱对英诗的模仿，大力弘扬澳大利亚文学的民族特点；此外，与19世纪90年代主要反映白人丛林生活、伙伴情谊的民族主义文学不同的是，他们主张在创作中追溯澳大利亚土著居民定居澳洲大陆的历史，密切关注土著文化，积极向土著文化汲取养分。"津迪沃罗巴克运动"热情拥抱土著经验的做法及其基于这一立场针对澳大利亚文学创作提出的理论在20世纪上半叶的澳大利亚批评界一度引发了巨大的争议，也产生了不小的影响。本章结合该运动的几个发展阶段和主要成员的业绩对其进行简要评述。

一

作为"津迪沃罗巴克运动"的早期主要成员，雷克斯·英格梅尔斯1913年生于南澳洲的奥罗路(Ororoo)，曾在阿德莱德大学攻读历史专业，毕业后做过教师，后任出版商代理，1955年不幸死于车祸。他的诗歌集包括《桉树树梢》(Gumtops, 1935)、《被遗忘的人们》(Forgotten People, 1935)、《太阳—自由》(Sun-Freedom, 1938)、《小山的记忆》(Memory of

---

[①] Rex Ingamells, Victor Kennedy & Ian Tilbrook, eds., *Jindyworobak Reviews*, Melbourne: Jindyworobak Publications, 1948.

Hills, 1940)、《内容是静静的山脉》(Content Are the Quiet Ranges, 1943)。1944年，他出版的《诗选》(Selected Poems) 把他此前的短诗精华归为一集；他的最后一部诗集是《伟大的南方大陆》(The Great South Land, 1951)。其他作品有散文集《有条件的文化》(Conditional Culture, 1938)，小说《活着的我们》(Of Us Now Living, 1952)，儿童小说《阿兰德男孩：一个土著故事》(Aranda Boy: An Aboriginal Story, 1953)。

在参与"津迪沃罗巴克运动"的过程中，英格梅尔斯表示自己深受同时代的不少国内外作家的影响，例如，他先后读过的部分作品包括：鲍德温·斯宾塞 (Sir Baldwin Spenser) 和F. J. 吉伦 (F. J. Gillen) 的《阿伦塔：一个石器时代人群的研究》(The Arunta: A Study of a Stone Age People, 1927)、P. R. 斯蒂芬森的《澳大利亚文化的基石》、D. H. 劳伦斯的《袋鼠》(Kangaroo, 1923)、詹姆斯·德凡尼 (James Devaney) 的《消失的部落》(The Vanished Tribes, 1929) 以及玛丽·吉尔摩的《野天鹅》(The Wild Swan, 1930) 和《在盖节拉木下》(Under the Wilgas, 1932)。

斯蒂芬森在《澳大利亚文化的基石》中写道："澳大利亚人应保持欧洲血统，但应有自己的区域特征和乡土文化。那时澳大利亚就会无可厚非地被看作一个民族，也会失去殖民地的所有痕迹。"[1] 斯蒂芬森表达的很重要的一个观点是，澳大利亚应该建立和遵守自己的民族文化和价值判断标准，他的这一观点直接催生了英格梅尔斯想要创立具有澳洲民族个性的文学的想法。在斯蒂芬森的引导下，英格梅尔斯后来阅读了劳伦斯的小说《袋鼠》。在这部小说中，劳伦斯透过景物描写指出，澳大利亚有一种独有的特质 (Great Australian Uniqueness)，这种特质通过它的环境会对人产生一种巨大的影响，所以，劳伦斯小说中的主人公索默斯 (Somers) 被澳大利亚丛林奇特、原始、神秘的气氛所惊吓。英格梅尔斯不同意劳伦斯关于澳大利亚"地之灵"的说法，他认为，劳伦斯所说的澳洲"地之灵"的"怪异"或许只对初来乍到者而言是事实，但对已经在澳洲定居的白人来说早就是习以为常的事，不过，英格梅尔斯表示，《袋鼠》确实给他带来了巨大的冲击，因为

---

[1] P. R. Stephensen, *The Foundations of Culture in Australia: An Essay towards National Self Respect*, 1936, p. 18.

这部小说再次让他领悟到澳洲风景强烈的原始感。①

1936 年，英格梅尔斯在读詹姆斯·德凡尼的小说《消失的部落》时意外地发现了"Jindy-worabak"这个词，据说该词是德凡尼从 19 世纪墨尔本周边的一个名叫 Woiwurrung 的土著部落语言中得来，原词从一个词组 *jindi woroback* 演变而来，意指"合并"或者"结合"。英格梅尔斯读到这个词时欣喜若狂，他在形式和拼写上对其稍作改动，把它变成了"Jindyworobak"，英格梅尔斯说他使用这个词是因为"它的乡土性、它的意义以及不符合当时文学品位的奇特性"，他觉得，它正是他一直想要的那个可以用来全面表达其文学思想的象征语汇。②

斯宾塞和吉伦的《阿伦塔》原是《中澳地区的原住部落》(*The Native Tribes of Central Australia*, 1899) 的新版本。两者内容上没有区别，只不过时代因素导致老版本的受众面不广。英格梅尔斯在 30 年代初上大学期间看到此书，该书中反复提到的"梦创时期"(Dreaming) 这个概念令他着迷。斯宾塞和吉伦所描写的土著部落名叫阿伦塔，而英格梅尔斯的家乡奥罗路就在阿伦塔的旁边，那是一个白人与土著交会的边远地区。Dreaming 是英语化的说法，用阿伦塔的术语，是 Alchera。英格梅尔斯是"津迪沃罗巴克运动"五个代表人物中唯一一个对"白人梦创时期"(White Dreaming) 深信不疑的人，据说这与他童年接触土著的经历不无关系。

英格梅尔斯在《有条件的文化》中对"津迪沃罗巴克"一词作了解释，他指出，"津迪沃罗巴克运动"致力于把受制于外来影响的澳洲艺术解放出来，并使之与澳大利亚的本土环境相融合。他们深刻地认识到，澳大利亚文化有赖于特定条件的实现和升华，即，

1. 全面认识环境价值；
2. 戳穿英国诗歌的陈词套语；
3. 了解澳洲的历史和传统（包括远古、殖民时期和现代）。

---

① Rex Ingamells, Victor Kennedy & Ian Tilbrook, eds., *Jindyworobak Reviews*, 1948, p. 10.
② Brian Elliott, ed., *The Jindyworobaks*, 1979, p. xxxvi.

英格梅尔斯这里所说的环境价值指的是人与周围环境之间的关系。英格梅尔斯认为，对于澳大利亚人来说，对本土环境的认识最为重要，欧洲主义禁锢了大多数澳洲人的头脑，令他们不能自由地审视澳洲的自然环境，更别说与之融为一体了。他所指的环境既指一般生态意义上的地理特色和地形风貌，也指那些原始的、神秘的、最初的原住民。

英格梅尔斯觉得，欧洲的幻想对于自己来说已经失去吸引力，澳洲大陆的特质——原始性——令他幻想属于澳大利亚本土的"白人梦创时期"。他在《津迪沃罗巴克回顾》的序言中明确指出："津迪沃罗巴克运动的基准点是澳洲大陆的独特性，我们相信只有通晓澳洲土著故事，才能更好地了解其独特性。"① 土著文化以及白人与土著的联系一直缠绕在英格梅尔斯的脑海里，在他看来，原始时期、殖民拓荒时期和现当代时期都是"梦创时期"的组成部分。他主张把白人到来前后的澳洲历史归为一个整体，这便是他所强调的"融合"。但是，作为白人，他所提倡的"梦创时期"并不只包括白人生活，而是要开创原生态的、摆脱欧洲文明污染的纯净的澳大利亚白人文化的"梦创时期"，他认为，白人的"梦创时期"应包含土著人的历史和现实生活，主张合并白人历史和土著历史，合并两个民族的神话。他在《有条件的文化》的《土著文化》（The Culture of Aboriginals）一章中写道："为了确保想象的真实性，我们的作家和画家必须成为刻苦学习土著文化的学生，因为他们的文化远离现代欧洲文明的控制和介入。我们要从土著艺术和歌曲中学习新技巧；通过思考升华土著传奇，形成太古、质朴的人生观。"②

英格梅尔斯说："与英国文化的决裂是澳大利亚本土文化发展的前提。"③ 澳大利亚诗人以往在写作内容、技巧和艺术形式等方面一直模仿英国作家，他们的作品缺乏澳洲地方色彩；澳洲的景物与气候，与传统英诗中所吟唱的物候之美相差甚远，但在澳诗中诗人常用英国作家描写橡木、榆树、紫杉、垂柳、云雀、杜鹃、夜莺等具有英国风景特色的术语来描写澳洲的丛林。他认为，那些与澳大利亚不相协调的暗喻和明喻是澳洲文学"最大

---

① Rex Ingamells, Victor Kennedy, and Ian Tilbrook, eds., *Jindyworobak Reviews*, 1948, p. 25.
② Rex Ingamells & Ian Tilbrook, *Conditional Culture*, F. W. Preece, 1938. Retrieved from http://home.alphalink.com.au/~radnat/conditionalculture.html, 2008-10-19.
③ Brian Elliott, ed., *The Jindyworobaks*, 1979, p. 229.

的祸因和障碍"。他主张在诗歌创作中加强对澳大利亚本土意象的运用,比如本土动植物、土著、小溪等。城堡、骑士、精灵、小树林等意象因为充满了英国气息,是不属于澳洲的舶来品而应予以排斥。

英格梅尔斯不仅为"津迪沃罗巴克运动"建构了理论,还将该理论作为自身诗歌创作实践的指导原则。《美冠鹦鹉》(Garchooka, the Cockatoo, 1935)是一首典型的"津迪沃罗巴克"诗歌:

> Though the waters, wind-stirred and red-glowing
> shadowed by the evening-gloom of gums
> bend in their banks the way the day is going,
> while a dusk-gold haze of insects comes
> over the ripples in their coloured flowing,
> Garchooka, beating from high branches, screeches
> discord up and down the river-reaches. (xxxix)

> 风吹的水面泛着红色
> 夜晚的橡胶树掩映着
> 河水如岁月一般在堤岸间曲折前行
> 一边在河面上飞来飞去一边高低不齐地鸣叫
> 漾着涟漪的彩色水流
> 美冠鹦鹉从高高的树枝上振翅飞出
> 霞光色的昆虫雾霾般地飞来

美冠鹦鹉是一种十分常见的澳洲本土鸟类,以此鸟为题书写澳大利亚的生活,符合英格梅尔斯提倡的使用澳大利亚本土意象的原则。一群美冠鹦鹉飞过,尖叫着,金色的昆虫,泛着涟漪的水面,这幅画面具有浓郁的澳洲土著印象主义色彩。

英格梅尔斯重视诗歌语言,他主张摒弃英国诗歌语言,在日常创作中严格执行"津迪沃罗巴克运动"关于文学创作的理论纲要。1944年,英格梅尔斯与罗兰·罗宾逊初次见面时,罗宾逊写下了下面这首诗:

But this sea will not die, this sea that brims
Beyond the grass-tree spears and the low close scrub,
Or lies at evening limitless after rain,
Or breaks in creaming lines to the long golden beach
That the blacks called Gera before the white man came.

可这大海不会干涸，这满溢过
禾木胶叶和低矮灌木的大海
雨后夜晚的大海
翻着泡沫拍上长长的金色海滩的大海
白人来前黑人把它称为"杰拉"的大海

英格梅尔斯同意将此诗收入《津迪沃罗巴克年度选集》，但他对"creaming"这个词提出异议，认为这个词是英国的，所以选集正式出版后，"creaming"被改成了"curving"。此事虽小，却反映了英格梅尔斯在揭穿英国套话方面表现出来的坚定或立场。

英格梅尔斯在自己的诗歌创作中努力融会白人和土著的神话、融合英语和澳大利亚土著语，以便创造一个土著般的梦幻世界。在一首题为"Moorawathimeering"的小诗中，他这样写道：

Far in moorawathinmeering,
Safe from wallan darenderong,
Tallbilla waitjurk, wander
Silently the whole day long.

Go with only lilliri
To walk along beside you there,
While douran-douran voice wail
And karaworo beats the air

>   远在 Moorawathimeering
>   不受 wallan darenderong 的威胁
>   Tallbilla waitjurk 静静地游荡
>   终日向前
>   你的身边只有 lilliri
>   与你一起徒步向前
>   douran-douran 在鸣叫
>   karaworo 在空中飞行

英格梅尔斯这种实验性的诗歌语言招来了许多非议。麦克斯·哈里斯（Max Harris）在《舞动小袋熊》（Dance Little Wombat，1943）一文中批评了英格梅尔斯把英语土著化的做法。他认为，"阐述一个主题，要么用英语明明白白地说清楚，如果一定要用土语，那么就完全用土著语，而不要用不清不楚的杂语"[①]。布莱恩·艾略特（Brian Elliot）也认为："英格梅尔斯自己都不十分清楚他在合并哪些要素。他在探索新方法，却常在无知的黑暗中探索。"[②]

弗莱瑟莫尔·哈得逊 1913 年生于昆士兰，儿童时期移居阿德莱德，从阿德莱德大学毕业后主要从事中学教师的工作。他是一名诗人，所以他的作品几乎全是诗歌：《灰烬和火花》（Ashes and Sparks，1937）、《逆风》（In the Wind's Teeth，1940）、《伴着第一场宜人的雨》（With the First Soft Rain，1943）、《久久萦绕的声音》（Indelible Voices，1943）、《作为铁矿石山》（As Iron Hills，1944）、《朱砂山脉的池塘》（Pools of the Cinnabar Range，1959）。与英格梅尔斯一样，哈得逊也深信澳洲土地的独特性，但他并不十分认同英格梅尔斯采用土著人的视觉手段观察风景的做法。他对澳大利亚充满了爱国热忱，主张用自然的眼光欣赏风景。1938 年，他曾写下这样的诗句：

[①] Brian Elliott, ed., *The Jindyworobaks*, 1979, p. 261.
[②] Ibid., p. xxxviii.

I am proud to be an Australian and I love
All trees Australian, birds and beasts,
All ranges and their rivers…

我是澳大利亚人,我骄傲
我爱澳大利亚的树木、鸟儿和野兽
还有这里的山山水水……

哈得逊是英格梅尔斯最早的拥护者之一,但他有意识地与该运动保持一定距离,不愿放弃自己在文学判断中的独立性。虽然他赞同文学的地方色彩,但他对英格梅尔斯倡导的"白人梦创时期"持保留态度,后期对"津迪沃罗巴克运动"也越来越疏远。在被选入1948年《津迪沃罗巴克回顾》的《祖国的预言家》(A Prophet in His Own Country)一文中,哈得逊坦承:"许多评论家并不反对津迪沃罗巴克作品的区域色彩和乡土色彩,他们会赞同澳大利亚的哈代用细节表现特定的地方性。"① 但是,他怀疑英格梅尔斯的神秘主义,他写道:"我不得不怀疑,英格梅尔斯所强调的土著文化重要性是纯粹的原始主义,他多愁善感地吟颂人类发展史上的一个远古时期。……津迪沃罗巴克人应该给大家展示土著人的生活如何解决我们现实生活中的问题,或如何为我们止痛疗伤。但我还没看到他们已经这样做。……对我而言,对土著的理想化是一种逃避主义。"②

伊恩·穆迪1911年出生于阿德莱德,1976年死于伦敦。他曾经做过新闻记者、房地产销售人员、出版社编辑,"二战"期间参与救世军教育(Salvation Army Education)。他的诗作包括《向着太阳狂欢》(*Corroboree to the Sun*, 1940)、《这就是澳大利亚》(*This Is Australia*, 1941)、《澳洲梦》(*The Australian Dream*, 1943)、《七颗看不见的星星》(*Their Seven Stars Unseen*, 1943)、《诗选集1934—1944》(*Selected Poems 1934–1944*, 1945)、《蓝鹤》(*The Blue Crane*, 1959)、《北行的骑马者》(*The North-Bound Rider*, 1963)、

---

① Rex Ingamells, Victor Kennedy and Ian Tilbrook, eds., *Jindyworobak Reviews*, 1948, p. 87.
② Ibid.

《诗选集 1934—1974》(*Selected Poems 1934 - 1974*, 1976)。他的散文类的著作包括：《内河船》(*Riverboats*, 1961)、《阿德米拉船的失事》(*The Wreck of the Admella*, 1966)、《澳大利亚之河流》(*Rivers of Australia*, 1966)、《约翰·斯图尔特的英勇探险》(*The Heroic Journey of John McDouall Stuart*, 1968)。另外，他还编辑出版了《战争诗人》(*Poets at War*, 1944) 等。

伊恩·穆迪精力充沛，为人热情随和，善交际，但性格急躁，不愿墨守成规。他是第一代"津迪沃罗巴克运动"成员中唯一有过海外生活经历的。早期他积极投身运动，是最狂热坚定的拥护者。据说，为了表现自己对于"津迪沃罗巴克运动"的绝对忠实，他将家中园子里所有的玫瑰拔起，因为玫瑰是欧洲的。在诗歌创作中，穆迪十分重视澳大利亚本土化意象的运用，比如桉树、粉红凤头鹦鹉（galah）等。他希望能与这块大陆融为一体，一生致力于建立白人文化和澳洲环境的和谐关系，可是，他不无遗憾地叹息道："在这块大陆上，我们不过是异乡人。过去的153年中，我们还是没能适应环境。"[①] 晚年的他写作的语气相对柔和，但人们记住的还是早年那个慷慨陈词、情绪亢奋的他，不喜欢他的批评家轻蔑地认为，"（他是）津迪沃罗巴克主义大肆宣传的宣传员；他写的诗作具有新闻特色，但毫无品质可言"[②]。

二

罗兰·罗宾逊1912年生于爱尔兰，9岁移居到悉尼，并于1992年死于悉尼。罗宾逊没有接受过太多的正规教育，15岁辍学，但工作阅历丰富。他先后做过牧场杂工、芭蕾舞演员、艺术模特、高尔夫俱乐部的草坪维护员等。主要诗歌作品包括：《纹理禾木胶树树尖之外》(*Beyond the Grass Tree Spears*, 1944)、《沙之语》(*Language of the Sand*, 1949)、《天鹅的骚动》(*Tumult of the Swans*, 1953)、《深井》(*Deep Well*, 1962)、《格伦德尔》

[①] Brian Elliott, ed., *The Jindyworobaks*, 1979, p. 249.
[②] Elizabeth Hamill, *These Modern Writers: An Introduction for Modern Readers*, Melbourne: Georgian House, 1946, p. 175.

(*Grendel*, 1967)、《梦创时期》(*Altjeringa*, 1970)、《诗选》(*Selected Poems*, 1971)。此外，他的散文类作品包括：《传奇与梦创》(*Legend and Dreaming*, 1952)、《羽蛇》(*The Feathered Serpent*, 1956)、《黑樵夫，白樵夫》(*Blackfeller, White-feller*, 1958)、《卖梦人》(*The Man Who Sold His Dreaming*, 1965)、《土著神话和传奇》(*Aboriginal Myths and Legends*, 1966) 以及自传《漂移》(*The Drift of Things*, 1973) 和《沙的漂移》(*The Shift of Sands*, 1976)。

爱尔兰人素以想象力丰富著称于世，他们幽默、热情和富于音乐性。罗宾逊具备所有这些品性，他有着叶芝和乔伊斯般丰富的想象力，对语言也有着与生俱来的敏感性。在有些批评家看来，罗宾逊是"津迪沃罗巴克运动"成员中最有才华的一个，但他在很长一段时间内没有得到应有的重视，与英格梅尔斯的相遇使他感觉有了一把庇护伞，英格梅尔斯的思想为他提供了一面指引他前进方向的鲜明旗帜，英格梅尔斯的诗歌创作也为他提供了一套帮他梳理思想的行动方案。

《深井》是罗宾逊很重要的一部诗集，其中不少诗歌以内陆为背景，用"津迪沃罗巴克运动"的术语来说，该书中的不少作品以土地为主体素材（land-oriented），例如，《流浪的部落》(The Wandering Tribes)、《没有父亲的孩子》(The Child Who Had No Father) 等诗作都是他认识的新南威尔士州的土著朋友佛瑞德·毕格斯（Fred Biggs）直接向他讲述的。

罗宾逊大部分时间处于定居状态，但也曾经四处漂泊。为了摆脱城市的尔虞我诈、你争我夺，他在悉尼以南的丛林和海岸寻求心灵的平和与庇护。在游历过程中，他遇到了一些比他更悲惨和不幸的人——那些失去部落、到处游荡的土著人。在类似的游历中，他初步了解了丛林土著人的生活状况。后来，他与早期认识的土著丛林人一直保持联系，还时不时地安排见面。"二战"期间，他先后在"民用建设集团"（Civil Construction Corps）工作过，其间得以了解更多关于澳大利亚北领地和土著人的知识。他还和博物学家埃里克·沃洛（Eric Worrall）一起，为寻求博物馆和动物标本而远足，其间，他们尽可能多地和土著人一起露营。这些经历给了他近距离接触土著部落和半部落的机会，他以他特有的方式、形象生动地记录下了这些材料。这些材料后经整理得以发表，罗宾逊认为，这些材料尽管大多属于土著神话和传奇，不一定科学严谨，多数带有比较明显的文学和传奇的色彩，但是，作为"梦创时期"的材料，这些资料无疑是非常有价值的。

威廉·哈特－史密斯1911年生于英国，1923年移居新西兰。1936年迁到悉尼，后在澳大利亚广播公司（ABC）任职，1945年又回新西兰居住。1962年返回悉尼，做过广告经理、无线电技术人员等工作，1963—1964年担任澳大利亚诗歌协会的会长。1978再返回新西兰生活，直至1990年去世。他的作品全部是诗歌，主要诗集包括：《哥伦布西行》（*Columbus Goes West*，1943）、《收获》（*Harvest*，1945）、《一望无垠的地面》（*The Unceasing Ground*，1946）、《克里斯托弗·哥伦布》（*Christopher Columbus*，1948）、《真诚》（*On the Level*，1950）、《打油诗》（*Poems in Doggerel*，1955）、《发现诗》（*Poems of Discovery*，1959）、《会说话的衣服》（*The Talking Clothes*，1966）。

哈特－史密斯在1977年给布莱恩·艾略特的信中回忆道："津迪沃罗巴克运动"开始的时候，"我已经写了一段时间的诗，但质量都很差"，其中，两三首诗已经发表，但达不到他本人的期望值。一天，"在米歇尔图书馆的一堆书稿里，我偶然发现土著牧师戴维·乌奈庞（David Unaipon）的手稿，他关于土著传奇的讲述启发了我，我感到振奋。我该怎么写？——我该书写澳大利亚的澳大利亚性。我就这样开始写了。……"哈特－史密斯1936年到达悉尼，像劳伦斯一样，他立即折服于澳洲的环境与氛围。正因为如此，哈特－史密斯是自发地成为"津迪沃罗巴克运动"一员的，而不是因为阿德莱德团体的劝诱而加入的。他于1942年才与英格梅尔斯相遇，在此之前，他的诗《我们是长者》（We Are the Elders）、《拉佩鲁兹》（La Perouse）、《垂钓的土著妇女》（The Fishing Lubra）已分别发表于1940年、1941年、1942年的《津迪沃罗巴克年度选集》上，不少作品出现在《津迪沃罗巴克年度选集》的诗也收录于《收获》和《一望无垠的地面》。

一般认为，《发现诗》尽管还带有"津迪沃罗巴克"精神，但它同时也是哈特－史密斯写作生涯的转折点，该诗反映他的创作重点从先前单纯的"津迪沃罗巴克"主题转向更具普世性的主题。对此，我们通过比较分别收录于《一望无垠的地面》和《发现诗》的两首同为描写鹡鸰（wagtail）的小诗也不难发现，《鹡鸰威利》（Willie Wagtail，1946）中描写的白日鹡鸰与土著图腾密切相关，而《城堡之王》（King of the Castle，1959）则是一首描写夜鹊鸰的诗歌，在这首诗中，夜鹊鸰在纯净的天地自然之间静谧地唱着悦耳的小夜曲，在这里，哈特-史密斯的目标从写"好的津迪沃罗巴克诗歌"开始渐渐地转向写"好的诗歌"。在1977年写给布莱恩·艾略特的信中，哈特-史密斯说："对我而言，诗人跟其他艺术家一样，唯一合法的目标就是创作艺术品。"① 可见，他早年热衷的"津迪沃罗巴克"精神此时已与他渐行渐远。

三

以激进著称的"津迪沃罗巴克运动"在整个20世纪30年代的澳大利亚引起了不小的社会反响。对于澳大利亚文学而言，"这场运动取得的一个成就是，它使得诗歌成为争论的话题，因为反对派的出现把种种不同的诗人都统统地卷入辩论中，一段时间里，津迪沃罗巴克的信条被讨论，戏弄性的文章连篇累牍地出现在每日的报章中，而当时报纸是难得成为文学争辩的战场的"②。对于20世纪的澳大利亚文学批评来说，"津迪沃罗巴克运动"的代表人物用自己的理论著述和文学创作宣告了一种民族主义思潮的存在，所以值得批评史家关注。

"津迪沃罗巴克运动"提出的文学理论从一开始就饱受争议。例如，墨尔本诗人阿里斯特·柯啸（Alister Kershaw）嘲笑他们的理论为"一个土著词，一棵桉树，一个水潭，一层红尘覆盖的万物"③。A. D. 霍普在1941年发表在《南风》期刊上的《文化狂欢》（Culture Corroboree）一文中贬称他们为"诗歌童子军"（the Boy Scout School）。"津迪沃罗巴克运动"为何受到这样尖刻的批评呢？有人认为，这与它竭力倡导的新价值取向和新写作手法有关，"津迪沃罗巴克运动"主张割裂与宗主国的联系、宣扬土著神话，在诗歌创作中主张大量吸收土著语言，这些观点在当时的社会历史语境中令

---

① Brian Elliott, ed., *The Jindyworobaks*, 1979, p. xix.
② Judith Wright, *Because I Was Invited*, Melbourne: Oxford University Press, 1975, p. 56.
③ Elizabeth Hamill, *These Modern Writers: An Introduction for Modern Readers*, 1946, p. 173.

很多人无法接受。从澳大利亚文学批评的历史演进来看，关于"津迪沃罗巴克运动"的争论焦点在于澳洲文学究竟应该走什么样的道路，换句话说，澳大利亚究竟应该继承欧洲文化遗产呢还是土著文化遗产？澳洲文学究竟该实行文化孤立主义呢还是该走国际路线？

在英格梅尔斯等人看来，澳大利亚的文学当然应该走本土道路，支持这一观点的肯尼思·吉福德（Kenneth Gifford）在《津迪沃罗巴克，构建一个澳大利亚文化》（Jindyworobak, Towards an Australian Culture, 1944）中指出："若要建立澳大利亚文化，我们必须放弃很多过去已经习惯的东西，必须发现一个更古老的过去，一个真正的澳大利亚的过去……澳大利亚因为外国的联系遭受了太多的苦。澳大利亚人一出生，就被欧洲主义压迫得几近窒息。"① 维克多·肯尼迪（Victor Kennedy）等其他评论家也认为："真正的澳大利亚文化是土著的文化……土著的民间文学不是强加于澳洲环境的，而是环境的自然产物。"②

对"津迪沃罗巴克运动"持反对意见的澳大利亚诗人霍普认为："对于绝大多数澳洲人来说，土著的视角和文化更陌生、更遥远，那些拾土著人牙慧的诗人还不如去拾英国人的牙慧。"③ 1941 年的《南风》编辑部也质疑"津迪沃罗巴克运动"，他们反对"要做真正的澳洲人必须将文化追溯到土著梦创时期，而且必须否定欧洲，只能思考、书写周边环境和古老的过去"的说法。④ 主张走国际路线的"愤怒的企鹅"（Angry Penguins）的创始人麦克斯·哈里斯认为"津迪沃罗巴克运动"最本质的缺陷是狭隘。他在 1939 年墨尔本一份名为《波希米亚》（Bohemia）的月报上撰文指出，"要写出真正的澳大利亚诗歌必须与欧洲诗歌主流保持紧密联系，必须从澳洲文化遗产之外的资源中学习艺术技巧"⑤。伊利莎白·哈米尔（Elizabeth Hamill）认为排外是澳大利亚文明中最恶劣的疾病。⑥ 她还说："如果澳大利亚涌现出了

---

① Leonie Kramer, ed., *The Oxford History of Australian Literature*, Melbourne: Oxford University Press, 1981, p. 368.
② Brian Elliott, ed., *The Jindyworobaks*, 1979, p. 232.
③ Ibid., p. 249.
④ Ibid., p. 252.
⑤ Michael Heyward, *The Ern Malley Affair*, St. Lucia: The University of Queensland Press, 1993, p. 17.
⑥ Elizabeth Hamill, *These Modern Writers: An Introduction for Modern Readers*, 1946, p. 174.

能创作出具有普世意义作品的作家,那么他/她首先是个优秀的作家,其次,他/她可能恰巧是个澳大利亚人,澳大利亚的地方色彩在不刻意中产生。"①

从澳大利亚文学批评史的角度来反思"津迪沃罗巴克运动",澳大利亚的批评史家应在放眼历史的基础上对其做出更加公允的评价。詹姆斯·德凡尼在《津迪沃罗巴克回顾》的序言中指出,文学越是民族的就越是国际的。他还写道:"津迪人致力于创造纯澳洲的事物。他们遭遇到许多批评,但总的来说,我认为他们是对的,批评他们的人是错的。每个国家的文学应该表现这个国家的精神和生命力,根植于自身土壤成长。他们的一切努力都是为了澳洲文学着想,我们应该祝福他们。"② 著名诗人朱迪思·赖特也对"津迪沃罗巴克运动"表示了自己的同情态度。她在《津迪沃罗巴克回顾》中写道:"强调地方性而不忽视它,关注环境而不躲避它——这本身就很有价值,并且定能引起反响。……民族观具有价值……或许津迪能使那些对它不管是持强烈反对态度还是漠不关心的人都能更好地了解自己。"③ 20 世纪 70 年代以后,澳大利亚的文学批评界对"津迪沃罗巴克运动"开始一改往日轻蔑的态度,主张对其进行重新评价,并对其给予了很高的评价,例如,悉尼大学的维维安·史密斯(Vivian Smith)指出,"回顾过去,'津迪沃罗巴克运动'尽管存在一些局限,但它对澳大利亚诗歌产生了积极的影响"④;布莱恩·艾略特也认为,"总的来说,津迪沃罗巴克是个好的团体,他们共同努力,真诚地关心整个民族的精神幸福"⑤。

作为一个殖民地,澳大利亚如何才能发展出自己独特的文学?从批评的角度出发,我们不难看出"津迪沃罗巴克运动"背后的焦虑。从殖民语境下成长起来的澳大利亚社会与宗主国血脉相通,语言相同,但长期生活在殖民地里的人民无疑希望通过自己的努力来建构自己的本土文学与文化,但是这种目标的实现往往很难。一方面,他们想要建构有别于欧洲的民族文学和文化,但让他们完全放弃欧洲文化传统又不太现实;另一方面,若让他们接

---

① Elizabeth Hamill, *These Modern Writers: An Introduction for Modern Readers*, 1946, p. 174.
② Rex Ingamells, Victor Kennedy, and Ian Tilbrook, eds., *Jindyworobak Reviews*, 1948, p. 3.
③ Ibid., p. 73.
④ Vivian Smith, "Poetry", *The Oxford History of Australian Literature*, ed. Leonie Kramer, 1981, p. 368.
⑤ Brian Elliott, ed., *The Jindyworobaks*, 1979, p. xix.

受当地对他们而言陌生而异域的本土主义文化也难。在这样的历史和现实语境中,"津迪沃罗巴克运动"大胆提出从土著文化中吸收养料,运动的初衷是为了建构民族性,为自己的民族文学和文化建构开辟一条崭新的路径。不过,事实证明,由于他们在选择的方法上显得有些极端,所以在澳大利亚文学和批评界没有得到应有的响应,在很多心系着英国老家的白人作家和批评家看来,"津迪沃罗巴克运动……初衷良好,但满怀的希望超越了他们的成就。……误入歧途的理想主义把他们导向了不切实际的解决方案"[1]。或许,也正因为这样,大力倡导从欧洲文化和环境价值中汲取养分的朱迪思·赖特关于构建澳大利亚民族文学的折中方法较之英格梅尔斯等人激烈的本土主义文学思想显然受到了更多澳大利亚白人作家和批评家的欢迎和响应。

---

[1] Brian Elliott, ed., *The Jindyworobaks*, 1979, p. xix.

第五章

万斯·帕尔默的"散文精神"论

在 20 世纪的澳大利亚文学史上,万斯·帕尔默(Vance Palmer,1885—1959)是一个重量级的人物。帕尔默 1885 年 8 月 28 日出生于澳大利亚布里斯班以北 200 英里的邦德伯格(Bundaberg),在 9 个兄弟姐妹之中,他排行第七,父亲是教师,母亲是爱尔兰人,曾外祖父曾在都柏林开书店。帕尔默长大以后成为一个作家或许与他的这点背景不无关系。他父亲在教学之余热爱文学,长期为地方报刊撰写书评。帕尔默从他们身上获得了一种对于文学和阅读的天然喜好,所以他从小就开始阅读狄更斯,稍大之后开始阅读亨利·劳森。后来,他就读于伊普斯维奇男生文法学校(Ipswich Boys' Grammar School),读书期间开始在《斯蒂尔·拉德杂志》(*Steele Rudd's Magazine*)发表作品。1906 年中学毕业之后,帕尔默没有升学,而是在该杂志主编 A. H. 戴维斯(A. H. Davis)的影响和建议之下,选择了出国游历,遍访英国、美国、芬兰、俄国、日本和墨西哥等国。据认识帕尔默的作家弗兰克·达尔比·戴维森(Frank Dalby Davison)回忆,帕尔默中等身材,体格匀称,相貌端庄,仪表堂堂,"除了正规场合,一般喜欢穿着清新的运动服……他经常穿一件蓝色衬衫,戴一个领结……手拿一个拐杖,一根弯曲的烟斗……说话声音丰富而沉静,高低有度……脸上经常带着笑容,对人的态度总是彬彬有礼……一种从内心发出来的友好和平静……帕尔默内心充满热情,但他总表现得若有所思……给人以若即若离的感觉"[1]。帕尔默 1913 年回到澳大利亚,并与当时在墨尔本大学读书的詹尼特·格特鲁德·希金斯

---

[1] Frank Dalby Davison, "Vance Palmer", *Walkabout*, Vol. 16, No. 8 (1950): 36.

（Janet Gertrude Higgins，即后来的 Nettie Palmer）相识并于次年结婚。结婚之后开始大量写作，并在短时间内出版小说《男人的世界》(*The World of Men*) 和诗集《先驱者》(*The Forerunners*)。1918 年，他参了军并准备赴欧洲参加"一战"，但是，没等他出发战争便已经结束。于是，他与妻子在昆士兰的卡隆德拉（Caloundra）定居下来，并全身心地投入文学创作之中。

帕尔默一生著述丰富，先后出版 16 部长篇小说，5 部短篇小说集，另有戏剧和诗歌。长篇小说包括《小酒店主的女儿》(*The Shantykeeper's Daughter*, 1920)、《基拉腊的老板》(*The Boss of Killara*, 1922)、《神奇岛》(*The Enchanted Island*, 1923)、《军事基地》(*The Outpost*, 1924)、《科罗娜拉：一个牧场故事》(*Cronulla: A Story of Station Life*, 1924)、《汉密尔顿其人》(*The Man Hamilton*, 1928)、《男人是人》(*Men Are Human*, 1930)、《旅行》(*The Passage*, 1930)、《黎明》(*Daybreak*, 1932)、《斯维恩一家》(*The Swayne Family*, 1934)、《桑德森传说》(*Legend for Sanderson*, 1937)、《龙卷风》(*Cyclone*, 1947)、《戈尔孔达》(*Golconda*, 1948)、《播种时节》(*Seedtime*, 1957)、《大个子》(*The Big Fellow*, 1959)；他的短篇小说集包括《男人的世界》(*The World of Men*, 1915)、《各奔前程》(*Separate Lives*, 1931)、《大海与三齿稃》(*Sea and Spinifex*, 1934)、《让鸟儿飞》(*Let the Birds Fly*, 1955)、《虹彩蜂虎及其他故事》(*The Rainbow-Bird and Other Stories*, 1957)；他的戏剧包括《黑马及其他剧作》(*The Black Horse and Other Plays*, 1924) 和《向明天敬礼》(*Hail Tomorrow*, 1947)；他的诗集包括《先驱》(*The Forerunners*, 1915) 和《营地》(*The Camp*, 1920) 等。

作为一名作家，帕尔默可谓自学成才，他 16 岁离开学校之后大量阅读了包括契诃夫、屠格涅夫、福楼拜、巴尔扎克以及莫泊桑在内的一大批世界文学巨匠的作品，在欧洲游历期间更是广泛涉猎各国文学。他关注各国文学的最新发展潮流，并积极撰文发表自己的看法。在他 1919 年发表的一篇题为《文学都柏林》(Literary Dublin)[①] 的文章中，帕尔默指出，都柏林的爱尔兰诗人和文学家沉浸于政治当中：他们认为，文学家固然要写剧本、小说和诗歌，但如果你的双手被捆住了，你首先必须争取自由。帕尔默还发现，

---

① Vance Palmer, "Literary Dublin", *The Bulletin*, 13 November (1919): Red Page.

都柏林是一个小地方，在那里人们很容易相互结识，彼此相知，这里的人们喜欢聚在一起聊天，他们讨论文学艺术，更关注政治经济，因为在这个地方，没有纯粹的政治家，这里的人民选择的政府由诗人、预言家和大学教授组成。爱尔兰文学的这一特征对20世纪20年代帕尔默的民族主义意识形成产生了深刻的影响。

帕尔默的民族主义意识萌芽于对澳大利亚殖民文化的观察，他早年深受《公报》和A. G. 斯蒂芬斯的影响，1905年，他在《斯蒂尔·拉德杂志》的鼓励下发表了他的第一篇批评文章，在这篇题为《一种澳大利亚的民族艺术》的文章中[①]，他指出，多数澳大利亚人用外国人的眼睛看自己的国家，用外国人的标准来衡量自己是否美丽。但是，英国文学中的澳大利亚是一个荒凉而丑陋的国度，英国作家的眼睛看不见这片土地上的任何美丽与和谐；澳大利亚人喜欢在英国人的书里寻找对于人生的意义阐释，澳大利亚人喜欢模仿那些颓废的欧洲国家，而让自己的民族个性被埋没，在这种情况下，澳大利亚的艺术必然遭殃。帕尔默认为，艺术是人对于环境内在生命的阐释，澳大利亚作家若不能去听自己国家生活中的各种声音，他们创作出来的艺术必然虚假而没有生命力。澳大利亚人不能用英国人的眼睛来看澳大利亚，"我们的艺术必须跟我们的动物和植物一样严格地属于澳大利亚"。帕尔默强调指出，澳大利亚需要的不是有文化的作家（cultured writers），而是热诚的民族主义者（ardent nationalists），我们需要有人把我们团结在一起，他们与人民的目标和理想一致，他们的心与人民一起跳动。作为一名年轻的批评家，此时的帕尔默大胆地对马库斯·克拉克、亨利·金斯利（Henry Kingsley）、艾达·坎布里奇（Ada Cambridge）、坎贝尔·普利德（Campbell Praed）等早期澳大利亚作家的创作提出了尖锐的批判，他引用美国作家威廉·迪恩·豪威尔斯（William Dean Howells）的话指出，如果英国人是城市里的人，美国人是村庄里的人，那么，澳大利亚人是丛林中人，因此，丛林生活必须成为澳大利亚民族文学表现的主流生活。他认为，澳大利亚的民族主义运动正在开始，澳大利亚的每个城市里都有一个作家群，他们愿意用自

---

① Vance Palmer, "An Australian National Art", in *The Writer in Australia 1856 – 1964*, ed. John Barnes, London: Oxford University Press, 1969, pp. 168 – 170.

己的创作来表现澳大利亚的生活,他们的任务光荣而伟大,澳大利亚是个年轻的国家,这里的人们已经开始寻找自己的特点,不久他们就会有美丽的故事。不夸张地说,《一种澳大利亚的民族艺术》集中反映了帕尔默将一生为之鼓呼的批评立场。

帕尔默从 1915 年开始定期为《公报》等杂志撰写文学评论,30 年代后期,他开始为澳大利亚广播公司做广播评论,在近 20 年的时间里,帕尔默先后主持过的广播节目主要包括"图书节目"(All About Books)和"当下好书"(Current Books Worth Reading),帕尔默的广播节目两周一次,每一次讨论五到六个新出版的作品,其中有文学作品,也有传记、历史、时事类的作品,文学作品以小说为主,偶尔也包括诗歌和戏剧,他的广播语气平和,句法随意,措辞通俗,但他的讲稿大多深刻而有见地,立场高度明确,给他的听众留下了非常深刻的印象。帕尔默一生公开发表的批评文章众多,此外,他还公开出版了一批著作,其中最重要的批评著作包括《民族肖像》(*National Portraits*, 1940)、《A. G. 斯蒂芬斯:生平与著述》(*A. G. Stephens: His Life and Work*, 1941)、《弗兰克·威尔默》(*Frank Wilmot*, 1942)、《路易斯·艾森与澳大利亚戏剧》(*Louis Esson and the Australian Theatre*, 1948)、《传说中的 19 世纪 90 年代》(*The Legend of the Nineties*, 1954)、《友人肖像》(*Intimate Portraits and Other Pieces: Essays and Articles*, 1969)等。

一

帕尔默一生继承所谓的"19 世纪 90 年代"传统,并努力据此界定澳大利亚的民族特征(Australianness)。他认为,艺术的作用在于阐释自己所置身其中的环境的内在生命,澳大利亚的作家只要不潜心倾听澳大利亚民族生活的节拍,那他们的艺术就一定是虚假而不能长久流传的。帕尔默的文学观以 19 世纪 90 年代作为参照点,在他 1954 年出版的《传说中的 19 世纪 90 年代》[1]一书中,作者首次以九个章节的篇幅系统讨论了 19 世纪 90 年代的澳大利亚历史。该书的写作基于非常系统的调查研究和证据分析,主体部分分

---

[1] Vance Palmer, *Legend of the Nineties*, Melbourne: Melbourne University Press, 1954.

别讨论了当时澳大利亚社会的人口构成、当时社会一般民众的理想、文学的崛起、政治矛盾及其解决，最后对这一时期的历史和未来意义进行了评价。

《传说中的19世纪90年代》不是一部感伤的怀古之作，帕尔默写作该书的本意是要正本清源，他认为，在澳大利亚，围绕着19世纪90年代已经形成了一个传说，他的任务是对19世纪90年代神话进行一个认真的审视，一方面澄清事实，另一方面从中找到对于澳大利亚文化有价值的东西。他不停地告诫自己说，关于这一时期的澳大利亚文学，要在回溯历史的工程中区分传说和现实的任务非常困难，因为传说与事实的差别实在是毫厘之间，要做好这个工作需要作者拥有非常淡定的心态（poise of mind）。该书的几个主要章节集中讨论了亨利·劳森、威廉·雷恩、J. F. 阿奇博尔德、凯瑟琳·海伦·斯本斯（Catherine Helen Spence）、阿尔弗雷德·迪肯（Alfred Deakin）、威廉·霍尔曼（William Holman）、菲尔·梅（Phil May）、普莱斯·沃伦（Price Warung）等，帕尔默把他们看作19世纪90年代澳大利亚社会各界的代表，作者通过他们在19世纪90年代对于公共事务的反应，以及他们与当时的思想、图书、社会和政治事件的联系，为这些人共同生活的年代和澳大利亚社会画出一幅长卷。《传说中的19世纪90年代》通篇贯通着一种平和与淡定，透过这种平和与淡定，作者指出，19世纪90年代的澳大利亚空气中弥漫着一种关于建立一个自给自足的纯粹的社会乌托邦理想，但这种理想不切实际，所以在现实中被砸得粉碎。

在澳大利亚批评史上，帕尔默称得上是A. G. 斯蒂芬斯的接班人，虽然他没有斯蒂芬斯那样直接影响过那么多人，更没有斯蒂芬斯为之服务的《公报》"红页"的支持，而且他的文学批评也从来没有斯蒂芬斯那样遒劲有力，令人肃然起敬，但是，在对澳大利亚文学史的看法上，他和斯蒂芬斯是一样的，他和斯蒂芬斯同样关心文学标准问题，和斯蒂芬斯一样关心欧洲文化，所以，帕尔默关于澳大利亚民族艺术提出的观点与斯蒂芬斯在《〈公报〉小说集》（The Bulletin Story Book）前言中提出的观点是一样的。在批评上，帕尔默没有斯蒂芬斯那样见解独到，也没有斯蒂芬斯那样成就卓著，但是，帕尔默在文学创作上比斯蒂芬斯更有才华。相比之下，帕尔默可以说是理想文人的化身，他集创作、批评和社会活动于一身，三种工作样样出色，彼此互补。

帕尔默很早就与斯蒂芬斯相识①,他从斯蒂芬斯身上看到了自己希望成就的一切。1941年,他著成并出版了《A. G. 斯蒂芬斯:生平与创作》②,在该书中,他对于斯蒂芬斯进行了长篇评论,帕尔默按时间顺序详细地介绍了斯蒂芬斯的生平经历,对于斯蒂芬斯作为文学评论家的特点和价值进行了探讨,除此之外,帕尔默还透过斯蒂芬斯的活动努力记录下他所生活时代的澳大利亚的一个全景图。该书对于斯蒂芬斯的最后评价也非常肯定,帕尔默认为,斯蒂芬斯对于澳大利亚的贡献不仅在于他出版的著述,因为那只代表他一生成就的很小一部分。在帕尔默看来,斯蒂芬斯是一个从业于新闻界的批评家,他把他的时间和精力大量地投入他的每周专栏,他挥洒自如的机智以及他嬉笑怒骂的态度给他的读者带来了无尽的快乐和启发。

帕尔默认为,斯蒂芬斯是19世纪90年代澳大利亚文学的教父,整个19世纪90年代,受斯蒂芬斯影响最多的是澳大利亚作家,在他的鼓励之下,无数作家毅然投身于对文学梦想的追逐之中,他们每一部文学作品的诞生或多或少都凝聚了他的心力。斯蒂芬斯不是一个目光短浅的殖民地作家,他关注文学的风格和形式,重视理性和清晰的表达,在这些方面深受法国文学的影响,他喜欢短小精悍的抒情短诗,不喜欢长篇的史诗;他善于在当代作家的作品中发现独创和才华,对于平庸和虚假嗤之以鼻。他不是一个唯美主义者,他强调文学的社会功能,主张文学应该努力揭示特定社会的特殊秉性,帮助人们在自己生活的土地上适应下来。在帕尔默看来,斯蒂芬斯用自己的批评将澳大利亚的两种文学创作有机地融合在了一起,一种是以库拉克、博尔德沃德、亚当·林赛·戈登和亨利·肯德尔等为代表的欧式写作,另一种是以劳森、斯蒂尔·拉德和班卓·帕特森等人为代表的立足澳大利亚本土经验的文学,前者有传统但欠缺与澳大利亚的关系,后者篇幅短小但不乏沸腾的生活内容,在约瑟夫·弗菲的小说和斯蒂芬斯的批评之中,上述两种文学创作找到了极佳的融合点,而斯蒂芬斯尤其为那个时代的澳大利亚文学拓展了空间。帕尔默认为,因为有了19世纪90年代,澳大利亚文学得以从少年

---

① Harry Heseltine, *Vance Palmer*, St. Lucia, Queensland: University of Queensland Press, 1970, pp. 186 – 187.

② Vance Palmer, *A. G. Stephens: His Life and Work*, Melbourne: Robertson and Mullens, 1941.

步入成年，而斯蒂芬斯正是澳大利亚文学在这一成长过程中的破路先锋。

不过，帕尔默认为斯蒂芬斯选择了一个无望获得任何回报的领域。在19世纪90年代，斯蒂芬斯对许多作家来说是一个藏在《公告》"红页"中那几个首字母（A. G. S.）后面的神秘人物，到1895年，他成了澳大利亚文人当中公认的权威，他关心文学新人，提携后进，但是，他发言干脆，批评犀利，不留情面。帕尔默对斯蒂芬斯这样的批评风格表示高度的认同和支持，他不理解为什么不少受斯蒂芬斯提携过的青年作家并不领情。帕尔默介绍了斯蒂芬斯在其所从事的文学批评中碰到的种种尴尬，还特别讲述了一个发生在斯蒂芬斯和劳森之间的故事，斯蒂芬斯一直非常欣赏劳森，但是这并不能改变他一贯的批评风格，他多次严厉地批评劳森，让羞怯的劳森心生嫉恨。一次，劳森在大街上碰到斯蒂芬斯，不禁当街对其咆哮起来，咒骂之声吸引了无数路人围观；斯蒂芬斯的同伴试图拉他离开，但他眼含惊异地坚持站在原地听完劳森愤怒的责骂，他最后离开的时候略带沉思地说："可怜的亨利！今天不是他的好日子。"[①]

帕尔默明确地告诉我们，没有斯蒂芬斯，19世纪90年代的澳大利亚就不可能出现劳森、帕特森和弗菲这样的作家，但帕尔默同时表示，斯蒂芬斯对于那个时代更大的贡献在于，他通过自己的努力和批评为这些作家营造了一种氛围，创造了受众。在此之前，澳大利亚的读书人普遍觉得，澳大利亚人写的东西都不值得看，或者至少说质量普遍劣于英国作家的作品，斯蒂芬斯通过他的"红页"对于这样的一种态度给予了坚定的回击。作为一个性情中人，他敢于引领时代舆论，敢于批判澳大利亚读书人中的殖民心态，他认为文学应是一个野生植物，你若把它置于一个玻璃房中，它就会枯萎，因为澳大利亚的殖民背景，已经有人批评澳大利亚人缺乏独立的思想，说他们四肢发达，大脑简单，所以澳大利亚人更应该勇敢地立足自身经验表达自己的观点，他鼓励澳大利亚尽早形成自己的文学受众和文学批评，因为文学有了读者才可能有生命力。[②]

[①] Vance Palmer, "A. G. Stephens", in *Intimate Portraits and Other Pieces: Essays and Articles by Vance Palmer*, Melbourne: F. W. Cheschire, 1969, pp. 108–112.

[②] Ibid., pp. 111–112.

二

帕尔默一生出版了多部文学传记和批评著作，但帕尔默的文学观从他早期的广播评论中可见一斑，虽然这些评论篇幅短小，而且大多是未经证明的直觉批评，但细心的读者和听众不难从中发现一些统一的原则和不成文的批评规范。他从巴尔扎克、屠格涅夫、狄更斯、托尔斯泰、福楼拜、康拉德、弗菲、理查森和劳森等传统的经典作家那里逐步形成了自己的文学标准，在他的每一次评论背后，细心的听众不难听出他关于小说形式、功能和价值的基本假设。

帕尔默的批评总体上倡导一种"理想的现实主义"（idealistic realism）。例如，针对小说创作，帕尔默指出：

（一）小说应该表现全方位的人类经验。1941年4月13日，他在一次"当下好书"的广播评论中说："像托尔斯泰或福楼拜那样伟大的小说家从来都把人的全部生活作为小说表现的对象，他们关心人的灵魂，但他们并不只关注人的精神，因为他们同样关心人日复一日的普通生活。小说家必须具有生活观察力，他们必须学会从人物举止的点滴当中窥见人物生活，如果小说不能如实地观察和表现世界，那么，不管怎样的风格和结构变化也弥补不了由其造成的损害。

（二）小说家不能一味追求理论教条，因为一味纠结在一种生活的理论中就会让作家远离生活，从而把小说家变成一种理论宣传员。一部作品中如果有理论的存在，那么理论不应该是强加于素材之上的外来之物，而是一种从生活中自然升华出的东西。作家可以记录原始生活，但他不可以沉迷于一种不做区分的现实主义。1922年1月5日，帕尔默在《公报》的"红页"上发表一篇题为《叙述能力》（The Narrative Faculty）的文章，文中说：叙事技巧是一种"融合事件和对话的技巧，有了这种技巧，一个故事得以顺利向前推进……不同时空得到巧妙连接，给读者以不间断的连贯性"。两年后，他在《公报》上又发表《事实及其作用》（Fact and Its Proper Place），表达了他对想象力的不信任，说它的作用非常有限（a very limited thing）。文章提出，作家应该观察生活，从中发现小说的情节和人物，作家从生活中收集来的鲜活的细节是作品生命力的保证,现实生活是小说家进行创作的最原初的动力。1924 年,他又在"红页"上发表《浪漫的现实主义》(Romantic Realism),文中提出小说创作应该可以加入一些神奇和怪诞的因素,小说创作可以使用生活中熟悉的细节将光怪陆离的小说世界和现实生活联系起来,将现实主义和浪漫传奇结合起来,将诗歌与小说联系起来。他认为,小说创作应该反对盲目的现实主义,原始的素材须经作家有意识地整合,作家通过个人的结构原则给原始素材施加一种艺术的压力,才能最终赋予生活以风格。

(三)小说不能一味沉湎于修辞,优秀的小说讲究叙事内容丰富,叙述节奏明快。在 1950 年 1 月 22 日的一次"当下好书"的广播评论中,他称修辞为文学中的致命问题;在评论美国作家托马斯·沃尔夫(Thomas Wolfe)的《网与石》(*The Web and the Rock*)时,他说:这个美国作家的小说能够带动你的情绪,让你像尼亚加拉大瀑布那样一泻千里,难以自禁,但他的小说风格过于浮夸。他认为,在艺术的世界里,准确的内容、严格的形式和浓烈的气氛才是最重要的。

(四)现代小说的实验主义倾向令人遗憾。在帕尔默的评论中,"现代"经常是一个贬义词,在他看来,"现代"意味着主观到意气用事、反讽到绝望、先锋到装腔作势的地步,他承认詹姆斯·乔伊斯(James Joyce)这样的现代派作家很伟大,但他对很多一般的现代作家持保留态度。他理想中的文体是"天然去雕饰"的样子。[①]

帕尔默认为,从总体上说,文学应该在全社会中分享,小说不仅应该把社会当作自己的反映对象,它更应该与社会主动接触,所以,他生前最敬仰的批评家除了澳大利亚的斯蒂芬斯之外,就是美国的埃德蒙·威尔逊(Edmund Wilson),在他看来,斯蒂芬斯和威尔逊不把文学作品当作孤立的审美对象,对他们而言,文学是构建一个文化的重要参与力量。帕尔默为此还称赞过斯蒂芬斯之前的一个澳大利亚批评家 G. B. 巴顿(G. B. Barton),说他是澳大利亚的第一个正经的批评家,因为他不只是评价一部作品的好坏,还关注澳大利亚文化价值和精神创造的发展。

---

① Harry Heseltine, *Vance Palmer*, 1970, pp. 179–182.

帕尔默一生重视对于澳大利亚文学的评价，在他看来，文学批评的重要任务之一是把具体的文学作品与其所属文明融合一处。那么，什么是文明呢？帕尔默认为，文明是一个包含一切人类活动的完整而有序的体系，以此看来，澳大利亚文明体系中显然还存在巨大的缝隙和空白，他不停地说，"我们的过去到处是巨大的空白"，他希望用自己的力量去填补它们。帕尔默一生发表的多数文学文章讨论他所生活时代的澳大利亚文学创作环境，他反对小说家在创作中针对外国读者讲话，认为文学对社会来说是一种团结大众的凝聚力量，它可以改变生活。他坚持在文章中婉转地批评社会，认为澳大利亚文学缺少真正关心自己的批评，因此澳大利亚作家没有读者大众。他认为，从这个意义上说，20世纪的澳大利亚文学与美国文学相比落后整整一百年。

帕尔默关于文学与社会关系的观点最集中地反映在《散文精神》[1]、《缺场的批评家》[2] 和《作家及其受众》[3] 等文章当中。《散文精神》发表于1921年5月，该文原是他向墨尔本文学俱乐部做的一个演讲稿，该文首先以一种文学宣言式的文体响亮地提出：散文的特征在于分寸协调、理性幽默，所以散文是文明的语言。帕尔默认为，诗歌是一种孤独者的体验，长于表达情感，所以诗人无需受众，可以在任何一个孤岛上写作；与此相比，散文是人与人之间平等交流思想的工具，人一生中四分之三的时间都在用散文与同伴交流，散文需要受众和文明，散文从受众那里获取灵感，受众水平越高，散文就能得到越好的发展，哪个国家喜欢友善的交流和机敏的思想，散文就会在哪里绽放发彩，散文面对诗歌和公共演讲的激烈情绪超然一笑，它在幽默之中散发温和的光亮。

帕尔默认为，澳大利亚缺乏良好的散文传统，澳大利亚有的是政论文章，但政治文章大多歇斯底里，完全没有散文的理性和平和，它们的功能如同战鼓，作者用它来煽动原始情绪，它们代表的是散文的堕落。然而，文明有赖于好的散文，在一个人人激烈地呼喊着战争口号的国度，散文作为一种

---

[1] Vance Palmer, "The Spirit of Prose", *Fellowship*, VII, No. 10 (1921): 151–152.
[2] Vance Palmer, "The Missing Critics", *The Bulletin*, 26 July (1923): Red Page.
[3] Vance Palmer, "The Writer and His Audience", *The Bulletin*, 8 Jan. (1925): Red Page.

理性交流思想的媒体或许是唯一能阻止它走向四分五裂的工具。好的散文是民族团结的重要工具，以散文为写作体裁的澳大利亚作家必须以创立真正的民族文化为己任，用自己的笔去阻遏公共话语中的偏见和歇斯底里。澳大利亚思想界一片荒蛮，澳大利亚需要的是一种由散文主导的社会生活，在20世纪20年代的澳大利亚，能够给我们带来文明的不是福特汽车，而是亨利·劳森的短篇小说，因为在这些短篇小说中劳森让艺术家与矿工同在，丛林工人和律师同在。劳森的短篇小说中所反映出的"散文精神"代表的是一种训练有素的心理平衡，有了这种平和心理，澳大利亚的许多东西将得以保存。

帕尔默特别指出，澳大利亚的文学批评同样处在沦落的状态之中，这里的公众不习惯于批评，作家也无法平和地接受批评家偶尔的批评，在这种情况下，作家根本得不到公正的批评。19世纪末20世纪初的《公告》"红页"以不偏不倚的态度评判澳大利亚的文学，但是，20世纪20年代的澳大利亚批评界除了沉寂还是沉寂。澳大利亚文学作品缺少对批评的关注，更没有公众的热切回应，偶尔几本书被几个倦意浓浓的书评家提到，然而，再好的作品最终都难逃被隐没的命运。作家需要读者的回应，作家需要受众，他们的作品应该得到认真对待，批评家应该努力从他们的作品中发现好的特质。但是，澳大利亚缺乏的正是这样的真正的批评，没有批评，人们对于澳大利亚文学的过去和现在就无从了解，帕尔默热切地呼吁澳大利亚批评家的到来。

从某种意义上看，《散文精神》一文实在是"项庄舞剑，意在沛公"，因为帕尔默希望讨论的并不是散文与诗歌的相对特征，他要说的是，澳大利亚没有形成很好的批评氛围和习惯，没有批评，文学就很难发展。他认为，澳大利亚的民族文学未得到很好的发展，其主要原因是没有得到读者和批评家的支持，他猛烈地抨击澳大利亚人对澳大利亚作家创作的作品太过漠然。在他1925年发表的《作家及其受众》一文中，帕尔默重申了他的看法，他认为，散文跟诗歌不一样，一个作家仅凭一阵狂喜写不了长篇小说，一个长篇小说家一旦开始创作马上便会考虑到读者和受众的问题，不管他的方法何等复杂，他始终必须向读者讲述一个故事，如果他感觉到自己是对空说话，他可能马上就会停止说话。澳大利亚并不缺少个体的读者，但是，一个好的受众不只是一个个彼此互不相干的个体读者,一个好的受众应该是一个团结向上的集体,它充满生气,有思想而敢于担当,一个好的受众能够把作家的创造力激发出来,它是一个民族文化长期发展的产物,可惜澳大利亚还没有形成这样一种文学受众。在《缺场的批评家》中,帕尔默重申了自己关于澳大利亚文学批评缺场的看法,他指出,有见地的文学批评在澳大利亚很难见到,因为澳大利亚作家的作品零零星星,许多作品出版之后很少再版,不少作家写完一本书之后很久也不写下一部,在澳大利亚,还有一些势利的编辑,他们喜欢谈伦敦的文学时尚,见到澳大利亚作家便一个叉打下去。帕尔默认为,文学中并没有一种绝对价值,澳大利亚文学在普世价值之外自有其对于澳大利亚人的重要性,今日的澳大利亚作家受批评和被忽略的程度或许跟以往并无大的差别,但是,今日的澳大利亚如果希望建构起自己民族的文学,这种情形必须得到改变:作家不能靠几句不关痛痒的话活着,不能指望用广告的方式卖书,更不能指望用那样商业化的方式让大家对文学感兴趣,澳大利亚文学需要一种真正的批评。

三

帕尔默的批评声誉来自他对许多具体作家的具体作品的评论,在这一点上,他很好地继承了斯蒂芬斯的传统。他一生评论过的作家和作品很多。他通过广播书评评论过美国作家威廉·福克纳的作品《村子》(The Hamlet),称赞海明威和他的《丧钟为谁而鸣》,解析过沃尔特·凡·提尔伯格·克拉克(Walter Van Tilburg Clark)的《奥克斯博事件》(The Oxbow Incident),此外,他还讨论过 D. H. 劳伦斯、T. S. 艾略特、E. M. 福斯特(E. M. Forster)、乔伊斯·凯里(Joyce Cary)、阿尔伯特·加缪(Albert Camus)、奥尔德斯·赫胥黎(Aldous Huxley)、舍伍德·安德森(Sherwood Anderson)、安伯罗斯·比尔斯(Ambrose Bierce)、H. L. 门肯(H. L. Mencken)、罗伯特·内森(Robert Nathan)等等。在澳大利亚国内,他在一般人不知道帕特里克·怀特(Patrick White)是何许人也的时候首先关注到了他的《生者与死者》(The Living and the Dead),他说:"小说《生者与死者》中所展示的高质量的写作让人不禁期冀帕特里克·

怀特回到澳大利亚。"[1] 他通过《弗兰克·威尔默》[2]、《路易斯·艾森与澳大利亚戏剧》[3]、《传说中的19世纪90年代》、《民族肖像》等著作评论过的澳大利亚作家还有：弗兰克·威尔默、路易斯·艾森、伯纳德·奥多德、弗菲、劳森和帕特森等。

帕尔默的作家评论生动而形象，在他的笔下，读者读到的是一个个鲜活的形象。《弗兰克·威尔默》是一部纪念性论著，在该书中，帕尔默以威尔默故交的身份讲述了后者的故事。威尔默又以笔名费恩里·毛里斯（Furnley Maurice）闻名于世，是帕尔默多年的故交，帕尔默应威尔默纪念委员会的委托写成的这部小书只有短短30页。帕尔默认为，澳大利亚作家负有改造环境的使命："给本国干枯的土地浇水，以使其物华人茂"，而在这一点上，威尔默为澳大利亚做出了特别的贡献。帕尔默从对威尔默的回忆谈到一个时代和一个城市的文学环境（墨尔本），从"一战"回忆到大萧条，语调轻松而充满活力。他对威尔默的总体评价非常肯定，在他看来，威尔默是一个不计较个人声誉的人，他一生默默地写作，把自己的创作看成民族文化发展的一部分，而在这样一个浩大的工程之中，个人的成就常常是微不足道的。不过，他也承认自己和威尔默并非在所有问题上都看法一致，他认为，威尔默早期的诗歌相对稚嫩，明显不如晚期成熟。帕尔默通过1948年出版的另一部著作介绍了自己心目中的路易斯·艾森，该书收入了一系列艾森给自己的信，多数信件写作于20世纪20年代，与澳大利亚"先锋剧团"（Pioneer Players）有关。帕尔默和艾森都先后参与组建这个剧团，但由于后者参与得更多所以贡献更大。帕尔默把这部书的写作看成是一件"为澳大利亚文化事业所做的事情"。这部书也让读者了解了不少帕尔默本人的生平资料，但是该书采用的一种"普通人腔调"（anonymous tone）为它增加了一种学术上的实用性，由于该书集中了一大批不可或缺的一手历史材料，对澳大利亚戏剧感兴趣的读者从中可以学到很多有价值的东西。

帕尔默对于作家的评价往往深刻而切中要害，在《传说中的19世纪90

---

[1] Harry Heseltine, *Vance Palmer*, 1970, p. 117.
[2] Vance Palmer, *Frank Wilmot*, Melbourne: The Frank Wilmot Memorial Committee, 1942.
[3] Vance Palmer, *Louis Esson and the Australian Theatre*, Melbourne: Georgian House, 1948.

年代》一书中，帕尔默将伯纳德·奥多德和约瑟夫·弗菲放在一起进行介绍，他认为，奥多德和弗菲一样对欧洲传统生活和传统文学的意识比较深厚，而在此二人之中，前者虽然绝对是19世纪90年代的产物，也是澳大利亚作为一个完整民族和国家最富激情的鼓吹者，但对同时代的年轻人影响甚微，奥多德好用笔名，有时自称"丹顿"（Danton），有时候称自己是"铁匠加瓦"（Gavah），所以很多人不了解他的文学身份，他的诗歌炙热如火烧，有时旁征博引，有时又高度简洁，向读者展示出一个日益成熟的强大的思想。帕尔默指出，弗菲的《如此人生》（*Such Is Life*）1896年就写作完成，但7年之后才得以出版，这一耽搁让这部小说同样未能在同时代人中产生直接的影响，1903年，澳大利亚人关心的事情似乎变了，布尔战争刚刚结束，澳大利亚成立了联邦，一种清晨般的新鲜气息已经在空气中慢慢褪去，显然《如此人生》问世得不是时候，小说的作者让人感觉像是一个迟到的游客，本意带着一个长长的故事来参加一个篝火晚会，却不知他来时，篝火已灭，游客已散。《如此人生》没有在20世纪初的读者中产生任何的影响，等到又一代人回首遥望时，该书的独到之处才为人发现。

帕尔默喜欢班卓·帕特森，他在《传说中的19世纪90年代》中指出，帕特森的诗歌给人的一个重要的感觉是，他一直在回望一个逝去的黄金时代，这个黄金时代存在于他的童年，在他一首题为《黑天鹅》（Black Swans）的诗歌中，诗人无比留恋逝去的青春时光，想象着自己躺在城市公园中望着鸟儿朝着他魂牵梦绕的家乡和一段逝去的岁月飞去。帕尔默认为，帕特森的长处并不在于抒发情感，因为他每每要抒发情感都会不自禁地堕入伤感之中难以自拔。他最擅长的是表现那种健康豪迈的男性世界，在那里，男人们说着令人捧腹的笑话，或者在陡峻的山边道路上策马奔跑，或者为了自己的伙伴勇敢地面对前来追捕的骑兵，为了衬托诗歌中的一点点戏剧性场面，他经常会创造出一个理想而浪漫化的背景，这种背景不是现实主义小说中的噩梦国度，也不是那种英国式的溪流和森林，而是一片一望无际的风吹草低现牛羊的平原和奔流的大河，帕特森心目中的丛林便是这样新颖而令人神往。

帕尔默的《民族肖像》[①] 一书收录了一系列关于澳大利亚早期开拓者的

---

① Vance Palmer, *National Portraits*, Sydney: Angus and Robertson, 1940.

25 篇文章，讴歌了那些在殖民语境中奋起抗争的民族先驱，以其特有的方式书写了澳大利亚的国家历史，充分体现了作者关于国家的看法。帕尔默认为，澳大利亚应该成为一个富有想象力的民族，他在这部书中给每个人刻画的肖像包括两方面的内容：一方面，作者简单地叙述他们的生平轮廓；另一方面，作者通过性格分析重点介绍他们对于澳大利亚民族生活做出的贡献。《民族肖像》花了较大的篇幅对劳森进行了评价，帕尔默指出，19 世纪 90 年代的劳森的创作不仅受到普通读者的欢迎，它们同时也是优秀的文学杰作；劳森教会了澳大利亚人如何深刻观察和理解近在身边的生活，他的短篇小说让澳大利亚人第一次获得了一种文化上的自觉。帕尔默认为，劳森在澳大利亚国内大受欢迎，但因为他写的题材地方色彩太过浓烈，所以他的重要性受到影响。不过，对于劳森成就和影响的评价应该一分为二：一方面，劳森虽然写诗，但是诗歌不是他最擅长的文学样式，他之所以写诗，是因为那时的人都写诗，诗歌也是作家用来表达政治和社会思想的最佳途径，他的诗歌中虽然不乏振聋发聩的修辞，但那些作品让人想到的是公共演讲；另一方面，他的短篇小说为澳大利亚文学奠定了一种民主的传统，这一传统对所有的澳大利亚作家都产生了影响。此外，劳森早期的作品主题严肃，风格清纯，不亚于澳大利亚的任何一个其他作家，但晚期创作异常失败，因为 90 年代之后劳森身上的那种叛逆性格消磨殆尽，而此时他个性中一些根本缺陷显著地限制了他的进一步发展，例如，他似乎天生缺少一种对于文学结构和空间的理论概念，没有了那份理论知识，他的创作仿佛从右手换成了左手，水平日益走下坡路，导致他晚期的作品在无谓的忧郁中不断重复旧的主题。

　　帕尔默不否认劳森生活经历的狭隘，认为那是由于恶劣的生活以及突如其来的耳聋造成的：劳森出生在一个令人抑郁的环境里，劳森对于童年的记忆充斥着颓败和荒凉的印象，印象中的童年生活环境充斥着莫名的冲突和不安全感，劳森九岁时突然的失聪剥夺了他参与社会生活的机会，在极端恶劣的环境里长大也让他形成了一种相对悲观的世界观；此外，劳森早年的生活和他先天的文学才华使他的每一点生活都给人一种强烈的厚重感。帕尔默特别指出，劳森自幼养成了读书的习惯，读狄更斯、布勒特·哈特（Bret Harte），甚至《堂吉诃德》以及马库斯·克拉克的书成了他成长环境中对他最大的拯救。帕尔默认为，劳森最擅长的文学形式是散文。劳森通过不大起眼的短篇小说微妙而幽默地揭示了他自幼熟悉的生活，读他的短篇小说，读者读到的是一个用自己的眼睛来观察世事的作家，他对于世界有着自己的愿景，在讲述所见所闻时展现出一种天生艺术家的技巧：他笔下的人物永远都是他所熟悉的。他早期的小说描写生活在一个名叫派普克莱（Pipeclay）的地方的人，以后他描写的人物范围得到拓展。19世纪90年代，工会运动迅猛发展，此时的劳森刻画了许多剪羊毛工人和丛林工人，他特别表现人与人之间的那种坚定可靠的关系——又称伙伴情谊，努力书写新工会运动共同的信仰，把自己变成了吟唱这一信仰的诗人。

　　帕尔默认为，19世纪90年代的劳森出版的每一部短篇小说都很好，充满着人文精神，生动地刻画了选地农民和城市后街居民的生活，展现了劳作中的澳大利亚人的生活和品格，这些小说写得异常简洁，在表达真挚情感的同时达到了一种形式上的完美境界。劳森不需要为自己的作品缺少独创而担心，因为他真实呈现的生活体验本身足以让他的作品展现出一种不同于一般作家的特征：想象容易落入成规，劳森的生活充满了永不枯竭的可能。不过，在《传说中的19世纪90年代》中，帕尔默也毫不忌讳地指出，劳森的个性中有一种女性的阴柔，这种阴柔心使早期的劳森充满了对于他笔下男女的同情和理解，但是，晚年的他将这种同情和理解都投向了自己，这使他的作品多了一种讨嫌的多愁善感。不过，帕尔默认为，劳森与帕特森相比本来就缺少一种矫健的形态，劳森更喜欢在情感的深处做文章，如果19世纪90年代的读者同时喜欢劳森与帕特森，那是因为《从雪河来的人》中刻画的英雄或许缺少一些细腻，而劳森笔下的乔·威尔森（Joe Wilson）虽然缺少一些豪气，但是他们内心深处隐藏的细腻情感常常令人动容。

四

　　从20世纪60年代开始，当"新批评"开始主导澳大利亚文学的时候，帕尔默所代表的民族主义批评成了众矢之的。且不说A. D. 霍普之类的普世主义批评家，许多立场中性的批评家在面对帕尔默的民族主义文学观时也都情不自禁地侧目而视。例如，约翰·巴恩斯认为，帕尔默生在过分追随19世纪90年代流传下来的民族视域（a vision of Australia inherited from the

1890s）的过程中让民族主义限制了他的想象力，在帕尔默生活的年代里，澳大利亚作家无需像19世纪那样跟殖民心态做斗争，他们需要反对的是一种对于自我和社会的过分简单的看法。①

詹妮弗·斯特劳斯（Jennifer Strauss）认为，与激进的P. R. 斯蒂芬森相比，20世纪30年代前后的帕尔默扮演着澳大利亚文学的"温和的培育者"（Milder Nurturer of Australian writing）角色。帕尔默生平受斯蒂芬斯影响最大，如果说斯蒂芬斯早期更多地讨论民族文化与民族艺术的关系问题，后来的兴趣转向了具体作家的作品评论，帕尔默似乎毕生都没有离开澳大利亚的民族文化身份问题，他终其一生都思考着如何通过文学为澳大利亚建构自身的文化。值得一提的是，帕尔默与斯蒂芬斯一样不仅关心澳大利亚文学的成长，他毕生对于世界文学的走向保持着高度的兴趣。他是20世纪30年代澳大利亚文坛上的典型文人的代表，他出版小说，在期刊上发表文学评论，在广播上发表文学讲演，为人温和谦恭，视野开阔，在评点澳大利亚本土文学的同时，他始终关注着国外文学的发展。②

帕尔默从20年代开始就写文章介绍国外文学的动态。在一篇题为《文学美国》③ 的文章中，帕尔默指责美国文学因为过于商业化从而显得浅薄："在美国，文学创作成了一种廉价的商业活动，没有质量，杂志主导，出版快速，教授培训"，他批评美国人喜欢出版一种大开本的光鲜杂志，在这种杂志里所有的小说都成了高效快捷的代名词；他指责美国是一个从根本上不要文学质量的国度，在这样的国家，有才华的作家被扭曲，他们在金钱和技术进步面前卑躬屈膝，他们的作品听上去颇有些留声机中的金属味。那么，美国文学是否面临大复兴呢？帕尔默希望世界大战能动摇美国人关于金钱和舒适的盲目自信，或者欧洲文学的深刻能让美国作家变得更加内省，从而改变美国文学的现状，他表示自己把希望寄托在约瑟夫·霍尔吉斯海默（Joseph Hoergesheimer）、薇拉·凯瑟（Willa Cather）、詹姆斯·布兰奇·凯贝

---

① John Barnes, *Meanjin*, No. 8, 1942. See John Barnes, "An Historical View of Literary Criticism in Australia", *Australian UNESCO Seminar Criticism in the Arts*, Sydney: University of Sydney, 1968, p. 10.

② Jennifer Strauss, *The Oxford Literary History of Australia*, Melbourne: Oxford University Press, 1998, p. 118.

③ Vance Palmer, "Literary America", *The Bulletin*, 1 March (1923): Red Page.

尔（James Branch Cabell）、舍伍德·安德森、瓦切尔·林赛（Vachel Lindsay）、罗伯特·弗罗斯特、约翰·古尔德·弗雷彻（John Gould Fletcher）、埃德加·利·马斯特斯（Edga Lee Masters）和尤金·奥尼尔的身上。

1935年，帕尔默在一篇题为《文学巴黎》①的文章中对曾经聚集了一大批美国文人的巴黎进行了描述，他指出，30年代，原先因为美国人的存在而热闹无比的巴黎冷清了下来。帕尔默对旅居法国的美国作家和美国国内的批评氛围进行了非常尖锐的批判，他指出，美国文坛与澳大利亚有着同样的狭隘，他们不相信国内的文学判断，他们对国外抱有一种天真的浪漫情愫，对他们来说，凡是在国外声名鹊起的作家都是好的，远在地平线之外的一切都是好的，萧条以前的美国富商在巴黎花钱资助文学评论，使海明威之流可以通过写作而旅居国外。30年代旅居巴黎的美国作家（如海明威和E. E. 坎明斯）在经济萧条之后开始回国。帕尔默明确地指出，这些流亡的美国作家本来也不会成就什么了不起的文学业绩，所以他们应该回国。

帕尔默对于30年代的英国文学同样抱有一种批判的态度，他在一篇题为《今日文学英国》的文章②中指出，20世纪初的英国文学是一个稳定有序的世界，当时的乔治·梅瑞狄斯、托马斯·哈代、亨利·詹姆斯还健在，是评论家关注的核心对象，萧伯纳和H. G. 威尔斯开始崭露头角，康拉德是众多批评家研究的对象，阿诺德·本尼特是专业人士经常讨论的作家，西莱尔·贝洛克（Hilaire Belloc）和G. K. 切斯特顿（G. K. Chesterton）为了吸引文坛的注意，在报刊上撰文相互吹捧。那个时候，文学期刊数量和种类都非常多，大家对于文学杂志也很尊敬，写作受人尊重，文学评论被认为是一件很有责任的事情。30年代的英国，文学杂志的数量减少了三分之二，大家看到更多的是廉价女性杂志和装帧精美的裸照月刊。自由作家数量急剧减少，曾经的作家如今不少已经另投公关、新闻行业或者做生意了，牛津和剑桥的高才生如今也不去文学杂志工作了，他们更愿去英国广播公司（BBC）一类的地方写剧本了，文学成了大家竭力避免的选择。帕尔默指出，30年代的英国廉价的图书馆到处都是，里面充斥着廉价的小说读物，人们花一点

---

① Vance Palmer, "Literary Paris", *The Bulletin*, 3 July (1935): Red Page.
② Vance Palmer, "Literary England Today", *The Bulletin*, 2 October (1935): Red Page.

点的钱就可以从这里借书回去看,所以杂志期刊就败落了。文学创作者必须推出可以在图书馆出借的畅销书。帕尔默认为,30年代的英国年青一代中也不乏另外一种趋势:他们对于本国的廉价小说彻底怀疑,他们关注安德烈·纪德、安德烈·马尔罗和威廉·福克纳这样的外国作家,他们认为,劳伦斯去世之后的英国作家脱离了生活,而上述外国作家至少让他们依然感受到生活;他们不读本国小说,他们更多地阅读英国诗歌,热情追捧斯彭德(Stephen Spender)、奥登(W. H. Auden)、戴·刘易斯(Cecil Day Lewis)等诗人。

戴维·卡特认为,帕尔默所追随的民族主义是二三十年代全球民族主义运动的一部分,他尤其把爱尔兰文艺复兴当成澳大利亚文学学习的榜样。在对澳大利亚文化进行病理诊断的过程中,帕尔默所表现出的是一种异常复杂的现象,一面是全球普世主义,一面是独立的本土主义;一面是强调民粹主义,一面是对澳大利亚大众表示深刻的质疑;一面是自信满满,一面是垂头丧气;一面是智性至上,一面是反智主义。帕尔默认为,20世纪的澳大利亚作家和批评家应该同时抵制两种态度,一种是狭隘的殖民态度,一种是普世商业主义,从而建构一种共同的文化。他以康拉德为标准提出要用长篇小说作为澳大利亚的现代民族主义文学的主要样式,这种观点在20世纪30年代受到同时代批评家的普遍接受,在帕尔默看来,在长篇小说中,个体的表达和社会的表达得以融为一体,在长篇小说这一理想的形式当中,澳大利亚可以建构起一种理想的民族文化。帕尔默的这些矛盾反映出的是澳大利亚作为一个殖民地文化的特有个性,如果去除其中的有机论和民粹思想,帕尔默的民族主义文学观至今仍不失为一种很新颖独到的思想体系。[1]

对于帕尔默的民族主义批评,20世纪80年代之后的澳大利亚批评界开始持一种更平衡的观点。布莱恩·基尔南认为,帕尔默生活的20和30年代,英国文学和批评开始盛行"新批评",这种批评反对19世纪后期崛起的历史和赏析性的批评,转而关注思想和文化。此时的文学批评中更喜欢心理学和人类学这样的科学话语,此时的英国批评家企望文学批评的深度挖掘,

---

[1] David Carter, "Critics, Writers, Intellectuals: Australian Literature and Its Criticism", in *Modern Australian Criticism and Theory*, eds. David Carter & Wang Guanglin, 2010, pp. 78–79.

而不再钟情于一般性的概述。在澳大利亚，文学批评家尚没有学到英美"新批评"常用的理论和术语，但是，从某种意义上说，他们对于文学作品中的文化价值以及对于建构一种独立的民族和文学传统的关注跟英美"新批评"中的那些追求并不存在根本的差异。基尔南指出，20 世纪 30 年代在澳大利亚文学中是一个低谷，这是因为战后国家重建以及随后的经济萧条使得文学活动大为减少，此外，许多作家移居海外也给澳大利亚民族文学的发展带来了不少冲击。基尔南还认为，在澳大利亚文学史上，20 和 30 年代的民族主义情绪并不是狭隘的自我封闭造成的，他列举波特兰·希金斯（Bertram Higgins）、E. G. 拜厄基尼（E. G. Biaggini）和约翰·安德森（John Anderson）等文学评论家说明，此时的澳大利亚并不完全与世隔绝，恰恰相反，此时的澳大利亚文学批评家大多能够做到立足本土，放眼世界，他们关注世界文学的走向，同时为澳大利亚本土文学大力鼓呼，他们努力用自己的经验建构澳大利亚的文学标准和文化宣言。[1]

从帕尔默的经验来看，20 世纪 30 年代澳大利亚的民族主义批评既是一种本土的传统，因为这种传统可在斯蒂芬斯那里找到源头，然而，它又不仅仅是一种纯本土的思潮，因为以今日的眼光看去，它更是一种国际潮流和本土情绪融合后的产物。帕尔默最有意思的文章涉及澳大利亚的文学创作：他认为文学是社会的团结力量，它可以改变生活；他认为澳大利亚作家不应该冲着外国读者说话；他强调澳大利亚文学应该反映澳大利亚生活，艺术家应该关注身边的生活，因为"艺术的本质在于说明艺术家生活环境的内在灵魂，艺术家不能通过英国人的眼睛看澳大利亚，我们的艺术必须跟我们的动物和植物一样严格地属于澳大利亚"[2]。帕尔默一生重视散文，认为散文有助于建设一个文明的澳大利亚，他是 19 世纪 90 年代澳大利亚人的忠实继承者，他使用的散文具有他审美理想中的那种分寸有度、平稳克制。帕尔默认为，澳大利亚的大众缺乏敏锐的批评意识，澳大利亚文学没有得到批评和大众的关注，所以他主张大力弘扬一种充分体现散文精神的理性的文学批评。帕尔默一生关注世界文学动向，他不仅通过自己的著述努力把外国文学的最

---

[1] Brian Kiernan, *Criticism*, 1974.

[2] Vance Palmer, "An Australian National Art", *Steele Rudd's Magazine*, January (1905): 75–76.

新趋势引入澳大利亚文学创作，还在研究澳大利亚文学可能性的同时始终以世界文学为参照，在世界文学的大潮中发现时代的方向，体现了一个后殖民作家宽广的视野。20世纪30年前后的澳大利亚民族主义批评是世界范围内民族主义勃兴中的一个索引，在倡导和实践澳大利亚民族主义批评的过程中，帕尔默做出了重要的历史贡献。

第六章
A. A. 菲利普斯与澳大利亚"文化自卑症"

在20世纪的澳大利亚文学批评史上，A. A. 菲利普斯（A. A. Phillips, 1900—1985）也是一位不可或缺的人物。他在一篇文章中提出的"文化自卑"概念在澳大利亚妇孺皆知，在世界后殖民理论中，也是非常重要的核心语汇。菲利普斯的全名是亚瑟·安吉尔·菲利普斯（Arthur Angel Phillips），1900年出生于澳大利亚墨尔本的一个律师世家。从祖父辈开始，家族成员就开始积极支持和参与文学和文艺事业。由于家学渊源，菲利普斯早年并未受到"文化自卑"情结的影响。在家庭生活和学校教育中，他都感觉"爱国主义首先是对帝国的忠诚，而这与自己的民族自尊心并无冲突"[1]。菲利普斯开始对澳大利亚文学产生兴趣是在30年代以后。1932年，伦敦的英语协会要求澳大利亚墨尔本分会推荐一些澳大利亚诗歌以充实一部帝国选集。担任评委的菲利普斯从遴选委员会的另一成员帕西瓦尔·塞尔（Percival Serle）处借阅了一些澳大利亚作品，这一看似无关紧要的小事件成了菲利普斯后来为之奋斗终生的事业的开始。当这项工作完成之后，他认识到优秀的澳大利亚作品远比他知道的多得多。他决心潜心研究澳大利亚文学，他走进诗人弗兰克·威尔默经营的书店，向他咨询可以买到的具有价值的澳大利亚书籍，并与他开始了一段令后人津津乐道的忘年之交。

有人说，菲利普斯是一位坚定的民族主义者，是"激情澎湃的、好战的'澳大利亚性'的典型代表"[2]。作为一名作家、批评家和教育工作者，菲利

---

[1] Brian Kiernan, "Introduction", in A. A. Phillips, *Responses: Selected Writings*, Victoria: Australia International Press and Publications Pty Ltd., 1978, p. 8.

[2] Ibid., p. 5.

普斯广泛参与各种社会活动，他先后参与广播事业，为学校教育和普通大众编写文选，为报纸和期刊撰写文章，从事表演和戏剧制作等。在这一过程中，他与一大批作家、编辑、学者和戏剧界人士建立和维持了良好的合作关系，并以自己的学识、热忱和影响力帮助和提携了众多年轻作家、文艺批评家以及一些新刊物。菲利普斯非常重视学校教育，他本人分别在墨尔本大学和牛津大学接受教育，此后又积极投身教育事业达50年之久。菲利普斯与曼宁·克拉克（Manning Clark）、杰弗里·塞尔、万斯·帕尔默等人为澳大利亚本土文学进入大学课堂立下了汗马功劳。有些批评家认为，菲利普斯等人一生矢志不渝地宣传"民族"和"民主"的文学传统，有时确实有点将社会热点问题与文学问题混为一谈之嫌；但从另一个角度看，菲利普斯一直到50年代之后也没有人云亦云地顺应文学批评潮流转而投向"新批评"的怀抱，体现了他在建立独立民族文学问题上的坚定立场。菲利普斯坚持民族主义文艺观，但不简单地迷恋19世纪90年代，他与"津迪沃罗巴克运动"及P. R. 斯蒂芬森相比具有一种不断向前看的意识。此外，他的著述表现了一种开阔的世界主义胸襟和气度，在这一点上堪与A. G. 斯蒂芬斯和万斯·帕尔默相媲美。

菲利普斯一生写作的批评文章甚多，特别体现其文艺思想的著述散见于他在不同报纸杂志发表的文章中。菲利普斯最重要的批评著作是《澳大利亚传统：殖民文化研究》(*The Australian Tradition: Studies in a Colonial Culture*, 1958)，该书集中体现了他的民族主义文艺观，包括"文化自卑"在内的一批重要的批评概念都在该书中首次出现。纵观菲利普斯几十年间的文艺批评作品，可以看出他的文艺观比较稳定，这种在较长时期内恒定的特性也赋予了其作品一种完整的体系感。

一

在菲利普斯看来，澳大利亚文学具有鲜明的主题特征。这些主题在澳大利亚文学的不同发展阶段都有明确的表达，虽然每个阶段的表现形式各不相同，但在整体上形成了一个有着内在关联的传统，那就是"民族"和"民主"的澳大利亚传统。这些突出的主题传统共同构成了澳大利亚文学独特个性的核心内容。

澳大利亚文学中的民主主题可以追溯到英国流放犯初登澳洲大陆的 18 世纪。菲利普斯认为,对于民主的渴望在那群颠沛流离于充满敌意的新大陆的罪犯当中便有了充分的显现,早期的流放犯用诗歌的形式表达了对于"伙伴情谊"的热切呼声:

> 手拉手
> 在人间,在地狱,
> 病弱或健康,
> 海上或陆上,
> 忠诚相待,永远不背弃。
>
> 僵死或存活,
> 囚禁中,自由中,
> 你和我,
> 活着,死去
> 虚情假意,从来不曾有。①

在这首质朴的流放犯之歌中,充满了对同甘共苦的伙伴的真挚感情、对流放制度和殖民当局强权的蔑视以及对自由、平等、忠诚等人类美德的珍视和坚守。不过,民主精神在这之后迟迟没有得到充分的文学表达,即使是在淘金工人争取政治权利的斗争风起云涌的 19 世纪 50 年代,反映民主诉求的澳大利亚本土文学尚不多见。这一状况一直持续到 19 世纪 90 年代才得以扭转。在亨利·劳森和约瑟夫·弗菲等人的笔下,澳大利亚文学开始呈现出迥异于英国作家作品的原创特色:"盎格鲁-撒克逊作品,若干世纪以来首次挣脱了中产阶级态度的桎梏。"② 菲利普斯认为,狄更斯、哈代、布勒特·哈特

---

① 转引自 A. A. Phillips, *The Australian Tradition: Studies in a Colonial Culture*, Melbourne: F. W. Cheshire Pty Ltd., 1958, p. 35。
② A. A. Phillips, *The Australian Tradition: Studies in a Colonial Culture*, 1958, p. 38。

等英美作家虽然也深切同情和理解下层民众的处境，但他们仍是在为中产阶级读者写作，但对劳森和弗菲而言，中产阶级是不相干的陌生人："他们写人民的事，为人民而写，并从人民中来。"① 澳大利亚作家之所以如此关注普通民众的生活，"并非出于单纯的需要，表面上好像他们不知道还有其他更好的选择。其实，他们是经过仔细的考虑，发现这一主题非常值得一写。他们也以拥有这样的读者感到欣喜。实际上，他们坚信自己是在为未来的贵族写作——这些强壮的人们将扬帆远离堕落的欧洲，借助航位推测法，目标直指乌托邦。"②

菲利普斯指出，19世纪90年代的澳大利亚作家在创作中确立了一种"真实"的标准（the standard of the "Dinkum"）。所谓"真实"主要是针对小说创作的技术手法而言的，作家必须如实地呈现现实，不能对写作施加任何虚饰，他们在写作中自觉地用这一纲领严格限制自己。这一技法上的要求同19世纪作家青睐的主题一样，清晰地反映了他们这个时代和民族的民主精神。正如继承这一标准的迈尔斯·弗兰克林在《我的光辉生涯》的前言中所说的那样："这个故事并无情节，因为在我的生活中没有这样的东西，我也没有在别人的生活中看到过。我属于这样一个阶级：在他们的生活中没有考虑情节的时间，而他们所能做的就是将自己的工作做完，避免陷入这样的奢侈。"③ "真实"的标准不仅体现在部分作家的创作原则中，还体现在一些民族刊物的创刊原则上，例如，在民族主义文学运动中占据重要地位的《公报》正是贯彻这一标准的突出代表。将 J. F. 阿奇博尔德麾下被称为"丛林人的圣经"的《公报》和同类英国刊物——阿尔弗雷德·哈姆斯华斯（Alfred Harmsworth）的《反响报》（Answers）相比较，可以看出澳大利亚的下层人民拥有一种突出的自信和充满活力的精神气质，而这些特点与澳大利亚人民的拓荒精神及民主传统不无关联。"英国的激进运动将平民视作应为其做些什么的一类人，而澳大利亚的民主主义者则将他们视作最终将为自己做些什么的人，这样的人将继承将来的世界。"④

---

① A. A. Phillips, *The Australian Tradition: Studies in a Colonial Culture*, 1958, p. 38.
② Ibid.
③ Ibid., p. 39.
④ Ibid., p. 42.

在世纪之交的澳大利亚文坛，民主的表现形式发生了明显的变化，这种变化集中体现在伯纳德·奥多德的作品中。虽然奥多德对澳大利亚的未来充满信心，认为这个崭新的国家终能摆脱欧洲的封建桎梏，但他在语气上与90年代的过分自信相比已有相当程度的缓和。"一战"爆发后的十年间，在以弗兰克·威尔默为代表的作家作品中，人们不难发现，早先的自信进一步蒸发了。威尔默将批判的矛头指向了平民，认为平民的漠然态度才是导致民主事业进展缓慢的主要原因。菲利普斯认为，与其说威尔默背离了"从人民中来，到人民中去，为人民而创作"的澳大利亚传统，倒不如说以阶层为基础的社会区分原则在这一时期略占上风：被精神饥渴驱赶的敏感作家属于精英阶层，他们与物质上帝的信徒、麻木不仁的平民阶层之间形成了巨大的鸿沟。威尔默还认为，造成20年代精神萧条的另一个重要因素是澳大利亚人再次堕入对欧洲的盲目模仿中。在之后的几十年间，威尔默式的不自信继续大行其道，但与此同时，他从奥多德和弗菲等人那里继承的平等主义价值观却得以保留。90年代文学的影响力在凯瑟琳·苏珊娜·普里查、万斯·帕尔默、罗伯特·菲茨杰拉德（Robert Fitzgerald）、埃莉诺·达克等人的作品中得以明确体现。所有这些作家"对平民的重要性抱有同样的信心，有同样以不偏不倚的姿态来描述平民的能力，有同样的以不加虚饰的'真实'态度进行写作的坚定决心……以及同样对简单事实而非复杂人类天性的落落大方的偏爱"[1]。

在澳大利亚文学中，殖民地与宗主国之间的关系问题是另一个常见的主题。澳大利亚曾经是英国的殖民地，殖民主义在澳大利亚是无法回避的历史现实。菲利普斯认为，这一现实不可避免地对澳大利亚人造成了巨大的心理影响，从而形成了一种如同青少年与父母之间的既亲密又不自在的关系。总体而言，澳大利亚作家在对待英国的态度上，呈钟摆式的变化趋势。在最初的一百年间，移民及其后代作家创作的文学中有着明显的缅怀故国的意味，他们沿着英国文学的传统进行写作，因而常常暴露出一种反澳大利亚的势利态度。19世纪90年代的一批作家摆脱了来自母国文化的诱惑，开始立场鲜明地反叛英国文学的价值观，但他们的反叛却往往呈现出一种矛盾的不自

---

[1] A. A. Phillips, *The Australian Tradition: Studies in a Colonial Culture*, 1958, p. 56.

信，青少年式的气质常常导致他们做出错误的判断甚或是可笑的裁决，例如，弗菲在处理人物情感以及话语转折时，通常能做到绝妙的处理，但当一个英国人说话时，他却不能准确听到他的声音，"弗菲无礼的澳大利亚偏见扭曲了英国人的声音"①。菲利普斯指出："90年代的作家，以其在主题和技巧选择上的自信和独立，显示了澳大利亚社会在很大程度上摆脱了殖民境遇的抑制，但其在攻击英国时呈现的高调和夸大其词的姿态，又显示了其自信并非无懈可击，其内心的殖民情结始终存在着。"②

菲利普斯认为，在20世纪的最初十年间，有些澳大利亚作家对前期作家作品的价值产生了怀疑，他们认为澳大利亚文学的写作模式应该有所改变：90年代文学最突出的表现形式是丛林民谣，"这一形式具有活力，能反映正处于发展期的澳大利亚性格的某些特征；但其缺点是太大众化，节奏和主题都不能激起读者的全神贯注，也无法体现作家的个性深度"③，因此，澳大利亚文学需要更有广度和深度的表现形式；可悲的是，为达到这一目的，这一时期的诗人克里斯托弗·布伦南和小说家亨利·汉德尔·理查森之流都陷入了模仿英国文学的泥沼，他们的写作非常形象地展示了殖民境遇的致命诱惑。20世纪20年代，以顺从为主要标志的保守势力进一步得到巩固，虽然与此同时相反趋势的冲量也在逐渐增加。菲利普斯认为，这一时期的代表作家马丁·博伊德（Martin Boyd）是"文化自卑"的极端受害者，他对于自身生活经历的价值不够肯定，导致他不能为其主题提供稳固的价值模式；他对于澳大利亚生活和历史也不够了解，因此，他的家世小说没有能够牢牢植根于它的社会历史背景中。20世纪30年代，殖民关系的钟摆又回到了过分自信的民族主义一端，这种态度首先在斯蒂芬森的富有争议的著作《澳大利亚文化的基石》中得到明确宣扬，继而在"津迪沃罗巴克运动"的倡导者那里得到进一步的发展。菲利普斯将这一时期的极端民族主义倾向称作"新90年代主义"（Neo-Ninetyism）。四五十年代的澳大利亚文坛出现了耐人寻味的一幕：一方面，传统的现实主义作家开始通过臣服于英国模式来

---

① A. A. Phillips, *The Australian Tradition: Studies in a Colonial Culture*, 1958, p. 66.
② Ibid., p. 69.
③ Ibid., p. 70.

寻求庇护所；另一方面，现代派作家希望从劳森和弗菲的传统中得到安慰，他们亦步亦趋地遵循传统，却不愿将其与当时的社会环境联系起来。

菲利普斯认为，20世纪30年代以后，澳大利亚在对待与英国的殖民关系的问题上，总体沿着良好的态势向前发展，对新一代作家而言，极端顺从和极端自信的两极倾向开始失去号召力，但要最终克服殖民主义的遗留问题还有待时日。

在分析道格拉斯·斯图尔特（Douglas Stewart）的诗剧《内德·凯利》(Ned Kelly)时，菲利普斯提出了"澳大利亚式的浪漫主义"的概念。他认为同样是描写人类精神对抑制它的环境的抗争，澳大利亚的浪漫主义作品呈现出与英国浪漫主义作品截然不同的特点。为了形象地说明两者的区别，他借用了丁尼生的诗歌《尤利西斯》中两个泾渭分明的人物形象（尤利西斯和忒勒马科斯）来加以说明。菲利普斯认为，一个是愿意在父亲离去后以无比耐心教化粗野民众的忒勒马科斯，另一个是夺回王位后却不愿做个碌碌无为的闲散君主而宁愿浪迹天涯去探寻新世界的尤利西斯，此二人分别代表两种特质——"可尊敬性"（respectability）和"活力"（vitality），前者是英国人无限推崇的，具体表现为对丑恶或精神妥协的反抗；后者，以内德·凯利之流的丛林强盗为标志，则是澳大利亚民族传说的中心主题，事实上，尤利西斯对忒勒马科斯的反叛，"常被看作是反抗英国价值的殖民反叛的主要元素"[①]。

菲利普斯指出，澳大利亚浪漫主义作家之所以无法全盘接受欧洲式的浪漫主义，是因为：在澳洲大陆，没有整齐的、棋盘式的地形可以显示自然法则般的秩序；四季的节奏并不明显，并且常常被洪水、大火和干旱等的不和谐音打破；这里没有严格的阶级划分，缺乏能够使等级秩序的传统得以稳固的农民阶层；这里的家长权威并不牢固，儿子们通常很早就出外谋生存，而自立同样是丛林妇女不可或缺的宝贵品质。正因为如此，澳大利亚传统中的尤利西斯因素开始自然而然地在文学中得以繁荣，它帮助澳大利亚创造了很多动人的传说和不计其数的丛林民谣。在对尤利西斯精神的表达中，澳大利亚城市居民对乡村的向往之情被赋予了具体形态，在英国浪漫主义诗歌中，

[①] A. A. Phillips, *The Australian Tradition: Studies in a Colonial Culture*, 1958, p. 98.

这种向往之情通常表现为对以乡村为代表的美和宁静的向往,但在澳大利亚诗歌中,乡村却没有安定心灵的感觉,它是陷入忒勒马科斯式陷阱的城市居民寻求自由和冒险的前沿阵地,浪漫的英国人从乡村的单调中逃离,去伦敦寻求激荡人心的冒险;相应的,澳大利亚人则可能厌倦了城市的生活,从而打起包裹来到充满无尽变数的内陆,虽然无论是澳大利亚的还是英国的浪漫主义都有自己的主旋律,但两者都在不时地作出一些调整和妥协:"在英国,对精神上的可靠性的敬重由冒险性来调和",而"在澳大利亚,尤利西斯式的气质带来的精神上的桀骜不驯却由充满反讽意味的现实主义来修正"[1]。

二

在一篇题为《文化自卑》(Cultural Cringe)的文章中,菲利普斯指出,澳大利亚人在评判本国的文化成就时,常常表现出一种严重的不自信,这种不自信的主要表现是动辄进行没有意义的比较:澳大利亚读者在面对一个作家时总是或多或少地关心英国读者对他会持什么样的看法,这一近乎本能的举动不可避免地扭曲了其理性判断的能力,"当我们面对弗菲时,我们变得不确定,我们无法认识他小说中独特的原创性结构,因为我们在考虑英国人会不会觉得它太过复杂和太过自觉了"[2]。

菲利普斯认为,澳大利亚作家一般以本国读者为目标界定自己的交流框架,他理所当然地认为某些知识和技能是与读者共有的,一旦读者的心智开始被英国人的想法所困扰,他就失去了其作为一个澳大利亚人所特有的反应力,也就不可能对澳大利亚作家的作品做出恰当的反应;由于读者是作家赖以生存和发展的基础,没有来自读者方面的恰当反应,作家将无法继续全身心投入创作,这个国家因此也就不可能会有好的作品陆续问世;反过来,没有了本民族作家创作的高质量作品,读者的积极性又无法被充分调动起来,其评价和鉴赏本民族作家作品的能力也就没有机会得到提高,如此一来,一个恶性循环便形成了。

---

[1] A. A. Phillips, *The Australian Tradition: Studies in a Colonial Culture*, 1958, p. 112.
[2] Ibid., p. 90.

"文化自卑"的另一个结果是澳大利亚知识分子对本土生活的疏远。有些知识分子自发地站在英国知识分子的阵营中，对澳大利亚普通民众的"粗野"和"无教养"报以无情的嗤笑，以获得催眠式的自我满足。菲利普斯认为，澳大利亚知识分子具有这样一种普遍倾向：他们常常对事实的真相不加检验就对本国民众加以诋毁和批判，他们一再重复这样一个观点：澳大利亚人不读书，家中也无藏书。可是，这个观点并不正确，因为统计数据显示，澳大利亚的人均书籍购买率超过任何一个盎格鲁-撒克逊群体。澳大利亚知识分子津津乐道的另一个话题是：澳大利亚人妒忌有突出才能的人，他们喜欢平庸，对此，菲利普斯认为，这同样也是无稽之谈，以政治领导人的遴选为例，澳大利亚的政治领导人与英国同时期的领导人相比较，明显更有才干，也更能胜任他们的工作。菲利普斯并不是简单地反对澳大利亚知识分子对普通民众所持的批判态度，他认为"如果批评是发自内心的，如果批评家能与他批评的对象达成一种认同感，如果他的愤怒是出自一种共同的羞愧感而非轻蔑的疏离感"，那么，这种批判就是健康的，甚至能够成为一种刺激创造力的积极影响。[1]

菲利普斯认为，澳大利亚作家也不可避免地受到"文化自卑"的影响，一方面，它淆乱了读者的反应力；另一方面，"文化自卑"在知识分子身上施加的强大影响力使其根本无法成为澳大利亚作家的理想读者，因为自卑，他们不能针对澳大利亚作家出版的作品做出不带任何偏见的、具有认同感的批判性反应。在分析深受"文化自卑"症所苦的20世纪20年代的一批作家时，菲利普斯对他们纷纷逃离澳大利亚，投入英国怀抱的行为进行了深入剖析，他认为"它部分是一种势利的举动；有时是出于无法分清世故和成熟"[2]。他指出，大批澳大利亚知识分子的自我放逐造成了双重的损失：一方面，一旦失去了赖以生存的脚下的故土，这批作家中没有人还能维持心理的平衡，继续创作出优秀的作品；另一方面，澳大利亚文艺界失去了具有热情和冒险精神的心灵，从而被剥夺了促使其不断创新的新鲜血液。

菲利普斯认为，存在于澳大利亚人内心深处的、具有恫吓力的英国人像

---

[1] A. A. Phillips, *The Australian Tradition: Studies in a Colonial Culture*, 1958, p. 93.
[2] Ibid., p. 81.

幽灵似的长期盘踞在澳大利亚民族心理的深处，无时无刻不对澳大利亚读者、批评家和作者施加着致命的影响力。这一点着实可悲。但菲利普斯同时指出，假如处理得当，一定程度的"文化自卑"情结也可以成为一种积极的影响，使人们能够以普世性的标准来衡量自己民族的文化成就，并能够警示读者在作者面前保持自己的判断力，因为"那个具有威慑性的幽灵会阻止读者在做出理性评判前绝对无条件地认同作者"[1]。这一点无疑非常重要。

菲利普斯指出，治愈"文化自卑"的毛病并无捷径可走。在之前的二十年里，澳大利亚文学最重要的发展是其变得越来越自然与从容。与此同时，澳大利亚读者的反应也出现了类似的发展，在辨别力和判断的成熟度上得到了迅速的提高。他还指出，如果认清两个事实，发展的步调还可以进一步加快，那就是："对我们的文化发展而言，'自卑'是比孤立更危险的敌人；'自卑'的对立面不是'趾高气扬'，而是一种不卑不亢的从容姿态。"[2]菲利普斯在对20世纪20年代后期及30年代前期的澳大利亚文坛状况的分析中具体阐明了对抗"文化自卑"的正确态度。他认为当时的澳大利亚写作主要围绕两极展开，一极是以诺曼·林赛为灵感和活力源泉的"活力论者"（the Vitalists），另一极是从帕尔默夫妇的稳定脉搏中汲取营养的"清教主义者"（the Puritans）。"活力论者"的艺术主张接近"为艺术而艺术"（Art for art's sake），他们脱离澳大利亚的现实生活，筑造的是漂浮于牢固地基之上的空中楼阁，从而注定其作品只能是空洞的叫嚣，无法反映作者的真实自我。菲利普斯认为，艺术创作并不需要仅关注当时当地的特定事件，描写遥远异域和过去事件的浪漫主义作品也可以具有现实意义，危险的是"为艺术而艺术"的观念所固有的疏离感，其实质是逃避现实，对本民族的个体及其社会生活不够重视。"清教主义者"的艺术主张则更接近"为生活而艺术"（Art for life's sake）。他们并不是传统宗教意义上的清教主义者，他们的清教主义倾向更多地表现为被一种具有轻微强迫性的责任感所驱使，他们积极投身于艺术创作并不是为了自身的愉悦，而是因为他们觉得自己有义务来催生一些观念，"他们对澳大利亚运动的潮流做出积极的反应，他们对澳大

---

[1] A. A. Phillips, *The Australian Tradition: Studies in a Colonial Culture*, 1958, p. 94.
[2] Ibid., p. 95.

利亚的个体有着深切的同情，他们可以本着人道的、自由的价值标准，以既充满同情又不失批判的姿态来解读澳大利亚社会"①。菲利普斯赞赏"清教主义者"的艺术观，但他同时也指出他们的缺陷："清教主义横亘在他们和他们对生活的感受之间；他们缺乏艺术家的活力和想象力。"② 菲利普斯认为，这一缺陷集中体现在他们的艺术技法上。

就其本质而言，"活力论者"所持的"为艺术而艺术"的主张反映了澳大利亚的艺术家对本民族现实生活的不自信，他们不认为"粗鄙的"澳大利亚民众的"平庸的"生活可以成为他们艺术创造的主题，因而值得他们投入大量的时间和精力；"清教主义者"的艺术主张则反映了澳大利亚知识分子在面对民族文化生活时更加自信的姿态，但这种姿态终因自我意识过强而显得不那么自然和从容。正如菲利普斯在《文化自卑》中所指出的，澳大利亚文学还有待于进一步发展，以获得"一种不卑不亢的从容姿态"③，从而达到彻底的心灵的非殖民化。

以今日的眼光看来，澳大利亚人所表现出自卑情结背后是一种心理和情感的分裂，这种分裂经由马丁·博伊德作品中的人物之口得到了形象的表达："我们的躯体生在澳洲，我们的头脑生在欧洲，我们的躯体总是试图回归欧洲。"④ 值得关注的是，菲利普斯对在当时的社会文化生活中弥漫的自卑情结进行了鞭辟入里的分析并尝试提出可行的解决方案，不过，他并没有指出引发这种失落感的深层原因。关于这一深层原因，后世的批评家纷纷试图给出解释，其中较有说服力的是比尔·阿什克罗夫特（Bill Ashcroft）等人在《逆写帝国》中的相关论断："正是基于对地域（place）和地域移位（displacement）的关注，这一特殊的后殖民身份危机形成了……作为迁徙、奴役、运输或为契约劳动而'自愿'移动的结果，一种正确的、积极的自我感可能会受到地域错位（dislocation）的侵蚀。"⑤

---

① A. A. Phillips, *Responses: Selected Writings*, 1979, p. 54.
② Ibid.
③ A. A. Phillips, *The Australian Tradition: Studies in a Colonial Culture*, 1958, p. 95.
④ 王国富：《马丁·博伊德小说中的澳大利亚社会》，唐正秋编《澳大利亚文学评论集》，石家庄：河北教育出版社1993年版，第380页。
⑤ Bill Ashcroft et al., *The Empire Writes Back: Theory and Practice in Post-colonial Literatures*, London & New York: Routledge, 1989, pp. 8 – 9.

三

在 20 世纪上半叶的澳大利亚，菲利普斯的民族主义文艺观具有很强的现实指导意义。在其作品中，他提出了一系列克服自卑、建构独立民族文化身份的举措。他认为，为了给民族文化树立一个标尺，同时鼓舞国民的自信心，首先就应当坚决捍卫澳大利亚文学经典。这在他对待 19 世纪 90 年代的一批作家，特别是亨利·劳森和约瑟夫·弗菲的态度中可见一斑。他认为，虽然这一时期的作家早已成为爱国主义赞美诗的陈旧主题，他们仍然是值得澳大利亚人自豪的民族文学的拓荒者："在 90 年代之前，根本不存在所谓的澳大利亚作品，创作也没有形成源源不断的溪流；只有零星的作品，就像激不起任何反响的沙床上的水坑。从 90 年代开始，小溪开始持续缓慢地流淌，虽然从未漫过河滩，但也从来未曾干涸。"[1]

菲利普斯以亨利·劳森为例指出，以前的不少评论家认为劳森在写作技巧上存在缺陷，但却以温暖的心灵和具有洞察力的眼睛取胜，菲利普斯对这一看法不屑一顾，他认为，摆脱了 19 世纪英国文学传统束缚的 90 年代民族主义文学要求作家采用与英国中产阶级旨趣迥异的文学表现形式，即为了达到内容和形式的统一，必须找到更简约的表现手段来配合质朴的内容，而做到内容与形式的完美统一的代表作家正是劳森。菲利普斯认为，劳森的风格看似简单，却是精心选择的结果。劳森在短篇小说创作方面得心应手，是因为他对短篇小说这一艺术形式进行了改造，他在短篇小说方面的成就超过了其在诗歌方面的成就，原因很简单："丛林民谣"体在形式和节奏方面的陈腐规约使其诗歌创作从根本上无法达到应有的高度。

菲利普斯指出，传统的短篇小说创作原则要求作者在情节构造方面进行苦心孤诣的设计，而劳森为了更准确地反映澳大利亚的生活方式及其背后的道德准则，在不损害结构的前提下尽可能地淡化情节；同时，他还格外注重对叙述者（通常是受教育程度较低的丛林人）的塑造，虽然没有可以直接仿效的样板，但他的写作实验做得非常成功。此外，他善用地方语言，特别

---

[1] A. A. Phillips, *The Australian Tradition: Studies in a Colonial Culture*, 1958, pp. 37 – 38.

是在方言土语的创造性应用方面，劳森堪比美国作家马克·吐温。

菲利普斯认为，劳森的创作实践与其创作意图能达到如此的协调一致，不可能是简单的巧合和不受控制的偶然结果。他发现，与其同时代作家如哈代、吉卜林、欧·亨利、柯南·道尔等人相比，劳森在小说开头的处理上更为高明。在结尾处，劳森对技法的重视同样不容忽视。由于其目标不是讲故事而是要提醒读者关注澳大利亚生活的特质，因此必须以一种回声式的效果作为结束。劳森是一位创造回声的大师，他的许多作品的结尾都具有余音绕梁的韵味。他创造的回声常常是具有讽刺意味的，这种讽刺的语气恰好中和了他作品中充斥的感伤意味。菲利普斯坚定地认为，与他的同辈作家相比，劳森的高明之处在于他敏锐的感知力以及他的写作能力，这种能力部分来自直觉的天赋，同时还是"永不停歇直到获得理想语汇和塑造效果的坚定决心"[1]。

劳森为什么在创作后期走了下坡路？菲利普斯对此作了如是分析：除了题材的枯竭、酗酒和个人生活的不幸等原因外，另一个重要原因应归咎于批评者的冷漠态度，"他们无可救药地低估他在写作技法方面的尽心尽责和高超技能，要么通过大力赞赏他们所认为的具有创造力的'天真无邪'，要么不厌其烦地督促其采用传统的手段。他们没有能够说服他，却可能动摇了他对自己的技法所抱的信念，使其开始接受这样的观点：只要精神上是仁慈的、忠实的，采用什么样的技法根本无关紧要"[2]。

菲利普斯提出，要实现文化民族主义的目标，政府需要出台"针对艺术的保护制度"。这一观点在澳大利亚知识界引发了不少的争议。批评家约翰·多克在其著作《澳大利亚的文化精英》（*Australian Cultural Elites*）一书中就曾不无讽刺地批评菲利普斯等《米安津》派学者所持的政府资助艺术的主张："这一梦想是去'塑造'澳大利亚文化。《米安津》派知识分子应当被授权去建立文学理事会，以便向各类艺术团体分发款项。"[3] 但菲利普斯坚持认为，实行文化上的孤立主义是错误的，无异于饮鸩止渴。而实行文

---

[1] A. A. Phillips, *The Australian Tradition: Studies in a Colonial Culture*, 1958, p. 17.
[2] Ibid., p. 6.
[3] 转引自 A. A. Phillips, *Responses: Selected Writings*, 1979, p. 23。

化上的政府保护主义，只要操作得当则有百利而无一害。在澳大利亚采取政府资助文化事业的形式，不仅具有基于现实状况的紧迫性，还具有重要的建设性意义。首先，在澳大利亚文学创作领域，一个严重的问题是职业性的缺乏。由于仅靠写作并不能维持生存所需，澳大利亚作家不得不同时从事其他工作，这样就客观上造成了他们没有时间进一步提高自己的写作技能，因此，当务之急是"在澳大利亚作家的面包上加一点点黄油"[1]。其次，澳大利亚文化发展面临着特殊的困境：（1）无法逃离英国令人窒息的影响；（2）澳大利亚人口稀少。在英国压倒一切的存在的影响下，澳大利亚作家常常陷入不理智的比较中，从而无法审慎地接受外来的影响，轻易地被诱入模仿的怪圈。此外，观众不多也是艺术家的致命伤，没有受众会使艺术家"失去两种必需品：针对其作品的广泛的批判性反应以及维持其生存的基本生活所需"[2]。由于在澳大利亚没有个人资助艺术活动的传统，文化机构的运行又有赖于政府的支持，所以政府有义务也可以成为扶持文化事业的稳定资助来源。更为重要的是，一个国家要想取得独立的民族身份，就必须在艺术方面得到充分表达。"我们民族发展的每一阶段都需要通过艺术表达来获得认可。"[3] 政府扶持文化事业将给国家带来不可估量的益处，"这样的政府行为将不仅仅具有实用价值，它还将是一个值得信任的宣言，它以金钱这一最令人信服的方式向世人声明：我们把艺术家看成重要的人物。它将通过'表达'来'认可'这样一种信念，那就是，发展澳大利亚文化是我们作为一个民族的一大目标"[4]。

菲利普斯非常重视文艺批评家在民族主义文化运动中的职责和作用，他在多篇文章中对其作了详细的阐述。在《对批评家的批评》（Criticizing the Critics）一文中，他对学者格雷汉姆·约翰斯顿主编的《澳大利亚文学批评文集》一书进行了批评，认为该论文集反映了澳大利亚文学批评的一个错误方向。从表面上看，约翰斯顿所做的仅仅是将最令人满意的文学批评汇总在一起，从而为如何正确认识某个特定作家提供某种指南，但菲利普斯对这种

---

[1] 转引自 A. A. Phillips, *Responses: Selected Writings*, 1979, p. 23.
[2] A. A. Phillips, *The Australian Tradition: Studies in a Colonial Culture*, 1958, p. 134.
[3] Ibid., p. 133.
[4] Ibid., pp. 135–136.

选编方式背后隐含的批评理念非常反感,认为那是"纯粹的职业自负"[1]。根据约翰斯顿在该书中宣扬的理念,批评家的存在价值就在于"引导我们的价值判断,去'评估',去帮助确立某种'意见的相合'"[2]。菲利普斯认为:"判断是每一位读者不能放弃的权利,如果他任由批评家来说服他,他就不是位好读者。当然,他可以向批评家学习……但那又是一个截然不同的过程,有赖于批评家提供除判断外其他东西的能力。我认为这种能向我们展示书中有什么,并磨砺我们的反应力的能力是批评最有价值的部分。"[3] 在《读者和作者》(Reader and Writer)一文中,菲利普斯批评以詹姆斯·乔伊斯为代表的现代派作家脱离普通读者的精英主义倾向。他认为:"好的批评家必要时应当准备充当读者的代言人,以便向作者的不恰当行为提出抗议。"[4] 他认为,只有当艺术家既服从内心的艺术冲动又能取得读者的体谅时,只有当此二者之间获得一种更健康的平衡时,艺术的存在本身才不会受到威胁。艺术家必要时应当能够代表读者勇敢地站出来,向批评家坚定地表明:"我们有权利分享艺术创造的成就,而你们应该尊重我们的这些权利。"[5] 在另一篇文章《试验新戏剧》(Assaying the New Drama)中,菲利普斯对戏剧界的浮夸风进行了冷静的反思。菲利普斯在梳理澳大利亚批评界针对青年剧作家戴维·威廉森(David Williamson)的《搬运工》(The Removalists)做出的批评反应时,他发现评论界对该剧的评价过分拔高了。他指出,剧作家比其他艺术家需要更长的学徒期来进行技巧上的磨砺,同时也获得成熟的生活体验,所以应该对年轻剧作家提出更加严格的要求。"最近我们痛心地发现一位极有前途的年轻小说家在类似的状况下迷失了,至少是暂时迷失了。如果像威廉森这样有才华的作家也受到塞壬歌声的诱惑而偏离了正途,将是极为奢侈的浪费。"[6] 菲利普斯针对新戏剧及其剧评的评论,展示了其坚定的批评立场以及针对民族戏剧乃至民族文学的明确态度。

---

[1] A. A. Phillips, *Responses: Selected Writings*, 1979, p. 119.
[2] Ibid.
[3] Ibid., pp. 119–120.
[4] Ibid., p. 119.
[5] Ibid., p. 154.
[6] Ibid., p. 186.

批评家戴维·卡特在分析澳大利亚文学及文学批评时指出，澳大利亚文化传统这一概念在20世纪50年代才有了权威的宣言。宣言以三部著作的形式出现，它们分别是：万斯·帕尔默的《传说中的19世纪90年代》、A. A. 菲利普斯的《澳大利亚传统》和拉塞尔·沃德的《澳大利亚的传说》。从这三部著作中，读者不难发现："澳大利亚的独特历史滋生了独具特色的澳大利亚态度，无论是民主主义的、民族主义的还是通俗流行的，起初无意识地体现在民谣和民歌中，继而有意识地展现在19世纪90年代的文学中。这些共同的理念还明确地规定了在澳大利亚社会和文化中什么是最有价值的，什么才最能体现澳大利亚本质。"[1] 对于菲利普斯而言，阐明澳大利亚文学的突出主题以及由其形成的传统还是实现澳大利亚民族文化自我定义过程中的关键一步。他指出，传统不一定等于成熟，虽然后者常常是前者的产物。"澳大利亚的实践证明了这样一个悖论，那就是，一个年轻的未成熟体本身也可以成为一个传统。"[2] 在阐述他的文化民族主义理念时，菲利普斯提出了一个关于文化身份的"同心圆"概念。他指出，每一个人都拥有不同的文化身份，都生活在表示不同身份的"同心圆"的中心。这些不同的身份之间偶尔会有冲突，但在大部分时间是并行不悖的。文化民族主义不同于政治意义上的民族主义。它不是排外性的，而是兼收并蓄的。在接受欧洲传统的影响时，本民族的传统并不一定会被削弱。"在我看来，我们需要坦然接受我们的不同身份，就像那些没有受到殖民主义精神分裂症困扰的其他国家理所当然地享受的那样。"[3] 菲利普斯在其作品中表现出来的乐观从容体现了20世纪50年代以后澳大利亚批评家对于自我以及在澳大利亚社会问题上更加自信的态度。

---

[1] David Carter, "Critics, Writers, Intellectuals: Australian Literature and Its Criticism," in Elizabeth Webby, ed., *The Cambridge Companion to Australian Literature*, Cambridge: Cambridge University Press, 2000, p. 271.

[2] A. A. Phillips, *The Australian Tradition: Studies in a Colonial Culture*, 1958, p. 57.

[3] A. A. Phillips, *Responses: Selected Writings*, 1979, p. 22.

第七章
澳大利亚的早期左翼民族主义文学批评

澳大利亚早期的左翼文学批评与澳大利亚的共产主义运动密切相连，更与澳大利亚的左翼文学息息相关。1920 年，澳大利亚共产党（the Communist Party of Australia，CPA）成立，20 世纪 30 年代，经济大萧条之后的澳大利亚百姓在生活水平、政治自由和精神尊严等各个方面都遭受沉重打击，共产主义思潮在激进的自由派知识界得到迅速发展，到 1945 年，澳大利亚共产党党员超过两万，其中包括一大批受过较好教育的中产阶级知识分子。澳大利亚左翼文学的兴起与"澳大利亚作家联谊会"有着极大的关系，"澳大利亚作家联谊会"于 1928 年 11 月 23 日成立于悉尼，创始人之一便是澳大利亚著名作家玛丽·吉尔摩，首任主席为 J. 勒·盖伊·布勒雷顿（J. le Gay Brereton）。[1] 按照弗兰克·戴维森（Frank Davison）的说法，1934 年的"澳大利亚作家联谊会"趋向保守，它关注作家在社会上的声誉度，对澳大利亚的社会生产和劳动没有兴趣，甚至对澳大利亚文学也缺乏热情，1935 年[2]之后，在弗劳拉·埃尔德肖（Flora Eldershaw）的领导下，"澳大利亚作

---

[1] 在悉尼成立该组织之后，其他各州也相继成立自己的联谊会。1955 年全国澳大利亚作家联谊会总会成立，由各州联谊会主席轮流担任全国主席。

[2] 1934 年，由国际共产主义者发起创立的国际反战反法西斯运动组织通过澳大利亚分部组织国际大会，捷克籍著名作家伊冈·吉什（Egon Kisch）受国际反战反法西斯运动的巴黎分部的指派前往参会，伊冈·吉什年轻时曾与卡夫卡等作家过从甚密，与德国著名作家哈塞克（Hasek）合作过剧本，伊冈·吉什本人也是共产党人，当他乘坐的船抵达西澳的弗里曼特尔（Fremantle）后，当地官员禁止他登陆，为此他随船继续前往墨尔本港，在那里，他试图强行登陆码头，但再次遭到禁止，最后他拖着一条受伤的腿被拖回到船上；此后，他随船前往悉尼，但在悉尼登陆时因为未能通过移民局的考试（转下页）

家联谊会"开始明确关注起澳大利亚本土文学了,也更关注作家工会的组织建构了,此时在该联谊会中的共产党作家首次联合在了一起,这在澳大利亚文坛画出了一道泾渭分明的线,一边是进步作家阵营[①],另一边是保守作家阵营。1935年,"澳大利亚作家联谊会"原主席在左翼作家阵营的巨大压力下被迫辞职,弗劳拉·埃尔德肖当选新一任主席,次年弗兰克·戴维森接任。在此后的一段时间里,左翼作家一跃而成为澳大利亚文坛的重要力量。50年代开始,澳大利亚各地的左翼作家开始成立"现实主义作家"小组,1952年,部分左翼作家更成立了自己的"澳大拉西亚书社"(The Australasian Book Society),书社的宗旨是出版反映澳大利亚人民生活斗争和战斗的书稿。

在早期澳大利亚共产党党员中,艺术是阶级斗争的重要武器这一概念深入人心。早期澳大利亚共产党的发起作家凯瑟琳·苏珊娜·普里查和简·德凡尼(Jean Devanny)很早就开始在自己的小说中刻画工人阶级形象。普里查和德凡尼也是澳大利亚早期左翼文学批评中最突出的干将。从30年代开始,澳大利亚左翼批评的阵营不断成长。先后加入这一阵营的澳大利亚作家和批评家不断增加。从30年代开始,共产党主导的澳大利亚左翼文学先后建立了多个属于自己的出版阵地,其中包括《共产主义评论》(*Communist Review*,1934—1966)、《现实主义作家》(*Realist Writer*,1952年创刊),通过这些阵地,澳大利亚左翼文学批评家得以较为系统地发表自己的文学批评思想。30年代以后的澳大利亚左翼批评家还包括先后担任澳大利亚共产党

(接上页)而再次遭拒。澳大利亚当局对待伊冈·吉什的态度和做法在澳大利亚国内引起了极大的反响,在"澳大利亚作家联谊会"中的澳大利亚共产党员作家当中更是激起了强烈的不满。凯瑟琳·苏珊娜·普里查不顾官方的阻拦前往佩斯港迎接吉什,在墨尔本,帕尔默夫妇也来到了码头之上欢迎吉什,在喧嚣之中,万斯·帕尔默向吉什真情赠书,在悉尼,进步作家和澳大利亚反战反法西斯运动共同集会对政府的行为进行抗议,除此之外,万斯·帕尔默、凯瑟琳·苏珊娜·普里查、E. J. 布雷迪(E. J. Brady)以及路易斯·艾森(Louis Esson)等一批作家分别通过各种渠道发表公开声明,与澳大利亚反战反法西斯运动一起大声疾呼,猛烈抨击政府压制交流。伊冈·吉什的这一事件导致了"澳大利亚作家联谊会"内部的分裂,不久原先的负责人在共产党员作家的巨大压力下辞职,共产党作家正式接过该组织的领导权,此举标志着澳大利亚共产党作家正式成为澳大利亚文坛的一支举足轻重的力量,此后,共产党作家作为一个群体的声音在澳大利亚文学批评中日益为人们所关注。

[①] 1934年,捷克作家伊冈·吉什作为国际反战反法西斯组织代表来澳入境遭拒之后,"澳大利亚作家联谊会"(FAW)中的部分共产党成员对政府的这一决定抗议不力,以普里查为首的一批作家决定成立面向国家的反法西斯组织"作家联合会"(the Writers' League),由普里查亲自担任主席。

总书记J. B. 迈尔斯、L. 哈利·古尔德（L. Harry Gould）和J. D. 布莱克（J. D. Blake），还有知名作家弗兰克·哈代（1917—1994）、杰克·比斯利（Jack Beasley，1895—1949）、朱达·沃顿（1911—1985）等。他们通过澳大利亚共产党的各个理论阵地积极发表文章，出版著作，大力支持共产党作家发表具有共产主义思想内容的文学作品和评论。

一

澳大利亚早期的左翼批评家们认为，澳大利亚文学应该尊崇的首要创作原则就是现实主义。众所周知，澳大利亚的现实主义文学始于19世纪90年代，当时，澳大利亚社会经历着深刻的变化，从英国移民到这块大陆来的人们在长期的本土漠视之后开始关注普通澳大利亚人的日常生活，不少作家开始把注意力从想象世界转向现实事件，现实主义赋予作家以记录新鲜经验的可能，此时的文学创作中，纪实成为首选的方法。为了表现澳大利亚人的本土生活和真实情况，作家们必须抛开所有的先入之见，寻找新的文学武器，此时的澳大利亚作家们在现实主义的短篇小说创作中找到一种可以就近观察澳大利亚发展的文学方法。短篇小说不同于长篇小说，它不重视情节，却在观察日常生活方面有着得天独厚的优势，特别是在捕捉普通民众在艰难情境之中如何努力谋求生存方面优势更加明显。于是，澳大利亚广袤的平原上的艰苦生活通过现实主义文学逐步为人所知。[①] 20世纪20—30年代的澳大利亚左翼批评家认为，现实主义像历史一样清晰地记录澳大利亚生活经验，以高度的理性观察澳大利亚日常现实生活，现实主义的小说家或支持社会主义运动，或同情社会主义思想，所以他们在执行现实主义原则时会秉持一种批判现实的态度，虽然他们在批评之余并不一定总能提出解决现实问题的方案。[②]

从30年代开始，一个深刻影响了许多社会主义国家的文艺批评范畴开

[①] Patrick Morgan, "Realism and Documentary: Lowering One's Sights", in Laurie Hergehnan, ed., *The Penguin New Literary History of Australia*, 1988, p. 251.

[②] Jennifer Strauss, "Literary Culture: 1914 – 1939: Battlers All", in Bruce Bennett, et al. eds., *The Oxford Literary History of Australia*, 1998, p. 122.

始流行开来，这个范畴就是社会主义现实主义，1934年8月17日至9月1日，在首届"全苏苏维埃作家大会"（First All-Union Congress of Soviet Writers）上，社会主义现实主义作为一种文学方针被首次提了出来，在此后的十多年时间里，社会主义现实主义理论经过苏联斯大林时期的政府发言人日丹诺夫（Andrei Alexandrovich Zhdanov）的不断宣传变得妇孺皆知。所谓的社会主义现实主义要求艺术家要真实，要在自己的作品中具体刻画革命发展进程中的历史现实，艺术家的真实和对历史现实的刻画必须与意识形态改造和对人民进行社会主义教育相结合。根据斯大林的观点，社会主义现实主义应要求文艺必须乐观地描绘社会主义现实和共产主义革命，因为文艺的目的在于教育大众培养社会主义精神，在创作中，艺术家必须严格坚持共产党的方针，坚持传统现实主义创作手法。日丹诺夫生前所作的各种发言主要集中于1934—1948年间，在这一段时间里，社会主义现实主义的概念通过日丹诺夫的讲话也明确变成了共产党作家的创作指导方针。在他的讲话中，日丹诺夫指出，社会主义现实主义的核心内容是：文艺应该歌颂共产主义的政治和社会理想，文学不是意识形态和历史的中介，因为它就是意识形态和历史，对社会主义现实主义文学而言，要做人类灵魂的工程师意味着深深地扎根现实生活，而这意味着与传统的刻画幻想英雄生活、刻画不可实现的乌托邦世界的浪漫主义决裂，"我们的文学是牢牢地扎根唯物主义的文学，浪漫主义不是我们的敌人，但我们的浪漫主义是一种新型的浪漫主义，一种革命的浪漫主义"[1]。

  30年代澳大利亚左翼批评的杰出代表当推普里查。30年代初期，普里查与作家简·德凡尼访问了苏联，在苏联期间，普里查参加了在西伯利亚的斯大林斯克（Stalinsk）举行的一个文学会议。会议期间，普里查注意到了苏维埃作家联盟新近确定的社会主义现实主义创作原则。回国以后，她在自己的一本题为《真正的俄国》[2]的书中热情地介绍了苏联文坛的这一最新动向。此后，社会主义现实主义作为一种文学创作思想在澳大利亚共产党作家

---

[1] A. A. Zhdanov, "Speech to the First All-Union Congress of Soviet Writers, 1934", in *On Literature, Music and Philosophy*, London: Lawrence & Wishart, 1950, p. 16.

[2] K. S. Prichard, *The Real Russia*, Sydney: Modern Publishers, 1934.

中迅速传播开来。很多共产党作家瞄准苏联共产党的做法开始自觉地宣传和推广这种文学主张。普里查一生以小说创作为人所知,但她重视文学批评,一生通过各种渠道发表大量的批评文章,她先后通过《共产主义评论》和《现实主义者》(*The Realist*)发表的评论文章包括《澳大利亚文学中反资本主义核心》[①]、《澳大利亚文学点滴》[②]、《骗局为文学服务》[③]等,这些文章宣扬一种马克思主义历史观,强调文学关注社会现实。她去世后,这些文章由她的儿子结集出版,题曰《真左派》(*Straight Left*, 1982)。

应该说,社会主义现实主义初入澳大利亚的时候,只是较为激进的艺术家的一个选择,因为同样是致力于社会变革的现实主义,其方法可谓多种多样,有劳森式的,有高尔基式的,还有狄更斯式的,等等。直到20世纪40年代和50年代,在社会主义现实主义理论以及民族主义的互动当中,多数作家显然更喜欢那些正统的现实主义文学创作模式,因为他们更愿意把自己定位在传统的现实主义核心之中,而不是全然将自己置于激进主义的边缘。在此时的澳大利亚,一种较为温和的传统的社会现实主义成了多数共产党人认可的文学创作标准和模式。

所谓的社会现实主义(social realism)是一种植根于19世纪现实主义的文学主张,它倡导用现实主义手法记录工人阶级和贫苦人民的日常生活,对造成工人阶级贫困生活的社会环境进行批判,它是一种关注社会问题的自由派以及左翼作家发起的一种民主文艺思潮。在澳大利亚早期的左翼批评家中,社会现实主义的杰出代表是德凡尼。德凡尼出生于一个矿工家庭,1929年从新西兰移民到澳大利亚,一生创作了很多小说,作品关注工人阶级利益。她在1942年为澳大利亚广播公司所做的一个题为"工人对于澳大利亚文学的贡献"的广播讲话中声称:她的小说《糖天堂》(*Sugar Heaven*, 1936)是"澳大利亚第一部真正的无产阶级小说"。德凡尼认为,工人文学应该首先反映工人阶级的问题和真实特征,工人文学不应该凭空想象工人阶级的样子。有人觉得,德凡尼的《高潮》(*Upsurge*)和《糖天堂》或许可

[①] K. S. Prichard, "Anti-Capitalist Core of Australian Literature", *Communist Review*, August (1943): 106 – 107.

[②] K. S. Prichard, "Some Thoughts on Australian Literature", *The Realist*, No. 15 (1964): 11.

[③] K. S. Prichard, "Hoax Renders Service to Literature", *Communist Review*, March (1945): 457 – 458.

以算作是革命的浪漫主义小说,但是,这些作品准确地说来最多只表现出一种社会现实主义倾向,而算不得真正意义上的社会主义现实主义小说,因为德凡尼在努力表现历史真实、艺术信念和革命的乐观主义精神的同时,反复表现出一种对于小说创作过程本身的自觉,换句话说,小说体现出一种对于文学和语言构建过程的自我意识。这与日丹诺夫意义上的严格的社会主义现实主义小说显然不同。[1]

"二战"结束后,澳大利亚的左翼批评界开始明确区分社会主义现实主义和一般意义上的社会现实主义[2],此时,社会主义现实主义成了共产党作家的主要创作方针,这个阶段的澳大利亚左翼文学批评主要表现为共产党的党组织领导发表的文艺讲话。1943年,时任澳大利亚共产党总书记的 J. B. 迈尔斯在第十三次全国大会上发表讲话,提出澳大利亚有必要提高共产党人和劳动大众的审美鉴赏力。他认为,音乐和文化娱乐是共产党人的重要娱乐形式,他呼吁懂文艺电影的批评家们帮助党员和全国民众学习阅读、评论、研究和批判。迈尔斯通过《共产党评论》发表多篇文章,其中包括《为人民的艺术》[3]等。针对有些党员同志批评普里查的"淘金场三部曲",他站出来为其辩护,他说,普里查积累了很多年的文学声誉才可能创作出自己希望看到的小说,共产党为出版她的小说投入了金钱,不过,共产党作家在出版自己的作品之前都会交给党进行审读。迈尔斯注意到普里查的小说被美国批评家 C. 哈特利·格拉坦(C. Hartley Grattan)视为"当代澳大利亚小说之翘楚",对以普里查为代表的共产党作家立足人民进行的写作给予了充分的肯定。迈尔斯认为,艺术家就是要通过自己的作品在读者和观众的内心激发出某些特定的情感,他还在不同场合代表党组织评论过许多人的作品。例如,他认为,埃莉诺·达克的小说《小公司》(The Little Company)通过人物尼克(Nick)表达对于共产党的同情,而另一个人物吉尔伯特(Gilbert)根本就应该是个共产党人。他还认为弗兰克·达尔比·戴维森的小说《害羞

---

[1] David Carter, "Documenting and Criticizing Society", in Laurie Hergenhan, ed., *The Penguin New Literary History of Australia*, 1988, p. 378.

[2] "澳大拉西亚书社"中的澳大利亚共产党作家首先指出,澳大利亚的许多社会现实主义作品深受资产阶级情调的束缚,因为缺少一种对于社会变革思想的完整把握,所以它们整体上显得消极和低沉。

[3] J. B. Miles, "Art for the People", *Communist Review*, August (1948): 260 – 261.

的男子》(*Man Shy*)反映了小说家竭力逃避共产党的纪律。

1945年,时任澳大利亚共产党负责人的 L. 哈利·古尔德在澳大利亚共产党的第十四次全国大会上做报告,报告涉及党的文艺和科学委员会的工作,此时的澳大利亚共产党对于艺术和艺术家的看法出现了变化,共产党的文艺政策不再由艺术家们制定,而是由政党发言人来发布。在这个报告中,古尔德说,党应该充分注意到艺术家们的实际生活需要,一些行业工会应该对他们给予支持。他还指出,党应该把科学与文艺和工人运动紧密联系起来,在文艺创作和政治的关系问题上,他要求大家真正像一个共产党人那样憎恨一切社会压迫和不公,认识世界,弄懂法西斯是什么含义,认清自由企业主的企图何在;他在《共产主义评论》上发表一篇题为《知识分子与党》[①]的文章,说明党的文艺政策。古尔德在多个不同的场合对部分作家的作品进行了评论,例如,他曾在一次集会上指出,有些作家有意识地在作品中加入政治情感,结果作品并不成功,反倒是那些不刻意表达政治意图的作品让人读来更具有政治上的效果,原因正在于作品是否把切身的情感带到创作当中。

1949年,J. D. 布莱克开始担任澳大利亚共产党的总书记,他是澳大利亚共产党中最后一个依据党的章程针对艺术进行发言的领导。1952年,布莱克给澳大利亚共产党的文化工作者做了一个报告,报告指出,艺术是一个武器,艺术不应追求形式主义,他认为形式主义暴露了某些共产党艺术家不能把握形势、不懂得和平斗争的现实,更不清楚社会主义和帝国主义的矛盾实质。他认为,形式主义割裂艺术和生活,对于艺术具有毁灭性的影响。他指出,社会主义现实主义的关键在于意识形态和党的精神,特别是艺术中的党派精神。他提出,共产党的文化工作者具有三项使命:(1)宣传党的政策。(2)刻画澳大利亚现实生活,刻画劳动人民,通过现实主义的艺术形象和最高超的技术标准来宣扬共产主义思想。(3)掀起文化工作者的群众运动。艺术的所有内涵,包括创造力本身,必须服从当下的政治任务,艺术必须成为一个武器,这一点不能有半点含糊。与迈尔斯和古尔德相比,布莱克清楚地说明了党的艺术政策,所有共产党艺术家必须在党课中认真学习这

---

① L. Harry Gould, "Intellectuals and the Party", *Communist Review*, October (1944).

一政策，让这一政策指导作家和画家的创作。布莱克的上述论述表明日丹诺夫主义正式成为澳大利亚共产主义的艺术方针。布莱克在《愤怒的企鹅》杂志上发表多篇文章，其中包括《今日艺术家的角色》[1]，布莱克指出：艺术形象是思想和情感的一种融合，它们既打动人的理智，又打动人的情感，正是在这个意义上，斯大林同志将苏联作家称为"灵魂的工程师"。马克思主义把美学变成了一门科学，因为它告诉我们在人脑和现实之间如何相互反映。马克思主义告诉我们如何思考，告诉我们人如何从事艺术、文学和其他的精神产品的创造。他认为，我们需要创作一批社会主义现实主义艺术作品，为此我们需要认真学习和掌握马克思主义；我们同时还需要与文学批评家打交道，培养出一批文学批评家来。

1956年是澳大利亚左翼批评的一个重要分水岭，此时的共产党文学政策开始表现出危机，特别是围绕共产党作家的使命问题，澳大利亚共产党一方面表现出高度的自信，另一方面不得不在质疑面前竭力为自己辩护。此时的左翼批评的核心理论家不再是共产党官员，而是在一线积极从事文学创作的作家。从1956年开始，以朱达·沃顿和杰克·比斯利等为代表的一批共产党作家先后通过《共产主义评论》等期刊发表评论，系统探讨澳大利亚文学的方向问题，多数文章涉及的主题包括共产党作家的意识形态（1956）、社会主义现实主义与澳大利亚传统（1958）、澳大利亚传统与共产主义文学（1958）、工人阶级文学（1959）以及澳大利亚文学中的社会主义现实主义（1960）。杰克·比斯利更是直接以《社会主义与长篇小说》为题出版文学批评专著。在此时的澳大利亚共产党作家看来，澳大利亚作家应该高度重视澳大利亚文学中的社会主义现实主义传统，从中汲取有益的灵感。[2]

朱达·沃顿是50年代澳大利亚左翼批评中最活跃的作家之一，沃顿一生积极参与文学评论，先后通过《论坛报》、《卫报》（*Guardian*）、《共产主义评论》、《现实主义作家》等报纸杂志发表了大量文学批评文章，其中包

---

[1] J. D. Blake, "The Role of the Artist Today", *Angry Penguins*, Adelaide University Arts Association, Adelaide, October (1942): 47–48.

[2] 转引自 David Carter, *A Career in Writing: Judah Waten and the Cultural Politics of a Literary Career*, the Association for the Study of Australian Literature, 1997, p. 115。

括：《新苏维埃生活创造的伟大文学》、《当"文学批评"成为政治武器的时候》、《澳大利亚文学与共产主义》、《苏联人民文化何以生机勃勃》、《苏联的文学与作家》、《我的苏联印象》、《他们拒绝〈日瓦戈医生〉是对的》、《社会主义现实主义：当今澳大利亚文学中的一个新趋势》、《D. H. 劳伦斯与〈查特莱夫人的情人〉》、《伊冈跳船的那一刻》以及《马克思主义与澳大利亚文学》等等。通过这些文章，沃顿大力宣传苏联文学的成就和发展方向，批判西方资本主义文学的颓废，倡导在马克思主义指导下沿着社会主义现实主义的道路发展澳大利亚文学。

50 年代以后的另一个重要的左翼批评家是杰克·比斯利，比斯利 1921 年生于新南威尔士州，1936—1941 年在纽卡索尔的必和必拓公司（BHP）做电工学徒。1948—1951 年担任澳大利亚共产党机关职员，1959 年开始在"澳大拉西亚书社"工作，此后 15 年（1963—1977）脱离书社从事零售广告营销，1977 年回到书社。杰克·比斯利出版过激进政治小说，如《倒退》(*Widdershins*, 1986)，主编出版澳大利亚短篇小说集《我们的道路》(*The Tracks We Travel*, 1961)，出版过《一个时代的日记》(*Journal of an Era*, 1988) 等。比斯利热衷文学批评，先后出版的批评著作包括《社会主义与长篇小说：澳大利亚文学研究》(*Socialism and the Novel*: *A Study of Australian Literature*, 1957) 和《生命洪流：凯瑟琳·苏珊娜·普里查作品研究》(*The Rage for Life*: *The Work of Katharine Susannah Prichard*, 1964)，通过这些著作，他大力倡导社会主义现实主义。

二

根据帕特里克·巴克里奇的看法，20 世纪澳大利亚的主导批评传统是崇尚民族主义传统的自由派（the liberals）批评家，代表人物包括：万斯·帕尔默和耐蒂·帕尔默、亚瑟·菲利普斯、麦克斯·哈里斯、帕特里克·怀特、H. M. 格林和多萝西·格林（Dorothy Green）、克莱姆·克里斯特森、杰弗里·达顿（Geoffrey Dutton）、哈利·赫索尔廷以及 G. A. 维尔克斯（G. A. Wilkes）。自由派文学批评传统的最主要特征是主张积极支持民族文学发展，他们在自己的创作和评论中竭力呼吁保护、发展和推动澳大利亚文学的进步，这一立场不仅是自由派传统的核心价值所在，也是他们在澳大利亚文坛获得权威的根本原因。他们自视为民族文学的缔造者，所以公开把维护民族的福祉和尊严看作自己的责任。"责任"二字是自由派文学人士身份和权威的关键，"二战"以后，克莱姆·克里斯特森主编的《米安津》成了自由派文学批评的基地。[1]

澳大利亚早期的左翼文学批评与民族主义批评之间存在怎样的关系？巴克里奇认为，20世纪的澳大利亚左翼批评从一开始就在崇尚民族主义传统的自由派的阴影下活动。[2] 20世纪50年代的一个日益为人熟知的观点认为，社会主义现实主义传统是从民族传统内部成长起来的，因为澳大利亚文学的主导趋势是现实主义，它是澳大利亚长期的历史发展的结果，是从澳大利亚现实主义中自然而然地滋生出来，如果是这样，左翼批评与自由派是可以缔结联盟的；也有人认为，20世纪20年代，俄国的十月革命使得传统的丛林价值和社会主义思潮之间的联盟面临崩溃，此时，包括普里查在内的部分左翼作家从20年代开始就意识到了将共产党的革命事业和民族主义事业结合在一起的必要性，从这个意义上说，左翼与自由派的联盟是一种战略性的选择。但无论如何，20世纪三四十年代的左翼批评家在自由派文学传统的强迫之下为了获取在澳大利亚的文化地位而全面接受了民族主义，而左翼和自由派围绕民族文学传统建立的联盟如同一个全国性的统一战线，在三四十年代共同抗击澳大利亚大学里的学术殖民主义，以及在50年代之后共同应对反民族主义的保守派过程中起到了重要的作用。[3]

对于澳大利亚左翼批评家来说，澳大利亚的民族文学传统和"非本土"的社会主义现实主义理论之间不可避免地存在一些问题。特别是到了20世纪50年代，二者之间的妥协只能是：民族主义文学为在澳大利亚理解和实

---

[1] Patrick Buckridge, "Intellectual Authority and Critical Traditions in Australian Literature 1945 to 1975", Brian Head & James Walter, eds., *Intellectual Movements and Australian Society*, 1988, pp. 190 – 191.

[2] Ibid., p. 209.

[3] 左翼领导的"现实主义作家"以及更早的一些文学团体认为，澳大利亚民族文学不仅存在而且很有价值。悉尼的"现实主义作家"小组则积极参与并支持在悉尼大学设立历史上第一个澳大利亚文学教授一职。比斯利等人领导的"澳大拉西亚书社"在20世纪五六十年代积极出版澳大利亚本国小说作品。

践社会主义现实主义提供了土壤,而澳大利亚作家通过自己深深植根于本土生活的历史小说发展了他们自己的社会主义现实主义。但是,即便如此,以社会主义现实主义为核心的澳大利亚左翼文学批评在与澳大利亚民族主义的联盟中时时面对来自自由派批评的压力。戴维·卡特指出,仔细研究《共产主义评论》杂志的出版历史,人们不难看出,存在于澳大利亚共产主义文学理论与民族主义文学批评之间的矛盾和冲突经历了一个暴露、解决和再暴露的过程。首先,社会主义现实主义引导作家关注民族传统文学的主题和手法,民族主义反过来为社会主义现实主义提供一个本土的阐释,这种版本的社会主义现实主义具有民族的形式和社会主义的内容(national in form, socialist in content)。与此同时,社会主义现实主义也给左翼作家和批评家提供了一个在民族主义内部界定自我特点的术语。这些都是好的,但是,联盟中的问题也不时出现,例如,澳大利亚左翼文学批评传统在强调民族主义的同时倡导国际主义,在这个问题上,他们的思想观念与 A. D. 霍普和詹姆斯·麦考利(James McAuley)一样,他们一方面鼓励在创作中刻画澳大利亚的男女工人,另一方面教导大家唱"国际歌",学习马克思和列宁的著作,关注西班牙和中国的社会主义运动。[①] 此外,澳大利亚共产党文学组织反对现行澳大利亚经典书目,他们主张立足自己的立场提出他们自己心目中的澳大利亚文学经典。从 1958—1970 年间悉尼的《现实主义作家》(*Realist Writer*)杂志发表的文章和评论来看,他们心目中的澳大利亚文学经典作家应该包括查尔斯·哈珀(Charles Harpur)、约瑟夫·弗菲、亨利·劳森、班卓·帕特森、迈尔斯·弗兰克林、玛丽·吉尔摩、普里查、帕尔默夫妇、德凡尼、沃顿、弗兰克·哈代、马歇尔(Alan Marshall)、盖文·凯西(Gaven Casey)、莫里逊(John Morrison)、多萝西·休伊特(Dorothy Hewett)等,这样一个民族文学经典与自由派的经典书目之间存在很大的距离。苏珊·麦克南(Susan McKernan)认为:澳大利亚左翼作家选择认同民族传统的原因是,他们可以通过这样做获得一种对于阐释澳大利亚文学的合法性甚至权威性。不过,对于共产党人来说,仅仅坚守传统是不够的,因为对他们而言,虽然历史传承赋予他们以一定权威,他们的本意在于打破历史的延续,二者

[①] Geoffrey Dutton, *Snow on the Saltbush*, Ringwood, Vic.: Penguin, 1984, p. 170.

之间的矛盾从他们关于阶级、国家和人民的理念中可以一目了然。[①]

澳大利亚早期的左翼批评家认为，澳大利亚文学从19世纪90年代到20世纪40年代一直存在一种连绵不断的现实主义传统，由于左翼坚持社会主义现实主义理论，所以对于澳大利亚文学的精髓有着无可替代的理解。[②] 直到60年代，早期的几家左翼期刊上发表的各类文章中最最核心的内容便是现实主义。也正是在这个意义上说，此时的"现实主义"对于四五十年代的左翼文学传统而言成了标志性的核心理念，正如自由派坚称的"责任"和保守派坚持的"标准"。虽然在左翼阵营内部，关于什么样的作品是现实主义的，或者说现实主义究竟有些什么样的特色，都有一些争论，但是，左翼阵营在一个问题上是高度一致的，那就是：现实主义是判断艺术价值的终极标准。

在与自由派的联盟当中，澳大利亚左翼批评一边实践着社会主义现实主义，一边时时受到自由派批评的影响。左翼的社会主义现实主义将这一理论用于民族文学批评之中，但在自由派批评的影响之下，左翼批评家最终不得不根据自由派批评的观点全面修正他们对于现实主义的认识，而直接导致左翼批评衰败从而被并入自由派批评之中的关键性人物是小说家帕特里克·怀特。

在50年代后期的澳大利亚，怀特、哈尔·波特（Hal Porter）、希尔·阿斯特里（Thea Astley）和兰多夫·斯托（Randolph Stowe）等一批推崇文学形而上意义的小说家开始与现实主义抢夺风头，越来越多的读者和批评家在他们的影响下纷纷开始转向。在此期间，关于帕特里克·怀特的一场争论以及在这场争论中左翼批评家的立场转变集中反映了澳大利亚文学批评的总体

[①] Susan McKernan, *A Question of Commitment: Australian Literature in the Twenty Years After the War*, Sydney: Allen & Unwin, 1989, p. 25.

[②] 唯一一个不局限于澳大利亚民族文学的澳大利亚左翼批评家是杰克·林赛。杰克·林赛长期旅居英国，但是他在评论澳大利亚文学时表现出一种既有理论支持，又体现出对于形式分析的敏感性的批评能力，他立足经典马克思主义哲学所进行的文学评论较之澳大利亚国内左翼批评家的批评深刻、具体、敏锐得多。比较他围绕普里查的小说和杰克·比斯利针对普里查的《生命洪流》所做的评论，我们发现，杰克·比斯利仅运用一种非常简单的二元分析法，讨论了作品中的典型核心人物和作品直接反映的历史事件，杰克·林赛则非常巧妙地运用了马克思主义关于异化、物化和劳动过程等概念对小说进行了更加深入的讨论。

转向。1964 年，针对有人扬言澳大利亚文学中普遍存在一种"忧郁"（gloom）的想象继而否认澳大利亚文学中的现实主义传统，普里查指出，如今大学里的讲演经常不过是一种扣帽子式的政治迫害。她表示，自己不喜欢怀特，因为在她看来，他和詹姆斯·乔伊斯一样是戕害澳大利亚现实主义文学的祸源。她还指出："我最不喜欢的是怀特对于人民的负面态度，他执着地关注人类行为中最丑陋的那些部分，他与弱智和白痴好像有一种天然的契合，他和他们一样在人类潜意识的世界里搜寻，对于我们这个时代大规模群众运动中的巨大精神历险熟视无睹。"①

在澳大利亚的左翼批评阵营中，关于帕特里克·怀特的论争始于伊恩·特纳（Ian Turner）1958 年 6 月在《陆路》杂志发表的关于《探险家沃斯》的一篇不温不火的长篇书评，1958 年 10 月，普里查在随后的一期《陆路》杂志上再次撰文提到怀特的这部小说，字里行间充满了不屑的意味。四年之后的 1962—1963 年，《现实主义作家》和《陆路》杂志连续发表了一系列文章和编者按，对这部小说发动了全面的批判。这些文章的作者包括杰克·比斯利、朱达·沃顿、杰克·布莱克、莫娜·布兰德，他们都是清一色的共产党员，但是，在这些批评文章中，人们不难发现，不同的批评家似乎对于怀特小说的优缺点有着非常不同的认识，并为此展开了激烈的争论。在这场争论当中，左翼批评一直珍视的现实主义概念的意义悄然发生了变化。

杰克·比斯利在他的文章中抨击怀特，说他的创作中存在好多的毛病，其中 1961 年出版的《乘战车的人们》尤其令人讨厌，比斯利认为，怀特的作品中暴露出玩世不恭、势利、种族主义、反犹主义、悲观主义、神秘主义等形形色色的负面思想。显然，他之所以做出这些判断的标准是因为他个人秉持苏联传统中的现实主义，这种现实主义标准起源于卢卡契，卢卡契认为，现实主义本质上是一种认识论范畴，同时也是一种方法。比斯利批评怀特愤世嫉俗和悲观，说他玩世不恭，说他蔑视普通民众，不是说怀特道德上存在这方面的缺点，而是说他的阶级立场严重阻碍了人们现实主义地去把握历史。在比斯利看来，历史是一个动态的过程，资本主义和伴随它的所有的

---

① Katherine Susannah Prichard, "Some thoughts on Australian literature", *Realist* 15 (1964), reprinted in *Straight Left*, ed. Ric Throssell, Sydney: Wild & Woolley, 1982, 201–205.

社会罪孽都将被历史所淘汰。适用于反映人类历史的现实主义艺术方法要求创造典型人物，刻画典型的事件，它们不仅反映历史现实的表面情形，更要反映革命的深刻进程。那种否认或者怀疑工人阶级最终会取得胜利的小说人物和事件不能叫作典型人物和事件，因此也不是现实主义的人物和事件。如果小说仅仅塑造孤独者和神经病，如果小说光是表现生活的痛苦，如果小说中只有那少数的乖戾者才懂得生活的意义，那么，这样的小说与现实主义已经相去甚远了。比斯利对于怀特的分析中明显流露出一种工人阶级利益至上的思想，但他的批评背后还是现实主义的文艺理论和观念。

针对1962年末发生在《陆路》杂志上的论争，J. D. 布莱克也发表了文章，但值得注意的是，他并不像比斯利那样批判怀特，相反，他为怀特辩护。他认为，怀特也是一个现实主义作家，因为怀特关注人物的内心生活，他喜欢运用的宗教象征不是主观的神秘主义，而是充分反映人物内心世界的真正的现实主义。布莱克指出，社会主义现实主义最反对以自然主义的方式表现一些外在的东西，因此与以怀特为代表的创作并不矛盾。在布莱克的评论中，比斯利在批评自然主义的过程中努力秉持的革命历史主义目的论和艺术典型论被彻底地削弱了，而对社会主义现实主义的追求似乎也不存在了。

在布莱克之后，莫娜·布兰德在《现实主义作家》上也发表一篇文章[①]，在该文中，布兰德也表示自己不赞成比斯利的判断，她同样认为怀特是一个真正的现实主义作家，虽然怀特的风格与其他重要的澳大利亚小说家迥然不同，但是，他和别人一样反对压迫，支持人性。怀特如果有些愤世嫉俗，有些蔑视普通百姓，那是因为他的创作初衷在于讽刺。怀特并不悲观，因为在他小说的结尾处，很多人物都能获得救赎。在布兰德的评论中，社会主义现实主义的严格律条被一种不系统的传统自由经验主义的现实主义标准所代替。

在很多自由派批评家看来，发生在左翼批评家之间的辩论表明，那种依据左翼教条顽固抵制怀特小说的努力最终遭到了失败，多数批评家的常识和健康的品味最终占了上风。但从左翼批评家的立场看去，人们看到的是一次具有经典意义的互动，这场论争发生在左翼内部的刊物上。但是，在这里，

[①] Mona Brand, "Response to Jack Beasley's 'Great Hatred'", *Realist Writer*, 12 (1963): 12–22.

自由派给左翼批评家们施加了巨大的压力，它要求左翼批评家们接受并颂扬怀特，视他为澳大利亚的一位伟大小说家，在这样的压力下，社会主义现实主义的复杂而系统的理论最终走向了崩溃，取而代之的是一种自由派意义上的现实主义，这种现实主义融合了资产阶级文学传统中的社会批判和心理描写，形成了一种迥异于社会主义现实主义的新现实主义话语。换句话说，当布莱克和布兰德决定认可并接纳怀特的所谓现实主义时，此时的现实主义已经出现了重大的改变，它不再是一种独特的左翼文学标准，与马克思主义的历史、阶级意识及典型理论毫无关联。

三

20世纪50年代，澳大利亚因为中国革命、朝鲜战争等国际事件充满了恐惧、焦虑和不信任的感觉，在澳大利亚国内，保守的孟席斯（Robert Menzies）政府几次试图取缔共产党，共产党人以及对共产主义抱有同情的百姓受到打击和迫害。在这样的大环境中，左翼作家普遍感到这场意识形态斗争的压力。1952年，国会工党议员斯坦迪什·吉恩（Standish Keon）和自由党议员 W. C. 温特沃斯（W. C. Wentworth）联手对联邦文学基金的顾问委员会成员提出谴责，虽然他们的这一做法并没有在澳大利亚掀起一场美国式的清共运动，但从那以后，澳大利亚安全情报局（the Australian Security Intelligence Organization, ASIO）开始针对包括朱达·沃顿、普里查、凯里·特南特（Kylie Tennant）以及艾伦·马歇尔等在内的具有左翼倾向的作家进行跟踪，总理和政客们有权根据他们呈交上来的秘密卷宗对顾问委员会推荐的基金申请人实行否决。

冷战期间，澳大利亚左翼与自由派之间尖锐对立，在自由派势力的压力之下，此时的左翼历史观有了很大的变化。以前，他们把现在的生活说成是介于即将死去的旧世界和即将诞生的新世界之间的一个阶段，在他们看来，剧烈而突然的革命将启动这改天换地的历史进程。如今的左翼人士发现，革命不再是什么新鲜的事物，"二战"之后的种种迹象证明资本主义不仅不会死，而且还会取得成功。为了解决这一问题，左翼批评家积极参与论争，一方面努力证明自己的历史合法性，另一方面努力对共产主义话语进行本土化的改造。于是，共产主义在澳大利亚语境中得到重新的构建：本土化的澳大利亚共产主义不是另一种语言中想象出的一个前所未有的新世界，而是植根于澳大利亚民族历史的一种客观现实。

总体说来，20世纪50年代的澳大利亚文学气候也是一种两极对立的局面。一方面是左翼，他们坚持认为作家是一种脑力劳动者，以普里查、德凡尼、弗兰克·达尔比·戴维森以及朱达·沃顿为代表的左翼作家和批评家通过《现实主义作家》、《陆路》和《共产主义评论》大力宣传自己的观点。与之相对立的是两种势力，这两种势力中的第一种以朱迪思·赖特、道格拉斯·斯图尔特、瓦尔·瓦利斯（Val Vallis）为代表，第二种势力以《四分仪》（Quadrant）杂志主编詹姆斯·麦考利等人为代表。后两种势力主张文学应该独立于社会和政治之外，他们既反对以《米安津》为代表的左翼澳大利亚民族主义以及激进民族主义，也反对现代主义。在他们看来，前一种有些像理想的浪漫主义那样认为诗歌自给自足，它表达普世的想象真理，后一种虽然不无政治好恶，但在文学的问题上坚持一种文学独立于政治的观点。

在自由派的压力之下，澳大利亚左翼文学可谓不堪重负。1950年，左翼作家弗兰克·哈代因出版小说《不光彩的权利》（Power Without Glory）受到指控，小说《不光彩的权利》本身以美国作家厄普顿·辛克莱那样的方式讲述了一个澳大利亚工人阶级男孩通过种种非法手段获取财富的故事。小说主人公约翰·韦斯特（John West）的原型是维多利亚州的一个知名政客约翰·伦恩（John Wren），后者看到小说之后向法院提起诉讼，控告小说家对他的妻子艾伦·伦恩（Ellen Wren，小说中的Nellie West）进行了人身攻击和诽谤，法院需要调查的是：这部小说是否含有败坏艾伦·伦恩个人名誉（通奸）的内容。所以法庭上争论的焦点集中在：小说人物是否可以与现实中的真人对号入座？另一个与之相关的问题是，文学是否具有独立于现实的体制性地位。本案最后的审判结论是，哈代无罪，但这一判决结果对哈代来说无疑具有极大的反讽意味。一方面，哈代得到无罪判决之后长舒一口气，但是，他的律师们为了打赢这场官司在法庭面前努力证明的是：小说中的女主人公与现实生活的艾伦·伦恩不够相像，而哈代从决定创作这部小说的一开始就强调作品的整体真实性，哈代认为，写这部小说的目的是为了公众的利益揭露事实真相，律师的辩护违背了他的本意。另一方面，澳大利亚左翼作家多少年来一直宣传的一个基本观点是，文学并不是一个全然超脱于现实生活的独立王国，作家应该更多地参与现实生活，参与对法西斯压迫的斗争，但是，为了赢得这场官司，哈代以及支持他的左翼作家团队不得不全力说明：小说是小说，现实生活是现实生活。

20 世纪 60 年代，"新批评"开始在澳大利亚高调登陆，"新批评"的到来对于迷失中的左翼批评构成了直接威胁。60 年代，一直倾向左翼的《米安津》开始显著转向。1962 年，该刊首次发表了"新批评"家哈利·赫索尔廷的文章，在该文中，赫索尔廷试图重新界定澳大利亚文学的基本主题。虽然他并不明确否定民族主义文学批评，但是，作者一面淡化左翼和民粹主义意识形态，另一方面竭力强调澳大利亚文学的形而上主题。他认为，澳大利亚的文学经典表面上表现的是伙伴情谊、平等主义的民主、澳大利亚的地貌风情、民族主义和粗糙的现实主义，但在这表面之下才是澳大利亚文学想象真正关注的焦点，澳大利亚作家通过自己的作品反复表现的是一种对于生存的恐惧，对于如何表现这种恐惧的不懈探索以及如何建构一种抵御这种恐怖威胁的体系。赫索尔廷认为，贯穿澳大利亚文学的这一主线给了澳大利亚文学传统一种独有的力量和个性，也给了它以持续向前的现代性特征。①

60 年代初，左翼民族主义作为小说创作的政治体制受到来自各方势力的批判，所有的社会主义现实主义文学创作都开始淡出澳大利亚文坛。到 1965 年，年轻一代的澳大利亚作家已经不可能立足马克思主义从事文学写作，他们甚至也不能立足民族主义为自己的国家而写作或者立言。20 世纪 60 年代上半叶，《陆路》开始修订自己的现实主义原则，期刊开始发表与普里查完全不同的评论怀特的文章。例如，杰克·麦克拉伦（Jack McLaren）在他的文章中一面批评怀特小说《探险家沃斯》和《乘战车的人们》中的象征主义太过含糊和武断，一面又称《人之树》与劳森以及斯蒂尔·拉德之间的一脉相承，这一评判标志着左翼作家中的社会现实主义开始逐步向形而上的人文主义转变。

60 年代后期，澳大利亚左翼批评在日益崛起的"新批评"面前开始式

---

① Harry Heseltine, "Australian Image: 1) The Literary Heritage", *Meanjin*, 21 (1962): 35–49.

微。到70年代,"新批评"成为澳大利亚文学的主潮以后,曾在墨尔本、悉尼、布里斯班等地非常活跃的现实主义作家小组先后解散,社会主义现实主义这个概念在澳大利亚文坛成了一个贬义词,人们说起它来总带着一种轻蔑。随着澳大利亚共产主义运动的瓦解,曾经围绕阶级斗争建构起来的许多文学体制先后解体,在"新批评"建构起来的澳大利亚文学经典中,人们发现,那些叙述劳动主题、表现劳动人民的作品,那些由工人作家创作以及为工人阶级创作的文学作品被彻底地清除了出去。那些曾经在澳大利亚文学中书写过辉煌的一大批左翼作家被刻意地遗忘,那些曾经倡导和支持左翼文学的批评家受到冷落,总之,澳大利亚左翼批评成了一段人们不愿回首的历史。

第八章
朱迪思·赖特的融合主义诗学

在澳大利亚文学史上，朱迪思·赖特（Judith Wright, 1915—2000）首先是一个会写诗并写出了很多好诗的诗人。赖特生于澳大利亚新南威尔士州的阿米戴尔（Armidale），曾就读悉尼大学，大学期间主修哲学、文学、心理学和历史，毕业后曾就职于昆士兰大学。1946年，她出版首部诗集《移动的意象》(The Moving Image)，从此开始了一段华丽的诗歌创作生涯。在半个多世纪的时间里，赖特连续出版了《女人对男人说》(Woman to Man, 1949)、《女人对孩子说》(Woman to Child, 1949)、《大门口》(The Gateway, 1953)、《两把火》(The Two Fires, 1955)、《澳大利亚鸟诗》(Australian Bird Poems, 1961)、《鸟诗》(Birds: Poems, 1962)、《五种感官》(Five Senses: Selected Poems, 1963) 等几十部诗集。2000年，赖特去世之后，澳大利亚评论界纷纷撰文悼念，称其为澳大利亚20世纪最伟大的诗人。

赖特早期写作的时代是澳大利亚民族主义思潮高度兴盛的年代，所以她一生关注澳大利亚民族文学的道路和方向，她关注澳大利亚作为一个民族的文学发展。针对澳大利亚民族诗歌和民族文学的道路，她通过自己的一大批文章提出了许多自己的观点。例如，从20世纪50年代开始，她先后出版《威廉·贝尔布里奇与现代问题》(William Baylebridge and the Modern Problem, 1955)、《查尔斯·哈珀》(Charles Harpur, 1963) 和《亨利·劳森》(Henry Lawson, 1967) 三部作家评论，此外，出版于1965年的《澳大利亚诗歌情结》（以下简称《情结》）(Preoccupations in Australian Poetry) 以及1975年结集出版的《应景集》(Because I was Invited) 更是集中地反映了赖特对于澳大利亚诗歌创作以及相关理论问题的思考。本章结合赖特本人的诗歌创作着重考察其在澳大利亚民族文学建构等问题上提出的观点。

在澳大利亚的文学批评史上，人们一般不把赖特当成一个十足的民族主义者，但是，作为一个澳大利亚诗人，赖特关注地方归属感（sense of place），所以，针对澳大利亚诗歌创作，她提出了一个"两面情结"（the double aspect of Australia）的概念。所谓地方归属感，大体上可分为两种，一是指专属于某些地方的某种特性，二是指人们对某地的感觉或感知，所以它既用于表明某地与众不同或独一无二的那些特征，又用来说明使人们对某地产生真实的依恋感和归属感（sense of authentic human attachment and belonging）的特性。① 在专业研究的视域中，地方归属感的内涵主要是第二种。根据弗利兹·斯蒂尔（Fritz Steele）的定义，地方归属感是地理场所（setting）在人身上激发的反应模式，这些反应是环境特征与人的影响共同作用的结果。② 具体而言，地理场所由自然场所（physical setting）和社会场所（social setting）组成，它们又分别对应于环境（surroundings）和语境（context）。就地理场所的构成而言，自然场所与社会场所都是不可或缺的。赖特重视语境的作用，对于局限于文本细察而无视作品语境、作家背景和处境等的学院派形式批评很是不满。③ 赖特对澳大利亚诗歌问题的关注正是基于其对于地方归属感层面的深思，是对语境充分考量的结果。她在《情结》一书的题记中强调指出，《情结》看重的是澳大利亚写作中反映出的态度，而不是价值判断。在《情结》中，赖特指出，澳大利亚对许多澳大利亚诗人来说是一种外部投射，它同时反映的是人们内心现实的两个方面，一是作为流放之民的现实，二是获得崭新体验与自由的现实。④ 在这样的心理作用下，出现了两种情感纠结在一起的一种"两面情结"，一面是流放感，另一面是自由感。⑤ 赖特对双面澳洲的感知主体进行了限定，她强调指出，自己的所说的"两面情结"主要指的是在澳欧洲人（特别是英国移民及其后裔）经常体验的感受，他们之所以会有这样的感受，是因为他们都是澳大利亚的

---

① Wikipedia essay "The Sense of Place", http：//en. wikipedia. org/wiki/Sense_ of_ place.
② Fritz Steele, *The Sense of Place*, Boston：CBI Publishing Company, Inc., 1981, p. 13.
③ Judith Wright, *Because I was Invited*, Melbourne：Oxford University Press, 1975, p. viii.
④ Judith Wright, *Preoccupations in Australian Poetry*, Melbourne：Oxford UP, 1965, p. xi.
⑤ Ibid., p. xii.

"白人入侵者"（white invaders）或者"欧洲来的移民"（the transplanted European）。

一

赖特一生反对并批判澳大利亚作家在创作中简单地模仿英国。赖特在一篇题为《一个年轻国度的诗歌》的文章中指出，澳大利亚的与世隔绝、对经济的关注、面对西方时的自卑感、海外文化的冲击以及本土作家的流失等共同造成了澳大利亚本土文化和传统的停滞不前，所以长期以来，澳大利亚总的来说是一个模仿的、缺乏创造力的社会和文化。[①]

首先，从地理上讲，澳大利亚四面环海，不像有着悠久深厚的艺术文学传统的英国，这片孤悬在大海中的大陆远离世界其他地区，远离其他文明，远在空中交通出现之前的18世纪，英国的"第一舰队"就是经过了八个多月的海上颠簸才到达澳大利亚的，与外界的实际物理距离直接导致了澳大利亚文化上的闭塞和发展的相对滞后。

其次，澳大利亚的早期殖民者"对土地的剥削态度阻碍了我们去提高思考和理解的能力"[②]，早期的澳大利亚移民，除了流放犯和军官之外，都是在英国贫困潦倒欲去新大陆寻求新希望的底层民众，受教育程度普遍不高；他们来到澳大利亚之后，希冀迅速积累财富，好衣锦还乡，所以很少有人关心这个殖民地的文化发展。赖特借用柯勒律治的话指出，早期的澳大利亚只关注"国家的财富"（the wealth of nations）而不关心"国家的福祉"（well-being of nations），所以在很长一段时间内，在澳大利亚人的心目中，"财富"和"福祉"界限模糊，生活价值与生活水平被混为一谈。

再次，澳大利亚人历来对于自己的殖民地文化抱着一种严重的自卑心理，这种不自信的态度严重地影响了澳大利亚的文化发展。赖特早在1957年时就说过，"早期英国移民到澳大利亚时，他们发现澳洲大陆没有他们可

[①] Judith Wright, "Poetry in a Young Country", in *Studies in Australian and Indian Literature*: *Proceedings of a Seminar*, eds. C. D. Narasimhaiah & S. Nagarajan, New Dehli: Indian Council for Cultural Relations, 1971, pp. 174–185.

[②] Ibid., p. 179.

以接受的传统,但另一方面,由于地理原因,又与英国传统及亲友相隔离。他们虽意识到在澳洲新大陆建立新传统的必要,但他们不够自信,因此无法放弃已熟知的英国传统,仍然以此作为行动准则。他们在条件许可的情况下,尽可能地保留英国生活方式"①。赖特认为,澳大利亚的文化自卑症可以追溯到它的社会起源时:"由于最初的流放犯定居历史,到了20世纪,澳大利亚人的获罪感和反权威心理仍然存在,澳大利亚流放犯的出身对20世纪澳大利亚人的意识有着与19世纪一样深远的意义。"② 在她看来,只有当澳大利亚人开始为自己的国家感到自豪,而不是羞愧的时候,澳大利亚才真正开始成为一个民族。③

再次,"二战"以后,随着科技的进步和通信的发展,澳大利亚不再与世隔绝,与外界的交流越来越密切。一种新国际主义或者说新的西方国际主义给澳大利亚本来就虚弱的传统造成了重大冲击。如洪水般涌入的外国文化(特别是美国文化)几乎将澳大利亚仅有的一点民族文化吞噬:澳大利亚人成了海外电视剧和电影的忠实观众以及海外文学的忠实读者。

最后,长期以来,澳大利亚本国读者的匮乏促使许多本土作家和艺术家移居海外,以便获得更多读者的认同。在1965年发表的《艺术与民族身份》一文中,赖特指出,澳大利亚早期诗人几乎没有能欣赏一点艺术的读者群。④ 此外,澳大利亚诗歌受到歧视,被认为不值得购买和阅读。澳大利亚最早的诗人之一查尔斯·哈珀,去世时几乎无人知晓他的名字,他的作品在他在世时也未发表。另一个诗人克里斯托弗·布伦南同样没有本地读者。在澳大利亚,对艺术的无知和漠视造就了一个十分恶劣的环境和氛围,赖特以帕特里克·怀特返澳后对本国文化做出的重大贡献为反例,说明大量作家的流失给澳大利亚造成的严重损失。⑤

---

① Judith Wright, "Introduction", in *New Land, New Language: An Anthology of Australian Verse*, London: OUP, 1957, p. xi.
② Judith Wright, "The Upside-Down Hut", *Australian Letters*, 3.4 (1961): 31.
③ Judith Wright, "Introduction", in *New Land, New Language: An Anthology of Australian Verse*, 1957, p. xii.
④ Judith Wright, "Art and National Identity", in *Because I Was Invited*, 1975, p. 181.
⑤ Judith Wright, "Poetry in a Young Country", in *Studies in Australian and Indian Literature: Proceedings of a Seminar*, 1971, p. 177.

赖特认为，一直以来，澳大利亚文学存在不假思索地模仿英国文学的现象。澳大利亚诗人以往在写作内容、技巧和艺术形式等方面一直模仿英国作家，他们的作品缺乏澳洲地方色彩；澳洲的自然景观与气候，与传统英诗中所吟唱的物候之美相去甚远，但在澳大利亚诗歌中，诗人总情不自禁地使用英国作家经常描写的橡木、榆树、紫杉、垂柳、云雀、杜鹃、夜莺等意象。赖特承认英国文学传统与澳大利亚环境格格不入是欧裔作家面临的实际困难，但她认为白人作家主观上并不关注如何让英国文学适应澳大利亚新环境，而是致力于让澳洲体验适应标准的英国模式。赖特认为，澳大利亚诗人常常拘泥于英国维多利亚时期的主题和风格，将任何形式的创新视为山禽野兽。在《作为澳大利亚诗人的一些问题》一文中，赖特以 F.S. 威廉森（F. S. Williamson）的《她在夏夜降临时而来》(She Comes as comes the Summer Night) 和 J. 勒·盖伊·布勒雷顿的《水牛溪》(Buffalo Creek) 为例，说明某些早期的澳大利亚诗人总是在创作中试图引入维多利亚女王和乔治王时代的思想内容和艺术风格，致使像小仙子（fairies）、小矮人（gnomes）、小精灵（elves）、半人半马怪物（centaurs）、仙女（nymphs）等形象充斥着20世纪初的澳大利亚诗歌，给澳大利亚民族文学造成了严重的伤害。[①] 赖特认为，即使像伯纳德·奥多德那样想要表现澳洲生活的现实主义诗人，面对英诗传统时同样表现出不自信，所以他们创作的诗歌一样摆脱不了英国诗歌的窠臼，显示出一种语调的不安、视角的不定和语言的失衡。赖特分析了费恩勒·莫里斯（Furnley Maurice）的《沟渠》(The Gully) 一诗说明澳大利亚诗人遭遇的技巧方面的困难。赖特认为，当莫里斯在描述风景时，他的声音呈现出力量，甚至美感：

> There breaks upon my sight
> A low mangificent light,
> Green as the core that in a green fire burns.
> Each leaf is a green lamp glowing
> Swung to illume my going

[①] Judith Wright, *Preoccupations in Australian Poetry*, 1966, pp. 20–46.

Down the long corridors of mouldering fern…

在我的视野中突破
低处升起华丽的光芒
绿色是它的内核,燃烧绿色的火焰
叶子,是一片片闪烁的绿灯
摇摆的光芒照亮我的前行
沿着腐蕨长廊

赖特认为,莫里斯能够很好地把握他所处时代城市的发展脉搏和声音。然而,当莫里斯开始审视自己作为作家的处境时,他改变了语调:

If I could take your mountains in my heart
And tell the wonder in another land,
As to some mariner mumbling o'er a chart
Strangers would hearken and not understand.
For you, without a poet or a past,
Await establishment…

如果我的心容纳你的高山
在另一块大陆,我会讲述你的巍峨
老水手呢喃着航程
陌生人会倾听听也听不明白
没有诗意华丽没有历史宏大
你是待兴的大陆

赖特认为,这首诗的主题和语言都十分老套,像是从英国饭桌上捡来的残羹冷炙。像 o'er、hearken 这样的词除了在过时的韵律学里,再也不会出现在英国诗歌里。莫里斯的很多诗歌摇摆于口语活力与陈词滥调之间,好似他本人一只耳朵听着乔治王时代诗歌的声音,另一只耳朵听着他周边发生的事情一样。

　　《情结》中一个容易被忽略但却令人玩味的地方在于赖特对亨利·肯德尔的评论。肯德尔出身寒微，在澳大利亚土生土长，一生的创作深受英国诗人阿尔弗雷德·丁尼生和阿尔加侬·史文朋的影响，也深受维多利亚时代的感伤主义影响，所以他的诗歌喜欢玩弄华丽辞藻和繁复格律，有时不免顾影自怜。肯德尔是赖特在《情结》一书中着墨最多的诗人。这个在赖特眼中"不懂诗歌有何意义"[①] 的人赢得了以1879年悉尼国际展览会为主题的诗歌比赛，一时名利双收，被认为是澳大利亚出现的第一个民族诗人，这个看似不可思议的现象也正是赖特不惜笔墨的原因所在。赖特认为肯德尔的成名是澳大利亚发展过程中的必然结果。1877年，澳大利亚板球队以东道主的身份击败英国板球队，两年后又举办国际展览会，此时的澳大利亚开始惊喜地意识到自身的日益强大，诗歌也日益受到关注，因为"个别的澳大利亚诗人，即使谈不上整个的澳大利亚诗歌，几乎成了国民生活一个必不可少的附属品"[②]。肯德尔可谓生逢其时，然而，他得到的欢呼和喝彩折射出的却是建立于流放感之上的民族自卑心理。对于肯德尔生活的时代，爱丁堡公爵被刺事件便是一个极好的注脚。1868年3月12日，英国维多利亚女王的次子，年轻的爱丁堡公爵在悉尼被一个爱尔兰人刺成重伤，一时群情激愤，人们高呼反对爱尔兰，支持英国王室。肯德尔的表现尤为激烈，并以此为背景写下了《恶徒内德》（Ned the Larrikin），将行刺者比作撒旦予以谴责。赖特对这首诗的评价是"其过分的谄媚之情读来令人不免因嫌恶而战栗"[③]，可也正是这一年，肯德尔赢得了在墨尔本举办的"澳大利亚最佳诗歌奖"，第一次得到了公众的认可，为其1879年的再次折桂奠定了坚实的基础。爱丁堡公爵事件和肯德尔被推上诗坛宝座的奇妙结合为赖特两面情结的观点提供了有力的支撑。显然，在民族主义运动呼之欲出的时代背景下，萦绕于澳大利亚人民心头的流放者情结依然挥之不去，对流放身份的确认无法消解对欧洲母国的依附心理和对流放之地的排斥。

[①] Judith Wright, *Preoccupations in Australian Poetry*, 1966, p. 40.
[②] Ibid., p. 28.
[③] Ibid., p. 30.

在赖特看来，作家要安心书写人的问题，首先必须平静地面对自己周围的景物，但是，在澳大利亚，作家们不断告诉你，这里的地貌山水具有自己的生命，对身居其中的人们满怀敌意。① 在这种观念的影响下，澳大利亚作家对澳洲这片土地的认同感被悬置了起来，澳大利亚两面情结的第一种情感模式——流放感——便成了主导思想。肯德尔一度被认为是第一个真正的澳大利亚景物描写者，批评家斯蒂芬斯对此已有权威论定。而对于肯德尔笔下景物呈现的明显的非澳洲特征，有人也言辞恳切地辩护说，那都不过是巧合而已，因为他所描写的澳洲东南部与欧洲大陆的景色相差无几。② 赖特对这样的辩护不以为然，并在自己的著作中举出若干例证进行了反驳。她指出，肯德尔描写的花草树木很少有一丁点儿的澳洲特色，例如，除了金合欢花，其他花儿在其诗中全然不见踪影，而他是应该熟知霍克斯贝利（Hawkesbury，位于澳大利亚新南威尔士的小城，肯德尔的出生地）乡间五彩缤纷、种类繁多的花草的；他的诗中只用含糊的欧洲名字提过"雪松"和"枫树"等，但是，作为木材公司的雇员，他应该了解澳大利亚各种各样的树木和它们的特质，而不可能只提到几种树木。除此之外，肯德尔的诗歌中极少有鸟儿出现，动物更是难觅踪迹。赖特由此不禁感叹：肯德尔的景物实际上面目模糊，了无生机，在一种大而化之的面纱笼罩下根本无法辨识。③ 赖特形象地将肯德尔诗歌里的景象比喻成一张19世纪的老照片，在模糊景物的衬托下凸显的是忧郁消沉的诗人自己。赖特认为，肯德尔这样的表现手法实为他心理现实的投射，其引人注目之处不在于对实际景物的偏离，而在于欧洲意象的根深蒂固，在诗人心中激荡的是对回归过去的渴望和无从实现这一渴望带来的挫败感。赖特不反对从欧洲寻求诗歌的精神庇护和对欧洲的怀想，原因在于这是"流放文学"（literature of exile）的自然出场方式，"如果我们断然唾弃怀旧的文学，我们就无法理解与自己有关的一些重要方面，也无法着手把澳洲改造成我们真正的精神家园"，但她同时又告诫人们要警惕过分的伤感，"如果太过计较移居身份，我们就会拒绝作为澳大利亚人带给我们

---

① Judith Wright, *Preoccupations in Australian Poetry*, 1966, p. xi.
② Ibid., p. 31.
③ Ibid., p. 32.

的第二个方面——将失转为得,将澳大利亚变为现实,成为世界上新生之物的机遇"①。赖特在肯德尔身上看到的就是过分的伤怀和对澳洲的拒斥,这种心理在其诗中以"荒漠之死"的主题呈现出来,而这个主题是"在肯德尔的诗歌里第一次明言的,随后在我们的文学中反复出现的……此后的画家、诗人和小说家常有涉及"②。

从欧洲的伊甸园被放逐到澳洲的荒漠,肯德尔的死亡想象代表了澳洲两面情结中无望消极的流放体验。这种认同危机在与赖特同时代的诗人们那里——如詹姆斯·麦考利——依然存在,赖特称"他对澳洲和澳洲人民的认同给他带来的不是自得,而是不断增长的负罪感和徒劳感"③。赖特认为,困扰着这些诗人的最大心结无疑是一种对于澳大利亚认而不同的流放心态。

二

澳大利亚诗歌创作中先后兴起过多场崇尚本土特色的运动,"丛林民谣"和"津迪沃罗巴克"便是两场很有代表性的运动。赖特指出,丛林歌谣是英国文学传统移植到澳大利亚新环境后的产物。④ 从内容上说,它们反映了艰辛粗犷的丛林生活,重视男子气概和男人的行动;从风格上说,它们简单粗糙、节奏流畅。19世纪末,人们突然发现,这种通俗易懂的丛林歌谣被普遍传唱于丛林工人、放牧人、剪羊毛工人和流浪短工之间。在赖特看来,丛林歌谣在澳大利亚比其他国家更加蓬勃地发展主要有两个原因:(1)丛林游牧者中不乏受过教育的人;(2)恶劣的生活条件意味着阅读并不切实可行,而口头交流成为主要的传播途径。这些歌谣因为通俗易懂,朗朗上口,所以广为流传,并被广泛记录、收集和出版。后来,一大批作家(包括一些城市作家)受它们的影响,开始创作此类歌谣。这些歌谣以丛林为背景,抒写拓荒者的痛苦与欢乐,表现他们与自然作搏斗,与伙伴共进退。在

---

① Judith Wright, *Preoccupations in Australian Poetry*, 1966, p. xix.
② Ibid., p. 41.
③ Ibid., p. 179.
④ Judith Wright, "Poetry in a Young Country", in *Studies in Australian and Indian Literature: Proceedings of a Seminar*, 1971, p. 180.

这些丛林歌谣的影响下，骑手、雇工和放牧者渐渐地变成了人们心中"典型的澳大利亚本土产物"①。

可以说，丛林歌谣是澳大利亚人在其民族意识觉醒后努力构建澳洲传奇（Australian legend）的一种方式，其核心要素乃是两面情结的第二种情感模式——自由感，根据这种模式，"某些新的东西能够创造出来，人与人之间某种新的关系隐约能够达成"②。在《情结》一书的第四章中，赖特认为，亚当·林赛·戈登的歌谣集的出版为丛林歌谣的流行做出了重要的贡献。在赖特看来，收录于《丛林歌谣与跃马曲》（*Bush Ballads and Galloping Rhymes*）中的《生病的马背牧人》（The Sick Stockrider）是戈登作品中最具澳大利亚气息和色彩的。赖特指出，这首歌谣的形式和韵律并无新颖之处，恪守的还是英国诗人史文朋诗歌的格律，如果说它有什么创新之处，完全在于它表现了澳大利亚的奇特景致。该诗提及了合欢花，赖特认为，这个细节"具有重大意义，因为丛林歌谣者或者学院派诗人很少会点名提及澳大利亚的树木或野花；合欢花几乎没有出现在其他写于19世纪60年代之前的任何歌谣或诗歌中"③。

戈登是唯一一个在英国威斯敏斯特"诗人之角"占有一席之地的澳大利亚诗人。他出身英国贵族家庭，喜好赛马，一生官司缠身，其祖父认为他辱没门第所以将他逐出英国，他20岁时来到澳大利亚谋生，熟知丛林生活。赖特分析他成功的原因在于对读者群体的吸引力：首先，他的诗歌对于腹地居民（backblocker）而言形式熟悉，题材与他们的生活密切相关，易于理解；其次，对于城市里势利的中产阶级"文明人"来说，阅读他的诗歌能满足他们洋洋得意的心理，因为他是一个有着良好教育背景的英国流放贵族，但来到澳洲却不得不屈尊纡贵用诗歌来描写腹地。④ 基于戈登来澳洲之前丛林歌谣早就存在这一事实，赖特就其是否原创性地展示澳大利亚进行了考证，结果发现他最具澳大利亚特色的诗作《生病的马背牧人》与一首民谣集里的民歌有着惊人的相似之处。赖特认为，同肯德尔一样，戈登一生沉

---

① Judith Wright, *Preoccupations in Australian Poetry*, 1966, p. 59.
② Ibid., p. xix.
③ Ibid., p. 61.
④ Ibid., p. 60.

浸在自怨自艾和沮丧失落之中，在这片崭新的土地上无法自由而快乐地歌唱。"他给澳大利亚诗歌留下的是一种有害无益的遗产——一种负面的绝望倾向"①，他不应该，也无意于作为自由澳洲理想的代言人，相反，是澳洲一厢情愿地选择了他。值得一提的是，戈登37岁时饮弹自尽，而被认为是其忠实的追随者的丛林诗人巴克罗福特·伯克（Barcroft Boake）26岁也自缢身亡，两位丛林的歌者以放弃尘世生活的方式拒绝了与澳洲的妥协，这不能不说是一个极大的讽刺。

在戈登和伯克之后，作为澳大利亚民族文学奠基人的亨利·劳森和班卓·佩特森继续采用民谣体创作诗歌，劳森的郁郁寡欢和佩特森的活泼欢快虽风格迥异，但赖特总结说，上述两个民族主义作家的共同局限是他们将澳洲多姿多彩的景物与人物简单化、模式化了。大量服务于政治的煽动性宣传以及对丛林英雄式民族主义者（bush-hero nationalist）的顶礼膜拜遮掩了20世纪初的拙劣写作，赖特不无反感地把这种时代精神称为"自鸣得意、虚空的爱国主义"②。在肯定丛林歌谣学派探索努力的同时，赖特指出，他们对澳大利亚民族身份或者说"澳大利亚性"（Australian-ness）的刻意追求阻碍了澳大利亚诗歌的改革与创新。③ 赖特认为最好的诗应该关注诗本身，而不是"澳大利亚性"，但"澳大利亚性"可能成为作品的副产品。用她自己的话说，"艺术家的创作目的不是表达或者创造民族身份，但是艺术成果的影响力可以改变或者修正民族与个人的思想观点"④。她指出，对丛林英雄的颂扬掩盖了写作质量的低劣。以"典型的澳大利亚人"这个文学形象为例，在赖特看来，从戈登开始，澳大利亚人这个概念失去立体感，人物变得日益扁平单一。这一点可以从戈登的《生病的马背牧人》、佩特森的《来自雪河的人》以及劳森的作品中看出。⑤ 劳森、奥多德、贝尔布里奇（William Baylebridge）以及费恩勒·莫里斯等诗人身肩反映澳洲生活、开创未来、建构民族文学传统的重任，他们的政见和文体有时显得很幼稚、老套，这正好被

---

① Judith Wright, *Preoccupations in Australian Poetry*, 1966, p. 63.
② Ibid., p. 72.
③ Judith Wright, *Because I Was Invited*, 1975, p. 51.
④ Ibid., p. 183.
⑤ Judith Wright, *Preoccupations in Australian Poetry*, 1966, pp. 50 – 51.

嘲笑澳大利亚诗歌不值一读的人抓住了把柄。

赖特指出,每次澳大利亚诗坛兴起一场运动,他们都会努力尝试着将海外影响本土化,但其实都是模仿,只有"津迪沃罗巴克运动"是个例外。[1] 津迪沃罗巴克成员主张澳大利亚诗歌彻底摆脱对英诗的模仿,主张澳大利亚诗歌关注"环境价值",重视文学创作与本土环境的结合,注重澳大利亚化意象的运用。在他们的文艺创作观中,诗歌中的"英国性"受到谴责,小精灵、仙女、小树林、小山谷的意象使用受到怀疑,而澳洲本土动物、桉树、小溪等意象更多地得到承认。

赖特肯定"津迪沃罗巴克运动"重视澳洲本土价值,但她同时反对后者提出的关于与英国文化决裂、学习土著文化、使用土著语言写作的思想。赖特认为,"津迪沃罗巴克运动"在艺术上成就甚微,如果非要说它对澳大利亚文学做出了什么积极贡献的话,是"它使得诗歌成为争论的话题"[2]。关于吸收土著文化的问题,赖特指出,白人与土著的世界观和思维方式存在巨大差异,而且土著的宗教艺术是经过几万年的发展遗存下来的被证明是适应这个国家的产物,因此白人很难真正了解土著文化,通过异体融合来成就一种土著文化本身不过是另一种形式的模仿。[3]

赖特提倡摒弃澳大利亚诗人在上述两场文学运动中陷入的极端和狭隘,与此同时,她通过分析"愿景"(Vision)文学运动和"愤怒的企鹅"(Angry Penguins)文学运动的艺术主张告诫澳大利亚作家也应避免全然不顾澳大利亚语境、过于依附欧洲的文学艺术。在《情结》一书的第九章,赖特在评价"愿景"文学运动时首先肯定了它排斥劳森的丛林歌谣和伙伴情谊准则中体现的民族主义倾向,同时又指出它完全脱离澳大利亚现实的这一做法是另一种形式的狭隘。同样以诗歌作为生长点的"愤怒的企鹅"运动与"津迪沃罗巴克运动"针锋相对,"愤怒的企鹅"运动主张走国际路线,推崇海外的超现实主义。在赖特看来,两个运动反映了澳大利亚诗歌写作问题的双面性,代表了两个极端——本土价值和欧洲遗产。她提出,在盎格鲁-

---

[1] Judith Wright, "Poetry in a Young Country", in *Studies in Australian and Indian Literature: Proceedings of a Seminar*, 1971, p. 180.

[2] Judith Wright, *Because I Was Invited*, 1975, p. 56.

[3] Ibid., p. 57.

澳大利亚语境下，既不能全盘吸收土著神话和传奇，犯下偏执、狭隘的错误，也不能全面接受超现实主义，为了超越狭隘而依附在其他语境下兴起的运动。问题的关键是本土价值和欧洲遗产两者都要利用。只注重一方面的两个运动功过参半，都不能使澳大利亚诗歌创作摆脱困境。[1]

三

赖特认为，澳大利亚在建构民族文学的过程中应积极吸收适合澳大利亚语境的欧洲文化遗产，其中浪漫主义和现代主义（尤其是象征主义）是她推崇的。赖特指出，浪漫主义从思想和文风两方面对澳大利亚诗人都很有利。首先，"浪漫主义的自然观对于在一个未被了解和欣赏的国度写作的作家至关重要"[2]。浪漫派将自然看作良师和守护者，强调人与自然之间的互动交流与和谐共处。丁尼生认为，鲜花只是人的眼睛观察的客体，没有任何情感意义，可华兹华斯则认为，最低微的鲜花都能激发深刻的思想。赖特相信华兹华斯的说法，她指出，浪漫主义自然观能够帮助澳洲作家吸收周边环境，而"在一个国家成为诗人或小说家的想象力随意穿梭的背景之前，它必须首先被观察、理解、描述，直至吸收"。赖特还指出，哈珀在华兹华斯的影响下成了第一个接受澳大利亚的奇特风景，并从中获得快乐的诗人，澳大利亚四季常青的树林成了哈珀的缪斯女神。[3]

在赖特看来，哈珀是糅合英国诗歌传统和澳大利亚现实的最成功案例。一方面，哈珀致力于成为澳洲的第一位诗人和阐释者；另一方面，哈珀热爱英国诗歌，在他看来，在英国人融入澳洲之前，必须借助英语去寻找属于澳洲的声音。他不是艺术上的拙劣模仿者，而是经过深思熟虑借鉴英诗中适合澳洲的语言、技巧和风格，特别是华兹华斯朴实清新的语言和简约流畅的手法。同时，他明确表明反感丁尼生写作手法的立场，他认为，丁尼生"是旧世界的'城里人'（towney）——是花圃的园丁，公园的守护员。而我是个

---

[1] Judith Wright, *Because I Was Invited*, 1975, pp. 56–58.
[2] Ibid., p. 68.
[3] Judith Wright, *Preoccupations in Australian Poetry*, 1966, p. xi.

山野之人——一介樵夫，喜欢与原始的自然亲近；坚毅、自立、朴素，甚至凶狠。因此，对他，诗歌应该精致优雅，不用睿智真诚；然而对我，只有自由大胆开放的诗歌才能打动我的心灵"①。赖特用哈珀的例子说明借用早期浪漫主义诗歌的风格减轻了澳大利亚作家寻找写作技巧和表达方式的负担，华兹华斯泛神论的生态思想帮助英裔移民更快地认同和接受澳洲新大陆。赖特的这个观点可以说回应了 A. D. 霍普此前对于浪漫主义的指责。霍普在《澳大利亚文学标准》一文中批评澳大利亚诗歌长期以来存在描述性的倾向，而这要部分归咎于浪漫主义运动的影响。他说，"华兹华斯的阴影笼罩着澳大利亚的诗人：从 19 世纪初的哈珀和肯德尔，到现今的道格拉斯·斯图尔特和朱迪思·赖特。可以说，这个国家出产的十分之九的诗歌都是关于景物的"，霍普认为文学应该更加关注个体的人，而不是自然风物，更加关注人性而不只是描写澳大利亚特色。② 赖特表示，她不认同别人将她称作"自然诗人"（nature poet），称这是愚蠢的分类，她还说，她写的任何东西即使始于自然，都具有人性的意义（human meaning），因为她写的诗歌从来都不是纯粹描述性的，它们包含着诗人的切身感受。

　　赖特与霍普的分歧不止于此，更在于澳大利亚应该接受还是应该抵制现代主义的问题上。赖特认为，诺曼·林赛和杰克·林赛父子、霍普、詹姆斯·麦考利对现代派文学的抵制不利于澳大利亚诗歌的发展。20 世纪 20 年代初，林赛父子在悉尼创办《愿景》杂志时，其宗旨是抨击澳大利亚艺术生活的狭隘性和复兴具有真正艺术价值的文艺，他们推崇充满美、活力、勇气和激情的艺术。"愿景"运动影响了利昂·盖勒特（Leon Gellert）、肯尼思·斯莱塞、罗伯特·菲茨杰拉德（Robert FitzGerald）、肯尼思·麦肯齐（Kenneth MaCkenzie）、道格拉斯·斯图尔特等一大批新秀诗人，被称为"澳大利亚文艺复兴"。杰克·林赛发出感慨，"希腊艺术如何能在澳大利亚复苏？……通过感官激情，通过无止境地追寻一切美的意象和阿芙洛狄忒式

---

① Charles Harpur, MS. Book A90, Mitchell Library, qtd. in Judith Wright, *Preoccupations in Australian Poetry*, 1966, pp. 8 – 9.

② A. D. Hope, "Standards in Australian Literature", in *Australian Literary Criticism*, ed., Graham Johnston, Melbourne: OUP, 1962, pp. 7 – 9.

的永恒的欲望身体，我们可能建立真正的澳大利亚本土文学！"[1] 他们极其厌恶现代主义，并公开嘲笑同时期英国的实验性诗歌年度选集《车轮》(*Wheels*)，他们将詹姆斯·乔伊斯、D. H. 劳伦斯、梵高、西特韦尔三姐弟（the Sitwells）和法国印象派统统视为文艺"恶棍"。赖特认为，全盘否定当代欧洲的文艺思潮、对古典主义抱残守缺，只会让诗歌陷入绝境，停滞不前。她列举了休·麦克雷（Hugh McKray）的例子生动地阐明了自己的观点。麦克雷是《愿景》艺术理念的实践者，他创作的诗歌带有中世纪拉丁抒情诗的浓郁色彩。赖特写道："当麦克雷已经饮尽了所有的希腊意象之泉时，《愿景》还在不断给他空杯。"[2] 对赖特而言，对传统的固守、对现代主义的排斥难以实现澳大利亚诗歌的可持续发展。

霍普对现代主义持坚决的反对态度，主张大力开展诗歌形式实验的赖特自然不会喜欢。霍普的诗歌也经常引用希腊和罗马神话，他坚持诗歌的传统形式、反对革新，他主张语言精练，是个十足的古典主义者。他将诗歌比作沙漠，把各种诗歌形式比作沙漠上的植物；他认为，曾经欣欣向荣的史诗体、颂诗体、挽歌体、田园诗和讽刺诗都消失了，所以他提出为了拯救诗歌沙漠，应该重新种植像讽刺诗之类的诗歌形式。赖特于1965年在《悉尼先驱晨报》发表诗歌反驳了霍普的观点：

> 诗歌的森林被砍伐，
> 它的树木没有扎根，
> 没有树根，没有休耕，
> 心灵的尘土干枯吹走，
> 它的沙石、泥土光秃秃。
>
> 那么，我们谋划复兴。
> 显然，我们制造了沙漠。
> 我们得承认我们的变异，

---

[1] Judith Wright, *Preoccupations in Australian Poetry*, 1966, p. 137.
[2] Ibid., p. 138.

使用荆棘和带刺的仙人掌，
我们将创造新的生态。
进口仙人掌和芦荟，
沙地上木桩的标记，
绿植将兴起于沙漠，
还有蝎子、虎蛇和老鼠
会是怎样的花园？
……
约翰·德莱顿是有机仙人掌
亚历山大·蒲柏是荆棘虫
随着沙漠的扩张，他们必将兴盛
但不会给我们贫瘠的土壤任何希望。
来吧，我们到处种植抒情诗。①

赖特的这首诗表现出了她较为明显的现代派诗风，它虽在押韵上较为工整，每一节的前四行押交叉韵，各节的最后一行也押韵，但赖特没有遵循英国古典主义诗人约翰·德莱顿和亚历山大·蒲柏的英雄双偶体的形式创作。这首诗在格律形式和音步数量上有着丰富的变化。虽然四音步居多，但每行的音步数总的来说不等，变化也无规律可循；在格律上，时而采用扬抑格，时而采用抑扬格。音步和格律的变异丰富了诗歌的表现形式，是现代诗的有力尝试。在内容方面，这首诗清楚地表明了赖特的立场，即，效仿德莱顿和蒲柏的古典主义风格的做法，如同引进外界动植物会损坏自然环境一样（例如，20世纪初仙人掌灾害曾肆虐澳大利亚），对澳大利亚诗歌有害。这首诗同时回应了霍普对澳大利亚抒情诗的攻击。在霍普的诗歌等级中，抒情诗远远低于史诗和叙事诗，而赖特坚决地"为抒情诗的必要性和重要性辩护"②。

---

① A. D. Hope, *Native Companions: Essays and Comments on Australian Literature, 1936 – 1966*, Sydney: Angus & Robertson, 1974, pp. 18 – 19.

② Vivian Smith, "Experiment and Renewal: A Missing Link in Modern Australian Poetry", *Southerly* 47.1 (1987): 13.

麦考利和霍普同属艺术上的保守派，固守传统，反对自由诗和现代诗。麦考利提倡从传统、宗教和哲学中汲取养分。他在其《现代性之终结》（*The End of Modernity*）一书中抨击现代主义丧失传统、信仰和智性。他还指出，秩序和良好的形式对于传统诗歌至关重要，而现代诗的新技巧注定会失败。[①] 麦考利和另一位诗人道格拉斯·斯图尔特设下圈套（"厄恩·马利事件"）戏弄现代派诗歌的代表杂志《愤怒的企鹅》及其主编麦克斯·哈里斯。赖特认为，"愤怒的企鹅"运动的结束是迟早的事，因为这个运动并未推出什么特别重要的作家。然而，赖特认为它销声匿迹的方式无疑导致了澳大利亚诗歌的固步自封。

赖特欣赏斯莱塞能够吸取现代派诗歌之所长，在韵律和节奏方面进行实验。通过对比斯莱塞前后期作品的差异，赖特认为，技巧方面的实验为斯莱塞的诗歌注入了新的生机和活力：斯莱塞早期主要受林赛父子诗歌观念的影响，文风华丽虚饰，但内容空洞；1927年左右，他开始将注意力从虚饰转向技巧实验。斯莱塞坦承，在读完《车轮》之后，他"能够理解他的诗歌为何停滞不前的原因了"，虽然他仍然拒绝接受詹姆斯·乔伊斯和格特鲁德·斯坦恩的写作手法，但他承认受到威尔弗雷德·欧文和T.S.艾略特的影响。斯莱塞延续了欧文的实验主义，不仅孜孜不倦地探索诗歌的韵律节奏，而且在题材上孜孜不倦地关注时人鲜有问津的时间、生命、交流和语言等问题。[②]

在现代主义的分支中，赖特最推崇象征主义。赖特在接受中国学者唐正秋采访时说，"像我这种年龄的澳大利亚作家都是在浪漫主义的熏陶下成长起来的。但是象征主义更吸引我"[③]。赖特在一篇题为《浪漫主义和最后的处女地》的文章中详细介绍了她理解中的象征主义美学观，并分析了澳大利亚第一位象征主义诗人克里斯托弗·布伦南的作品，该文以波德莱尔开篇，开宗明义地说明了作者对于象征主义的偏好。波德莱尔在其著名诗篇《应和》（1840）中提出，人的心灵与自然应和交流，把大自然看作向人们传递

[①] James McAuley, *The End of Modernity: Essays on Literature, Art and Cultrue*, Sydney: Angus & Robertson, 1959, p. 170.

[②] Judith Wright, *Preoccupations in Australian Poetry*, 1966, p. 143.

[③] 唐正秋：《澳大利亚文学评论集》，第235页。

信息和折射人们内心体验和理念的"象征的森林",诗歌是这种象征应和的产物。在象征主义(如马拉美)的诗歌理论中,语言承担了创造者的重要地位;词语本身能够蕴含或发掘客观事物的本质,自然世界经过诗人的一般化、概念化处理后,个人、个人眼中现世的事物和现世的感知成为永恒的理念,诗人对语言音乐化组合处理后,通过联想暗示等(非直接陈述)方式将信息传达出来。赖特表示自己不能接受后期象征主义,因为叔本华等人的美学主张陷入了唯美主义和相对主义的泥淖,他们用语言替代世界:"诗人的见解已成为诗人个人的东西,象征主义的最终效果不是恢复或加强诗人作为人类与自然阐释者这样的地位,而是进一步远离它。"①

赖特重视自然物体作为公共符号的用途,这一点从赖特的一次访谈中得到进一步印证。赖特认为,澳大利亚诗人使用象征主义手法面临巨大的困难,因为澳大利亚的动植物非常独特,而且它的风景不能引起共鸣。赖特还指出,随着澳大利亚越来越被其他国家熟悉和了解,也随着澳大利亚文学传统的逐步建立,这种困难应该会有所缓和。② 赖特在《新大陆,新语言:澳大利亚诗歌选》(New Land, New Language: An Anthology of Australian Verse, 1957)一书的序言中写道,澳大利亚诗歌在澳大利亚实现独立和走向成熟的过程中扮演了重要的角色,但是,诗歌不能局限于发现本国度的美丽和民族特点,澳大利亚诗人已经赋予了这个国家以精神和个性,但随着澳大利亚在国际事务中的责任越来越重,澳大利亚诗人也该为整个世界做出更大的贡献。

四

赖特认为,澳大利亚作家应该"既来之,则安之",努力塑造自己对于这片大陆的"地方归属感",她鼓励澳大利亚诗人以宽阔的胸怀对待眼前的环境和生活,并且从中获得信心。她乐观地认为:"我们正在认同这片土地;我们已经开始不再以流放者自居,而是在此安然自得;我们不再作为移民澳

---

① Judith Wright, *Because I was Invited*, 1975, p.75.
② 参见 http://aso.gov.au/titles/tv/poetry-australia-judith-wright/clip1/。

洲的欧洲人进行写作，也不像那些一味拒绝过去、寄希望于未来的无所依托的人那样写作，而是着眼当下，把过去当成我们的养料。"① 她坚信诗歌来源于现实生活，应该行使反映社会现实的功能，无论社会如何演变，诗歌是永世不朽的，因为诗歌所反映的现实乃是人类生老病死的生存经历。② 她在澳大利亚诗歌里发现了澳大利亚两面情结的巨大阴影，亦在其中发现了驱散阴影的途径，那就是面对现实，扎根澳洲，建立起积极和谐的地方感。晚期的赖特还是一个身体力行的行动主义者，为将澳大利亚建设成更美好的家园而走出书斋，多方奔走，呼吁人们关注环境问题、土著问题等，以自己的实际行动肩负起知识分子的社会责任。

哈里·赫索尔廷认为，赖特的诗歌创作实践"比任何一位前人都更为成功地融合了欧洲神话和澳洲经历"③。的确，赖特的许多诗歌充分观照澳大利亚现实，表现放牧者、赶牛车队、丛林英雄、冲浪者、流放犯、土著人以及澳洲的动植物，但赖特没有像"津迪沃罗巴克运动"那样运用土著梦创神话，而是纯熟地运用《圣经》典故，从她第一部诗集《流动的意象》开始，读者便可以清晰地看到《圣经》的影子，此后，赖特的用典贯穿着她的创作。例如，她的《赶牛人》在反映赶牛人风餐露宿、孤寂劳苦的开拓生活时，直接运用了《新约全书》中的《启示录》和《旧约全书》中关于摩西带领以色列人逃离埃及、寻求"迦南福地"的典故。从 40 年代到 50 年代的《旅行者与天使》(The Traveller and the Angel)、《竖笛与国王》(The Harp and the King)，及至 60 年代的《穿着现代装的犹大》(Judas in Modern Dress)、《夏娃对她女儿说》(Eve to Her Daughters)，再到 70 年代的《复活节月亮与猫头鹰》(Easter Moon and Owl)、《夏娃歌唱》(Eve Sings) 等，都能看到赖特对《圣经》故事的使用。

赖特诗歌涉及的题材广泛，不像丛林歌谣派以丛林生活为全部内容。爱情、婚姻、战争以及时间的残酷等现代问题都是赖特涉足的领域。在诗歌形式方面，赖特没有以古典主义为楷模写作史诗和讽刺诗，而是创作了

---

① Judith Wright, *Preoccupations in Australian Poetry*, 1966, p. xxii.
② Judith Wright, *Because I was Invited*, 1975, p. 12.
③ Harry Heseltine, "Wrestling with the Angel: Judith Wright's Poetry in the 1950s", *Southerly*, 38.2 (1978): 170-171.

相当数量的抒情诗。赖特也乐意接受新的写作技巧。她的诗歌韵律比较自由，不受古典主义工整、秩序的束缚。她的诗歌中充满明显的象征主义元素。

在《一个年轻国度的诗歌》一文中，赖特指出，澳大利亚应该学习亚洲文化以建设和丰富自己的民族艺术，只可惜的是这种愿望暂时无法实现，因为对于澳大利亚白人而言，亚洲的语言太难，亚洲文学的英译数量又很有限。作为一个偏僻的国家，澳大利亚与亚洲邻国鲜有接触，而且缺乏了解亚洲哲学和文化的兴趣，所以澳大利亚诗人总体来说对亚洲文学还是知之甚少。赖特创作后期越来越倾慕东方诗学，尤其着迷日本俳句和波斯的加扎尔（ghazal）。赖特的转变在最后一本诗集《虚幻的寓所》中表现得最明显。其中，在一首题为《简洁》（Brevity）的诗中，赖特表达了"她对日本俳句大师高超的写作技巧的仰慕"：

　　陈旧的节奏腐朽的韵律
　　这些天我不敢
　　深深呼吸
　　我已无话可说。

　　韵，我的老钹
　　我已不常敲打。
　　我已不再信任你的承诺，
　　和谐与音乐。

　　我曾深爱济慈、布莱克，
　　现在我尝试俳句。
　　为了它锐利的简洁，
　　为了它包容的无语。

　　日本四位伟大的俳句大师，
　　只言片语没有修辞，

被无言包围，
亦如无声的画眉。①

赖特还身体力行地创作了一些加扎尔诗，加扎尔是一种波斯抒情诗，在土耳其、阿拉伯等国广为流传。它有严格的韵律规定，由至少五组对句构成，每组对句相互独立。美国的艾德丽安·里奇（Adrienne Rich）、约翰·荷兰德（John Hollander）、W. S. 默温（W. S. Merwin），加拿大的吉姆·哈里森（Jim Harrison）都尝试过创作加扎尔。赖特在她的《虚幻的寓所》中有一组名为《火影》（The Shadow of Fire）的诗，该诗由12首加扎尔构成，赖特在借鉴传统加扎尔样式时结合了英语诗歌的传统，在每组对句之间留有一行空格，不仅造成视觉效果，也留给读者想象的空间。安妮瑟·拉赫曼（Anisur Rahman）认为，赖特的加扎尔"扎根于她的国土……通过融合两者调整了规则英语诗和规则加扎尔的经典"②。

澳大利亚诗人如何才能突破两面情结的重围？赖特认为，澳大利亚诗人应努力超越两面的纠结，建立一种积极和谐的地方归属感。赖特虽然没有明言自己的诗歌如何强调归属感，但她在对诗人查尔斯·哈珀的欣赏中清楚地表明了自己的立场。赖特在自己的诗歌评论中夸奖最多的澳大利亚诗人无疑是哈珀，她结合具体的社会语境，充分肯定了哈珀为澳大利亚诗歌开辟道路所作的努力。在哈珀所处的时代，澳大利亚仍是一片荒凉的大陆，人们不得不为生计奔波忙碌，"诗歌与澳大利亚似乎是风马牛不相及的"③。尽管生活艰辛，哈珀还是自觉自愿地通过诗歌为澳大利亚代言。在他较早时期的诗歌《喷泉边的梦》（The Dream by the Fountain）中，他为自己设定了任务——"要成为第一个为一个新国家发出真实声音的诗人，即使在失望乃至绝望的深处，他都从未对这个国家的未来失去信心"④。在物质生活和精神生活都非常贫乏的大背景下，哈珀"有意识地接受自己的种种苦难，努力地在诗歌

---

① Judith Wright, *Collected Poems*: 1942–1985, Pymble: Angus and Robertson, 1994, p. 413.
② Anisur Rahman, "The Australian Ghazal: Reading Judith Wright", in *Cultural Interfaces*, eds. S. K. Sareen, Sheel C. Nuna, & Malati Mathur, New Delhi: Indialog Publications, 2004, p. 91.
③ Ibid., p. 11.
④ Ibid., p. 6.

中将它们调和"①。这样一位在逆境中坚守诗人道义、积极求索的先驱却长期受到冷遇，赖特在《情结》的开篇第一句就发出了不平之鸣：也许澳大利亚诗歌史上最怪异的事就是忽视和无视其最优秀的一位早期诗人的作品。②赖特认为："……理性的评论会逐渐看到哈珀……不仅认为自己是，而且的确是代表了真正的澳大利亚，这种真实的程度远远超过了一些评论家的想象。"③哈珀是肯德尔诗歌上的父亲和老师，但在表现澳大利亚景物方面却有所不同。同样是描写二者都熟悉的霍克斯贝利的山山水水，肯德尔有意回避其独特的花草树木，用欧洲的词汇进行表述，而哈珀采用远景式的写法，拉开距离使"霍克斯贝利乡间的森林和群山影影绰绰，自成一统；对于一位英国读者来说，没有什么令人惊讶或陌生的形象出现"，这也正是哈珀的高明之处，因为"虽则如此，任何一个人向西望去，看到霍克斯贝利的群山，就会发现这样的描写何其准确，令人眼前一亮"④。哈珀无意于呈现陌生怪诞的异域风情来激起人们的猎奇之心，他接受澳洲的景物和人物，将这些当成他生活和写作的环境中合情合理的和自然而然的特征。将自己融入所处的环境并以平静的心态去理解和展现它，这是赖特从哈珀身上看到的恰然自得的归属感，赖特自己拥有这样的归属感，我们从她的诗歌里同样能读出一种气定神闲的淡定，她广为传颂的小诗《夜鹭》（Night Herons）可以说是这一境界的浓缩，全诗如下：

下了一天的雨后，
朝西的街道
黄色的灯光渐明，
黑色的路面随之反光发亮。

一个孩子张望，看见了，

---

① Anisur Rahman, "The Australian Ghazal: Reading Judith Wright", in *Cultural Interfaces*, eds. S. K. Sareen, Sheel C. Nuna, & Malati Mathur, 2004, p. 1.
② Ibid.
③ Ibid., p. 2.
④ Ibid., p. 13.

告诉了另一个。
脸挨着脸，窗户上，
出现了一双双眼睛。

就像长长的火线被点燃，
消息迅速传播。
没人大声呼叫，
大家都说"嘘"。

灯光更亮了，潮湿的路面，
倒映出水仙花般的黄色，
在道路的中央
款款走来两只高大的夜鹭。

比这野外的鸟儿更奇妙的，甚至
是那些脸上的变化：
突然之间相信了什么，
他们咧嘴微笑。

孩子们想起喷泉，
马戏团，喂天鹅，
女人们则记起了
年轻时听到的蜜语甜言。

大家都说"嘘"；
没人大声说话；
可是夜鹭兀地飞起，
消失无踪。灯光暗了。①

---

① 黄源深编：《澳大利亚文学选读》，上海：上海外语教育出版社1997年版，第564—565页。

这首优美的小诗语言质朴简练,情感细腻,人与人之间的默契、人与鸟儿之间友好的相遇和近乎伤感的离别让人感动。赖特在论及诗歌的意义时说,若想找寻一首诗的意义,首先应该对这首诗代表的体验和象征的感觉做出反应。真正重要的不是诗人说了什么,而是营造了什么。①《夜鹭》中鸟儿的出现颇似一首诗,观者(读者)小心翼翼地护卫着生活中美好的瞬间,每个人的心底都有所触动,"突然之间相信了什么/他们咧嘴微笑"。看着鸟儿,儿童和大人眼中浮现的是甜蜜的生活片段,暮色中柔和的灯光照亮了街道,也温暖了每个人的内心。自然的造物与人工的场所浑然一体,诗人营造出一种温馨和谐的气氛,与霍普《飞鸟之死》(The Death of the Bird)的感觉形成强烈的对比。霍普的鸟儿孤独无助,迎接它的是寒冷的风和黑暗的夜,迷途而不知返,进退不得,凄然死去;赖特的夜鹭成双成对,结伴而行,欢迎它们的是欣喜的面孔和明亮的灯光,可进可退,来去自如。铺着黑色沥青的街道本不是夜鹭应该出现的地方,就像澳洲原本不是早期移民的家园一样。如果将这两只鸟儿抽象化,代表澳洲的双面,那么人们对它们的反应体现的正是面对这一事实的理性态度——没有大惊小怪,没有不知所措,有的只是理解和接受。赖特也欣慰地看到,"经过两次大战的洗礼,澳大利亚催生出的诗歌第一次开始不把澳大利亚当成一种政治理想或权宜将就的家园,而是作为我们所见所感的土地"②。当赖特说,"如果能像哈珀一样接受大自然,把它当成人类及人类意识一部分,那些奇异和不同寻常的东西也就不会那么令人反感了,而是变得多姿多彩,成为生活之美,让人去爱,去理解"③,她说的也正是她自己。

赖特盛赞哈珀是个"诗歌思想家"(poetic thinker)④,R.F. 布里森登(R. F. Brissenden)在《朱迪思·赖特的诗歌》一文中把赖特也称为"诗歌思想家",说她不带偏见地认同澳大利亚的环境:"身为澳大利亚人,她既不以此为辱,亦不毫无理性地以此为荣:她只是接受澳洲的景物和人物,将

---

① Judith Wright, *Because I was Invited*, 1975, p. 34.
② Judith Wright, *Preoccupations in Australian Poetry*, 1966, p. 202.
③ Ibid., p. 19.
④ Ibid., p. 16.

这些当成她生活和写作的环境中合情合理的当然特征。"① 用弗利兹·斯蒂尔的话说，这种与自然环境融合的态度所反映出的是一种高品质的地方体验（high-quality place experience），因为当我们"对某个具有个性身份和形象的地方产生归属感，我们就不会感觉漂泊无依"②。赖特热爱澳大利亚，因为她觉得那是她的家园，她呼吁澳大利亚作家尽早形成对于这片土地的归属感。从这个意义上说，赖特与此前的民族主义批评家们既是心有灵犀，又是情归一处。

---

① R. F. Brissenden, "The Poetry of Judith Wright", *Australian Literary Criticism*, Grahame Johnston, ed., Melbourne: Oxford University Press, 1962, p. 88 (*Meanjin*, 12, 1953).
② Fritz Steele, *The Sense of Place*, Boston: CBI Publishing Company, Inc., 1981, p. 203.

第二部分

澳大利亚的"新批评"与普世主义

第一章
"新批评"与澳大利亚文学

一个重要的批评理论在世界的某一个角落形成之后常常以惊人的速度传播，爱德华·赛义德（Edward Said）把这种情形称作"理论的旅行"①。作为一种批评话语，"新批评"全面登陆澳大利亚的过程发生在20世纪50年代。约翰·多克在《批评情境》（In a Critical Condition）一书中指出，在20世纪50—60年代的澳大利亚文坛，有两种势力激烈角逐，针锋相对，一边是激进的民族主义，另一边是澳大利亚的"新批评"和利维斯主义（Leavisism）。前者的代表人物有耐蒂·帕尔默、万斯·帕尔默、A. A. 菲利普斯、拉塞尔·沃德、杰弗里·塞尔、伊恩·特纳和斯蒂芬·马雷-史密斯（Stephen Murray-Smith），后者的杰出代表包括 G. A. 维尔克斯、文森特·巴克利、哈利·赫索尔廷、利昂尼·克雷默（Leonie Kramer）和利昂·坎特里尔，在20世纪中叶的澳大利亚批评中，如果说前者代表一种本土批评，则后者代表一种引进的话语。② 作为一种外来批评话语，"新批评"最早是如何登陆澳大利亚的？它们在澳大利亚经历了一个怎样的传播过程，又受到了怎样的抵制？作为一种理论思潮和批评范式，"新批评"在澳大利亚实现本土化后又遭遇了怎样的命运？本章从"新批评"在澳大利亚的早期传播策略、中期取得的成绩以及后期受到的批评抵制等几个方面对"新批评"在澳大利亚文学批评界的传播过程做一简要介绍。

---

① Edward Said, "Travelling Theory", in *The World, the Text, and the Critic*, London: Faber & Faber, 1984, pp. 235-241.
② John Docker, *In a Critical Condition: Reading Australian Literature*, Ringwood, Vic.: Penguin Books, 1984, p. 83.

一

澳大利亚的文学教育在很长一段时间里同英国一样追随古希腊罗马传统，20世纪20年代之后，英国文学开始受到重视，在墨尔本大学、西澳大利亚大学、昆士兰大学、塔斯马尼亚大学、阿德莱德大学和悉尼大学，E. E. 莫里斯（E. E. Morris）、R. S. 华莱士（R. S. Wallace）、G. H. 考林、沃尔特·默多克（Walter Murdoch）、约瑟夫·杰里米亚·斯特贝尔（Joseph Jeremiah Stable）、A. B. 泰勒（A. B. Taylor）、E. R. 霍尔姆斯（E. R. Holmes）、约翰·勒·盖伊·布勒雷顿、芒戈·麦克卡勒姆（Mungo MacCallum）、A. J. A. 瓦尔多克（A. J. A. Waldock）、乔治·考克伯恩·亨德森（George Cockburn Henderson）、阿切鲍德·托马斯·斯特朗（Archibald Thomas Strong）以及威廉·米切尔（William Mitchell）等一批文学教员先后被聘为教授，这些坚定追随麦考利爵士（Lord Macauley）的教授们热情倡导英国民族主义，积极讴歌大英帝国理想，他们认为，英语是西方诸语言中最优秀的语言，英国文学最能代表一种普世价值，所以主张在澳大利亚大学教育中用以莎士比亚为核心的英国文学传统全面替代古希腊罗马传统，以便在殖民地的精英阶层中更好地培养英国品格。在他们的直接倡导之下，英国文学在澳大利亚高等教育的位置迅速确定下来。

作为一种非本土的批评话语，"新批评"登陆澳洲大学的过程异乎寻常地顺利，这是因为，至20世纪中叶，澳大利亚的大学迅速增加和膨胀，一批从英国大学学成而来的年轻学者先后落户澳大利亚，成为英国文学教育的新生力量。这些人中间的多数虽然没有很多的著作，但他们在英国全面掌握了阿诺德和利维斯的文学思想，被聘为澳大利亚各大学的文学教授之后，他们开始大力传播利维斯的文学批评理念和教学方法。[①] 在其早期进入澳大利亚大学讲堂的过程中，"新批评"大体上坚持一种英帝国的民族主义立场，强调英国文学的伟大传统，但主张在课堂教学中运用更加切实可行的教学方

---

① Leigh Dale, *The English Men: Professing Literature in Australian Universities*, Toowoomba, Queensland: University of Southern Queensland, 1997, p. 92.

法来推进文学教育，所以，这种批评话语除受到来自一批逐步退出历史舞台的老一代古希腊罗马文学教授的质疑以外，并未受到来自其他方面的严重抵制，作为英国文学教育在新的时代与时俱进的延伸，"新批评"在澳大利亚大学文学教育中为大学教授们提供了令人信服的理念和切实可行的方法，所以通过一段时间的传播，"新批评"非常迅速地一举成为澳大利亚文学研究的主导批评范式。

据统计，20世纪30年代开始从英国来到澳大利亚各个大学从事英国文学教学的一批三十岁出头的年轻人与英国国内大学的文学教员们一样自动分成两个阵营，一个阵营主张文学的学术研究（scholarship），另一种热情地追随利维斯所提倡的文学批评（criticism），前者追随牛津大学的文学教育传统，后者更多地倡导剑桥大学的文学教育风格。在澳大利亚的英国文学教育中，牛津传统的影响始于1933年，那一年，出生于爱丁堡并在牛津大学获得文学硕士学位的J. I. M. 斯图尔特（J. I. M. Stewart）应澳大利亚阿德莱德大学校长之邀前往该校任教，一教十年，在此前后来到澳大利亚大学任教的牛津大学毕业生还有A. B. 泰勒和阿切鲍德·托马斯·斯特朗。50年代开始，牛津传统的影响从阿德莱德和塔斯马尼亚拓展到了全国，这一传统倡导研究文学中的历史和文本问题，反对把文学当成文化的一部分进行批评性评价。在20世纪50年代前后的澳大利亚大学文学教育中，利维斯所代表的剑桥传统和"新批评"思想明显占了上风。深受T. S. 艾略特影响的利维斯主张利用大学教育实现对于英国文化的发展、保护和传播，在他看来，像剑桥大学这样的高等学府代表一种文化传统和一种比现代文明更深刻的智慧，它们的权威足以使其担当阻遏日益恶化的物质至上和机械文明的责任，文学老师有责任帮助学生复兴一个理想的伊利莎白时代的英国文化，这种文化不是某个社会阶层特有的专利，学生不分贵贱贫富，通过学习都可以获得这种高贵的文化。利维斯认为，文学批评不能像奥斯卡·王尔德那样只关心所谓的美学，文学教育除了关心学术研究必须担当起优秀文化保护和传承的责任，它的终极使命是对国民实行道德教育。利维斯的这些观点迎合了"一战"以后弥漫在澳大利亚空气中非常强烈的英帝国民族主义情绪，对"新批评"在澳大利亚的传播起到了显著的推动作用。

在澳大利亚的大学文学教育中，艾伦·爱德华兹（Allan Edwards）是剑桥传统的首个代言人，1941年，他受聘担任西澳大利亚大学的英国文学教授。艾伦·爱德华兹在剑桥大学读书期间曾作为他班上的学生目睹过未成名时期的利维斯，据戴维·布拉德利（David Bradley）称，利维斯对他的这个学生非常满意，觉得他是自己教过的最优秀的学生。艾伦·爱德华兹在西澳大利亚大学一直任职到1974年，利维斯的文学思想在他三十多年的传播之下不仅在他供职的西澳大利亚大学深入人心，更重要的是，曾深受他影响的十多个同事后来分别走向澳大利亚全国的各个大学担任文学教授，因此也将利维斯的文学思想和"新批评"带向了全国。[1]

利维斯的思想入主澳大利亚大学文学教育的标志无疑是它在两所最著名学府（墨尔本大学和悉尼大学）的全面落户。在墨尔本大学，利维斯的两个最忠实的追随者——文森特·巴克利和S. L. 戈尔德伯格——都先后毕业于牛津大学。但是，文森特·巴克利在留学英国期间一度疯狂地沉迷于利维斯等人的学术思想，为完成一部题为《诗歌与道德》（*Poetry and Morality*）的著作不惜放弃自己的博士学位论文写作，所幸的是，该书通过剑桥大学出版社正式出版；在《诗歌与道德》一书中，巴克利对阿诺德、爱略特和利维斯的思想进行了全面的梳理和考察，试图从中寻找一种基于天主教伦理的文学批评，在他看来，利维斯清楚地认识到文学教育背后隐藏的体制政治，伟大的文学应该植根于个体意识，却又超越于个体意识，文学的普世性如同宗教，文学研究应立足传统和经典的超验价值，但是，这些价值又必须通过有志于弘扬文化的文学研究者个人得以完成。S. L. 戈尔德伯格留学英国的经历似乎更加顺利，在获牛津大学文学学士（B. Litt）学位后回到澳大利亚。戈尔德伯格先后出版两部专著，一部是《古典气质》（*The Classical Temper*），另一部是《论李尔王》（*An Essay on King Lear*）。在墨尔本大学工作期间，他和他的一批支持者们通过《墨尔本批评评论》（*Melbourne Critical Review*）发表自己的论述，该杂志的创刊号"编者按"开宗明义地说明了他们的利维斯思想，他们指出：文学不只是一个人学学科，社会需要一种敏锐而负责任的批评来推动传统与现代的交流，他们的这一观点在墨尔本大学内外吸引了一大批的年轻学者，其中包括后来享誉澳大利亚文坛的A. D. 霍普和利昂

---

[1] Leigh Dale, *The English Men: Professing Literature in Australian Universities*, 1997, pp. 113 – 114.

尼·克雷默。1967年，戈尔德伯格成为墨尔本大学的罗伯特·华莱士讲座教授（Robert Wallace Professor），次年，巴克利也被学校评为非管理类教授（Personal Chair）。

1963年，戈尔德伯格一度前往悉尼大学担任该校的英国文学教授，在悉尼大学期间，戈尔德伯格受到了新任澳大利亚文学教授维尔克斯的强力抵制。维尔克斯早年毕业于悉尼大学，1949年开始在《南风》杂志发表评论文章，1956年在悉尼大学获哲学博士学位，1962年被任命为首位澳大利亚文学教授。1966年，这两位教授的关系发展到了剑拔弩张的程度，这种不健康的关系最终导致戈尔德伯格重回墨尔本大学。戈尔德伯格离开悉尼大学后，维尔克斯接任英国文学教授，利昂尼·克雷默继任澳大利亚文学教授。维尔克斯生于1927年，1956年，他在牛津大学以《16世纪末的道德反思诗》为题完成了自己的博士学位论文；利昂尼·克雷默1924年生于墨尔本，在英国牛津大学以"17世纪前半叶的形式讽刺"为题完成了自己的博士学位论文并获哲学博士学位，自那以后先后在堪培拉大学学院和新南威尔士大学任教，曾担任她老师的伊恩·麦克斯维尔（Ian Maxwell）高度评价她的聪颖，说她是自己教过的学生中仅次于戈尔德伯格的英才。戈尔德伯格离开悉尼大学之后，由维尔克斯和克雷默主导的悉尼大学英文系以其特有的方式开始了他们对于利维斯思想的传播。

厄尼斯特·拜厄基尼（Ernest Biaggini）在其自传《你不能那么说：一篇自传》中指出，当代澳大利亚社会物质至上，工业化和资本主义把人变得唯利是图，彼此隔离，在这样一个人欲横流的社会，教育不只是抵御治疗社会顽疾的一剂良方，我们不需要利维斯本人亲自来澳大利亚，不需要一个利维斯来担任师范学院的院长，我们需要的是一个可以管到澳大利亚所有师范学院的利维斯，唯其如此，我们才能在短短十多年中发动一场不流血的革命，我们的文化才能得到拯救。[①] 拜厄基尼这里所说的"我们的文化"指的当然不是澳大利亚文化，在他们这一代文学教师中，英国文化代表着澳大利亚知识界需要全力捍卫的文化，而捍卫这一文化的渠道之一便是进一步传播

---

① Ernest Biaggini, *You Can't Say That: An Autobiographical Essay*, Adelaide: Pitjanjatjara, 1970, pp. 141-142.

英国文学。如果说以莫里斯、华莱士、考林和默多克等为代表的老一代英国文学专家们为确定英国文学在澳大利亚大学人文学科里的地位做出了突出的贡献,他们中的多数人在大力倡导英国文学教育对于文化宣传作用的同时,并不知道这样的教育应该如何在课堂有效地开展,此时,英美"新批评"的到来实在是雪中送炭。在澳大利亚,英美"新批评"的登陆是通过新一代大学文学教师的课堂教学实现的,以艾伦·爱德华兹为代表的一批英国文学专家先后在各个大学落户之后,随即开始面向澳大利亚学生广泛教授I. A. 瑞恰慈(I. A. Richards)、克里安斯·布鲁克斯(Cleanth Brooks)、罗伯特·潘·华伦(Robert Penn Warren)、约翰·克罗·兰瑟姆(John Crowe Ransom)、艾伦·泰特(Allen Tate)和 W. K. 维姆萨特(W. K. Wimsatt)宣扬的实用文学批评方法。到 20 世纪 60 年代,利维斯和他启动的"新批评"已经成为澳大利亚文学教育中最正宗的文学批评和阅读方法。

二

在"新批评"话语登陆澳洲并一举成为学院正宗的过程中,那些以"英国文化卫士"自居的教授们很快发现自己面对着另一个棘手的问题,那就是,在大学生的英国文学教育中,澳大利亚文学是否应该成为教学的内容呢?

1935 年,任职于墨尔本大学的考林在《时代报》上撰文,以澳大利亚文学缺乏传统为由否认澳大利亚文学的教育价值[1],虽然考林的这一观点受到了澳大利亚著名女作家迈尔斯·弗兰克林的强力批驳[2],但这一简单排斥澳大利亚文学的做法在很长一段时间里深刻影响着一大批澳大利亚大学的文学教师。20 世纪 50 年代,墨尔本大学的《米安津》杂志主编克莱姆·克里斯特森以"澳大利亚文学和大学"为题设立论坛,再邀大家就此议题广泛发表意见,论坛一段时间里吸引了在各个大学任教的不少英国文学专家。其中,西澳大利亚大学的艾伦·爱德华兹认为,让澳大利亚文学成为一个研究

---

[1] G. H. Cowling, "The Future of Australian Literature", *Age*, 16 Feb. (1935): 6.
[2] Miles Franklin, "The Future of Australian Literature", *Age*, 2 March (1935): 5.

领域没有问题，但鉴于多数澳大利亚作品较之英美文学而言既平庸又无趣，所以他反对在大学里把澳大利亚文学当成一个初级学位课程来开设。澳大利亚国立大学的 A. D. 霍普表示同意艾伦·爱德华兹等人的看法，认为澳大利亚文学可以研究，但是它从质量上说尚未优秀到可以独立设专业的程度，他反对把澳大利亚文学当作英国文学的一部分，或者把澳大利亚文学当作澳大利亚研究的一部分来学习，建议把澳大利亚文学当作英国文学的一个附属品给予适当的观照。悉尼大学的威尔斯利·米尔盖特（Wesley Milgate）认为，澳大利亚文学可以开课，但是，学生选修澳大利亚文学课的前提是熟悉英国文学，主张学生带着一种比较文学的眼光和视角去看待本土文学。阿德莱德大学的 A. N. 杰菲利斯（A. N. Jeffares）在论坛中提出，澳大利亚文学或许不适合放在大学里来教和学，因为大学之道在于培养学生的历史感和对文化传承的了解，他主张把澳大利亚文学的研究放在大学之外，让它停留在公共空间，让大学之外的人们去评论和宣讲。①

综观克里斯特森发起的论坛，人们不难发现，虽然参与发表意见的各位专家面对论坛组织者鲜明的宗旨时都不免口是心非地承认澳大利亚文学的重要性，但是，他们中的多数人出言谨慎，吞吞吐吐，有时甚至前后矛盾，原因在于：他们深刻地感受到自己面对的两难：他们一方面由衷地感到身为澳大利亚人却忽略澳大利亚文学的不妥，另一方面又都明确地认为真正的文学专业无疑应该学习英国文学。人们注意到，在坚定地支持澳大利亚文学进入大学文学教育的人士当中，迈尔斯·弗兰克林是非常突出的一位，她认为，以澳大利亚大陆缺乏传统为由贬低和排斥澳大利亚文学是非常错误的，因为一个地方的所谓传统常常是文本编织和解读的结果，她呼吁澳大利亚作家一起努力，面对扭曲澳大利亚自然和人文风情的英帝国主义文本，努力建构一种独立的澳大利亚文学和批评。② 在迈尔斯·弗兰克林之后，万斯·帕尔默和克里斯特森也为澳大利亚文学进入大学课堂付出了巨大的努力，但在一批深受利维斯影响的澳大利亚文学教授把持大学文学教育的情况下，他们的努力在一段时间里并没有产生什么明显效果。不过，发生于50年代的这场关

---

① Leigh Dale, *The English Men: Professing Literature in Australian Universities*, pp. 154–160.
② Miles Franklin, "The Future of Australian Literature", *Age*, 2 March (1935): 5.

于"澳大利亚文学与大学"的大讨论从很大意义上说代表着由"新批评"主导的大学与徘徊在澳大利亚校园之外的澳大利亚本土文学批评之间的一次大型正面冲突,支持澳大利亚文学进入大学课堂的澳大利亚民族主义批评家认为,自己是澳大利亚人,当然应该学习研究澳大利亚文学,对此一直支支吾吾的以英国文化卫士自居的"新批评"家们则说,文学就是文学,不管它是哪个国家的文学,要成为大学文学教育课程必须首先看它是否达到了英国文学那样的普世标准。冲突的双方各执一词,难以达成妥协,在多次往返之后他们发现自己依然面对下面四个选择:(1)大学以澳大利亚文学不符合英国文学的标准继续全面排斥澳大利亚文学,(2)大学只在研究生阶段开设澳大利亚文学课,(3)大学以澳大利亚人当然应该学习澳大利亚文学为理由独立开设澳大利亚文学专业方向,(4)大学在英国文学中加入一些澳大利亚作品把它们当作英国文学的一部分。

首次在这个问题上提出妥协方案的是文森特·巴克利,在一篇题为《走向澳大利亚文学》的文章中,巴克利认为,克里斯特森发起的讨论中存在一个致命的缺点,那就是,参加论坛讨论的人并没有展开实质性的对话和交流,事实是,从19世纪90年代开始,一直处在学院之外的民族主义的澳大利亚文学研究过分依赖社会学的兴趣和标准来判断优劣,特别是像万斯·帕尔默的《传说中的19世纪90年代》、A. A. 菲利普斯的《澳大利亚传统》和拉塞尔·沃德的《澳大利亚的传说》一类的著作,几乎将文学与社会学完全混为一谈了,与此同时,在此次论坛中,代表大学文学教育的教授们反复重复着"澳大利亚文学很重要,但是它还不够好"之类的话,不作退让。然而,问题的关键是:如果澳大利亚文学要真正实现进入大学文学课堂的梦想不能仅凭它是澳大利亚文学,那么支持和反对澳大利亚文学进入大学文学课堂的人们首先应该思考这样一个问题:在英国文学的标准衡量之下,澳大利亚文学是否有一些作家的作品已经具备进入大学门槛的条件?在他看来,社会学式的澳大利亚文学研究不应提倡,文学批评应该由外在的社会学(sociology)批评转向内在的文学感悟力(sensibility)评判,然而,简单地重复英国文学标准而拒绝认真看待具体的澳大利亚作家作品也是错误的,既然在上述四个选择中,(1)已经不再可能,应该可以在(3)和(4)之间寻找一个折中的做法,也就是说,可以严格地用英国文学的标准对具体的澳大利亚文学作品进行逐个的审查,从而逐步建构一个"临时"澳大利亚文学经典,只有从这里出发,澳大利亚文学才能在进入大学文学课堂的道路上迈出实际的步伐。①

60年代初,巴克利的这一想法通过格雷汉姆·约翰斯顿得以顺利实施。1962年,约翰斯顿通过牛津大学出版社出版了一部《澳大利亚文学批评文集》(*Australian Literary Criticism*),该书选录了一批有影响的批评家的评论文章,也在澳大利亚文学批评史上第一次为大家确定了一个可供大学文学课研读的澳大利亚经典作家群,这些作家包括克里斯托弗·布伦南、约翰·肖·尼尔森(John Shaw Neilson)、R. D. 菲茨杰拉德、肯尼思·斯莱塞、朱迪思·赖特、A. D. 霍普、詹姆斯·麦考利、亨利·劳森、约瑟夫·弗菲、亨利·汉德尔·理查森、马丁·博伊德、泽维尔·赫伯特以及帕特里克·怀特。约翰斯顿在该书的前言中指出:入选的所有论文都严格避免了"文学民族主义"的"缺陷",这些批评文字中闪烁着文学智慧和趣味,读后定能帮助大家更好地判断澳大利亚文学中的优劣,形成真正的判断文学高低的能力。约翰斯顿的前言中随时流露出对于艾略特和利维斯的敬意,处处让人感受到他的"新批评"文学立场。

在澳大利亚文学批评史上,约翰斯顿的《澳大利亚文学批评文集》产生的深远影响难以估量,据利·戴尔考证,在该书出版后的20年中,各大学澳大利亚文学课几乎无一例外地以约翰斯顿选择的作家作为教学内容,各大出版社也基本上按照约翰斯顿的书目选择出版文学作品。② 在"新批评"入主澳大利亚文学批评的历程中,约翰斯顿的《澳大利亚文学批评文集》标志着一个重要突破,一方面,在与澳大利亚本土文学批评的对峙中,"新批评"通过确立经典的方式主动选择了"走向澳大利亚文学",打破了僵局;另一方面,由于"新批评"对澳大利亚文学的接纳是局部的,所以它为澳大利亚文学确立的经典远不是对澳大利亚本土文学的简单妥协和让步。综观该书在澳大利亚文学传播中的影响,我们可以说,通过约翰斯顿的《澳大利亚文学批评文集》,"新批评"所完成的澳大利亚文学经典建构真正做

---

① Vincent Buckley, "Towards an Australian Literature", *Meanjin*, 18 (1959): 64.
② Leigh Dale, *The English Men: Professing Literature in Australian Universities*, pp. 162 – 163.

到了一箭双雕,一方面,它通过部分地接纳澳大利亚文学,然后倚靠自己主导的学院体制成功地实现了对于澳大利亚文学的控制;另一方面,通过这样一个经典建构,它在与澳大利亚本土批评的竞争中一举获得了压倒性的胜利。

三

通过有选择性地接纳澳大利亚文学,"新批评"迈出了通向澳大利亚本土化的第一步,不过,它接下来面对的任务是如何把自己的一整套阅读批评方法全盘地移植到澳大利亚作家和作品身上,以便最终达到对于澳大利亚文学的彻底控制或者说"殖民"。主导澳大利亚大学文学教育的"新批评"家们深知自己随时面临着澳大利亚本土的民族主义批评的挑战,但他们面对本土民族主义批评摆出的是一种毫不让步的姿态,他们要让民族主义批评家知道,虽然自己接受在大学里开设澳大利亚文学课程,但是,判断澳大利亚文学孰优孰劣的权威牢牢地掌握在自己手里。

1964年,悉尼大学的维尔克斯在他就任首位澳大利亚文学教授时指出,自己虽然担任澳大利亚文学教授,但是,自己非常清楚自己在所谓的英国普世价值和地方性的澳大利亚文学之间的定位。他认为,一个作家不论他是哪个国家的,都应该使用统一的批评标准。他主张澳大利亚批评家不应该过分地认同自己的本土文化,只有认同英国和欧洲的普世文化,才不会在世界文学面前心生恐惧,只有认同英国和欧洲的普世文化,才会在面对澳大利亚文学时严格秉持标准。[①] 在继任悉尼大学澳大利亚文学教授一职之后,克雷默也先后通过多个途径表示:文学批评家的最大操守在于超然于利益之外,用客观的标准去评判一切文学实践;同维尔克斯一样,她认为,作为英国文学和文化的一个分支,澳大利亚文学具有成为经典文学的潜能,但是,不能为

---

① G. A. Wilkes, *The University and Australian Literature: An Inaugural Lecture*, Sydney: Angus & Robertson, 1965, p. 6, & pp. 19 – 20. 维尔克斯先后在《南风》发表50篇文章,1981年出版了《牲畜围栏和槌球场:澳大利亚文化发展的文学印迹》(*The Stockyard and the Croquet Lawn: Literary Evidence for Australia's Cultural Development*),该书提出的关于文化和文化价值方面的理论中清楚地流露出利维斯批评对他的影响。

了澳大利亚文学而降低文学评价的标准,研究澳大利亚文学必须牢牢地抓住英国文学传统。① 显然,在笃信利维斯主义的维尔克斯和克雷默看来,澳大利亚文学较之有着深远传统的英国文学明显缺乏历史积淀,也缺乏后者已经取得的巨大成就,所以很难将其放到正宗的大学文学教育中来。

明确提出澳大利亚文学标准问题的批评家是著名诗人霍普。霍普生于1907年,本科毕业于澳大利亚悉尼大学,后被多个大学授予荣誉文学博士学位,1937年起在悉尼师范学院任英国文学和教育学讲师,1950年开始担任堪培拉大学学院(后改为澳大利亚国立大学)担任首位英国文学教授。霍普参加了澳大利亚文学研究会的首次会议,并做主旨发言,所以,不少人把他看作澳大利亚文学研究的创始人。1956年,霍普发表一篇题为《澳大利亚文学的标准》的文章,在该文中,他指出,文学研究的目的在于"移植一种传统,并让它在这里(澳大利亚——引者注)生根发芽",在于"促进与故国(英国——引者注)更密切的联系",他觉得"殖民地文学"这一说法有些自相矛盾,因为在现有的文学理论中根本缺乏可以用来评价它的批评体系。他认为,在文学评价中,应该更多地运用历史、传统和大学来判断好坏,而不能仅凭作品创作发生的地理位置以及作品描绘的地貌特征论优劣,澳大利亚文学的最大问题就在于它过分关注地理,真正伟大的文学着眼于人性,而不是哪个地方的什么人。霍普认为,澳大利亚文学需要等到出现一个莎士比亚那样的巨人才会形成一种标准,在那样的一个天才崛起之前,澳大利亚文学很难研究和评价。②

与巴克利、霍普一样,麦考利也是一个长期在大学担任教授的诗人和批评家,他1925年毕业于悉尼大学,先后在中学和军队民用事务研究局任职,后被塔斯马尼亚大学聘为教授。在20世纪的澳大利亚文学史中,麦考利是出了名的"冰人"(the iceman),他同时也是一场反现代主义的"厄恩·马利事件"的策划者和执行者。1955年他应邀担任《四分仪》的主编。作为一个澳大利亚人,麦考利歌颂欧洲的殖民主义,认为殖民主义将文明传播到

---

① Leonie Kramer, "Literary Criticism in Australia", *Overland*, 26 (1963): 26–27.
② A. D. Hope, "Standards in Australian Literature", in G. K. W. Johnston, ed., *Australian Literary Criticism*, 1962, p. 14.

全世界，所以为其在20世纪的陨落扼腕叹息，在《我的新几内亚》的文章中，他把殖民主义走向失败的原因归咎于白人妇女；在《自由主义者与反殖民主义》一文中，他还提出，亚洲与非洲本不懂得什么是民族主义和民族解放，是那些受共产主义宣传影响的西方的知识分子首先为殖民其他民族感到内疚，直接导致了这些地区的反抗殖民运动的蓬勃发展；在一篇题为《课本和道德》的文章中，麦考利引用利维斯的话指出，澳大利亚的中学和大学里充斥着道德和思想上的变态，不少大学老师不相信知识和智性，否认绝对价值和理性，英语教师因此肩负着打击那些倡导"背叛、鸡奸、流产、通奸和无神主义"的人，文学教育应该去政治化，教师应着力传授过去（英国）的那种强调奉献、爱、荣誉和冒险主题的传统文学。麦考利明确表示自己崇拜欧洲价值，反对澳大利亚民族主义的政治操作，他主张澳大利亚作家应该努力在澳大利亚创造一种普世而自然的"第三空间"，即一种由欧洲思想、欧洲意象、欧洲神话、欧洲象征主导的符号空间，这种空间可以脱离真实的欧洲而存在，这样的创作不企求保有某种政治的功能，但他们以优越的文化正宗而自居，以高尚的道德文化去对抗不断走向沉沦的本土文化。①

澳大利亚的"新批评"家们一致认为，文学是一种形而上的经验，在他们看来，一个文学文本可以分成多个层次，文本表面上可以是表现社会、政治或意识形态的主题，但真正具有文学味道的东西隐藏于更深刻的形而上层次，一个时代的文学精神是由那些充满形而上意义的文学作品反映出来的，一个时代的文学精神也是一个时代最核心的人文精神，基于这样的认识，澳大利亚的"新批评"家跟他们的英美同行们一样，重视对于文本的细读，特别关注每一个文学文本的诗歌性特征，相信自己通过这样的细读一定能发掘出文本的深刻内涵。② 他们利用大学给他们提供的体制性制高点高调宣扬他们的文学主张，努力颠覆曾经控制澳大利亚文学数十年的传统民族主义批评。

1958年，维尔克斯在悉尼大学的一个文科刊物上发表一篇题为《19世纪90年代》的文章，从该文的标题不难看出，作者显然是想通过重读澳大

---

① John Docker, *In A Critical Condition: Reading Australian Literature*, 1984, pp. 73 – 80.
② Ibid., pp. 83 – 87.

利亚传统民族主义批评最关注的19世纪90年代文学直逼本土批评的要害。维尔克斯指出：

> 如果我们严格以文学的标准来评判19世纪90年代的澳大利亚文学，那么，我们会发现那个时代的绝大多数作家都缺少才情，他们难得在一个文学选集中发表一两首诗，或者给一个短篇小说集投过一篇稿；我们必须注意到，在两位最重要的作家——劳森和弗菲——当中，劳森之所以为人铭记，并不是因为他的部分作品（诗歌）反映时代的风格，而是因为他的另一些作品超越了时代，弗菲的作品之所以重要，不是因为它的民主风格或者它所反映的令人难以忍受的澳洲偏见，而恰恰因为它探讨的问题不是地区性的，而是世界性的。伯纳德·奥多德的政治诗如今只有实验分析的用处了，班卓·帕特森的诗歌只有学生娃娃们愿意读，那个时代最好的诗，像克里斯·布伦南的诗与社会和政治运动毫无关系，后来涌现出来的最出色的长篇小说家亨利·汉德尔·理查森的作品也是这样。在那个时代的作品中，民族主义、爱国主义和其他激进倾向会使它们在澳大利亚社会史中占有一席之地，但是，只要我们总以上述这些特征来为其定位，它在澳大利亚文学史上的位置就必然令人怀疑。[1]

维尔克斯特别以弗菲的《如此人生》为例说明，文学作品中的社会和政治不过是表面上的内容，是区域性的，也是暂时性的，所以是"非文学"的内容，唯有形而上的人生境界才具有永久的价值，所以批评家不应该抓住社会和政治标准不放，真正的文学批评家应该用形而上的标准去评判文学。他认为《如此人生》或许具有一种"民主风格"和"令人难以忍受的澳洲偏见"，但这些只是表面特征，对于小说的永久价值来说无关紧要，社会历史学家在这部小说中见到的价值对于它作为文学的价值来说几乎毫无关系，《如此人生》之所以令人难忘，是因为它围绕命运、自由意志和机缘在宇宙

---

[1] G. A. Wilkes, "The Eighteen Nineties", *Arts*, 1 (1958): 17–26 (reprinted in G. K. W. Johnston, ed., *Australian Literary Criticism*, 1962).

秩序中的作用等进行了探索——这些问题不仅弗菲时代的作家们思考过，每个时代的作家都进行了探讨，而且这些问题并不能很快就找到答案。①

与维尔克斯相比较，巴克利在颠覆澳大利亚民族主义批评的过程中采用了一个很不一样的视角。1957年，巴克利出版《诗歌（以澳大利亚为主）论集》，书中的一个章节以《澳大利亚诗歌中人的形象》为题对民族主义批评家进行了由里而外的批判。巴克利认为，诗歌的精华在于它形而上的品质，诗歌刻画处于形而上层面上的人。在该章中，作者在开篇处即表示接受A. A. 菲利普斯等人关于澳大利亚文学历史发展经历过"移植、适应和文化成熟"三个阶段的论断。作者还表示特别同意他们对于19世纪90年代之前的澳大利亚诗歌的否定，因为澳大利亚早期的诗人大多用一种外国人或者外国移民的眼光来写澳大利亚以及那里的人，对他们来说，澳大利亚尚不是精神家园，到19世纪80年代，从英国移植来的写作方式越来越被一种更具生气的写作方式所取代，此时的诗人开始用一种全新的眼光看待澳大利亚人的生活和意义，因为澳大利亚成了他们心理上可以认可的家。巴克利至此话锋一转，说：备受民族主义批评赞誉的劳森和维克多·达利的作品中充斥着流放和异化的情愫，他们的诗歌里随处可见的是他们"分裂的人格"；他们的诗歌经常将传统民谣和抒情诗随意地结合在一起，形式变化小而难以引发共鸣；他们的社会和哲学思想大多粗糙而缺乏系统，在他们的作品中，喜怒哀乐只被赋予参与外部事务的人，他们的思想和情感虽然也很真挚崇高，但太局限于外在生活，缺乏心理深度，由于主客观之间的联系太少，所以不能形成一种诗意的视境。巴克利认为，19世纪90年代前后真正优秀的诗人不是劳森之流，而是布伦南，在他看来，布伦南也关注外在，但他的诗歌更有一种对于"人的困境"的形而上的观照，一种基于自我的主观思考，他把人的内心挣扎和他所生活其中的社会联系在一起，他的诗让人看到人处于绝望和兴奋中的灵魂，同时看到人寻求社会和心理自由的努力，在他的诗里，我们首次看到一个澳大利亚诗人如此深刻刻画人与自我和命运的心理斗争："布伦南以澳大利亚为家——他可以在任何地方落户安家，他能把澳大利亚

---

① G. A. Wilkes, "The Eighteen Nineties", *Arts*, 1 (1958): 36-39 (reprinted in G. K. W. Johnston, ed., *Australian Literary Criticism*, 1962).

的土地当成上演他个人心理挣扎的自然语境……在布伦南这里，我们才第一次有了真正不卑不亢的澳大利亚诗歌。"①

在维尔克斯和巴克利等人对澳大利亚部分经典作家的重新解读中，澳大利亚文学发生了根本的变化，一种迥异于业余的传统民族主义批评的"新批评"模式迅速形成，那是一种基于道德和形而上的利维斯式的批评，它一方面坚持了英国文化的标准，另一方面从民族主义批评那里夺过评判澳大利亚文学的权威，并使自己在此后的二十多年里一举成为澳大利亚文学批评中的无可置疑的正统话语模式。

四

在"新批评"取代民族主义批评成为澳大利亚文学批评的主导范式的过程中，如果说有哪一个作家的崛起起到了重要的推动作用，那一定是帕特里克·怀特。1955年和1957年，帕特里克·怀特出版了《人之树》和《探险家沃斯》，两部小说的主题深深地植根于澳大利亚民族主义历史，但是，小说家以一种全新的象征主义或者说"形而上"的方式处理自己的主题，小说出版之后立刻招来了一些民族主义批评家的抨击，有人称他不像澳大利亚作家，缺少现实主义和民主精神。但另一些人则提出，不管怀特的小说是否属于成功的文学作品，它们结合现代个性与澳大利亚本土题材的做法恰恰代表着一种"精神成熟"。②

对于多数民族主义批评家来说，怀特的出现启动了一个令其感到十分棘手的重新评价传统过程，自从怀特进入澳大利亚经典作家的行列，民族主义批评家发现自己落入了两难境地，如果以其不符合本土传统为由继续排斥他，那么自己就不得不面对自我边缘化的命运，于是，从60年代开始，很多民族主义批评家开始称怀特的风格为"心理现实主义"，关于澳大利亚传统的说法此时也变成了澳大利亚神话，到60年代中叶，民族主义批评已经

---

① Vincent Buckley, "The Image of Man in Australian Poetry", in John Barnes, ed., *The Writer in Australia*, Melbourne: Oxford University Press, 1969, pp. 273–296.

② H. P. Heseltine, "The Literary Heritage", *Meanjin*, 21.1 (1962): 35–49.

全盘开放,跟"新批评"一样,他们也开始热衷于讨论文学作品的形而上意义了。的确,从 20 世纪 60 年代开始,"新批评"关于重新界定澳大利亚文学传统的思潮全面主宰了澳大利亚文学批评,这种变化的标志是一系列批评著作的出版。

20 世纪 50—60 年代,"新批评"凭借着自己主导的大学课堂,成功地实现了对于澳大利亚文学和文学批评的控制,澳大利亚的"新批评"家们立足英国文学标准,以一种专业化批评替代澳大利亚文学的传统社会学解读,建构了一种崭新的学院化专业批评。在与民族主义批评的交锋和争夺中,"新批评"对于文本形式特征的关注最终让位给了对于道德,或者说"形而上"/"精神"问题的坚持,在他们看来,文学的社会语境意义是暂时的,唯有形而上的意义才具有永恒的价值,所以,在他们重读澳大利亚文学的实践中,他们与其说是严格在文本形式中寻找绝对的伟大和崇高,还不如说他们要用自己关于文学性的定义("伟大=形而上")去重新评价一切作家。对于他们的这一做法,学院外的一批传统民族主义批评家从一开始提出了严厉的批评和质疑。例如,约翰斯顿的《澳大利亚文学批评文集》出版之后,菲利普斯严厉指责该文选立意狭隘,他认为,学院派的专业批评家对于澳大利亚文学知之甚少,所以就澳大利亚文学而言,最优秀的文学批评来自作家们自己[1];约翰·巴恩斯认为,该文选中的文章全然缺乏对于文学文本的语境考察,而真正优秀的文学批评必须认识到单部作品与全部文学语境的关系[2];W. M. 梅德门特(W. M. Maidment)认为,约翰斯顿顽固坚持把文学同社会历史割裂开来,单纯地从形而上和道德的立场去阐释文学,这种做法不仅是武断的,而且是错误的[3]。人们注意到,《澳大利亚文学批评文集》出版之后引发的论争并没有限制在价值判断式批评与民族主义批评之间,它很快演变为专业学院派批评与非学院派文人批评之间的论争,面对占

---

[1] A. A. Phillips, "Criticizing the Critics" (Review of *Australian Literary Criticism*, ed. G. W. K. Johnston), *Meanjin*, 22 (1963): 220 – 225.

[2] John Barnes, "Counting the Swans" (Review of *Australian Literary Criticism*, ed. G. W. K. Johnston), *Westerly*, June No. 2 (1963): 81 – 85.

[3] W. M. Maidment, "Australian Literary Criticism" (Review of *Australian Literary Criticism*, ed. G. W. K. Johnston), *Southerly*, 24 (1964): 20 – 41.

据着大学讲坛的"新批评"日益成为主导澳大利亚文学和批评的局面,学院外的澳大利亚作家和文人表达了强烈的不满,他们迅速集中起来对以专业批评家自居的学院派"新批评"进行了猛烈的反击。

1964年,执教于南澳大利亚大学的杰弗里·达顿编辑出版了又一部批评文集《澳大利亚的文学》(*The Literature of Australia*),编者注意到《澳大利亚文学批评文集》出版之后澳大利亚批评界出现的严重分裂,所以在约稿时特别选择了许多不同背景的批评家参与撰稿,这样一种编辑方针使他避免了约翰斯顿的尴尬,但此举并未能弥合学院派和非学院派之间业已形成的分歧,该书出版之后,来自学院内外两种书评表达了完全不同的意见。从这些书评中人们不难看出,在60年代之后的澳大利亚,学院派的文学批评似乎并不是最受欢迎的批评话语方式,不少人发现"新批评"主导的学院派澳大利亚文学批评给人留下的印象非常狭隘,因为从思想体系上看,被他们引为圣典的理论家很少能超过阿诺德、艾略特和利维斯,他们最推崇的是那些把澳大利亚现实与欧洲文化结合在一起的作家,在他们看来,能够把澳大利亚的传统(英国)与现代(本土)相结合代表着澳大利亚的成熟,而这种作家的杰出代表就是布伦南和理查森。据克里斯托弗·李考证,虽然"新批评"在60年代和70年代成了澳大利亚文学批评的正统,但在许多澳大利亚人心目中最优秀的批评家不是维尔克斯和克雷默,而是一生游离于学院之外的诗人兼批评家朱迪思·赖特。[①]

朱迪思·赖特的批评声誉始于1965年,当年,牛津大学出版社出版了她的首部批评著作《澳大利亚诗歌情结》,作为一个著名诗人,赖特的著作一问世就受到来自学院内外大多数批评家的赞许。维维安·史密斯认为,赖特不明显地忠于任何一种批评范式,因此视野开阔,不循教条,她特别欣赏赖特既能把所有作家放在历史的语境中考察,同时又能兼顾国际标准[②];约翰斯顿注意到赖特既不喜欢学院派,也不会像"新批评"那样对文本进行

---

① Christopher Lee, "'Sinister Signs of Professionalism'? Literary Gang Warfare in the 1950s and 60s", in Alison Bartlett, Robert Dixon & Christopher Lee, eds., *Australian Literature and the Public Sphere* (Refereed Proceedings of the 1998 Conference, Association for the Study of Australian Literature), pp. 189 – 192.

② Vivian Smith, Review of *Preoccupations in Australian Poetry*, by Judith Wright, *Australian Literary Studies*, 2.2 (1965): 147.

细读,但是他对赖特的批评语言充满钦佩[1];多萝西·格林赞同赖特不拘泥于文本技巧而把诗人当成思想家来评判其成败优劣[2];就连利昂尼·克雷默都对赖特批评中不弄专业术语、不假装中立的立场表示欢迎,虽然她对赖特排斥学院派批评感到不满,但是,她认为赖特作为一个艺术家独有的视角使她对于诗人在创作中遇到的问题常常表现出独到的把握[3]。

就在赖特出版《澳大利亚诗歌情结》的同一年,新英格兰大学组织了一个专题批评研讨会,会后出版了论文集,在被收入该文集的文章中,赖特针对诗歌创作进入大学导致的智性主义表达了自己的忧虑,她认为专业化的文学批评将严重干扰诗人运用于诗歌创作过程中的个体想象和生活体验[4];麦克斯·哈里斯的文章则指出,学院派的批评家们重视智性和技巧,而忽略语言和感悟,他们自我封闭,阻隔了不同领域间的相互借鉴,也割断了创新的泉源,他们心态闭塞,生活乏味,与诗歌所倡导的那种开放性格格不入[5];克莱蒙特·森姆勒在他的文章中指出,与服务普通大众的报章类批评家相比较,学院派为很小的一个小圈子里的成员服务,他们喜欢争执不休,他们的批评文字艰涩难懂,不可卒读,在澳大利亚的大学里,文学批评正变成一种艰深的专门学问,批评家所写就的文字除了威吓普通人和巩固自己的职业地位之外没有别的用途[6]。

在编辑出版了《澳大利亚文学批评文集》之后,约翰斯顿显然注意到了澳大利亚文坛内外对于他以及对于"新批评"主导的整个澳大利亚学院派批评的意见,在他为牛津大学出版社服务期间,他相继又帮助他们推出了

---

[1] Grahame Johnston, "Poets in a Divided World" (Review of *Preoccupations in Australian Poetry*, by Judith Wright), *Australian*, 21 June (1965).

[2] Dorothy Green, Review of *Preoccupations in Australian Poetry*, by Judith Wright, *Southern Review*, 2.1 (1966): 70–76.

[3] Leonie Kramer, Review of *Preoccupations in Australian Poetry*, by Judith Wright, *Bulletin*, 12 April (1963): 36.

[4] Judith Wright, "Inheritance and Discovery in Australian Poetry", in Clement Semmler & Derek Whitlock, eds., *Literary Australia*, Melbourne: F. W. Cheshire, 1966, pp. 1–15.

[5] Max Harris, "Conflicts in Australian Intellectual Life 1940–1964", in Clement Semmler & Derek Whitlock, eds., *Literary Australia*, pp. 16–33.

[6] Clement Semmler, "Some Aspects of Australian Literary Criticism", in Clement Semmler & Derek Whitlock, eds., *Literary Australia*, pp. 51–68.

多本批评文选，如克莱蒙特·森姆勒的《20世纪澳大利亚文学批评》(*20th Century Australian Literary Criticism*)、约翰·巴恩斯的《澳大利亚作家》(*The Writer in Australia*) 和克里斯·华莱士-克拉比的《澳大利亚民族主义者》(*The Australian Nationalists*)，在这些批评文选中，人们可以清晰地看到他对于澳大利亚报章批评和作家批评的关注，但是，他终究没有放弃"新批评"教给他的文学思想。70年代末，作为牛津大学出版社的澳大利亚文学专家，他参与策划了《牛津澳大利亚文学史》(*Oxford History of Australian Literature*，Leonie Kramer 主编) 的编辑与出版。

20世纪70年代，澳大利亚思想界暗流涌动，一股新民族主义思潮席卷全国，女权主义和新马克思主义随之而来，在文学批评界，年轻的一代对于"新批评"的文本自足的观念产生了怀疑，他们渴望能够帮助他们全面考察自身文化的理论，所以不少人开始把目光投向国外，在课外，他们如饥似渴地阅读诺斯罗普·弗莱、雷蒙·威廉斯、特里·伊格尔顿、弗雷德里克·詹明信，由此，他们又转向马克思、卢卡契、本雅明、阿多诺、阿尔都塞、马舍雷、福柯、罗兰·巴特、列维-斯特劳斯、索绪尔、德里达、德曼、拉康、克里斯蒂娃和弗洛伊德。1981年，当利昂尼·克雷默踌躇满志地出版她主编的《牛津澳大利亚文学史》时，澳大利亚本土消费出版社（Local Consumption Collective）正在出版他们的《外国理论文集——符号学在/与澳大利亚》(*The Foreign Bodies Papers—Semiotics in/and Australia*)。

在《批评情境》一书中，多克结合克雷默的《牛津澳大利亚文学史》的出版对"新批评"在澳大利亚走向衰落的必然性给予了自己的解释。他指出，克雷默的文学史在时隔二十多年之后还在重复着五六十年代"新批评"的老调：跟50年代的维尔克斯和巴克利一样，克雷默批判澳大利亚的民族主义者死抱着19世纪90年代的传说，实践着一种文化保护主义，说他们用一种非文学的因素来评判文学作品的优劣，因而极大地限制了他们对于澳大利亚文学的认识和把握；跟50年代的维尔克斯和巴克利一样，她坚持以形而上的标准来评判文学和作家的感悟。他特别指出，在"新批评"占据澳大利亚大学并主导澳大利亚文学批评20年之后，克雷默为自己的文学史所做的假设依然是：在澳大利亚文学批评中，一种不关注文学的传统民族主义批评依然主导着我们的潮流，"新批评"勇敢地向它提出挑战，可是，克雷默给"新批评"所做的这样的自我定位不仅矫情,而且不符合实际。①

在澳大利亚文学批评史上,克雷默的《牛津澳大利亚文学史》是一个标志,它标志着"新批评"时代的结束和一个新的时代的开始。《牛津澳大利亚文学史》未能逃过被人唾弃的命运,而随着它在澳大利亚的批评界堕入无声无息的文化真空中,代表澳大利亚文学批评权威的学院"新批评"衰老了,凋落了,在多克大声呼唤在澳大利亚文学批评中实践一种结合文本细读和语境研究的综合文化研究时,作为一种专业化的形式批评,曾经盛极一时的澳大利亚"新批评"逐渐走到了它的历史尽头,在很多人看来,它成了"理论"时代大家迫切要忘却的尴尬往事。

"新批评"登陆澳洲之后,给澳大利亚文学带来了什么?在《逆写帝国》一书中,比尔·阿什克罗夫特等人引用克里夫·拉什利(Cliff Lashley)的话指出,"新批评"作为一种理论话语的到来对于包括澳大利亚文学在内的后殖民文学产生了难以估量的巨大影响。在澳大利亚,当本土文学批评普遍为自己的文学缺乏英国文学所具有的深厚传统而自卑的时候,"新批评"大力倡导关注个别文本的思想给了本土批评家以自信。在澳大利亚,"新批评"的到来巧遇了澳大利亚文学进入大学的体制化过程,这一相遇直接启动了建构本土文学经典的历程,澳大利亚的"新批评"们认为,澳大利亚文学或许总体上达不到英国文学的标准,但是,某些个别作家的作品完全无愧于英国文学的伟大传统,可以作为英国文学教育的一部分向广大的澳大利亚青年乃至全世界传播。②

不过,阿什克罗夫特等人同时警告说,"新批评"将部分后殖民作家作品纳入帝国文学传统的做法也极大地伤害了澳大利亚文学,因为"新批评"鼓励将单个的文学作品从具体的文化语境中脱离出来,这样的批评在其殖民澳大利亚文学的二十多年中严重阻碍了澳大利亚文学作为民族文学传统的整体批评,从而使澳大利亚在很长一段时间里无法形成自己的本土理论话语。

---

① John Docker, *In a Critical Condition: Reading Australian Literature*, 1984, pp. 163 – 179.
② Bill Ashcroft et al., *The Empire Writes Back: Theory and Practice in Post-colonial Literatures*, 1989, p. 160.

此外,"新批评"自诩公正客观,对于澳大利亚本土的文学和批评思潮不屑一顾,所以在很长一段时间内打击了本土批评的自信,在它面前,本土批评家们看不见自己传统批评的独特和创新价值,更看不到整个后殖民世界与英国文学之间的共同理论问题。[1]

英美"新批评"在澳大利亚的理论旅行是一个跨越时空的移植过程,从时间上说,"新批评"在20世纪30年代就已经走向极盛,而它在登陆澳大利亚之后最后成为主导澳大利亚殖民地文学批评的话语体系是60年代之后的事。从空间上说,"新批评"的这次旅行经历了一个从帝国中心走向前殖民地的输出过程,从某个角度来看,这个过程是一个话语殖民的过程,在这个过程中,"新批评"经历了一个从占领澳大利亚到被澳大利亚最后抛弃的过程,作为一种理论话语,它在殖民澳大利亚的过程中经历了扭曲和变化,但更重要的是,因为它的到来,澳大利亚文学批评发生了翻天覆地的变化。从它的这一移植过程,人们看到,其实理论旅行并不像人们想象的那样单纯,同1788年英国人库克船长携随从前来殖民澳洲大陆一样,"新批评"登陆澳大利亚的过程同样充满了力量的角逐,其中不乏对于本土话语的攻击和压制;同政治和军事上的殖民不一样的是,"新批评"对于澳大利亚文学的殖民并没有持续太长的时间,70年代后期,伴随着国内外新的思潮的崛起,澳大利亚文学中一股理论非殖民化的运动迅速席卷全国,此时的"新批评"突然惊讶地发现:昔日自己作为澳大利亚文学批评的话语权威已经被永远地剥夺了。

当然,澳大利亚的"新批评"家们或许不必觉得遗憾,因为经历了50—70年代的"新批评",澳大利亚的文学批评已经彻底地吸收了它能给予的所有教益。例如,它教会了澳大利亚文学批评如何细读文本,这种文学细读的工夫在后起的批评家那里永远不会因为"新批评"失势而被人丢弃,相反,它会成为以后所有文学批评的必备技能。"新批评"之后的澳大利亚文坛风云突变,在国外理论的影响下,传统的文学批评在长期的文化干渴中纷纷走向了社会和文化研究,杰弗里·塞尔的《来自荒漠的先知》(*From*

---

[1] Bill Ashcroft et al., *The Empire Writes Back: Theory and Practice in Post-colonial Literatures*, 1989, p. 161.

Deserts the Prophets Come)、多克的《澳大利亚文化精英》(*Australian Cultural Elites*)、彼得·皮尔里特和戴维·沃克(Peter Spearritt & David Walker)的《澳大利亚通俗文化》(*Australian Popular Culture*)、苏珊·德莫迪(Susan Dermody)等人的《耐丽·梅尔巴、金杰·梅格斯及其诸友》(*Nellie Melba, Ginger Meggs and Friends*)、格雷姆·特纳的《国家与小说》(*Nations and Fictions*)等都是这方面的代表。更值得注意的是,关于澳大利亚"新小说"的文化研究,关于女性文学、土著文学、移民文学的社会学研究,以及后来崛起的后殖民文学理论的异军突起,将澳大利亚文学批评装扮得色彩斑斓,当我们仔细观察这些宏观的文化和社会研究时,我们惊讶地发现,在所有这些批评著作的深处都不乏一种"新批评"式的严谨文本分析。显然,"新批评"所倡导的文本细读方法早已深入人心,成了一切后起批评范式的基础,换句话说,"新批评"将澳大利亚原先的报章印象式批评提高到了一个不经专业训练难以为之的新高度,昔日的"新批评"家们看到这里应该觉得欣慰,而澳大利亚的本土批评家也有理由感到高兴,因为澳大利亚文学批评较之从前显然更加成熟了。

第二章
G. A. 维尔克斯的民族主义"迷思"批判

在澳大利亚文学批评史上，G. A. 维尔克斯（G. A. Wilkes, 1927— ）的经历有着某种指标性的意义。一方面，他是澳大利亚首位"澳大利亚文学教授"；另一方面，他一生以其坚定的反民族主义立场为人所知，他的文学批评思想代表了一种新的批评范式的开始，因此值得关注。维尔克斯出生于澳大利亚新南威尔士州的潘曲坡（Punchbowl），早年就读于悉尼大学，对澳大利亚文学抱有浓厚的兴趣，四五十年代先后以澳大利亚作家亨利·汉德尔·理查森和克里斯托弗·布伦南为题完成自己的学士和硕士学位论文，特别是他的硕士学位论文聚焦布伦南的诗歌创作，思路明晰，语言刚劲，体现了很高的研究水平和批评能力，1953年顺利出版。维尔克斯后来在悉尼大学留校任教，并被聘为史上第一位澳大利亚文学教授。1963—1987年间任澳大利亚著名批评刊物《南风》杂志主编。不同于在澳大利亚文学史上留下浓墨重彩的亨利·劳森、帕特里克·怀特以及 A. D. 霍普等作家及学者，他毕生默默从事澳大利亚语言、文学和文化研究，出版的著作包括《澳大利亚土语词典》（*A Dictionary of Australian Colloquialisms*, 1978）、《澳大利亚诗歌》（*Australian Poetry*, 1963）、《失乐园的主题》（*The Thesis of Paradise Lost*, 1961）等。

维尔克斯是澳大利亚"新批评"的早期代表。作为一个普世主义者，他反对澳大利亚传统的民族主义文学批评。他关于澳大利亚文学和文化的最重要的论述集中体现在《牲畜围栏和槌球场：澳大利亚文化发展的文学印迹》（*The Stockyard and the Croquet Lawn: Literary Evidence for Australian Cultural Development*, 1981）和《澳大利亚文学概要》（*Australian Literature: A

Conspectus, 1969) 等著作中。与同时代的澳大利亚社会历史学家不同，维尔克斯毕生努力从文学作品中找寻澳大利亚文化发展的印迹。他主张用"新批评"的方式细读文学文本，努力在文学作品中挖掘思想资源，并从中提炼关于文化的独到见解。他在澳大利亚民族文化评论方面的贡献不仅在于精确地勾勒出了澳大利亚民族文化的发展轨迹，更重要的是，他立足"新批评"对澳大利亚民族主义的文化"迷思"（myths）进行了深刻的批判与反思，对澳大利亚民族文化发展的理想之路进行了深入的探讨。

一

澳大利亚的民族主义者一般认为，澳大利亚民族文化身份形成于19世纪90年代，其核心是以剪羊毛工人和赶牧工人为代表、以"丛林人"的"伙伴情谊"和平均主义为精神特征的"澳大利亚传奇"。对于这样的观点，维尔克斯不以为然。维尔克斯认为，澳大利亚民族文化远非如此简单，其发展在不同时期亦具有截然不同的特征，所谓的"澳大利亚传奇"只是其特征之一。维尔克斯通过细读各个时期不同作家的文学作品，对澳大利亚从早期到民族主义时期直至20世纪各个不同时期形成的种种文化"迷思"进行了梳理，一方面对这些神话性的建构表示质疑和批判，另一方面也巧妙地勾勒出他自己心目中的澳大利亚民族文化的发展轨迹。

维尔克斯在研究中发现，早期的澳大利亚殖民地文学作品中经常涉及的主题是新来者踏上这片土地时感受到的危险性。此时的作品中反复渲染的一个看法是：澳大利亚是一个无法居住的地方，一个属于"天使和老鹰的地盘"[1]，其陆地景观的特征是广大、寂寥，面对如此浩大的陆地，人类的力量渺小而很难有所建树，因此早期来到这里的欧洲人不约而同地感到，这块土地的广大和荒芜令人忧伤和沮丧，这种情绪一直延续到19世纪马库斯·克拉克的作品中，甚至在帕特里克·怀特笔下的沙漠中也能找到。不过，早期的澳大利亚作家告诉我们，澳大利亚的开拓者们后来还是在这片陌生的土

---

[1] G. A. Wilkes, *The Stockyard and the Croquet Lawn*: *Literary Evidence for Australia's Cultural Development*, London: Edward Arnold (Publishers) Ltd., 1981, p. 9.

地上渐渐地生存下来，不仅如此，他们还渐渐立足这块土地对未来产生了新的希望。人们垦荒、劳作，克服各种天灾、瘟疫，期盼过上安居乐业的生活，于是，一种"田园牧歌"式的澳大利亚"迷思"悄然形成。早期的部分澳大利亚文学作品将澳大利亚描述为另一个伊甸园或是乌托邦，这些描述记录了这种"迷思"，并为那种以"田园牧歌"为核心的殖民地"迷思"提供了证明。

维尔克斯列举了一些作家的作品来说明这一现象。他认为，威廉·查尔斯·温特沃斯在诗歌中表达了这样一种希望：澳大利亚是一个"新的世外桃源"①，那里居住着农牧者和手艺人，它是一个贸易和劳动的天堂，是一个极乐的田园的澳大利亚；亨利·金斯利也把澳大利亚描绘成"劳动者的天堂"②。这种"田园牧歌"式的早期澳大利亚"迷思"在此后的澳大利亚文学史上不断得到延续，一个有力的证明便是19世纪初成为澳大利亚小说中主导形式的移民小说，这些小说大多弥漫着浪漫主义情调。透过这一"迷思"，今日的读者不难看到，像温特沃斯这样土生土长的澳大利亚人爱国、自由、不愿做奴仆，他们有民族自豪感，认为澳大利亚优于罪犯出生地英国。同时他们也希望引进英国的新的贸易和体制，认为旧世界的文明体制会为新大陆注入活力，使新大陆更加繁荣。维尔克斯认为，这是一种积极的愿景：在这里，英国和澳大利亚的观念并没有冲突，一方面，"田园牧歌"式的澳大利亚"迷思"所持有的关于"人类的提升"③的理想是接受国外人文思想影响的结果；另一方面，坚持认为自己拥有从衰老中崛起的强健体魄以及坚持与母国不同的民族主义情绪有助于将澳洲新生代的品性塑造成"澳大利亚传奇"。

维尔克斯认为，19世纪七八十年代澳大利亚文学中渐渐形成了一种有别于早期澳大利亚的价值标准。这一时期作家所热衷描述的澳洲本土风景强调与英国截然不同的特色，那些澳洲景观中最恶劣和严酷的特征特别受到珍视。"如果说金斯利的世界被描绘成绿色的话，那么劳森和弗菲的世界则是

---

① G. A. Wilkes, *The Stockyard and the Croquet Lawn: Literary Evidence for Australia's Cultural Development*, 1981, p. 142.

② Ibid., p. 143.

③ Ibid.

褐色的。"① 这个时候产生的民族主义意识以抵触英国为特征，英国式的"槌球场地英雄"② 成了被取笑的对象，取而代之的英雄是澳大利亚的"丛林人"。此后形成的"澳大利亚传奇"即是一种关于19世纪末期"丛林人"和"伙伴情谊"的理想表述，是关于澳大利亚文化身份和形象最丰满、发展最充分的幻想。

维尔克斯试图从一些作家的叙述中寻找"澳大利亚传奇"的特征。安东尼·特罗洛普（Anthony Trollope）在1872年指出："我发现这种观点很普及，即英国人——就是那些新伙计，或是刚从英国来的英国人——是用面做的；而澳大利亚人，即本土的或者完全能够适应新环境的人则完全是钢铁做成的。"③ 弗朗西斯·亚当斯（Francis Adams）在他的《澳大利亚人社会概述》（*The Australians：A Social Sketch*，1893）中将澳洲大陆区分为两类地区：一类是沿太平洋坡地的一长条有组织的、文明程度较高的移民带；另一类是在大分水岭以西三四百英里处的东部内陆地带，那里干旱炎热、人群分布稀疏。他把这个在澳大利亚内陆地带产生的独特的民族类型称为"丛林人"，并宣称在这里"一个新的种族开始崭露头角"④。亨利·劳森将这一时期的"丛林人"描述为"崛起中的澳大利亚新生代"（the rising Australian generation）⑤，并在其作品中无数次地描述与讴歌他们以及他们的"伙伴情谊"和平等精神，这种表述也为构筑澳大利亚民族文化的经典幻想做出了贡献。

维尔克斯指出，所谓"丛林人"是指在剪羊毛工人、赶牧工人以及普通牧场工人的行列中产生的"强大又独特的澳大利亚的民族典型"⑥。他认为，《澳大利亚人社会概述》这部在19世纪90年代著成的书籍将19世纪以来的观点以理想化的形式表达了出来。和劳森一样，亚当斯在书中颂扬这群

---

① G. A. Wilkes, *The Stockyard and the Croquet Lawn：Literary Evidence for Australia's Development*, 1981, p. 33.
② 槌球是17世纪法国贵族玩的一种游戏，"槌球场地"是弗菲作品中提及的一个词语，是非澳大利亚的优雅和休闲的标志。此处指英国绅士。
③ G. A. Wilkes, *The Stockyard and the Croquet Lawn：Literary Evidence for Australia's Development*, 1981, p. 34.
④ Ibid.
⑤ Ibid., p. 33.
⑥ Ibid., p. 34.

人，因为它们热爱自由的精神，他赋予他们的形象是：英勇地抵制入侵者、对未来理想社会怀有希望、坚忍克制、淡泊名利。"普通人能够战胜上等人，丛林中的成功生活取决于个人的灵巧的手和坚定的心。在这里最终他会证明自己是个男子汉——他也坚信自己能成为杰出之人。"① 19 世纪丛林工人的价值观很快获得了民族传奇的地位，虽然这种"澳大利亚传奇"更多地建立在希望之上，但它的持续时间最长，人们在很长时间内一直坚信：澳大利亚内地"丛林人"的价值观即澳大利亚人的价值观。

维尔克斯认为，关于澳大利亚民族身份的幻想形成于 19 世纪 90 年代，自此它便一直支撑着普通澳大利亚民众的价值观，不过，这种幻想不仅实现得并不尽人意，而且在实现过程中渐渐形成了无法挽回的损失。他认为首先觉察出这些损失的是 W. K. 汉考克（W. K. Hancock），后者在其《澳大利亚史》（Australia，1930）一书中一语中的地指出："平庸"（middling standard）是澳大利亚文化前途的最大威胁。②

维尔克斯在描述"平庸"时主要援引了汉考克的观点：上一代人的"理想的民主"已经过去，而"社会变革"却没有发生。此时的澳大利亚与一个世纪以前的美国情况相似，那个时候的美国人到处显示出对"平庸"的满足，无论是在风俗习惯和道德观上，还是在学问和艺术层面上，而此时的澳大利亚有着类似的情绪，因为此时的澳大利亚人受着"伙伴情谊"之类的自由理想的鼓励："这很能迎合善良的澳大利亚普通人。这种平庸思想来源于他们渴望提高卑微和胆小者的地位，更来自他们压制强大者的热情。"③

维尔克斯在分析"平庸"思想产生的原因时认为，任何殖民地文化都不可避免地显示出一些远古社会的特征，"大多数殖民地人不太喜欢优雅者所向往的事物，因为他们的生活方式是粗犷的，他们所受的教育很有限"④。19 世纪的澳大利亚人即是如此，他们坚持原始的生活，用冷漠粗犷的态度

---

① G. A. Wilkes, *The Stockyard and the Croquet Lawn: Literary Evidence for Australia's Cultural Development*, 1981, p. 35.
② Ibid., p. 101.
③ Ibid., p. 102.
④ Ibid., p. 144.

对待生存的严峻，视智力上的追求为没有男子气概。这种老观念使人们更加热衷"平庸"，19世纪末的民族主义浪潮所形成的民族自信和对外国文化的排斥以及20世纪澳大利亚经济的繁荣更加深了人们对于"平庸"的喜爱。维尔克斯指出：阅读20世纪20—40年代的文学作品可以发现人们重散文而轻诗歌，这说明人们的阅读品味在变低；在这一时期，民族主义者渴望让纪实文体成为主导的文学模式，但这种文体又反衬出当时生活的枯燥与受限制。[1] 人们饱食终日，自我满足，试图通过怀有较低的期望产生超越于周围环境的感觉，这使得"平庸"在一段时间内受到热烈追捧。

二

维尔克斯在勾勒澳大利亚民族文化发展轨迹的同时，对澳大利亚在不同时期形成的文化"迷思"进行了深刻的反思，尤其对所谓的"澳大利亚传奇"提出了尖锐的批评。他剖析了存在于澳大利亚国人"平庸"意识背后的"文化自卑"心理，认为20世纪之后的澳大利亚陷入了严重的文化空虚，迷失了积极的民族文化定位，使民族文化发展陷入了困境。

在维尔克斯看来，一种文化"迷思"通常与现实有关，但又独立于现实之外，一个民族的"迷思"并非一定是绝对真实的。早期的澳大利亚人——无论是忧伤沮丧，还是怀有田园牧歌的理想——由于殖民者各自不同的国家和民族背景，还没有形成真正意义上的澳大利亚民族。因此，澳大利亚民族身份实际上形成于土生土长的澳大利亚新生代崛起的19世纪90年代，以"澳大利亚传奇"的形成为其典型标志。"澳大利亚传奇"从本质上说是"丛林人"和丛林文化的传奇，它颂扬"伙伴情谊"，崇尚平等自由。然而，维尔克斯却发现，事实上在19世纪的"丛林人"中并没有真正的民主和平等。他经过认真的研究，在19世纪的文学记录中发现了丛林社会的另类特征，一些文学作品清楚地表明：澳大利亚的丛林社会结构等级森严，其程度之严重在某些方面令人无法忍受。

---

[1] G. A. Wilkes, *The Stockyard and the Croquet Lawn: Literary Evidence for Australia's Cultural Development*, 1981, p. 108.

维尔克斯列举了两个事例。在弗菲的《如此人生》中,有这样一段关于沿海特有的大牧场里的丛林等级制度的描述:人们将居住场所按级别进行安排:"主屋"(the house)由牧场主人或经营者居住,"营房"(the barracks)由牧场新手之类的人居住,"棚屋"(the hut)由牧场雇员居住。① 维尔克斯指出,《如此人生》中的这些住处的名称都是客观存在的原用语,所以它们清楚无疑地证明丛林等级的存在,而且这个制度并没有很快被抛弃,在一些20世纪作家的作品(如怀特的《姨妈的故事》)中,维尔克斯看到了类似的情形。维尔克斯发现另一个关于丛林社会等级区分的例子是大型舞会上在地上画的粉笔线,他指出,《古老的岁月:古老的风俗》(Old days: Old Ways)中有这样的记载:

    阶级区分是如此地明显就如同白昼和黑夜的区分一样。为了让大公显贵和平民百姓区分开来,在地上画一条粉笔线把"低等阶层"的人挡在外面……②

维尔克斯评论说,也许上述两例是自上而下的、与"丛林人"的意愿无关,但下列事实则来自"丛林人"自身。他们称选地农为"美冠鹦鹉"③,认为是他们夺了自己的饭碗。这种看法显示出他们对选地农的排斥歧视,这种态度并不符合民主和平等的精神。另外,久居者对新来移民的欺侮、"在马背上工作的人"对在地面上工作的人的歧视、从事体面职业的澳大利亚白人对从事卑下职业的劳动者以及外国人和土著人的歧视也都反映了"澳大利亚传奇"的虚假和不真实性。

维尔克斯认为,澳大利亚内陆田园牧歌的流浪者的形象被过分浪漫化了,人们想象中的所谓民主平等并没有延伸到19世纪大牧场、选地农土地以及土著人的营地;"伙伴情谊"也被过分美化,因为它也有阴暗面,完全

---

 ① G. A. Wilkes, *The Stockyard and the Croquet Lawn: Literary Evidence for Australia's Cultural Development*, 1981, p. 36.
 ② Ibid., p. 38.
 ③ 选地农为1851年黄金热时涌入澳大利亚的移民,黄金被淘空后,他们留下来选地务农。而丛林牧场主则认为他们侵占了自己的林场,如同美冠鹦鹉(cockatoo)抢夺成熟的庄稼一样。

不是什么"传奇"。维尔克斯指出,"丛林人"形象并不能真正代表澳大利亚文化,因为在澳大利亚历来就有其他阶层的人,将"丛林人"作为代表整个澳大利亚形象的传奇也是不真实和不全面的。他认为,孤立地研究一个社会群体会形成曲解,"澳大利亚传奇"虽不无理据,但不能说明所有问题。"'澳大利亚传奇'的持久性只能说明任何'迷思'的生命力更多地建立在人们的希望上而不是在事实的基础上。"① 当被过分美化的"澳大利亚传奇"不再神圣并与人们的理想渐行渐远之时,受其"伙伴情谊"理想的鼓励、迎合善良的澳大利亚普通人的"平庸"思想将带来怎样后果则可想而知。

维尔克斯认为,20世纪初期形成的"平庸"思想在澳大利亚生活中体现为拜金主义和反文化,此外,生活的富足和对国外优于本国的想法的排斥形成了自鸣得意的"幸运国"观念,读者可以从唐纳德·霍恩(Donald Horne)的《幸运之国》(*The Lucky Country*, 1964)的第一章的小标题"无心之国"② 中不难清晰地推断出其作者对不思进取的"平庸"价值观的忧虑。对于"平庸"背后的文化现状,维尔克斯更倾向于用"忧虑之国"③ 而不是"幸运之国"来表达,因为他在澳大利亚文学作品中找到了更多关于"忧虑之国"的证明。维尔克斯认为,这种忧虑从"文化自卑"成为澳大利亚习语而普遍流传以及以怀特和霍普等指出的"严重的澳大利亚空虚"(the Great Australian Emptiness)中清晰可辨。

"文化自卑"是亚瑟·菲利普斯在1950年发明的词语,用以描述澳大利亚人在"庞大的令人生畏的盎格鲁-撒克逊文化成就"④ 面前的自卑情绪。维尔克斯把"文化自卑"看成是一种病态,指出其中的一个症状是"在外国人还没有了解之前就急于让他们注意自己文化的不足,目的就是为了免受别人的批评"⑤。他引用菲利普斯的话说,"问题的实质在于,在澳大利亚人

---

① G. A. Wilkes, *The Stockyard and the Croquet Lawn: Literary Evidence for Australia's Cultural Development*, 1981, p. 143.
② Ibid., p. 117.
③ Ibid., p. 134.
④ A. A. Phillips, *On The Cultural Cringe*, 2006, p. 2.
⑤ G. A. Wilkes, *The Stockyard and the Croquet Lawn: Literary Evidence for Australia's Cultural Development*, 1981, p. 116.

内心深处驻扎着一个具有威胁力的英国人"①。他列举了一个典型的事例说明自己的观点：亨利·劳森在他的第一部作品《用散文和诗歌写就的短篇小说》（*Short Stories in Prose and Verse*，1894）的前言中指出，如果想在澳大利亚发表作品，必先获得伦敦某出版公司签署的印章。在获得"伦敦的声音"之后，评论家们才能够屈尊关注一下，国内读者也才有可能认可。"文化自卑"因涵盖了长期以来澳大利亚文化生活的方方面面而很快成为一个澳大利亚习语。维尔克斯认为这表明了人们对澳大利亚民族形象的双重忧虑：一方面是对自己的民族文化"平庸"现象的愧疚，另一方面则是对盲目崇拜外国文化态度的哀叹。

维尔克斯认为，"平庸"不仅无助于实现"澳大利亚传奇"所赋予的民族自信，还因对现有的文化沾沾自喜、不思进取最终造成严重的文化空虚而使得久已存在于澳大利亚人心中的"文化自卑"情绪不断升级。在质疑"平庸"价值观的作家及学者中，最为典型的是怀特和霍普。维尔克斯引用了怀特在小说《人之树》（*The Tree of Man*，1955）中描述的语句：

> 到处是严重的澳大利亚空虚，这里人的心灵最空虚，这里富人成了最重要的人物……这里漂亮的小伙和姑娘用空洞的蓝眼睛瞪视生活……这里物欲的丑陋猖獗并不会引起普通人神经的任何战栗。②

维尔克斯还引用了霍普在他的诗歌《澳大利亚》（Australia）中对这种文化空虚的感叹：

> 他们说她是一个年轻的国家，但他们说谎：
> 她是最后一块土地，最空虚的土地，
> 一个过了更年期的女人，
> 乳房还柔软，但子宫里已经干涩。

---

① G. A. Wilkes, *The Stockyard and the Croquet Lawn: Literary Evidence for Australia's Cultural Development*, 1981, p. 116.
② Ibid., pp. 117–118.

　　　　没有歌曲，没有建筑，没有历史……①

　　维尔克斯认为，怀特对"严重的澳大利亚空虚"的描写和霍普的对20世纪澳大利亚"空虚的土地"的呈现虽略带艺术夸张，但却与事实相符。维尔克斯还介绍了其他学者如J. D. 普林格尔（J. D. Pringle）在其作品《澳大利亚口音》（Australian Accent，1958）中对20世纪澳大利亚生活中的反文化特性（如缺少有教养的阶级以及"一夜暴富"等）的担忧。② 由此，维尔克斯提出，究竟应该怎样摆脱关于"平庸"的幻想的困扰、找到积极的民族文化定位以建构自己民族的文化身份，应是"忧虑之国"中人们最大的迷惘和忧虑。

三

　　维尔克斯认为，无论是"澳大利亚传奇"所体现的建构民族文化身份的自信心的膨胀，还是"平庸"幻想折射出的"文化自卑"情绪以及文化空虚现象的产生和蔓延，澳大利亚人归根结底都绕不开一种情结，那是一种自澳大利亚民族诞生之日起就在澳大利亚人心中挥之不去的思绪，一种民族主义情结，一种对于摆脱母国统治和母国文化影响的强烈要求。这种情结使得澳大利亚民族文化发展几经波折，险入极端。维尔克斯认为自己敏锐地捕捉到了这一问题的实质，他用"牲畜围栏"和"槌球场地"这两个形象鲜明的词汇为他研究澳大利亚民族文化的专著命名，其用意不言自明：它们表面上分别是澳大利亚劳动者和英国绅士的活动场所和内容，实质上却代表着本土文化和母国文化。这两者先后扎根于澳大利亚这块古老而新鲜的土地上，怎样处理好它们之间的关系，则是发展健全的民族文化的关键所在。

　　维尔克斯在阅读殖民地时期的文学作品时发现，在以亨利·金斯利为代表的"盎格鲁－澳大利亚"文学时期，澳大利亚人似乎就已经存在关于

---

① 黄源深：《澳大利亚文学史》，上海：上海外语教育出版社1997年版，第519页。
② G. A. Wilkes, *The Stockyard and the Croquet Lawn*: Literary Evidence for Australia's Cultural Development, 1981, p. 135.

"真正的澳大利亚文学"的评判标准："能够反映当地特色的诗歌得到赞赏；正式和典雅的作品必定受到质疑；以英国贵族为主角的小说也许有几分不真实；诗人作品中不涉及他生活环境的部分（如哈珀的《西伯荣的巫婆》）会被忽略。"[①] 所谓的"真正的澳大利亚愿景"（genuine Australian vision）被看作文学作品好坏的试金石。维尔克斯认为这是一种偏见，他认为"澳大利亚愿景"并非决定澳大利亚文学作品的优劣标准，重要的是要看这种元素在作品中如何演绎。

维尔克斯指出，澳大利亚民族主义运动时期，追求民族独立和建构民族文化身份的呼声极其强烈，在民族主义情绪高涨的氛围当中，一种崭新的有别于欧洲绅士的粗犷的"丛林人"形象及其文化被演绎成了澳大利亚的文化"迷思"，这使得民族文化发展在一个阶段里走向了盲目自信的极端。维尔克斯举例说，从这点上讲，没有人比《我的光辉生涯》中的叙述者更"澳大利亚"了，她宣称："对于我来说威尔斯王子不过就是一个剪羊毛工人，除非我见到他时他能展示出他王子头衔以外的品质——否则的话，让他见鬼去吧。"[②] 维尔克斯认为，只以劳森和弗菲作品中的剪羊毛工人和赶牧工人为民族形象，以作品中所颂扬的平等主义精神为澳大利亚的民族精神，这种民族文化的一元建构模式忽略了其他方面的重要表现，给澳大利亚文化的发展造成了非常不幸的后果。

P. R. 斯蒂芬森在其专著《澳大利亚文化的基石》中提出在独特的"澳大利亚性"基础上建立文化身份的问题；1938 年，雷克斯·英格梅尔斯在他的《有条件的文化》一书中坚持澳大利亚诗歌中"环境价值"的重要性，并进一步声称澳大利亚文学应吸收土著文化；1930—1950 年间坚持诗歌创作民族化道路、维护澳大利亚土著传统的"津迪沃罗巴克运动"不断推进这一事业，作为其成果之一的《津迪沃罗巴克选集》大力提倡将土著词汇和形象融入澳大利亚写作中。然而，在维尔克斯看来，这些努力以及其他一些试图建立真正的澳大利亚文化身份、发展澳大利亚民族文化的尝试往往收

[①] G. A. Wilkes, *Australian Literature: A conspectus*, Sydney: Angus and Robertson (Publishers) Pty Ltd., 1969, p. 29.

[②] G. A. Wilkes, *The Stockyard and the Croquet Lawn: Literary Evidence for Australia's Cultural Development*, 1981, p. 76.

效甚微。维尔克斯指出，对于澳大利亚而言，继续走1890年以来的极端民族主义的路线明显没有出路，民族文化必须有新鲜的内容。从殖民地时期到20世纪，伟大的文学都是超越民族界限的，"如果我们能克服贬低19世纪类似作品的习惯（认为它们不是'澳大利亚的'），那我们将写出另一段文化史，至少传统意义上的'民族—民主'史将名副其实"[①]。

维尔克斯认为，20世纪中期以后的澳大利亚文学作品更多地体现了澳大利亚文化的张力，彰显了对现存文化观念的颠覆，例如，雷·劳勒（Ray Lawler）的《第十七个玩偶的夏天》（*Summer of the Seventeenth Doll*，1955）是对"澳大利亚传奇"中的"伙伴情谊"、男子汉理想以及粗犷勇猛的卓越气质的重新审视；艾伦·西摩（Alan Seymour）在其剧作《一年中的这一天》（*The One Day of the Year*，1960）中揭露了人们心目中的"澳新军团传奇"（Anzac Legend）的历史面目，无情地击碎了它所代表的澳大利亚民族神话。在此之后的60—70年代的剧作家们真实展现了澳大利亚内地及郊区的众生相，这些作品不仅没有为"幸运国"唱赞歌，相反，它们似乎都是对"幸运国"的控诉，剧作家们在自己的作品中描写和讽刺丑陋，这些作品在揭露"平庸"时极富戏剧色彩，绝无悲伤情绪，读者从中不难看出，澳大利亚人已经学会正视自己的文化缺陷，以一种不卑不亢的从容态度面对建构自己民族文化身份、发展民族文化的重任。

维尔克斯从怀特和霍普等一批作家和学者身上看到了澳大利亚文学和文化的未来希望。维尔克斯认为，他们作品中的讽刺风格对反省自身文化缺陷，寻求建构民族文化身份大有裨益。这些作家和学者看到了"平庸"思想所造成的"严重的澳大利亚空虚"，但是他们并没有被吓倒而畏缩不前。怀特试图通过创作优秀的澳大利亚文学作品来挽救这种情形，他在1973年获得诺贝尔文学奖后接受采访时说："澳大利亚的生活对许多人来说似乎都相当乏味。我尽力传达一种绚丽、一种卓越，它们存在于人类的现实之上。"[②] 维尔克斯认为，怀特自1955年以来为"严重的澳大利亚空虚"填入

[①] G. A. Wilkes, *The Stockyard and the Croquet Lawn: Literary Evidence for Australia's Cultural Development*, 1981, p. 56.

[②] Ibid., p. 134.

了精神和意义。他同时引用普林格尔的话指出，澳大利亚人作为一个民族与生俱来的平庸状态"并不是终极的不可改变的状况；相反，它是一种无穷的多样性和精妙性的创造力的源泉。以腐肉为床的丽蝇只是彩虹的变体。普通形式在持续地分裂为出色的形状。只要我们愿意探究它们"①。霍普在其诗歌《澳大利亚》中虽然呈现了澳大利亚20世纪的文化空虚景象，但是在结尾处他积极地宣告：

  然而也有如我之人欣然回家，
  从现代思维的繁茂丛林来
  去找寻人类思想的阿拉伯沙漠，
  期盼先知仍能从沙漠降临……②

在维尔克斯看来，这表明霍普以民族文化发展为己任、对建构和发展自己民族文化的信心和决心。

  维尔克斯关于澳大利亚民族文化发展的思考贯穿于其著作的字里行间。他认为，如果在建构澳大利亚文化身份时一定要抵制英国的价值观，那么"澳大利亚的"内涵就显得很狭隘；而因强调澳大利亚新生代优于欧洲移民的铁汉形象而摒弃优雅作风、将智力的追求贬低为没有男子气概、提倡用粗犷的风格生活的"平庸"思想也是极端民族主义的典型表现，对发展澳大利亚民族文化有害无益。因此，他表示自己很赞赏万斯·帕尔默及其志同道合者所做的贡献，认为后者在接受19世纪90年代的传统的同时努力把澳大利亚引向"高雅文化"。维尔克斯认为，这是20世纪对于19世纪的一种"进步的"反应。万斯·帕尔默在自己的第一个短篇小说集《男人的世界》里表明了他要走的路径："牲畜围栏还是牲畜围栏，但要吸收一些槌球场地的文明"③，并且在其严肃作品中也体现了他关于民族主义的传统即意味着要在国际化语境中立足的思想。维尔克斯称之为"改良的民族主义"，认为

---

① G. A. Wilkes, *The Stockyard and the Croquet Lawn*: *Literary Evidence for Australia's Cultural Development*, 1981, pp. 130 – 131.
② Ibid., p. 123.
③ Ibid., p. 102.

这是在用一种理性的眼光看待澳大利亚民族文化问题。这也可以看作是维尔克斯心目中民族文化发展的理想路径。

在《澳大利亚文学概要》开篇处，维尔克斯就指出了澳大利亚文学发展的两条脉络：一是欧洲文明向南的延伸发展，二是土著文化在澳洲本土的发展。这两条脉络从一开始的相遇、经过磨合到最后的相融，最终形成了澳大利亚自己独立的文学。[①] 通过这两条脉络，可以大致看出澳大利亚文化的发展轨迹，即土著文化和欧洲文明的同生共荣所形成的具有鲜明特征的澳大利亚民族文化。在他看来，澳大利亚文化从一开始就与英国文化相比照而发展，并且从未摆脱过其影响。澳大利亚要想拥有自己独立的民族文化，一方面要克服"澳大利亚传奇"式的自大和排外心理，如果一味地秉持与澳大利亚本土有关的才是民族文学和文化、与外国有牵连的都应遭到摒弃的观点，则极易走入极端民族主义的误区；另一方面要从盲目模仿和崇拜别国文化的情绪中走出来，消除在文化上的自卑情绪和"平庸"心理，用自己不懈的努力去建立自己的文化自信。维尔克斯认为，只有做到师别国文化之长、补本国文化之短，才能海纳百川、形成自己民族独立的博大精深的文化，并不断将自己的民族文化传统发扬光大。

---

① G. A. Wilkes, *Australian Literature: A conspectus*, 1969, p. 11.

第三章
利昂尼·克雷默的反民族主义文学史观

从20世纪60年代开始,"新批评"成了澳大利亚文学批评的主导范式,一个标志性的人物当推利昂尼·克雷默(Leonie Kramer, 1924—)。克雷默生于澳大利亚的墨尔本,先后就读于墨尔本长老会女子学校、墨尔本大学和牛津大学。1958年,她从英国学成回国之后,先后在新南威尔士大学英文系任讲师、高级讲师、副教授,1968年,她继G. A. 维尔克斯之后被任命为悉尼大学第二任澳大利亚文学教授,同时成为首位担任该职位的女性。从70年代开始,克雷默仕途通达,在三十多年的时间里,她步步荣升,成了澳大利亚杰出女性中的佼佼者,她先后应邀担任澳大利亚广播公司、澳大利亚中学事务局、国立图书馆、澳大利亚澳洲翻译资格认定局、大学理事会的成员,还担任过澳大利亚广播公司主席、悉尼大学校长、澳大利亚公共事务所高级研究员、新南威尔士州电力委员会主任、国际戏剧艺术研究所董事局主席、西部矿业公司和澳新银行集团董事等。1986年,她因"为人类积极传播学术"成为大不列颠奖的首位获奖人,此外,她还先后被塔斯马尼亚大学、墨尔本大学以及澳大利亚国立大学授予名誉博士学位,1976年被授予大英帝国勋章,1983年再获女爵士勋章,1990年被授予最高澳大利亚政府勋章。克雷默的主业是文学和文学批评,其最主要的成果是关于澳大利亚小说家亨利·汉德尔·理查森等作家的一系列研究著作,1981年,她主编出版了名噪一时的《牛津澳大利亚文学史》。

一

在20世纪的澳大利亚批评史上,有两位杰出的女性,稍早的一位是万斯·帕尔默的妻子耐蒂·帕尔默，第二位便是本章讨论的利昂尼·克雷默。在女性主义文学批评进入澳大利亚之前，此二位是代表两个不同时代的最著名的澳大利亚女批评家。为了更好地了解克雷默在澳大利亚文学批评问题上的立场和态度，不妨将此二人放在一起做个比较。

从经历上看，耐蒂·帕尔默和利昂尼·克雷默有很多相似之处，首先两人都出身于墨尔本的中产阶级家庭，此外，二人先后在同一所长老会女子学校接受中学教育，后来又都就读于墨尔本大学，大学毕业后，两人都曾奔赴欧洲作进一步深造。耐蒂·帕尔默于1910年赴欧洲学习语言学，先后在伦敦、巴黎等地逗留，1911年回国，次年获得墨尔本大学文学硕士学位。耐蒂·帕尔默终生致力于澳大利亚文学的研究，也是第一个系统研究澳大利亚文学的女批评家，她通过《澳大利亚文学的开端》(The Beginnings of Australian Literature, 1921—1922) 和《现代澳大利亚文学1900—1923》(Modern Australian Literature 1900—1923, 1924) 等论文和著作大力宣传澳大利亚文学的成就。她的书评、论文和私人日记《十四年：私人日记节选》(Fourteen Years: Extracts from a Private Journal 1925 – 1939) 即使在今天仍有其独特的参考价值。耐蒂·帕尔默与小说家亨利·汉德尔·理查森私交甚好，1950年，她出版澳大利亚首部系统研究理查森的专著《亨利·汉德尔·理查森》，1953年，耐蒂·帕尔默又将理查森写给她的所有信件整理出版，为理查森研究提供一手的宝贵资料。因此，著名女性主义批评家戴尔·斯彭德 (Dale Spender) 给予耐蒂·帕尔默极高的评价。

与其丈夫一样，耐蒂·帕尔默是一个不折不扣的民族主义者。作为一名民族主义批评家，耐蒂·帕尔默关注澳大利亚民族文学建设。民族主义批评家强调运用本土标准来评价澳大利亚文学作品。作为一位长期在民间工作的批评家，耐蒂·帕尔默指出，澳大利亚文学应该专门为澳大利亚人而创作。她认为，作家应描写澳大利亚的地貌并强调"地方"和"人"之间的联系，换言之，衡量文学作品优秀与否的标准是看它是否凸显了"澳大利亚意识"和"鲜明的澳大利亚特征"。耐蒂·帕尔默与她的丈夫一致认为，澳大利亚文学"从来就不是由一个超然物外的观察者创作的，它从劳动者群体中产生，所用的也是他们的语言，其中夹杂着俚语和口语特有的节奏"。这种文学能够"使澳大利亚人更清楚地了解自身的特点和局限……使他们成为一个民族，能够对与民族存在相关的事情做出反应"①。在评价民族主义文学的贡献时，耐蒂·帕尔默与她的丈夫一样认为，存在于此类文学中的创造性冲动"不仅在艺术层面，而且还在社会和工业领域取得了成就，为未来澳大利亚民族的发展奠定了基础并形成了传统。"②

以耐蒂·帕尔默为参照，克雷默作为20世纪一位重要的澳大利亚批评家的立场可谓一目了然。虽然同为女性，克雷默代表了20世纪六七十年代的一种新的批评范式，与耐蒂·帕尔默相比，克雷默是一位十足的"新批评"家。从耐蒂·帕尔默到克雷默，读者可以清楚地观察到澳大利亚文学批评从民族主义向"新批评"的转变。像耐蒂·帕尔默一样，克雷默也在大学毕业后赴英国求学，后回国任教。克雷默也曾撰写关于理查森的文章和专著，但是，克雷默在留学英国期间深受利维斯的影响，所受的文学批评训练是一种全新的"新批评"式训练，回国以后，积极在澳大利亚宣传"新批评"的思想和文学研究方法。戴尔·斯彭德认为，克雷默对在澳大利亚引入和推广利维斯式文学批评模式起到了重要作用："是她不断地宣传澳大利亚文学的价值；是她回首文学创作的过去并勾画光明的未来；……是她意识到小说日益上升的重要性；也是她把女小说家放在她所建构的澳大利亚文学传统的中心位置。"③ 作为全澳第二位澳大利亚文学教授，克雷默自然关注澳大利亚文学的发展，可以说，她以不同的方式，为澳大利亚文学的持续发展倾注了毕生的心血，她主编出版的当代首部澳大利亚文学史对澳大利亚文学的传统和经典构建同样做出了巨大的贡献。

20世纪五六十年代，澳大利亚的"新批评"家们继承了阿诺德的理念，强调通过文学和教育来提高全社会的道德水准。他们把"普世性"放在突出位置，倾向于使用普遍的标准，在作品中寻求反映普世价值和人类普遍命运的亮点。"新批评"家们提倡"为艺术而艺术"，反对将文学和教育同政治等意识形态问题相联系。在一次访谈中，克雷默明确指出，澳大利亚"当

---

① Vance Palmer, *The Legend of the Nineties*, 1954, pp. 170–171.
② Ibid., p. 172.
③ Dale Spender, *Writing a New World: Two Centuries of Australian Women Writers*, London/New York: Pandora, 1988, p. 238.

前最大的困难之一……是人们喜欢将教育与政治混为一谈"①。她把民族主义的批评模式斥为"批评的偏见",因为它完全背离了文学批评的宗旨。②在克雷默眼中,民族主义者代表了一种对于娇弱的澳大利亚文学的"保护的冲动"和"虔诚的希望",而这种做法实际上把作家从艺术家降格为爱国主义者。③ 她认为,将文学与政治混为一谈是"思辨能力贫乏的标志"④。在另一篇题为《澳大利亚的文学批评》的文章中,克雷默对民族主义者提出了更加严厉的批评。她指出:"如果批评停留在狭隘的民族主义狂热或封闭的自我意识的基础上,那么,批评就根本无法完成自己的任务。"⑤

在克雷默的文学批评中,"认同并把澳大利亚文学作品放在澳大利亚之外的文学'本源'语境中评价"是她的中心策略。为此,她一直强调澳大利亚文学与英国文学之间的联系,在批评中高举"标准"的大旗。⑥ 她跟耐蒂·帕尔默在"标准"问题上立场不同,而这种立场的差异导致了二人在面对英国和澳大利亚文学时采取了截然不同的态度。在耐蒂·帕尔默看来,澳大利亚民族文学只能由内而外地发展,走本土化的路线,在这一过程中,英国文学可以提供借鉴,但不能起到主导作用,虽然澳大利亚作家会模仿英国作家的作品,但两种文学在本质上是完全不同的,其差异就如同金合欢树和橡胶树之间的区别。⑦ 在评价澳大利亚早期作家罗尔夫·博尔德沃德(Rolf Boldrewood)时,耐蒂·帕尔默指出,《武装抢劫》(*Robbery Under Arms*)是为澳大利亚而作的一部小说,所以取得了成功。博尔德沃德的其他作品之所以失败是因为他忙于"在国外观众面前炫耀澳大利亚",表现出典

---

① Carole Ferrier, "Introductory Commentary: Women Writers in Australia", *Gender, Politics and Fiction: Twentieth Century Australian Women's Novels*, 2nd edition, ed. Carole Ferrier, St. Lucia, Qld.: University of Queensland Press, 1992, p. 6.

② Leonie Kramer, "Henry Handel Richardson", *The Literature of Australia*, Geoffrey Dutton, ed., Ringwood/Harmondsworth: Penguin, 1976, p. 364.

③ Leonie Kramer, "Introduction", *The Oxford History of Australian Literature*, Leonie Kramer, ed., Melbourne: Oxford University Press, 1981, pp. 11 – 14.

④ Ibid., p. 16.

⑤ Leigh Dale, *The English Men: Professing Literature in Australian Universities*, Toowoomba: the Association for the Study of Australian Literature, 1997, p. 137.

⑥ Ibid., pp. 132 – 133.

⑦ Nettie Palmer, *Nettie Palmer: Her Private Journal Fourteen Years, Poems, Reviews and Literary Essays*, Vivian Smith, ed., St. Lucia: University of Queensland Press, 1988, p. 290.

型的"殖民态度"①。与此相反，以克雷默为代表的"新批评"家们却强调英国文学的指导作用，认为应该用英国文学的标准来衡量澳大利亚文学。在评价早期澳大利亚诗歌时，克雷默曾毫不客气地指出，学界对英国诗歌与这些作品体现的道德高度之间的因果关系未作深入的研究。②她认为，民族主义者声称要走本土化路线，但实际上这种对民族身份的专一追求本身就是模仿其他国家的。因此，民族主义者制造的不过是一个神话，"在表现局部现实的同时，局部被当作整体，或至少是整体的核心部分"③。民族主义者代表的不过是"某种形式的文化孤立主义和保护主义"④。

　　殖民地初期的澳大利亚为何没有涌现一批高质量的文学作品？耐蒂·帕尔默认为那主要是客观原因造成的，例如，作家对这块新土地尚不熟悉，在这种情况下，即使弥尔顿、华兹华斯和简·奥斯汀来了也无法在这里创作出优秀作品，但是，这些早期作家为后来者"丰富了语言，扩大了作家的视野"⑤。耐蒂·帕尔默认为，澳大利亚尚未出现伟大作家的根本原因"不是我们缺乏才智，也不是我们缺少作家。我们真正缺少的是中心。在每一个现代国家中，出版社就是民众精神的中心"⑥。除了出版社，澳大利亚作家还面临其他困难，如公众对民族文学不感兴趣，澳大利亚作家的作品在市场上根本买不到，作家无法依靠写作为生等。对于同样的问题，克雷默是怎么回答的呢？她认为：英国新古典派的文学巨匠当时已大都去世，无法为澳大利亚作家提供指导；此外，早期的澳大利亚作家大都创作能力平平，因此其创作水平不能不受到限制，换一个不同的文化环境，他们也不可能取得更大成绩。⑦

　　不同的立场也决定了克雷默在评价特定作家时自然采取与以耐蒂·帕尔

---

① Nettie Palmer, *Nettie Palmer: Her Private Journal Fourteen Years, Poems, Reviews and Literary Essays*, pp. 291-292.
② Leonie Kramer, "Introduction", *The Oxford History of Australian Literature*, 1981, p. 1.
③ Ibid., p. 12.
④ Ibid., p. 22.
⑤ Nettie Palmer, *Nettie Palmer: Her Private Journal Fourteen Years, Poems, Reviews and Literary Essays*, p. 287.
⑥ Ibid., p. 379.
⑦ Leonie Kramer, "Introduction", *The Oxford History of Australian Literature*, 1981, p. 14.

默为代表的民族主义批评完全不同的立场。克雷默认为,民族主义批评家看重的是作家是否站在澳大利亚人的角度表现澳大利亚,而她则更多地致力于挖掘澳大利亚文学作品与英国文学之间的联系。克雷默也认为博尔德沃德是个不错的作家,但那不是因为《武装抢劫》写得简单而直截了当,为澳大利亚所创作,而是因为该小说明显受到狄更斯和司科特的浪漫冒险故事的影响。在谈到约瑟夫·弗菲时,耐蒂·帕尔默注重的是弗菲的态度,在她眼中,弗菲不是一个观看畸形人表演的看客,而是置身于自己同胞之中的、受过良好教育的澳大利亚人。相比之下,克雷默认为弗菲的《如此人生》反映了人类社会的普遍性,而且小说遵循了英国传统浪漫故事的套路。克雷默喜爱理查森,但是,她喜欢理查森的原因与耐蒂·帕尔默不同,耐蒂·帕尔默认为,理查森描写了澳大利亚的风土人情,因而是典型的澳大利亚作家;克雷默却认为,理查森对马奥尼(Richard Mahony)的塑造采用了浪漫主义和现实主义的创作手法,而理查森对澳大利亚风土人情的描述反而束缚了她的创作才能,导致拙劣文体的产生。[1] 克雷默还认为,理查森在对人类的脆弱进行细致分析的同时还表现出对道德问题的关注,这在澳大利亚作家中是罕见的。

  毫无疑问,造成耐蒂·帕尔默与克雷默之间如此鲜明差异的根本原因是民族主义者和"新批评"家对文学应该服务的对象有着不同的理解。民族主义者认为,文学应该走平民化路线,他们坚持文学应该为大众服务的宗旨,而且一直致力于培养一个热爱阅读的中产阶级群体。与此相反,以克雷默为代表的"新批评"家认为文学应走精英路线,由于对英国文学的极度推崇,利·戴尔讽刺地将他们称为"(英国)文化的守卫者"[2]。利·戴尔认为,以克雷默为代表的澳大利亚"新批评"家们倡导的是利维斯式的社会达尔文主义,在他们眼中,物竞天择,"最有文化者生存"[3]。他们强调普遍性,忽视文学作品中体现的差异,因为差异意味着降低文学批评的标准。

  著名作家海伦·加纳曾把批评家分为两种类型,一类是能够和作家像朋

---

[1] Leonie Kramer, "Henry Handel Richardson", *The Literature of Australia*, Geoffrey Dutton, ed., 1976, p. 374.

[2] Leigh Dale, *The English Man: Professing Literature in Australian Universities*, p. 92.

[3] Ibid., p. 135.

友一样聊天的批评家;另一类则是"在你的书上四处踩踏,以显示他们自己有多棒"的批评家。① 从这个意义上看,或许耐蒂·帕尔默和克雷默代表了这两类截然不同的批评家。耐蒂·帕尔默认为自己负有使命,她的使命是在澳大利亚培养出一个深受文明熏陶的中产阶级群体,而文学是重要的途径;她要努力地"通过她的文学批评教育大众,同时积极地鼓励作家们进行创作"②。综观其一生,耐蒂·帕尔默一直是"作家的批评家",与作家并肩作战。③ 与耐蒂·帕尔默形成鲜明对比的是,克雷默或许从来不把自己当成作家的朋友,在她看来,批评家对于作家而言具有支配权,他们是公众文学品味的仲裁者。约翰·多克把"新批评"家们称作"(公众)情感的警察",因为在他看来,"新批评"家的企图是"建立类似于监狱的批评体制"④。这种压制作家和民众声音的做法成了"新批评"受人诟病的原因之一。多萝西·格林认为,批评家的职责是让作家与读者之间的伙伴关系更富有生气,直到他的批评任务变得多余⑤,但"新批评"家们常常情不自禁地把自身置于作家和读者之上,所以显然不符合格林对于好的文学批评设定的标准。

二

以克雷默为代表的"新批评"是澳大利亚批评界借鉴和引进国外文学批评模式的一次大胆尝试。作为20世纪中叶澳大利亚文坛最"正统的"文学批评,"新批评"在澳大利亚风行30年。这主要应归功于高等教育的逐渐普及、澳大利亚文学的地位的提升以及留学英伦的人士的强力推介。克雷默对于普世性标准的坚持和经典构建重要性的倡导对推动澳大利亚文学批评的

---

① Candida Baker, *Yacker: Australian Writers Talk about Their Work*, Sydney/ London: Picador, 1986, p. 156.
② Deborah Jordan, "Nettie Palmer as Critic", *Gender, Politics and Fiction: Twentieth Century Australian Women's Novels*, 2nd edition, Carole Ferrier, ed., St. Lucia: University of Queensland Press, 1992, p. 65.
③ Gillian Whitlock and Chilla Bulbeck, " 'A Small and Often Still Voice'?: Women Intellectuals in Australia", *Intellectual Movements and Australian Society*, Brian Head and James Walter, eds., 1988, p. 156.
④ John Docker, *In a Critical Condition: Reading Australian Literature*, 1984, p. 171.
⑤ Dorothy Green, *Writer Reader Critic*, 1990, p. 152.

发展起到了一定的积极作用。不过,克雷默对英国文学的推崇清楚地反映出了困扰澳大利亚批评界的文化自卑病。要更加全面深入地了解克雷默的文学批评立场,读者有必要认真地阅读她那部极富争议的《牛津澳大利亚文学史》。

克雷默主编的《牛津澳大利亚文学史》于1981年出版,该书因为集中反映"新批评"的文学主张而被批评史家视为澳大利亚文学发展史上的分水岭。该书正文部分共分三章,分别由艾德里安·米切尔(Adrian Mitchell)、特里·斯特姆(Terry Sturm)和维维安·史密斯(Vivian Smith)撰写,分别讨论澳大利亚小说、戏剧和诗歌史。在该书的卷首是克雷默亲自撰写的前言,通过阅读这一前言,我们便可以很好地了解克雷默的批评思想。

在《牛津澳大利亚文学史》一书的前言中,克雷默开宗明义地针对以万斯·帕尔默为代表的澳大利亚民族主义批评家提出了批评。她指出,澳大利亚的民族主义批评家们在讨论澳大利亚作家作品时喜欢摆出一种保护性的姿态,他们分析阐释作品,讨论某些议题,但是,他们极少进行清晰的价值判断,一个诗人在出版了一些作品之后在艺术上达到了怎样的高度,评论家们不置可否,仿佛这不是一个需要讨论的问题;他们认为,澳大利亚文学太过娇嫩,所以需要特殊的呵护和庇护,经不起外面世界的疾风骤雨。[1] 克雷默认为,民族主义批评家的这种做法是非常错误的,《牛津澳大利亚文学史》所要提供的是一部真正关注澳大利亚作家艺术成败的严肃的批评指南。

克雷默不同意万斯·帕尔默关于早期澳大利亚殖民地文学境况的判断。万斯·帕尔默认为,早期的澳大利亚文学严重匮乏,因为当时的澳大利亚人从18世纪的英国继承了一种尊重文明的理性主义传统,这种传统使早期的澳大利亚作家无法面对殖民地的生活,所以他们总是远远地采用"日志、报道和回忆录"等记录事实的方式来记述当时的生活,相比之下,要求作者调动想象和情感的诗歌和其他类似的文学形式就显得不合时宜。克雷默认为,殖民地初期澳大利亚文学严重匮乏的主要原因不是18世纪文学传统存在什么问题,而是澳大利亚殖民地存在问题,18世纪的澳大利亚兴起于一个错误的时代,此时的英国新古典主义传统已成为过去,一种强调想象力的浪漫

---

[1] Leonie Kramer, ed., *The Oxford History of Australian Literature*, 1981, p. 2.

主义文学思潮开始逐步取代奥古斯都时代的文学原则和态度，澳大利亚的早期文学创作诞生于这样一个两种新旧文学潮流互相更替的时代，所以到处表现出一种难以掩饰的不确定性和尝试性。早期澳大利亚的绘画和风景实录性的文字大多充斥着对于秀丽风光的描画，包括散文、报道、论争和历史在内的非虚构类散文写作是这个时期文学写作的主体，早期的诗歌大多采用一种讽刺性的诗歌惯例批评殖民地生活。① 克雷默强调指出，早期的澳大利亚文学之所以不发达是因为缺少优秀作家，她认为，澳大利亚早期的生活所展现出的现实情境为文学创作提供了不少很有意思的题材，但是，似马库斯·克拉克这样的早期小说家在《终身监禁》（*For the Terms of His Natural Life*）中所表露出的文学才情完全不能传达澳大利亚早期澳大利亚殖民地生活中处处展现的纯洁自然与人伦沦落的鲜明反差。②

克雷默首先论述了早期澳大利亚诗歌创作中存在的问题。她认为，作为公共观察家、道德家、哲学家和批评家的诗人较之那种强调私密主观的浪漫主义作家，对于早期澳大利亚这样的新兴社会应该很适应，因为关注蛮荒征服和文明建设的新古典主义给早期殖民者带来了希望，从文学形式上看，颂歌、挽歌、讽刺诗和叙事诗都很好地满足了早期澳大利亚作家的需要，也能助其充分地实现自己的理想，尤其是18世纪英国盛极一时的风景诗可谓为澳大利亚早期诗人书写澳洲大陆提供了再好不过的文学形式。③ 那么，澳大利亚殖民地时期的诗歌到底存在什么问题呢？克雷默认为，澳大利亚和美国虽然同是殖民地背景，但二者的文学从一开始就存在显著的差异，她引用塞缪尔·劳伦佐·纳普（Samuel Lorenzo Knapp）在其《美国文化史1607—1829》中的话指出，美国人的先辈们不像某些殖民者那样是为了保证剩下的民众洁净纯洁而被母国清除出来的，他们不是为了防止民族中风或者政治痉挛而驱逐出去的多余人。她认为，美国的早期文化孕育于早期殖民者的节俭、进取和对自由的追求，所以早期的美国文化史可以从一个个鲜活的个体文化设计师身上的精神素养中去搜寻。相比之下，1788年开始的澳大利亚

---

① Leonie Kramer, ed., *The Oxford History of Australian Literature*, 1981, p. 4.
② Ibid., p. 3.
③ Ibid., pp. 4–5.

殖民始于一个监狱,早期的澳大利亚并非没有出色的个体的思想家,但由于这些人当时最主要的任务是努力在这样的流放之地上生存下来,殖民地恶劣的环境、来自英帝国的控制以及各种各样的偶发事件都极大地限制了文学的发展,所以早期的澳大利亚写作多为非文学意义上的日志、回忆录或者书信。早期的澳大利亚诗人模仿英国诗歌传统和写作方式,所以他们的作品听起来不具有澳大利亚本土的特点,其错不在英国诗歌的传统及其写作方式,也不在于他们在作品中没有更多地表现澳大利亚自然和人文环境,而在于他们在创作中没有表现出属于自己的独特的个体风格。①

克雷默不同意万斯·帕尔默关于早期澳大利亚小说的评价。万斯·帕尔默认为,殖民地时期的澳大利亚小说太不关注本土生活,因此对于后世的澳大利亚小说发展很难产生什么积极的意义;克雷默认为,殖民地时期的澳大利亚小说家很好地将他们对于殖民地生活的观察和曾经时兴一时的英国小说形式结合在了一起,为后世的小说确立许多长期为人关注的主题和态度。克雷默也承认,19 世纪的澳大利亚殖民地小说成就不大,她以亨利·金斯利为例指出,金斯利的小说《杰弗里·汉姆林的回忆》(*The Recollections of Geoffrey Hamlyn*) 和《西利亚和伯顿两家》(*The Hillyars and the Burtons*) 分别讲述了澳大利亚殖民地时代的两个阶段的生活,第一阶段主要表现早期来澳大利亚追求财富的牧场主生活,第二阶段集中表现决心定居澳洲的移民生活,两部小说为自己设定的背景浩大,故事情节跌宕起伏,不少情节读来令人想到狄更斯的小说,但是,克雷默认为,狄更斯的小说中充满幽默、独创的智慧以及神奇而可信的幻想,但这些东西在金斯利的小说中全然不见,所以说缺少优秀的小说家才是澳大利亚早期小说中的根本问题。②

关于 19 世纪 90 年代的澳大利亚文学,克雷默同样提出了与民族主义批评截然不同的观点。首先,她认为,19 世纪末的澳大利亚文学从一开始就包含着两种方向,一种是《公报》杂志所大力推介的反映澳大利亚农村生活的速写和短篇小说,这一方向的代表自然是亨利·劳森;另一种是积极反映英国和欧美文学动向的国际主义方向,这一方向积极追随英国的唯美主义

---

① Leonie Kramer, ed., *The Oxford History of Australian Literature*, 1981, p. 2.
② Ibid., pp. 6 – 7.

和法国和德国的象征主义思潮,代表这一方向的作家是克里斯托弗·布伦南,如果说劳森的作品记录了澳大利亚农村生活的艰辛,布伦南的诗歌揭示了以悉尼为代表的澳大利亚城市生活中的波德莱尔式的颓废,前者充满了一种感伤的现实主义,后者表达了受挫而饥渴的浪漫主义,一种只强调劳森而忽略布伦南的文学史无疑是犯了简单化的错误的。其次,澳大利亚民族主义批评每每把弗菲说成是19世纪90年代的文学和政治力量的集中代表,小说《如此人生》前言中的那句名言——"民主的脾性,极端的澳大利亚偏向"(Temper democratic, bias offensively Australia)——常常被看作民族主义文学的核心表征,但是,《如此人生》真的歌颂民主和平等精神吗?小说家声称自己反对亨利·金斯利的浪漫传奇,努力展现一部纪年之作,但是小说处处流露出传奇的情节伎俩和离奇变化;克雷默认为,小说《如此人生》刻画的是一个充满等级秩序的社会,这里的人物来自不同的国家和民族,属于不同的阶级;此外,小说在何为典型的澳大利亚的问题上表现暧昧不定,一面高喊民族主义,一面对民族主义提出深刻的质疑。克雷默还指出,小说《如此人生》的另一大特点是它内容上的复杂性,小说一面展示澳大利亚本土知识,刻画早期移民和打工者的生活,一面大肆炫耀文学知识和民间智慧,一面像早期的日志和回忆录那样地记述殖民地的生活,一面大肆运用19世纪欧洲长篇小说的规则讲述人物经历和思想交流中的喜剧,自觉地像欧洲小说那样把生活转化成小说。[1]

  克雷默对 A. G. 斯蒂芬斯也发表了自己的看法。在她看来,虽然斯蒂芬斯的文学判断在澳大利亚文学史上产生过重要的影响,特别是他对抒情诗人肖·尼尔森的鼓励和褒奖,以及他为肯定小说《如此人生》所做的大量的宣传工作是他为澳大利亚立下的不朽功勋,但是,斯蒂芬斯根本不能算是一个批评家,他是一个编辑和书评家,他从来没有形成一个属于他自己的文学理论,甚至从未系统地思考过批评原则方面的问题。他一生评论最多的作家是劳森,但是,他的评论零碎有余,系统性不足,暴露出一贯的轻浮,他的文学评判充满了偏见,给人以浅薄的印象,他关注本土文学的成长,支持文学的民族性特征,所以在评论中每每碰到不利于本土文学发展的判断,都一

---

[1] Leonie Kramer, ed., *The Oxford History of Australian Literature*, 1981, pp. 9 – 10.

律避免，但是，他毕其一生都没有认真地去界定什么才算是文学的民族性特征。①

三

克雷默认为，对于民族身份问题的高度关注并不是澳大利亚一国之独创，但是民族主义的最大问题在于：即便是在有着悠久历史的国家，民族身份都是一个难以清楚界定的问题，更何况澳大利亚这样一个仅有 200 年历史的新兴国家。克雷默以万斯·帕尔默为例指出，帕尔默的《传说中的 19 世纪 90 年代》一书努力界定澳大利亚民族主义特征，但是，这种界定并非基于对于 19 世纪 90 年代的澳大利亚的客观历史描述，而是根据自己的需要和价值观选择了这一时期的一些特征（譬如丛林），然后将其放大为一个国家的民族特征，帕尔默的《传说中的 19 世纪 90 年代》将乡村生活、小村落、独立、坚韧和平均主义说成是澳大利亚传说的核心内容，这一思想在很长一段时间里产生了很大的影响，但是，克雷默认为，该书清楚地暴露出了文学在反映现实过程中的不可靠性。②

克雷默认为，民族主义批评的一个问题在于把自己的作家评判寄托在对于未来的期望之上，民族主义认为民族文学应该刻画本土人物，表现本土主题和本土陆地风貌，自由地表现自我的所在和身份，它与国外的影响无关，20 世纪 30 年代的"津迪沃罗巴克运动"及其代表人物雷克斯·英格梅尔斯，甚至 60 年代的朱迪思·赖特都是这种思想的典型代表。克雷默特别针对赖特的不少观念进行了评述，她认为，赖特对于许多 19 世纪作家的评论都反映出一种狭隘的民族主义观念，她反对文学创作中的模仿，因为她心目中的文学价值的大小取决于作品的主题以及作家的态度。赖特认为，19 世纪澳大利亚文学模仿英国文学，例如，亨利·肯德尔模仿英国的丁尼生和史文朋，这种情况虽说在所难免，但是，澳大利亚文学走向独立的重要标志在于澳大利亚意识的形成。克雷默认为，英国文艺复兴时期的诗人不就是在意

---

① Leonie Kramer, ed., *The Oxford History of Australian Literature*, 1981, p. 11.
② Ibid., pp. 11–12.

大利诗歌中觅得了可供效仿的模板吗？斯宾塞（Edmund Spencer）在他的《仙后》(The Fairie Queene) 中经常使用古典和国外的史诗和传奇传统，为什么澳大利亚诗人效仿英国的史文朋、蒲柏、考珀（William Cowper）、詹姆斯·汤姆森（James Thomson）、拜伦和法国的波德莱尔和魏尔伦就不行了呢？那么，为什么19世纪澳大利亚诗人没有像文艺复兴时期的英国诗人那样取得上述更加骄人的成就呢？克雷默认为，那不是因为早期殖民地时期的澳大利亚诗人身处流放状态之中，而是因为那些早期的诗人根本上缺少伟大诗人的才气，他们之所以失败与其说他们是因为未按照民族主义批评理论的要求多写本土生活，还不如说是因为缺少成熟的诗才。如果有些批评家硬要说澳大利亚作家是因为模仿了英国文学，所以走上了一条不归路，克雷默认为这些批评家或许应该反思一下自己立足外来思潮界定本土独创性的做法。①

民族主义批评家认为，澳大利亚诗歌应该关注本土的地貌和环境。在克雷默看来，这样的硬性要求极大地限制了澳大利亚作家的创作视域以及作品的朴实趣味性。她引用弗雷德里克·西尼特的话说，澳大利亚早期的诗人之所以没有写出优秀的作品来，不是因为他们没有描写澳大利亚的风景和花草，而是因为他们的文学天赋和诗歌才华不足；澳大利亚早期的小说家之所以没有写出优秀的小说来，不是因为他们没有如实地记录澳大利亚人的对话，而是因为他们根本上缺乏一种化腐朽为神奇的文学写作能力。②

19世纪90年代的澳大利亚文坛民族主义思潮云涌，其所反映出的是一种文学和文化中的批判思维的缺失，导致人们要求从殖民状态中解放出来的政治意识全面漫溢到文学和文化中来，在克雷默看来，这是值得后世遗憾的事。在那样的政治意识影响下，文学史家和批评家关心的是：澳大利亚的文学何时能够走向成熟？人们一般认为，一个国家的文学具有一个跟人一样的成长过程，一个国家的文学传统只需假以时日就一定能成长并走向成熟，关键在于时间。然而，澳大利亚文学的成熟似乎恰恰不是有了时间就能做大做强的，澳大利亚文学从18世纪末至今经历了包括殖民时期、19世纪90年代和20世纪三个阶段，但我们并不能因此说澳大利亚已

---

① Leonie Kramer, ed., *The Oxford History of Australian Literature*, 1981, pp. 13–14.
② Ibid., p. 15.

经走向了成熟。

克雷默认为,19世纪90年代的文学振兴在以后的20多年中走向了沉寂,类似的文学高潮直到20世纪30年代和40年代以后才得以再次出现:30年代的克里斯蒂娜·斯特德(Christina Stead)和帕特里克·怀特的小说,40年代R. D. 菲茨杰拉德、朱迪思·赖特、詹姆斯·麦考利、道格拉斯·斯图尔特、A. D. 霍普以及戴维·坎贝尔(David Campbell)等人的诗歌,以及60年代和70年代的戏剧。那么,20世纪澳大利亚文学的主要特点是什么呢?克雷默指出,40年代之后,澳大利亚的诗歌和小说几乎同时悄然地步入了现代主义时期,此时的澳大利亚小说并未受到詹姆斯·乔伊斯的影响,澳大利亚诗歌也没有受到欧美现代派文学的影响,步入现代的澳大利亚作家和诗人们较之以往表现出了一种对于现在的高度自觉,即便是在书写过去,他们也能清晰地立足于20世纪的当代现实。克雷默认为,20世纪的澳大利亚文学从文学体裁上看跟19世纪可谓倒了个儿,因为19世纪的澳大利亚诗人大多才情匮乏,难得推出的一些诗作常常也是不尽如人意,然而20世纪的澳大利亚诗人有了显著的提高,不是因为他们敢于实验,而是因为他们敢于大胆地将传统的诗歌形式为我所用,语言表达精准细致,唯一的缺点是他们常常在作品中表达一些道德上的说教,暴露了诗人在读者定位方面的不明确。[1]

克雷默认为,20世纪的澳大利亚文学喜欢书写历史题材,如果说19世纪的澳大利亚作家喜欢写流放犯、丛林盗匪和淘金生活,20世纪40年代新崛起的小说家书写的常常是更加久远的探险、国家历史和个人经历,具有代表性的作品包括道格拉斯·斯图尔特的《航行者组诗》(Voyager Poems)、帕特里克·怀特的《探险家沃斯》、哈尔·波特的自传和詹姆斯·麦考利的自传体诗。克雷默认为,上述这些作家深具个性色彩的创作或许并不代表20世纪澳大利亚文学的全部,但是,他们的成就较之凯瑟琳·苏珊娜·普理查、泽维尔·赫伯特、万斯·帕尔默等人的所谓"社会主义现实主义"创作要好得多,因为后者为了真实的生活细节常常不惜牺牲文学的艺术性、文

---

[1] Leonie Kramer, ed., *The Oxford History of Australian Literature*, 1981, p. 16.

学人物的逼真性和语言风格的高雅性。①

克雷默认为,20世纪的澳大利亚文学同样喜欢制造神话。她以史学家曼宁·克拉克的《澳大利亚史》(A History of Australia)为例,说明这种倾向反映了一种时代的特征,同时代的其他澳大利亚神话制造者包括朱迪思·赖特、莱斯·默里(Les Murray)、帕特里克·怀特、兰道夫·斯托、西德尼·诺兰(Sidney Nolan)以及阿瑟·博伊德(Arthur Boyd)等等。在诗歌创作中,莱斯·默里在他的诗中刻画了一种颇类似于叶芝笔下的爱尔兰农村景象;朱迪思·赖特把白人到来前的澳大利亚大陆描写成一个纯真时代,因为那时的土著人与自然和谐相处,后来包括她祖先在内的殖民者来了,他们疯狂地掠夺自然资源,对这片土地和这里的居民进行了同样疯狂地戕害,克雷默认为,赖特的这种写法或许不无历史根据,但她的诗歌里显然用传说代替了现实,而且传说最终变成了神话。在小说创作中,帕特里克·怀特的作品最具代表性,他的小说《姨妈的故事》讲述了一个澳大利亚村民从自己的村庄一步步走向文明的欧洲和美洲的寓言,《人之树》讲述了一个面对自然灾难勇敢探索新生活的神话,《探险家沃斯》讲述了一个精神探险的故事,在这样的探险中,读者读到了颇似班扬的《天路历程》中的寓言,《乘战车的人们》(Riders in the Chariot)将一个澳大利亚中产阶级郊外生活场景描绘成一个典型的人为沙漠。类似的神话在小说的《坚实的曼陀罗》(The Solid Mandala)、《活体解剖者》(The Vivisector)、《风暴眼》(The Eye of the Storm)以及《树叶裙》(The Fringe of Leaves)等小说中不断得到重复,在如此多的小说中,怀特极大地延伸了19世纪90年代的民族主义作家群的神话创作方法,他的农村不是农村,因为那是一个人面对现实的地方,一个人找寻到真理的地方,这个地方与反对资产阶级的激进民族主义作家笔下刻画的情景可谓异曲同工。②

克雷默心目中最优秀的20世纪澳大利亚小说家是马丁·博伊德,在她看来,博伊德的小说时间跨度长,反映的社会文化和经济生活丰富细致,但是,这些作品并不停留在这些大的环境要素上,他的小说的核心是具有鲜明

---

① Leonie Kramer, ed., *The Oxford History of Australian Literature*, 1981, p. 18.
② Ibid., pp. 19 – 21.

个性的人物，在人物的周围，他深入刻画了对其产生影响的欧洲、英国和澳大利亚的不同的社会和文化价值观，他的作品关注异教和基督教的互动，表现盎格鲁－撒克逊人、地中海人以及澳大利亚人的不同生活态度，他对欧洲和澳大利亚分别进行了委婉的批评。作为小说家，他才华横溢，但是，目光短浅的民族主义批评家们却因为他代表着少数的殖民贵族的生活方式，迟迟不愿接纳他，认可他对澳大利亚文学做出的贡献。克雷默心目中最优秀的20世纪澳大利亚诗人包括A. D. 霍普、詹姆斯·麦考利和戴维·坎贝尔，在她看来，上述三个诗人共有一个特征，那就是，他们都牢牢地将自己与欧洲诗歌的传统联系在一起，霍普的想象中充斥着古典欧洲文学的色彩，麦考利将欧洲文学和哲学引入对澳大利亚经验的思考，坎贝尔将自己对于欧洲诗歌的广博知识与他对于澳大利亚乡村生活和家族史的观察紧密地结合在一起。①

克雷默认为，澳大利亚是一个在欧洲价值基础上建成的国家，界定澳大利亚文化身份及其在文学中的反映必须充分考虑包括来自欧洲的各种影响，关于19世纪90年代的澳大利亚传说的确立是对澳大利亚社会生活现实的回避，沉迷于这样的民族主义价值无异于一种文化孤立主义和文化保护主义。今日批评家在讨论澳大利亚文学时，如果还像A. G. 斯蒂芬斯那样执着于"澳大利亚特性"，或者像赖特那样关心"成熟"，往轻里说将不可避免地将一些非文学的因素引入文学批评，往重里说将严重限制澳大利亚文学的发展空间。澳大利亚文学需要一种关注具体作家和文学形式的批评。一种基于民族主义的文学批评通常不能在批评家和作家之间建立起一种健康的关系，因为他们总是居高临下地以保护者的姿态出现，然而又总是不够宽容，他们设定标准，可他们的标准又总是社会的，而不是文学的。

---

① Leonie Kramer, ed., *The Oxford History of Australian Literature*, 1981, pp. 21 – 22.

第四章
文森特·巴克利的形而上诗学

20世纪五六十年代,文森特·巴克利(Vincent Buckley,1925—1988)的声名响彻澳大利亚文坛。澳大利亚当代诗人兼批评家约翰·赖特(John M. Wright)曾回忆说,有位英国女作家向他豪言说自己在50年代剑桥大学读书时所接受的文学教育是世界上最好的,因为在那里,她接受过利维斯的指导;赖特对她说,在20世纪中叶,如果谁有幸能上墨尔本大学,并在那里学习文学,那他才叫真正地幸运,因为那时墨尔本大学的学生"不仅有机会通过利维斯的权威弟子感受利维斯的智慧,更能接受巴克利第一手的教学,唯有如此,他们才在真正意义上得到了世上最好的文学教育"[1]。赖特对巴克利的赞美之情溢于言表,这种赞美在有些人看来或许是一种纯个人的体验,但是,在20世纪的澳大利亚,巴克利的声誉是毋庸置疑的,即使在其逝世多年后的今天,他在澳大利亚文坛和文学批评界的影响仍然清晰可见。

巴克利生于维多利亚州的罗姆西(Romsey),曾先后就读于墨尔本大学和剑桥大学。在剑桥大学留学期间深受利维斯的影响,是利维斯最忠诚的追随者之一。学成回国之后,巴克利在墨尔本大学任教,1967年起担任该大学的诗歌教授,他先后主编过《前景》(*Prospect*)杂志(1958—1964),担任过《公报》杂志的诗歌编辑(1961—1963),1967—1979年间旅居爱尔兰,1982年荣获"克里斯托弗·布伦南奖"(Christopher Brennan Award)。巴克利一生重视文学评论,在创作之余,积极投身文学批评,在他的文学批评

---

[1] John M. Wright, "Grasping the Cosmic Jugular: Golden Builders Revisited", in *JASAL Vincent Buckley Special Issue* (online edition), 2010. http://www.nla.gov.au/openpublish/index.php/jasal/issue/view/129.

中，他积极将英国"新批评"的文艺主张引入澳大利亚批评，在澳大利亚掀起了"新批评"的热潮。50年代末60年代初，巴克利不仅是澳大利亚学院派诗人和知识分子中的核心人物，在政治及宗教领域他也极其活跃：他热衷政治活动，积极参与澳大利亚工党和民主党硝烟四起的政治辩论；他是位虔诚的天主教徒，其渴望自由的天性却使他在40年代带头反对鲍伯·圣塔马利亚（Bob Santamaria）发起的天主教工人运动（Catholic Worker Movement）。然而，在其辉煌的一生中，巴克利最为人所关注的还是其诗人及评论家的身份。在其自传《割干草》（*Cutting Green Hay*）中，巴克利对自己做了精确的定位："我首先，是位诗人。"① 在其诗歌创作和批评中，巴克利始终坚持自己的原则，那就是：坚持作品本体论，强调文学的自给自足地位；以文学固有标准评判诗歌，反对以文学之外的任何标准来判定诗歌价值。纵观其一生奉行的诗歌原则，不难发现他与"新批评"之间的密切关联。

在20世纪西方文论史上，英美"新批评"是主导文学评论时间最长的一个文学批评流派，对西方现代文学批评和研究产生了深远的影响。在批评实践中，"新批评"用"文本"（text）这个术语来替代"作品"（work），因为在英文语境中，"作品"来源于"工作"、"制作"，本身具有强烈的工具性、主体性色彩。而"文本"的本义与"交织"、"肌理"、"构成"相关，与"作品"相比，则具有明显的客观性和自足论色彩。因此，以"文本"为研究对象的批评也叫"本体论"批评。② 正因文学的自足性，评判其价值的标准只能是文学自身的标准，任何外在的包括道德的、宗教的、民族的标准统统应该丢弃。巴克利对"新批评"的上述文学主张深信不疑，在"新批评"思想影响下，他先后撰写了多部文学评论著作，其中包括《亨利·汉德尔·理查森》（*Henry Handel Richardson*, 1960）、《论诗歌：以澳大利亚诗歌为例》（*Essays in Poetry: Mainly Australian*, 1957）、《诗歌与道德》（*Poetry and Morality*, 1959）以及《诗歌与神性》（*Poetry and the Sacred*, 1968），通过这些著述，巴克利较为全面地传达了他作为一个澳大利亚"新

---

① Vincent Buckley, *Cutting Green Hay*, Ringwood: Penguin, 1983, p. 185.
② 支宇：《语义杂多：新批评的文学意义论》，《中外文化与文论》2009年第1期，第92页。

批评"家的主要文学观点,尤其是诗学理论。本章结合马修·阿诺德诗歌批评的道德评判标准、艾略特的宗教标准、澳大利亚民族主义者的民族标准,讨论巴克利对诗歌与道德、宗教和民族之间关系的理解,揭示巴克利在"新批评"理论基础上构建起来的本体论的形而上诗学理论。

一

巴克利在剑桥读书时师从著名学者贝索·威利(Basil Willey),在其指导下完成了《诗歌与道德》一书,该书于1959年出版。巴克利关注诗歌与道德之间的关系,而此书开篇前两章就是以19世纪诗人兼批评家阿诺德为对象进行的批评。

阿诺德为19世纪下半叶维多利亚时期英国文学主将,他赋予文学及文学批评以深刻的社会道德意义,并鲜明地提出诗歌即"人生批评"的理论,他的文化批评方法更是启迪了包括利维斯在内的数代批评家。巴克利在墨尔本大学读书时便深受其影响,他曾表示阿诺德"不仅仅是他的研究对象,更使他明白了自己人生工作的意义"[1]。在《诗歌与道德》中,巴克利盛赞阿诺德是"浪漫主义的集大成者"[2]。然而,巴克利对于阿诺德并非停留在盲目崇拜的阶段,因为对于阿诺德的诗歌及批评中涉及道德问题的阐述,巴克利甚至还有着不同的观点。

阿诺德的诗歌及批评表达出对道德伦理的强烈关注。他诗歌创作中的名篇《多佛海滩》(Dover Beach)和《恩培多克里斯在埃特纳》(Empedocles On Etna)等无一不是对道德和人生问题的探讨。于阿诺德而言,诗歌和道德是紧密相连的,在这一点上,巴克利和阿诺德有着共同之处。威利教授在对巴克利的评价中说,他"很注重诗歌和道德——他太注意了,以至于能清楚地看到两者之间那错综复杂的联系"[3]。不过,阿诺德对于道德问题的强

---

[1] John McLaren, *Journey Without Arrival: The Life and Writing of Vincent Buckley*, Melbourne: Australian Scholarly Publishing, 2009, p. 10.
[2] Vincent Buckley, *Poetry and Morality*, London: Chatto & Windus, 1959, p. 25.
[3] Vincent Buckley, *Essays in Poetry: Mainly Australian*, Melbourne: Melbourne University Press, 1957, p. ii.

调源于他对诗歌作用的认识，他认为文学"包含了足以使我们了解自己和世界的知识"，因此"诗歌，从根本上来说，是人生批评"①。阿诺德的文学批评明确地将文学和社会生活联系在一起，着重于文学的社会功能，尤其是文学的道德内涵。他的主要批评手段就是通过诗歌本身探讨作品与作家创作的关系，分析作品中反映出的社会道德现象，强调诗人的社会责任。此外，阿诺德强调诗歌的教化功能，认为诗歌具有宗教的性质，他提出：诗歌最终将取代宗教，因为诗歌除了拥有宗教给人们带来心理的慰藉和引导功能之外，还具有真和美的属性。② 阿诺德的这种重视文学的社会功能以及关注作者的批评态度恰恰是秉承"新批评"精神的巴克利所不能赞同的。巴克利承认那种能激起人们情感的诗歌确实能够"唤醒我们内心一种生命感"，但这种诗歌作品隐含着一种不恰当的维多利亚时期的宗教观，那就是"一种为了使宗教不那么高高在上而将宗教降低为诗歌的倾向"③。因此，巴克利认为，阿诺德所谓诗歌即"人生批评"的文学观点"完全建立在诗歌可能带来的效果——对读者的道德影响之上"，这是"完全依据外在标准而不是诗歌内在的价值"来判断诗歌的好坏。最后，巴克利总结说："阿诺德并未能真正意识到诗歌的功能。"④ 在巴克利看来，在这个"人类已生病，饱受折磨"的时代，诗歌的功能是"如一圈火光照亮这个世界"，这是诗人在写作中需要谨记的"唯一的方法"⑤。因此，在巴克利看来，诗人的职责只在于"照亮"，而非"引导"。这种拒绝以诗歌效应为评判标准的观点与"新批评"代表人物 W. K. 维姆萨特的"感受谬见"（affective fallacy）理论颇为相似，通过对外在评判标准的批判，巴克利成功地将文本从纷繁复杂的因素中凸显出来，从而达到关注文本的目的。

既然道德并不能作为评判诗歌的外部标准，那么道德和诗歌到底是什么关系呢？巴克利认为，现代读者想要从诗歌中获得的并不是阿诺德所提倡的教诲或慰藉，而是一种"力度"（intensity）。也就是说，现代读者希冀从诗

---

① Matthew Arnold, *Culture and Anarchy*, Beijing: The Joint Publishing Company Ltd., 2002, p. 339.
② Vincent Buckley, *Poetry and Morality*, 1959, p. 28.
③ Ibid., p. 31.
④ John McLaren, *Journey Without Arrival: The Life and Writing of Vincent Buckley*, 2009, p. 103.
⑤ 转引自 John McLaren, *Journey Without Arrival: The Life and Writing of Vincent Buckley*, 2009, p. 119.

歌中看到复杂的现代社会的一种深刻反映,而并非道德的说教。的确,在现代的澳大利亚,"国内的社会抗议、学生骚动以及60年代发生的越南战争是澳大利亚现代主义产生的社会和政治背景。这批青年人对社会普遍感到茫然、失望甚至愤慨。他们反对任何形式的说教——无论是道德的、宗教的或是知识的"①。因此,道德教诲在现代社会行不通,而"企图向读者宣讲任何一种价值观或教条的诗人无疑会将自己与读者相分离,从而破坏诗歌的'力度'和完整性"②。诗歌要想打动读者、具有价值,必须具有一定的"力度",而这种力度是在对现实世界深刻的展现过程中获得的。因此,诗人的职责就是用诗歌语言呈现世界中的善与恶,展示现实中的道德崇高与败坏。巴克利的诗歌构成了一个开放的世界,在这个世界里,善与恶、神圣与卑贱之间的对立及争斗呈现于读者面前。在诗歌批评中,巴克利并不利用批评家的权威将自己对善恶的观点及态度强加给读者,他所做的一切仅是阐释,而非说教。在谈及文学批评的目的时,巴克利引用了T. S. 艾略特的观点:"批评的目的就是对艺术作品的阐释。"③ 因此,诗歌批评仅是对诗歌做出阐释,分析诗歌世界中所呈现出来的善与恶;批评者也不能高于诗人,从诗歌中演绎出诗人未展现的道德取向。基于对文学批评如此的理解,巴克利提出,诗歌批评所做的也就是引导读者明辨诗歌中的善与恶、神圣与卑贱,而将最终的道德选择留给读者。约翰·麦克拉伦在对巴克利的传记《未抵达的旅程》进行总结时说道:"他的文学批评,以及他的诗歌都是与世界进行的对话,而非一种纠正这个世界的尝试。"④ 巴克利的诗歌中所展现的并非将道德真理应用到这个堕落的世界,从而达到拯救世界的终极目标。巴克利所追求的仅仅在于通过"对经验的描写从而寻找真理"的过程,而这种让文本意义自成自现的做法赋予了读者"行善或作恶的自由"⑤,这正是巴克利所理解的诗歌与道德之间的关系。

---

① 唐正秋:《澳大利亚诗歌简论》,《澳大利亚文学评论集》,第43—61页。
② John McLaren, *Journey Without Arrival: The Life and Writing of Vincent Buckley*, 2009, p. 107.
③ Vincent Buckley, *Poetry and Morality*, 1959, p. 215.
④ John McLaren, *Journey Without Arrival: The Life and Writing of Vincent Buckley*, 2009, p. 109.
⑤ Ibid., p. 101.

二

英美"新批评"的创始人之一 T. S. 艾略特以其著名的"非个性化"理论开了"新批评"的先声,在 20 世纪初期,他的部分思想成了"新批评"的重要理论依据。艾略特反对浪漫主义把文学看成作家个性和情感的表现。他的"非个性化"理论认为,文学作品的价值不在于是否有效地传达了作家的感情,相反,作家的任务是为自己的个人感情找到一种"客观对应物",只有这样才能使寻常的感情得到艺术的表达,这一理论对众多评论家产生了巨大的影响,巴克利也不例外。在《诗歌与道德》中,巴克利对艾略特的介绍充满敬意:"他(艾略特——引者注)既是评论家也是诗人,他的深远影响不仅体现在当代文学的品位上,也体现在我们对于诗歌这一人类活动代表的价值观上。"[1] 对于这位文学泰斗,巴克利也并未只是驻足仰视。在欣赏艾略特早期"文学自足性"、"文学的价值只能以内在文学价值来判断"等论断的同时,巴克利也注意到艾略特后期的巨大转变,而这一转变是巴克利不能接受的。[2]

巴克利列数了艾略特的后期信仰倾向。艾略特 1927 年皈依英国国教圣公会,这一抉择对他以后的创作产生了巨大的影响。艾略特 1930 年出版的《圣灰星期三》被普遍认为是他宗教色彩最浓的一首诗;1942 年,他出版了《四首四重奏》,该诗同样蕴含着深刻的基督教思想。不仅在诗歌创作上,艾略特的诗歌评论也深受基督教信仰的影响。在 1936 年发表的《宗教与文学》一文中,艾略特肯定地说:"文学批评要想完整,需站在一个确定的伦理学和神学立场……现今社会,基督教读者非常有必要带着明显的伦理学和神学的标准去细读作品,尤其是充满想象力的作品。文学的'伟大'不能仅仅取决于文学的标准……"[3] 在对西奥多·海克(Theodor Haecker)的《维吉尔》(Virgil)一书进行评论时,艾略特盛赞它是"文学批评的典范,

---

[1] Vincent Buckley, Poetry and Morality, 1959, p. 87.
[2] Ibid., p. 129.
[3] T. S. Eliot, "Religion and Literature", in Essays Ancient and Modern, Bernard Knox & Walker MacGregor, eds., Baltimore: Johns Hopkins University Press, 1989, p. 93.

其神学兴趣赋予该书更伟大的意义"①。可见，基督教成了艾略特后期文艺批评的"教条"或"标准"②，在此时的艾略特眼里，文学作品的价值不再以其内在的文学价值来评判，而更多地依赖于外在的神学标准。巴克利对艾略特后期的这一转向十分失望，因为在他看来，艾略特的后期关注点是"牧师式的"或者说"消极的"说教。巴克利指出：

> 他似乎不再有能力驾驭他那分辨是非的智慧，犹如手术刀一般剖析作为整体的文学作品的内在纤维和组织；他也过快地考察一些诸如诗人或小说家的神学趋向这类问题，虽然这类问题也很重要，但是在他手上却被当成了最核心的考虑，并且遮蔽了其他同等重要的问题。③

巴克利在《诗歌与道德》的最后一章中自问自答道："（基督教）是作为道德正统这一标准而与文学相关么？当然不是。"④ 巴克利一直坚定地认为文学的意义只能在文学内部去寻找，因此外在的神学标准当然是不被允许的。那么，基督教和文学到底是怎么联系在一起的呢？巴克利作为一位虔诚的基督教徒，其诗学观里有个很重要的概念，那就是"道成肉身"（incarnation）。在基督教信仰中，所谓的"道成肉身"指上帝借助凡人的肉身显现于世人面前，而在巴克利的诗学主张中，它指上帝的灵性显露在艺术中，也就是"在艺术中展现上帝"⑤。而万物有灵论（world-soul）是巴克利"道成肉身"概念的核心，因为没有灵魂就不会有"道成肉身"。在他看来，客观的外在世界并不是没有生命力的物体，任何事物都有自己的灵魂。人的任务就是要同自然的灵魂进行沟通，不过，普通人容易被尘世间的纷繁复杂、混乱无章所遮蔽，无法与外在世界的灵魂交流，这时就需要诗歌的帮助。巴克利认为诗歌"将诗人的宗教理念赋予其中，并作为一种神圣空间而存在"，而这一神圣空间的存在，任务就是帮助自然的灵魂接近人

---

① 转引自 Vincent Buckley, *Poetry and Morality*, 1959, p. 130。
② Ibid., p. 131.
③ Ibid., pp. 129 – 130.
④ Ibid., p. 218.
⑤ John McLaren, *Journey Without Arrival: The Life and Writing of Vincent Buckley*, 2009, p. 137.

的灵魂。① 因此，在巴克利看来，诗人不像其他理论家认为的那样在诗歌中揭示宗教真理以达到教诲以及净化人类心灵、寻求人类救赎的目的；诗人的职责仅仅在于"揭示"，即向读者展示万物中的灵性，引导其与自然灵性进行交流。正因为如此，文学批评家在评判一首诗是否有价值时，就不能如艾略特所言，将基督教的教义当作衡量的权杖。巴克利同时指出，不能因为诗歌中包含某些暴力、黑暗因素或者不洁净、不优雅的用词就否定其成就。因为即使世界上的那些暴力和黑暗的一面也是世间的存在，是有灵性的，而诗人的责任仅仅在于引导读者与这个世界接触，所以这种诗歌仍然是"神圣的存在"。巴克利与后期艾略特的相似之处在于他们都笃信基督，坚信基督教与文学有着密切的联系。但两者不同的是，艾略特将基督教义作为文学的外在衡量判断标准；而巴克利则将基督教义内化，他将万事万物看作有灵体，诗人"揭示"这一有灵体的举动正是将神"道成肉身"，将神性体现在诗歌中。

三

巴克利曾多次公开表示，"澳大利亚有必要意识到自己文学的特殊性和重要性"②；他在其1957年出版的《论诗歌：以澳大利亚诗歌为例》一书中针对部分澳大利亚诗人的诗歌价值给予了非常积极的评价。50年代末，在围绕澳大利亚文学应不应该进入澳大利亚大学课堂的那场激烈争论中，巴克利明确表示自己坚决赞成为本国文学设立专门学科。但巴克利绝对不是一位民族主义者，他曾明确表明自己"立足本土的文学论调与民族主义者的偏好和固定模式完全不同"③。

巴克利对于极端的民族主义文学和民族主义批评持保留意见。在他看来，澳大利亚民族主义作家吸取了澳大利亚民间文艺的特色，努力反映民族

---

① 转引自 Robin Grove & Lyn McCredden, "The Burning Bush: Poetry, Literary Criticism and the Sacred", in *JASAL Vincent Buckley Special Issue* (online edition), 2010。

② Harry Blamires, Peter Quartermaine, & Arthur Ravenscroft, *A Guide to Twentieth Century Literature in English*, London: Methuen & Co. Ltd., 1983, p. 42.

③ Vincent Buckley, *Essays in Poetry: Mainly Australian*, 1959, p. 17.

感情、时代精神和早年澳大利亚独特的生活方式,尤其热衷于表现丛林生活的艰辛;澳大利亚民族主义作家在自己的作品中反映人们在严酷环境中不屈不挠的斗争和彼此之间的深厚友情;同时,澳大利亚民族主义作家在创作中还大量使用澳洲本地的方言俚语,这些都使他们的作品具有浓郁的地方特色和乡土气息。不过,在澳大利亚民族主义文学评论中,有些民族主义者走了极端,将这些地方特色和乡土气息当成了判断文学价值的衡量标准:但凡表现澳洲本土生活和时代精神的文学被认为具有更高的文学价值,如亨利·劳森、约瑟夫·弗菲等就因其作品中所展现出的浓郁本土特色被奉为经典;30年代末40年代初的"津迪沃罗巴克运动"更是将民族主义推向极端,他们声称"技巧上优秀的非澳大利亚诗歌还不如中不溜儿的澳大利亚化诗歌"[1]。巴克利的诗学理论与这些民族主义者的主张大相径庭。在他看来,民族主义者们忽视了作品本身的文学价值,而去追求作品中一些民族主义的因素,并以此作为评判诗歌的标准,这在他看来是极其狭隘的。因此他更希望"加入其他诗人兼批评家(如詹姆斯·麦考利、朱迪思·赖特以及文学批评家如G. A. 维尔克斯)的行列,给左翼的民族主义者们在民族文学上的观点(倡导者为非学者批评家万斯·帕尔默和A. A. 菲利普斯)提出另一条可供选择的见解"[2]。在普世主义和民族主义的二元选择当中,巴克利自觉地站在了前者的道路,正如帕特里克·摩根(Patrick Morgen)说的那样,巴克利"对文学和文化民族主义这'老派的喧嚣'给予了决定性的一击"[3]。

如果在评价作品价值时不应该那么多地关注民族因素的话,什么才是巴克利所关注的呢?巴克利认为,他在判断一首诗的价值时,评判的原则之一就是"它对于一个特定的社会和自然情境所能想象的精神和道德维度"[4],也就是说,在考察诗歌价值时,巴克利并非在意其对现实世界的忠实反映程度,也不在乎其中到底有多少典型的"澳大利亚"特色,而在于其更宽广

---

[1] 转引自黄源深《澳大利亚文学史》,第267页。
[2] William Hatherell, "Essays in Poetry, Mainly Australian: Vincent Buckley and the Question of the National Literature", in *JASAL Vincent Buckley Special Issue* (online edition), 2010, http://www.nla.gov.au/openpublish/index.php/jasal/issue/view/129.
[3] 转引自 John McLaren, *Journey Without Arrival: The Life and Writing of Vincent Buckley*, 2009, p. 84。
[4] Ibid.

的普世意义，在于作品是否反映全世界、全人类所共通的普遍的问题，也就是作品的"形而上"的意义。因此，他虽然"惊讶于（澳大利亚）这片土地，并尝试通过他的诗歌来了解并对它进行再创造"。然而，他没有沿袭民族主义者的方法，局限于这片土地及这里的风土人情，而是将澳大利亚置于世界的大背景中。在《论诗歌：以澳大利亚诗歌为例》这本评论集中，他对澳大利亚诗人的关注也并未停留在他们所具有的"澳大利亚性"上，而是通过文本分析论证这批澳大利亚诗人将特定的民族、宗教和个人关注转化为向世人提供普世的、人类意义的诗歌。在这本论文集的第一篇论文《澳大利亚诗歌中的人类形象》中，他指出："诗歌关注的是人物形象……然而是在一种形而上的层面上关注人物——关注的是从他真实的生活处境、生活环境以及他对世界的感觉及精神反应所折射出来的形而上的状态。"①

巴克利曾经的学生、批评家布莱恩·基尔南指出，巴克利的文章中"表现出一种焦虑……他想要抛却作品一切的社会考虑因素，讨论作品时也仿佛作品本质上就是'形而上'的东西——因此，作品在他看来都是'普世的'，而仅仅是偶然地成了'澳大利亚'的"②。基于这样一种对普世意义的追寻，巴克利欣赏的那些诗人艺术家们也都具有共同的特点，那就是作品中都含有普世价值。在讨论澳大利亚第一代诗人（巴克利称其为"民主人士们"）时，他将本土出生的亨利·劳森、伯纳德·奥多德以及爱尔兰裔诗人维克多·达利包括在内。虽然他否定达利"浸浴在凯尔特暮光错误的迷雾中"，但巴克利欣赏他们诗歌中所体现出来"所共有的人文精神"。对于克里斯托弗·布伦南，巴克利盛赞其《漂流者》（The Wanderers）"既反映个人的经历，也反映了人类的共同处境"。巴克利还认为，肯尼思·斯莱塞、罗伯特·菲茨杰拉德以及赖特等诗人在自己的诗歌中"避免了民族主义的狭隘影响，将我们历史上的真实斗争转化为神话"，他们的作品"超越了'澳大利亚性'，使澳大利亚人能够更加深入并且热情地思考生存的实质"③。

---

① 转引自 John McLaren, *Journey Without Arrival: The Life and Writing of Vincent Buckley*, 2009, p. 85.
② Ibid., p. 126.
③ Ibid., pp. 86-87.

巴克利重视作品本体论的"新批评"理念，主张在诗歌评论中将传统诗歌批评的作家生平、社会环境、时代精神、历史背景等研究内容统统剔除，因为在他看来，这些外部的批评研究都不是真正的文学研究，这些文学的"外部研究"并非文学批评的目的，也不是评价作品优劣的尺度，更不是分析解释作品的依据。因此：（1）在针对阿诺德诗歌批评的道德标准讨论中，巴克利坚定地指出，道德说教不是诗歌的目的，诗歌中的道德必须自呈自现，开放地展现在读者面前，读者拥有最终的选择权。（2）在针对艾略特诗歌批评的宗教问题讨论中，巴克利明确表示，他所信仰的上帝"道成肉身"的观念使基督教内化在诗歌之中，诗歌的神圣性体现在对世界有灵万物的揭示中。（3）在针对澳大利亚民族主义批评的民族标准讨论中，巴克利反复说明，诗歌的价值不在其民族性，而在其形而上的"普世性"，民族特色不能作为衡量诗歌价值的标准。

巴克利对诗歌中道德、宗教与民族问题的讨论展示了其诗学思想的特有价值取向：他喜欢广博和宏大，他不喜欢过多地关注具体、真实、形而下的生活，而更热衷于讨论由琐碎生活所体现出来、人类所共同拥有的、形而上的意义。巴克利的祖上世代有爱尔兰血统，这种"祖先情结"使他在澳大利亚一直摆脱不了身为"异乡人"的孤独感；他在澳大利亚环境中长大，却又深受英国文化熏陶，并经历了残酷的世界大战。这些丰富的阅历，使他的艺术家的视野极其开阔。因而他在创作中既把澳大利亚和具体的生活作为他诗歌的创作背景，却又不像别的澳大利亚诗人一样囿于乡土风情和方言土语，即所谓的"澳大利亚化"而造成作品思想内容的狭窄。巴克利对文学作品外在衡量标准的批评以及对其内在固有价值的强调促使批评家们从新的视角不断地将目光重新投向经典，巴克利重视澳大利亚文学经典的建构，主张立足文学的普世性标准选出澳大利亚文学中独有的经典作家和作品，以便帮助大家不断地回归澳大利亚文学经典，巴克利对诗歌中道德、宗教与民族问题的关注照亮的是一条回归经典之路，对许多澳大利亚批评家都产生了很大的影响。

第五章
A. D. 霍普的普世文学标准论

在20世纪的澳大利亚文学中，A. D. 霍普（A. D. Hope，1907—2000）首先是个诗人。他生于澳大利亚新南威尔士州的库麻（Cooma），先后就读于悉尼大学和牛津大学。1931年回国之后先后担任中学教师、政府部门心理咨询师和大学讲师，1945年开始在墨尔本大学、堪培拉大学学院以及澳大利亚国立大学任教，1972年荣获大英帝国勋章，1981年被授予澳大利亚勋章。2000年在堪培拉去世。作为一名诗人，霍普深受英国诗人蒲柏、奥登、叶芝以及奥古斯丁时期诗人的影响，尽管48岁时才出版第一部诗集，但其一生著述丰富。我国学者王培根在一篇题为《试析澳大利亚文学的历史演进》的文章中指出，霍普"自认为他的诗属于古典派。……他反对现代主义、反对自由诗……（他）按着传统格律与句式进行创作。以内容而论，他写讽刺诗，常借托恐怖怪诞之物讥嘲现代人的平庸、无能、轻信以及现代生活的枯燥乏味。他的诗歌的独创性表现在对题材的独特处理、新颖的视角及巧妙的语言运用上。他的很多诗作涉及男女的性爱，多数寓意深刻……"[①] 陈正发、杨元指出："尽管霍普是一位恪守传统的诗人，但却与现代主义有着千丝万缕的联系，其诗作带有明显的现代甚至后现代色彩。"[②] 的确，霍普是20世纪澳大利亚文坛的一个重要的诗人，在他的身上，人们看到一种奇妙的结合：作为诗人的霍普身处现代，但追随古典传统；他崇尚格律，却又对于现代诗的写作有着清晰的认识，部分现代主义的特征在其诗作中时有所见；此外，霍普的诗歌写于澳大利亚，但他在20世纪的整个英

---

① 王培根：《试析澳大利亚文学的历史演进》，《南开学报》1994年第6期，第78页。
② 陈正发、杨元：《霍普和他的诗歌创作》，《外国文学》2005年第1期，第100页。

语文学界都产生了非常广泛的影响。

霍普还是20世纪澳大利亚著名的文学批评家，在诗歌创作之余，他认真参与文学问题的讨论，在澳大利亚文学发展的诸多方面积极建言献策，虽然他不是人们心目中那种崇尚"细读"的"新批评"家，但是，他跟"新批评"一样崇尚传统，强调文学的普世性标准，主张创作应遵循文学的共同规律，所以他与多数"新批评"家一样对于文学抱有一种显著的反民族主义立场。在澳大利亚的"新批评"时代，他的许多观点给澳大利亚批评家留下了深刻的印象，而作为一个批评家，他无疑是"新批评"时代的最具典型意义的普世主义批评家。

霍普一生在报纸和文学期刊上发表文章，有时也通过给文学社团和俱乐部成员以及无线电听众发表的演讲和谈话，针对文学创作提出自己的观点。这些文章和讲稿后来结集出版，其中较为著名的文集包括《洞穴与涌泉：诗歌论随笔集》(*The Cave and the Spring*：*Essays on Poetry*，1965，1974)、《仲夏夜的梦：威廉·邓巴诗歌主题的变奏》(*A Midsummer Eve's Dream*：*Variations on a Theme by William Dunbar*，1970)、《土生伙伴：澳大利亚文学散论（1933—1966）》(*Native Companions*：*Essays and Comments on Australian Literature 1933 - 1966*，1974) 等。毫不夸张地说，在澳大利亚文学批评史上，集诗人、学者与文学批评家于一身的霍普是一位地标式的人物，他的有关诗歌批评的思想对澳大利亚文学经典的构建起到了极大的推动作用。在20世纪50—70年代的澳大利亚文坛，霍普叱咤风云，他许多犀利的文学著述和论断风靡整个澳大利亚：他的语言犀利无比，他的批评视野广阔，他的批评态度独树一帜。在诗歌创作与文学批评之间，霍普游刃有余、无比自信、笃行而不倦。为了更好地了解他的批评思想，了解他对澳大利亚"新批评"所倡导的普世主义文学批评做出的贡献，本章结合霍普的部分批评著述对他的主要文学批评观点，尤其是诗歌批评思想，进行梳理和评述。

一

20世纪40年代，现代主义作为一种诗歌潮流传入澳大利亚，引起了一部分年轻诗人的浓厚兴趣，更在绝大多数澳大利亚诗人和评论家当中引发了巨大的争议。在现代主义文学的问题上，霍普从一开始就立场鲜明，他不喜欢帕特里克·怀特的小说，对现代主义和现代性持一种与之势不两立的态度。他认为现代主义的发展，尤其是现代文化的流行，使文学，尤其是诗歌，陷入了泥潭。"虽然许多作家、文学评论者和批评家会因为霍普对现代主义和现代性的谴责而时常斥责他，但几乎又同时会因为他坚持自己的判断力、文学经典以及传统人文主义价值而对他大加赞赏"[1]，这是因为不少人觉得"霍普看到现代写作正在侵蚀传统"[2]，这样的写作境况极大地阻碍了澳大利亚文学经典的构建。霍普认为，面对现代主义侵蚀，澳大利亚文学，尤其是诗歌，正深陷一筹莫展的困境。他认为，坚持诗歌创作民族化道路的"津迪沃罗巴克运动"只不过是"一支诗歌创作的童子军"[3]，因为"我们已在澳大利亚创建了一个新的欧洲国家，因此尽管我们并未生活在欧洲，但我们依然属于欧洲国家体系"。他同时表示"反对拥抱现代主义的'愤怒的企鹅派'"[4]，在他看来，"厄恩·马利事件"充分证明澳大利亚现代主义诗歌发展的前途一片黯淡。

面对上述情形，霍普并不绝望，相反，信心满满的他希望通过一己之力帮助澳大利亚诗歌走出泥潭，他要努力在澳大利亚文学岌岌可危的情境之中努力帮助构建澳大利亚的文学正途。这一点我们可以从他对诗歌生态系统发展史的论述中一窥究竟。在《洞穴与涌泉：诗歌论随笔集》开篇的《散漫的样式：诗歌生态论》（The Discursive Mode: Reflections on the Ecology of Poetry）一章中，霍普指出，诗歌的发展有一个自然生态史，诗歌的多种样式，如史诗、哲学诗、悲剧诗、讽刺诗、田园诗、冥想诗和十四行诗等等，就如同自然界各种各样的动植物，相互依赖，彼此遵循一种自然法则，对其中一种样式的忽视会影响整个系统中其他样式的存续。同时，如果一种新的样式被引进并流行起来，那么原来整个传统的样式系统就会严重受创，失去平衡，传统样式中一些伟大的诗歌样式就会被抛弃，原来彼此相互依赖的样式

---

[1] Kevin Hart, *A. D. Hope*, Melbourne: Oxford University Press (Australia), 1992, p. 35.
[2] Ibid., p. 37.
[3] A. D. Hope, *Native Companions: Essays and Comments on Australian Literature 1933 – 1966*, Sydney: Angus and Robertson (Publishers) Pty Ltd., 1974.
[4] 陈正发、杨元：《霍普和他的诗歌创作》，《外国文学》2005 年第 1 期，第 101 页。

逐渐消亡，直至整个诗歌生态系统变成荒漠一片，除少数几个样式外几乎没有可以生存的诗歌样式。此外，社会结构、教育和信仰的变化也会危及诗歌样式的生态平衡。霍普认为："文学风景之所以被破坏是因为受到那些异质的、贫瘠的、肤浅的消遣娱乐样式的入侵，同时也由于诗人心智的枯竭所致。……回首历史，我们很容易看到从 16 世纪至今，文学正在向沙漠生态缓慢前行。"①

霍普详细考察了 16 世纪以来各种文学样式的更迭。在他看来，16 世纪的诗歌生态系统最为有序而富有生机；当时，史诗、哲学诗、悲剧诗等大诗歌样式处于诗歌文学生态系统的顶端，构成枝繁叶茂的森林之冠，讽刺诗、颂歌、书信体诗歌、挽歌、浪漫体诗歌、励志诗、田园诗、冥想诗、赞美诗赋予诗歌生态系统的森林地带以主要特色，而处于更低一级的十四行诗、警句诗和其他一般性的诗歌则填补了生态系统内不同诗歌样式间的间隙。但是，这样的和谐文学风景在 16 世纪之后一去不复返。伟大诗歌的消亡肇始于 17 世纪，当时整个诗歌生态平衡的破坏是由于一种新的文学样式——小说——的出现而开始的。霍普认为："一种文学样式的消亡和另一种文学样式的中兴绝非偶然。这是因为人们心中的高尚之性消亡了，取而代之的则是另一种令人安逸而引人发笑的特质。"② 小说的出现迎合了人们心态的变化，因而得以流行。到了 18 世纪，讽刺诗占据主导地位。与此同时，讽刺诗所庇护的较低层次的诗歌样式开始变化。抒情诗的各种变体开始消亡，最后只剩下可以在舞台上吟唱的诗歌。这个时期伟大的诗歌都是前辈诗人作品的翻译，如德莱顿翻译的《伊利亚特》，蒲柏翻译的荷马的作品。到了 19 世纪，"当长篇叙事诗再次繁荣时，很明显，其推动力并不是来自拜伦《唐璜》背后的亚里斯托（Ariosto）或者浦尔契（Pulci），而是来自斯特恩和菲尔丁的小说；给予华兹华斯作品特色的并不是弥尔顿和鲁克里提斯（lucretius），而是亨利·麦肯齐的小说。……长篇叙事诗开始在小说面前俯首称臣并且还模仿小说的创作方法"③。尔后，诗歌生态系统里的多个样式开始分崩离析。

---

① A. D. Hope, *The Cave and the Spring: Essays on Poetry*, Sydney: Sydney University Press, 1974.
② Ibid., p. 3.
③ Ibid., pp. 3–4.

到了 20 世纪，那个有序的诗歌生态之林消失殆尽，留下的只是几个为数不多的诗歌形态。

在考察了文学样式的历史更迭之后，霍普指出，诗歌生态系统之中有一个样式的消失最具灾难性，霍普把这一样式称作"絮语形态"（the discursive mode）。在霍普看来，这种形式的创作是"诗歌的中间态"（the middle form of poetry），"在这种形式中，诗歌的用途最接近散文的用途，然而它在本质上还是诗歌。这种形式绝不自负，很好地服务于故事、散文、信件、谈话、冥想、论述、说明、描述、讽刺或娱乐的目的。它的语气，如同文学样式，是散漫的、不带任何强烈情感的"①。霍普进而指出，正是这种中间态使得诗人可以锤炼技巧、保持语调、凝练艺术造诣。这种中间态又被霍普称为诗歌的"中间风格"（the middle style），它依赖于日常生活英语，因为它使用起来无可模仿地灵活多变，而且音韵又赋予它以无限生机。许多著名诗人，如乔叟、琼生、德莱顿、华兹华斯、勃朗宁等，正是依靠这种"中间风格"而创作出了许多伟大的作品。霍普认为，诗歌的中间风格在本质上是指音韵和技巧在不受干扰的情况下对自然语言的组织安排，从而产生的"语言之舞"②，这是最基本的诗歌技巧。乔叟作品中有这种最明显最简洁的散漫絮语，德莱顿和威廉·考珀的作品中也有。霍普认为："所谓诗歌理论是指：自然而然地运用自然之力产生意想不到的效果而且还能达到目的，这与其他的社会交往形式中自然之力的运用没有任何区别，但仅仅是认知的更高水平展现和心智的更高程度组织而已。"③ 很显然，霍普强调生活语言对诗歌创作的重要性。

霍普提出，诗歌中"絮语形态"或许是解决当代诗歌文学样式危机的一剂良方。他认为，挽救诗歌生态系统沙漠化的首要任务就是重新建立这种相对散漫的形态——诗歌的中间形式，尤其是恢复真正意义上的讽刺诗创作。"因为好的讽刺诗不但能够传播和激发对普通诗歌样式的欣赏，为良好的诗歌生态系统提供营养和保持土壤，而且它本身就是一支强大的力量，可

---

① A. D. Hope, *The Cave and the Spring: Essays on Poetry*, 1974, p. 5.
② Ibid., p. 6.
③ Ibid., p. 7.

以检查并摧毁具有破坏力的文学形式以及在文学系统中寄生的有毒势力,使其自显荒谬从而受人蔑视。"① 当然,霍普也看到恢复人们那已被腐蚀的心智中的生态要比恢复大自然的生态更加困难,但他认为并不能因为有困难就以为没有办法重塑诗歌文学生态。他看到现代主义条件下诗歌文学正面临前所未有的困境,所以,在现代主义还处于萌芽状态的澳大利亚,霍普希望大家一起努力帮助澳大利亚的诗歌文学跳出现代主义的藩篱,努力避免沙漠化。就他自己而言,他在理论上主张大力弘扬传统,在创作中身体力行地从事讽刺诗的创作,这些诗歌语言运用巧妙独特,视角新颖,产生了意想不到的效果。

二

在讨论诗歌生态史的同时,霍普并没有一味慨叹澳大利亚诗歌土壤的贫瘠,更没有满足于独自在诗歌创作中回溯传统。作为一名文学批评家,霍普认真地研究和分析殖民地国家文学发展的一般规律,并指出,任何一个殖民地国家的文学都要经历三个阶段:从移植宗主国文学传统到有意识地构建带有自我特色的文学,再到自我意识消失后产生的能影响和引导所有使用同一语言的国家文学的文学。他指出:"澳大利亚的文学目前正接近第三阶段。"② 在这样一个文学发展阶段,澳大利亚的作家应该怎么做呢?在其诸多文学评论、讲演和谈话中,霍普结合诗歌创作对这一问题提出了自己的看法。

霍普认为,诗人首先应该具备这样两个极为重要的禀赋:感知想象力(the sensual or sensory imagination)和言语想象力(the verbal imagination)。在霍普看来,想象力对所有的艺术创造活动来说非常重要,但是,文学创作中的想象力又不同于其他艺术创作中的想象力。霍普将写作与绘画、雕刻、音乐和舞蹈等艺术创作进行了对比,认为绘画、雕刻、音乐和舞蹈等艺术的

---

① A. D. Hope, *The Cave and the Spring*: *Essays on Poetry*, 1974, p. 9.
② A. D. Hope, *Native Companions*: *Essays and Comments on Australian Literature 1933 – 1966*, 1974, p. 74.

创作过程是相当社会化的，可以被观察和中断，受众甚至可以与创作主体进行交流，而文学创作不同于这些艺术，"总体上讲，写作是一个独处的职业"①，创作过程几乎无法被观察和打断。这主要是因为文学创作不像其他艺术创作那样可以依赖声音、颜料、肢体语言、形状和形体等物质性的材料，从而创作出时空性很强的艺术形式；文学创作所依赖的材料是创作主体所掌握的思想、情感、智力体验等与声音符号或文字符号相关联的材料。"这种我们非常熟悉而又抽象的符号已在我们的大脑中根深蒂固，因此我们通常不会意识到这些标记或声音符号本身，我们只是直接'读到'或'听到'它们的意义。诗歌所能呈现的感觉愉悦主要就是这些意义的反映。"②文学创作呈现的是创作主体对现实世界中实物的观念和情感反映，而绘画、音乐等创作呈现的是实体本身。就诗歌而言，诗人应该首先像其他艺术家一样需要对现实世界的事物有强烈的感觉，引发感知想象力，这样他便可以在内心创造现实世界的意象和感觉；但诗人不能像画家那样可以在画布上直接呈现事物，诗人必须用语言对它们进行转码，那样人们才可以通过解码来分享诗人的内在感受。而诗歌的解码过程又不像留声机中音乐的音符解码那样，因为它不是一个自动和机械的过程，诗歌的解码依赖于我们对灵活多变的社会习惯——文学传统——的反映，"这些习惯以及在传统基础之上创造出来的新文学形式就是言语想象力，而感知想象力是最基本的，用来创造意象、事件的样式和情感的能力"③。霍普认为，每一位诗人都必须培养这两种想象力，必须学会塑造现实世界的意象，也必须学会找到语言上的传达符号，这样就可以向别人去传达自己心中的意象了。

霍普认为，诗人在创作诗歌时必须做到心中有读者或听众。他在评论约翰·汤普森（John Thompson）的诗集《三十首诗》（*Thirty Poems*, 1954）时说，当今诗歌与以往诗歌的最大区别就是"对听众言说习惯的失却"④。以往的绝大多数诗歌都带有向别人言说的气氛，要么是针对大众，要么是针对

---

① A. D. Hope, *Native Companions: Essays and Comments on Australian Literature 1933 – 1966*, 1974, p. 6.
② Ibid.
③ Ibid., p. 7.
④ Ibid., p. 71.

朋友、长辈等,甚至是某个坏人。即便没有这些听众,诗人也可以与自然景色或上帝交流。而现在的诗人大多是自言自语,而他的读者只能被要求想象自己偶然听到了诗人的内心独白。霍普对这种文学创作主体故意疏远文学作品读者的现象非常不满。他指出:"诗人必须要一直意识到看不见的读者或听众的存在,他们就等在盥洗室门口,手里拿着毛巾和牙刷。"① 霍普批评约翰·汤普森的诗歌中有这样一种风格:一个人迫不及待而又以自然的谈话语气与自己谈论自己的想法、自己的经历和从自己的窗户看到的景色。约翰·汤普森为听众说话,但不是跟听众谈话。霍普认为,汤普森创作的诗歌虽具魅力,但深度不够:"这样的诗歌具有表达性,但缺乏思考性;它有谈话的优雅但没有音韵的张力;它的意象虽能吸引人但穿透力不够,因为诗人是在为我们说话而不是跟我们说话,它牺牲了真正客观性的诗歌所具备的一种力量:使我们超越自我。这是一种内在于民谣《约翰·吉尔品》(John Gilpin)和诗歌《失乐园》中的力量。"② 在这里,霍普表面上强调诗人心中必须装有听众和读者,其实,他是在强调诗歌的客观性特征。对于小说创作,霍普同样认为小说家也应该做到心中有听众和读者。在现代人眼中,帕特里克·怀特因为获得1973年的诺贝尔文学奖而成为使澳大利亚文学走向世界的第一人。而在多年前评论怀特的作品《人之树》时,霍普认为:"作为小说家,怀特先生有三个灾难性的缺点:他知道得太多,他讲得太多,而且他谈论得太多。"③ 怀特在他眼中无疑就是一位缺乏客观性目光的作家。他甚至认为怀特的作品是"虚假而又无知的言语垃圾"④。霍普使用如此犀利、张狂的语言,无疑是对怀特创作的"口诛笔伐",他的评论激起了怀特的愤怒,对此,霍普自己非常清楚,却不特别在意,因为文学批评对于他,用他自己的话来说,"有时是一项残忍的工作"⑤,他觉得自己之所以对有些作家如此严厉,是因为他希望澳大利亚文学能够在这样的批评帮助之下早日

---

① A. D. Hope, *Native Companions*: *Essays and Comments on Australian Literature 1933 – 1966*, 1974, p. 72.
② Ibid., p. 73.
③ Ibid., p. 77.
④ Ibid., p. 79.
⑤ Ibid., p. 43.

构建起自己经得起世人考察的文学经典。

霍普认为诗人应该坚持传统。在分析著名诗人朱迪思·赖特的诗歌《铁树》(The Cycads)时，霍普"比以往任何时候都更强烈地感觉到诗人的主要职能就是播撒种子，让它们开花结果。这种职能就栖居在朱迪思·赖特最出色的诗歌深处"[1]。霍普认为，一些伟大的诗歌形式在当今这个时代先后走向衰亡的原因在于人们心智遭到了腐蚀，只有坚持传统，种植耐恶劣环境的植物，比如讽刺诗，我们才能给当今的文学荒漠盖上一层植被。在评价诗人戴维·坎贝尔时，霍普提出，坎贝尔是一位造诣很深的作家，其作品很好地体现了欧洲文学的传统："吸引我阅读其诗歌的原因之一就是他的诗歌中有我一直想实践但始终未能成功的某种品质，那就是传统诗歌的声音与澳大利亚风情和体验的结合。"[2] 传统在霍普的眼中是拯救现当代诗歌生态系统危机的一剂良药，更是澳大利亚文学经典得以构建的重要前提。

霍普认为诗人应该熟谙修辞技巧。在评论诗人楠·麦克唐纳(Nan McDonald)的诗歌集《孤独的火》(The Lonely Fire, 1954)时，霍普表示自己情不自禁地为之倾倒，因为在他看来，麦克唐纳的诗歌充满恬静、率真、冥想、智慧但又通俗易懂，此外，麦克唐纳的诗歌中有对对比、暗喻、明喻等各种修辞手段的熟练运用。霍普认为："借助另一物体的类似性来阐明某一物体是诗歌最本质的力量……对比是诗人技艺的真材实料，是一种无法用直接陈述的形式来阐明某一事物的手段，同时也是拓展体验极限和感觉的重要手段。"[3] 霍普特别指出，优秀的诗歌不只局限于对修辞手段的运用，它在使用不同的东西相互对比、相互阐明时，还给我们启示。就是这种给人带来启示的力量使得一首诗成为一扇窗户，但这扇窗户不是我们读诗的目的，我们希望可以透过它看到更多。诗歌的智慧就依赖于这种力量。霍普对麦克唐纳在这方面的成就大加赞赏，因为她对于传统资源和想象力的使用以及对于写作对象的有选择性的敏锐把握真正体现了所谓的"思考原创性"(contemplative originality)。她的诗歌虽算不上伟大，但与当今某些伟大诗人的表

---

[1] A. D. Hope, *Native Companions: Essays and Comments on Australian Literature 1933 – 1966*, 1974, p. 17.

[2] Ibid., p. 21.

[3] Ibid., p. 67.

达、评论和"自我表白"性写作相比,她的诗歌不但沿袭了传统,而且还表现出一种特别主动的沉思力量。而这一点对霍普心目中的诗歌创作主体来说至关重要。

三

霍普关注澳大利亚的诗歌批评,高度重视批评在澳大利亚文学经典构建过程中肩负的重任。霍普认为,澳大利亚诗歌评论家在批评心理上受到了英美实用主义的严重侵蚀。20世纪四五十年代,当英美"新批评"理论如日中天时,霍普对它的批评方法提出了不同看法。在《实用的批评者》(The Practical Critic)一文中,霍普指出,I. A. 瑞恰慈多年前在《实用批评》一书中指出了文学批评中一个突出问题——批评者预先的设想和要求会阻止批评者按照诗歌本真的形式阅读诗歌,而且毫不相干的联想也会导致诗歌被误读,并以具体的批评家为例对该问题进行了详细说明。然而这么多年来,这一问题并没有引起批评界的真正重视,相反,文学批评变得越来越实用,与此同时,批评家变得越来越自信,有时甚至让人觉得有些傲慢,这种傲慢的存在主要是因为"新批评"提供了实用的批评方法。有些"新批评"家认为:"新批评"是一种万无一失的手段,能够科学地决定文学作品的价值。霍普指出:"当诗歌批评者用显微镜放大某一诗歌作品时,他可能从未想到其实诗歌作品也在考验他。有时,如果真有某个批评者意识到这一点,诗歌作品却正用讥笑的目光从他的显微镜镜头反瞪着他。"[①]他认为实用的文学批评观念最终导致诗歌作品普遍性地被误读,由于绝大多数被分析的诗歌的作者已不在人世,如果有些作者还活着,他们也未必愿意站出来说明什么。为此,霍普以三个著名澳大利亚批评家对其诗歌《帝国的亚当》(Imperial Adam)的分析为例来证明"新批评"对诗歌误读的普遍性存在。

詹姆斯·麦考利、文森特·巴克利和S. L. 戈尔德伯格三人都是霍普的好友,也是20世纪中叶澳大利亚文学批评的代表性人物,但是,霍普在分析他们的评论时不留情面,他指出,诗歌《帝国的亚当》的创作目的其实

[①] A. D. Hope, *The Cave and the Spring: Essays on Poetry*, 1974, p. 76.

很简单，就是用一种调侃的语调来排解他在阅读弥尔顿的《失乐园》和准备一些讲座时的艰辛。然而，麦考利、巴克利和戈尔德伯格三人都没有发现该诗中调侃的语调，他们从各自的臆想出发，得出三个完全不同的阅读分析。麦考利认为《帝国的亚当》一诗阐释了摩尼教观点，表述了对性的厌恶与恐惧，以及物质世界的邪恶。巴克利认为该诗不仅是个人观点和问题的象征，而且还是一种让事件为其自身说话的尝试，这首诗代表了一种似非而是的矛盾：在人类生活中，快乐似乎会衍生恐惧，读者自己不得不去揣摩它的意义。而戈尔德伯格认为该诗呈现了一幅温馨的感官享受画面，他说该诗有关性激情主题的意义模棱两可：一方面是乐园快乐，另一方面是乐园禁忌；一面是创造，另一面是破坏。在他看来，这首诗应该解决这种模棱两可的问题，然而，该诗的末句更强调了性激情所产生的破坏性结果，所以，此诗并未解决任何问题。

　　霍普认为："诗人应该保持沉默，如果可能的话，应该让诗歌为其自身说话。但是，在批评的年代，有时似乎也不能让批评家们随心所欲。"① 霍普逐一指出了麦考利三人在对《帝国的亚当》一诗所作的分析中表现的不足：麦考利过分集中于诗人的某一陈述，以自己持有的某种先入为主的观点解读诗歌，这是一种典型的误读。他认为，作为批评家的麦考利一贯坚持的一个原则是衍生于新教的摩尼教原则，麦考利认为，人类彻底堕落、灵魂因此而邪恶，这种清教主义的信仰污染了现代诗歌、现代艺术以及现代信仰。② 麦考利的批评主观任意性太强。霍普甚至还举例证明印度教信仰者和马克思主义者可以从各自的角度来解读该诗。马克思主义者单凭《帝国的亚当》题目中的"帝国的"一词就可以分析亚当如何压迫夏娃的帝国主义者形象，其帝国主义行径必然导致社会的瓦解。霍普指出："事实上，如果你用你想要阅读的方法来阅读诗歌，你总是可以在几乎任何一首诗歌中找到你想要寻找的东西。"③ 而巴克利的误读并不在于他将自己的某种先入为主的观点强加给该诗，而在于完全没有注意到诗中的语调。戈尔德伯格的错误在

---

① A. D. Hope, *The Cave and the Spring: Essays on Poetry*, 1974, p. 90.
② Ibid., p. 85.
③ Ibid.

于他毫无理由地非要将诗歌看成一个结构。霍普认为,诗歌并非总要表达某种观点:为什么诗歌就不能提出问题?一首诗歌完全可以只提出问题而不给予任何答案。当然,霍普也认为:

> 一首诗一旦写出并发表就必须自给自足。读者所收集的有关诗人意图的任何内容都必须来自诗歌本身。阅读**就是**一门艺术,它不可能成为精确的科学。……在正确的阅读和错误的阅读之间没有清晰的分界线。……在某种程度上,每一位读者在阅读时都在重新创造作品。但是,必须有一个措施可以在一定的限度内保证阅读的正确性,这就是一个称职诗人的工作。他要在诗歌本身的连贯性和结构方面提供这些限度。而一个称职读者的工作就是在一首诗不能给他提供任何有保证分析的地方止步,不管那个地方对他来说多么具有吸引力和有趣。[1]

麦考利、巴克利和S. L. 戈尔德伯格三人对《帝国的亚当》一诗的误读就是因为他们不能在对他们颇具吸引力的地方止步,他们没有在诗歌本身找到充分论证自己的观点的论据。一句话,他们都是不称职、不负责任的读者。

霍普同时指出,诗人有时在一首诗的创作中可能会达不到他的意图,但如果他幸运,也可能超出他的意图,但他完全不赞同现代批评中流行的以下观点,这种观点认为,诗人在一首诗中的目标和意图与该诗的阐释无关。在批评了麦考利三人的误读之后,霍普谦虚地表示:自己也有可能错了,但他继而指出:"对待诗歌最安全和最有效的方法就是心要坚韧、谦逊,仔细地质疑一首诗,但同时要意识到一首诗也会质疑我们,而那些问题可能比我们的问题更加深刻。……如果我们认为一首诗的存在就是为了挑战我们预设的观点和批评理论,如果我们认为这首诗的存在从一定意义上可以帮助我们阐释或重新阐释我们自己,那么我们就可能成为一个好读者、好批评家。"[2]

霍普并不反对诗歌批评,不过,他似乎更主张从整个文学的高度来从事

---

[1] A. D. Hope, *The Cave and the Spring: Essays on Poetry*, 1974, p. 81.
[2] Ibid., p. 90.

批评工作，他特别强调总体的文学批评对于澳大利亚文学的重要性。1953年，在对悉尼大学学生的一次演讲中，他指出，现在的澳大利亚文学批评在观点上出现了问题，"当今澳大利亚文学批评的首要任务必须是用评价英国文学时的态度和标准来评价澳大利亚文学"[1]。在他看来，这样可以帮助构建澳大利亚文学自己的经典。他对澳大利亚文学的现状了如指掌，认为20世纪20年代之后的澳大利亚文学批评存在的问题是：澳大利亚写作没有被大学认可；20世纪早期红极一时的诸多文学杂志，除了《公报》的"红页"专栏之外，在20年代之后都已让位于报纸；而且，澳大利亚文坛充斥着"平庸文学"[2]，这种文学主要以消遣和娱乐取胜，但占领着巨大的市场。在一篇题为《澳大利亚文学的标准》（Standards in Australian Literature）的文章中，霍普指出："如今有这样一种倾向，只有一小群作家在为数量有限的读者创作'文学'，而其他作家都在为更多的读者创作'低俗'小说。"[3] 因此，他认为自己肩负着构建澳大利亚文学经典的使命，这一使命同样也是澳大利亚大学的使命，澳大利亚的批评家们应该去积极地传播阅读澳大利亚文学的方法，同时为读者确立一个大家认可的阅读内容，努力为这个国家建立一种文学经典。[4] 为了这样一个使命，霍普甚至故意与其同时期的澳大利亚作家保持距离，以便在文学批评中做到不偏不倚。此外，他还认为，澳大利亚的大学应该扮演引领读者阅读口味的角色，"学者们不断地讨论和评价文学经典作品，这样可以通过引领读者的口味来保持传统；这样还可以支撑严肃的文学评论，使得新近作家的作品得以全面评价"[5]。为此，霍普还以"澳大利亚文学在大学"为题组织大家进行热烈的讨论，在1954—1955年间，在澳大利亚著名的文艺评论杂志《米安津》上，他先后多次撰文参与

---

[1] Elizabeth Perkins, "Literary Culture 1851 – 1914: Founding a Canon", in *The Oxford Literary History of Australia*, Bruce Bennett, et al. eds., 1998, p. 48.

[2] A. D. Hope, "Standards in Australian Literature", *Authority and Influence: Australian Literary Criticism 1950 – 2000*, Delys Bird, et al. eds., 2001, p. 4.

[3] Ibid.

[4] Patrick Buckridge, "Clearing a Space for Australian Literature 1940 – 1965", *The Oxford Literary History of Australia*, Bruce Bennett, et al. eds., 1998, p. 189.

[5] A. D. Hope, "Standards in Australian Literature", *Authority and Influence: Australian Literary Criticism 1950 – 2000*, 2001, p. 3.

讨论，与大家共商澳大利亚文学的出路。澳大利亚文学后来顺利进入大学文学课堂，霍普的贡献不可低估。

纵观霍普的所有评论著述，霍普无疑算得上20世纪中叶以后兴起的澳大利亚学院派批评中的佼佼者，他诗歌生态论、诗歌创作主体论、诗歌批评自成一体，构成了霍普诗歌批评思想的主体。霍普的诗歌生态论思想反映了他对诗歌发展的宏观架构的认识，更彰显了他要恢复诗歌生态系统、构建澳大利亚文学经典的决心。以此为起点，霍普对澳大利亚诗人提出了具体的要求，他呼吁澳大利亚诗人积极培养自己的感知想象力和言语想象力、追随传统、推崇修辞、心系读者。作为一名学院派批评家，霍普更强调诗歌批评引领读者解读诗歌的重要作用，更强调诗歌评论家在构建澳大利亚文学经典过程中的作用。霍普倡导澳大利亚文学批评，对澳大利亚文学的前途表现出了一种义不容辞的使命感。霍普的文学批评有别于传统民族主义，因为他倡导普世主义，重视文学批评的世界性标准。从这个意义上说，他的立场与"新批评"高度一致，研究20世纪中叶的澳大利亚"新批评"乃至整个澳大利亚的文学批评，必须关注霍普的贡献，因为霍普于20世纪50—70年代提出的一系列有关澳大利亚诗歌批评的重要思想在澳大利亚文学批评史上留下了浓墨重彩的一笔。

第六章
詹姆斯·麦考利的新古典主义诗学

新古典主义（Neoclassicism）是英国文学批评中的一个常见概念，从时间上说，它被用来指称从 17 世纪末到 19 世纪初的一种文学风貌，从风格上说，它常常被用来指称一种对于从古希腊罗马文学中复兴出来的一种文学态度和表达方法——讲究分寸、比例、秩序、克制、逻辑、准确和得体。若仅从风格的角度看，新古典主义既是一种在启蒙运动时期开启的"现代性"语境中生成的创作理念和艺术倾向，又是后世文学家和批评家不断回归的一种文学形态，20 世纪初期，被称为英美"新批评"先驱的 T. S. 艾略特和"意象派"诗歌创始人艾兹拉·庞德曾经携手在新古典主义的旗帜下紧密地团结在一起，写成了一大批举世瞩目的现代诗歌名作。

詹姆斯·麦考利（James McAuley，1917—1976）是 20 世纪中叶澳大利亚著名学者、诗人，也是出了名的文学批评家。麦考利生于澳大利亚的悉尼近郊，曾在悉尼大学读书，主攻英语、拉丁语以及哲学课程。从 1937 年起，他参与主编悉尼大学文学刊物《赫尔姆斯》（*Hermes*），他的早期诗歌主要通过这本年度出版的小刊物得以问世。"二战"期间，他参了军，并在澳大利亚部队服役，战后在墨尔本大学任教，其间曾前往新几内亚做过田野调查，那段经历给他留下了极为深刻的印象，多年以后，麦考利对外表示，在他的心目中，新几内亚无疑是他的"精神家园"（spiritual home），他的许多文学批评思想主要形成于他在新几内亚工作的这段时间。[①] 麦考利生前一度活跃于澳大利亚政坛，积极为澳大利亚在美拉尼西亚地区的殖民统治做辩

[①] Robert Dixon, *Prosthetic Gods: Travel, Representation and Colonial Governance*, St. Lucia: University of Queensland Press, 2001, p. 150.

护。麦考利热衷于新古典主义诗歌创作，同时也和其他志同道合的诗人一起对澳大利亚国内方兴未艾的现代派诗歌进行口诛笔伐。麦考利的新古典主义诗歌及评论散见于澳大利亚各类期刊和出版物，在担任创刊于1956年的保守刊物《四分仪》的主编期间，麦考利不遗余力地提倡新古典主义诗歌创作，他保守的政治思想及文艺创作风格使其在赢得澳大利亚保守派称赞的同时也受到了澳大利亚现代派的严重诟病。

麦考利并非从一开始就是一个十足的保守派作家，纵观他一生的创作，读者不难看出，他的文学思想经历了一个从前卫到保守的显著转变。麦考利早期的诗歌创作其实非但不保守，反而具有表现主义等现代派诗歌的明显特征，伊万·琼斯（Evan Jones）认为麦考利早期的诗歌（如《爱的家庭》，The Family of Love）就是一首具有高度原创性且锋芒毕露的现代主义诗歌。[1] 然而，在"厄恩·马利事件"之后，麦考利皈依了天主教，并以鲜明的保守立场活跃于澳大利亚文坛，此后麦考利终其一生都在为澳大利亚新古典主义文学做辩护。苏珊·麦克南指出，晚期的麦考利所表现出的极端的反自由主义立场使得保守派作家都很难完全赞同他的观点。[2]

麦考利一生的诗歌创作和批评在澳大利亚文学中制造了许多悖论。他著述丰富，按照文森特·巴克利的看法，麦考利应归入澳大利亚最优秀的十二位经典作家之一[3]，其文学成就可见一斑，但是，他的成名是依靠一个臭名昭著的大骗局得来的；在批评方面，麦考利是著名的保守派，但是，人们不断在他的著述（特别是厄恩·马利诗）中读出异乎寻常的先锋感觉。不过，从自觉的意义上说，麦考利给予自己的定位是一个新古典主义者。他是20世纪中叶以后"新批评"主导澳大利亚文学批评时期的关键性的学院派批评家代表，虽然他很难说是一个"新批评"家，但他对于新古典主义文学思想的执着让人相信，他和A. D. 霍普一样属于文学的传统普世主义者，他在诗歌创作与批评中不断呼吁文艺创作要回归"传统"，此外，他还主张诗

---

[1] Evan Jones, "Australian Poetry since 1920", in *The Literature of Australia*, Geoffrey Dutton ed., 1976, p. 118.

[2] Susan McKernan, *A Question of Commitment*, Sydney: Allen and Unwin, 1989, p. 62.

[3] Bruce Bennett, "Literary Culture since Vietnam: A New Dramatic", in *The Oxford Literary History of Australia*, Bruce Bennett, et al. eds., 1998, p. 252.

歌要表现伟大的"宗教"和"哲学"主题,强调"秩序"的重要性。本章结合他自己的理论著述和"厄恩·马利事件"对他的批评思想做一个简单介绍。

一

麦考利的主要诗歌思想集中反映在其《现代性之终结:文学、艺术与文化论集》[1] 一书中,该书从文化、艺术和诗歌三个方面全面阐述了作者秉持的新古典主义思想。麦考利在该书标题中所说的"现代",指的是西方自启蒙运动以降,尤其是法国大革命到 20 世纪 50 年代的这一段时间。麦考利认为,现代西方资本主义的迅速发展使得人们更关注社会的经济而忽视了文化,人本主义、个人主义的急剧膨胀使得人们丧失了对传统的尊崇,宗教被质疑,哲学被抵制,真正的知识日益被抛弃。麦考利严正指出,传统才是文学艺术之源,文学艺术要有所作为,就必须回归传统,从传统的宗教和哲学中去寻找灵感与原料。麦考利言辞尖锐地批判了澳大利亚文艺创作中的现代主义倾向,他主张诗歌和艺术创作应该回归传统,文艺作品必须承载一定的宗教意义和哲学内涵。

麦考利的新古典主义主张有着深刻的社会及文化背景。首先,澳大利亚自 1788 年建立殖民地以来,经过近两百年的发展,已经形成了自己的民族性格,两次世界大战的参战经历使得澳大利亚的民族凝聚力不断增强,绝大部分人不再认为澳大利亚是英国的附庸,而是具有独立身份的民族。在国内,澳大利亚的经济迅猛增长,尤其是战争期间的澳大利亚经济实力显著增强。在国际上,澳大利亚与英国仍然保持着极为亲密的关系,同时也与美国等西方资本主义国家广泛开展政治与经济上的合作,澳大利亚的国际影响力日益扩大。诸如此类的社会发展自有其益处,但其弊端也显露无遗。民族主义情绪的过度膨胀使得澳大利亚人不再重视传统遗产,而资本主义的发展又使得澳大利亚人热心于经济发展,反而忽略了文学艺术等精神文明的建设。

---

[1] James McAuley, *The End of Modernity: Essays on Literature, Art and Culture*, Sydney: Angus & Robertson, 1959.

麦考利有感于当时的澳大利亚社会所显露出来的种种弊端，决定为传统文化的继承和发扬摇旗呐喊。

其次，20世纪中叶的澳大利亚文坛状况令人担忧。19世纪末的澳大利亚民族主义运动促成了澳大利亚国民性格的形成，同时也造就了劳森等一大批具有鲜明的民族主义特征的现实主义作家。劳森被公认为澳大利亚文学的开山鼻祖，他所刻画的"伙伴情谊"及丛林故事在很长一段时间内成了澳大利亚文学的独特景观，他的现实主义文学风格也被后人继承了下来，长久不衰。作为一种主流文学，劳森开创的小说创作传统可谓薪火相传，而诗歌的创作和接受则相形见绌，麦考利对此表示非常忧虑。20世纪的澳大利亚文学史上先后出现了两次重要的文学运动，一种主张诗歌创作应该从澳大利亚土著文化中寻找灵感、汲取营养（"津迪沃罗巴克运动"），另一种主张澳大利亚文学创作与国际接轨、极力发展现代主义诗歌（"愤怒的企鹅"诗歌运动），麦考利认为，上述两种诗歌运动都严重背离了真正的诗歌精神，所以他坚决反对。

在历史上，文艺复兴与启蒙运动解放了人的思想，那以后形成的自由人文主义成为西方资本主义社会的主流思想，反对一切传统的自由主义者主张要把文艺从宗教、道德以及文体传统中彻底解放出来，于是，信仰、传统以及知识的匮乏成为西方现代性的基本特征。在麦考利看来，这实在是传统所遭受的一场浩劫。麦考利认为传统宗教和哲学是一切伟大文艺作品的根基所在，因为传统宗教思想"构建了文化，因而或多或少地赋予文艺作品以某种尊严、活力以及神奇性"[1]。然而现代社会早已将传统宗教和哲学弃之不顾，麦考利对此忧心忡忡，"我们的社会是个毫无原则的社会，或者说，现代社会把拒绝所有正确的原则作为自己唯一的原则！"[2] 麦考利身为虔诚的天主教徒，认为伟大的文学作品必须体现传统的宗教思想，而他所指的宗教亦即信仰上帝的宗教。在一篇题为《传统、社会与文艺》的文章中，麦考利对比分析了东方诺斯替主义（Gnosticism）和西方的基督教，他认为东方的宗教，包括佛教、印度教、道教等，都企图将自己置于万物之上，甚至宣扬基

---

[1] James McAuley, *The End of Modernity: Essays on Literature, Art and Culture*, 1959, p. viii.
[2] Ibid., p. 6.

督教也是其附属物,因此东方的宗教具有"极权主义"特征①,与其相比,基督教作为伟大作品的灵感之源有着明显的优势。麦考利表示自己并不否认西方自文艺复兴以来所取得的社会进步,不过,他所担忧的是西方社会在思想意识方面的非正常发展:文艺复兴运动虽然结束了西方历史上最黑暗的中世纪,为现代文明的发展奠定了思想基础,但是,过度膨胀的人本主义思想使人们不再效忠于理性的宗教信仰。麦考利归纳了西方现代思想的三个特征,即人本主义、任性武断与个人主义。人本主义认为"人是万物的尺度",因此上帝所造之物应该由人来判断衡量;任性武断使人的意志背离了真正的知识,走上了歧路;个人主义则完全否认了上帝的崇高性,鼓吹人类行使上帝的一切特权,这三个特征彼此作用,于是,人性代替了神性,上帝被抛弃在一边。麦考利认为,西方现代社会从本质上讲是堕落的,因为无论是康德的"人为自然立法",还是尼采所言"上帝死了",都是西方人本主义过度膨胀的思想体现。

文艺复兴和启蒙运动极大地解放了西方人的思想,西方国家先后进行了一系列改革乃至革命,进入了资本主义发展的快车道,工业革命先后完成,社会财富急剧增加,这一切无不体现出资本主义经济制度的优越性。然而,与社会物质财富急剧增长形成鲜明对比的是社会精神财富不断萎缩。在麦考利看来,西方人在单纯地追逐经济利益的同时却置伟大的传统于不顾,科学实证主义主导下的西方世界丧失了对真正知识的追求。麦考利认为,在丧失传统价值的现代社会里,"哲学的缺失使得基于法律与正义的国际秩序不可能实现,而现代社会与个人也因此丧失了一切秩序的准则!"② 因此,麦考利极力反对那些认为物质财富的发展会最终扩大精神财富的论断,他指出人类的当务之急是努力拓展人类的知识资源,而首要任务则是克服有意无意的反智主义③,尊重人类社会的一切优良传统,进而培养传统意识,重视传统财富,在文艺领域,他特别提出,要让文学艺术与宗教哲学联姻。

麦考利在 20 世纪 40 年代后期的一些文章中清楚地表达了一些原始主义

---

① James McAuley, *The End of Modernity: Essays on Literature, Art and Culture*, 1959, p. 11.
② Ibid., p. 26.
③ Ibid., p. 27.

的思想，并据此批评现代性造成的一系列后果。① 他对美拉尼西亚绘画艺术赞赏有加，认为美拉尼西亚绘画表现的不是野蛮的恐惧，而是"复杂的社会价值观"②，麦考利对原始主义的极大兴趣与艾略特对传统的推崇如出一辙。他认为，西方工业资本主义的发展导致艺术的美与艺术的实用功能及意义相脱离，现代艺术只关注其本身而忽略了一切外在因素，追求纯粹的美，视"美"为艺术的最终目的，这种"为艺术而艺术"的现代主义艺术观在麦考利看来绝非正常或原初的艺术状态，而是"变态的"及"堕落的"现象，是文化丧失生命力的表现。③ 麦考利在新几内亚工作期间游历了美拉尼西亚地区的山川岛屿，他在当地做的调查研究经整理后发表在各类刊物上，部分评论收入在《现代性之终结》一书中。

麦考利认为，传统艺术观最关注的是艺术品的实用性和意义，现代艺术观则认为艺术的功能既不服务于俗世或宗教的实用性，也无需表达俗世或宗教的意义，只要创造出"美"并能取悦于人就行，麦考利对此嗤之以鼻，他强调"只有传统艺术才是中心的、新颖的、真正具有创造性的，反传统的唯美主义艺术或'为艺术而艺术'是边缘的、寄生的、缺乏生机的"④。有鉴于此，麦考利疾呼艺术与宗教的联姻，他认为："宗教给艺术提供了无以穷尽的主题和魅力，此外，宗教赋予艺术以知识，使艺术在表达强烈的情感之时更加突出知识的重要性。"⑤

针对西方文化中出现的自然主义表现风格，麦考利一概反对，他认为，自文艺复兴以降，在艺术领域出现的自然主义传统"不是真正的传统"⑥，自然主义企图将自己凌驾于超自然（宗教）之上，缺乏哲学原则，因此与古典文学传统所强调的"整体性原则"和"逻各斯"相悖，"自然主义由于失去了神圣的逻各斯而深陷于纷繁芜杂、对立冲突、变化不定的境地；它以物质反对精神，以模糊对抗透明；它表现为个人主义、任性武断和情绪化，

---

① Robert Dixon, *Prosthetic Gods: Travel, Representation and Colonial Governance*, 2001, p. 154.
② Ibid., p. 156.
③ James McAuley, *The End of Modernity: Essays on Literature, Art and Culture*, 1959, p. 76.
④ Ibid., p. 82.
⑤ Ibid., p. 90.
⑥ Ibid., p. 85.

最终失去理性并变得无人理解"①。麦考利认为，现代艺术在很大程度上是"文化自然主义运动的最终结果"②。但他对现代艺术并没有悲观失望、全盘否定，他相信现代艺术家对既定题材、程式化主题和"为实用而艺术"并非全然不感兴趣，因为现代艺术家知道他们的艺术因为实用与意义的匮乏而显得枯燥无力，他们需要在宗教中汲取"盐分"（salt），这才会让他们的艺术充满"智慧、新颖、芬芳、纯洁与神圣的渴望"③。麦考利认为，自然主义艺术无法实现宗教的实用目的，他呼吁艺术回归传统，从体现宗教与艺术完美结合的宗教和原始主义艺术中汲取灵感，在"秩序"、"整体性"和"逻各斯"的基础上重建自我。

麦考利钟情于诗歌创作，一生极力宣扬诗歌的魅力和重要性。他认为："在一个正常的社会里，诗歌受人尊崇，广为欢迎；诗歌是高级的艺术形式，距哲学中心最近；诗歌的象征最为原始和普遍；诗歌较少受制于稍纵即逝的具体事物或日常琐事。"④ 在论及诗歌和小说⑤孰优孰劣的问题时，麦考利对诗歌日渐式微的现状深感忧虑，他指出，在现代社会，诗歌的地位被小说所取代，不仅普通读者喜欢小说胜过诗歌，就连文学精英也是如此。他认为小说在极大程度上是浅薄的琐事和无足轻重的事实编造出来的垃圾，与哲学差之千里，根本无以反映哲学的光芒。麦考利也承认陀思妥耶夫斯基是小说领域的伟大英雄，"他巨大的创造性打破了小说形式的一般界限，具有预言般的想象与象征的深度，因此与伟大的诗歌极为接近，但即便如此，诗歌仍比小说更具艺术魅力"⑥，因为在他看来，无论在思想内涵还是艺术特色方面，诗歌比小说都更胜一等。

麦考利认为，诗歌不仅要表达深刻的哲学与宗教内涵，而且应符合道德规范，文学的优劣与道德规范有关。他批评现代人"在文学的道德批判问题

---

① James McAuley, *The End of Modernity*: *Essays on Literature*, *Art and Culture*, 1959, p. 104.
② Ibid., p. 105.
③ Ibid., p. 107.
④ Ibid., p. 40.
⑤ 原作中使用的词为 prose，而麦考利所指的 prose 为非韵文，是和"诗歌"、"戏剧"并列的文类，结合上下文语境，或许译作"小说"更符合其本意。
⑥ James McAuley, *The End of Modernity*: *Essays on Literature*, *Art and Culture*, 1959, pp. 41 – 42.

上犹豫不决"①，认为道德规范不是随意地加在文学上的外部因素，而应是文学的内在属性，"优秀的文学具有一种本质的现实……优秀的文学与自然道德规范在这种本质的现实中和谐共存"②。麦考利认为，人成其为人的一个基本条件就是要遵守理性的秩序，伟大的文学必须与道德规范联系起来，而不道德因其对人与社会的不忠无疑会成为文学之真与文学之美的巨大威胁。针对基于道德规范的文学审查制度问题，麦考利认为不值得从理论的高度对其进行讨论，但由于持非正统观点的现代小说家和散文家的作品难免对公众意见产生巨大的影响，麦考利强调"官方有义务也有权利来保护公众的道德"③。

在论及诗歌与意识形态之间的关系时，麦考利以澳大利亚文学为特例指出，一个民族或者国家的特定历史对该民族或国家的体制与传统，尤其是价值观、民族心理与文化类型等都有着决定性的作用。澳大利亚与西方国家不同，因为其历史进程中"没有民族革命，也没有经历巨大的创伤"④，这一特殊的历史文化语境使得澳大利亚难以产生伟大的诗歌。麦考利认为，意识形态对诗歌而言十分重要，"诗歌在最简单的韵律形式上仍受到文化的制约"⑤，而现代意识的影响令所有诗歌的发展受到阻遏甚至窒息。澳大利亚诗人受民族主义思想影响很深，劳森开创的澳大利亚文学传统注重"澳大利亚性"（Australianity），对"乡土特色"（local color）情有独钟，麦考利认为，这种倾向不会使澳大利亚文学发展成为健康、正常的区域主义（regionalism），而只会使澳大利亚文学退回到狭隘的地方主义（provincialism）境地。麦考利重视诗歌表达的哲学内涵，他对澳大利亚批评家轻视哲学的做法颇不以为然，并指出欧洲的诗歌之所以伟大且举世公认，就是因为这些诗歌"热衷于表达宗教、哲学、伦理与政治等问题"⑥。麦考利也不忘强调诗歌的形式与内容同等重要，作为澳大利亚新古典主义文论的代表人物，他再三强

---

① James McAuley, *The End of Modernity: Essays on Literature, Art and Culture*, 1959, p. 49.
② Ibid., p. 51.
③ Ibid., p. 53.
④ Ibid., p. 58.
⑤ Ibid., p. 66.
⑥ Ibid., p. 68.

调了"秩序"在社会文化各个层面的重要性。

麦考利认为,诗歌需要诗人将其作为一种职业来经营。现代社会的诗人忙于生计,难得把写诗作为自己的全职工作来做,麦考利称这些人为"星期天诗人"(Sunday poets),他认为诗人要充分发挥才华就需要有充足的时间保证,诗人还应该积极接触外部事物,因为"练习手工、体验农桑、参与政治这三类事对诗歌贡献颇丰"①。麦考利还认为,"诗歌源于宁静"②,写诗需要沉思,虽然他也不喜欢诗人孤芳自赏,"诗歌通常是一种社会行为,由作者传向读者,由言说者传向倾听者"③。在澳大利亚,很少有诗人可以让自己的诗歌唤起读者的共鸣,哈罗德·斯图尔特的作品是个例外,麦考利对斯图尔特的诗歌赞赏有加,认为斯图尔特的诗"精雕细琢"、"富有哲理"且"感情丰富",比那些描写"沙袋鼠"和"伙伴情谊"的诗歌明显更具才华。

19世纪后半叶,以马修·阿诺德为代表的英国文坛认为诗歌将取代宗教与哲学的地位,叶芝认为"诗人可以取代牧师",I. A. 瑞恰慈则断言"诗歌可以拯救我们",这种把诗歌当成文化的灵丹妙药的言论被麦考利斥为"魔幻邪说"④,他认为这种"魔幻邪说"正是现代诗学的本质,它会误导人们。麦考利主张诗歌要采用"适当的风格和形式"⑤,他认为自由体诗歌由于放弃了传统形式而显得不尽人意;他主张使用"社会化的诗歌语言"⑥,因为现代诗人自我封闭,缺乏交流;他主张诗歌要朗朗上口且易于理解,诗歌还应重视主题⑦。麦考利以古典诗歌为参照,细数现代诗歌的缺点与不足,他还身体力行地创作了一些古典意味浓厚的诗歌,以证明古典主义诗歌的伟大与特有魅力。

---

① James McAuley, *The End of Modernity: Essays on Literature, Art and Culture*, 1959, p. 123.
② Ibid., p. 124.
③ Ibid., p. 129.
④ Ibid., p. 149.
⑤ Ibid., p. 174.
⑥ Ibid.
⑦ Ibid., p. 175.

二

在澳大利亚的文学批评史上，麦考利的名字总与臭名昭著的"厄恩·马利事件"联系在一起。1943年的某个早晨，在澳大利亚的南部城市阿德莱德，时任《愤怒的企鹅》主编的22岁的麦克斯·哈里斯收到了一叠厚厚的诗稿和一封信。在信中，一个自称为艾瑟尔·马利（Ethel Malley）的年轻女子恳求哈里斯替她鉴别已故兄长厄恩·马利的诗稿是否具有文学价值。哈里斯读完这本名为《暮色苍茫的黄道》（*Darkening Ecliptic*）的诗集，坚信自己发现了一位难得一见的天才诗人。在与同伴们讨论后，哈里斯最终决定，将1944年秋季号的《愤怒的企鹅》作为厄恩·马利特辑，对这位已故的年轻诗人进行全力推介。杂志出版后不负众望，几百本很快销售一空。可是，正当哈里斯以及其他"愤怒的企鹅"的成员陶醉在成功的喜悦中时，报纸上的一则声明让他们目瞪口呆，两位年轻的诗人——詹姆斯·麦考利和道格拉斯·斯图尔特[①]——在1944年6月25日的《事实报》（*Fact*）上声明，厄恩·马利这个人根本就不曾存在过，那些诗也是他们胡诌而成的，一切都是他们精心策划的，目的是向世人证明，时下在澳大利亚悄然兴起的，尤以"愤怒的企鹅"为代表的现代主义诗歌是多么地荒诞不经！

事件发生之后，曾经意气风发的哈里斯一蹶不振。多少年来，澳大利亚批评界一直也没有忘掉这一事件。关于麦考利和斯图尔特信口胡编出来的诗作，批评家之间至今还在进行着激烈的争论：厄恩·马利的诗究竟是像他的创造者麦考利和斯图尔特所言，是他们"刻意编织的废话，纯属一派胡言"，还是像哈里斯评论的，是难得一见的天才之作？关于这一骗局，批评

[①] 詹姆斯·麦考利和道格拉斯·斯图尔特为"悉尼诗人"（the Sydney Poets）的主要代表，此诗派因其成员定期聚集在悉尼，讨论文学，创办自己的刊物而得名，这一说法取自1941年唐纳德·霍恩在10月2日的《任由评说》（*Honi Soit*）上所发表的一篇文学评论。虽然他们与"愤怒的企鹅"们一样，都很年轻，并且同处于澳大利亚这个相对来说比较隔绝孤立的文化环境之中，但是他们的艺术趣味和宗旨则与"愤怒的企鹅"大相径庭。他们对《愤怒的企鹅》十分不满，认为这本杂志惯于装腔作势，"一派胡言"。

家也在反思：整个事件真的是如麦考利他们宣称的那样，是"一场严肃的文学实验"，还是如很多人所斥责的那样，是一个精心设计、手段卑劣的恶作剧？此外，"厄恩·马利事件"是否给澳大利亚的现代主义文学带来了毁灭性的打击，使它的到来在澳大利亚整整推迟了二十年？

从澳大利亚文学史上看，发轫于19世纪末，成熟于20世纪20年代的现代主义文学在澳大利亚的传播可谓是姗姗来迟。在从19世纪90年代到20世纪50年代末的60年里，小说家亨利·劳森等人所开创的现实主义文学一直统治着澳大利亚文坛。在这60年的漫长岁月里，奉行现代主义的少数作家曾几度向传统的现实主义文学发起过冲击，但均未奏效。直到20世纪60年代，现代主义才在澳大利亚植根，并最终形成了与20年代欧美现代主义文学足以媲美的态势。[1] 有很多人将这一现象直接归咎于"厄恩·马利事件"。澳大利亚著名作家杰弗里·达顿就是其中的典型代表。他在《滨藜上的雪》(*Snow on the Saltbush*) 一书中就曾以《现代性的敌人》为标题，专门辟出一章来讨论"厄恩·马利事件"。达顿认为，这一事件对澳大利亚的现代主义文学造成了毁灭性的影响。唐·安德森（Don Anderson）也指出："厄恩·马利事件扼杀了现代主义文学在澳大利亚传播的任何可能性……给澳大利亚文坛带来了一次巨大的灾难。"[2]

"而我，仍是一只黑天鹅，越过界线来到了陌生的水域"[3] —— 这句诗出自厄恩·马利的诗《丢勒：因斯布鲁克，1495》（*Durer: Innsbruck, 1495*），收录在《暮色苍茫的黄道》的卷首。古代西方人认为所有的天鹅都是白色的，"黑天鹅"曾是他们言谈写作中的惯用语，用来指不可能存在的事物，但这个不可动摇的信念随着17世纪探险家们在澳大利亚发现第一只黑色的天鹅而崩溃。达顿等人眼中的"厄恩·马利事件"正是这样的一只黑天鹅，它越过了虚构的情境，来到了真实的世界，改变了现代主义在澳大利亚的命运，改写了澳大利亚的文学史。

作为一个新古典主义批评家，麦考利的行为是否真的扼杀了澳大利亚的

---

[1] 黄源深：《澳大利亚现代主义文学为何姗姗来迟》，《外国文学评论》1992年第2期，第53页。
[2] Michael Heyward, *The Ern Malley Affair*, St. Lucia: University of Queensland Press, 1993, p. 229.
[3] Ibid., p. 243.

现代主义文学？应该说，麦考利的确不喜欢现代主义，但是，在20世纪澳大利亚的文学史上，他是否通过一个骗局真的扮演过扭转乾坤的角色？对于这个问题，近年来的澳大利亚批评界的看法也在悄然发生变化。2003年，批评家迈克尔·海沃德（Michael Heyward）在其新作《厄恩·马利事件》（*The Ern Malley Affair*）一书中指出，将厄恩·马利事件视作澳大利亚现代主义文学发展缓慢的决定性因素是一种过于简单化的观点。[①] 海沃德认为，达顿和安德森等人针对"厄恩·马利事件"提出的"黑天鹅"说至少有以下几点值得商榷：

第一，达顿和安德森所谓"厄恩·马利事件""扼杀了现代主义文学在澳大利亚传播的任何可能"事实证明并不准确。在从19世纪90年代到20世纪50年代末的60年里，小说家亨利·劳森等人所开创的现实主义文学一直统治着澳大利亚文坛，在"厄恩·马利事件"之后，即20世纪40年代到50年代末的这段时间里，虽然现代主义文学在澳大利亚发展滞缓，始终未能形成气候，但是，在澳大利亚的作家中，反叛传统，进行文学实验，不断探求新的文学模式者不乏其人。例如，小说家马乔莉·巴纳德在1947年创作的《明日与明日》（*Tomorrow and Tomorrow*）中创造性地使用了自我指涉性的叙述话语；诗人朱迪思·赖特在她的诗中大胆地采用了"语言的不可靠"，"主客体的错位"，以及"世界的异化"等一系列现代主义文学中的常见主题；弗朗西斯·韦伯（Francis Webb）在他的诗作中大量使用超现实主义的意象，特别是在1947年出版的《博伊德的鼓》（*A Drum for Boyd*）中，他创造性地使用了多声部结构，并运用了一种具有高度自我意识的叙述形式。[②] 由此可见，现代主义并未像达顿和安德森想象的那样在澳大利亚文学中彻底销声匿迹。

第二，如果说在澳大利亚的文学史上"厄恩·马利事件"真的导致了现代主义的死亡，这样的逻辑推论显然过分突出了麦考利导演的这一偶然事件在澳大利亚现代主义文学发展进程中所起到的决定性作用，也过分夸大了"厄恩·马利事件"的影响力。海沃德认为，"厄恩·马利事件"虽然与现

[①] Michael Heyward, *The Ern Malley Affair*, 1993, p. 230.
[②] Laurie Hergenhan, *The Penguin New Literary History of Australia*, 1988, p. 424.

代主义文学的发展进程有着密切的关联，也对其产生了一定的影响，但绝不至于改写澳大利亚的文学史。现代主义文学一段时期内在澳大利亚发展缓慢，有其深刻的社会历史以及文化根源，绝非某一偶然事件或某人所直接导致。海沃德认为，20世纪上半叶，欧美各国之间以及各国国内之间频繁的文化交流活动使得现代主义的文学主张迅速得到传播，由此产生了一批具有相应的文学素养和审美能力的读者，他们对现代主义作家作品做出的积极反应使得现代主义文学得以迅速发展壮大。可是，在澳大利亚，情况却截然不同。澳大利亚独特的地理环境造成了文化上的自我封闭，在这样的文化环境中，难以造就能够接受和欣赏现代主义文学的读者。早期的现代主义文学作品往往"曲高和寡"，只是在学者文人的小圈子里流传，与普通读者无缘。而在商品经济社会里，任何一部反映新文学主张的作品，若是没有广泛的读者，没有相当的发行量，要生存壮大是不可能的，这便部分地决定了澳大利亚现代主义文学几度夭折的悲剧性命运了。[①]

第三，麦考利的骗局或许比较集中地反映了20世纪中叶的一种文学和批评态度。60年代之前，在澳大利亚始终存在着一种对现代主义的排斥心理，这种强烈而持久的排斥心理是在澳大利亚特定的历史条件下长期形成的民族心理积淀的一部分。[②] 随着1901年澳大利亚独立，澳大利亚人的民族意识在20世纪上半叶空前高涨。人们格外珍视由亨利·劳森等人建立起来的现实主义的民族文学传统，千方百计地捍卫它。在这种现实主义文学观念的影响下，很多读者抱怨现代主义"不够现实，总是反映生活的阴暗面"[③]，在他们眼里，现代主义文学是道德沦丧的产物，是欧洲来的糟粕，对澳大利亚的文明构成了巨大的威胁。在这种状况下，拒斥心理自然产生，现代主义文学的命运因此也可想而知了。

总之，用"灾难"或者"毁灭"之类的字眼来形容"厄恩·马利事件"对澳大利亚现代主义文学的影响似有过分夸大之嫌，然而，把这些用在马克斯·哈里斯的身上却是再恰当不过了。对于哈里斯来说，由麦考利一手炮制

[①] 黄源深：《澳大利亚现代主义文学为何姗姗来迟》，《外国文学评论》1992年第2期，第58页。
[②] 同上书，第56页。
[③] Laurie Hergenhan, *The Penguin New Literary History of Australia*, 1988, p. 417.

的"厄恩·马利事件"无疑是降临在他身上的一次巨大灾难。当事件的真相被公诸报端之后,哈里斯在阿德莱德顿时成了不受欢迎的人。他成了人们的笑柄,被指责竟然分不清真正的艺术与胡编乱造的废话之间的区别。更让他意想不到的是,阿德莱德当地的一名警官还向法院提起了诉讼,控告哈里斯在1944年秋季号的《愤怒的企鹅》杂志上(即刊有马利的诗歌的那一期杂志)刊登淫秽文字,他指责在《夜之篇章》(Night Piece)这首诗中,"虽然,在公园的大门上/那些铁鸟露出不赞同的神色"[1] 这两句有伤风化,因为根据他作为一名警察的经验,晚上人们去公园总是为了干一些有伤风化的勾当。面对如此荒唐的指控,法庭最后竟然认定哈里斯有罪,判罚5英镑以代替6个星期的监禁。在这一连串的打击之下,哈里斯垮了下来。此次事件严重打击了他的自信心,彻底地毁了他刚刚开始不久的文学生涯。这个曾经雄心勃勃的年轻诗人开始怀疑他自己是否真的有写诗的天赋。他放弃了原先出版第三部诗集的计划,决定从此不再写诗;他甚至放弃了自己曾经忠实追随的现代主义文学——据说他后来也说"现代主义诗歌都是些毫无价值的东西"[2]。厄恩·马利成了哈里斯的耻辱,就像霍桑笔下的女主角胸前所绣的那个红色字母A。

具有讽刺意味的是,从20世纪60年代起,厄恩·马利的诗歌竟开始在读者当中流行起来。在澳大利亚国内,马利的诗集于1961年重新出版,此后分别于1988年、1991年和1993年被不同的出版社争相再版。1991年,约翰·特兰特(John Tranter)甚至将《暮色苍茫的黄道》整本收入由他主编的《企鹅澳大利亚现代诗选》。在国外,马利的诗同样激起了不小的反响。著名的"纽约诗派"也曾将马利的诗刊载在他们自己所创办的杂志上,并予以高度的赞扬。一时间,厄恩·马利不仅不再是哈里斯耻辱的象征,它给他带来了荣耀和自豪。

麦考利和斯图尔特曾经表示,自己在写作厄恩·马利诗的过程中"并没有刻意采取任何技巧"[3]。二人据此对现代主义进行了猛烈的嘲讽和抨击。

---

[1] Michael Heyward, *The Ern Malley Affair*, 1993, p. 248.
[2] Ibid., p. 216.
[3] Ibid., p. 137.

对于他们的这一观点，美国宾州大学教授，诗人鲍勃·佩鲁曼（Bob Perelman）近来提出过严厉的批评，因为在佩鲁曼看来："诗人可以造假，但是诗歌无法造假。"（"There can be hoax poets but no hoax poetry."）[①]海沃德也认为，现代主义的诗歌创作倚重"拼贴"，而"拼贴"一词源自绘画艺术，后却为作家借用，将各种典故、引文、参考外来表达法等混合使用，将不同作品、段落、词语、句子掺杂在一起。这种毫不相干的碎片构成一个统一体的方法打破了传统文学的理性叙事方式，往往可以收到意想不到的效果，让人感到强烈的震撼。仔细阅读诗稿，读者便不难发现，诗人所谓的"胡乱拼凑"实质上就是一种拼贴的技法。整本诗集就像一幅大的拼贴画，色彩斑驳，而构成这幅大的拼贴画的，则是一幅幅小的或是更小的拼贴画——那些同样由拼贴手法构成的诗或是诗句。

在《暮色苍茫的黄道》这幅拼贴画的画面上，几乎找不到一块纯色的色块。在这本诗集里包含了来自不同派别、不同风格的诗人的诗句或意象。定睛细看，在这些诗中随处可以发现现代派诗人艾略特、庞德等人的句子，也有浪漫派诗人如济慈、雪莱、朗费罗的身影，还有象征主义诗人马拉美留下的痕迹，甚至还包括了作者自己的诗以及他们所攻击的"愤怒的企鹅"成员的诗作。除了把不同流派，不同时期的诗句拼贴在一起，麦考利和斯图尔特还对不同文体，不同风格的文字进行了拼贴——音乐剧的歌词、名人名言、字典的条款以及应用性的技术报告……海沃德在他的书中指出，《暮色苍茫的黄道》分明表达了一些清晰的意义：城市的白天不再有序，夜晚也不再宁静；姑娘们把头发染成金色，与戴墨镜、穿皮夹克的美国小伙子们手挽着手，招摇过市；悉尼、墨尔本以及布里斯班的公园里，不论是白天还是夜晚都挤满了招徕生意的妓女……[②]当我们把诗中各个意象的解读并置在一起，再结合各首诗的标题来思考，就不难发现，这些原本看似支离破碎，胡乱堆砌的意象背后，隐藏着一条明晰的主线，原来这些诗还是比较清楚地呈现了"二战"时期的澳大利亚文化状况。作者所采用的拼贴表现了战争以及外来文化对澳大利亚的冲击和影响，而不同体裁和风格的拼贴则使这首诗

[①] Bob Perelman, "The Poetry Hoax",《外国文学研究》2005 年第 2 期，第 13 页。
[②] Michael Heyward, *The Ern Malley Affair*, 1993, pp. 7 – 8.

的形式显得破碎和凌乱,与澳大利亚文化的混乱状况形成对应,从而起到了一种很好的讽刺效果。

在今日的澳大利亚批评界,越来越多的人认为,厄恩·马利的诗歌并非毫无艺术价值,相反,它们是麦考利和他的同伴无意之中创作出的一些诗歌杰作,这些诗歌具有强烈的先锋性,远远领先于产生它们的那个时代,这就从一定程度上解释了为何厄恩·马利诗在当时会招来一片批评之声。

为什么厄恩·马利的诗会重新引来大家的兴趣?今日的澳大利亚批评界普遍认为,20世纪60年代,澳大利亚的社会发生了深刻变化。经济的飞速发展结束了澳洲人为温饱而苦苦奋斗的日子,使他们的社会生活与欧美发达国家同步。原先不甚明显的一些社会矛盾开始日益显露和激化。人与人之间的那种"伙伴情谊"也开始被现代社会特有的冷漠与距离所代替。60年代所发生的以越南战争为核心的世界性动乱,震撼了整个澳大利亚,使它与世界风云激荡的形势迅速沟通。面对这样的社会剧变,很多人感到迷茫和困惑,传统的世界观、价值观开始崩塌。在这样的情况下,那种传统的,具有很好的连续性和完整性,以写实为主的现实主义文学显然已经无法达到读者的审美期待。而着力于表现这个世界的支离破碎、混乱无序,将关注的目光由外部世界转向个体的内心世界的现代主义文学则恰好符合了读者的审美需求。因此,在这种情况下,具有强烈的超现实主义色彩的马利的诗歌自然更容易为大家所接受。

的确,20世纪60年代,现代科学、交通和通信的发展,极大地缩短了澳大利亚与世界的距离,打破了长期存在的隔绝和封闭状态。读者的阅读视野大大开阔,认知水平和审美能力也随之得到了提高。在这种情境下,一批能够欣赏现代主义文学的读者成长起来。他们广泛地阅读了现代主义大师们的作品,了解现代派的创作宗旨和常用技法。这使得他们摆脱了过去那种被作家牵着鼻子走的被动局面,有能力进行独立的解读并做出价值判断,从而真正成为文学交际活动的参与者。正是在这样的情况下,他们可以抛开麦考利和斯图尔特对马利的诗所作的评判,运用自己的审美能力独立地做出自己的判断,这也为人们重新认识马利的诗歌创造了必要的条件。

作为一个文学普世主义者,麦考利用"自由主义"这一术语指称以美国批评家莱昂内尔·特里林（Lionel Trilling）为代表的一些现代学术立场①，他明确表示反对现代诗学，认为诗歌要回归传统，要体现哲学与宗教内涵，但他也强调这样做"并非要求艺术与文学只表现宗教主题"②。面对现代社会的信仰危机，麦考利与霍普等人一道齐声呼吁澳大利亚诗歌要重视传统③，安德鲁·泰勒（Andrew Taylor）认为，麦考利等人的诗歌与文艺批评坚定地秉持"对道德意义与诗歌价值的人文主义信念"，同时"对与新批评相关的阅读实践表现出一种持久的执着"④。麦考利为什么对传统的新古典主义情有独钟呢？一般认为，他对新古典主义文艺的热衷源自他对政治与文化等领域内"秩序"缺失的深切焦虑。麦考利生活在一个澳大利亚文学的巨大转型期，他渴望"秩序"，所以他倡导新古典主义文学标准，强调立足普世主义，积极地在澳大利亚践行一种传统的诗歌和文学艺术，所以他一手导演了"厄恩·马利事件"。麦考利推崇古典诗歌与原始主义，他以"秩序"、"理性"、"逻各斯"等为准则的新古典主义文论对澳大利亚文艺创作与批评产生了深远的影响。不过，从长远的角度看，麦考利所不喜欢的现代主义文学并没有因为这一骗局而不再到来，麦考利的诗歌理论以及他设计的骗局终究没有改变澳大利亚文学的历史进程，偶然事件或许可以在一个阶段内改写历史，但他们不可能阻断历史进程。麦考利虚构出的厄恩·马利与其说是一只越界的黑天鹅，毋宁称其为澳大利亚现代主义文学的红字。从一个更长远的角度看，我们也可以说，麦考利炮制出的厄恩·马利最终成了澳大利亚20世纪先锋文学的红字——虽然起初难免受到攻击和排斥，但随着时代的发展和人们观念的变迁，红字的意义终有升华的一日。

---

① Michael Heyward, *The Ern Malley Affair*, 1993, p. v.
② Ibid., p. viii.
③ Julian Croft, "Responses to Modernism", in *The Penguin New Literary History of Australia*, Laurie Hergenhan, eds., 1988, p. 424.
④ Andrew Taylor, "Reading Australian Poetry", in *Authority and Influence: Australian Literary Criticism 1950 - 2000*, Delys Bird, et al. eds., 2001, p. 158.

第三部分

"理论"的兴起与澳大利亚文学批评的转型

第一章
"理论"的兴起与澳大利亚文学批评

　　20世纪70年代末和80年代初，结构、解构以及符号之类的概念开始传入澳大利亚，作为西方文学批评中的强势话语，上述"理论"的到来迎合了澳大利亚在"新批评"之后对于理论的热切要求。从70年代开始，"新批评"单调乏味的思想和方法开始招致越来越多的反对。有感于"新批评"在理论上的匮乏，此时的澳大利亚批评界响彻着一片对于"理论"的呼声。1979年，比尔·阿什克罗夫特首先撰文对"新批评"提出严重质疑[1]，在他看来，"新批评"主导的澳大利亚文学批评顽固地坚守自定的一套"美学"标准，而将其他文学和文化研究的方法一并排斥在学院之外，然而，"新批评"选择的是一条英国式的批评道路，这条道路的缺点在于：（1）崇尚教会精神，制造一个问题只有一个答案式的文化神话；（2）主张经验主义一元论，认为一个文本只有一个意义；（3）固守文本细读，严重缺乏理论基础。阿什克罗夫特认为，澳大利亚文学批评需要哲学意义上的理论支持，而包括符号学、结构主义、后结构主义、马克思主义和弗洛伊德主义等现行欧美"理论"以及它们背后所暗含的语言思想无疑都可以给澳大利亚文学批评提供超越"新批评"困境的可能性。同一年，迈克尔·怀尔丁以《走向一种激进的批评》为题发表长文[2]，在该文中，他从60年代英美两国的最

---

[1] Bill Ashcroft, "Postscript: Towards an Australian Literary Theory", *New Literature Review*, 6 (1979): 45–48.

[2] Michael Wilding, "Towards a Radical Criticism", in *A Critical (Ninth) Assembling*, ed. Richard Kostelanetz, New York: Assembling Press, 1979. reprinted as "Basics of a Radical Criticism", *Island Magazine*, 12 Sept. (1982): 36–37.

新理论中获得灵感，针对以"新批评"为代表的学院派文学批评主张进行了激烈的批判，他认为，文学不仅是学院中的专业人士学习和研究的对象，更是为社会大众所喜闻乐见的体验，形式主义的文本细读将文本之外的社会、哲学、政治、信仰等一切都排在文学之外，严重地限制了文学的范围；此外，在学院派看来，文学批评的社会功能在于把各个亚文学类别中的作品吸纳到主流意识形态中来，然后通过对其进行阐释，把这些作品中的部分内容重建为表达主流意识形态的形式，把那些不能被吸纳或者不能接受主流价值重建的作品从经典文学中剔除出去。怀尔丁呼吁整合文学社会学和形式主义的文本细读方法，在澳大利亚建立一种超越单纯形式的激进文学批评。

从 20 世纪 70 年代末开始，包括符号学、结构主义和后结构主义在内的一些新兴西方理论纷至沓来。1978 年，从英国移民到澳大利亚的英国语言学家 M. A. K. 韩里德（M. A. K. Halliday, 1925—　）[1]首次以《作为社会符号学的语言：语言和意义的社会阐释》为题出版专著。[2] 1981 年，澳大利亚首次以"符号学在/与澳大利亚"（Semiotics in/and Australia）为题召开学术研讨会。1983 年，戴维·桑德斯（David Saunders）等一批学者先后通过《时代月评》（*Age Monthly Review*）等主流期刊连续撰文向国内学界介绍符号学。1984 年，韩里德等人主编出版《文化与语言符号学》（*Culture and Language Semiotics*, 共二卷），在韩里德的直接推动之下，澳大利亚"悉尼社会与文化研究会"再以符号学为题召开专题学术研讨会，并于两年后主编出版了该会议的文集《语言、符号学与意识形态》（*Language, Semiotics and Ideology*, 1986）。至此，符号学作为一种思想观念和方法在澳大利亚知识界得到了比较广泛的传播。[3] 同样是 70 年代末，结构主义和解构理论随着一批澳大利亚学者的回归同时传入澳大利亚批评界，其中之一便是霍华德·菲尔普林（Howard Felperin）[4]，菲尔普林 60 年代先后执教于哈佛大学和耶鲁大

---

[1] M. A. K. Halliday 于 1976 年移居澳大利亚，在悉尼大学创立语言学系，并一直工作到退休。
[2] M. A. K. Halliday, *Language as Social Semiotic: The Social Interpretation of Language and Meaning*, Baltimore: University Park Press, 1978.
[3] Geoffrey Sykes, "Semiotics in Australia", *SemiotiX, A Global Information Bulletin*, April, 2007.
[4] John Docker, *In a Critical Condition*, 1984, p. 182. 约翰·多克认为，霍华德·菲尔普林的著述暴露出一种追随解构主义（特别是耶鲁学派的解构主义）的倾向。

学，1977年来到澳大利亚墨尔本大学任教，后移居悉尼的麦考瑞大学，他一生著述丰富，尤其在莎士比亚戏剧和戏剧理论研究方面大有建树，回国以后开始更多地探讨文学理论问题，不仅连续撰文发表对于欧美"理论"的看法，还先后出版《超越解构：文学理论的功用和误用》（Beyond Deconstruction: the Uses and Abuses of Literary Theory, 1985）等著作。通过这些"理论"，新一代的澳大利亚文学评论家和一些在高教学院（80年代后期先后改成大学）里的批评家们找到了一种突破"冷战"时期传统形式主义批评的新思路和新想法。

一

欧美结构主义和后结构主义理论同时抵达澳大利亚的时候，澳大利亚的文学批评早已被更强调"文本政治"的马克思主义和女性主义所占领，但二者还是很快地实现了融合，通过这一融合，形式主义的"批评"变成了文化的"批判"，文本的"解构"变成了意识形态的颠覆。

20世纪70年代，传统的左翼文学批评已整体淡出人们的视线，但立足马克思主义的文学批评实践从未停止。1979年，伊恩·里德（Ian Reid）通过伦敦的一家出版社出版《澳大利亚与新西兰的小说与大萧条》（Fiction and the Great Depression in Australia & New Zealand），该书结合20世纪的世界经济危机背景深入讨论了1930—1950年澳大利亚和新西兰两国的小说创作发展情况。虽然多数人更多地记住了里德在该书中倡导的跨国别比较研究方法，该书所展示的马克思主义研究视角清晰可见。不过，在20世纪70年代的澳大利亚文学批评中，传统的左翼思潮总体上变成了一种崭新的"新左翼"。什么是"新左翼"？批评家约翰·多克在一篇题为《那些美好的日子："新左翼"的兴起》的文章中对澳大利亚"新左翼"的性质特征以及出现的思想背景和世界语境做了说明[1]，他指出，世界范围内的"新左翼"最早崛起可以追溯到50年代末，此时东西方两大阵营开始尖锐对立，首次形成一

---

[1] John Docker, "'Those Halcyon Days': The Moment of the New Left", in Brian Head & James Walter, eds., *Intellectual Movements and Australian Society*, 1988, pp. 289–307.

种冷战的局面，此时的政治意味着在苏联和美国、共产主义和"自由世界"之间进行选择，世界各地的普通民众对于这两大阵营不断进行的核军备竞赛日益焦虑。在匈牙利事件和斯大林之后，一些知识分子先后选择离开共产党国家，受其影响，早期的共产党外的"新左翼"激进势力也逐渐对当时的苏联失去了信任；几乎与此同时，当美国与澳大利亚先后为了自己的利益卷入越南南部的冲突之中，"新左翼"对美国带头干涉越南事务表示了极度的不满和深刻的批评。

在传统的左翼印象中，政治意味着组织、组织章程、会议、委员会、主席、秘书、财务管理、动议、会议记录、辩论规则、秩序条例、信息、观点说明、不同意见等，但是，"新左翼"首次大胆提出了私人、个体以及家务政治概念。此外，就政治风格而言，主张推行"反文化"的"新左翼"向传统的无政府主义和自由意志论学习，支持人人能够即刻参与的街头游行，倡导通过大家参与的开会讨论集体决策，宗旨是让大家真正以集体的方式参与一切活动，"新左翼"认为，这样的集体主义决策方法或许有助于在腐败的资本主义/性别歧视/种族主义语境中为未来创造出一种崭新的社会结构和人类意识。

"新左翼"的"反文化"运动认为自己对于马克思并不缺少尊重，不过，他们认为自己更倾向于早期的马克思，因为早期的马克思也重视人的感官感受，主张人类生活的有机整体性，他们仰慕浪漫主义传统，因为19世纪的浪漫主义融合直觉与智力、情感与理性，强调人的内在情绪、性、无意识以及人与自然世界的和谐。在他们看来，马克思主义思想中的浪漫主义和人文关怀一方面将它与托马斯·卡莱尔（Thomas Carlyle）的纯理性主义、功利主义和实证主义批判结合在一起，另一方面让人回忆起前工业化时代的中世纪的人的群居生活以及人与自然的和谐状态，"新左翼"的"反文化"参与者从威廉·莫里斯（William Morris）的乌托邦和自由社会主义理想中找到了未来努力的方向；他们从澳大利亚心理学家威廉·赖希（Wilhelm Reich）的性理论和德国法兰克福学派马克思主义中找到了其要建构的未来理想社会的模型，他们强烈地要求将历史和社会的变化握在自己的手里。于是，从这样一种强烈的唯意志论中形成了一系列的解放运动，其中最具代表性的有妇女解放运动、黑人解放运动以及同性恋解放运动。

　　在一篇题为《个体的政治：社会运动与文化变革》①的回忆文章中，澳大利亚"新左翼"的重要代表人物丹尼斯·奥特曼（Dennis Altman）针对兴起于20世纪60年代的澳大利亚"新左翼"和"反文化"运动进行了较为全面的总结。奥特曼认为，传统的澳大利亚左翼话语都是与阶级批判有关的，批判阶级压迫，要求社会平等是其总的诉求，在经济诉求的背后，人们不难看见在种族和性别问题上的极度的歧视。60年代后期，澳大利亚"新左翼"在学生运动的基础上蓬勃兴起，一个重要的理由是"越战"，由于普遍的反战情绪，许多学生走上街头，愤怒地表达自己的情绪，随后，激进的女权主义者、同性恋者、反核主义和环境保护主义者也走上街头。在这些社会运动的影响下，一直以来集中在大学、电台和杂志的怯生生的知识分子开始从传统的英帝国思维中走出来，把眼光投向纽约和巴黎，《纽约书评》（New York Review of Books）此时代替《时代文学增刊》（Times Literary Supplement）成了大学教员们的必读刊物，于是，欧美激烈的社会运动极大地推动了澳大利亚的本土社会运动。从60年代开始，在澳大利亚的墨尔本，一份名为《竞技场》（Arena）的马克思主义舆论刊物开始定期出版，相对开放的办刊宗旨使该刊物一时间集中了一大批思想激进的非传统马克思主义理论家，其中不少人后来成了澳大利亚著名的"新左翼"代表。1970年，一批"新左翼"的学人在澳大利亚的悉尼召开"社会主义学者大会"，同一年，著名澳大利亚历史学家韩弗雷·麦奎恩（Humphrey McQueen）出版其史学代表作《新不列颠》（A New Britannia），理查德·戈顿（Richard Gordon）编辑出版文集《澳大利亚新左翼》（The Australian New Left），这些著述的同时出现标志着澳大利亚"新左翼"的全面到来。

　　奥特曼在一篇题为《电气时代的学生》②的文章中就"新左翼"思潮的到来进行了解释。他认为，正如历史上的人类曾经经历过一个从封建社会到资本主义社会的进化过程，20世纪的人类经历了一个从工业社会到后工业

---

① Dennis Altman, "The Personal is the Political: Social Movements and Cultural Change", in Brian Head & James Walter, eds., Intellectual Movements and Australian Society, 1988, pp. 289 – 307.

② Dennis Altman, "Students in the Electric Age", in Richard Gordon, ed., The Australian New Left, Melbourne: Heinemann, 1970, pp. 126 – 147. 该文于1970年首次在《竞技场》杂志上发表。

社会的发展过程，他借用美国社会学家丹尼尔·贝尔（Daniel Bell）和兹比格涅夫·布热津斯基（Zbigniew Brzezinski）的话指出，后工业社会是一种物质相对充足的社会，它的最大特点是电子技术，对生活在后工业社会中的人来说，知识就像封建社会的土地和资本主义社会中的资本那样重要，大学作为知识的传播地变得同样重要，他们由社会的精英控制着，普通的大众也因为物质上的丰富而感觉幸福。奥特曼认为，较之工业化时代，后工业时代显然形成了自身独特的价值和崭新的文化：当一个社会的经济基础发生了革命性的变化之后，那个社会的价值体系也会随之发生变化，60年代开始的学生运动正是为了宣扬一种对抗传统的新价值，这种新价值之所以形成，关键是物质上的富足；从表面上看，这场价值变革的主角似乎不应该是学生，因为他们是新社会体系的宠儿，手中掌握着接受教育的机会和知识的锁钥，不应该对社会抱有任何不满，但是，学生们不这么看，在他们看来，大学是旧社会价值体系的捍卫者，它坚持官僚制度和等级体系，它维护一种专制的社会秩序，坚定地拒绝让任何非理性参与社会的决策过程，所以大学是他们第一个攻击的对象。奥特曼引用马歇尔·麦克卢汉（Marshall McLuhan）的话指出，人类社会正经历着一场从机械时代到电气时代的演变，前者强调阅读，后者强调超越阅读，前者讲究个体的和破碎的经验，后者则更关注群居的包容的经验，换句话说，随着电视和其他现代媒体的到来，今日人类不再单纯依赖简单的线性书写，而是可以同时通过视觉、听觉、感觉和智力来对世界做出全方位的反应，所以从机械时代到电气时代，人类经历了一种质的飞跃。基于这样的原因，"反文化"运动中的青年人努力实现对于传统西方理性传统的超越，他们学习东方哲学，努力从中体验禅一般的直觉式认识世界的方法，他们喜欢想象乌托邦的未来，尤其喜欢幻想在一种与大自然近距离接触的世界里生活。在现实生活里，他们也敢大胆地尝试，他们从无政府主义和"激进的自由主义"思想中寻求理论的支持，在生活中大胆尝试自我表达，在性的问题上，他们冲破传统异性恋和核心家庭的束缚，大胆尝试同性恋，在生活模式上，他们学习前工业社会的"部落"生活，大胆尝试各种形式的群居，在社会态度上，他们反对种族主义和恐外症（xenophobia），反对西方的技术至上，相信不同文化的固有价值，他们要求民主参政，特别倡导参与包括戏剧在内的一切审美活动，在戏剧活动中主张观众从被动的观看变成直接的参与。

奥特曼认为，虽说当代西方社会的"反文化"运动可以在浪漫主义文学那里找到自己的先驱，不过像威廉·布莱克（William Blake）、兰波（Arthur Rimbaud）、D. H. 劳伦斯以及阿尔弗雷德·雅里（Alfred Jarry）之类的诗人或作家在其各自的时代只代表很小一撮逆时代而动的社会先锋派，跟他们相比，发生在后工业社会的"反文化"运动利用最新的技术进步大肆拓展感官体验和意识范围，而人类对这种拓展的普遍渴望决定了它不会只是现代社会的一个边缘的美学运动，而是整个一个时代的核心力量。奥特曼指出，在某个特定的阶段，"反文化"运动的好处在于或许只在那些已经进入"电气时代"的国家（如美国、法国、德国和日本）先行显现，因为在这些国家，经济富足，社会小康，所以资本主义曾经的老观念（如精英、竞争、节俭、勤奋和自制）不复具有意义，环顾四望，人们发现，不仅关于工作的传统认识日渐失去了意义，后工业社会的物质丰足让"老左翼"斗士们关注的一切问题也变得越来越不那么重要了。在后工业社会里，经济和技术的变革使得社会的主要矛盾不再是传统马克思主义关心的经济问题，20 世纪六七十年代发生在欧美多个国家的学生运动不仅都与阶级问题无关，更与经济差异无关，经济的长足发展把传统的阶级和劳资关系矛盾变得不再像从前那样突出，后工业社会的矛盾在于人们的意识之中，学生们发动的文化革命不为别的，而在于彻底推翻前工业社会的传统观念和思想。电气时代的大学生并全然反对马克思主义，他们反对一切体制化的意识形态，"新左翼"与"反文化"运动的参与者一样不愿意成天高举着马克思主义，并把它当成一个完整的意识形态来膜拜，他们更愿意立足自己生活的社会，提出一种电气时代的"反意识形态"，这种"反意识形态"的核心是自由主义和个人权利，反对一切形式的等级制度和官僚体系，包括共产主义和传统的民族主义。

二

在"新左翼"和"反文化"的社会运动和文学思想影响下形成的澳大利亚文学批评的关键词最终没有落在马克思主义关心的阶级上，而更多地落在了女性主义关注的性别和移民、土著以及后殖民理论所关注的种族和国家问题之上。[1] 20 世纪 80 年代,女性主义批评或许是所有批评思潮和范式中影响最为突出的。与欧美的女性主义相比,澳大利亚女性主义的发展略显滞后,其第二次运动浪潮以 1969 年发生在悉尼的、以城市中产阶级白人妇女充当主要力量的妇女解放运动为主要标志,并于 80 年代成为席卷全国的新浪潮。虽然澳大利亚的女性主义起步略晚,但却拥有足以令国人为之骄傲的理论家。杰梅茵·格里尔(Germaine Greer)、戴尔·斯彭德、米根·莫里斯、莫利亚·盖滕斯(Moria Gatens)和伊利莎白·格罗希(Elizabeth Grosz)都是对女性主义理论的整体建构做出过重要贡献,并具有国际影响力的理论家。其中,格里尔的《女太监》(The Female Eunuch, 1970)被认为是世界女性主义思想史上堪称奠基之作的七部经典之一,也是澳大利亚女性主义思想家所拥有的普遍影响力的一个重要标志。

自 70 年代起,澳大利亚女权运动、女性写作和女性主义文学批评携手共进,成为澳大利亚文化知识界与社会生活领域中不可忽视的力量,特别是 80 年代,澳大利亚连续出现了包括"每个女人"(Everywoman)、"西比拉"(Sybylla)和"姐妹"(Sisters)在内的一批女性主义出版机构,女性主义研究团体以及开始对女性主义感兴趣的商业机构的大量涌现均为女性写作的空前繁荣打下了坚实的物质基础。这一时期,无论是像伊利莎白·乔莉(Elizabeth Jolley)这样的成名已久的作家,还是像海伦·加纳或凯特·格伦维尔(Kate Grenville)这样的年轻作家都可以满怀信心地全力投入写作,而无需顾虑作品的出版及销路。至 80 年代,一批出版社开始大量编辑出版与女性主题相关的文选,其中包括为纪念第一届维多利亚州女作家周而出版的《差异:女性写作》(Difference: Writings by Women, 1985)、詹妮弗·埃里森(Jennifer Ellison)主编的女作家访谈录《她们自己的房间》(Rooms of Their Own, 1986)、苏珊·霍桑(Susan Hawthorne)和詹妮·波萨克(Jenny Pausacker)主编的《欲望的瞬间:澳大利亚女性主义作家笔下的性与欲》(Moments of Desire: Sex and Sensuality by Australian Feminist Writers, 1989)和吉莉

---

[1] David Carter, "Critics, Writers, Intellectuals: Australian Literature and Its Criticism", in Modern Australian Crticisism and Theory, eds. David Carter & Wang Guanglin, 2010, p. 87.

安·惠特洛克主编的《80年代八重唱》(Eight Voices of the Eighties, 1989)等。正是在这样的基础上,澳大利亚女性主义文学批评开始形成自己独特的思想,传播自己独特的理念。

20世纪70年代之前,澳大利亚文学批评界对于女性文学作品的关注明显不足,女性批评家自身也尚未能发展成一支独立的力量。20世纪上半叶,伯纳德·埃尔德肖和耐蒂·帕尔默探讨与她们同时代的女性作家作品的批评活动在很长一段时间内并没有得到很好的继承和发展,这种状态一直持续到20世纪70年代。在这之前,很多关于女性作家及其创作环境的有价值的批评论著仅以书信的形式存在,而且其中大部分还从未能够出版。[1] 戴利斯·伯德在《权威和影响:澳大利亚文学批评1950—2000》(Authority and Influence: Australian Literary Criticism 1950 - 2000)一书的导言中也指出,20世纪70年代之前,虽然也曾出现过耐蒂·帕尔默、马乔莉·巴纳德、迈尔斯·弗兰克林以及凯瑟琳·苏珊娜·普里查和简·德凡尼等,但从总体而言,澳大利亚文学批评领域主要还是由男性权威把持。70年代,多萝西·格林率先突破男性权威的封锁圈,成为批评界不可忽视的声音。[2] 这一时期,女权主义政治及其学术化带来的影响最先显示在创作领域以及历史学和法国研究界。也就是在这一时期,女性主义文学批评家开始积极展开重读经典文本和重新定义经典的工作。[3]

1975年是在澳大利亚女性主义批评史上一个具有特殊意义的年份。这一年,关于澳大利亚历史上妇女生活的两部重要的著作得以出版,它们分别是安妮·萨默斯(Anne Summers)的《该死的娼妓和上帝的警察》(Damned Whores and God's Police, 1975)以及贝弗利·金斯顿(Beverley Kingston)的《我的妻子、我的女儿和可怜的玛丽·安》(My Wife, My Daughter and Poor Mary Ann)。同年,文学刊物《米安津》的第四期以女性主义为题出版专辑,

---

[1] Carole Ferrier, ed., Gender, Politics and Fiction: Twentieth Century Australian Women's Novels, St. Lucia: University of Queensland Press, 1985, p. 7.

[2] 多萝西·格林在各类期刊发表的大量批评文章可见于 The Music of Love: Critical Essays on Literature and Life (Ringwod, Vic.: Penguin Books, 1984) 和 Writer Reader Critic (Sydney: Primavera Press, 1991)。

[3] Delys Bird, Robert Dixon & Christopher Lee, eds., Authority and Influence: Australian Literary Criticism 1950 - 2000, p. xx.

此外，一批女性主义研究刊物也开始正式发行。

迪特·里门斯奈德（Dieter Riemenschneider）认为，除了女性主义批评之外，七八十年代的澳大利亚文学批评中表现最为活跃的当数针对70年代"新写作"（New Writing）、移民写作和土著文学创作的批评，他高度评价了积极推动"新写作"批评的迈克尔·怀尔丁、倡导移民批评的罗洛·霍贝恩（Lolo Houbein）和斯内娅·古尼夫（Sneja Gunew）、大力支持土著文学批评的亚当·舒马克（Adam Shoemaker）和马德鲁鲁·纳罗金（Mudrooroo Narogin）在各自的批评领域中做出的杰出贡献，称其与女性主义批评和后殖民理论一起为澳大利亚文学共同构建了一个多元文化主义时代的最佳理论视角。[1]

里门斯奈德以较少的篇幅讨论了澳大利亚后殖民理论家海伦·蒂芬（Helen Tiffin）的工作，认为她在后殖民文学研究方面出版的著述最具挑战性，也最为有趣。[2] 澳大利亚早期的后殖民文学批评自有一段本土的历史，这段历史与爱德华·赛义德无关。更与霍米·巴巴（Homi Bhabha）及盖亚特里·斯皮瓦克（Gayatri Chakravorty Spivak）无关。据比尔·阿什克罗夫特回忆[3]，1977年，昆士兰大学举办了一次南太平洋地区英联邦语言和文学研究的会议，在一个跨国比较文学环境中，不少澳大利亚学者的民族主义热情被激发了出来，他们决定在此次会议上成立"澳大利亚文学研究会"（Association for the Study of Australian Literature，ASAL）。1978年，澳大利亚文学研究会举办了首次学术会议，同年，多克、阿什克罗夫特、迈克尔·考特（Michael Cotter）和萨腾德拉·南丹（Satendra Nandan）在《新文学评论》（New Literatures Review）杂志上推出了后殖民文学研究专辑。

如果说赛义德的后殖民理论源自一种对于西方话语的批判，澳大利亚后殖民批评的起源在于对于澳大利亚文学研究方法的深度自觉。在传统的民族

---

[1] Dieter Riemenschneider, "Literary Criticism in Australia", in Giovanna Capone, ed., *European Perspectives: Contemporary Essays on Australian Literature* (*A Special Issue of Australian Literary Studies*, Vol. 15, No. 2, 1991), St. Lucia, Queensland, UQP, 1991, pp. 184–201.

[2] Ibid., p. 194.

[3] Bill Ashcroft, "Is Australian Literature Post-Colonial?", *Modern Australian Criticism and Theory*, eds. David Carter & Wang Guanglin, 2010, p. 15.

主义和"新批评"之后,澳大利亚文学批评应向何处去? 1979 年,《米安津》杂志连续发表了吉姆·戴维森(Jim Davidson)的《澳大利亚的独立》和戴安娜·布莱顿(Diana Brydon)的《澳大利亚与加拿大文学的比较》,这些文章明确地提出,澳大利亚文学批评应立足殖民经验研究自己与其他前殖民地国家的文学关系。[1] 几乎与此同时,批评界推出了一批关于澳大利亚土著文学的研究成果,其中包括迈克尔·考特、克里斯·蒂芬(Chris Tiffin)、J. J. 希里(J. J. Healy)、亚当·舒马克以及特里·戈尔迪(Terry Goldie),他们来自不同的国家,但他们不约而同地针对凯思·沃克(Kath Walker)、杰克·戴维斯(Jack Davis)、凯文·吉尔伯特(Kevin Gilbert)等土著作家进行了高频率大幅度的关注,出版了一大批的土著文学研究成果。[2] 对外关注不同前殖民地国家文学之间的关系,对内关注澳大利亚土著文学,澳大利亚文学批评在这样的转向中悄然发生变化,这些变化的出现标志着澳大利亚文学批评的一个崭新阶段的开始。

三

符号学、结构主义、后结构主义、"新左翼"、女性主义、后殖民主义等,上述"理论"的到来对澳大利亚文学批评产生的影响是显而易见的,不过,更值得我们关注的是,不同的"理论"在介入澳大利亚传统经典的过程中所表现出的态度是不一样的。戴利斯·伯德等人在《权威和影响:澳大利亚文学批评 1950—2000》的前言中指出,结构主义作为一种阅读方式在澳大利亚文学批评中出现的一个重要特征是与民族主义文学的融合,20

---

[1] Jim Davidson, "The De-Dominionisation of Australian Literature", *Meanjin*, 38. 2 (July 1979): 139 - 153; Diana Brydon, "Australian Literature and the Canadian Comparison", *Meanjin*, 38. 2 (July 1979): 154 - 165. 20 世纪 70 年代,随着英国出版界和批评界开始较多地关注前英国殖民地的作家和文学作品,来自英国本土以外的殖民地文学创作以及彼此之间的关系在英国日益受到关注,虽然此时的澳大利亚文学研究之所以得到注意并不是因为它是"后殖民文学",而是因为它是英联邦文化的一部分,这样的关注从很大程度上激发了包括澳大利亚在内的前英国殖民地国家的文学批评界的思考。

[2] 其中最著名的著作包括 Terrie Goldie, *Fear and Temptation: The Image of the indigene in Canadian, Australian and New Zealand Literatures*, Kingston, Ontario: McGill Queens UP, 1989; J. J. Healy, *Literature and the Aborigine in Australia, 1770 - 1975*, St. Lucia: U of Queensland P, 1978; Adam Shoemaker, *Black Words, White Page: Aboriginal Literature, 1929 - 1988*, Brisbane: University of Queensland Press, 1989。

世纪 80 年代携结构主义思想利器开展澳大利亚文学评论的批评家们,如道格拉斯·贾维斯(Douglas Jarvis)、艾维斯·麦克唐纳(Avis G. McDonald)以及格雷姆·特纳,大多在自己的文章和著作中将结构主义阅读方法运用于澳大利亚经典文学作品和文学主题,这些澳大利亚的结构主义批评家努力在不挑战澳大利亚文学传统的前提下向读者展示结构主义文学阅读和批评的方法,从某种意义上说,他们针对澳大利亚传统文学展开的结构主义阅读和批评极大地强化了澳大利亚的民族主义传统。与结构主义相比,澳大利亚女性主义批评同样关注民族主义经典,但是,她们从一开始就从英、美和法国女性主义批评中习得了犀利的批判锋芒,坚定地立足于批判传统澳大利亚文学所表现出来的大男子主义倾向,表现了强烈的文化批判意识。

在"理论"到来之前,澳大利亚文学批评已经在大学的学院内部形成了自己的强大话语体系,在这样一个较完备的话语体系面前,代表着一种外来的、陌生的甚至有些怪异的"理论"显得脆弱而不合时宜。所以,在澳大利亚,"理论"的兴起首先是在主流的文学批评话语之外。80 年代的澳大利亚文学批评家年龄不同,教育背景大有不同,所以对于外来"理论"的了解程度也颇不同,对于"理论"的态度自然也就不同,按照其对于"理论"的态度,80 年代的多数批评家大体上都可以归入本土和国际派两大类。受此影响,传统的澳大利亚文学批评的读者和受众也悄然发生了裂变,对此时的批评家来说,究竟有多少读者接受"理论",又有多少读者反对"理论"是个很难预测的问题。在澳大利亚的文学批评世界中,作为母语的澳大利亚话语和作为一门第二语言的跨国理论同时存在,前者代表民族主义的传统语言,后者代表全球化的外来语言,两种语言既相互挑战,又和平共存,因为这两种语言的同时存在,澳大利亚文学批评彻底改变了模样。[①]

在"理论"影响下,80 年代的澳大利亚文学批评较之从前显示出了明显不同的形态。一个突出的特点是,许多批评家首先大篇幅地向读者阐释自己从国外学来的理论,然后将其运用于澳大利亚文学的评论之上。另外,接

[①] Robert Dixon, "Deregulating the Critical Economy: Theory and Australian Literary Criticism in the 1980s", in *Australian Literature and the Public Sphere*, eds. Alison Bartlett, Robert Dixon & Christopher Lee, 1998.

受西方"理论"的澳大利亚批评家普遍向世人宣示一种对于自身效果的乐观和自信,他们认为,运用欧美"理论"从事澳大利亚文学批评具有一种前所未有的政治解放色彩。

有批评家认为,80年代的澳大利亚文学批评在"理论"的影响下总体上转向了一种社会和文化研究,传统的文学文本研究与人类学、历史学、社会学、心理学以及神学联系在了一起,从而把文学批评变成了一种跨学科的研究,成了诸如澳大利亚研究以及妇女研究的一部分。[1] 维罗妮卡·布雷迪认为,澳大利亚文学研究的社会文化转向主要受到了结构主义批评家的影响,而结构主义批评家主要受到包括罗兰·巴特、让·鲍德里亚(Jean Baudrillard)以及迪克·赫伯迪格(Dick Hebdige)影响,澳大利亚结构主义批评家首先将文学研究的方法应用于通俗文化上,从而推出了诸如《耐丽·梅尔巴、金杰·梅格斯及其诸友》(*Nellie Melba*, *Ginger Meggs and Friends*, 1985)等作品,特别是文学批评与澳大利亚电影的跨学科研究,还有澳大利亚妇女和土著研究。里门斯奈德也认为,文化研究无疑是80年代澳大利亚文学研究中出现的一种方向,但是,兴盛一时的澳大利亚研究在表面的理论武装背后仍然暴露出传统文学批评的形式/语境论争,所以从文学研究的角度看,取得的成就并不很大。在里门斯奈德看来,80年代的澳大利亚文学批评的最大特征是由多元文化主义社会培育出来的立足不同社会群体形成的批评角度和思想体系,其中包括新兴的反文化运动文学批评、女性文学批评、土著文学批评、移民文学批评、后殖民文学批评等。

按照20世纪美国文学批评界的一般界定,所谓的"文化研究"一方面包括立足结构主义方法对通俗文化进行的研究,另一方面,它更被用来统称包括女性主义、少数族裔等在内的立足边缘对传统主流文化进行全面反思和批判的种种批评。在澳大利亚,20世纪80年代开始的"文化研究"跟美国一样,它从来就没有停留在单纯的通俗文化研究上,而是坚定地立足左翼思潮影响下形成的边缘立场,对保守的传统文化和文学经典进行了非常激烈的批判,在这个意义上,"文化研究"已经超越了研究的范围,而走向了文化

---

[1] Veronica Brady, "Critical Issues", in Laurie Hergenhan, ed., *The Penguin New Literary History of Australia*, 1988, p. 470.

批判。20世纪80年代的澳大利亚文化研究在批判的道路上走得最远、旗帜也最鲜明的批评无疑是女性主义。但是，立足"新左翼"、土著、移民、后殖民立场进行的批判也产生了一大批重要的成果，一个突出的例子是新西兰人西蒙·杜林（Simon During）。杜林祖籍新西兰，曾经就读于惠灵顿的维多利亚大学、奥克兰大学和剑桥大学，1983年以后任职澳大利亚墨尔本大学的英文系，任该系主任，并先后创立了文化研究、媒体、传播和出版研究等多个项目。2001年，他离开墨尔本大学前往美国约翰·霍普金斯大学和加州大学伯克利分校，2010年后回到澳大利亚，在昆士兰大学任教授。杜林跟多克一样，他认为澳大利亚文学批评应该转向文化研究，不仅如此，他主张立足现在对传统的文学经典进行重新审视和批判。1996年，杜林在他出版的《帕特里克·怀特》（*Patrick White*）评传中对怀特进行了全面的批判。作为一部评传，杜林在该书中开宗明义地对帕特里克·怀特及其被经典化的历史过程提出了批评，对于迄今为止澳大利亚唯一一位诺贝尔奖获得者的成就进行了全面的否定。杜林对于怀特的批判在20世纪90年代的澳大利亚文坛激起了巨大的争议。

  从20世纪80年代到90年代，"理论"以其巨大的威力席卷整个澳大利亚文学批评界。跟在其他国家一样，这一过程对于澳大利亚的文学批评来说如同刮起了一场龙卷风，随着年轻的一代越来越多地津津乐道于那些舶来的"理论"和专业术语，不仅传统澳大利亚文学批评受到了冲击，整个澳大利亚文学乃至文化都受到了前所未有的批判审视。如果说早期登陆时的"理论"还努力通过与经典文学文本结盟而实现对于澳大利亚的本土化，那么，这一过程到后来日益演变成一种对于本土文化的深刻批判。从本质上说，这一批判是左翼性的，所以到90年代以后不可避免地受到了来自本土的右翼保守分子的强力排斥和抵制，对此我们将在第四部分予以更充分的讨论。

第二章
结构、解构与澳大利亚文学批评

20世纪70年代末80年代初,结构和解构之类的"理论"开始传入澳大利亚,1977年,罗兰·巴特的《叙事的结构分析导论》一文被翻译成英文在澳大利亚发表;1981年,不少来自包括历史学、政治学、哲学和现代语言学等多个不同领域的学者和专家在悉尼召开大会,讨论结构主义"理论"问题;此后,"未来秋会"(Futur * Fall Conference)的召开、《竞技场》和《干预》(Intervention)等期刊的相继出版以及"本土消费出版社"(Local Consumption Publications)的成立都说明:"理论"终于到来了。

在一篇题为《搅乱批评经济:"理论"与20世纪80年代的澳大利亚批评》的文章中,批评家罗伯特·迪克逊提出,"理论"的到来打碎了80年代澳大利亚文学批评的公共空间,彻底扰乱了原有澳大利亚文学批评的秩序。[①] 米根·莫里斯(Meaghan Morris)和安·弗里德曼(Anne Freadman)在一篇题为《进口之说辞:符号学在/与澳大利亚》的文章中则指出,短时间内大量涌入的外来"理论"在澳大利亚界直接造成了文学批评阵营的新的分裂:一些人关心如何运用这些外来"理论"来讨论澳大利亚的情形,另外一些人则激烈地反对来自外来理论的威胁。[②] 在这样的分裂面前,澳大利亚文学批评的一个重要特征是一种整体的不确定性,这其中包括话语选择

[①] Robert Dixon, "Deregulating the Critical Economy: Theory and Australian Literary Criticism in the 1980s", in *Australian Literature and the Public Sphere* (Refereed Proceedings of the 1998 Conference), eds. Alison Bartlett, Robert Dixon and Christopher Lee, 1999, pp. 194–201.

[②] Meaghan Elizabeth Morris & Anne Freadman, "Import Rhetoric: Semiotics in/and Australia", *The Foreign Bodies Papers—Semiotics in/and Australia*, P. Botsman, C. Burns and P. Hutchings, eds., Sydney: Local Consumption, 1981, pp. 122–153.

中的不确定性,批评家对于读者的不确定性以及批评家对于澳大利亚文学批评空间的不确定性。在"理论"的冲击下,一种普遍的失语和焦虑情绪弥漫在许多批评家中间。本章拟结合约翰·多克和霍华德·菲尔普林于20世纪80年代出版的两部专著,通过具体的解读梳理出80年代澳大利亚批评家对于新引进欧美结构主义与解构理论的态度和价值取向,观察上述两种欧美"理论"在澳大利亚努力实现本土化的过程。

一

约翰·多克的《批评情境:阅读澳大利亚文学》(*In a Critical Condition*: *Reading Australian Literature*,1984)记述了发生在20世纪中叶前后的澳大利亚的一次批评之争,论争双方是民族主义批评和"新批评"。约翰·多克1967年毕业于澳大利亚悉尼大学,现任悉尼大学哲学和历史学研究学院荣誉教授,主攻历史学和文化研究,出版的其他专著包括《澳大利亚文化精英:悉尼和墨尔本的学术传统》(*Australian Cultural Elites*: *Intellectual Traditions in Sydney and Melbourne*,1974)、《紧张的90年代:19世纪90年代的澳大利亚文化生活》(*The Nervous Nineties*: *Australian Cultural Life in the 1890s*,1991)、《后现代主义与通俗文化:一部文化史》(*Postmodernism and Popular Culture*: *A Cultural History*,1994)、《1492:流散诗学》(*1492*: *The Poetics of Diaspora*,2001)、《暴力之源》(*The Origins of Violence*,2008)等。《批评情境》全书除了前言和后记共分九章,其中前七章通过详实的资料和严密的分析对"新批评"在澳大利亚文学批评中的兴起过程、主要观点以及批评方法进行了严厉的批判。

多克认为,作为一种形式至上的批评方法,"新批评"是在"冷战"中成为澳大利亚文学研究的主导范式的,这一批评范式对于澳大利亚文学产生了极大的负面影响,虽然至70年代它作为澳大利亚大学英文系中的地位受到来自新兴的思想运动和意识形态势力的挑战,但随着欧美结构主义和解构理论先后登陆澳大利亚,80年代初期的澳大利亚批评界似乎又出现了一种形式主义的倾向,多克对这种倾向表示了深刻的忧虑。多克指出,以结构主义和解构主义为代表的欧美"理论"以一种变化了的方法通过回归到19世纪晚期的象征主义和20世纪初的现代主义语言和文学观（如T. S. 艾略特的非个性化诗歌创作理论，俄罗斯的形式主义理论以及索绪尔的结构语言学），试图重新恢复"新批评"的基本原则。多克在《批评情境》的最后一章中认真研究了罗兰·巴特的《作者之死》和《S/Z》等核心"理论"文献，努力为自己的这一判断提供依据。

　　罗兰·巴特是20世纪法国著名的结构主义和后结构主义理论大家，《作者之死》和《S/Z》是他所有著述中的两个经典的代表作。在多克看来，巴特在《作者之死》一文中提出的文学思想至少在以下三个方面与"新批评"存在比较显著的契合，第一，"新批评"反对文学模仿论（"模仿谬误"），它认为，文本是一种超越历史的存在，巴特也认为，文学文本并不是现实生活的实录和再现，一个文学文本不指涉某个特定作家的时代，更与社会、历史，以及人的心理无关，一个文本由许多个相关的其他文本构成，它的形成与各种各样的编码相关，它存在于诸多的互文关系之中。第二，"新批评"认为，一部作品的意义不在于作者意图（"意图谬误"），文学的解读在于发现文本内部及其相对于其他文本的各种联系，巴特也认为，在同一个文学文本之中，多种文本相互对话，互相争锋，所以文本的意义不在作者，读者和批评家透过文本编码将文本内的种种关系拆分清楚。第三，在"新批评"看来，理想的批评家通过戏剧化的符号共生探寻各种两难和歧义，较之发现意义而言，探寻过程是批评的关键，其中的微妙远甚于科学理性活动，巴特所从事的批评也拒绝接受神学和理性—科学—法律三位一体的权威，他认为批评家努力探究的是符号的实践（practice of the symbol itself），文本不过是语言的一部分，研究文本最终是为了研究无限活动的语言符号。

　　多克特别指出，巴特的《作者之死》和"新批评"的诸多信条之间也的确存在一些显著的不同。例如，"新批评"跟崇尚形而上的现代派一样对于"统一"和"完整"的概念保持着浓厚的兴趣，他们对现代历史进程发展感到悲观和绝望，所以努力在日夜破裂的时代寻求"统一"和"完整"，然而，这种"统一"和"完整"除了在作者的统一视境（unified vision）中别无可求，于是在自己的批评实践中，"新批评"家们常常情不自禁地又将自己反对和努力抵制的作者意图论和模仿论悄然地放了进来；相比之下，巴特的结构/后结构主义完全没有"新批评"的悲观绝望，它深入现代派的根部全面颠覆现代派的价值，彻底地抛弃了对于"统一"和"完整"的追求，通过宣布"作者之死"永远地宣布了对意图谬误和模仿谬误的彻底根除。巴特的解构思想认为，文学批评将注意力完全地集中到对于文学语言中的矛盾、歧义和反讽等上来，而这一点比起"新批评"来要彻底得多，绝对得多。不过，多克提醒读者，严格来说，在遵循形式主义的大方向上，"新批评"和巴特在"统一"和"完整"问题上的看法仍然是完全一致的，如果一定要说差别，二者之间或许只存在一种程度上的不同，换句话说，如果"新批评"在讨论形式的同时或许还对于传统人文主义思想有一种传承，后结构主义在形式至上的道路上走上了不归的道路。①

多克全面地考察了《S/Z》对于法国作家巴尔扎克的小说《萨阿欣》(Sarrasine) 的解读方案。巴特在《S/Z》中提出了"可写性文本"的概念，他认为，"可写性文本"的批评家在阅读作品时不能将自己局限在表面的叙事上，而要深入叙事的表层以下，去发现象征层面上的文本结构，在这个层面上，主人公不再是一个人物，而应该是一个现实主义艺术家，甚或是整个现实主义艺术潮流的象征，他的问题反映出的是深深植根在现实主义艺术深处的谬误；在这样一个作品中，文本几乎变成了一个独立的人物，真正的人物成了象征性的角色或者功能，文本话语与符号化的人物嬉戏着，控制着他们的行踪，在这里，话语成了小说最重要的主人公。多克列举了 1933 年 L. C. 奈茨（L. C. Knights）发表的《麦克白夫人生过多少孩子？》(How Many Children Had Lady Macbeth?) 一文来说明"新批评"的部分做法。奈茨的文章以 A. C. 布雷德利（A. C. Bradley）为例对传统莎士比亚评论中传记批评进行了无情的批判，奈茨告诉大家，在阅读《麦克白》一剧的过程中应该始终记住，麦克白夫人并不是一个自由独立存在的真人，她的存在只在作品中承载一定形态的价值观，而这些价值观只能到悲剧的诗歌语言中去寻找，因为作者通过彼此联结又互相对立冲突的符号将其建构起来的，按照奈茨以及后来所有"新批评"家的观点来看，一部作品中的人物存在于文

---

① John Docker, *In a Critical Condition: Reading Australian Literature*, 1984, pp. 183 – 187.

本之中，为文本的意义和价值服务。多克认为，后起的"新批评"家们把奈茨的莎士比亚研究同样地用在了小说评论中，不仅 D. H. 劳伦斯、帕特里克·怀特的诗性小说如此，传统现实主义作品也不例外，他特别指出，从澳大利亚"新批评"家对于英国的狄更斯、澳大利亚的亨利·劳森和约瑟夫·弗菲等人的现实主义小说所走的解读路线来看，其将现实主义人物幻化成黑暗、失望和绝望等形而上主题的做法实在与巴特的解读如出一辙。

多克还比较了巴特和"新批评"的具体评论步骤，他指出，"新批评"认为一部作品的主题决定了它的结构，所以喜欢谈作品在叙述层面以下暗含的主题。巴特把小说《萨阿欣》分解成许许多多的阅读单位语段（lexias），在他看来，这些所谓的语段既是作品的意义单位，也是作品中符号对立结构的基础，它们共同形成了歧义丛生的文本场。巴特认为，小说《萨阿欣》中存在五种主要的符码与声音，它们分别是：经验之声（the voice of empirics）、个人之声（the voice of the person）、科学之声（the voice of science）、真相之声（the voice of truth）以及象征之声（the voice of the symbol），文本解读的关键在于寻找每一个语段的暗含意义，从中确认一种文本声音，小说的上述五种声音共同构成文本的整体网络，而这五种声音之间的反复互动决定了文本意义的无穷多元性。多克认为，这种对于文本歧义的关注使其与"新批评"高度一致。多克还指出，巴特强调上述五种声音没有高低上下之分，但在他命名的五种声音当中，特别是在一个经典的"可读性"现实主义文本中，经验之声和真相之声其实对文本的多元性多多少少还是会产生一定的限制作用，相比之下，个人之声、科学之声和象征之声可能更加超越时间限制，其建立的联系也比较动态化。不过，在巴特的理解中，小说《萨阿欣》的科学之声其实也是趋向限制的，因为所谓的科学不过是巴尔扎克所生活的时代的一些流行观念和刻板印象的混合体，充斥着时代的教育制度和资产阶级意识形态。于是我们就只剩下了个人之声和象征之声了。如果人物也是文本话语的一个功能符号，那么，巴特对《萨阿欣》展开的语言研究最终跟"新批评"关于文学语言中的形而上二元主题研究的做法全无二致。鉴于巴特也赞成把文学视作一种语言结构，他的上述符码解读法最终与俄罗斯的形式主义也相去不远了。多克指出，巴特坚持文本意义多元的观点有其特定的政治立场，这种立场置于"新批评"的比照中或许可以看得更加清楚："新批评"背叛的对象是19世纪的历史文化批评以及后来的马克思主义批评，所以它强调文本的自给自足和内在价值；跟"新批评"一样，巴特的批评或许有着某种政治背景：巴特不仅反对传统的传记和历史批评，他同样反对阿尔都塞等人对于文学"在一定程度上"受制于时代语境和形而上学关系的观点，在巴特看来，语言超越历史文化和意识形态而存在，语言的意义绝对多元，不受任何力量（包括意识形态）的制约。①

结构主义和解构理论的到来会不会让澳大利亚文学再一次被一种新型的形式主义所控制？马克思主义和所谓的后马克思主义会不会也为结构主义符号学吸引？多克以20世纪的澳大利亚文学批评为例指出，20世纪的澳大利亚文学批评经历了一个从民族主义到"新批评"的发展过程，以民族主义和"新批评"作为两极，发生在20世纪澳大利亚文学中的这两种方法分属勒内·韦勒克（René Wellek）所说的外在批评和内在批评，前者关注语境，后者聚焦于文本形式。作为一个"新左派"的批评家，多克并不提倡恢复民族主义，更反对形式主义继续泛滥，他主张澳大利亚文学批评走一条超越文本/语境二分的文化研究之路。他指出，文学文本既需要放入具体的语境中来研究，也需要独立地加以考察，离开语境单纯探讨文本的形式容易让人忘却文化背后的许多背景，仅从语境的角度讨论文本容易让人忘却文化的形式自身，真正的文化分析应该将此二者很好地结合起来。多克强调指出，如果容忍结构主义和解构理论一味地分析文本，那就意味着将一种反历史的形式主义再次推上文化研究的舞台，为了避免这种情形的再次发生，他认为澳大利亚文学批评必须走一条结合文本和语境的综合道路。②

二

霍华德·菲尔普林于20世纪60年代先后执教于哈佛大学、加州大学、耶鲁大学，1977年来到澳大利亚墨尔本大学任教，后转至悉尼的麦考瑞大

---

① John Docker, *In a Critical Condition*, 1984, pp. 191 – 199.
② Ibid., pp. 200 – 207.

学。作为澳大利亚著名的文学理论家,他一生著述丰富,先后出版的著作包括《莎士比亚的传奇》(*Shakespearean Romance*, 1972)、《戏剧传奇:戏剧、理论及批评》(*Dramatic Romance*:*Plays*, *Theory*, *and Criticism*, 1973)、《莎士比亚之重现:伊利莎白时代悲剧中的摹写与现代性》(*Shakespearean Representation*:*Mimesis and Modernity in Elizabethan Tragedy*, 1978)、《超越解构:文学理论的功用和误用》(*Beyond Deconstruction*:*the Uses and Abuses of Literary Theory*, 1985)、《经典的功用:伊利莎白时代的文学与当代理论》(*The Uses of the Canon*:*Elizabethan Literature and Contemporary Theory*, 1990)。菲尔普林从70年代后期连续撰文发表对于欧美"理论"的看法,出版于1985年的《超越解构:文学理论的功用和误用》更加明确全面地总结自己多年来对于结构主义和解构主义的认识。《超越解构:文学理论的功用和误用》全书共分六章。在全书的第一至四章中,作者分别就利维斯的"新批评"思想、马克思主义文论、结构主义和解构理论进行了全面的回顾,在该书的导言和第六章中,菲尔普林集中地介绍了他对于结构/后结构主义理论的看法。

在菲尔普林看来,在文学批评的历史上,1966年是一个具有标志性的年份,这一年,巴特出版了他的《批评与真理》(*Critique et verite*),该书标志着作为一种文学批评理论的结构主义走向成熟,同一年,皮埃尔·马舍雷(Pierre Macherey)出版了他的《文学发生论》(*Pour une theorie de la production litteraire*),该书直接启动了结构主义的马克思主义文学理论。[①] 菲尔普林对于上述两种理论的态度都是负面的,原因是,结构主义给文学批评带来的一个核心思想是文学研究的科学化。菲尔普林认为,追求科学化的结构主义希望建构一套关于文学的诗学,在结构主义看来,文学研究的真正目的在于认识文学作为一种人类表意活动的特点,结构主义诗学也关注具体作品,但它的目的在于发现其作为文学话语背后的结构和意义生成的规则。在作品的内容和结构语法之间,结构主义诗学更关注结构语法,就像索绪尔关注语言(langue),乔姆斯基关注能力(competence)一样。不过,结构主义诗学

---

① Howard Felperin, *Beyond Deconstruction*:*The Uses and Abuses of Literary Theory*, Oxford:Clarendon Press, 1985, p. 74.

在追求系统科学化的过程中获得了什么样的发现呢？菲尔普林以巴特为例说明了结构主义的根本问题，他指出，巴特在他的论著中反复要建构系统，在他的系统中，他竭力排斥阐释，强调结构规则和符码，你若问他文本的意义何在，他告诉你说，文本的意义在于文本的语法，于是，文本语法成了文本能指的意义所指，成了文本语言的超验所指和元语言（metalanguage），然而，在一个大语言系统中，什么样的所指本身不也是一种能指呢？什么样的元语言符码不同时指向系统之外的更大的符码呢？菲尔普林认为，后期的巴特自己意识到了结构主义的问题，所以在《S/Z》中对自己先前的思想进行了反思。①

菲尔普林还以马舍雷和特里·伊格尔顿为例对当代结构主义化了马克思主义文学理论提出了批判。在马舍雷和伊格尔顿看来，文学不只是经济基础的意识形态反应，它本身也是一种产品，在这种产品之中，社会的生产方式获得某种意识形态的记录，文学批评变成一种解读这种记录以及这种记录中的意识形态的方法；由于意识形态出于本性一定会对其存在进行扭曲和掩盖，所以作为打下社会物质生产烙印的文本在揭示意识形态时必然是间接的，甚至是反向的。伊格尔顿在讨论 T. S. 艾略特的《荒原》时集中关注其形式上的破碎感，马舍雷在研究博尔赫斯的小说时集中关注其迷宫式的结构，从中考察文本承载的政治文化信息。他们认为，在此类作品的形式安排中，在文本的各种缝隙和沉默中可以看出资本主义发展进程中的危机，在资本主义意识形态的掩盖下面可以看到资本主义的疲惫和裂缝。马舍雷和伊格尔顿都认为，文学文本不应该阐释，批评家应该对文本的形式进行解释，从中揭示出作者所在社会的生产方式。

菲尔普林对此很不以为然。他认为，文学批评的阐释是不可避免的，一方面，一个文本从印刷符号变成文字和语言，它已经是阐释的结果；在文学阅读当中，所谓的科学"解释"与非科学的文本阐释往往有着惊人的相似；另一方面，新马克思主义者在阅读中着眼于文本中的缝隙、沉默和破裂，当他们发现一部小说的一个"裂缝"后，他们就用一段历史对其进行解释。然而，读者如何才能在一个连贯的小说文本中找到这样的"裂缝"呢？答

---

① Howard Felperin, *Beyond Deconstruction: The Uses and Abuses of Literary Theory*, 1985, pp. 82–97.

案只有一个：那就是阐释。新马克思主义文学批评的根本困难在于，除了做出这样的阐释，你根本不知道自己批评的对象是什么，因此，在他们的批评实践中，我们常常见到的是，他们将文学并入历史，又以科学的名义讨论历史，最终把自己的批评说成了"科学的"历史学话语。[1] 菲尔普林认为，新马克思主义批评努力突破资产阶级形式主义批评的唯心主义和形而上倾向，用唯物主义的批评祛除了经典文学作家和作品的神秘性，但马舍雷和伊格尔顿在揭露资产阶级文学神秘性的同时自身并没有摆脱另一种神秘性的问题。阿尔都塞式的新马克思主义自认为是唯物主义的科学，其从事的批评也是一种科学的批评，它在批评中普遍继承了资产阶级文学批评的美学思想和批评范畴。例如，伊格尔顿在重写文学史的过程中保留了他批判的"伟大传统"的概念，虽然就其经典如何构成做了一些修订，但是，其本质与 F. R. 利维斯并无多大差别，尽管他希望获得关于文学历史的科学知识，剔除了利维斯喜欢的不少作家，也增加了他本人喜欢的一些作家，但这样的改变算不得什么重大变革，因为对于文学传统的重新改写并未避开或者超越利维斯的价值体系，而不过将其颠倒了过来：如果说利维斯看重有机形式和有机意识形态，伊格尔顿更重视有机形式和意识形态的破裂。皮埃尔·马舍雷的研究更多地落在柯南·道尔、儒勒·凡尔纳和博尔赫斯一类的非经典作家上，他的选择较之伊格尔顿而言更加机智，更有挑衅的意味，但在英美传统中它也算不得真正具有多少革命性。[2]

如果说菲尔普林对于结构主义的态度是否定的，其对于解构的态度可以说是异乎寻常地肯定。在他看来，解构是对结构主义和新马克思主义的反驳，虽然这种反驳有时候不免有些矫枉过正，给人留下陌生与晦涩的感觉，以致引发了许多的焦虑。菲尔普林认为，英美批评界关于解构的批判意见暴露出了许多对于解构的误解，而且不同批评意见之间经常彼此矛盾，反映出批评家们自身立场中存在的问题。他以丹尼斯·唐诺修（Denis Donoghue）为例对某些反对解构批判的理论家进行了批驳。唐诺修曾在一篇题为《解构之解构》（Deconstructing Deconstruction）的文章中以罗伯特·弗罗斯特的一

---

[1] Howard Felperin, *Beyond Deconstruction: The Uses and Abuses of Literary Theory*, 1985, pp. 52 – 73.
[2] Ibid., pp. 55 – 56.

首诗——《认知黑夜》（Acquainted with the Night）为例说明解构的操作方法。唐诺修认为，解构读诗首先解构诗中的人，因为它否认人的主体意识赋予一首诗歌以意义和真实性；其次，它质疑诗头和诗尾所传达的自信，否定诗歌明确表达的宗旨；最后，通过寻找文本证据说明诗人在语言使用中暴露出的盲点，证明诗歌通篇表达的困惑。菲尔普林认为，唐诺修对解构的看法是错误的，不少地方纯粹重复关于解构的无知谣传。为了证明唐诺修的错误，菲尔普林根据杰弗里·哈特曼（Geoffrey Hartman）、哈罗德·布鲁姆、J. 希利斯·米勒（J. Hillis Miller）以及保罗·德曼的一贯立场，对他们可能就罗伯特·弗罗斯特的《认知黑夜》一诗进行的解构批评做了详细的解说。他认为：（1）杰弗里·哈特曼和哈罗德·布鲁姆会首先将这首诗放在文学史中，然后考察它与前辈诗人作品间的关系，特别是与但丁的《神曲》、威廉·布莱克的《伦敦》、杰拉德·曼雷·霍普金斯的十四行诗以及詹姆斯·汤姆森（James Thomson）的《可怕夜色中的城市》（City of Dreadful Night）之间的关系。哈特曼和布鲁姆的结论是，弗罗斯特的诗中充满关于迟到的焦虑，通过这种焦虑，诗歌被赋予了生命，它向读者证明它是属于自己时代的夜晚诗。（2）J. 希利斯·米勒认为，解构的阅读不是要指出一首诗歌中的人物身上缺少了某个东西，而是要说明人物身上根本存在某种缺憾，解构批评努力在文本中发现意义的似是而非，既在又不在。在面对弗罗斯特的这首诗时，米勒会说，诗歌中的说话人是语言，而且语言说话的特点常常是一边说一边改，例如标题中的"acquainted"一词在英语中具有既熟悉又正式的双重特点，而且在表达熟悉的意义时对于熟悉的程度毫不明确，所以该诗究竟表达怎样的意义也变得异常模糊了，这种模糊性在全诗的其他地方也随处可见。例如，诗中对于时间的指涉以及使用的现在完成时态究竟是说"过去是"还是"现在依然是"？类似的不确定让人怀疑究竟这首诗说的是"熟悉"还是"不熟悉"。（3）保罗·德曼关注语言修辞问题。在他看来，弗罗斯特的这首诗展示了所有阐释都无法避免的一个修辞性语言问题。在这样一首诗中，他会说，几乎每一个词语都可能因为修辞上的不确定性而变得难以读解，诸如诗歌中的 the night, interrupted cry, luminary clock, the time that is neither wrong nor right 一类的词语究竟是作字面解还是比喻用法解？我们在读诗的时候大多把这些内容简单地当成其中的一种,然而,我们稍加留意就会发现,当我们说这些短语表示的是字面意思时,我们忽略了其比喻意义,当我们认为应该取其比喻意义时,我们忽略了字面意义,甚至当我们认为应该取其一种比喻意义时,我们发现忽略了另外一种比喻意义,我们有没有办法帮助我们确定呢?保罗·德曼坚定地认为:没有!因为没有任何东西可以把文学语言的意义简单固定下来,在《认知黑夜》这首诗中,有许多意义同时地并存在那里,谁也不能将这些丰富的意义可能性取缔掉。[1]

从菲尔普林的上述界说不难看出,他对结构主义和结构主义马克思主义的批判是基于解构理论的,他认为,解构并不是破坏,而且在捍卫诗歌的意义上,解构主义与结构主义是一致的。但解构主义认为,诗歌语言最大的特点是它永远具有一些解说不尽的内容,如果说修辞是诗歌中无法传授的那一部分内容,那么诗歌正是语言中无法传授的那一部分内容,诗歌讲究越界、叛逆、不拘一格、难以预测,它令人讶异。在它的面前,批评规则显得无比苍白:文学预知批评,如果文学永远能预知批评的发现,批评只能成为永远无法超越其命运的西绪福斯,在这样的自我怀疑和焦虑中,解构一次又一次地转向诗歌。解构主义不像结构主义那样以科学作自我标榜,它崇尚形式上的野性回归,在批评中渴望尽可能地接近文学。

菲尔普林主张以解构主义为起点形成这样一种后结构主义文学批评立场:它不像传统的形式主义那样盲目地对着文本的意义乱抓一气,也不以科学的名义为文本预设意义或意义生成的物质条件;它不会放弃自己的理论出发点而由着自己日益被同化,也不揪着理论不放从而完全地脱离文本实践。后结构主义不是一种理论,许多的理论都可能参与进来竞争,但这不是坏事,因为人文社会学科与科学相比不喜欢整齐划一,他们喜欢多元。作为文学研究对象的人类本性千变万化,很难通过指定或者讨论得以确定,因此文学批评的实践可能更多地会在受到某个榜样的重大影响后发生变化,而不会在有条不紊的真理揭示中出现大的变革。

---

[1] Howard Felperin, *Beyond Deconstruction: The Uses and Abuses of Literary Theory*, 1985, pp. 121 – 127.

三

从多克的排斥到菲尔普林的宣讲,读者分明看到结构主义和解构理论在澳大利亚文学批评中的逐渐消化。多克认为,在 20 世纪 70 年代之前,澳大利亚文学经历了一个从民族主义到"新批评"的发展过程,形成了两大截然相左的传统,而以巴特为代表的法国结构和后结构主义的到来在实践形式主义的价值取向上与"新批评"几乎完全一致,让他担心这样的"理论"会对于澳大利亚文学的发展很不利。菲尔普林认为,澳大利亚的文学批评不应把"理论"当成一种"法国疾病",一种从欧洲哲学中引入的流行疾患,因为一味地排斥理论只会暴露我们的幼稚和时代错误。[①] 菲尔普林对于当代"理论"抱着选择性的怀疑,他反对一切形式的结构主义,他还认为后结构主义是一种高度激进的思潮,认为它与传统的自由人文主义相比给人一种新型的野蛮感;他还认为从人文主义到后结构主义的转变带来的是巨大的代价,曾经关涉全社会乃至全人类道德和文化的文学一下子变成一种科学的、专业的或者说哲学的、自觉的东西。对普通读者来说,解构理论如同天书,不过,作为一种时代的潮流,解构理论仍然有着值得认真汲取的思想资源。[②]

澳大利亚批评家戴维·卡特指出,对于许多从事澳大利亚文学研究的人来说,结构主义和后结构主义理论在澳大利亚的登陆是同时发生的,那么多充斥着新概念、新范畴和新思想的"理论"的同时到来给澳大利亚本土的批评界制造了不小的混乱。此外,结构主义和解构理论抵达澳大利亚的时候,包括女性主义和马克思主义在内的激进思潮已经在澳大利亚文坛激荡已久,单纯的文本化和形式化的结构主义和解构理论显然没有办法立即引起大家的兴趣。[③]

欧美结构主义和解构理论在 20 世纪 80 年代的澳大利亚经历了两个较

[①] Howard Felperin, *Beyond Deconstruction: The Uses and Abuses of Literary Theory*, 1985, p. 222.
[②] Ibid., pp. 1 – 3.
[③] David Carter, "Critics, Writers, Intellectuals: Australian Literature and Its Criticism", in *The Cambridge Companion to Australian Literature*, ed. Elizabeth Webby, 2000, p. 283.

有特点的融入过程。一方面,"理论"在经历了初期的抵制和消化之后通过与本土的澳大利亚文学研究相融合得到了一定程度的普及和发扬,从 1980 年开始,当著名文学研究杂志《澳大利亚文学研究》(Australian Literary Studies)开始发表具有"理论"内容的文章时,多数文章的核心是运用外来理论重新审视澳大利亚本土文学,早期的结构主义批评文章,如道格拉斯·贾维斯的《劳森的叙事技巧》[1]、艾维斯·麦克唐纳的《鲁夫斯·道斯与〈终身监禁〉中变化的叙事视角》[2] 等,为了成功地打入该杂志,纷纷不约而同地将"理论"运用于澳大利亚经典文学的批评阐释之中,透过结构主义的话语方式对民族主义的文学传统不断地进行重构,在澳大利亚文学批评界产生了不小的影响,为"理论"在澳大利亚文学批评中立足找到了路径。另一方面,在欧美"理论"初入澳洲之时,澳大利亚的本土批评已经被女性主义、马克思主义荡涤,所以人们单纯对于结构和解构的理论热忱并没有持续很久,因为这些形式主义"理论"的锋芒即刻被用到了女性主义和马克思主义批评中,在澳大利亚的女性主义和马克思主义的影响之下,结构主义和解构理论与此时的澳大利亚文学批评的性别、阶级、种族、国家和文化联系在了一起,文本分析成了文学批评和文化批判的工具,传统的文学批评变成了文本政治,"解构"变成了颠覆意识形态的代名词。

  结构主义和解构理论在澳大利亚文学批评中的成功根植和实践得到了多位重量级的批评家的支持,其中之一便是澳大利亚批评家格雷姆·特纳。特纳曾先后就读于加拿大女王学院和英国的东安格利亚大学,后任职于澳大利亚昆士兰科技大学和昆士兰大学,长期从事澳大利亚文学、影视媒体、通俗文化等领域的研究,曾创办并主编《澳大利亚文化研究》杂志。特纳从一开始就对结构主义和解构理论表现出了浓厚的兴趣和爱好,他同时对符号学和文化研究抱有巨大的热情。1986 年,格雷姆·特纳出版了《民族虚构:文学、电影和澳大利亚叙事的构建》(National Fictions: Literature, Film, and

---

[1] Douglas Jarvis, "Narrative Technique in Lawson", *Australian Literary Studies*, 9.3, May (1980): pp. 367 – 373.

[2] Avis G. McDonald, "Rufus Dawes and Changing Narrative Perspectives in *His Natural Life*", *Australian Literary Studies*, 12.3, May (1986): pp. 347 – 358.

the Construction of Australian Narratives，1986）。该书一问世就引起了同行的广泛关注①，此外，特纳还著有《出名游戏：澳大利亚名人的制造》（*Fame Games*：*The Production of Celebrity in Australia*，2000）、《英国文化研究导论》（*British Cultural Studies*：*An Introduction*，2002）、《结束这段情：澳大利亚电视时事节目的衰落》（*Ending the Affair*：*The Decline of Television Current Affairs in Australia*，2004）、《认识名人》（*Understanding Celebrity*，2004）、《澳大利亚媒体与传播》（*The Media and Communications in Australia*，2006）和《作为社会实践的电影》（*Film as Social Practice*，2006）等。特纳于 2004 年当选澳大利亚人文科学院主席，2008 年当选澳大利亚总理的"科学、工程及创新委员会"成员，现任昆士兰大学批评与文化研究中心主任。格雷姆·特纳对于欧洲"理论"的兴趣不在于对外来"理论"进行优劣判断，他更感兴趣的是要将这些理论中所包含的批评思想拿过来为我所用，《民族虚构》一书实实在在地就如何运用这些理论进行澳大利亚文化研究进行了一个生动清楚的展示。对此，我们在"符号学与澳大利亚文学批评"一章中做重点介绍。

赛义德认为，理论在不同文化间的运动和旅行要承受不同语境的压力，新环境对它的接受包含着阻抗，有时甚至还会使之发生变异。② 当代西方的结构主义和解构理论在澳大利亚的登陆充分说明了这一点。1984 年，特纳的一篇题为《伙伴情谊、个人主义与澳大利亚小说中的人物性格塑造》③ 的文章首次将叙事学理论完美地用在了澳大利亚的文学文本分析之中。在这篇

---

① 维罗妮卡·布雷迪认为，20 世纪 80 年代的澳大利亚社会经历了深刻的变化，在文化领域，伴随着电子科技的到来，传统澳大利亚社会对于文化的认识开始改变，对越来越多的人来说，文化不再是品味的同义词，也不是通过阅读书本和接受教育获得的知识水平和生活情趣。在西方结构主义和后结构主义理论的影响下，文化成了一种观察和认识世界的方法和视角，特别是在索绪尔和巴特等符号学家的影响下，传统上关于高雅和通俗文化的分野逐渐消失，在当今的文化研究中，传统不入流的影视艺术和通俗音乐、报纸杂志和畅销书籍成了与严肃文艺同样重要的考察对象。布雷迪指出，符号学的到来与新媒体技术共同推动了 80 年代澳大利亚文学批评的社会学转型，最能体现 80 年代这种转型的一项成果无疑是《民族虚构：文学、电影和澳大利亚叙事的构建》。See Veronica Brady, "Critical Issues", in *The Penguin New Literary History of Australia*, ed. Laurie Hergenhan, 1988, pp. 467–474.

② Edward Said, "Traveling Theory", in *The World, the Text, and the Critic*, London: Faber and Faber, 1984, pp. 226–227.

③ Graeme Turner, "Mateship, Individualism and the Production of Character in Australian Fiction", *Australian Literary Studies*, October (1984): pp. 447–457.

文章中，读者发现，澳大利亚本土的民族主义传统面对外来"理论"，显示出了一种消化吸收结构主义理论的巨大能量。[①] 特纳的《民族虚构：文学、电影和澳大利亚叙事的构建》更是向读者全面展示了澳大利亚文学批评语境对于"理论"的巨大影响和改变，该书充斥着结构主义、符号学、话语理论和马克思文化理论的多重交织，并系统地示范了如何将"理论"应用于澳大利亚的文学批评实践中来。但是，作者在运用这些理论之前每每从 A. A. 菲利普斯、H. P. 赫索尔廷和布莱恩·基尔南的论述中找寻到澳大利亚文学批评中人们最关心的问题，并在这样的基础上选择需要讨论的文本以及这些文本的主题。在这里，人们见不到"理论"初来时的傲慢，也看不出澳大利亚文学批评对于欧美"理论"所持的彻底的抵触态度，有的只有近乎完美的融合。

　　作为两种不同的理论范式，结构主义和解构理论20世纪80年代在澳大利亚的最后登陆经过了一个抵制和消化的过程，这些外来"理论"最终通过关注传统澳大利亚文学经典和关注传统澳大利亚文学批评主题或多或少地实现了它们的本土化进程。澳大利亚批评家在对结构主义和解构理论的借鉴中始终秉持了本土为体、外来为用的立场，特别是在运用这些外来理论进行自我文化剖析和批判方面取得了不少的成绩。不过，到20世纪90年代，这样的本土化已经受到了保守派的质疑，因为对许多传统的澳大利亚文学批评家来说，关于澳大利亚文化的历史话语仍然是母语，来自国外的理论是第二语言，借用外来理论这把手术刀来解剖本土文化的病体并不是所有的澳大利亚人都愿意看到的。此外，那些运用结构主义和后结构主义理论的批评家们面临的最大的问题是，当他们借用外来理论开始为自己立言时，他们不知道自己的读者是否跟自己使用同样的语言，所以时至今日，澳大利亚批评家在使用上述"理论"进行文学评论时，其语气中依然透露出一种不确定和焦

[①] 格雷姆·特纳指出，法国人所谓的去中心主体理论在澳大利亚早已存在，他甚至还说，所谓去中心从很大意义上说不过是澳大利亚伙伴情谊（mateship）的一种法国版：结构主义总体上反对个体与心理一致性的概念，而澳大利亚文学中善写的伙伴情谊主题在书写人物时恰恰也把重心放在个人之外，这与结构主义具有异曲同工之妙。特纳在这样的论述中可谓巧妙地将结构主义这样一种外来的理论刻画成一种澳大利亚传统中人们早已习以为常的东西，换句话说，特纳努力让他的读者感到，新来的结构主义批评不过是澳大利亚传统的异样表述。

虑，而且随着曾经非常强势的"理论"日益走向衰败，其通过与澳大利亚现行文学经典和澳大利亚文学批评的核心主题相结合得以实现的本土化地位并非牢不可破。

第三章
符号学与澳大利亚文学批评

　　符号学登陆澳大利亚的时间适逢澳大利亚文学批评的范式转型期。20世纪60年代，随着澳大利亚文学的全面学院化，大学文学教育以及与它相关的一些文学体制成了集中澳大利亚文学批评话语权的据点所在，由"新批评"主导的形而上一代用他们从 F. R. 利维斯等人那里学来的文学理念和从 I. A. 瑞恰慈那里学来的"细读"方法全面把持着澳大利亚文学批评的走向，曾经活跃的学院外文学批评失去了往日的影响力，澳大利亚文学批评因此进入了前所未有的"新批评"时代。但从70年代开始，"新批评"单调乏味的思想和方法开始招致越来越多的反对。有感于"新批评"在理论上的匮乏，此时的澳大利亚批评界响彻着一片对于理论的呼声。

　　作为一门关于符号和意义的学问，符号学研究一个文本或者一种媒体在表征现实的过程中所做的符号取舍和选择，这种研究不只是为了发现意义，更重要的是探究符号的整个表征过程。丹尼尔·钱德勒（Daniel Chandler）认为，研究符号学可以帮助我们看清符号在我们认识现实世界过程中扮演的中介作用，由于符号在界定现实世界的过程中往往服务于某种意识形态，因此研究符号可以让我们发现现行的符号系统在多大意义上突出了某些社会成员的现实生活，同时把另一些社会成员的生活体验隐而不表。有鉴于此，符号学在本质上是一个批判性的理论话语和分析方法。在澳大利亚引进符号学理论的过程中，"批判"是一个重要的宣传语。在1981年的"符号学在/与澳大利亚"会后编选出版的《外国理论文集》（*The Foreign Bodies Papers*）中，彼得·博茨曼（Peter Botsman）和里奇·菲利普斯（Rich Phillips）是这样介绍符号学的：符号学是针对系统符号性质的一种跨学科研究方法，作为一种舶来的法国理论，符号学不是一个统一的理论和方法，来自美术、文学、社会学等不同领域的学者不应该指望通过某个完整统一的符号学理论为时下的澳大利亚所有学科解决一切问题。但是，作为一种将一切文化现象当作交际过程进行分析的方法，符号学具有强大的批评力量，符号学告诉我们，如果把我们这个充斥着中介和商品的环境看作一个符号，那么符号学就可以用于分析包括文学在内的一切社会活动。由于这种不带先见的分析方法可以帮助我们更加深刻地认识自己的处境，了解我们用怎样的话语修辞去表述这种境遇，它的批评潜能因此巨大的。他们特别强调：在欧洲和美国，这个强有力的批评利器因其被当成了一种纯科学的分析方法而失去了它的锋芒，所幸的是，它在澳大利亚还是个新生事物，在主流体制之外，符号学在澳大利亚的潜在批评空间不可限量。[1]

从文学批评的角度而言，1981年的"符号学在/与澳大利亚"会议以及1984年的"未来秋会"的组织者们最初大概都想通过结构主义和后结构主义寻找一种在"新批评"之后批判澳大利亚现有批评的立足点，那么，符号学进入澳大利亚之后在多大程度上展示了自己的批判潜能呢？作为一种外来话语，符号学进入澳大利亚之后给澳大利亚文学批评带来怎样的影响呢？登陆澳大利亚的符号学是否实现了本土化的过程？本章带着这些问题对符号学在澳大利亚文学批评中的演变做一些具体的观察。

一

乔治·亚历山大（George Alexander）指出，他们决定在1981年召开一次专题的符号学会议，主要目的是要在澳大利亚普及符号学思想，继而让更多的人学以致用。[2] 作为那次会议的主要成果之一，《外国理论文集》一书中收录了三篇文学方面的文章，其中，约翰·福布斯（John Forbes）的《当

---

[1] Peter Botsman, Chris Burns & Peter Hutchings, eds., *The Foreign Bodies Papers—Semiotics in/and Australia*, 1981, pp. 7–11.

[2] George Alexander, "Postscript: The Foreign Bodies Conference", in *The Foreign Bodies Papers—Semiotics in/and Australia*, 1981, pp. 159–160.

代澳大利亚诗歌杂议》讨论职业诗人在当代澳大利亚的境遇问题[1]，凯西·格林菲尔德（Cathy Greenfield）和汤姆·欧里根（Tom O'Regan）的《K. S. 普里查：一个文学/政治主体的建构》分析了一个名叫凯·艾斯曼（Kay Iseman）的批评家立足女权主义和马克思主义对小说家普里查所做的批评解读[2]，上述二文论述细腻严谨，层层递进，给人以不少启示，但严格说来，我们很难把它们与经典意义上的符号学分析联系起来。相比之下，托尼·思维特斯（Tony Thwaites）的《话说潜贼：帕特里克·怀特与文学教学》是一篇较明确的符号学分析文章[3]，该文针对澳大利亚唯一的诺贝尔文学奖得主帕特里克·怀特的一篇题为《夜行潜贼》（The Night the Prowler）的短篇小说进行分析。文章开宗明义地引用了法国符号学家巴特的话作为卷首，继而表示，传统文学批评和文学教学在面对一个文本时总预设文本有一个固有的意义，等待批评家和老师去揭示，可是，文学阅读的经验告诉我们，一个文学文本的意义常常与读者的期待以及阅读语境有关，如果把一个文本比作一个喜剧，那么评论家所能做的与其说是揭示意义，还不如说是参与文本戏剧。思维特斯认为，巴特的这种文本观对于我们阅读怀特的小说尤其具有启发性的意义。

短篇小说《夜行潜贼》的情节是这样的：菲丽西提（Felicity）是一个富家女儿，故事开始之前的那个晚上，据说她被一个潜入她卧室的夜贼强奸了，在此后的几周里，菲丽西提放弃了一个体面的室内装修公司的工作，转而来到一个在她父母看来不太像样的旧衣店工作，她放弃了跟一个很有前途的年轻外交人员的婚约，跟父母的关系也日渐疏远，最后把自己变成了一个洗劫邻里的深夜潜贼。不过，我们很快发现，关于菲丽西提被夜贼强奸的故事纯属子虚乌有，菲丽西提编造这样一个故事，不为别的，只为气她自以为是的父母。在夜劫邻里的过程中，菲丽西提在公园里遇到

---

[1] John Forbes, "Aspects of Contemporary Australian Poetry", in *The Foreign Bodies Papers—Semiotics in/and Australia*, 1981, pp. 114 – 121.

[2] Cathy Greenfield and Tom O'Regan, "K. S. Prichard: The Construction of a Literary/Political Subject", in *The Foreign Bodies Papers—Semiotics in/and Australia*, 1981, pp. 93 – 113.

[3] Tony Thwaites: "Speaking of Prowlers, Patrick White and Teaching Literature", in *The Foreign Bodies Papers—Semiotics in/and Australia*, 1981, pp. 67 – 92.

过年迈的酒徒和年轻的嬉皮士,在被劫户的家中见到过惊慌失措的青年,在一个湖里,她甚至见到一具尸体,临近故事的结尾,她在一个被人废弃的屋子里发现了一个奄奄一息的老人,老人一丝不挂,面部表情冷漠,对于菲丽西提的同情和出手相助,老人予以了默然拒绝。故事结束时,老人死去,菲丽西提在晨光中毅然朝警察局走去:她决定把自己见到的这起死亡案报告警察。

在介绍了故事的表面情节之后,思维特斯说明,小说的实际内容要比这些复杂得多。因为在他看来,小说叙述层层叠叠,作品中不同人物讲述的故事时而相互重叠,时而相互修正,甚至相互矛盾,小说从一开始就反复地重述一个故事,正所谓故事里有故事。思维特斯认为,在单纯表征的意义上说,小说《夜行潜贼》讲的不是菲丽西提是否被强奸的故事,相反,它更着力探讨的似乎是一个关于叙述话语的影响力问题。换句话说,小说试图要给读者展现这样一个事实,即所谓叙述从来就不只是一个好玩好听的故事那么简单,一个好故事一定服务于某个目的,希望达到某个效果,希望在受众那里引发一个反应或者行为,总之,一个好的故事总能做些什么。叙述存在于反复的"交换"或者说话语传递之中,因此参与到复杂的话语关系中,作为一种表达,叙述必须首先参与到复杂的语言之中。因此,围绕菲丽西提是否被强奸展开的叙述是否属实无关紧要,小说更加关心的是话语在"交换"或传递过程中所产生的影响,更具体地说,小说关注的是人们每讲一次菲丽西提的故事、每就这个故事发表一次评论可能在听者心中产生的影响。

思维特斯认为,小说《夜行潜贼》是一个自觉性文本,它自我设防,自我挑战,面对这样的文本,批评家很快发现,早在他形成自己的评论之前,文本不仅已经给他预备好了立场,而且已经对他的这一立场给出了自己的评价。换句话说,小说根本就不在讲述某个文本之外的现实故事,它要揭示的是讲故事、做评论过程中引发的权利关系,故事本身就是小说要讨论的内容,所有的评论也逃不出小说探讨的范围,批评家可以自觉优越地对它发表看法,但对他们所说的一切,小说都反过来给予最深刻的质疑。思维特斯特别反对用"怀特是社会批评家"这样的标签来阅读《夜行潜贼》,因为这样的阐释与文本本身不过是批评家立足自我立场做出的解读；在批评家和文本之间建立某种虚假的主客体关系，然后把一种阐释强加于文本并把它说成是文本意义是不对的，因为批评不是元语言，批评家无法将如此复杂的话语权利关系一劳永逸地定格下来。跟小说家一样，批评家根本无法在文本的话语体系之外立足。作为一个文学文本，小说《夜行潜贼》所呈现的叙述是一个多元话语世界，在文学写作过程中，话语与现实无关，与其相关的是不断试图侵入其中的其他话语，这些话语形成了相互对抗相互干扰的不同声音。思维特斯引用巴特的话说：想象经典多元的最佳办法在于……把文本当成一个在不同波段上进行的、由许多声音参与的一次多彩交流，偶尔，交流会突然地戛然而止，留下一个空白，一句话因此得以从一个观点变成另外一个观点，整个文本在这样一种不稳定的调子中任意跳动，让文本在闪烁不定中充满一种瞬息万变的感受。

思维特斯的《话说潜贼：帕特里克·怀特与文学教学》一文或许没有明说自己对于学院派文学批评，特别是"新批评"的看法，但是，我们从文章的标题和结论中不难看出，作者对于那种把文学的自给自足视为一切文学阅读前提的做法显然有所保留。他从巴特等法国理论家那里得到的灵感告诉他，应该建构一种基于符号学分析的批评范式，这种批评范式的核心观点在于：文学文本同语言一样是一个无限开放的系统，话语的交换与传递，权利的争夺与角力都发生在这个绝对开放的世界当中。思维特斯的文章从一个具体的文学文本出发，先指出文本在现实主义情节之外的复杂内涵，继而说明该文本的元小说式的自觉意识，最后说明小说意义的多元和不确定性，从论述的过程到分析得出的结论，文章大量引用巴特，分析过程通篇贯穿着巴特的观点，全文读来很容易令人想起巴特的《S/Z》。

1981年的"符号学在/与澳大利亚"会议前后，符号学作为一种崭新的文学分析方法在澳大利亚批评界得到了一定的推广，据罗伯特·迪克逊考证，仅《澳大利亚文学批评》一家杂志就先后连续发表道格拉斯·贾维斯、艾维斯·麦克唐纳和格雷姆·特纳等人的多篇文章，同思维特斯的文章一样，这些文章分别以亨利·劳森和马库斯·克拉克等经典的澳大利亚作家的作品为例，向国内同行展示如何使用结构主义和符号学等国外理论开展文学评论。① 同思维特斯一样，这些批评家对于理论的掌握是全面的，在文学分析方法的掌握上也是准确到位的，在20世纪80年代，他们为澳大利亚文学批评在借鉴国外理论的基础上超越日益过时的学院派"新批评"做出了重要的贡献。

二

戴维·卡特指出，在20世纪80年代初的澳大利亚，结构主义和后结构主义诸理论的同时到来直接制造了一个与传统澳大利亚文学批评相对立的"理论"，不论结构主义，还是解构批评，不论是符号学，还是话语分析，它们在绝大多数澳大利亚批评家眼里都是"理论"。此外一个更有趣的现象是：由于"理论"到来之前的澳大利亚批评界已经活跃着女性主义和马克思主义思潮以及立足于这些思潮对于民族主义的批判，同样是80年代登陆澳洲的"理论"，那些关注社会和政治的思想所引发的反响明显比纯哲学和语言学的思想大得多。从符号学登陆澳大利亚的早期历史来看，卡特的判断是非常准确的。② 符号学得以在澳大利亚文学批评中顺利根植，一个主要的原因是它与本土文学的结合，另一个重要的原因在于它对澳大利亚社会文化问题的结合。丹尼尔·钱德勒认为，作为文本分析的一个重要方法，符号学的分析大体上可分为两种，一种是索绪尔式的纯结构分析，着重探讨文本意义建构过程的编码和惯例；一种是结合意义产生的文本符号语境，着重讨论文本社会文化意义的符号学文化研究。③ 根据这一说法，思维特斯在《话说潜贼：帕特里克·怀特与文学教学》一文中所做的分析显然属于前者，而这种纯语言学意义上的结构分析从一开始就受到了澳大利亚批评界的大力抵制。

---

① Robert Dixon, "Deregulating the Critical Economy: Theory and Australian Literary Criticism in the 1980s", in *Australian Literature and the Public Sphere* (Refereed Proceedings of the 1998 Conference), eds. Alison Bartlett, Robert Dixon and Christopher Lee, 1999, pp. 194 – 201.

② David Carter, "Critics, Writers, Intellectuals: Australian Literature and Its Criticism", in *Modern Australian Criticism and Theory*, eds. David Carter & Wang Guanglin, 2010, p. 86.

③ Daniel Chandler, *Semiotics: The Basics*, London: Routledge, 2002.

约翰·多克在他的《批评情景》一书中把符号学和结构主义一类所做的分析统称为"新形式主义",他点名批评了墨尔本大学英文系教授霍华德·菲尔普林,认为后者所喜欢的解构主义落实到文学评论时暴露出严重的形式主义倾向,并对此给予了猛烈的批判。他认为,在澳大利亚文学走向学院化进程中来到澳洲的"新批评"已经以它狭隘的形式主义限制了澳大利亚文学批评的发展,在"新批评"之后登陆澳洲的诸种国外批评思潮中,以解构主义和符号学为代表的一些新理论在实际操作中流露出的极端形式主义与"新批评"如出一辙,与"新批评"相比,这些批评家的著作读来同样令人担忧。《批评情景》的第八章专门以罗兰·巴特的《S/Z》为例详细指出了他所从事的符号学分析中存在的问题:[1]

1. 巴特把一切文本分为"可读性文本"和"可写性文本",在这两种文本当中,后者代表着他心目中的理想文本。在他看来,所谓的"可写性文本"在表层结构之下具有一个象征性的深层结构,在这个层次上,文本所有的细节变得不再重要,重要的是文本在符号层次的意义。如果说文本叙事有表面与深层结构之分,在小说《萨阿欣》中,每一个表面的事件和人物行为之下都有一个文本网络,在这个深层的网络里,所有的表面细节最终得以完全贯通起来。根据这样的说法,小说《萨阿欣》中主人公不再是一个游荡在罗马的法国流浪艺人,而是一个现实主义艺术家的象征。小说《萨阿欣》表面上陈述的故事并不重要,因为故事在更深层次上讲述了一个关于艺术评判的故事,小说通过主人公萨阿欣虚妄地追求真实对现实主义艺术进行了批判和讽刺。巴特特别提醒我们的是,小说的叙事人既不是作者,也不是一个更加客观公正的人物,跟所有人物一样,他代表一种话语,在小说《萨阿欣》中,人物即是话语,话语也是人物,而且看得见听得着的人物都是虚妄的幻影,唯有话语才是文本唯一的绝对主人公,小说《萨阿欣》就是这样一个关于话语的故事。

2. 巴特崇尚文本多元,在文本分析时沿用了一种极其复杂的结构主义方法,在具体的文本分析开始之前,他先确定阅读的基本(内含)意义单元(lexias),例如,小说中多处出现阴柔性(femininity)这一与阳刚性

---

[1] John Docker, *In a Critical Condition: Reading Australian Literature*, 1984, pp. 183 – 207.

（masculinity）相对的能指，其他相关的符号还有阉割（castrating）/被阉割（castrated）、被动（passive）/主动（active）、死亡（death）/生命（life）、寒冷（cold）/温暖（warmth）等，这些意义单元两两相对，相互联结成一个巨大的二元对立结构，形成一个意义模糊的歧义场。巴特认为，小说文本中的每一个（内含）意义代表一个符码，传达文本中的一个声音，小说《萨阿欣》中共有五个这样的不同符码或声音，其中包括布局、意素、文化、阐释和象征符码，上述五种符码相互联结，形成一个巨大的文本网络。

3. 巴特认为，文学的意义构成单位是语言，所以，在从事文学分析时，他喜欢把文学投回到语言的海洋中来思考。在他看来，小说《萨阿欣》的结尾处，当主人公得知自己疯狂追求的歌者原来是个阉人时，他绝望得一时不知所措。文本充分反映了对于语言本质问题的思考，因为语言的意义来自二元对立项之间的无限游戏，有了这种关联和游戏，生命和意义得以产生，反之，只能是一片虚无。鉴于语言的意义是开放的，直至无限多元，一个理想的多元文本要保持一种趣味性应该从语言中获得灵感，最优秀的多元文本应该努力寻求回归语言，从语言中来，又到语言中去。换句话说，一个优秀的现代作家应该努力把写作用的语言当成写作的最终目的。

4. 巴特承认，跟所有文本一样，小说《萨阿欣》的符码归根结底都是文化符码。但在他的分析当中，对于文化的关注是微乎其微的。他也知道小说《萨阿欣》作为一部现实主义作品不可避免地包含阐释性符码，但他分析的结果坚持认为，小说《萨阿欣》跟所有法国新小说家的作品一样明确趋向多元。从文本的内容上说，它是一个关于它自身的故事；作为一部叙述作品，它自我指涉，并不指涉某个文本之外的明确对象和现实，小说以文学的方式向我们戳穿了关于语言单纯性的不实神话，同时也向我们揭示了语言运作中的精彩过程。

多克认为，巴特的符号学分析就其严重的形式主义倾向而言实在与"新批评"如出一辙，针对巴特在文本分析中顽固坚持把文化严格地排除在语言之外的做法，他从政治的角度提出了严重质疑。他认为，巴特的符号学分析表面针对的是传统的传记主义和历史主义文学批评，但细想起来，它针对的更是20世纪60年代在法国一度时兴的阿尔都塞式的马克思主义。后者认为，文学虽然是一个自给自足的体系结构，其内部不时展现的变形、沉默和缺场都清楚表现出历史语境和意识形态对于它的决定性的影响。而巴特的《S/Z》则认为，没有任何一个文本是相对自立的，语言是深不可测的多元符号结构，她不受某个具体文化的影响，更不会被某种具体的意识形态和历史语境所制约。针对马克思主义的历史决定论，巴特坚持认为，文学是语言的一部分，而语言是普世性的，他不认为文学需要从社会、文化和历史的角度进行解释，文学最重要的意义是一种多元的意义，它们存在于语言之中，存在于无限的符号、修辞和二元对立之中。与此相比，社会、文化和历史不过是些非常浅薄的、一时一地的东西，可以忽略不计。

《S/Z》一文中反复使用的最多的一个词是"多元"，多克对于巴特分析中如此歇斯底里地重复使用这个词深感厌倦。他不否认巴特最终提出的文本意义多元论的重要性，但他对巴特自称自己的符号学批评方法达到了"真正革命"的地步表示深刻怀疑。多克认为，巴特从事的符号学批评既反对文学的模仿论，又批判浪漫主义式的文学表现论，它关注符码和表征，努力揭露资产阶级利用符号实现自我标榜，所以从表面上看来具有反资产阶级的潜能，但是，同"新批评"一样，巴特的《S/Z》显然主旨并不在此。多克认为，巴特的《S/Z》通篇暴露出一种自以为是的狂妄帝国主义研究心态。一方面，巴特在文章中使用了一种在多克看来非常干涩的学究风格，遣词造句矫揉造作，装模作样，缺少幽默感，思想伸展缓慢，表达沉重；另一方面，巴特在文本分析中选取了一个近乎强奸犯式的态度，虽然他高调主张文本意义多元，但是，在他的分析中，他不断告诫说，你若要进行文本分析，那你就应该按照他的办法来做。

在激烈批判巴特的《S/Z》的同时，多克明确说明了自己对于符号学分析的看法，他认为，同样是文本分析，并非所有的符号学研究都必然走向这样极端的形式主义。在介绍巴特的学术成就时，多克特别介绍了巴特自己在其1957年出版的《神话学》（*Mythology*）中进行的通俗文化研究。他认为《神话学》一书清楚地显示了巴特对于符号与意识形态关系的认识，但巴特在此后的作品中逐渐放弃了这种文本与语境相结合的研究方法，使自己日益走上了一条纯形式主义道路。在多克心目中，澳大利亚符号学绝对不应该效仿《S/Z》和后期的巴特，如果澳大利亚要学习法国符号学，他们应该学习的是法国符号学研究的另一个杰出的代表克劳德·列维－斯特劳斯（Claude

Levi-Strauss)。在完成了对于巴特的批判之后，他向读者介绍了列维-斯特劳斯在一篇题为《阿斯迪瓦尔的故事》的文章①中所做的神话分析：列维-斯特劳斯首先通过对阿斯迪瓦尔神话进行的符号学分析揭示该则故事的内部结构关系，然后结合故事所属的社会信息指出该则故事的主要意旨与所属社会的官方价值观念的矛盾之处，并据此指出这一神话所揭示的社会矛盾。尤其可贵的是，列维-斯特劳斯把这个神话与相邻民族的一个类似神话进行了比较，不仅指出其中的差异，而且结合二者的社会组织结构和生活环境就出现这些差异的原因进行了深刻的挖掘，通过这样一个内外兼修的文本分析，最终把对阿斯迪瓦尔故事的分析提升到了一个崭新的水平。

三

维罗妮卡·布雷迪在一篇题为《批评问题》的文章②中指出，20世纪80年代的澳大利亚社会经历了深刻的变化，在文化领域，伴随着电子科技的到来，传统澳大利亚社会对于文化的认识开始改变，对越来越多的人来说，文化不再是"品味"的同义词，也不是通过阅读书本和接受教育获得的知识水平和生活情趣。在西方理论的影响下，文化成了一种观察和认识世界的方法和视角。特别是在索绪尔和巴特等符号学家的影响下，传统上关于高雅和通俗文化的分野逐渐消失，在当今的文化研究中，传统不入流的影视艺术和通俗音乐、报纸杂志和畅销书籍成了与严肃文艺同样重要的考察对象。布雷迪列举了苏珊·德莫迪等人于1982年出版的《耐丽·梅尔巴、金杰·梅格斯及其诸友：澳大利亚文化史文集》一书来说明自己的观点。她注意到，三位作者从法兰克福流派（特别是阿尔都塞）那里获得理论灵感，同时大量借鉴包括英国伯明翰大学当代文化研究中心的观点。他们指出，传统文学批评不仅犯了精英主义的毛病，而且从根本上就走错了路。在他们看来，文学文本之所以重要，并不在于它们是否具有价值，也不在于它们是否

---

① Claude Levi-Strauss, "The Story of Asdiwal", in E. R. Leach, ed., *The Structural Study of Myth and Totenmism*, London: Tavistock, 1967.

② Veronica Brady, "Critical Issues", in Laurie Hergenhan, ed., *The Penguin New Literary History of Australia*, 1988, pp. 467–474.

很好地反映了某个个体意识,我们研究它们实在是因为它们给我们提供了观察文化的视角。所谓文化,就是人类在具体的历史文化中的生活经验以及一个个体的意识在日常生活中所受到的影响和控制,这是所有文化研究者必须关注的焦点,而正是从这个意义上说,研究一个著名的澳大利亚连环画(金杰·梅格斯)和一个19世纪澳大利亚歌剧演唱家与研究李尔王或许同样重要。

如果说符号学的到来与新媒体技术共同推动了80年代澳大利亚文学批评的社会学转型,它首先表明,此时的澳大利亚学者已经清楚地认识到语言与符号层面的符号学文本分析可以与人类学、历史学、社会学、心理学,甚至神学结合起来的可能性。在这样的结合过程中,文学批评拓展了自己的范围,而最能充分体现80年代这种拓展的一个方向自然是文学批评与电影研究的结合。在短短几年的时间里,澳大利亚批评界连续推出了一系列反映这种结合和拓展的著作,其中,1981年,约翰·塔罗奇(John Tulloch)围绕澳大利亚电影撰写并出版专著《银屏上的传说:澳大利亚叙事电影》,1982年,他又出版了《澳大利亚电影:产业、叙事和意义》[1],1983年,布莱恩·麦克法兰(Brian McFarlane)出版了《文字与图像:澳大利亚长篇小说改编的电影》[2],1986年,格雷姆·特纳出版了《民族虚构:文学、电影和澳大利亚叙事的构建》[3],这些著作在澳大利亚批评界产生了深远的影响。

在20世纪80年代的澳大利亚文学批评界,特纳的《民族虚构:文学、电影和澳大利亚叙事的构建》跟多克的《批评情境》一样一问世就引起了同行的广泛关注。不过,同后者立足新左翼立场反对以巴特为代表的外国形式主义理论不同,《民族虚构:文学、电影和澳大利亚叙事的构建》代表的更是一种积极拥抱外来理论,继而勇敢地将其拿来为我所用的崭新姿态和努力。在该书的"前言"中,特纳同样开宗明义地引用了巴特作为卷首语,清楚地表明了自己与巴特所代表的符号学理论之间的密切关系。巴特说,我

---

[1] John Tulloch, *Legends on the Screen: The Australian Narrative Cinema, 1919-1929*, Sydney: Currency Press, 1981; *Australian Cinema: Industry, Narrative, and Meaning*, Sydney: Allen & Unwin, 1982.

[2] Brian McFarlane, *Words and Images: Australian Novels into Film*, Richmond, Vic.: Heinemann Publishers Australia in association with Cinema Papers, 1983.

[3] Graeme Turner, *National Fictions: Literature, Film and the Construction of Australian Narrative*, 1986.

们这个世界有着数不清的叙事，而作为载体，我们的叙事可以用语言、图像、手势来完成，在形式上，它可以随意变化，不拘一格，它超越国界、跨越时空与文化界限，它像生命一样无处不在。特纳认为，人类的一切叙事终究在特定文化的语境中形成，一个叙事所采用的形式、传达的意义以及产生的影响无不表达所属文化的价值、信仰乃至意识形态。他的著作着力研究澳大利亚叙事，具体说来，他要研究澳大利亚叙事在澳大利亚文化语境中的意义和形式。在他看来，在文化与它的众多叙事之间存在一种无可回避的共谋关系。一种文化中之所以出现某些叙事文本，是因为这个文化更偏向这些文本中所表达的意义、主题结构和形式策略；反过来，如果我们希望了解一种文化，我们可以通过分析它的叙事，从中发现它在形式和意义上的偏好，并据此认识它的核心价值和主导意识形态。特纳坦承，《民族虚构：文学、电影和澳大利亚叙事的构建》所从事的是一个基于具体文本分析的文化研究课题。在该书前言中，特纳明确表示，自己从事这一研究的一个重要目的就是通过一种多模态的文本分析努力发掘存在于不同澳大利亚叙述深处的共同价值和文化取向。

针对自己将澳大利亚文学和电影作为共同反映澳大利亚文化的叙事来研究的做法，特纳坦承自己受到了包括叙事学和基于话语分析和符号学的欧洲文化研究对他的影响与启迪。特纳指出，不论是俄罗斯形式主义，还是结构主义，它们都认为宏观的叙事如同语言（langue），具体的叙述形式则如言语（parole）。从方法论上说，经典的结构主义叙述学研究可分为两类：一类通过民间故事等建构普适叙事语法（普罗普）；另一类则在承认普适叙事语法的同时把研究重点放在叙述与文化的关系之上，在特定的叙述中寻找特定文化的个性特征（列维-斯特劳斯）。在研究澳大利亚文学与电影叙事的过程中，特纳明确选择了索绪尔式的共时符号学分析方法，在确定了要研究的对象之后，他把可以找到的所有澳大利亚文学和电影叙事文本都集中起来，让它们形成一个"冻结"了的近似于语言的符号系统，然后重点分析每一个文本以及不同文本之间的关系。他特别说明，自己针对澳大利亚叙事所进行的符号学分析并不想停留在这里，他希望直接借鉴列维-斯特劳斯的神话研究，并像列维-斯特劳斯那样从符号学的分析走向文化研究。他认为，在任何一个文化中，叙事都或多或少地扮演一定的角色，通过叙事，人们可以认知经验,也可以填补缺失和解决矛盾。在这个意义上,现代的叙事与传统的神话并无二致,更重要的是,所有叙事都是文化的产物,研究叙事就是研究这一文化的表征过程。与此同时,针对具体澳大利亚叙事进行的符号学分析,应该可以帮助人们确定它们在整个澳大利亚叙事和文化系统中的功能。

《民族虚构:文学、电影和澳大利亚叙事的构建》全书的主体部分共分四章,其中第二、三、四章构成了全书的核心内容,集中讨论了澳大利亚小说和电影对于生存环境和作为生存主体的个人的表现和刻画方式,第五章讨论澳大利亚小说和电影对于民族主义的表征。

特纳认为,反映澳大利亚文化喜好的澳大利亚文学和电影在表现自己生存环境时并不像有些批评家所说的那样单纯刻画自然和社会/农村与城市间的对立。从澳大利亚文学和电影叙事来看,澳大利亚人并不只是简单地排斥城市社会而投奔自然/农村的,因为澳大利亚文化对于自己的生存环境抱有一种双重的矛盾心态,不论是农村还是城市,不论是自然还是文明,似乎都不能让澳大利亚人彻底地安定下来。一方面,你的现实环境总是让你深觉不满,某一个地方总是不断吸引着你去;另一方面,现实环境里又总有不少东西让你觉得眼前的生活是正常而可以接受的。作为一种文化神话,这样的叙事显然可以起到两个作用:(1)前者让你通过对于另一种环境的幻想给你现实生活环境中的问题提供一个圆满的解决;(2)后者通过为现实环境所做的辩护让你默默地屈从于一种话语文化霸权。在《自然与社会》一章中,特纳考察了《凯蒂》(*Caddie*,1976)和《惊醒》(*Wake in Fright*,1971)两部电影以及小说《阿尔提摩·休尔》(*Ultima Thule*)和《夺地人》(*Landtakers*)对于澳大利亚生存环境的描写,从中发现了大量的此类环境描写。《凯蒂》是20世纪70年代澳大利亚电影复兴中由唐纳德·克隆比(Donald Crombie)执导的一部著名影片,影片讲述了二三十年代经济大萧条时期一位澳大利亚城市妇女(凯蒂)在被粗暴而花心的丈夫抛弃后携两个孩子愤而来到悉尼、沦落窘迫境地却顽强求存的生活故事。故事的主体发生在悉尼的工人阶级贫民窟,影片非常具体地刻画了凯蒂在贫民窟中的不堪生活,令人想起自然主义小说家笔下描写的场景。影片在详细刻画她工作的酒吧环境时,充分地表现了凯蒂面对新的环境时的矛盾心情,一方面,女主人公从一个中产阶级妇女沦落到无产阶级贫民窟里,心有不甘;另一方面,她很快就认识到：在澳大利亚这样的文化中，或许只有很少的人才享有选择权，对其余的人来说，生活意味着适应环境勉强生存（survival）。特纳认为，影片虽然通过凯蒂的故事充分表露了对于社会和男性的愤怒之情，但是，它为自己设定的更重要的使命在于让观众接受这样的叙事：它呈现凯蒂所处的黑暗处境，但它同时歌颂她在这一恶劣环境中随时发现的希望：阴郁的悉尼内郊和凯蒂工作的酒吧里处处被一道怀旧的金光照亮着；影片的画面，尤其是室内画面充满了现实主义的细节，但影片使用了绿色、金色与褐色为主色调的照明把这些细节点上了鲜亮的色彩，照明一般又高又亮，灯光下的情形仿佛罩入一层历史的雾霭之中，所配的音乐——即便是最凄惨的几段——温情、怀旧而浪漫，岁月从中得以重塑。从情节上看，当女主人公逐渐适应了城市工人阶级的生活环境之后，凯蒂在影片里的形象发生了变化：她全身放松，她的言谈之中没有了中产阶级那套谦虚伪善；她很简单地把额头上的头发向后一别，脑后的头发则留长起来（而不是开始时髦而看上去压抑着的短发髻），看上去"把自己全放开了"。影片结尾处，虽然在离婚过程中备受法律欺凌，我们看到的她不再是一个沉迷于个人忧郁的女子，因为她的心不由自主地跟她的孩子们在一起。影片在母子三人在凯蒂的床上发出的一串串伤感的笑声中结束，亲切一家的画面令人不禁想起亨利·劳森的《赶牧者之妻》中的母子，这笑声给了凯蒂莫大的慰藉。

  特纳认为，澳大利亚叙事对生存环境的描写和它对于人物的刻画紧密联系在一起。在许许多多的澳大利亚小说和电影当中，我们不难得到这样的印象：在澳大利亚，环境永远挑战和摧毁着人的努力，在这样的生存环境里，人的成就和努力是有限的，超越这一环境的标志不是征服这块土地，勉力生存下来便是真正的英雄。特纳在"语境中的自我"和"人物塑造与个人主义"两章中从两个不同的角度考察了澳大利亚文学和电影叙事中的人物刻画情况。特纳注意到，澳大利亚叙事中一个频繁出现的意象是一个或者一群人生活在一个监狱一样的地方，在马库斯·克拉克的《终身监禁》和托马斯·基尼利的《招来云雀和英雄》一类的小说中，我们看到一些流放犯被囚禁在英殖民时期的牢房中。在别的作家笔下，那禁锢人的或许不一定还是监狱，但它同样高墙深院地把人牢牢地锁禁在流放和囚禁的状态之中。在这样的环境之中，人的能力被完全剥夺，所以，叙事中弥漫着无望、失落和无力的情绪。小说《终身监禁》和《招来云雀和英雄》等明确地刻画处于囚牢中的人物，努力表现他们在失去自由条件下的监禁、逃跑以及流亡，小说多以人物的彻底异化和死亡而告终。特纳以亨利·汉德尔·理查森的小说《获得智慧》及其改编的电影为例就澳大利亚叙事中的这一主导性人物特征进行了分析。在特纳看来，理查森的小说《获得智慧》虽然叙述了一个女孩在一个女子寄宿学校里经历的故事，小说对于寄宿学校的闭塞、压抑、势利、愚蠢、保守和乏味进行的刻画让读者不难看出它与传统流放犯小说之间的深刻联系。小说女主人公劳拉·蓝伯顿（Laura Lamberton）是一个个性鲜明、不随波逐流的女孩，对于寄宿学校的环境深感无法适应，虽然她想了好多办法来表达自己的叛逆，但在与学校的斗争中，最后让步的是劳拉：她渐渐地学会了控制自己的个性和感情，获得慢慢地适应学校生活的"智慧"。小说异常清楚地厘清了劳拉与学校以及学校与社会之间的关系，它表明："获得智慧"的劳拉是澳大利亚教育体系的产物，在教育和训练女学生时，寄宿学校实际地服务于社会的需要，所以"获得智慧"的劳拉既是寄宿学校的产物，更是社会需要的产物。从这个意义上说，小说结尾处的女主人公虽然顺利地离开了学校，但她从根本上并没有逃脱社会对她的控制。在由此小说改编的电影中，劳拉在寄宿学校感到的压抑以更加具象的方式呈现在观众面前：第一天上学时，劳拉穿着一条母亲用零碎的花布条做成的连衣裙，她的衣着立刻让她在所有人面前暴露了自己的贫寒出身。此后，她更发现学校不能容忍她的个性，为了融入集体，她尝试过欺骗、伪善和谄媚，极尽所能地讨好身边的那些坏同学。在这个过程中，她渐渐获得了智慧，但迷失了自我，她从来也没有完全地与学校认同，但她也从未能从这个恶劣的环境中独立出来。影片结尾处，劳拉在一次钢琴比赛中获得大奖，但是，此次获奖并不能改变她与学校之间曾经发生的一切。

在"语境中的自我"一章中，特纳还分析了小说《终身监禁》和《招来云雀与英雄》以及《魔鬼游乐场》（*The Devil's Playground*）等电影，并据此说明自己在澳大利亚叙事中的人物刻画问题上的观察。他引用布雷迪在《先知的熔炉》（*Crucible of Prophets*）一书中的话提出：我们（澳大利亚）的流放犯历史让我们始终没有能够形成一个给人以安慰的文化神话——如那种美国叙事中的强调个体与自我的、给人以振奋的神话，相反，澳大利亚神话让我们接受被控制的命运。原因很简单：美国社会建立之初的目的在于逃避欧洲生活中的罪恶，澳大利亚从一开始就是一个用来囚禁欧洲罪犯的监狱……美国人带着希望履行使命，我们面临着流放的考验。所以，一面受到排斥，一面又没有一个神话来支撑自己把困境变成探寻或者叛逆，于是，我们叙事中的人物只能牢牢地被禁锢在陷阱之中，其结果是死亡或自杀。通过对另外一大批澳大利亚小说和电影叙事的进一步分析，特纳指出，从澳大利亚小说中人物命运来看，澳大利亚小说体现出一种深刻的悲观，但他不认为这种悲观情绪源自小说家气质上和形而上方面的立场选择。在他看来，它更是一种政治上的选择，在它的背后是澳大利亚社会宣扬的一种自我与社会权利关系范式。根据这种选择，接受环境并勉力生存是澳大利亚社会共同认可的意识形态，它告诉人们，在与社会的关系中，个人的力量是有限的，叛逆与反抗也是枉然和徒劳的。在《人物塑造与个人主义》一章中，特纳进一步从文学人物的理论出发考察澳大利亚文学与电影在人物塑造方面表现出的特点。特纳把迄今为止的人物理论分成传统与现代两种，前者的代表人物是亨利·詹姆斯，詹姆斯认为，刻画具有鲜明个性特色的人物是作者创作的重要目标，后者的代表是俄罗斯形式主义者普罗普（Vladimir Propp）和法国结构主义叙事学家茨维坦·托多洛夫（Tzvetan Todorov），根据他们的观点，詹姆斯的人物观只反映一种19世纪资产阶级个人主义的现实主义文学观，而事实上，文学中人物从来只是一种推动情节的功能。特纳认为，上述两种观点的背后或许暗藏着两种对于自我的不同看法，例如，詹姆斯的人物观反映的是一种浪漫主义和个人主义的自我观，普罗普和托德罗夫的人物观反映了一种20世纪对于浪漫主义和个人主义意识形态的抛弃。如果这种说法属实的话，那么我们可以假设：在一种文学人物塑造方式与一种关于自我的意识形态之间或许存在某种历史的关联。在澳大利亚，由于我们常常把19世纪90年代的澳大利亚称作民主平等的时代，而民族平等又常常与个人主义紧密联系在一起，根据上述假设，人们有理由相信，作为那个时代的文学代表，劳森和弗菲的作品里一定承载了大量歌颂浪漫的个人主义的人物信息，在人物塑造的方式上他们一定也选择了詹姆斯式的人物。但是，特纳指出，人们关于劳森和弗菲的这种猜测完全落空了，因为在此二人的作品中，小说家在事件与人物之间明显关注事件，而在群体和个人之间明显关注群体。显然，他们在人物处理的方式方法上选择了现代主义，在他们的笔下，个体的人物让位给了一种结构主义的功能，虽然我们不能把劳森和弗菲说成是结构主义者，但他们选择书写人物的方式暴露了二人一种对于个人主义和独特自我的质疑。

特纳认为，澳大利亚文学在人物刻画方面表现出一种对于个性和差异的深刻怀疑，它的人物要么背负着过于沉重的社会和伦理包袱，要么缺乏推动情节功能之外的意义，要么为故事提供一种背景。在19世纪末的澳大利亚文学中，个体人物完全没有在高扬的民主口号中得到过丝毫突出，相反，个人主义几乎被所谓的"伙伴情谊"所淹没。为了说明自己的观点，特纳分析了劳森的两部著名的短篇小说（《告诉贝克夫人》和《工会安葬已故的会员》），小说《告诉贝克夫人》叙述了一个发生在早期澳大利亚丛林伙伴间的故事，鲍勃（Bob）在酒吧里为别的女人跟人争风吃醋时被人打死之后，他的两个丛林伙伴杰克（Jack）和安迪（Andy）去他家向他的妻子报丧，但他们决定不把事实真相告诉她，而说鲍勃因病而亡。他们这样做表面上是为了安慰鲍勃的妻子，不让她过分伤心，事实上，他们这样做的原因更是为了他们死去的朋友。换句话说，同鲍勃妻子的感情一样重要的是，杰克和安迪希望保护鲍勃的名誉，作为两个丛林伙伴之一的叙事人告诉我们，与贝克夫人一直是个"好女人"相比，鲍勃在对待妻子和孩子的问题上历来非常自私。但是，小说并不因此鼓励读者对鲍勃进行谴责，这是为什么呢？因为，读者先入为主地接受了所谓的"伙伴情谊"，有了这个原则，三个丛林伙伴之间的所有谎言都带上了一种温情的意味，心里想着他们之间的"伙伴情谊"，所以读者对于个别人物身上的道德问题视而不见。从这部小说中，读者看见，人物的个体特征不能抵消他们在劳动过程中结下的情谊，相反，这种情谊可以无视具体人物的具体情形，甚至从根本上消除具体人物的个体特征，作为一种体制性的存在，它在否定人物特征的过程中不断得到强化。

四

多克在《批评情境》一书的结尾处指出："我在这本书中倡导一种在克服文本与语境彼此孤立基础上进行的文化研究方法，文本研究应该放在特定的语境中进行，与此同时，文本又必须就其本身的特点进行研究，二者不可偏废。"①《批评情境》认为只关注文本的文化研究是形式主义，它牺牲掉的是文学、电影和传媒中的重要内容；一味关注语境的文化研究则在把文本湮没在语境中的同时把一些重要的文化现象全部忽略掉，关于文化的分析必须始终把二者结合起来。《民族虚构：文学、电影和澳大利亚叙事的构建》一书比多克的《批评情境》晚了两年出版，所以在很大意义上反映出作者对于同一个问题的持续关注。不过，仔细读来，上述两部澳大利亚文学批评史上的重要论著在许多问题上表现出来的认识都相距甚远，首先，二者对于澳大利亚文学与文化的看法不尽相同，多克认为，澳大利亚文学经历了一个从民族主义到伦理形而上的"新批评"的发展，形成了两大截然相左的传统；特纳则认为，澳大利亚文化始终被一些固定不变的价值信念所主导，难以改变。其次，二人虽然都主张开展对澳大利亚文化的研究，但是，多克的主张在很大程度上停留在对于"新批评"的批判上，尤其对于国外传入的形式主义符号学抱着非常敌对的批评态度；而特纳对于结构主义和符号学显然有着更加深入的研究和了解，也明显更愿意将它们拿过来为我所用，与多克的单纯呼吁相比，《民族虚构：文学、电影和澳大利亚叙事的构建》就如何运用国外符号学理论进行澳大利亚文化研究做了一个实实在在的展示。

《民族虚构：文学、电影和澳大利亚叙事的构建》可以说是澳大利亚批评史上第一部大规模运用西方理论研究本土文学的著作。特纳在其该书的前言中明确指出，该书从一开始就是一次对于西方理论的运用，读过该书的读者不难看出他所说的理论核心是结构主义和符号学，他的研究将细致的符号学分析运用于数十部澳大利亚小说和电影文本的分析，让我们看到的是一种既关注具体文本，又放眼整个澳大利亚社会历史和文化语境的分析。作为一个澳大利亚文学批评家，特纳选择了把自己的立论定位在澳大利亚文学批评中的一些经典问题之上，通过重读经典文本直接介入学术争鸣，这种选择在文化上是明智的。在研究中，他自如地运用了结构主义和符号学的文本分析方法，努力在多平行文本中寻找结构性的共性特征，为在宏观上探讨澳大利亚叙事与文化间的关系打下了坚实的基础。

---

① John Docker, *In a Critical Condition*, 1984, pp. 206–207.

美国文学理论家乔纳森·卡勒（Jonathan Culler）在一篇题为《作为阅读理论的符号学》(Semiotics as a Theory of Reading) 的文章中，指出，作为一种阅读理论，符号学大体上可有三种主要的路径，其一是汉斯·罗伯特·姚斯（Hans Robert Jauss）所倡导的接受美学，姚斯认为，一部文学作品本身并没有意义，它只有在读者的阅读过程中才开始显现某种不确定的意义，读者带着"期待视野"进入文本，文本在这一视野形成的参照框架中显示意义，研究读者的阅读过程，有必要先将其阅读视野建构起来。其二是茨维坦·托多洛夫等人所从事的文类研究，托多洛夫认为，文学的阅读有时候在很大程度上取决于我们对于不同文类的区分，由于不同的文类要求读者运用不同的阅读规范和程序，对于一个文本的理解和意义阐释要求读者对它的所属范畴做出明确认定。其三是研究不同时代不同读者对于同一部作品的不同解读，或研究同一时代不同读者对同一文本的不同理解及其原因，通过不同读者共读一部作品，分析和厘清阅读者在文本解读过程中所使用的假设，继而达到梳理作家声誉演化历史的目的。[1] 根据卡勒的这一解说，特纳的《民族虚构：文学、电影和澳大利亚叙事的构建》应该属于第一类，因为它在接触澳大利亚文学和电影文本的过程中关注的是澳大利亚人所共有的"期待视野"，通过对澳大利亚叙事文本的分析努力发掘深藏于澳大利亚文化内部的意识形态。

但是，细心的读者若再想一想，或许就会发现，其实《民族虚构：文学、电影和澳大利亚叙事的构建》所从事的或许还不是卡勒所说的"阅读符号学"，因为该书关注的不是澳大利亚人如何解读自己的文学和文化。相反，作者研究的落脚点更在于澳大利亚文学和电影创作与澳大利亚人之间的关系，通过一种多文本的分析，他要努力揭示的是澳大利亚叙事中究竟承载了怎样的价值观。换句话说，他要发现澳大利亚文化通过自己的文学和电影不断传播了怎样的主导意识形态。特纳把澳大利亚文学通过自己的叙事制造出来并加以传播的故事统称为"民族虚构"。有人认为，特纳没有让自己的分析突破传统的经典，而主动把自己的研究局限于主流批评认定的热点问题

---

[1] Jonathan Culler, *The Pursuit of Signs: Semiotics, Literature, Deconstruction*, London: Routledge & Kegan Paul, 1981, pp. 48–49.

展开讨论，这样做在很大程度上让自己原本要着力批判的对象主导了评论，更使其符号学研究所特有的批判力度大打了折扣。对于这样的评价，很多读者也不一定能认可，因为：一方面，符号学作为一种外来批评话语，如果在登陆澳大利亚之后不投入主流文学和问题的讨论中去，相反却若即若离游离于主流文学之外，其批判的力量无从谈起；另一方面，特纳所要批判的不是文学经典，而是澳大利亚文化在漫长的历史进程中为自己积累下来的"民族虚构"，通过符号学的分析揭示澳大利亚叙事中的霸权话语，批判澳大利亚文学叙事背后的意识形态运作，对于在后"新批评"时代的澳大利亚文学开放经典、广开思路无疑有着重大的意义。

《民族虚构：文学、电影和澳大利亚叙事的构建》的出版标志着符号学作为一种外来理论在澳大利亚批评界的立足，在它之后，以符号学作为分析工具进行的文化研究在澳大利亚如雨后春笋般地出现。这种结合理论与实践、文本分析与语境挖掘的文化研究尤其在女性主义、土著文学、移民文学以及后殖民比较文学批评中得到大力延伸和拓展，一大批有着深刻理论基础的文化研究成果先后问世。这些成果一面对于自己研究的文学现象提出建设性的理论构想，一面广泛吸纳西方理论，重视文学批评的话语政治，将细致的形式主义和鲜明的批评政治紧密地结合在一起，虽然未能为澳大利亚文学批评开启一种崭新的统一批评范式，却为澳大利亚文学批评拓展了空间，它们的崛起构成了澳大利亚文学批评地平线上的一道靓丽的风景。同欧美各国的文化研究一样，兴起于20世纪80年代的澳大利亚文化研究为自己设定的一个首要任务是开放经典。作为一种批判性的话语，文化研究不仅呼唤开放经典，更要求对现有经典进行质疑和批判，他们把质疑和批判的锋芒指向了一切经典作家。不论是女性主义，还是土著文学，不论是移民文学批评，还是后殖民理论，他们的一个共同任务就是要揭示一切现有文学经典中的问题和矛盾，批判这些经典背后暗含的主流文化和意识形态。在如火如荼的文化批判之中，以犀利而著称的符号学成了许多批评家竞相采用的分析工具。

激烈批判经典的西方"理论"和文化研究在20世纪90年代初的"文化战争"中成了保守的澳大利亚主流社会意识形态强烈抵制和批判的对象。在这场批判运动中，结构主义、后结构主义、后现代主义、女性主义、马克思主义和多元文化主义统统成了破坏西方人文主义传统的罪魁祸首，而作为文化研究的重要理论支持和分析工具，符号学无疑受到了严重牵连。在一篇题为《符号学在澳大利亚》的文章中，杰弗里·赛克斯（Geoffrey Sykes）对20世纪90年代以来的澳大利亚符号学研究情况进行了盘点，文章不无遗憾地指出，虽然在今天的澳大利亚，从事符号学研究的个体学者不在少数，符号学作为一门学科终究未能在澳大利亚获得更实际的体制上的发展，例如，澳大利亚至今尚没有符号学的年会，国内没有符号学的研究人员网络，国际符号学学会中的澳大利亚会员也基本没有，大学里没有符号学系，也没有以符号学命名的学位和研究所。赛克斯认为，符号学终究未能在澳大利亚确立它的学科地位的原因在于，在受英国伯明翰传统影响深厚的澳大利亚文化研究界看来，欧洲式的符号学研究还是显得有些实证有余，理论不足。[①] 赛克斯了解澳大利亚文化，做出这样的判断显然是正确而有见地的，但是，他的判断似乎低估了符号学自80年代初以来已经取得的影响，如果说在特纳的《民族虚构：文学、电影和澳大利亚叙事的构建》中见证了符号学在澳大利亚的本土化，那么，纵观在他之后的当代澳大利亚文化研究，我们不难发现，符号学作为一种文本分析工具已经成为批评家们最普遍采用的理论武器，包括米根·莫里斯、特里·斯雷德戈尔德（Terry Threadgold）、伊恩·安（Ien Ang）、鲍勃·霍奇（Bob Hodge）和君特·克雷斯（Gunter Kress）在内的一批学者先后出版的高水平的研究成果使其在国际上赢得了声誉。与此同时，一批年轻学者已经继承了前辈的衣钵，2004年，罗伯特·克拉克（Robert Clarke）以"亲密的陌路人：当代澳大利亚旅行写作、移情符号学及种族诊疗学"（*Intimate Strangers: Contemporary Australian Travel Writing, the Semiotics of Empathy, and the Therapeutics of Race*）为题出版的著作反映了符号学文化的最新方向。

符号学作为一个理论的最大特点在于，几乎所有从事符号学的学者都另有一个自己的领域和特长，同是研究符号学的同行，你研究语言学，我研究文学，他可能研究哲学，如此等等，不一而足。或许正是因为这个原因，今日澳大利亚的符号学依然没有成立一个独立的学科。但是，值得注意的是，作为一个重要的知识体系和思想资源，30年的符号学研究已经对澳大利亚

[①] Geoffrey Sykes, "Semiotics in Australia", *SemiotiX, A Global Information Bulletin*, April, 2007.

学术界产生了深远的影响，在今日澳大利亚，除了语言学、文学、哲学之外，符号学已经深深地渗透到包括社会学、心理学、人类学、美学、传媒、精神分析、教育等各个学科，特别是在哲学、语言学、文学批评、新闻传播、法律、土著文化、建筑、图书管理等领域，一大批澳大利亚学者活跃在符号学研究的第一线上，他们中有的与国际符号学学会保持着长期的会员关系，如霍斯特·鲁斯洛夫（Horst Ruthrof），多数人则独立地在自己的领域里进行着不懈的探索。因其取得的成就，他们中的很多人在国际符号学界赢得了很高的声誉，在1998年纽约牛津大学出版社出版的《符号学大全》[1]中，应邀参与写作相关词条的澳大利亚学者多达15人，贡献的文章更是多达35篇，内容涉及多元系统理论（polysystem theory）、对话理论（dialogism）、接受（reception）、读者反应理论（reader response theory）、区别性特征（distinctive features）、语言变化（language change）、线性特征（linearity）、标记现象（markedness）、效度交流（pertinence communication）、距离（distance）、空间（space）、刻板印象（stereotype）、文化差异（cultural difference）、价值（value）、种族隔离（apartheid）、唯物主义符号学（materialist semiotics）、习性（habitus）、表演（acting）、戏剧（theater）、言语行为理论（speech act theory）、文本（text）、话语分析（discourse analysis）、蕴含义（implicature）、意图性（intentionality），涉及的理论家包括维特根斯坦（Ludwig Wittgenstein）、弗雷德里克·詹明信、路易·阿尔都塞（Louis Althusser）、约翰·古迪（John Goody）、马克思（Karl Marx）、比埃尔·布尔迪厄（Pierre Bourdieu）、特丽莎·德·罗丽蒂斯（Teresa De Lauretis）、米歇尔·福柯（Michel Foucault）、茱莉亚·克里斯蒂娃（Julia Kristeva）、雅克·拉康（Jacques Lacan）等，他们的这些文章明确无误地向世人宣告了澳大利亚在国际符号学界的存在和价值，也为澳大利亚的符号学文学批评提供了众多的思想资源。

---

[1] Paul Bouisaac, *Encyclopedia of Semiotics*, Oxford: Oxford University Press, 1998.

第四章
伊恩·里德的后结构主义叙事交换理论

20世纪80年代之后，后结构主义理论在澳大利亚不仅得到了广泛的传播，还在不少批评家手中得到了实际的运用。伊恩·里德（Ian Reid）便是一个对于后结构主义叙事理论抱有浓厚兴趣的澳大利亚批评家。伊恩·里德1967年开始在澳大利亚阿德莱德大学任教，先后任助教、讲师和高级讲师，1978年起在墨尔本的迪肯大学任文学教授，1991年起在珀斯的科廷科技大学任副校长，2003—2007年以来任西澳洲领袖计划首席执行官，现任西澳大学高级教务调研员，负责全校课程检讨和新课程实施。作为文学教授，里德著述丰富，特别是在小说叙事研究等方面推出了一批非常重要的成果，其中包括：《短篇小说》（*The Short Story*，1977）、《澳大利亚与新西兰的小说与大萧条》（*Fiction & the Great Depression in Australia & New Zealand*，1979）、《文学之形成：文本、语境和课堂实践》（*The Making of Literature：Texts, Contexts and Classroom Practices*，1984）、《样式在学习中的作用：论争集》（*The Place of Genre in Learning：Current Debates*，1987，主编）、《叙事交换》（*Narrative Exchanges*，1992）、《框架设定与阐释》（*Framing and Interpretation*，1994）、《高等教育还是职业教育？——澳大利亚大学中的语言与价值观》（*Higher Education or Education for Hire? Language and Values in Australian Universities*，1996）、《为阅读设定框架》（*Framing Reading*，1998）、《华兹华斯与英国文学研究的学科形成》（*Wordsworth and the Formation of English Studies*，2004）。近年来，他开始积极投身小说创作，已出版两部长篇小说：《不再渴望》（*The End of Longing*，2011）和《那未旅行过的世界》（*That Untravelled World*，2012）。

作为20世纪70和80年代澳大利亚最重要的批评家之一，里德亲身经历了"理论"入主澳大利亚学院派文学批评的全过程，在此过程中，他积极投身其中，认真学习，并在此基础上形成了属于自己的批评立场和理论观点，本章结合他的《叙事交换》一书，考察他在该书中阐述的后结构主义思想，从中体会部分澳大利亚批评家在"理论"接受问题上的态度。

一

　　里德对于叙事理论的研究兴趣由来已久，他在60年代以后的许多著述中不止一次地提到过一些经典叙事学家的名字和他们的著作。应该说，里德反传统形式—结构主义的思想在他那个时候的著述中已经有所表现。1977年，他出版了被世界短篇小说理论界广为引用的《短篇小说》一书，在这本书中，他就短篇小说这一特殊叙事文学样式的传统形式—结构理论中沿用已久的一些概念和认识问题进行了重新思考。例如，他对短篇小说的传统定义提出了自己的修正意见，19世纪美国批评家爱伦·坡认为，在任何"真正的"短篇小说中都必须要有明确的情节设计，对此，里德提出疑问：一部短篇小说一定要有明确的情节吗？结构主义叙事学家杰拉德·普林斯（Gerald Prince）在他的《故事语法》一书中提出，一个故事至少应有三个事件组成，法国人克劳德·布雷蒙（Claude Bremond）也认为一个故事中必须有三个以上的事件组成一个整体，里德对此表示质疑。他说，并不是每一个故事都必须包含一个严格按照逻辑连贯向前发展的事件序列，文学叙事有时也许缺乏连贯一致的情节，允许事件无拘无束地像梦一样跳跃不定，有时索性就是毫无条理的反小说，一个适用的短篇小说定义必须能够包容得下这些特例。在那时的里德看来，一则叙事，只要它具有超越一个片段或插曲式的东西，只要具有超越虔诚或轻信的语调的东西，只要具有想象的内聚力，那它就是短篇小说。关于短篇小说的形式特点，西方理论界自爱伦·坡以来在很长一段时间内一直认为，短篇小说应该给读者以一个单独的印象，短篇小说应该将注意力集中于一个危机时刻，短篇小说应该在一个被控制的情节中发展。针对以上三个结论，里德通过列举大量的具体案例进行了逐一批评。他指出，我们的阅读经验告诉我们，一个故事要在美学上形成一种令人满意的整体并不一定非要有严格的一致性,许多优秀的短篇小说中充斥奇特的混合,它们大胆地将极不和谐的内容融合在一起,其魅力似乎正来自它们根本缺乏任何意义上的"统一性效果"。譬如果戈理的《外套》,该小说通篇融合了不同的风格,它时而是随意闲聊般的、亲切的,时而是反讽式的,时而完全是不带个人感情的,时而是感伤的,在这里机智的逸事和令人惊奇的旁白被编织在一起,作品高妙,但很难说它有什么统一的效果。关于短篇小说经常围绕一个个人生命中的"危机时刻",里德认为,尽管这种模式在短篇小说中时常出现,然而,个人的转折点并非都是必要的,因为许多故事使得我们久久难忘的原因在于,不少小说中的人物在经历重要的生活变故之后看待事物的立足点发生了变化,但是,对这种变化的意义并不完全领会;此外,有些小说初看上去好像按照一个个人的人生转折点而展开,但事实上,它们之所以构筑这一模式的轮廓,仅仅是为了去颠覆它。亨利·詹姆斯的《林中兽》便是这样一例,小说写男主人公从懵懂中觉醒的过程,但是,从他的一生的经历来看,我们很难假定他此后的生活将会有任何改变。关于短篇小说的情节,里德认为,一部优秀的短篇小说作品根本不用考虑结构的匀称,从历史上看,过分强调精心设计情节,尤其是喜好结局时意想不到的转折,其效果都特别不好,许多评论家认为,像欧·亨利这样的写作方式犯了艺术上不诚实的罪;在短篇小说中,行动全然不必有任何意义上的完整性,它可以没有开始和完成,它所展示的只是事情的某种状态而不是事件的连续,在现代小说中那种表现静态平衡的作品越来越多。[1]

里德的《短篇小说》问世之时,欧美关于短篇小说的系统研究刚刚开始,在此之前,人们关于短篇小说的许多认识大多从爱伦·坡那里传下来,再经由俄国形式主义、美国新批评和法国结构主义发展成了一系列具有明确规定性的理论主张。里德在他的这部小书中对那些规定性的观点逐一进行了批驳和拓展。他认为,传统的短篇小说批评一方面不可避免地限制了这一样式的多样性发展,导致简单化和公式化;另一方面在一些现代和后现代小说的形式革新面前不断暴露出它的苍白无力。现代短篇小说的历史包括多种多样的倾向,其中一些倾向扩展了,收缩了或者改变了原先的关于这一体裁特

---

[1] Ian Reid, *The Short Story* (The Critical Idiom series, No. 37), London: Methuen, 1977.

性的种种观念。过去被当作界定性的一些观念，如关于短篇小说的恰当结构、题材的观念，都需要进行修正以适应文学演进的事实。

60年代中叶，里德以他的《短篇小说》在国际短篇小说理论界牢固树立自己的权威地位之后开始把他的批评目光投向更广泛的叙事理论，以他的特殊研究经历，里德敏锐地觉察到，六七十年代的西方叙事理论研究长期把注意力集中于某一些样式中的某些问题因而局限了它们的视野。经过近三十年的研究和思索，他出版了自己的学术代表作《叙事交换》。在这部书中，里德几乎完全保留了他早期对短篇小说叙事文本的看法，一如既往地倡导打破传统叙事观对叙事文学的简单化界定，只是在这里，他反对和试图超越传统结构主义叙事学的立场和决心表现得更加明确。在该书的第一章中，他开宗明义地对结构主义叙事学提出了批评。他提出，在传统的西方叙事研究中，人们很久以来始终墨守这样一个观点，那就是，一个叙事最核心的特征在于它叙述一系列的事件，这一观念到六七十年代的结构主义叙事学分析中得到了全面认可，并成为结构主义叙事学研究的理论基石。虽然这种观点在结构主义理论家的手中看起来颇有新意，但它实实在在地是一个相当陈旧的观念，这种观念的源头可以追溯到亚里士多德的诗学。[①]

里德以法国叙事学家茨威坦·托多罗夫为例对早期结构主义叙事学的一些基本观念进行了尖锐批评。里德认为，作为一名经典叙事学家，托多罗夫完完全全地接受了人们常识中所相信的叙事观念，他相信一个故事叙述一个完整的事件系列，虽然一个叙事文本具有语义、句法和修辞三重特征，但是，为了能够全面研究一个故事的整体，他认为真正的叙事学研究有必要将注意力集中在其中一个特征上，这个特征就是故事的句法特征。基于这样的认识，他着手对《十日谈》中的故事句法进行了细致的研究，经过一番结构分类，他提出《十日谈》中的故事根据事件发展规律大致具有三种情节模式，一种是某人改变了某种情形，第二种是某人干了某件坏事，第三种是某人因故受罚。里德提出，托多罗夫的《十日谈》叙事语法研究存在诸多问题，首先，他的三种功能说流于简单化，如果我们把眼睛盯着如此简单的三种情节模式，那么《十日谈》还有什么读头？其次，他提出要通过研究一

[①] Ian Reid, *Narrative Exchanges*, London: Routledge, 1992, pp. 19–20.

个叙事的一个方面去考察它的整体,那么,这个故事的整体性由何而来呢?对此,他未能做出回答。最后,他在探寻《十日谈》的叙事语法的过程中完全不谈读者的阅读过程,因此对于叙事的表层结构如何传达其深层结构的问题亦全然不作说明。①

70年代以后的西方结构主义叙事学出现了一些变化,集中反映这些变化的是以色列理论家里蒙-凯南(Shlomith Rimmon-Kenan)在其《叙事小说:当代诗学》(Narrative Fiction: Contemporary Poetics)中的理论建构。里德指出,里蒙-凯南在这部书中明确表现了她与托多罗夫在研究旨趣上的差异,相比之下,里蒙-凯南同法国叙事学家热拉尔·热奈特(Gérard Gennette)靠得更近,因为她不喜欢托多罗夫所做的那种故事语法分析,而更愿意研究叙事文本的组织原则和叙事过程。里蒙-凯南认为,故事的个体特性常常来源于叙事的形态变化,所以,《叙事小说》一书的主体部分对故事的不同形态进行了缜密的整理总结。然而,里德指出,里蒙-凯南的叙事模式研究至少在一件事情上并未完全脱离托多罗夫式的叙事语法探寻,因为它从很大程度上仍然保留了早期叙事学对于故事事件的关注,里蒙-凯南明确指出,对于叙事文本的结构描写"揭示故事事件组合而形成小的系列再形成大的系列再形成完整的故事的过程",里德认为,这样的说法预设一个故事必然存在一个主线,然而,确定主线的标准又在那里?故事的不同事件之间必须以什么样的原则进行"组合"?对这些问题,里蒙-凯南并未能够做出令人满意的回答。②

里德选择"超越叙事学"作为《叙事交换》一书首章的标题,在这一章中,他通过对以上两个具有代表性的理论家的评论还明确地对结构主义叙事学另外一个基本观念中存在的问题提出了质疑。里德指出,经典结构主义理论家们都想当然地认为一个叙事文本由一系列连贯的事件构成一个完整的情节整体,然而,叙事文本中的所谓事件序列是怎样具有完整性的呢?一个事件序列中应该包括多少个事件呢?是否仅有一个事件序列的组合就能确定故事就有连贯性和完整性呢?结构主义叙事学家杰拉德·普林斯曾经提出,

---

① Ian Reid, *Narrative Exchanges*, 1992, p. 35.

② Ibid., p. 24.

除非有三个或更多的事件连在一起,而且其中至少两个发生在不同的时间并且有着因果关系,否则它们就不能形成一个连贯而具有完整意义上的故事。然而,里德认为,普林斯对故事完整性的这种界定是站不住脚的,因为在西方的现代小说中存在着无数形式上无拘无束、跳跃不停但同样使读者对其保持兴趣的叙事文本,如何解释这样的案例呢?里德提出,结构主义关于叙事文本固有一种连贯性的观念是错误的,因为故事的完整性从来就不是叙事文本所固有的,而是在阅读过程中由读者建构起来的,在对阅读避而不谈的情况下讨论事件之间组合而成的完整性是虚妄无益的。

  结构主义叙事学从传统的文学观念出发去研究叙事文本中的"事件",这一点本无可厚非。但是,里德认为,我们必须同时看到,像"叙事就是对一系列事件的叙述"的观念说得多了便会使人产生一种误解,它使人误以为,事件和不同事件之间的序列关系可以先于叙述过程而存在,而事实上,它们常常不过是叙述话语(甚或是语言)的产物。我们常说的"系列事件"以及由这些事件组合而成的叙事"完整体"都是依仗着阅读主体的主观认知过程而建构起来的。有鉴于此,里德提出,叙事理论应该就其研究对象进行重新定义,而叙事分析应该改换视角,从传统形式主义研究中走出来,实现对经典叙事学的超越。

二

  里德在他的《叙事交换》一书中开宗明义地提出,任何一种新的叙事理论都应该对"叙事"进行重新审视。在这种审视当中,它所面对的首要问题是:"叙事"等于"叙述事件"吗?对于这个问题,里德的答案很明确。他在批评托多罗夫的《十日谈之语法》时嘲笑他将那么多活生生的叙事文本归结三种功能模式,他说,托多罗夫这样做不就是为了化繁为简吗?果真这样的话,他还不如再把三种功能进一步简化从而得出结论说:所有的《十日谈》故事都叙述了同一个故事,这个故事就是"某某情形变成了另一种情形",然而,事实并不是那样简单,因为叙事的最小单位并不是事件。里德指出,很久以来,结构主义理论家们把一个通过使用语言建构起来的叙事文本直接等同于一组事件,这种做法犯了一个基本的错误,那就是,他们忘却了叙事是由符号建构起来的这一事实。① 同许多后结构主义批评家一样，里德认为构成叙事的终极最小单位是语言②，结构主义所谓的"事件序列"不过是叙事修辞层面上的诸多变化的一种沉淀，而事件的发展不过是叙事话语制造的幻觉，认识到这一点，叙事理论的研究就不会像某些结构主义叙事学家那样一味地关注叙事语法，而把目光转向叙事文本的语言修辞和表意方式。

在语言修辞的层面上来研究叙事对里德来说意味着什么？里德在他的《叙事交换》一书的《前言》中说，"叙事"既由语言建构而成，它就跟语言一样是一种社会行为，研究"叙事"完全可以从反思人类叙事行为的根本特征出发来探讨叙事在文本结构之外的意义建构过程。里德认为，一个叙事文本从来不是一种封闭的意义结构，作为一种表意过程，它自始至终连接着文本的写作者与阅读者，在写作者缺场的情况下，叙事文本与阅读者之间的互动关系成了它意义生成的关键。那么在文本被接受的过程中发生在文本与阅读者之间的是一种什么样的关系呢？里德提出，叙事的出发点就是以语言符号编织故事，一个故事文本一定是讲给某个听故事的人的，讲故事的人为得到某种利益给听故事的人提供一段故事，后者为了获得一种叙事的快乐而付出时间和注意力，所以叙事从一开始就包含着一种交换。里德提出，叙事既是一种交换，我们就可以从交换的角度进行全新的考察。

里德在他的书中坦承，将叙事界定为一种社会性的语言交换行为不是超越结构主义叙事学之后的必然选择，但是，这一重新界定无疑为叙事研究打开了一个崭新的空间。在这件事情上，当代语言学对于语言社会性质的说明给他提供了直接的灵感，澳大利亚著名系统功能语言学家韩里德在他《作为社会符号的语言》一书中明确地提出，语言使用是一种双向的互动过程，在这一过程中，语篇意义如同一种礼物在不同的主体之间交换③；俄国批评家巴赫金也提出，所有的语言互动关系都以一种话语交换的形式出现，这种话

---

① Ian Reid, *Narrative Exchanges*, 1992, p. 35.
② Martin McQuillan, "Introduction", *The Narrative Reader*, London: Routledge, 2000, p. 7.
③ M. A. K. Halliday, *Language as Social Semiotic: The Social Interpretation of Language and Meaning*, London: Edward Arnold, 1978, p. 140.

语交换可以是两者的对话，更多的时候是一种多边的对话①。当里德带着这样的语言认识重新审视叙事研究的时候，他感到，人类历来就有以交换的形式与他人相处的习惯，作为人类的重要社会活动之一的叙事很明显地牵涉一种授受过程，既是一种交换就应该可以从交换的角度对叙事进行阐释；传统的经济学交换理论虽然有着巨大的阐释潜力，但是从未被用来考察人类的语言交际行为，尤其是文学叙事，与此同时，文学批评中的叙事理论在走出经典叙事学之后正需要考察文本之外的叙事语用关系和文本修辞对于这种关系的影响，所以，将这样两个范畴结合起来研究将是一种非常有益的理论探索，它对于帮助我们进一步深入认识人类叙事本质、展出一个全新的研究空间无疑具有重要的意义。

里德用"叙事交换"来命名自己的理论，醒目地指明了他理论建构中的特殊创意。他从叙事的语言修辞和表意过程出发，进一步将人们从传统叙事研究的封闭文本结构中带了出来，他研究文本—读者，围绕叙事文本的阅读过程努力建构起他的理论方向。里德认为，叙事交换是一个有着丰富内涵的概念，而不是简单的一对一的物物交换，因为交换并不像人们想象的那样总是以对等作为其运作原则的，从很大意义上说，交换是有关方面不断调和彼此权利和欲望的过程，由于交换双方通常是以获取主动为目的的；在以语言为媒介的叙事交换中，鉴于语言本身所具有的冲突性，任何叙事交换都必然包含着一种潜在的挑衅和还击关系，不同主体间的语言交换与其说是一种送礼还礼的关系，倒不如说更像网球赛中比赛双方击向对方的球，对于比赛选手来说，每击出一个球都有明确的目的，这个目的就是要陷对方于不利。② 里德援引皮埃尔·布尔迪厄的话说，叙事交换对于有关交换方面来说事关彼此间的力量平衡，所以它是一种具有很强意识形态特征的人类交际行为。③

里德的叙事交换理论有一个最核心的概念，那就是意义框架设定（framing）。里德认为，人类的叙事行为是一种广义的表意行为，把叙事看

[①] 转引自 Tzvetan Todorov, *Mikhail Bakhtin: The Dialogical Principle*, trans. Wlad Godzich, Minneapolis, University of Minnesota Press, 1984, p. 52。

[②] Anne Freadman, "Anyone for Tennis?", in *The Place of Genre in Learning: Current Debates*, ed. Ian Reid, Geelong: Centre for Studies in Literary Education, Deakin University, 1987, pp. 92–93.

[③] Ibid., p. 7.

作一种意义交换过程，意味着要我们以全新的视角去认识它的意义生成方式。我们知道，凡有交换就会涉及交换对象的价值评估问题，那么，应该如何确定作为交换对象的叙事文本的价值呢？里德提出，叙事交换对象的价值确定从很大程度上取决于接受者如何对它进行阅读和意义框架设定。从这个意义上说，交换对象如同一幅画，它的意义随着看画人对于这幅画的框架设定变化而变化。同样，在叙事交换中，直接参与交换过程的当然是叙事文本与读者，因此要判断一部叙事作品表达了一个什么样的意义，关键自然是要考察读者为这一作品设定了一个什么样的意义框架。

里德指出，作为交换的叙事文本都必须通过某种阅读框架的设定来确定它的语义场，有了语义场，文本阐释才成为可能。当然，一个叙事文本在阅读过程中的意义框架设定并不像人们想象的那么简单。这是因为在任何一个叙事交换过程中影响意义框架设定的因素很多，而正是所有这些因素共同构成了叙事文本的存在方式。那么决定一个叙事文本存在方式的因素包括哪些内容呢？里德认为，根据这些因素的不同性质，我们可以将它们大致分成四种。第一，一个叙事文本必须以某种物理形式存在，譬如一幅待价而沽的画，它必须装帧在一个画框之中，这种物理形式的画框又与其他一些东西一起被陈列在某一个具体的地方的某一个位置（画的周围可能还附有说明性的文字），一部叙事作品的所有这些物理环境构成了它的"外部框架"（circumtextual frame）。第二，一个叙事作品有着它自身的内部状态，譬如一幅画中图像位置的分布，线条的连接或者文字插入，在叙事文本中，这些情形构成了作品的"文本内框架"（intratextual frame）。第三，一个叙事作品以种种方式与其他的叙事文本之间存在着千丝万缕的联系，正如我们看到一幅画时有时情不自禁地联想起其他画家的作品来，一个叙事作品与其他作品之间的这种横向联系构成了它的"互文框架"（intertextual frame）。第四，一个叙事文本被阅读的过程同时也是阅读者所持的种种个人爱好、趣味和知识结构与所读作品之间的碰撞过程，正如参观画展者带着自己的种种好恶去欣赏一幅画并据此对其做出判断，一部叙事文本的阅读者的先入为主的思想感情构成了作品的"超文本框架"（extratextual frame）。

叙事文本的阅读者通过上述四种意义框架设定来确定其意义，但是，这种意义框架的设定并不可靠，因为叙事文本本身并不总是稳定的，叙事文本自身的这种不稳定性是叙事交换理论的另一个重要的内容。里德指出，传统结构主义叙事学在进行叙事文本分析时想当然地认为叙事由故事（story）与话语（discourse）两个部分组成，因而在研究中将注意力集中于对叙事语法和话语模式的探求。如果我们将叙事看作一种交换过程，那就要求我们在充分了解读者在阅读文本过程中对交换进行的框架设定以外深刻认识叙事文本自身可能对这种框架设定过程产生影响的特征。里德提出，读者与文本的接触过程常常并不只是一个简单的交换和设定框架，因为在叙事文本中，人们还会经常碰到一些特别的文本活动，这些活动往往会把叙事交换过程变得异常复杂。例如，一个叙事文本所叙述的事件既是语言和修辞运用的结果，那么，叙事作品在篇幅上的展开不是一个个事件按照逻辑的发展自然地向前延伸的结果，而是不同能指符号能指相互关系的结果。里德认为，文本的能指符号之间的关系并不是一成不变的。事实上，任何叙事文本中都潜在着多种能指比喻相互重组的可能性，而文本能指比喻的每一次重组都会打乱原文本的所谓事件构成，导致故事情节发生根本性的变化，他把叙事文本在结构上的这一动荡性特征称为叙事的"替换特征"（substitution）。里德同时指出，人们常常把叙事者简单地理解成一种讲故事的人：他/她的任务是为读者提供故事、澄清事实、阐明事理，然而，事实并不那么简单。因为所有的叙事者在讲故事的过程中都以语言作为我们的媒体，而任何语言都具有对话性特征。一个叙事人在叙事过程中试图按照自己的理解和意愿对叙述对象进行阐释，但是，他所使用的语言常常在他不经意之中背叛他而成就其他叙事人的反抗之声。虽然叙事人往往在叙述过程中极力为自己的叙事确定一个意义，但是，那些有形无形的反抗者会利用一切可能的时机对他的叙事进行质疑和批判。由于叙事文本中的这种不同声音之间为争夺意义的阐释权明争暗斗情形是常在的，里德把这种情形命名为叙事文本的"剥夺特征"（dispossession）。里德认为，叙事文本的"替换"和"剥夺"特征共同构成了读者在对一部作品进行意义框架设定过程中的颠覆性力量。

里德在他的《叙事交换》一书中为我们描绘了一幅复杂的动态叙事交换图。与传统叙事学为我们所作的描述相比，里德在这里为我们所展示的叙事不再是那种封闭和僵化的文本结构，而是一个活泼泼的开放世界。在这里，传统叙事学所描写的那种文本"完整性"和效果"单一性"不复存在，有的是一种极为丰富的动态流散性。里德明确指出,叙事文本从来就不具有什么"完整性",在《叙事交换》一书中,他从叙事文本的开放性出发对封闭的结构"完整性"观念进行了多角度多层次的批判,其中,他对"暗含的作者"[1]这一范畴的批评剖析尤其清楚地反映了他在这一问题上的立场。里德指出,在经典叙事学中,"暗含的作者"经常被用来说明叙事文本的"完整性"。作为一个经典叙事学研究范畴,"暗含的作者"最早出现于韦恩·布斯(Wayne Booth)的《小说叙事学》(The Rhetoric of Fiction)中。在布斯看来,每一个叙事文本中都会有一个主导意识存在,作为事实作者的理想文学翻版,这种意识决定着整个故事的价值选择,决定了作品意义的阐释。70年代之后,布斯的这一概念受到了许多结构主义批评家的青睐,从赛穆尔·查特曼(Seymour Chatman)到里蒙-凯南,经典叙事学者们一度普遍认为,"暗含的作者"对于从形式—结构的角度研究叙事有着非常重要的作用。

在传统叙事学的结构分析中,不少批评家经常用"叙事声音"(voice)和"事件排列"(sequence)这两个概念来说明"暗含的作者"在叙事文本中的存在。他们认为,一个叙事文本通常有一个叙事人的声音通篇控制着故事的言语行为关系,此外,一个叙事文本通常总有一个事件先后排列的顺序,而控制着叙事人的声音和事件排列顺序的人就是"暗含的作者"。里德认为,结构主义者眼中的"暗含的作者"是与权威联系在一起的,然而,依靠叙事声音和事件顺序排列建构起来的单一权威往往是不可靠的,一个表面上完整连贯的叙事文本置于不同的文本内框架设定和互文关系框架设定中常常会暴露出反思自我和自我质疑的倾向。从表面上看,叙事进行的前提条件是独白,但是叙事中的独白者无法躲避他者可能发出的回应对它的影响。从这个意义上说,每一个叙事文本注定是一种众声共存的复杂话语,在这种话语中,不同的叙事人随时都有可能从主叙事人手中夺过文本的意义阐释权,主叙事人如果成功地控制局面,那么叙事文本就由他决定叙事交换条件,反之,他的叙事意义阐释权就会被剥夺。里德强调,与叙事声音一样不

---

[1] 围绕"暗含的作者"这一概念,20世纪叙事理论讨论得很多,伊恩·里德在《叙事交换》一书的第四章中对这些研究进行了梳理(pp. 76-79)。

可靠的是事件顺序安排。由于叙事文本中的所谓事件不过是一种语言修辞建构起来的虚拟姿态，所以讨论谁安排了某个叙事事件的顺序并不合适，因为从修辞的角度看，一个叙事文本由文本比喻组成，不同修辞能指符号之间本不存在绝对的前后逻辑衔接关系，只存在一种可以重新组合的符号关系，每一个叙事文本都努力掩盖叙事文本中的这种非衔接关系，以便造成一种故事发展的幻象，然而能指符号之间的不确定性关联是掩饰不住的，一个叙事文本的任何符号重组都会严重动摇所谓的"事件顺序"以及由这种顺序建构起来的意义和价值系统。

里德反对用"统一"或"完整"这样的词语来评论一部叙事作品，他认为，叙事文本只有在阅读者为之设定一种特定的意义框架之后才显现出某种相对的稳定性，离开了特定的意义框架设定，没有任何一部叙事作品可以用"完整"来形容。他注意到，当代社会语言学反复强调文本固有一种整一性，但是，他认为，许多语言学家在对待文本的完整性问题上都犯了一个混淆概念的错误，那就是，在语言学中，"完整性"一词有时被语言学简单地等同于文本的"黏着"（文本细节间的衔接）或"连贯"（文本细节与总体文本间的和谐）。这种做法是否可以推及叙事文学的阐释值得质疑，因为叙事文本的"完整性"常常不仅仅取决于它的细节是否彼此"黏着"（cohesion），也不取决于细节是否与总体文本相"连贯"（coherence），一个叙事文本是否完整往往取决于阅读者是否将他设定为一个完整的整体。

《叙事交换》从批判传统叙事故事语法研究开始，在对文本"完整性"的批评解构中结束，书中洋溢着里德努力在超越结构主义叙事学研究的基础上建构新理论的学术热情。当然，里德的叙事交换理论建构不仅具有热情，更有一种对于叙事艺术的深刻思索。里德从后结构主义立场出发提出，叙事文本的表意过程是以一种不确定性和不完整性为根本特征的。经典结构主义叙事学认为，叙事文本的表意过程是一个完整稳定的过程，那是因为传统叙事学研究将自己的理论建筑在对于一些非常有限的叙事文本的分析之上，早期结构主义叙事学热衷于对一些短篇小说和民间故事的叙事语法研究，后来一度将注意力转向了19世纪现实主义小说文本的研究，但所有这些研究普遍地倾向于模仿性的传统叙事，其理论的背后也掩藏着一种艺术上的模仿主义审美观。里德认为，西方叙事传统历史悠久，古老的中世纪传奇和现代以及后现代主义小说可谓种类繁多,它们与现实主义叙事在旨趣和手段上都存在显著的差别,一个真正具有普适意义的叙事理论必须认真地去对待这些非现实主义叙事文学。但是,结构主义叙事学在分析传统模仿性叙事文本基础上建构起来的经典叙事学在遇到现实主义经典之外的作品时往往表现得束手无策。里德认为,与结构主义叙事学相比,叙事交换理论是一个比传统叙事学更具阐释力的叙事理论,因为他将自己的分析视角从确定性和完整性中解放出来。他提出:(1)叙事是一种交换行为,叙事的意义解读有赖于阅读者对其进行意义框架的设定。(2)叙事文本永远处于一种动态的运动之中,阅读者对于作品进行的框架设定时而也会受到文本自身常有的一种"替换"和"剥夺"的挑战与颠覆。(3)叙事文本本身并不存在什么"完整性",所谓"完整性"不过是阅读者建构的产物。里德列举了大量的文本实例,对叙事文本的交换特征进行了深入的探讨。他特别强调了叙事的开放性、动态不稳定性和非完整性,因为在他看来,叙事作为一种交换行为,其活动绝不仅仅限于文本的形式和结构,叙事既然是一种交换,它就注定不是一种单纯中性的存在。里德认为,大凡叙事都具有交换性,一个交换中的叙事必然纠结着有关各方的权利和欲望,在这种情况下,一个叙事文本的意义随着意义框架设定的变化而变化,永无确定之时。

三

出版于20世纪90年代的《叙事交换》一书代表了里德在这一领域中数十年积累和思索的结果。里德在该书中所努力阐发的叙事交换理论具有明显的后结构主义特征,这一点在《叙事交换》一书对德里达等人多处援引中不难看出。在这部书中,他在批判传统形式—结构主义叙事学的同时,积极地从后结构主义思潮中获取思想灵感。澳大利亚批评家戴维·马修斯(David Matthews)认为,从历史的角度来看,里德的叙事交换理论应与彼得·布鲁克斯(Peter Brooks)和罗斯·钱伯斯(Ross Chambers)一起同属于叙事理论中激进的反传统叙事学的"动态主义"一族:他以多元开放的叙事交换理论批判封闭的结构主义叙事学,他反对避开读者孤立地谈论文本的稳定结构和意义,他认为一个叙事文本之中并不存在什么先于阅读和阐释的确定意义，他主张研究叙事必须具体地研究读者与文本的互动过程，并充分考虑在这种互动过程中的有关主体间的话语权利关系，他宣称在读者对一个叙事文本进行意义框架设定之前，任何理论都空洞无益。马修斯指出，如果我们把里德与他许多同时代的理论家相比，里德的叙事交换理论显然在超越传统叙事理论的道路上走得更远。①

在里德的叙事交换理论中，读者不难看出结构主义叙事学思想通过具体理论家在新的历史时期实现的传承。首先，里德的叙事交换理论在立论的宗旨上与结构主义叙事学一脉相承。我们知道，现代结构主义叙事学源于对传统印象主义批评的抛弃，从它建构之初就努力追求建立一个科学的、客观的、可以用来解释一切叙事文学的普适性叙事语法。在《叙事交换》一书中，里德在质疑结构主义过分关注"事件"的同时对于经典叙事学的研究宗旨表示了明确的默认。他指出，结构主义叙事学往往从某一类文本出发建构自己的理论，由于它常常过分地将注意力放在叙事情节之上因而忽略在他看来是叙事文本最为本质的人际互动关系特征，所以它不可能解决叙事研究中的一切问题。里德认为，如果说有一种什么模式能够成其为一种解释人类所有叙事，那种模式就是他的叙事交换理论了。《叙事交换》一书在提出它的核心理论框架之后花了全书一多半的篇幅对数十种不同时代、不同样式和不同文化中的文本进行了分析，以此见证和检验他的叙事观念；里德认为，不论是长篇小说还是短篇小说，不论是中世纪的传奇还是浪漫主义的叙事长诗，不论是现实主义还是现代主义，不论是后现代的拼贴画还是五岁孩童的口述故事，凡是叙事都有一种交换性，认识了叙事的交换特征就可以解释一切叙事文本。人们一般认为，后结构主义或许具有更多的理论自觉，更多地认识到一种理论与生俱来的局限性，后结构主义者或许不会像结构主义者那样自恃科学公正。但是，如果我们仔细阅读里德的《叙事交换》，就不难感觉到它也许始于谦卑，但它以近乎结构主义的傲慢结束，作者满怀信心地宣称，人类一切叙事文本都不可避免地包含着交换，所以运用叙事交换这一理论可以解释人类所有的叙事。其次，同结构主义叙事学一样，里德的叙事交换理论也从现代语言学中汲取了它的主要思想灵感并通过广泛的跨学科借鉴

---

① David Matthews, "The Strange Case of Narratology", *Southern Review*, 26.3 (1993), pp. 470–471.

成就了自己的理论建构。我们知道，结构主义叙事学是在索绪尔结构语言学的基础上发展起来的，其形成过程先后受到过人类学、符号学、逻辑学和心理学等学科的正面影响，相比之下，里德的叙事交换理论更多地借鉴了澳大利亚语言学家韩里德的系统—功能语言学研究成果，它在否定了情节在叙事中的核心地位之后，提出叙事最根本的特性应与社会语言一样同是互动交际关系；此外，叙事交换理论与结构主义叙事学一样进行了大量的跨学科研究，在它的理论建构中先后借鉴了社会科学的许多优秀成果，同时结合当代文论研究中的最新理论，在提出叙事交换的这一概念的基础上进一步阐述了意义框架设定对于叙事文本研究的意义。最后，里德的《叙事交换》一书多处明确表示，在叙事交换理论看来，结构主义叙事学的许多观点都有着深刻的见地，值得铭记。例如，里德认为，叙事交换理论所不喜欢的叙事情节并不一定一无是处，他之所以不喜欢它是因为在结构主义衰落之后人们不愿意把研究目光仅仅局限在文本之中的缘故；针对书中反复提到的里蒙－凯南，他一度认为，里蒙－凯南的《叙事小说》一书作为一部有影响的结构主义叙事学著作虽然并没有说出什么惊人之语，但书中对叙事研究所涉及概念的条分缕析无疑深化了我们对于叙事的理解；至于经典叙事学家热奈特的研究成果，里德更是多次给予引证，他认为，热奈特不像大多数结构主义叙事学家那样纠缠于叙事的情节而将研究重点集中放在叙事话语的形态之上，这种做法很是高明，而且他在对待诸如"暗含的作者"这样的概念问题上也表现得颇为理性；里德甚至对于托多罗夫的某些思想也深表赞许，例如，他注意到托多罗夫在他的《十日谈之语法》一书中曾经用了相当篇幅来讨论《十日谈》故事中的交换主题，他说，在《十日谈之语法》一书的结尾处，托多罗夫就故事中的交换主题所发表的评论让人感到他好像认识到了自己故事语法研究的片面性从而有意关注一下叙事的意义层面，读来给人以巨大的启迪意义。

　　从《叙事交换》一书来看，传统的经典叙事学理想在里德手里以许多不同形式得到了继承，如果我们因此说里德的叙事交换理论从很大意义上继承了传统结构主义叙事学或许并没有错。但是，里德的叙事交换理论是在结合后结构主义思想整合传统的基础上发展起来的，这一点可以从这一理论的几个核心思想中看出来。首先，里德认为，叙事理论不应该把目光放在叙事的情节内容上,而应该着力考察叙事的修辞层面。这一观念从很大意义上与传统叙事学家热奈特等人所积极倡导的叙事话语研究一脉相承。里德机智地把这种思想与解构主义对故事/话语的二元对立所进行的批判融在一起,然后在运用叙事交换这一概念在语言修辞层面上深入挖掘之后创造性地提出了一种自己的一套叙事研究模式。其次,里德主张叙事文本是一个表意交换过程,这一思想的最直接的来源至少有三个,第一个是韩里德的社会语言学理论关于语言交换的论述,第二个是文学批评中的读者反应批评关于文本阐释过程中的"交易"理论,第三个也是最重要的出处,是结构主义关于文本的意义在于编码而要解读文本要求读者对其进行解码的思想。里德认为,系统功能语言学关于语言是一种意义交换过程的理论停留在简单的一对一互动关系中,相比之下,斯坦利·费希(Stanley Fish)等人的读者反应批评和罗兰·巴特等人的文本解码理论为里德提供了更加丰富的思想借鉴,为他将叙事研究聚焦于文本和与阅读者之间的关系提供了批评依据。再次,里德提出叙事文本的解读完全取决于读者对它的意义框架设定,这一思想集中融合了整个20世纪文学理论关于文学意义生成的诸多论述。具体说来,里德的四种框架吸收了文学文本批评和传统历史主义批评关于文本存在的外部物质条件对于意义阐释作用的观点,同时也接受了20世纪形式批评关于文本内在结构和形式建构文本意义的理论,一方面采纳结构主义关于文本互文关系的理论,另一方面积极借鉴读者反应理论关于文本在阅读过程中建构意义的立场,通过设置四种意义框架,将它们巧妙地融合在一起。最后,叙事交换理论认为,叙事文本的拓展不在于情节,而在于修辞层面上的能指替换和参与叙事交换的各方对于叙事话语权利的争夺引发的文本发展幻象。这一思想更是融合了巴赫金的对话理论以及结构主义叙事学对于叙事视角等的研究成果。传统叙事学认为一个故事可以从不同的角度进行叙述,而每一个人的叙述都可能是不一样的,巴赫金则进一步告诉我们,同一个故事在不同人的叙述中可能变成一种为自己谋利的借口,所以研究叙事应该特别注意文本不同叙事视角之间的微妙关系。

  同其他后结构主义理论家一样,里德提出他的叙事交换理论当然是为了超越传统。但是,值得注意的是,在他谋求超越的过程中,他并不急于与传统理论划清界限,而是把对于传统的批评继承和对新思潮的鉴别吸纳结合在一起，他对传统叙事学并不全盘否定，对新兴的其他后结构主义叙事理论也不是不加选择地全盘接受。在他的《叙事交换》一书中，人们注意到，他先把属于不同流派的不同理论集合在一起，在这种过程中，他从新的视角对它们进行全面的考察并剔去其不合理因素，然后将不同理论中有价值的观念提取出来为他所用。他放眼世界，但他并不迷信，他不认为传统叙事学一无是处，同样，后结构主义叙事理论家中在他眼里也并非个个高明，他不盲目接受任何一种外来思想。为了建构自己的理论，他更愿意对不同思想进行具体的分析，然后在对所有理论进行甄别的基础上博采众家之长，在对传统和他人理论精华的整合中实现超越的理想。

人们常说，后结构主义时代是一个拼贴的时代，从《叙事交换》来看，里德的理论建构不仅仅是一种拼贴，它或许更是一种有意识的整合，在他的理论建构中，里德所谋求的理论超越不仅仅是对传统叙事学的，从某种意义上说，他所要超越的是他已经注意到的所有新旧叙事理论。里德在他对结构主义叙事学家里蒙－凯南和后结构主义叙事理论家钱伯斯的两部研究著作进行的评述中清楚地表明了他的这一态度。里蒙－凯南的《叙事小说：当代诗学》一书发表于1983年，此书一经问世便受到欧美理论界的广泛好评，一度被视作处于衰落中的结构主义叙事学重新复兴的标志。[①] 对于这样一部著作，里德认为，该书内容相对于早期结构主义叙事学著作并无任何实质意义上的突破。在这本书中，里蒙－凯南只是对结构主义叙事学所取得的成果作了一个比较全面的回顾与总结，虽然，她的研究立场更加接近积极倡导叙事话语研究的热奈特，但是，与后者相比，她对于叙事的认识不是前进了而是倒退了。里德认为，作为一部80年代出版的叙事学研究论著，《叙事小说：当代诗学》在两个问题上存在不可饶恕的缺陷，其一，它在完全忽视叙事话语的政治内涵的同时仍然一味地把主要精力放在叙事的情节上，致使自己面对许多具体文本问题时束手无策；其二，它在认同热奈特思想的同时完全没有能够像热奈特那样对传统叙事学的事件中心主义做出应有的批判，致使自己无法从根本上对结构主义叙事学进行超越。

与很多后结构主义叙事理论家一样，里德将自己放在一种兼容并蓄的整

[①] David Matthews, "The Strange Case of Narratology", *Southern Review*, 26.3 (1993): 469.

合者位置上,他乐于从别人已有的研究成果中汲取营养,然后通过对它们进行创造性的整合,形成自己的理论视角。他的《叙事交换》理论在后结构主义语境中或许永远也不会成为一种为世人普遍接受的理论共识从而被用来取代传统叙事学。里德清楚地知道,任何思想和理论的创新必须在充分把握和积累前人现有成果的基础上进行。里德试图以自己的理论建构经验告诉他的澳大利亚同仁,澳大利亚批评界应该放眼世界,让自己站在许多巨人的肩上审视一切新兴的理论,只有这样才有可能建构出属于自己的本土理论来。

第五章
"新左翼"、土著及移民文学批评

20世纪50年代，澳大利亚的文学批评界见证了一场生死角力，这场角力的双方是民族主义与"新批评"，角力的结果是：传统的民族主义黯然退出历史舞台，由学院派主导的"新批评"高调崛起，并成为澳大利亚文学的主流。60年代初期，澳大利亚文学批评从民族主义到"新批评"的整体范式更替基本完成。跟英美"新批评"一样，由一批学院派批评家操刀的澳大利亚"新批评"立足普世主义的文学标准反对用民族、国别或者地理的标准阅读澳大利亚文学，"新批评"全面否定传统的民族主义，尤其反对以万斯·帕尔默为代表的民族主义批评。经过十多年的传播，不仅上述立场在批评界逐步深入人心，"新批评"的批评观念和方法也不断在澳大利亚文学评论中牢固确立。在"新批评"文学观的指导下，"新批评"还成功构建了截然区别于民族主义的一个全新的澳大利亚文学经典。整个70年代，"新批评"继续在澳大利亚文学的所有体制中大力宣传自己的文学批评思想，不断扩大自己对于澳大利亚文学的影响和控制，使"新批评"日益成为澳大利亚文学中唯一公认的批评正宗。

就在"新批评"如日中天的70年代，澳大利亚文学批评开始悄然发生改变。这种改变集中表现为两个方面：一方面，一些了解和熟悉欧美新"理论"的批评家有感于传统澳大利亚文学批评的单纯，大声呼吁在澳大利亚文学批评中引进国外理论；另一方面，一批出身澳大利亚社会边缘的批评家开始立足本性别、阶级、种族和族裔的群体经验构建属于自己的文学批评。在此后十多年的时间里，众多的欧美"理论"先后被介绍到澳大利亚，与此同时，澳大利亚的"新左翼"批评、女性主义批评、土著和移民文学批评以及后殖民理论先后兴起,一时间,这些批评思潮在"新批评"主导的学院派之外为新时期的澳大利亚文学批评增添一片很不一样的华丽色彩,也很快将澳大利亚文学批评引入了一个充满争议的时代。

一

澳大利亚的左翼有"老左翼"和"新左翼"之分,始于20世纪二三十年代的"老左翼"与国际共产主义运动有关,到"二战"结束前后逐渐衰落;作为一种后马克思主义性质的社会思潮,澳大利亚的"新左翼"是在英美等国"新左翼"运动影响下形成的一种思潮,是一种外来的理论。20世纪60年代,美、澳等国先后卷进越战之后,两国的"新左翼"知识分子愤然而起,对以美国为首的西方国家悍然干涉别国内政表示了极端的不满和批判态度,在他们的影响下,一场声势浩大的反越战的运动迅速传遍了整个西方世界,转眼之间让西方知识界传统的冷战思维迅速让位给了一种崭新的反帝国主义运动。在澳大利亚,"新左翼"一面反对政府对外实施的新殖民主义方针,一面质疑政府对内执行的保守社会管理政策。他们对外反对某些美国保守人士提出的"意识形态终结论",对内激烈地批判澳大利亚历史、社会与文化中表现出的种族主义、性别歧视以及专制政府,到1970年,一种崭新的"新左翼"学术风气蔚然形成。[1]

在当代澳大利亚文学批评界,"新左翼"初兴之际正是"新批评"入主澳大利亚文学批评之时。与轰轰烈烈的"新批评"相比,"新左翼"在很长一段时间内似乎根本没有找到自己的位置。所以如果约翰·多克与帕特里克·巴克里奇对于"新左翼"在当代澳大利亚文学批评中的地位评价不高,这不足为怪。"新批评"入主澳大利亚之后,在不足20年的时间里推出了不少标志性的成果,例如,从70年代初开始,一批在"新批评"影响下的文学批评家先后写成并出版了自己的文学史著作,其中最著名的有汤姆·英格里斯·摩尔的《澳大利亚文学中的社会结构》(*Social Patterns in Australian Literature*,

---

[1] John Docker, " 'Those Halcyon Days': The Moment of the New Left", in Brian Head & James Walter, eds., *Intellectual Movements and Australian Society*, 1988, p. 289.

1971)、布莱恩·基尔南的《社会与自然的形象》(Images of Society and Nature, 1971)、克里斯·华莱士-克拉比的《澳大利亚民族主义者》(The Australian Nationalists, 1971)、布莱恩·马修斯的《退潮》(The Receding Wave, 1972)、杰弗里·塞尔的《来自荒漠的先知》(From Deserts the Prophets Come, 1973)、利昂·坎特里尔的《歌者、文化人与出版商》(Bards, Bohemians and Bookmen, 1976)以及利昂尼·克雷默的《牛津澳大利亚文学史》。然而，正是这些具有鲜明"新批评"倾向的成果首先迎来了来自学院外批评家的强力挑战，而这其中一马当先的便是"新左翼"批评家。

在一篇题为"澳大利亚批评中的社会形象"(Images of Society in Australian Criticism, 1973)的书评文章中，著名"新左翼"历史学家兼文学批评家韩弗雷·麦奎恩对上述澳大利亚文学史著作中的四部提出了严厉的批评。在麦奎恩看来，摩尔笔下的澳大利亚历史根本就没有具体的内容，而是一个抽象故事，在这个故事里，一个抽象的人面对一个抽象的新环境，这里没有国别的差异，虽然这里有谈战争、经济萧条和群众运动，但在他的著作中，这些都不过是些抽象而不具有实际细节内容的话题；基尔南把澳大利亚的文学史想象成自然与社会的一系列冲突史，因为他关心的是"一战"以及经济萧条给澳大利亚中产阶级的感受带来了怎样的变化；华莱士-克拉比是一个典型的学院派资产阶级批评家，因为在他的历史中有空想却没有基于事实的可靠的分析，他喜欢空谈思想，对真实情境中的真实的人毫无兴趣；马修斯同样反对历史教育，因为不懂历史所以对于澳大利亚的民族主义一窍不通，一个典型的例子是，在讨论作家亨利·劳森的时候，他不谈19世纪的澳大利亚社会，却将他与20世纪法国的加缪置于一处，他讨论劳森酗酒的习惯对于其创作生涯的破坏，但他跟所有资产阶级批评家一样更加关注劳森内在的创造力何以在酗酒中日益走向危殆。总之，麦奎恩认为，摩尔、基尔南、华莱士-克拉比和马修斯推出的四部文学史著作共同暴露了一个问题，那就是，作为学院派批评家，他们都在写作中选择了一条反历史的唯心主义立场。[1]

---

[1] Delys Bird, Robert Dixon and Christopher Lee, "Introduction", in *Authority and Influence: Australian Literary Criticism 1950–2000*, 2001, pp. xviii – xix.

澳大利亚的"新左翼"运动倡导激进的文学批评。在一篇题为《建构一种激进批评的基础》（The Basics of Radical Criticism, 1979）的文章中，澳大利亚悉尼大学前英文系教授、著名作家兼批评家迈克尔·怀尔丁开门见山地指出："过去一百年的文学批评基本上都是一种学院式的活动……在英、美以及英联邦国家，大家齐说实用批评、细读法和'新批评'。文学讲座虽然也讲文学史，但是文学课和文学讨论越来越多地只做'文本'细读，至于文学的精神、历史、传记、道德或者政治语境则一律被视为多余……大家认为，文学的重点在于文本的内部组织、语言的歧义、反讽、张力，并据此建构了一个完整的系统……利维斯、燕卜荪（William Empson）以及'新批评'提倡的这种'纯粹的''细读'方法并非完全没有价值立场。细读固然有其积极的目标，但它轻易地变成了一种对于社会和政治材料的排斥。这种方法之所以成为冷战人士的至爱——保守派们之所以喜欢它，是因为对文学的社会和政治内容避而不谈有助于压制激进、继而否认激进传统的存在，这种方法之所以让中间派、自由派、受蒙蔽者以及那些怕事者喜欢，是因为它不至于招来麻烦和文学之外的争议，这种方法若推至极致，它宣示一种忽略文学史、社会学、历史、精神、哲学、政治、传记和一切'背景'的意识形态，方法简单而易于操作，无需大量阅读和研究……60年代英美两国再次兴起的激进批评揭示了这一主导批评意识形态的种种问题。"[①] 作为70年代以来澳大利亚"新左翼"批评最杰出的代表之一，怀尔丁积极倡导在文学批评中关注意识形态，认为澳大利亚应该像英美两国一样积极推动建构一种当代的"激进批评"。这种批评至少可从三个方面重塑澳大利亚文学的形象：（1）大力推动对于被"新批评"排除在经典之外的传统作品和一些具有进步思想的当代作品的研究，全面恢复澳大利亚文学的整体面貌，打破学院派批评在读者心目中留下的狭隘印象；（2）重读已入围文学经典的作品，努力揭示这些作品对于澳大利亚主流意识形态的挑战，揭露统治阶级在阅读中对于这些挑战避重就轻的压制；（3）重读代表统治阶级精英价值的作品，揭示其呈现和维护主流意识形态的方法与策略。总之，在怀尔丁看来，澳大利亚批评界应积极行动起来，自觉地研究文学社会学，不断提高美

---

① Michael Wilding, "Basics of a Radical Criticism", *Island Magazine*, 12 Sept. (1982): pp. 36–37.

学意识，果能如此，那么，学院派批评常见的"细读"方法就不只是一种压制进步的保守批评，而成为一种服务于进步目的的批评路径。怀尔丁从70年代开始，一生身体力行，先后立足激进的意识形态批评发表了一大批评论亨利·劳森、威廉·雷恩、约瑟夫·弗菲、克里斯蒂娜·斯特德以及帕特里克·怀特的文章，这些文章后来结集出版，怀尔丁改用 D. H. 劳伦斯一部美国文学评论集的标题，将其称为《澳大利亚经典小说研究》(*Studies in Classic Australian Fiction*)。①

跟怀尔丁一样，另一位"新左翼"批评家约翰·多克很早就开始撰文批评"新批评"，1979年，他在《新文学评论》杂志上撰文，对盛极一时的澳大利亚"新批评"提出批评。他指出，澳大利亚文学批评如同澳洲大陆东部一样被一个巨大的山峦一隔为二，一面是民族主义，另一面是"新批评"，民族主义强调批评语境的重要性，"新批评"更强调形而上的价值，二者争执不下，但发生在民族主义和"新批评"的这场论争说到底是后者对于前者的挑战和批判。在很长一段时间内，包括文森特·巴克利、G. A. 维尔克斯和 H. P. 赫索尔廷等在内的一批"新批评"家将激进民族主义描绘成主导澳大利亚文学的庞然大物，而把自己塑造成脆弱而渺小的批评家，针对民族主义批评家的立场，他们开始时打着一种乐天的多元主义旗号，或者摆出一副谦卑的样子委婉地指出民族主义批评存在的问题和忽略的世界，但是，他们很快在英美文学批评风潮的支持下将民族主义彻底打翻在地，在澳大利亚文学教育的学院化进程中成为澳大利亚批评的主宰。多克特别提请大家注意，70年代的澳大利亚"新批评"在卑微的外表下面早已成为澳大利亚文学批评和教育的主导力量，而且，跟激进的民族主义批评一样，"新批评"虽然标榜多元，但从它为澳大利亚文学建构的文学经典来看，同样暴露出严重的意识形态立场。同民族主义一样，"新批评"对于具体的作家也是爱憎分明，例如，它喜欢具有形而上倾向的作家，竭力颂扬克里斯托弗·布伦南、肯尼思·斯莱塞、罗杰·菲茨杰拉德、道格拉斯·斯图尔特、詹姆斯·麦考利、亨利·汉德尔·理查森、帕特里克·怀特以及马丁·博伊德等作家，对于民族主义传统经典中的亨利·劳森等作家则颇多微词。多克呼吁

---

① Michael Wilding, *Studies in Classic Australian Fiction*, Sydney: Sydney Studies Shoestring Press, 1997.

大家充分认识"新批评"的形式主义本质,号召澳大利亚批评家为澳大利亚文学积极探索新的批评方法。① 1984 年,多克将上述观点系统地整体扩充成一部专著,并以"批评情境:阅读澳大利亚文学"② 为题正式出版,在批评界产生了巨大的影响。

二

说起澳大利亚的土著和移民,就不能不提始于 20 世纪 70 年代的澳大利亚多元文化主义国策。从政治倾向上看,多元文化主义是澳大利亚"新左翼"思潮的延伸。作为一种处理民族事务的新国策,多元文化主义反对种族歧视,反对传统的民族同化政策,要求白人主导的澳大利亚社会和政府以一种较为开放、更为民主宽容的态度对待土著和外来移民。所以,这样一种深刻浸润了自由人文主义价值的社会管理方法和文化政策从一开始实施就受到了广大土著原住民和非英裔移民的欢迎。至 80 年代,多元文化主义如一阵清风吹遍了整个澳洲大陆,使曾经保守的澳大利亚社会为之面貌一新。

在多元文化主义大环境的影响下,20 世纪七八十年代的澳大利亚文学批评呈现了一派崭新的气象。迪特·里门斯奈德指出,传统的澳大利亚文学批评长期摇摆于本土性与普世性之间,20 世纪 50 年代发生于民族主义和"新批评"之间的一场殊死之争让学院派的普世主义在此后的 20 年中彻底主导了澳大利亚文学批评。但是,"新批评"在很长一段时间里仍然沉湎于针对民族主义的批判和斗争,全然无力为澳大利亚文学批评拓展出任何新的方法和路径。新兴的多元文化主义至少从两个方面为澳大利亚文学批评拓开了空间,一方面是在雷蒙·威廉斯等人影响下启动的文化研究,另一方面是由众多的边缘社会和文化群体直接参与和推动的具有反主流文化特征的文学批评,这其中最典型的代表包括针对 70 年代"新写作"运动的文学评论、女性文学批评、移民文学批评和土著文学批评。里门斯奈德认为,澳大利亚

---

① John Docker, "University Teaching of Australian Literature", *New Literature Review*, 6 (1979): 3–7.
② John Docker, *In a Critical Condition: Reading Australian Literature*, 1984.

70年代的文化研究刚刚开始,成果屈指可数①,但是,"新写作"、女性、移民、土著以及稍后出现的后殖民文学批评在相对单一的"新批评"控制的地面上如同投下了多个重磅炸弹,它们的共同崛起为转型期的20世纪70年代的澳大利亚文学批评标示出了一种以多元文化为核心特征的新范式。

如果说20世纪70年代开始的"新写作"、女性、移民、土著和后殖民文学批评代表了一种多元文化主义批评范式的到来,这种批评范式总体上代表了一种崭新的批判主流文化的共同特点。在针对传统主流澳大利亚文学和文化进行的批判中,各边缘团体表现出了高昂的斗志,更展示了非常犀利的批判锋芒,他们批判传统保守的澳大利亚社会,以前所未有的勇气冲击传统澳大利亚主流文化,取得了许多的成果,为当代澳大利亚文学批评在新的历史时期开拓出新的路径做出了重要贡献。在70年代开始兴起的形形色色的反映多元文化主义的批评流派中,由土著民和移民发起的反对帝国主义殖民压迫和种族歧视的问题无疑最严肃,提出的诉求也最直接地关系澳大利亚民族团结和国家合法性,因此也吸引了最多的眼光。

在早期的澳大利亚历史上,土著民与澳大利亚白人居民之间尖锐对立,作为被殖民的民族,土著民在很长的一段时间内没有任何机会向白人主流社会发出自己的抗议之声。70年代的多元文化主义运动让一批受过教育的土著知识分子开始大胆地面向主流社会提出自己的诉求,他们认为,澳大利亚白人主流社会历来实行的同化政策剥夺了无数土著人的生命,如今仍然威胁着土著民族的生存;自从英国对澳大利亚实施殖民以来,白人剥夺土著人的权益,压迫土著人的生存空间,直到现在,在文化方面,一种帝国主义和殖民主义的残余仍然主导着这两个民族之间的关系,白人社会用一种严酷的"土著主义"话语把土著人刻画成不具备普通人性的族类,土著人民在极度的边缘处绝望地哭喊。他们提出,澳大利亚社会的希望在于直面这一尖锐的

---

① Dieter Riemenschneider, "Literary Criticism in Australia: A Change of Critical Paradigms?", in Giovanna Capone, ed., *European Perspectives: Contemporary Essays on Australian Literature* (ALS: A Special Issue of Australian Literary Studies, Vol. 15, No. 2, 1991), St. Lucia, Queensland: University of Queensland Press, 1991, pp. 184 – 201. 里门斯奈德列举的唯一一个文化研究成果是苏珊·德莫迪、约翰·多克和德鲁希拉·莫杰斯卡的文集《耐丽·梅尔巴、金杰·梅格斯及其诸友:澳大利亚文化史文集》(*Nellie Melba, Ginger Meggs and Friends: Essays in Australian Cultural History*, Malmsbury, Vic.: Kibble Books, 1982)。

民族关系，澳大利亚白人社会的希望在于放下傲慢和歧视，认真聆听被压迫民族的心声，澳大利亚土著民族的希望在于勇敢地拿起笔来向外来世界表征自己，宣示自己的生活情景。

在澳大利亚文学批评史上，首部以土著人为核心的文学批评著作是由加拿大人 J. J. 希里于 1978 年出版的《澳大利亚文学与土著人 1770—1975》(*Literature and the Aborigine in Australia 1770 – 1975*)，该书首次以 300 多页的篇幅对澳大利亚白人殖民土著民族的历史进行了批判，同时建议土著澳大利亚人积极探索重写自己历史的方法。在该书的结论中，作者预言，在不久的将来，土著澳大利亚人自己将拿起笔来书写自己。在那以后，一些澳大利亚本土的白人批评家也开始连续撰文著书，评论土著民与澳大利亚文学的关系。1980 年，澳大利亚批评家伊利莎白·维比在《南风》上撰文讨论殖民地时期的某些白人澳大利亚作家对于土著人的表征情况[1]；1989 年，又一位加拿大批评家亚当·舒马克以"白纸黑字：土著文学创作 1929—1988"(*Black Words, White Page: Aboriginal Literature 1929 – 1988*) 为题出版专著，在该书中，他系统梳理了从 1929 年经济大萧条到 1988 年澳大利亚殖民两百年纪念期间的土著文学创作，并对它们的意义进行了积极的评价。当代澳大利亚土著文学批评作为相对独立流派的确立是通过首位土著批评家马德鲁鲁·纳罗金的到来而实现的。马德鲁鲁原名科林·约翰逊（Colin Johnson），生于 1938 年，1965 年出版首部长篇小说，此后三十多年间连续出版《桑德瓦拉万岁》(*Long Live Sandawara*)、《伍雷迪医生论如何度过世界末日》(*Doctor Wooreddy's Prescription for Enduring the Ending of the World*)、《扮野猫》(*Doin Wildcat*)、《冥长梦：一部长篇小说》(*Master of the Ghost Dreaming: A Novel*)、《野猫叫：一部长篇小说》(*Wildcat Screaming: A Novel*)、《不死鸟》(*The Undying*)、《地下》(*Underground*)、《希望乡》(*The Promised Land*) 等多部小说作品，此外，他还出版有多部诗集。从 20 世纪 80 年代中叶开始，马德鲁鲁开始涉足文学批评，先后发表的文章包括《白人的形式，土著的内

---

[1] Elizabeth Webby, "The Aboriginal in Early Australian Literature", *Southerly*, 40.1 (1980): 45 – 63.

容》(White Forms, Aboriginal Content)①、《游击诗：莱昂内尔·弗加迪对于语言灭绝的回应》(Guerrilla Poetry: Lionel Fogarty's Response to Language Genocide)、《土著人对于"民间故事"的回应》(Aboriginal Responses to the "Folk Tale")② 等文章，1989年，他还通过访谈全面对外发表自己对于土著文学的看法③。1990年以后，他连续出版了《边缘处的写作：现代澳大利亚的本土文学》(Writing from the Fringe: A Study of Modern Aboriginal Literature in Australia, 1990) 和《澳大利亚的本土文学》(The Indigenous Literature of Australia: Milli Milli Wangka, 1997) 等著作。

马德鲁鲁关于土著文学的一个基本观点是，当代澳大利亚文学同时存在着两条并行发展的主线，一条是澳大利亚的白人主流文学，一条是土著文学。由于澳大利亚唯一可以称得上本土的文化便是土著文化，所以，历史上的澳大利亚白人创作出来的文学都不过是效仿英美文学的舶来品。殖民历史开始之后，澳大利亚的土著人在白人同化政策的压迫之下生活，在经历了漫长的一段时间之后，土著澳大利亚文学缓慢地在边缘处滋生，并在边缘处成长起来。虽然土著澳大利亚人早期的土著诗人比较多地接触并学习白人的传统民谣和其他一些类似的诗体结构，结果涌现了凯思·沃克(Kath Walker，后改名为 Oodgeroo Noonuccal) 和杰克·戴维斯(Jack Davis) 这样的律体诗人。但是，这些诗人在创作中总是更多地倾向于回归土著、非洲甚至是亚洲诗歌的传统，从中寻找创作的灵感。他们喜欢传统的韵律，每每提笔就喜欢那样写诗，他们用这样的形式写成的英语诗歌在近期的白人澳大利亚批评家那里完全不受重视。与此同时，土著作家也普遍对于澳大利亚白人文学缺少共鸣，在土著作家看来，澳大利亚的白人创作大多不表现群体价值，其中刻画的生活素材大多与土著人全然无关，所以不能引发土著读者的兴趣，土著读者更愿意去看与土著文学相类似的其他的边缘文学。

马德鲁鲁在自己的《边缘处的写作》一书中指出，凯思·沃克的诗歌

---

① Jack Davis, & Bob Hodge, eds., *Aboriginal Writing Today*, Canberra: Australian Institute of Aboriginal Studies, 1985.
② Mudrooroo Narogin, "Aboriginal Responses to the 'Folk Tale'", *Southerly*, 48.4 (1988): 363–370.
③ Mudrooroo Narogin, "Interview with Mudrooroo Narogin, by John Williamson and Ron Rudolphy", *Westerly*, 34.2 (1989): 83–89.

预示了土著解放运动的到来,虽然有些白人读者指责它们是政论檄文,但从土著批评家的角度来看,它深刻地反映了土著澳大利亚人的文化传统,在这种传统的核心之处便是边缘民族的心声和诉求。马德鲁鲁认为,土著作家不会孤立地存在,他们的心中装着自己的民族和部落,他们希望通过文学创作传达自己民族的价值。土著澳大利亚文学的最重要特征是它的"土著性"(Aboriginality),当代澳大利亚的土著人越来越多地接受西方式的教育,阅读丛林民谣之外的白人诗歌,在这样一个历史时刻从事土著文学创作的土著作家必须时刻将"土著性"装在心中,努力在自己的作品中向白人世界宣示自己民族的文化特性。究竟什么是"土著性"呢?马德鲁鲁以当代土著澳大利亚诗人莱昂内尔·弗加迪(Lionel Fogarty)为例说明自己的观点。他称赞弗加迪的诗歌创作实践,认为他的诗歌作品不再依赖传统白人学校灌输的那种诗歌鉴赏方法,而是着力将自己植根于传统土著文化的内容和形式之中,这样的创作不再像戴维斯和沃克那样把白人社会当作自己的读者,而把注意力放在从土著生活和土著经验中提炼土著文学特有的语言风格和结构模式,它们用特有的文字和意象传达土著人特有的关注,忠实地为土著民服务,它们与传统的白人诗歌不同,因为它们给传统诗歌样式重新注入了社会、政治和情景的意义。1997年,马德鲁鲁在他的另一部著作《澳大利亚的本土文学》中进一步阐述了他心目中土著文学的创作方法。在马德鲁鲁看来,70年代以来的不少土著作家在写作方法上暴露出了比较严重的问题。例如,他认为,阿切·维勒(Archie Weller)在他的小说中写土著人物和土著生活的时候常常写得过于灰暗,维勒执着地采用一种所谓的现实主义写作方法,强调作品如实刻画现实生活,所以,在他的笔下,土著人大多品德很差,生活水准很低,就其给人的总体印象而言,这些土著人物颇有些白人作家托马斯·基尼利(Thomas Keneally)在他的《杰米·布莱克史密斯之歌》(*Chant of Jimmie Blacksmith*, 1972)中刻画的土著人物,作品中表现的土著社会也像基尼利小说表现的那样毫无道德生气。马德鲁鲁认为,土著作家不应该只像白人作家那样描写土著人,把土著民写得落魄、懒惰、道德水平低下,为了更好地激励土著人从沉痛的历史中奋起,土著作家必须在创作中大力塑造正面人物,一方面反击白人对于土著人的一贯的坏印象,另一方面为自己的同胞塑造那种可以成为土著民族道德和精神楷模的人物,唯其如此,土著文学才能完成自己的历史使命。①

作为一个移民国家，澳大利亚白人社会的主流在"二战"之前是由英国移民构成的，"二战"以后，大批欧陆移民远涉重洋来到了这块大陆。20世纪70年代，随着澳大利亚国内政治气候的变化，澳大利亚开始大量对亚洲移民开放。此时，大量非欧裔移民的到来和多元文化主义作为一种国策的实施直接引发了全社会对于移民问题的关注，也引发了文学批评界对于移民文学的广泛关注。70年代中叶，包括罗洛·霍贝恩、A. J. 格拉斯比（A. J. Grassby）、彼得·拉姆（Peter Lumb）、安妮·黑泽尔（Anne Hazell）、彼得·斯科如齐耐基（Peter Skrzynecki）和布莱恩·卡斯特罗（Brian Castro）在内的一批具有移民背景的作家和批评家先后开始加入移民文学批评的队伍中。从一开始，澳大利亚移民文学批评家就对澳大利亚的传统种族主义倾向进行清算，具有亚洲裔血统的批评家对始于1900年前后的澳大利亚"白澳政策"进行了深刻的批判，他们反思澳大利亚文学历史，对传统批评界历来无视澳大利亚文学的多元文化背景以及非英裔移民作家在澳大利亚文学史上做出的卓越贡献感到失望和愤慨。所以，从70年代开始，他们立足少数族裔经验，坚定秉持一种反主流文化的立场，大力宣传少数族裔作家在历史上和在当代澳大利亚文学中取得的成就。他们有的出版澳大利亚移民文学书目，有的主编出版澳大利亚移民作家文选，有的在各大期刊上撰文讨论澳大利亚移民文学的历史和特征，共同为澳大利亚的移民文学呼吁和呐喊。霍贝恩或许是澳大利亚移民批评中第一位从理论的高度讨论移民文学的批评家，

---

① Wang Labao, *Australian Short Fiction in the 1980s: Continuity and Changes*, Suzhou: Soochow University Press, 2000, pp. 191 – 192. 对于马德鲁鲁的批评，阿切·维勒不以为然，他在一次访谈中表示"我作品中的人物不是大家可以效仿的模范，他们是读者的兄弟姐妹叔伯父母……我和他们从小一起长大，一起在公园和酒吧里饮酒，他们不懂得什么政治，他们每日里最担心的是什么时候警察会随时将他们带走。马德鲁鲁的人物心里都装着某个计划，他们总代表了一个什么东西……"［(Janine Little, "An Interview with Archie Weller", *Australian Literary Studies*, 16. 2 (1993): 201］维勒指责马德鲁鲁的小说创作在这方面同样跟托马斯·基尼利的《杰米·布莱克史密斯之歌》一样。笔者认为，在20世纪的土著文学批评中，马德鲁鲁和维勒之间的辩论很难说有谁对谁错的问题，前者说后者在写土著人时太过阴郁，后者批评前者的人物塑造太过简单和程式化，但二者不约而同地把批评的矛头指向了基尼利等白人小说家的立场。在20世纪80年代，此二人实际代表了土著文学的两种方向，一种力求揭露白人对于土著人的压迫，一种努力展示和宣扬土著人的正面精神，所以，对土著文学来说，二人代表了完全可以互补的两种态度和方法。

也是第一个呼吁将移民文学引入澳大利亚课堂的批评家。1978年，她先编写发表了首份《澳大利亚族裔和移民创作概览：编制中的报告》①，随后她又以《黄昏地带的创作：澳大利亚族裔及移民作家》②和《澳大利亚文学中"族裔"作家的角色》③为题发表文章，从理论上深入探讨澳大利亚非英裔移民文学的特征及其对于澳大利亚主流文学的意义。霍贝恩认为，移民文学为更深刻地研究多元文化条件下的、具有普世意义的人类状况和经验提供了素材，她还认为，研究澳大利亚族裔文学有助于凸显澳大利亚民族文学的多元性，还对澳大利亚文学的方法产生重要的影响。

从70年代到80年代中叶，澳大利亚先后积极参与移民文学研究的批评家很多，除了上面提到的几位以外，其他比较活跃的批评家还包括塞吉·李伯曼（Serge Liberman）、乔治·卡纳拉基斯（George Kanarakis）、康·卡斯坦（Con Castan）、盖伊塔诺·兰多（Gaetano Rando）、亚历山德拉·卡拉克斯塔斯－赛达（Alexandra Karakostas-Seda）、斯内娅·古尼夫、扬·马西乌丁（Jan Mahyuddin）、玛丽安·波兰德（Marian Boreland）、安妮特·考克希尔（Annette Corkhill）、罗德尼·奴南（Rodney Noonan）、清库（Tseen Khoo）、索尼娅·麦卡克（Sonia Mycak）、欧阳昱（Ouyang Yu）、曼弗雷德·约根森（Manfred Jurgensen）和黄格团（Huang Ngoc-Tuan），这些批评家除了继续推出更多的移民文学书目、数据库和文选之外，还围绕具体的理论问题进行积极的探讨和交流。早期移民文学批评反复纠结的问题很多，其中最突出的问题包括：（1）如何确定移民文学的称谓，移民文学究竟应该称作"多元文化创作"、"非英裔创作"、"族裔创作"、"非英语背景人写作"、"少数族裔写作"，还是"流散写作"，批评家们在这一问题上可谓见仁见智，争执不断。（2）移民文学究竟应该怎样读？有人认为，移民文学大多具有自传性色彩，作家在英语表达水平和文学形式运用方面都不够成

---

① Lolo Houbein, "Survey of Ethnic and Migrant Writings in Australia: Work in Progress", *Adelaide ALS Working Papers*, 2.1 (1976): 45 – 63.

② Lolo Houbein, "Creativity in the Twilight Zone: Ethnic and Migrant Writers in Australia", in Chris Tiffin, ed., *South Pacific Images*, St. Lucia, Qld: SPACLALS, 1978.

③ Lolo Houbein, "The Role of 'Ethnic' Writers in Australian Literature", in Jost Daalder and Fryar Michele, eds., *Aspects of Australian Culture*, Adelaide: Abel Tasman O, 1982, pp. 96 – 104.

熟，作品大多反映族群态度和立场，缺少个体思考；也有人说移民文学要么思乡、自白，要么实话实说，要么叛逆颠覆。对于这些结论，移民文学内部鲜有共识，批评家们注意到，移民作家各自的族裔和文化背景差异很大，所以很难就此类创作的内容和形式作一般性的总结和概括，在移民文学批评内部，常常是一种说法刚出来，马上就会招来一片争议之声。

20世纪80年代，移民文学批评持续升温，推出了一批重要的成果，吸引了整个澳大利亚文学批评界的眼球。在所有移民文学批评家当中，古尼夫是最多产的一个杰出代表。古尼夫出生于一个东欧移民家庭，曾就读于澳大利亚墨尔本大学、加拿大多伦多大学、英国利兹大学和澳大利亚纽卡索尔大学，先后在英国、澳大利亚和加拿大多个大学执教，特别是在澳大利亚迪肯大学任教时间较长。古尼夫于1982年主编出版首部澳大利亚移民文学选集《背井：移民小说家》(*Displacements*：*Migrant Storytellers*)，之后又主编了《背井2：多元文化小说家》(*Displacements 2*：*Multicultural Storytellers*，1985)、《超越回声：多元文化女性创作》(*Beyond the Echo*：*Multicultural Women's Writing*，1988) 以及《奏和弦：多元文化文学阐释》(*Striking Chords*：*Multicultural Literary Interpretations*，1992) 等创作和批评文集。她还联合霍贝恩等人共同编辑出版了迄今为止收录最全的一部《澳大利亚多元文化作家书目提要》(*A Bibliography of Australian Multicultural Writers*)，1994年和2004年，她又先后出版《边缘之框：多元文化文学研究》(*Framing Marginality*：*Multicultural Literary Studies*) 和《焦虑国度：殖民视域中的多元文化主义》(*Haunted Nations*：*The Colonial Dimensions of Multiculturalisms*) 两部移民文学研究专著。除此之外，在过去的三十多年中，古尼夫发表了大量的移民文学批评论文，尤其在女性和移民女性文学评论方面著述丰富，为澳大利亚女性主义文学批评做出了卓越的贡献[1]，在澳大利亚国内乃至整个英语世界都产生了非常重大的影响。

古尼夫认为，澳大利亚主流文学批评家在面对移民文学的时候常常表现

---

[1] 古尼夫先后主编过多部女性主义批评文集，如：《一目了然：澳大利亚女性实验写作》(*Telling Ways*：*Australian Women's Experimental Writing*，1988)、《女性主义知识读本》(*A Reader in Feminist Knowledge*，1991)、《女性主义知识：批判与建构》(*Feminist Knowledge*：*Critique and Construct*，1992) 以及《女性主义与差异政治》(*Feminism and the Politics of Difference*，1993) 等。

出一种不屑，在他们看来，移民文学主旨太过明确，语言太过幼稚，形式太过简单，缺少文学水准，读来更像自传或者自白，不值得批评家认真地对待。古尼夫严厉批评主流文学在对待移民文学时表现出的傲慢态度。她不喜欢"族裔"（ethnic）或者"移民"（migrant）等字眼，在她看来，所谓的"族裔"或者"移民"涵盖的范围很广，同样是澳大利亚少数族裔，每个具体的移民可能因为各自的民族和国家背景、所处的阶级、信仰的宗教、使用的语言情况以及在自己家族中的年岁地位等不同而大不相同。古尼夫认为，所谓的"移民写作"是澳大利亚主流文学想出来的一个名字，是主流文学借以区分自我和他者的一个重要方法。对于"移民文学"的正确方法应该是：将其返回到各个作家自己的语言中去，从而帮助读者确认作家写作的目的、写作立场以及作家身份。古尼夫主张抛弃澳大利亚主流文化建构起来的移民他者形象，而把移民重构为一种立场和多元自我身份，从这一立场看，文学创作不只是一种审美活动，更是一种政治的、认识论的行动，一种质疑传统澳大利亚社会历史习俗、语言能力观和性别划分的重要行为。所以，"移民立场"宣示一种多元存在和复杂自我，它既不是一种自我认同的自我，也不表示一个统一完整的"我们"。因为没有了支点，所谓的移民写作很难简单地进行界定，所以一个更好的方法就是将它置于互文的情境之中，读者可以通过将其与其他澳大利亚和欧洲文学并置起来才能实现理想的解读。

  古尼夫喜欢用"多元文化"（multicultural）这个词来指称澳大利亚的移民文学，她希望为移民文学构建一个批评方法，然后通过它来重新界定移民作家和他们的写作。古尼夫认为，澳大利亚的多元文化创作并不像有些人想象的那样简单。首先，从主题上说，澳大利亚的多元文化创作比较多地表现肉体、心理和文化的错位，多元文化作家喜欢表现异化以及个人和文化的寻根，喜欢从一个外来者的角度观察澳大利亚，喜欢探索神话和其他文化传统，表现家庭冲突和种族歧视，表现传统和现代价值观念在性别、性、年龄和家庭关系等问题上的差异。其次，澳大利亚的多元文化创作在形式上也异常丰富多样，既有朱达·沃顿和戴维·马丁那样最简洁的现实主义，也有派·欧（Pi O, Peter Oustabasidis 的简称）和阿尼娅·沃尔维奇（Ania Walwicz）那样的华丽，既有迪米特里斯·萨洛马斯（Dimitris Tsaloumas）的抒情，也有欧阳昱粗俗的愤怒，既有瓦索·卡拉马拉斯（Vasso Kalamaras）和安娜·库阿妮（Anna Couani）那样的怀旧和思乡，也有雅思敏·古娜拉特尼（Yasmine Gooneratne）的尖锐的讽刺。古尼夫特别反对主流文学批评一味把移民小说简单看成作家的自传，她指出，移民文学中自传小说不少，但是同样是自传小说，派诺·波西（Pino Bosi）和沃顿的就事论事风格、克里斯托·西欧卡斯（Christo Tsiolkas）那夺人魂魄的印象主义以及布莱恩·卡斯特罗那样的复杂结构，其间差别何其大焉！最后，澳大利亚多元文化创作在语言表达上自然流露出明显的双语或多语特征，但是，其表现的形式非常复杂多样，有沃尔维奇和派·欧的作品对于不标准移民英语的刻意模仿，也有莫林达·波比斯（Merlinda Bobis）作品中对于其他语言的不经翻译的直接借用，有些作家同时用两种语言发表自己的作品，让双语读者从中见识翻译的复杂，同时让单语读者从中感受语言的差异以及这种差异对于文学创作的影响。古尼夫认为，也正是因为这样的多样性，她不主张用移民或者少数族裔文学这样的概念来讨论这些作家的作品，任何狭隘的阅读定势都是对上述作家创作的丰富性的误解和歧视。

　　随着澳大利亚多元文化主义日益深入人心，由土著和移民提出的种族和族裔政治问题在澳大利亚全社会引发了许多的关注，立足土著和移民经验对于传统澳大利亚主流文化的批判也越来越犀利。1991年，鲍伯·霍奇与维杰·米什拉（Vijay Mishra）在一套"澳大利亚文化研究丛书"中以《梦的黑暗面》（*The Dark Side of the Dream*）为题出版专著，该书立足族裔政治，一方面对比尔·阿什克罗夫特、加雷斯·格里菲斯（Gareth Griffiths）和海伦·蒂芬出版的《逆写帝国》（*The Empire Writes Back*, 1989）提出了严正批评，另一方面对传统澳大利亚文化也提出了深刻的批判。作者之一的霍奇虽为白人，却长期关注土著事务和土著文学，1985年，他与土著作家戴维斯共同主编出版《当代土著创作》（*Aboriginal Writing Today*）[①]；该书的另一位作者米什拉为印裔移民，70年代开始研究19世纪澳大利亚诗人查尔斯·哈珀和西方文论，关注澳大利亚土著和移民状况，发表有大量的相关文学批评

---

① Bob Hodge, *Borderwork in Multicultural Australia* (with John O'Carroll), Sydney: Allen & Unwin, 2006.

论文。霍奇和米什拉认为,《逆写帝国》一书在试图总结后殖民文学的规律时至少犯了一个大错,那就是,该书认定所有的后殖民文学对于殖民宗主国的态度都是抵制的。事实证明,并非所有的后殖民国家都用一种抵制的态度对待殖民宗主国,特别是澳大利亚这样的殖民社会有时对于英帝国表现出一种说不清道不明的模棱两可态度。所以,要研究后殖民文学必须区分两种态度,一种是反殖民的,另一种是与殖民者共谋的。霍奇与米什拉认为,当代的澳大利亚主流社会还时常表现出与殖民者串通一气的共谋态度,他们在帝国面前充满自卑,在本国的土著和移民面前又傲慢无比,《梦的黑暗面》总共用了五个章节重点论述了澳大利亚主流社会在对待土著和移民问题上长期表现出的与殖民者共谋的立场和态度,用大量的实例说明了主流澳大利亚社会历来对于土著和非英裔移民等边缘群体的严重歧视,并在此基础上对澳大利亚主流文化进行了深刻的批判。他们认为,澳大利亚的这样一种充满矛盾的偏执狂文化(paranoid culture)孕育出了一种奇怪的文学,在这样的文学当中,土著和移民被不断地妖魔化,以凸显白人主流的伟大,这种情形一直到 70 年代的土著和移民文学兴起之后才得以稍稍改变,在这一过程当中,土著文学批评和移民文学批评扮演了非常重要的角色。

三

批评家约翰·多克用"那些美好的日子"(the halcyon days)指称 20 世纪 60—70 年代的澳大利亚"新左翼"时代,不过,他同时指出,澳大利亚的"新左翼"运动持续时间短,所以"那些美好的日子"感觉上顶多不过就是史上一刻(the moment of the New Left),他认为,澳大利亚"新左翼"的这一刻见证的主要是一个政治的、社会的和文化运动,与文学的关联并不十分密切。[①] 对于这一点,批评家巴克里奇无疑也很认同,他指出,澳大利亚"新左翼"在文学批评上的贡献实际并没有人们期望的那么大,因为"新左翼"在澳大利亚持续的时间大体上不过 10 年,而且从 1965 年到 1975

---

① John Docker, "The Halcyon Days: The Moment of the New Left", *Intellectual Movements and Australian Society*, 1988, pp. 289 – 307.

年,"新左翼"总体上还是一种并未转化成文学批评的社会思潮。作为一种社会思潮,澳大利亚"新左翼"对于澳大利亚文学的分析和评论似乎并没有太大的兴趣,应该说,除了麦奎恩和多克之外,多数"新左翼"思想家并没有真正地投入澳大利亚文学评论,这一点与英美等国的"新左翼"相比形成了比较鲜明的对照。巴克里奇认为,"新左翼"常常出于政治的原因才对文学(尤其是现代主义文学)表示兴趣,它在直接参与澳大利亚文学评论方面的显著不足令人遗憾。[1]

在当代澳大利亚文学批评中,"新左翼"批评没有形成多大影响便随之湮灭,这种现象与澳大利亚主流意识形态对于马克思主义思想的总体排斥有关。值得注意的是,跟"新左翼"文学批评一样,土著与移民文学批评似乎也没有走得太远。90年代伊始,马德鲁鲁出版了他的《边缘处的写作》,该书虽然得到了霍奇和米什拉的支持,但它几乎同时受到了来自众多白人批评家的质疑,质疑他的白人批评家西蒙·杜林认为,马德鲁鲁在他的书中反复强调的"土著性"是一个根本无法界定的东西,是一个本质主义的虚构产物。90年代中叶,也正在他努力撰写他的《澳大利亚的本土文学》一书的时候,马德鲁鲁个人的土著身份受到了质疑。1996年,白人记者维多利亚·劳瑞(Victoria Laurie)得到一土著部落成员的线报,说马德鲁鲁的土著身份或许存在问题,线人告诉她,马德鲁鲁的姐姐贝蒂·坡格雷兹(Betty Polglaze)曾于1992年查过自家的家谱,发现自己祖上全无土著血统,所以马德鲁鲁的土著身份应该是假的,劳瑞采访了坡格雷兹,并随后在报纸上撰文,向全国的读者公布了这一消息。[2] 据该文称,坡格雷兹调查发现自家祖上应是1829年移居澳洲的爱尔兰移民,他们的爷爷是美国黑人,1863年从美国北卡罗来纳州移民澳大利亚新南威尔士,1868年与爱尔兰移民结婚。劳瑞的文章发表之后,马德鲁鲁坚决否认,虽然他一度在兄弟姐妹们的要求下甚至同意做DNA检查,但他对土著部落提出的证明身份的要求未作理会,导致该部落决定公开宣布不承认其土著血缘,马德鲁鲁最终脱离了自己的家

---

[1] Patrick Buckridge, "Critical Traditions in Australian Literature", in Brian Head & James Walter, eds., *Intellectual Movements and Australian Society*, 1988, p. 208.

[2] Victoria Laurie, "Identity Crisis", *The Australian Magazine*, 20–21 July (1996): 28–32. Retrieved from http://en.wikipedia.org/wiki/Mudrooroo.

庭和部落。马德鲁鲁很快发现，关于他土著身份的论争把他塑造成了一个巨大丑闻的主角，由于所有人对他土著身份的存疑，全澳各大学的文学课程纷纷将他排除在教学内容之外，所有的出版社很快都开始拒绝出版他的书。虽然他的部分支持者先后站出来为他辩护，但是，这场由澳大利亚白人和土著共同完成的身份案彻底摧毁了马德鲁鲁的生活和职业生涯。身份案之后，他悄然退出了公众的视线，先在昆士兰的麦克利岛（Macleay Island）隐居了下来，后索性隐姓埋名，移居到了国外。

1991年，移民文学批评家古尼夫或许还在构思她的《边缘之框：多元文化文学研究》，澳大利亚英裔批评家罗伯特·德赛（Robert Dessaix）在《澳大利亚书评》杂志上以"好东西你得看得懂啊"（Nice Work If You Can Get It）为题撰文几乎指名道姓地对她进行了异常严厉的批评。德赛认为，当今澳大利亚的大学里集中了一批像古尼夫这样的"多元文化主义专家"（multicultural professionals），古尼夫的文章中所反复提到的"盎格鲁-凯尔特"中心和"非盎格鲁-凯尔特"边缘都来自她这样的"文化医生"（culture doctors）一厢情愿的幻想。许多澳大利亚移民作家的创作之所以没有得到读者和批评界的重视，其主要原因是这些作品本身的质量不高，移民作家或许胸中装有很好的故事，但是，由于移民作家的英语表达水平有限，所以好的故事终究不能转化成伟大的文学；我们没有理由要求澳大利亚读者一定去读移民及其后代的创作，一部优秀的作品终究要靠普世性的文学技巧去赢得读者的关注，然而，令人遗憾的是，迄今为止，特别优秀的澳大利亚移民作家并不多见。德赛认为，古尼夫能说会道，口若悬河，但她的文章翻来覆去反复宣扬的就是一个观点，即澳大利亚的文学有"盎格鲁-凯尔特"（Anglo-Celtic）/"非盎格鲁-凯尔特"（non Anglo-Celtic）、"英语背景"（English-speaking background）/"非英语背景"（non-English-speaking background）之分，此外，她不断强调澳大利亚非英语背景的作家如何被具有"盎格鲁-凯尔特"背景的人边缘化，所以她呼吁澳大利亚结束一元文化，倡导建设一个真正的无中心的多元社会。德赛对古尼夫的文章十分不以为然，一方面，澳大利亚文学并不存在古尼夫想象的那种中心/边缘二分世界；另一方面，古尼夫或许理论修养甚高，但她的英语表达似乎很差：她的文章里到处都是佶屈聱牙的句子，古尼夫曾在一篇文章中写过："Cultural closures are located in natural features and read as paradigmatic classic realist texts."德赛毫不客气地斥责道：古尼夫应该知道这样的表达"不是99%的人不明白，而是99.9%的人看不懂"，这样的话语如果本意在于对话交流，那么，这样的交流从一开始把绝大多数的人排除在外了。所以，德赛提出，那些扬言为澳大利亚的文化治病的澳大利亚的"文化医生们"应该及早关上各自的诊所，而那些在不知不觉中登上他们这艘"愚人船"（ship of fools）的乘客应该及早弃舟登岸。他呼吁古尼夫这样的"多元文化主义专家们"尽快悬崖勒马，让新登陆澳洲的移民认真学习澳大利亚的传统文化和历史，而不是假借多元文化主义继续对移民作家实施边缘化。德赛坚决否认澳大利亚移民作家经历了任何的边缘化，因为在他看来，有些"所谓的多元文化作家"或许本来就并不应该从事文学写作，他们或许更适合"从事陶艺、种菜、摄影的工作或者索性就回到自己出生的国家去"[1]。针对如此傲慢的批评，古尼夫后来撰文进行了回应[2]，但90年代反多元文化主义的阴风已经吹起，在这股强大的阴风面前，她的反应显得太微弱了。古尼夫显然感觉到了自己的处境，所以1993年，她悄然决定离开澳大利亚，前往加拿大不列颠哥伦比亚大学任教。

在当代澳大利亚文学批评中，"新左翼"、土著和移民文学批评遭遇的命运令人唏嘘。人们不禁要问，为什么会发生这样的情况呢？戴利斯·伯德等人在《权威和影响》一书的"前言"中指出，在当代澳大利亚文学批评中，由"新左翼"和女性主义批评家开启了一种关注"身份政治"（identity politics）的批评氛围，这种兴趣先后在土著和移民文学批评家手中得以持续发展。[3] 伯德等人的这一评论非常准确地厘清了"新左翼"与土著及移民文学批评之间的时间和逻辑关系。然而，需要特别注意的是，20世纪80年代后期，以关注"身份政治"为核心，以颠覆传统澳大利亚主流社会价值为目标的"反文化"运动以及在此基础上形成的各批评流派经过十多年的演

---

[1] Robert Dessaix, "Nice Work If You Can Get It", *Australian Book Review*, 128, February-March (1991): 22-28.
[2] Sneja Gunew, "Letter to the Editor", *Australian Book Review*, 129, April (1991): 46-47.
[3] Delys Bird, Robert Dixon and Christopher Lee, "Introduction", *Authority and Influence: Australian Literary Criticism 1950-2000*, 2001, p. xxix.

绎和发展之后，分别走上了截然不同的道路。一方面，围绕"新写作"的城市亚文化、女权主义以及后殖民理论形成的诸批评流派经过一段时间之后先后顺利地实现了体制化，弗兰克·摩尔豪斯（Frank Moorhouse）等人作为后现代"新写作"代表先后进入了当代澳大利亚文学的官方正典，女性主义批评虽经 K. K. 鲁斯文（K. K. Ruthven）的刻意修剪毕竟也成了学院派普遍认同的批评流派，主张对世界前殖民地国家进行跨国跨地区比较研究的后殖民理论自《逆写帝国》出版之后更成了澳大利亚文学批评对外交流的名片。与此同时，同样是 70 年代澳大利亚"身份政治"批评中的一部分，"新左翼"、土著以及移民文学批评从 80 年代开始先后遭遇到了无尽的奚落、嘲讽和打击，直至覆灭。

　　毫无疑问，当代澳大利亚的"新左翼"、土著与移民文学批评遭遇的种种阻力与众所周知的"文化战争"有关。布鲁斯·本尼特指出，早在越战开始之前，新老两代澳大利亚人之间的代沟已经初显端倪，一个显著的例子就是年轻一代对于澳大利亚社会通行的审查制度以及死刑判决表示极度不满，越战之后，许多青年人对澳大利亚追随美国介入一场跟自己没有太大关系的战争十分不以为然。1971 年，由雪莉·加斯（Shirley Cass）、罗斯·切尼（Ros Cheney）、戴维·马洛夫（David Malouf）和迈克尔·怀尔丁主编出版的一部文集《我们受命而亡》（*We Took Their Orders and Are Dead*）再清晰不过地表明了许多澳大利亚作家对于武装介入越战的愤慨[①]，对于越战的不满迅速演变成一场全面系统反叛老一辈的社会运动，一场主张性解放、倡导土著权益和环境保护的抗议运动，一场对于越南战争的街头示威最终发展成为一场与其他西方国家相似的全面的抗议运动。

　　多克认为，澳大利亚的"反文化"运动本质上与"新左翼"有关，因为澳大利亚"新左翼"跟英美"新左翼"一样从一开始就表现出鲜明的反主流文化倾向："新左翼"坚持"老左翼"的批判锋芒，但在政治上不喜欢苏联式的极权制度，但对于共产主义、无政府主义和自由意志论仍然情有独钟，他们反对现行西方社会中普遍的阶级压迫以及性别和种族歧视，希望通

[①] Bruce Bennett, "Literary Culture Since Vietnam: A New Dynamic", in Bruce Bennett & Jennifer Strauss, eds., *The Oxford Literary History of Australia*, 1998, p. 241.

过全面调动的集体决策过程和集体行动逐步形成一种有别于现在的乌托邦式的社会；"新左翼"还反对西方式的理性，针对主流文化中的理性至上主义，一部分"新左翼"知识分子或将目光投向西方以外，或通过使用毒品探索自己的直觉和无意识极限；有些"新左翼"人士还主张解放肉体欲望，倡导一种回归自然的超越异性恋的多元性关系，于是，在现实生活中，部分"新左翼"的男性蓄长发，戴珠链，着女服，部分"新左翼"的女性从60年代末开始积极参与女权主义运动。[①]

20世纪80年代后期，一批来自主流澳大利亚的评论家开始打着捍卫澳大利亚主流文化和价值的旗号，针对"新左翼"以及与其相关的"反文化"运动发动了一场声势浩大的"文化战争"，他们声称，澳大利亚的"新左翼"和"反文化"运动动摇了澳大利亚主流文化的根本，危及了国家的文化命脉，发动这场"文化战争"的目的在于清算70年代以来包括各种思潮对于澳大利亚社会的影响。他们反对欧美"理论"带来的"后现代主义"，更反对"多元文化主义"所倡导的"政治正确"，他们不喜欢马克思主义，不喜欢一切以"文化精英"自居的左翼批评家。在他们心目中，"新左翼"和整个的"反文化"运动构成了澳大利亚主流社会的"敌对文化"（adversary culture），这种文化由澳大利亚社会中的左翼操控着[②]，要获得这场"文化战争"的胜利，就必须以全部的火力瞄准整个澳大利亚的"多元文化主义"运动，因为只有打倒了"多元文化主义"，澳大利亚传统的主流价值才会得到维持和继续。如果说70年代开始的澳大利亚"反文化"运动充满了火药味，那么90年代的澳大利亚"文化战争"针对的正是这场声势浩大的社会运动，以澳大利亚文化捍卫者自居的澳大利亚保守派们既然要发动这场"文化战争"，其目标当然是大获全胜。事实证明，他们是强大的，在他们

[①] John Docker, "'Those Halcyon Days': The Moment of the New Left", *Intellectral Movements and Australian Society*, 1988, pp. 292 – 293.

[②] 吉斯·温德恰特尔（Keith Windschuttle）在一篇题为《我们的敌对文化的变态意识形态》的辩论文章中声称，从20世纪70年代开始，澳大利亚主流文化遭到一种"敌对文化"的攻击，这种"敌对文化"的始作俑者是一些被他称为"文化精英"的"受过大学教育的左翼"（tertiary-educated Left）。温德恰特尔所说的"敌对文化"也好，"左翼"也好，归根结底就是70年代开始兴起的文化。See Keith Windschuttle, "Vilifying Australia: The Perverse Ideology of Our Adversary Culture", *Quadrant*, September (2005): 21 – 28.

的火力面前,许多人都倒了下来,马德鲁鲁和古尼夫不过是其中的两个而已。

在20世纪的澳大利亚,1996年当选联邦总理的约翰·霍华德(John Howard)将以多元文化主义的终结者的角色为后世铭记。从他当选到他卸任的十多年时间里,一种极端右翼的保守主义成了主导澳大利亚的主流社会和文化力量,实行了近二十年的多元文化主义得到了明确的遏制,澳大利亚历史学界关于殖民历史的反思被叫停,关于民族身份的质疑和争论被封杀,此时的澳大利亚政府仍然讲文化多元,但是,同样是讲民族身份,在此二者之间,它倡导"平衡"。保守主义主张"团结",反对政治异端和文化差异,主张秉持"传统的澳大利亚价值",号召民众更多地尊重澳大利亚文化中的核心英国传统,主张少谈澳大利亚的种族主义历史,多看澳大利亚作为一个民族在二百多年的历史上取得的成就。[1] 同样是在霍华德的领导之下,澳大利亚右翼政治势力通过一场激烈的"文化战争"将实行了近三十年的多元文化主义政策以及活跃了三十多年的左倾思潮带向了终结。[2] 在霍华德参与的澳大利亚"文化战争"中,保守的"文化斗士们"无情地批判澳大利亚左翼提倡的"政治正确"(political correctness),更与左翼支持的多元文化主义展开了无情的斗争。2006年,霍华德总理在一次公开讲话中向世人宣告,到21世纪初,他代表的澳大利亚保守派对于多元文化主义发动的文化战争已经大获全胜:"澳大利亚曾经一味热衷于多元,如今,这种热度已经褪尽,今日的澳大利亚人更能体会这个国家民族性格中的持久价值观,并骄傲地歌颂和捍卫它。"[3]

---

[1] Wenche Ommundsen, "Work in Progress: Multicultural Writing in Australia", in David Carter & Wang Guanglin, eds., *Modern Australian Criticism and Theory*, 2010, p. 244.
[2] Ken Gelder & Paul Salzman, "Literary Politics", in *After the Celebration: Australian Fiction 1989 – 2007*, Melbourne: Melbourne University Press, 2009, pp. 214 – 215.
[3] John Howard's address to the National Press Club, 2006, cited, Wenche Ommundsen, "Work in Progress: Multicultural Writing in Australia", in David Carter & Wang Guanglin, eds., *Modern Australian Criticism and Theory*, 2010, p. 243.

第六章
澳大利亚的女性主义文学批评

澳大利亚的第二次女性主义浪潮以20世纪六七十年代发生的、以城市中产阶级白人妇女为核心成员的社会运动为主要标志，至80年代初，该浪潮发展成为席卷全国的社会文化运动，代表人物包括杰梅茵·格里尔、戴尔·斯彭德、米根·莫里斯、莫利亚·盖滕斯和伊利莎白·格罗希等，其中，格里尔的《女太监》(*The Female Eunuch*, 1970) 是国际女性主义思想史上具有世界影响力的一部力作。

自20世纪70年代起，女性成为澳大利亚文化知识界中不可忽视的力量，特别是80年代以后，一批新老作家满怀信心地投入写作，推出了一系列具有标志性的作品。对于澳大利亚女性主义文学批评来说，专门的女性主义学术刊物扮演了非常重要的角色，20世纪70年代末，一批以女性主义为主旨的期刊得以问世，其中较知名的有《冥顽女孩》(*Refractory Girl*)、《唇》(*Lip*)、《月神》(*Luna*)、《赫卡特》(*Hecate*)、《澳大利亚女性主义研究》(*Australian Feminist Studies*) 等。这些刊物以激进的视角、富有争议性的发刊词以及鼓励不同立场投稿者展开论争的姿态实现了引导社会舆论和干预社会生活的目的。在涉及不同领域的文章和评论中，关于文学的话题占有一席之地。这些刊物中最为突出的代表是《赫卡特》和《澳大利亚女性主义研究》。这两份刊物分别代表着澳大利亚女权主义学术的两个中心，一是以《赫卡特》的编辑卡罗尔·费里尔为代表的"布里斯班学派"，二是以围绕《澳大利亚女性主义研究》展开活动的苏珊·迈格利 (Susan Magarey) 和以苏珊·谢里丹为代表的"阿德莱德学派"。

一

　　澳大利亚的女性主义文学批评具有双重来源，一种是本土思潮，另一种来自国外。戴利斯·伯德在一篇题为《1985前后：澳大利亚女性主义文学批评及其"国外理论"》（Around 1985：Australian Feminist Literary Criticism and Its "Foreign Bodies"）的文章中指出，澳大利亚文学评论中较早开始关注女性问题的批评家是伊恩·里德。早在1974年，里德通过《南方评论》（*Southern Review*）杂志撰文就20世纪30年代澳大利亚与新西兰部分长篇小说中的"女性问题"进行了评述，在该文中，里德特别考察了克里斯蒂娜·斯特德、罗宾·海德（Robin Hyde）、蒂姆夫娜·库萨克（Dymphna Cusack）、凯里·特南特以及埃莉诺·达克等女性小说家的创作，他认为，这些小说家的小说大多暴露出女性对于身处男性主导的男权社会中缺乏自觉意识，对于性别政治的分析也很不彻底，所以从政治上说，她们大多缺少真正的情感投入，原因是，20世纪30年代的女性小说家所生活的澳大利亚和新西兰社会仍然是男性主导，在这样的男权社会中，女性依然是被动的接受者和反应者。里德在这篇文章中提出，20世纪30年代澳新两国小说中的所谓"女性问题"属于个别的作家自己，因为她们整体上并不懂得性别政治。里德还指出，真正认识性别政治并体察到男性对于女性压迫问题的是新一代女作家的事。在20世纪70年代的澳大利亚，《南方评论》的自我定位是反对澳大利亚文学批评中的本土沙文主义，尽力向本国读者介绍和宣传外国理论，但是，里德的文章中全然没有国外女性主义理论家的批评语言和视角，显然，他的上述评论是在未受到西方国家女性主义思潮和理论影响的情况下完成的。伯德认为，作为一名男性批评家，里德的文章算不上严格意义上的女性主义文学批评，但是，对于后起的澳大利亚女性主义批评来说，里德这些纯粹基于本土经验发表的上述评论具有石破天惊的意义。[①]

[①] Delys Bird, "Around 1985：Australian Feminist Literary Criticism and its 'Foreign Bodies'", in *Australian Literature and the Public Sphere*, eds. Alison Bartlett, Robert Dixon and Christopher Lee, Refereed Proceedings of the 1998 Conference, held at the Empire Theatre and the University of Southern Queensland Toowoomba, the Association for the Study of Australian Literature, 1999, pp. 202–203.

澳大利亚女性主义文学批评作为一种范式的形成与外来影响有着重要的关系。一般说来，澳大利亚女性主义批评先后受到了英美的自由派女性主义和马克思主义女性主义以及后结构主义的法国女性主义的思潮的影响。从1975年开始，在斯彭德等人的努力之下，澳大利亚女性主义批评家推出了一大批自由派女性主义的女作家文选和研究专著，这些出版工程和项目凸显了重构澳大利亚女性文学传统的意义和价值，激烈地批判男权对于女性的压迫。值得注意的是，自由主义批评家明确地反对法国式的理论。同一年，在美国妇女研究杂志《符号》（*Signs*）的直接影响下，相信马克思主义女性主义的费里尔等人创办了著名的《赫卡特》杂志，该杂志不是一本专门的文学批评杂志，但是，因为主编认为在女性努力谋求解放的过程中，文学具有非常重要的作用，所以该杂志陆续发表了一大批文学批评文章。

由于传统的文化关系和历史渊源，澳大利亚对于英美女性文学批评的接受可谓顺理成章。早期的女性主义批评家普遍觉得英美女性主义理论离自己最近，也最便于使用，所以她们自觉地运用英美女性主义的理论和方法对本土作家进行评论。较有代表性的文章有弗兰西斯·麦金赫尼（Frances McInherny）的《迈尔斯·弗兰克林，〈我的光辉生涯〉和女性文学传统》（Miles Franklin, *My Brilliant Career*, and the Female Literary Tradition）。[1] 布朗温·勒维在一篇题为《重读重写再生产：近期英美女性主义文学理论》[Re（reading）Re（writing）Re（production）: Recent Anglo-American Feminist Literary Theory]的文章中指出，英美女性主义文学批评关注意识形态和方法之间的关系，在文学研究中着重考察文学作品创作者的性别和物质生活状况。她们认为，在任何一个阶级社会里，在任何存在性别歧视的社会中，都不难找到这样的文本证据，所以女性主义文学批评大有可为。勒维认为，英美两国的女性主义创作实践对于澳大利亚大有裨益，因为澳大利亚文学批评在这一领域的研究刚刚开始，大量有价值的资料有待发现。[2]

---

[1] Frances McInherny, "Miles Franklin, *My Brilliant Career*, and the Female Literary Tradition", *Australian Literary Studies*, May (1980): pp. 275–285.

[2] Bronwyn Levy, "Re（reading）Re（writing）Re（production）: Recent Anglo-American Feminist Literary Theory", *Hecate*, 8.2 (1982): 97–111.

从 20 世纪 80 年代开始，美国批评家安妮特·克洛尼（Annette Kolodny）和伊莱恩·肖沃尔特（Elaine Showalter）以及英国的玛丽·雅克布斯（Mary Jocabus）的不少批评著述在澳大利亚批评界得到广泛传播。1980 年，克洛尼先后发表了两篇文章，一篇是《在雷区跳舞》（Dancing Through the Minefield）①，另一篇是《阅读之图：性别与文本阐释》（A Map of Reading: Gender and the Interpretation of Texts）②，其中，《在雷区跳舞》很快在包括澳大利亚在内的整个英语世界被反复转载，成为美国女性主义文学批评中被转载最多的文章。与克洛尼相比，肖沃尔特在澳大利亚的影响更加深远，从 1977 年开始，肖沃尔特连续出版《她们自己的文学：英国女性小说家从勃朗特到莱辛》（A Literature of Their Own: British Women Novelists from Brontë to Lessing, 1977）和《女性病：妇女、疯狂与英国文化，1830—1980》（The Female Malady: Women, Madness, and English Culture, 1830 – 1980, 1985）等著作，同时在包括《批评探索》（Critical Inquiry）在内的期刊上发表《荒原中的女性批评》（Feminist Criticism in the Wilderness, 1981）等论文。雅克布斯毕业于英国牛津大学，从 70 年代开始大量发表女性主义批评文章，其中，《妇女写作：〈简·爱〉、〈谢利〉、〈维莱特〉、〈奥罗拉·李〉》（Women's Writing: Jane Eyre, Shirley, Villette, Aurora Leigh, 1978）、《苔丝：一个纯洁女人的形成》（Tess: The Making of a Pure Woman, 1978）以及《不同的风景》（The Difference of View, 1979）等通过《批评论文》（Essays in Criticism）等刊物在澳大利亚流传甚广，1979 年，她主编出版的《女性写作和关于女性的写作》（Women Writing and Writing About Women）在澳大利亚女性读者中产生了深远的影响。

70 年代后期，澳大利亚部分批评家开始注意法国女性主义思想，不少批评家觉得法国女性主义理论家的论述过于抽象，但是，也有一些理论家对法国思想表示出了浓厚的兴趣。1979 年，米根·莫里斯在《赫卡特》杂志

---

① Annette Kolodny, "Dancing Through the Minefield", *Feminist Studies*, 14.3 spring (1980): 453 – 466.
② Annette Kolodny, "A Map of Reading: Gender and the Interpretation of Texts", *New Literary History*, 11, spring (1980): 451 – 467.

上发表一篇题为《当代法国女性主义文学批评面面观》的文章①，首次把英美女性主义和欧洲女性主义思想放在一起进行认真比较，通过比较，她得出结论：法国的女性主义理论有许多内容值得英美女性主义研究和关注。莫里斯提出，法国女性主义理论虽然激进，在经验和方向上都与英美女性主义有着很大的不同，但是，因为二者的目标一致，所以几国的理论家之间时有交流；该文详细地介绍了法国文学批评和哲学对女性特征的概括，并在此基础上阐明了它与英美女性主义的差异。莫里斯认为，70年代的澳大利亚文学批评正经历着一场话语模式上的根本改变，这种改变对于女性主义批评不无益处，为了跟上新的批评话语，澳大利亚女性主义批评不妨从略带冒险的法国理论中汲取一些灵感和思想资源，因为法国理论的激进特征无疑对于有志于勇敢挑战男权文化的女性批评具有重要的裨益。莫里斯还指出，在澳大利亚文学史上，对于女性的表现曾经完全地服务于传统男高女低的关系，澳大利亚女性主义批评应该跟法国女性主义批评家一样，全面思考传统二元对立的话语和政治影响，全面反思澳大利亚文学在表现妇女形象时存在的种种问题，与此同时，女性主义批评必须针对澳大利亚女作家建构自身话语主体的历史进行彻底梳理，对于女性创作面临的种种困难进行全方位的清理，唯有如此，法国女性主义的诸多理论方可以被用于对于传统澳大利亚文化的实际和政治反思之中。

1980年，由伊莲恩·马克斯（Elaine Marks）和伊莎贝拉·德·库迪夫伦（Isabelle De Courtivron）主编的《新法国女性主义文选》（*New French Feminisms: An Anthology*）在美国出版，澳大利亚的女性主义杂志《赫卡特》第一时间发表了三篇回应文章。其中，南希·休斯顿（Nancy Huston）对该书进行了评论；罗西·布雷多迪（Rosi Braidotti）和简·韦恩斯托克（Jane Weinstock）的文章对该书进行了一个局部的批判；安娜·吉布斯（Anna Gibbs）则立足自己对法国的了解提出该书并不反映法国女性主义思想的全部，她认为较之英美女性主义理论，法国理论是外来理论，具有对澳大利亚实施理论殖民的潜在威胁，所以澳大利亚女性主义文学批评应该重视自己的

---

① Meagan Morris, "Aspects of Current French Feminist Literary Criticism", *Hecate*, 5.2 (1979): 63–72.

本土语境特征。① 值得注意的是,《新法国女性主义文选》的出版显然第一次深深触动了许多澳大利亚批评家,针对该书,不少人开始认真地思考澳大利亚女性主义发展的方向。其中较有代表性的是斯内娅·古尼夫和路易斯·阿德勒(Louise Adler),此二人在一篇题为《女性写作的方法与疯狂》(Method and Madness in Female Writing)的文章中明确讨论了澳大利亚女性主义文学批评可能采用的方法和路径,她们认为,澳大利亚女性主义批评应该遵循一种政治化的本土批评实践,一种基于英美女性主义批评方法的经验主义,但同时应该充分地采纳法国女性主义理论,并将其改造之后为我所用,用她们的话说,澳大利亚女性主义批评需要类似英美的本土"条理"(method),也需要法国人特有的"疯狂"(madness)。②

80年初期的许多澳大利亚女性主义批评家认为,对于阶级和经济问题的考虑仍然应当被置于中心位置。在讨论外来的理论体系对于澳大利亚文学批评的适用性时,勒维舍弃了当红的法国女性主义而转向分析更加贴近澳大利亚现实的英美理论家的著作。在勒维看来,澳大利亚女性主义批评的现状——"可供研究的材料几乎无人涉及,以书的篇幅出现的研究成果刚刚出现"——为澳大利亚批评家提供了一个绝佳机会"去观察和学习在目前为止出版的大部分英美女性主义批评中占据显著地位的意识形态和方法论的难以调和的关系",从而建构她们自己的批评实践,这应当包括对"文本的不同性别的生产者的物质状况方面迹象"的关注,"只要社会上以阶级划分为基础和以性别主义为标志的组织继续存在",这些迹象就会在文本中出现。③古尼夫和阿德勒在共同发表于《赫卡特》的文章中也指出,澳大利亚女性主义批评的可能性"存在于实现本土批评实践的政治化(对益格鲁-撒克逊批评理论和实践方法的'冒险处理')和采用'外国理论'(对法国女权理论的疯狂追求)之间"。

80年代以后,澳大利亚女性主义内部出现了重新定位,文化研究成了

---

① Anna Gibbs, Rosi Braidotti & Jane Weinstock, Nancy Huston, "Round and Round the Looking Glass: Three Reponses to *New French Feminisms*", *Hecate*, 6.2 (1980): 23–45.
② Louise Adler & Sneja Gunew, "Method and Madness in Female Writing", *Hecate* 7.2 (1981): 10–33.
③ Bronwyn Levy, "Re (reading) Re (writing) Re (production): Recent Anglo-American Feminist Literary Theory", *Hecate*, 8.2 (1982): 97–111.

影响女性主义学术研究发展方向的新的力量，虽然早期女性主义政治活动的目标——对于针对妇女作为文化制造者和文学、艺术活动的主角的性别歧视予以反击——并未取得彻底胜利，但此时的女性主义批评家们普遍认为，该是对文化机构和文化实践进行革命性改造的时候了。这一时期的谢里丹、安妮·弗里德曼（Anne Freadman）、凯·谢菲（Kay Schaffer）等在各自的论著中或主张女性主义批评与精神分析学的结合，或主张其与解构主义、符号学乃至文化研究相结合。其中最具代表性的论著当属谢里丹的《嫁接：女性主义文化批评》（*Grafts: Feminist Cultural Criticism*，1988）。[①] 这本书的标题即隐含了澳大利亚女性主义者试图将欧洲和美国的女性主义"枝条"嫁接在本土的"树干"上，以培育出新的更加茁壮的"物种"的愿望。在该书的序言中，谢里丹指出，澳大利亚女性主义总是对"国际"女性主义的移植持开放性的接受态度，但它同时也保留有自身的本土特点，其中之一便是"它将其他物种嫁接在自身身上，从而经常性地产生新物种的能力"。《嫁接》一书中收录的10篇论文充分地展现了女性主义者积极采纳新观念和开拓新话题的姿态。由此可见，80年代的女性主义文化批评最终摒弃了妇女形象批评和妇女作为父权制的牺牲品的传统观念，而向建构系统的女性主义批评理论迈进了一大步。

二

费里尔认为，澳大利亚女性主义文学批评跟其他国家一样大体上也经历了三个不同的发展阶段：第一阶段集中"从一个有意识的女性读者的角度对大量的男性和女性文本中的'女性形象'进行审视，并在高等教育机构中设立'某某文学中的女性'或'某某文学中的女性形象'等课程"。第二阶段"致力于在女性作家的作品中发现共同的要素，致力于'重新发现'和再次出版'丢失的'女性作家的作品，致力于发现何为女性写作"。第三阶段"试图超越前两个阶段在方法论上的困境，通过或采取后结构主义的阅读方法，或借鉴法国理论家，或利用社会学或其他学科的知识等方式"来探索

[①] Susan Sheridan, *Grafts: Feminist Cultural Criticism*, London/New York: Verso, 1988.

女性文学创作的规律。① 费里尔的这个"三阶段说"与美国女性主义批评家肖沃尔特的相关论断完全一致，但这一总结对于归纳和理解澳大利亚女性主义文学批评的实践仍然相当适用。

澳大利亚在女性主义文学批评的各个阶段取得的成就都不容小觑。反映澳大利亚女性主义批评第一阶段和第二阶段成就的是德鲁希拉·莫杰斯卡（Drusilla Modjeska）的《流放在祖国》（1981）②、雪莉·沃克（Shirley Walker）的《她是谁?》（1983）③ 以及卡罗尔·费里尔的《性别、政治与小说：20世纪澳大利亚女性小说》（Gender, Politics and Fiction: Twentieth Century Australian Women's Novels, 1985）。

《她是谁?》是澳大利亚女性主义批评第一阶段最突出的代表，该书共收录15篇文章，其中6篇为男性批评家所写，入选的9位女性批评家包括沃克、麦金赫尼、格林、费里尔、海伦·汤姆森（Helen Thomson）、露西·弗罗斯特（Lucy Frost）、阿妮特·斯图尔特（Annette Stewart）、维罗妮卡·布雷迪以及布伦达·沃克（Brenda Walker）。沃克在该书的"前言"中指出，《她是谁?》并不是一本女性主义批评集，她在选择被评论的作家和批评家时同样不存在性别歧视。该书中被评论的有6位男作家，他们分别是约瑟夫·弗菲、亨利·劳森、马丁·博伊德、托马斯·基尼利、戴维·艾尔兰德（David Ireland）和帕特里克·怀特，其余都是女作家——迈尔斯·弗兰克林、亨利·汉德尔·理查森、K. S. 普里查、克里斯蒂娜·斯特德、凯瑟琳·海伦·斯本斯（Catherine Helen Spence）、罗莎·普雷德（Rosa Praed）、芭芭拉·贝恩顿（Barbara Baynton）、伊利莎白·哈罗尔（Elizabeth Harrower）和芭芭拉·汉拉恩（Barbara Hanrahan）。沃克不认为女作家在处理女性形象时一定比男作家更有经验，文集收录的15篇文章中考察的女性形象可谓各色各样，有些作者关注女性人物形象的刻画以及女性人物的生活态度，

---

① Carole Ferrier, ed., Gender, Politics and Fiction: Twentieth Century Australian Women's Novels, St. Lucia, Qld.: University of Queensland Press, 1985, pp. 2 – 4.

② Drusilla Modjeska, Exiles at Home: Australian Women Writers 1925 – 1945, Sydney: Angus & Robertson, 1981.

③ Shirley Walker, Who Is She? Images of Woman in Australian Fiction, St. Lucia, Qld.: University of Queensland Press, 1983.

有些关注小说家对于女性人物的态度，文集的主要考虑因素是审美，把文学视作一种艺术形式，把书写女性形象作为艺术创作中的一个重要内容来考察。不过，沃克同时指出，该书中的许多批评家虽然不直接用女性主义的语汇，她们在骨子里是相信女性主义的。

《她是谁?》中收录的6篇关于澳大利亚男作家的评论大体上都有一个相同的主题，那就是，包括劳森和怀特在内的经典澳大利亚男作家在刻画女性形象时都暴露出了不同程度的性别歧视问题。在一篇题为《托马斯·基尼利与女性的特别苦痛》的文章中，沃克结合《招来云雀和英雄》(*Bring Larks and Heroes*)、《吉米·布莱克史密斯的圣歌》(*The Chant of Jimmie Blacksmith*)、《孝女》(*A Dutiful Daughter*)、《血红的蔷薇妹妹》(*Blood Red, Sister Rose*) 和《南部联盟军》(*Confederates*) 五部长篇小说对基尼利的女性形象刻画提出了批判。沃克认为，基尼利的小说刻画了一个个有着严格道德秩序的世界，在这样的世界当中，几乎所有的人都深觉不适，于是人们不断地诉诸暴力，不断地背负起道德的十字架，而女性成了暴力的承受者和道德的牺牲品。沃克认为，小说《招来云雀和英雄》中一个太监对于女性的态度反映了基尼利本人的态度——对于女性肉体和功能的彻底厌恶。他的小说喜欢表现暴力（尤其是针对女性），喜欢书写女性的肉体的不洁和罪孽，喜欢展示变态的性和扭曲的女性道德牺牲，他的小说因为这些内容常常显得异常生动而有活力。但是，上述五部作品在表现女性人物形象时实在走过了头 (something too unctuous and full-blown)，基尼利在对待女性的态度上或许不乏理解和同情，但他对于女性的"特别苦痛"所表现出来的态度实在太不真诚。

《她是谁?》中有两篇文章是明确在女性主义的视域中讨论澳大利亚文学中的女性形象的，它们分别是麦金赫尼的《迈尔斯·弗兰克林，〈我的光辉生涯〉和女性文学传统》和费里尔的《女性形象研究适合伊利莎白·哈罗尔的〈瞭望塔〉吗?》。在前一篇文章中，作者引用肖沃尔特在《她们自己的文学》中提出的观点，指出该文的目的是要将迈尔斯·弗兰克林置于女性文学（而不是澳大利亚文学）语境之中来考察其小说中的主题和意象规律，因为在她看来，迈尔斯·弗兰克林的传记表明，她的小说属于世界女性文学运动。麦金赫尼在证明了劳森和格林等人的误读之后指出，小说《我的光辉生涯》的首要主题在于妇女在社会中的地位和角色问题，小说叙事人西比拉（Sybylla）一开篇就用经济协议这样的比喻指称婚姻，而这一看法与同时代的勃朗特姐妹小说中的简·爱和艾格尼斯·格雷以及美国作家艾格尼斯·史沫特莱（Agnes Smedley）的小说《大地的女儿》（*Daughter of Earth*）中的情形甚是相像。西比拉通篇都对婚姻没有好气，认为异性之间的婚姻沦落成了一种纯粹的压迫和剥削，在她的叙事中，小说反复提到鞭子和镜子两个意象，在西比拉看来，鞭子是异性婚姻中男性对女性实行强行征服的工具，叙事人自己拒绝接受男性的压迫，拒绝变成一个顺从的女性；镜子是两性关系中女性不断认识自己作为他者的自我身份的重要途径，叙事人每天早晨与自己的镜子对话，通过这种对话让自己学会习惯自己的生活状况，通过镜子，她知道了自己的不漂亮，更知道了自己在男人心目中的价值，通过镜子，她了解了社会对于女性的期待和判断。麦金赫尼认为，将小说《我的光辉生涯》置于世界女性文学传统之中来看，迈尔斯·弗兰克林以19世纪澳大利亚农业社会为背景，却写出了全世界女性在自己的社会重负之下的生活，也写出了天下女性在内化了男权社会的价值后自己给自己强加的压力，小说家对于男权社会中的女性内心的矛盾、情感的失落和心理上的羞辱给予了深刻的反映和思考，小说通过主人公西比拉的经历讲述了一个19世纪女性受伤的心灵。

  第二阶段的澳大利亚女性主义批评家关心澳大利亚女性文学传统的历史建构，努力挖掘隐没在历史尘埃中的女性作家，并在她们身上寻找共同的特征，这一阶段的女性主义批评家关心的问题是：澳大利亚女性文学创作具有什么共同的特点？[①] 澳大利亚女性主义批评对于本国女性文学传统的梳理基本遵循了肖沃尔特的套路，着力最多，成果也较显著。德鲁希拉·莫杰斯卡生于英国，1971年从巴布亚新几内亚来到澳大利亚，先后就读于澳大利亚国立大学和新南威尔士大学，1981年获博士学位，先后出版《女作家：澳大利亚文化史研究：1920—1939》（*Women Writers: A study in Australian cultural history, 1920 - 1939*，1979）和《流放在祖国》（*Exiles at Home: Australian*

[①] 苏珊·谢里丹用"嫁接"（graft）一词来形容，吉莉安·惠特洛克认为，至少当代澳大利亚女性文学并非都是国外女性主义文学和批评嫁接在澳大利亚之后的结果。

Women Writers 1925 – 1945，1981）等文学批评著作，1990 年出版小说《泼皮》(*Poppy*)。《流放在祖国》以断代文学史的形式集中研究了 20 世纪 30 年代的澳大利亚女性文学创作，在传统的澳大利亚文学史中，20 世纪 30 年代被认为是一个艰困的时代，经济萧条、共产主义运动及意识形态的斗争让澳大利亚文学经历了一个低谷期。《流放在祖国》集中考察了这个时代的克里斯蒂娜·斯特德、迈尔斯·弗兰克林、耐蒂·帕尔默、马乔莉·巴纳德·埃尔德肖、凯瑟琳·苏珊娜·普里查、简·德凡尼、埃莉诺·达克、安·布莱南（Anne Brennan）、达尔西·迪莫（Dulcie Deamer）、蒂姆夫娜·库萨克、贝蒂·罗兰德（Betty Roland）、爱丽丝·亨利（Alice Henry）、希尔达·艾森（Hilda Esson）、凯里·特南特等一大批女性作家的文学和生活，为一个时代的女性文学绘制了一幅巨大的文化群像，该书用"流放"一词作标题，准确地捕捉到了那个时代的精神特征，受到批评界的一致欢迎。

戴利斯·伯德认为，莫杰斯卡的《流放在祖国》标志着澳大利亚女性主义批评的一个重要转向，即从关注女性在澳大利亚文学中的形象转向挖掘女性作家作品和重写澳大利亚文学史。在这一转向的过程中的另一位批评家自然是费里尔，费里尔先后就读于英国和新西兰的大学，1973 年以后开始在昆士兰大学担任讲师，现任该校英文、媒体研究和艺术史学院的文学和女性研究教授，曾任澳大利亚女性研究会主席、《赫卡特》和《澳大利亚女性书评》(*The Australian Woman's Book Review*) 杂志的主编，先后出版《出发点：简·德凡尼自传》(*Point of Departure：The Autobiography of Jean Devanny*，1986)、《性别、政治与小说：20 世纪澳大利亚女性小说》(1992) 和《简·德凡尼：浪漫的革命者》(*Jean Devanny：Romantic Revolutionary*，1999) 等著作。在她的一篇文章中，费里尔针对弗兰西斯·麦金赫尼在一篇题为《深入破坏核心：伊利莎白·哈罗尔的〈瞭望塔〉》(Deep into the Destructive Core：Elizabeth Harrower's *The Watch Tower*) 的文章中对哈罗尔小说所做的阐释提出了质疑，费里尔把那种专门寻找"模范女性"的女性主义形象批评归结为美国式的女性主义批评，她指出，以"模范女性"为代表的澳大利亚女性主义形象批评具有明显的缺陷，因为它是一种"规定性的批评"（prescriptive criticism），即读者先入为主地认定作品中包含某些角色和积极意义的女性身份。根据这种批评，文本的"文学价值"将按照它是否呈现了这种模范女性来加以判定。① 费里尔引用肖沃尔特的话指出，英国女性主义关注马克思主义批判的那种经济压迫，法国女性主义关注心理分析中讨论的那种精神压抑；费里尔对美国女性主义批评提出了质疑，费里尔认为，美国女性主义文学批评在文学作品中寻找"模范女性"的做法不得不面对一个类似于20世纪30年代的社会主义现实主义的大问题，同后者一样，"模范女性"式的女性主义批评不可避免地把批评变成了一种窒息文学创作的教条。费里尔承认这种批评在一个特定历史阶段上的意义，但她同时指出，这样的批评将把女性主义变成一种改良主义，她列举了多丽丝·莱辛（Doris Lessing）、玛丽琳·弗伦奇（Marilyn French）和马奇·皮尔西（Marge Piercy）等作家的作品，说明在"模范女性"这样的公式化理论的指导下创作出来的文学作品跟社会主义现实主义文学一样常常千篇一律，缺乏色彩。费里尔认为美国女性主义批评关注文本意义上的表达，澳大利亚女性主义批评应该及早地借鉴一下英国和法国女性主义的批评思想，她从英、法两种女性主义的视角对《瞭望塔》进行了新的阐释，指出了该小说中涉及的经济关系以及两性关系中的精神心理因素，努力将女性主义批评从单纯的形象研究中大力向前推进。

费里尔的《性别、政治与小说：20世纪澳大利亚女性小说》同样旨在讨论20世纪澳大利亚女性文学传统，但它涵盖的时间跨度更长些，费里尔以"澳大利亚女性作家"为题为该书作了序，她在序言中讨论了20世纪初期澳大利亚女作家作为家庭妇女的写作处境、澳大利亚女作家的旅外小说以及两种小说模式（欧洲式的心理小说和澳大利亚本土式的丛林生活小说），她提出，澳大利亚的文学批评应该充分注意政治和文化语境，女性文学批评应该为女性的解放斗争做贡献。《性别、政治与小说：20世纪澳大利亚女性小说》收入了包括费里尔、谢里丹、麦金赫尼、古尼夫、吉莉安·惠特洛克、利维尔、苏珊·加纳（Susan Garner）、瓦莱里·肯特（Valerie Kent）、黛博拉·乔丹（Deborah Jordan）、帕特里克·巴克里奇（男性）以及乔伊·斯威特（Joy Thwaite）在内的11位批评家的文章，每篇文章围绕澳大利亚

---

① Carole Ferrier, ed., *Gender, Politics and Fiction: Twentieth Century Australian Women's Novels*, 1985, p. 3.

女作家和女性文学传统展开评论,多数文章立足社会主义和女性主义针对具体的作家和作品进行探讨,内容分别涉及迈尔斯·弗兰克林、耐蒂·帕尔默、凯瑟琳·苏珊娜·普里查、简·德凡尼、克里斯蒂娜·斯特德、伊利莎白·哈罗尔、伊伍·兰利(Eve Langley)和雪莉·哈泽德(Shirley Hazard)。此外,该书特别收录了两篇集中讨论澳大利亚移民和土著女性小说传统的文章,一篇文章较为系统地介绍了20世纪70—90年代的澳大利亚女性小说的最新进展,这些文章极大地拓展了澳大利亚女性文学传统的范围,给澳大利亚女性文学批评增了色。

费里尔认为,澳大利亚女性主义文学批评的第二阶段跟第一阶段一样暴露出了不少的问题,除了具有与第一阶段一样的"指定性批评"方法,它在阶级分析方面明显不足,70年代中叶之后,随着澳大利亚左翼政治的日益右转,社会主义女性主义的批评也不断朝右,导致女性主义批评家之间围绕方法论和批评目的论争不断。

澳大利亚女性主义批评的第三阶段努力谋求对于前面两个阶段的超越,此时的女性主义批评积极借鉴后结构主义理论的阅读方法,传统的文学和文学批评方法受到激烈质疑,马克思主义和女性主义之间的传统合作日益难以为继,在二者积极借鉴法国理论和精神分析的过程中,马克思主义和女性主义发现的问题也越来越多。特别是关注阶级的马克思主义和坚持中产阶级价值的主流女性主义的两大阵营之间矛盾日益突出。集中反映澳大利亚女性主义批评第三阶段成就的成果包括凯·谢菲的《女性与丛林:澳大利亚文化传统中欲望的力量》。[1] 谢菲年轻时曾就读于美国多个大学,1984年获匹兹堡大学博士学位,后回国任教,先后出版《人权与叙述中的生命:认可伦理》(*Human Rights and Narrated Lives: The Ethics of Recognition*, 2004)、《千年奥运:表现、政治与赛事》(*The Olympics at the Millennium: Performance, Politics and the Games*, 2000)、《殖民之建构:关于艾丽莎·弗雷泽船只失事的新观点》(*Constructions of Colonialism: Perspectives on Eliza Fraser's Shipwreck*, 1998)、《初接触之后:艾丽莎·弗雷泽的故事》(*In the Wake of First Con-*

---

[1] Kay Schaffer, *Women and the Bush: Forces of Desire in the Australian Cultural Tradition*, Cambridge: Cambridge University Press, 1988.

tact: *The Eliza Fraser Stories*, 1995/1996)、《女性与丛林：澳大利亚文化传统中欲望的力量》、《被捕人生：澳大利亚被捕叙事》(*Captured Lives: Australian Captivity Narratives*, 1993)。《女性与丛林：澳大利亚文化传统中欲望的力量》是一部立足女性主义学术成果和文学分析方法研究澳大利亚文化和社会的专著，该书集中运用法国精神分析理论家拉康的理论对于澳大利亚民族文化身份等问题提出了自己的思考。

《女性与丛林：澳大利亚文化传统中欲望的力量》全书共分六章，分别讨论"文化、语言和自我"、"寻找民族身份"、"丛林与女性"、"土地表征和民族身份"、"亨利·劳森：人民诗人"以及"芭芭拉·贝恩顿：丛林反对派"。全书开宗明义地指出，所谓民族身份是文化建构的产物，关于澳大利亚民族身份和国家特质的形象不过是社会和文化建构的结果，是通过语言和其他表征方式中的意义符码编织出来的关于澳大利亚男人和女人的文化神话，意义的符码是一个文化对于特定问题的认识，在澳大利亚，男人、伙伴情谊和丛林共同构成澳大利亚文学和历史中的民族主义传统，足球、肉饼、袋鼠和霍顿汽车是澳大利亚在通俗文化中的标志性象征，这些意义在澳大利亚文化中通过无数次的重复变成当然的习惯性思想。

谢菲立足法国女性主义批评理论对澳大利亚文化建构中的性别问题进行了深入的探讨，在这部专著中，谢菲虽然也提到了安妮特·克洛尼和雷蒙·威廉斯，但她更集中引证的理论多为法国女性主义，在以海伦·西苏（Helene Cixous）、露西·伊利格瑞（Luce Irigaray）、茱莉亚·克里斯蒂娃为代表的法国女性主义批评家当中，少了英美女性主义批评的经验性特征，增加了罗兰·巴特的符号学、雅克·德里达的解构理论、米歇尔·福柯的话语分析和拉康的精神分析的理论武装。在该书的第一章中，谢菲引用了拉康关于现实界、想象界和象征界（the real, the imaginary and the symbolic）的理论对民族身份的形成过程进行了剖析；她指出，所谓澳大利亚民族性格是一种理想的自我镜像，但它是纯粹想象出来的，它在幻想、记忆和欲望的基础上建构而成，通过语言的符号体系被赋予了价值，事实上，这样的东西根本不存在，不过，澳大利亚人希望这样的东西是真实的，因为它赋予他们一种有别于其他民族的文化身份。在澳大利亚历史上，澳大利亚性格作为一种建构的神话曾经以各种形式出现。作者立足女性主义文化理论对澳大利亚民族身份概念以及女性在澳大利亚文化、社会和政治生活中的地位问题提出质疑。该书的第三章在集中考察了丛林在澳大利亚民族身份建构中的核心地位之后，运用当代女性主义史学研究的最新成果和符号学女性主义与澳大利亚文学研究的新视角对19世纪以来的澳大利亚文化表征进行分析，指出这一表征在着重刻画男性与丛林关系的同时把女性与丛林和土地相等同起来的传统方法，并对其进行了批判。第五、六章结合劳森和芭芭拉·贝恩顿的两部小说讨论澳大利亚女性与丛林的关系。第七章讨论了80年代以来的澳大利亚文化生活中的意义编码，最后结合电影《鳄鱼邓迪》（*Crocodile Dundee*）、民族身份神话及其女性在其中的地位等问题，作者假想了一段自己跟法国女性主义思想家伊利格瑞的对话。

谢菲指出，从19世纪的旅行指南和殖民文学到耐蒂·帕尔默的《现代澳大利亚文学》（1924）、W. K. 汉考克的《澳大利亚史》（1930）、万斯·帕尔默的《传说中的19世纪90年代》（1954）、A. A. 菲利普斯的《澳大利亚传统》（1958）以及拉塞尔·沃德的《澳大利亚的传说》（1958）等权威的民族主义文本中，男作家笔下几乎见不到女性，他们笔下的男性人物几乎都是"澳大利亚传奇"式的丛林男人；读者很难看到女性的踪迹，人们用来指称澳大利亚的主题和要素的东西很多，但最普遍使用的无疑是独自面对空旷辽阔的澳洲大地的丛林人，传统的澳大利亚文学批评家们喜欢把丛林刻画成具有女性特质的土地，澳大利亚女性在民族身份的话语中很少出现；此外，在当代澳大利亚文学电影和通俗文化叙事中，在当代民族身份的文化研究中，在当今的澳大利亚报刊文章、电视新闻、流行节目和广告中，这种选择性地将澳大利亚的某些经验确定为民族特征的做法假定了澳大利亚民族构成的高度的同质性，在澳大利亚文化中制造了许多的文化神话，这些神话植根在澳大利亚不同形式的话语之中。谢菲还列举了包括劳森在内的一批有影响的作家的作品及其在澳大利亚文学史和文学批评中的接受和阐释情形，深入地研究了澳大利亚在个人、社会和国家身份建构方面存在的巨大问题。

三

　　澳大利亚女性主义的崛起在文学批评界引发的反应各种各样，欢迎者有之，鄙视者亦有之。1984年，阿德莱德大学的文学教授K. K. 鲁斯文（K. K. Ruthven）出版了他的《女性主义文学研究导论》（Feminist Literary Studies: An Introduction, 1984），该书篇幅不长，却是女性主义文学批评在进入澳大利亚主流文学批评过程中接受的第一道审视性目光。1982年，鲁斯文开始在阿德莱德大学的人文科学研究中心举办"文学与阐释"研讨班，他的《女性主义文学研究导论》就是根据为该研讨班准备的讲义整理而成。①

　　鲁斯文是80年代澳大利亚颇有影响的文化理论家和文学批评家。先后任教于澳大利亚和新西兰的多所著名高校，先后出版《文学中的伪装》（Faking Literature）、《文学的假设》（Literary Assumptions）、《核批评》（Nuclear Criticism）等多部文学评论专著，担任过《南方评论》的主编，主编出版过《阐释》（Interpretations）丛书。在80年代众多热衷于新理论的批评家中，鲁斯文较早开始研究女性主义批评，但他对于女性主义批评的立场所持的态度是学院派的，更是男性的，在他看来，"女性主义的介入无疑是英语文学研究面临的最重大的挑战"②，所以有必要及早地对女性主义批评提出自己的评判。

　　《女性主义文学研究导论》共分四章，主要从批评话语的性别视角、女性主义批评的理论体系建构（包括方法的确立）、对消解男性中心主义核心概念的思考和建立女性批评学四个方面对女性主义文学批评作了较为全面的评析。鲁斯文认为，女性主义文学批评具有三大弱点——封闭性、散漫性和激进性，女性主义文学批评要想进入主流学院，必须首先解决这些问题。

　　鲁斯文认为，女性主义批评表现得有些固步自封。这种封闭性首先表

---

① Delys Bird et al., eds., *Authority and Influence: Australian Literary Criticism 1950 – 2000*, 2001, p. 270.
② K. K. Ruthven, *Feminist Literary Studies: An Introduction*, Cambridge: Cambridge University Press, 1984, p. 7.

现在对男性批评家参与女性主义批评的排斥态度上。通常，参与女性批评的男性要么被看成是被驯服的女性主义者，要么定位为疯狂的反女性主义者。男性批评家参与女性主义批评的实际情况分两种：最现实的一种就是在高校的文学课堂上不乏男老师教授英语文学研究课程，另一种则发生在学院之外的文学批评界。但是，不论是哪一种情形，女性主义批评家通常对于参与女性主义批评的男性持高度的警觉和怀疑态度。鲁斯文非常清楚自己作为一名男性参与女性主义批评将面临怎样的质疑和挑战，为了消除质疑，鲁斯文引用了威廉·W. 摩根（William W. Morgan）在 1976 年与克洛尼辩论时说过的话——"如果……女性主义文学研究对整个文学研究体系都具有深刻的革命性意味，那么，在某种意义上说，它就是每一个人的事"。既然是每个人的事，那么男性参与女性主义批评就是无可厚非的。鲁斯文指出，参与女性主义批评的男性批评家一般只"谈论女性主义文学批评家而不要为她们代言"①，假如女性主义批评家执意将男性拒之门外，那么女性主义批评便不是真正具有革命性的批评话语，而这些批评家则自然就是不负责任的文人。

　　女性主义批评家为什么抱持着一种严格排斥男性的封闭态度呢？鲁斯文认为，这应归咎于女性主义文学批评的核心假设——"性属是文学话语的生产、流通和消费中至关重要的决定因素"，因此许多女性主义批评家担忧，男性批评家会通过参与女性主义批评，利用其职业优势侵入、占有甚至利用女性主义话语。鲁斯文认为，男性参与女性主义批评的理由很充分。首先，女性主义批评家用于证明这一假设的部分证据失之偏颇，让人按捺不住地要闯入已被詹妮特·拉德克利夫·理查兹（Janet Radcliffe Richards）这样的女性主义批评家划定的女性主义批评话语空间，做一点纠偏的工作。其次，大多数从事女性主义批评的男性对女性主义批评是有积极贡献的，他们都是对对抗性话语满怀坚定热情的激进分子，因此激进女性主义被他们视作反抗压迫性体制的典范，这些男性对女性主义的态度是基于信念而非出于好奇心。他们还通过提供意识形态方面的专业知识以及修辞技巧使得女性主义批评的构建能经受反女性主义者的攻击或是怀疑论的侵蚀。这无疑证明了他们的可

---

① K. K. Ruthven, *Feminist Literary Studies: An Introduction*, 1984, p. 7.

信度。最后，即使是最新的女性主义流派在很大程度上仍依靠男性来表明其立场，并不断利用他们提供的帮助。在理论问题上，约翰·斯图尔特·密尔的《论妇女的从属地位》（*The Subjection of Women*，1869）和恩格斯的《家庭、私有制和国家的起源》等男性理论家的论著仍被奉为女性主义批评的经典，与此同时，像塞缪尔·理查森、易卜生这样成功摆脱性别束缚、在女性主义领域颇有建树的男性作家也大有人在。鲁斯文认为，持分离主义态度的女性主义将自己囿于亚文化的范畴，冒着陷入唯我论的风险，断绝与男性的交流。这样的女性主义无法对文学批评做出有益的贡献。那么，男性在参与女性主义文学批评怎样才能不引发争议呢？鲁斯文的建议是：男性批评家应将女性主义批评视为一种批评方法，在元批评的层面上对其进行评说，避免不必要的抵触和争议。

在鲁斯文看来，女性主义批评自我封闭的另一个突出表现就是拒绝进入学院、拒绝与主流批评话语相融合。鲁斯文认为，女性主义批评不论是排斥男性批评家的参与，还是拒绝被纳入体系，其根源还在于狭隘的心理作祟，以及部分女性主义批评家对所受阻力的夸大其词。女性主义批评的排斥主义态度有百害而无一利。从文学批评发展规律看，女性主义批评与主流批评话语融合有利于文学批评的发展。如果女性主义批评可以被纳入文学批评体制，那么就可以为原有的批评体制提供新知，使原有的英语语言和文学研究的方法得到改进，特别是抛弃那些经不起女性主义批评考量的做法，或是促使它们在经过修正之后能将女性主义批评有机地纳入批评体制中来。假如女性主义不能被纳入批评体制，那么就必须进行文化革命。这场文化革命会涉及全社会及其中包括学院在内的各种体制的转变，彻底结束男性的主导。这样的革命要取得胜利就必须摧毁现存的文化结构，这种可能性可以说是微乎其微。鲁斯文形象地将主流的文学批评体制比作有很多房间的公寓楼，任何新知识最终都会被妥善安置于大楼的某一个地方，只要体制中的其他知识类型不再抵触它，那么新知识就算是被接纳了。因此，女性主义批评与主流文学批评的关系应该是对话融合而非对立。

在鲁斯文眼中，这样的融合对主流批评和女性主义批评都是有益的，通过进入主流批评话语，女性主义批评不再处于边缘位置，这应该是女性主义在实现社会变革的道路上取得的一个重大胜利；摒弃了封闭性并步入学院的女性主义批评将有更广阔的发展天地,因为"随之而来的是对传统文学批评的信念的动摇。这种动摇为将女性主义批评从边缘向中心推进提供了前所未有的机遇。而处于中心位置的则是已经过修正的关于文学研究涉及哪些内容的观念"。但是,取得这个胜利是有条件的,针对持分离主义态度的女性主义批评家,鲁斯文不客气地指出,自我封闭态度的最大缺陷就在于将女性主义批评视为一种"信仰"而非需要证实的"假说"。要顺利进入学界,唯一的方法就是将自己降格定位为一种新知识,把自己的基本原则视为"假设"而非"信条",做好"假说"自然会被别人批评的心理准备,并采取开放的态度承受批评。[1]

鲁斯文认为,激进的女性主义批评的另一个问题是它的散漫。这种散漫首先表现为拒绝为女性主义批评作界定,伊利莎白·帕金斯(Elizabeth Perkins)在为《性别、政治与小说》写的书评中指出:"女性主义批评最有意思,也是最富创造性的方面之一就是没有同一性,实践者之间也没有多少积极的交流与对话。"[2] 鲁斯文显然不满意女性主义批评家在下定义问题上表现出的不确定态度,尽管他也承认,在"文学"、"批评"等概念自身的定义都变得不确定的时代,要给出"女性文学批评"的明确定义的确很难。鲁斯文在分析这一现象时提出"模糊定义的优势在于可以规避许多给出清晰定义时会遇到的问题",然而,使用这样的定义,弊端也显而易见——要么无法涵盖全体女性,要么涵盖的群体过于宽泛。鲁斯文对女性主义批评迟迟不能形成统一的方法表示了明确的不满,作为一位深受传统批评的理性思维模式影响的主流批评家,他认为,任何规范的理论都不会容许定义和体系性的缺失。

女性主义批评散漫性的另一个表现是女性主义批评家宣称自己没有统一的批评方法。部分美国女性主义批评家对建构严整统一的理论架构持公开的抵制态度,认为由于分散多元的领域需要有多元的研究方法,研究方法上的严整统一必定会导致还原主义和过度简化的毛病。有些女性主义批评家认

---

[1] K. K. Ruthven, *Feminist Literary Studies: An Introduction*, 1984, pp. 22–23.
[2] Delys Bird et al., eds., *Authority and Influence: Australian Literary Criticism 1950–2000*, 2001, p. xxviii.

为，坚持使用单一研究方法不仅会影响女性主义批评正常进行，而且更是男权制社会的特征。鲁斯文认为，严整统一的批评方法的缺失是女性主义批评家有意不为的结果，作为一种即将进入学院的新知识体系，没有明确的研究方法是行不通的，方法如同"过滤器"：所有的批评方法都是一种过滤器，它被用来筛选出特定类型的信息，并依靠专为此目的创造出的一套术语将这些信息确定下来。女性主义批评也是一种新知识过滤器，它"将所有产生于人文科学和社会科学的话语中曾经不可见的'性属'成分变为可见"，并通过这种方式建构起一种新的知识。①

鲁斯文指出，女性主义批评的流派众多，女性主义批评应该对它们进行综合性的描述，努力建构一种统一的女性主义批评。但是，女性主义批评家对统一的理论体系表现出了极端的排斥。韦勒克在《文学理论》一书中在讨论文学研究问题时断言："文学批评和文学史二者均致力于说明一篇作品、一个对象、一个时期或一国文学的个性。但这种说明只有基于一种文学理论，并采用通行的术语，才有成功的可能。"② 对于这样的观点，鲁斯文无疑是认同的。他在《女性主义文学批评导论》中表示，"采取反理论主义的立场是危险的……因为它会使女性主义批评有陷入'简单主观主义'的危险，而这正是那些'极端保守的社会群体的典型特征'"。鲁斯文认为，不论女性主义是什么，不论它认为自己要实现怎样的目标，它一旦进入作为批评话语的文学研究领域，那么它就只是另一种谈论文本的方式。既然如此，它迟早要经受所有批评话语的检验，这些话语都有自己的成因、目标、显著特征和运作步骤，它们都可以被描述，都可以根据取得的洞见进行评价。女性主义批评必须和其他已被学界认可的批评话语一样，具备一种理论话语的基本条件方可成为一种规范的"谈论文本的方式"。

鲁斯文认为，部分女性主义批评家表现得过于激进，而这种激进性是其进入主流文学批评体系的最大障碍。女性主义批评在实践中努力消解男性中心主义，同时努力构建女性批评。鲁斯文指出，女性主义批评家们在试图完

---

① K. K. Ruthven, *Feminist Literary Studies: An Introduction*, 1984, pp. 24 – 25.
② 勒内·韦勒克与奥斯汀·沃伦：《文学理论》，刘象愚等译，北京：文化艺术出版社2010年版，第8页。

成上述这两项任务时，常常显得过于激进，激进女性主义批评家认为"有必要将男性中心主义文化中那些压制女性的成分统统摧毁"，这样女性才有可能获得解放。女性主义批评家在努力发掘被遗忘或被埋没的女作家（"lost" women writers）时提出，历史上的女作家之所以被湮没可能有两个原因：一个是偶发性的，另一个则是有意而为之的。激进的女性主义批评家们往往更青睐后一种解释，她们认为"女性作家不是在无意间被遗忘的，而是有意被埋没的"，因为过去由出版界和评论界构成的网络都为男性所掌握，女性作家总是被拒之门外，文学史上女性作家的作品缺场也表明"抹去行为"的存在，而这一行为清楚地表现了男权社会的阴谋。鲁斯文认为，女作家及其作品的缺失并不一定是"抹去"的结果，鲁斯文对"女性有自己的文学"这一说法在多大程度上是成立的提出了疑问。在他看来，假如女性生活在一个与男性完全不同的世界，而且从未读过他们的任何作品，她们或许会有自己的文学，但事实上这样的条件从未存在过，男性作家和女性作家共同生活在世界各地，对互相阅读对方的作品已经习以为常。只是通过剔除文选中男性作家的作品，并不意味着就有女性自己的文学。[①]

女性主义批评理论建构的另一个重要环节就是女性文学史的书写和女性文学传统的建构，激进的女性主义批评家对此信心十足。然而，鲁斯文认为这也是激进的表现，在他看来"写文学史很难，甚至是不可能的。现在已经无人能确定什么是'文学'，什么不是了。即便情况并非如此，关于人们认为什么构成了文学史的问题，仍有不确定之处"。关于女性文学传统的建构，鲁斯文认为，传统是建构起来的，其建构"是当前某一群体出于使自己的诉求合法化的目的，回溯性地建构起来的"。"每个传统都是分别构想而成的，它们合起来形成一个异质的整体"，因此"文学中并不存在独立的女性传统"[②]。

鲁斯文认为，欧美女性主义批评同时进入澳大利亚文学批评界之后，澳大利亚的女性主义文学批评的激进性有增强的势头。相当一部分澳大利亚女性主义批评家主张女性主义批评不能失去社会政治理想。因此，在当时的澳

---

① K. K. Ruthven, *Feminist Literary Studies: An Introduction*, 1984, pp. 121–124.
② Ibid., pp. 126–128.

大利亚学界，女性主义批评作为新兴的文学研究领域，在建构过程中遇到的一个两难境地就是：女性主义批评究竟该主张自己的地位并拥有自己独立的空间，还是该被纳入男性主导的批评话语中去？如果要融合，怎么融合？鲁斯文给出的答案耐人寻味。鲁斯文希望女性主义文学批评能够进入学术界。但是他也明确表示："这并不意味着我毫无保留地赞成它［女性主义文学批评］的行事方式。"

鲁斯文的《女性主义批评研究导论》一经问世便在澳大利亚批评界引发了巨大争议。古尼夫、菲丽帕·罗斯菲尔德（Philipa Rothfield）和露易丝·约翰逊（Louise Johnson）认为鲁斯文关于"女性主义批评仅仅是另一种谈论书籍的方式"，实际上是以"一种恩主的姿态消解了它的政治性，错误地将它置于不可避免的客观的或超理论的位置，从而将其约束成必须遵从学术的严格规范的教学法"[1]。勒维等女性主义批评家也对鲁斯文提出了尖锐的批判，他们反对鲁斯文试图将女性主义批评非政治化，高调凸显女性主义批评的政治内涵，勒维指出，"鲁斯文想通过维持自己的教授权威来对女性主义批评家的活动评头论足，同时又渴望他的活动能够被那些被他在书中评头论足的批评家接受为同伴"。勒维认为，由来自知名大学的、在传统的18世纪文学领域成就斐然的、颇受尊重的男性教授撰写的这样一本论著，在标志着澳大利亚女性主义文学批评受到体制化的承认的同时，也显示了这一体制化可能带来的危险，即被纳入传统的文学理论和批评实践的模式中去，失去自身激进的政治性，从而沦为"仅仅是另一种谈论书籍的方式"，为了避免这一后果，女性主义文学批评应该选择文化研究作为未来发展的领域。因为与传统的澳大利亚文学理论相比，文化研究的激进的"创新性"对于想要维持独立的政治立场的女性主义批评将构成较少的威胁。这一转向将使女性主义文学研究免受或少受被"招安"、被吞并和被"非激进化"的威胁。[2]

---

[1] Delys Bird, "Around 1985: Australian Feminist Literary Criticism and its 'Foreign Bodies'", *Australian Literature and the Public Sphere*, 1999, p. 208.

[2] Bronwyn Levy, "Re (reading) Re (writing) Re (production): Recent Anglo-American Feminist Literary Theory", *Hecate*, 8.2 (1982): 184.

四

　　如果说外国理论与本土女性主义批评的结合极大地推动了澳大利亚女性批评的发展，鲁斯文的《女性主义文学批评导言》以及随后引发的巨大争议标志着女性主义批评作为一种政治化的激进文学批评范式在进入澳大利亚批评主流话语过程中遭遇的巨大困难。但是，澳大利亚女性主义批评并没有因为这种批评和质疑而停滞不前。

　　苏珊·利维尔认为："澳大利亚文学的一个主要推动力就是试图在小说中囊括一个新的国家的一段新的经历；一个相似的推动力经常激励女性作家打破沉默，去述说她与男性截然不同的独特经历。这一去书写和去展示不被认可的现实的强烈欲望，当它使未知的或被压抑的声音变得清晰可闻时，将拥有一种激进的政治含义。"[1] 从很大意义上说，澳大利亚女性主义文学批评也具有同样的特点。20世纪70年代之后的女性主义文学批评以激进女性主义理论为指导，以开放性的姿态与各种新的理论相结合，又深深扎根于澳大利亚本土的文学实践，它既具有改造其他领域的批评实践的能力，也不缺乏积极参与国际国内论争的强烈意识。

　　1986年，澳大利亚国立大学的人文研究中心首次对外吸收女性主义理论方向的访问学者，在此后的几年当中先后召开三次相关学术会议，极大地拓展了女性主义在澳大利亚文学批评中的影响。在该中心1988年出版的一本批评文集《嫁接》一书前言中，谢里丹指出，澳大利亚女性主义的最大特点在于它的开放性，因为它从一开始就积极对外吸收国际女性主义思潮的移植，但是，澳大利亚女性主义较之世界各地的女性主义有着自身明确的本土特色，澳大利亚女性主义在将国外理论嫁接到本土理论基础上形成了属于自己的独特的女性主义思想，那是一种属于南半球的女性主义（antipodean feminism），属于澳大利亚的女性主义。在20世纪80年代兴盛一时的澳大利亚女性主义文学批评正是这样一种嫁接而成的文学批评实践。

---

[1] Susan Lever, *Real Relations: The Feminist Politics of Form in Australian Fiction*, Sydney: Halstead Press, 2000, p. 17.

作为一种具有清晰政治目标的激进批评，澳大利亚女性主义批评从一开始就是一种针对传统的批判性和颠覆性的批评潮流，如果说英美的自由主义和马克思主义女性主义与本土的性别意识共同推动了女性主义批评的系统发展，并为初步建构一种澳大利亚本土的女性主义文学批评准备了物质条件，那么，法国后结构主义女性主义批评的到来为澳大利亚女性主义立足女性经验对澳大利亚文化进行全方位的性别批判带来了锋利的利器。谢菲的《女性与丛林》令人想起格雷姆·特纳的《民族虚构：文学、电影和澳大利亚叙事的构建》（1986），二者在批判澳大利亚文学表征的虚构性方面可谓高度一致，所不同的是，谢菲带着女性主义的政治使命研究澳大利亚的文化表征，所用的国外理论更多，批判的锋芒也更加犀利。此外，与特纳相比，读者在谢菲的著作中既看到了国外理论被运用于澳大利亚最经典的作家作品之上，又看到了国外理论被用来服务于澳大利亚女性主义的文化政治。在这样的过程中，国外理论与澳大利亚文学的结合更加紧密和深入，虽然不免带来一些争议和问题，但是，通过女性主义批评，以法国为代表的外国理论在澳大利亚的本土化进程得到了更加全面的落实。

从20世纪90年代开始，围绕女性主义和女性主义文学批评而引发的种种论争出现了出人意料的新发展，一方面，激进女性主义受到了来自男性主流社会的坚决抵制，另一方面，在女性主义内部出现了新老两代女性主义代言人的尖锐矛盾。在这种大环境之下，澳大利亚女性主义批评受到了很大的冲击。尽管如此，澳大利亚女性主义文学批评至今仍是澳大利亚文学批评中的一支重要力量。作为一种批评潮流，澳大利亚女性主义文学批评完美地演绎了本土思潮和外来理论的大融合。在这一融合当中，澳大利亚女性主义批评不仅完成了自身的话语建构过程，取得了令世界瞩目的成绩，它通过与本土文学的全面结合，以难以置信的锋芒展开了对于澳大利亚文学和文化的全面批判，并在这种批判中实现了许多外来理论思想的本土化，同时为澳大利亚文学批评通过女性主义和后殖民理论走向世界奠定了坚实的基础。

90年代以来的澳大利亚女性主义批评在后结构主义理论的影响下开始更多地关注女性内部的差异。自由主义的女性主义认为，女性的经验应该都是一样的，但法国理论家露西·伊利格瑞和茱莉亚·克里斯蒂娃认为女性的经验因种族、文化、阶级，甚至个人而有差异，在这种思想的影响下，艾莉森·巴特利特（Alison Bartlett）出版了《堵塞机器》（*Jamming the Machinery*，1998），詹妮弗·卢瑟福德（Jennifer Rutherford）出版了《鲁莽侵入者：弗洛伊德、拉康与白澳幻想》（*The Gauche Intruder：Freud, Lacan and the White Australia Fantasy*，2000），伊顿·里德尔罗（Eden Liddellow）出版了《伊莱克特拉：20世纪小说中的愤怒、悲伤与希望》（*After Electra：Rage, Grief and Hope in Twentieth-century Fiction*，2002）。随着女性主义批评不断深入文化批判，女性主义文学批评成了澳大利亚后殖民理论的主力军，如今，在当今后殖民理论的队伍中，随处可见女性主义批评家的身影，她们中包括古尼夫、惠特洛克、安·布鲁斯特（Anne Brewster）、里拉·甘地（Leela Gandhi）、菲昂纳·普罗宾-拉普希（Fiona Probyn-Rapsey）等。她们的共同努力为澳大利亚乃至世界女性主义批评在21世纪的深入发展做出了巨大的贡献。

第七章
澳大利亚的后殖民文学理论

1788年1月26日，英国航海家亚瑟·菲利普（Arthur Phillip）率领首批移民来到悉尼，并在此升起英国国旗，澳大利亚自此成为英国殖民地。1901年1月1日，澳大利亚各个分散的殖民地更名为州，各州之间经过协商决定组成澳大利亚联邦，1931年，澳大利亚根据"威斯敏斯特法令"（the Statute of Westminster）取得内政外交的独立自主权，成为法律上的独立国家。1942年，澳大利亚正式接受这一法律并宣布独立。20世纪60年代，世界范围内的民族主义浪潮风起云涌，在非洲和加勒比海地区，众多的前殖民地国家纷纷掀起了独立解放的政治运动，在澳大利亚，关于历史和现实中的殖民问题的思考集中地体现在澳大利亚土著民的地位上。1967年，澳大利亚国会通过全民公投废除对原住民的法律歧视，澳大利亚原住民首次成为澳大利亚的合法公民。

在一篇题为《后殖民理论与澳大利亚文学批评》（Post-Colonialism and Literary Criticism in Australia）的文章中，利·戴尔指出，澳大利亚早期的后殖民文学批评自有一段本土的历史，这段历史与美国兴起的后殖民理论无关。20世纪六七十年代，澳大利亚文学批评被利维斯主义所主导，文学研究全然处于英国"新批评"的殖民控制之下，与此同时，来自法国等地的后结构主义和女性主义思潮开始登陆澳大利亚，在这些理论的冲击之下，主导澳大利亚文学批评数十年之久的"新批评"走到了尽头，在"新左翼"、女性主义以及来自欧美的（后）结构主义思潮的激荡之下，"新批评"家们在澳大利亚文坛日益失去信任，那种封闭式的文学内在研究方法日益不得人心，至1981年，当利昂尼·克雷默主编出版她的《牛津澳大利亚文学史》

时，澳大利亚文学批评界对她的"新批评"立场已经是一片嘘声。[1]

澳大利亚后殖民文学批评萌芽于20世纪70年代末。据比尔·阿什克罗夫特回忆[2]，1978年，新成立不久的"澳大利亚文学研究会"举办了首次学术会议，同年，他和一批专家在《新文学评论》（*New Literatures Review*）杂志上推出了一期"后殖民文学研究"专辑。1978年，批评家海伦·蒂芬在一篇题为《你无家可归：阿尔伯特·温特作品中的殖民两难》的文章中首次用到了"后殖民"的概念："温特的作品跟当代澳大利亚、加拿大、西印度群岛、新西兰以及非洲作家的作品一样都属于后殖民的写作，因为他们的作品中主题和手段都与殖民和帝国的经历密切关联，他通过使用英语这一语言探索民族独立、殖民地与宗主国之间的艺术联系、殖民地的反抗，立足祖先留下来的文化价值以及20世纪的殖民错位进行自我界定"[3]。此后，她又在另外一篇文章中指出："以前的澳大利亚文学批评常常一开腔便是把澳大利亚的作品与英国传统做比较，就连民族主义者亦不例外，澳大利亚批评家们不断为本民族的文学寻找批评的标准，但最终都不得不用澳大利亚民族性来衡量文学的成绩。"[4] 也就在这一年，多克在一篇题为《大学英文教学中新殖民思想》的文章中针对澳大利亚大学文化中的英国中心主义提出了尖锐的批判，多克认为，澳大利亚大学文学教师中普遍持有一种错误的心态，他呼吁修改课程体系，改革教学方法，打开思路，以便让澳大利亚文学教学能自觉地包容英国以外的观点。[5]

澳大利亚后殖民文学批评的标志性著作是比尔·阿什克罗夫特、加雷

---

[1] Leigh Dale, "Post-Colonialism and Literary Criticism in Australia", *Modern Australian Criticism and Theory*, eds. David Carter & Wang Guanglin, 2010, p. 15.

[2] Bill Ashcroft, "Is Australian Literature Post-Colonial?", *Modern Australian Criticism and Theory*, 2010, p. 15.

[3] Helen Tiffin, "'You can't go home again': The Colonial Dilemma in the Work of Albert Wendt", *Meanjin*, 37.1, April (1978): 119.

[4] Helen Tiffin, "Review of *Commonwealth Literature* by William Walsh, *Literatures of the World in English*, ed. by Bruce King, *Among Worlds* by Wiliam H. New, and *The Commonwealtyh Writer Overseas*, ed. by Alastair Niven", *Australian Literary Studies*, 8.4 October (1978): 512.

[5] John Docker, "The Neo-colonial Assumption in University Teaching of English", *South Pacific Images*, ed. Chris Tiffin, Brisbane: South Pacific Association of Comparative Literature and Language Studies, 1978, pp. 26–31.

斯·格里菲斯和海伦·蒂芬于1989年共同完成出版的《逆写帝国：后殖民文学的理论与实践》(*The Empire Writes Back: Theory and Practice in Post-Colonial Literatures*) 和鲍勃·霍奇和维杰·米什拉于1991年出版的《梦的黑暗面：澳大利亚文学与后殖民思维》(*The Dark Side of the Dream: Australian Literature and the Postcolonial Mind*)[①]，这两部著作的问世从时间上看相差无几，但两部著作从立意到内容，从写作形式到立场观点都表现出截然不同的价值取向，很好地反映了后殖民文学批评在澳大利亚文学研究中体现出的独有的多元视角和丰富内涵。要认识澳大利亚后殖民批评，有必要先对这两部著作做进一步的了解。

一

《逆写帝国：后殖民文学的理论与实践》的三位作者都是澳大利亚文学批评家。阿什克罗夫特早年就读于澳大利亚悉尼大学以及位于首都堪培拉的国立大学，先后在澳大利亚的新南威尔士大学和中国的香港大学等地执教。阿什克罗夫特的主要研究领域包括澳大利亚文学和后殖民理论，尤其对于赛义德的理论有着较为深刻的把握。格里菲斯出生于英国，先后就读于牛津大学和布里斯托大学，曾执教于美国的纽约州立大学，1973年以后移居澳大利亚，先后在澳大利亚的麦考瑞大学和西悉尼大学任职，1978年出版《双重放逐：处于两种文化之间的非洲和西印度群岛文学》(*A Double Exile: African and West Indian Writing Between Two Cultures*, 1978)。蒂芬早年就读于澳大利亚的昆士兰大学和加拿大的女王大学，后在澳大利亚的塔斯马尼亚大学、昆士兰大学和加拿大的女王大学执教，蒂芬熟悉加拿大和南太平洋地区文学，1980年，曾与克里斯·蒂芬（Chris Tiffin）合作编撰了《南太平洋故事》(*South Pacific Stories*)。20世纪六七十年代，上述三位作者（特别是阿什克罗夫特和蒂芬）尚在不同的学校攻读研究生学位，当时澳大利亚文学批

[①] Bill Ashcroft, Gareth Griffiths & Helen Tiffin, *The Empire Writes Back: Theory and Practice in Post-Colonial Literatuers*, London: Routledge, 1989; Bob Hodge and Vijay Mishra, *Dark Side of the Dream: Australian Literature and the Postcolonial Mind*, Australian Cultural Studies, North Sydney: Alen and Unwin, 1991.

评中弥漫着殖民主义的气息。在反对殖民的过程中,澳大利亚的新民族主义批评家们一度反对以后殖民的视角去反思和研究澳大利亚文学,因为他们担心刚刚从英国文学中解放出来的澳大利亚文学会被花哨和时髦的后现代和后结构主义所吞没。但是,"澳大利亚文学研究会"的成立是澳大利亚后殖民文学批评的一个标志性事件,因为它首次倡导澳大利亚批评家将澳大利亚文学置于一个跨国的比较文学的语境中来关注和研究,作为见证者和参与者,上述三位批评家目睹了澳大利亚文学研究向后殖民跨国比较文学的转变,也全程参与了澳大利亚后殖民文学批评的构建。

《逆写帝国》立足后殖民文学进行立论,全书关注前殖民地国家和地区的文学创作,从"反写"的视角来研究世界后殖民文学呈现出来的总体特征。在《逆写帝国》的作者们看来,所谓"后殖民"文学是指那些曾经遭受殖民的国家和地区,从时间上说,它涵盖殖民开始之后的一切创作;从研究范围上说,"后殖民"的文学批评是针对包括澳大利亚在内的前英殖民地国家的文学的一种阅读方式;后殖民文学批评关注不同前殖民地国家和地区的种族和经济历史、社会结构和物质状况,认为在后殖民框架之下进行的一种跨国别和跨地区的比较文学分析对于我们了解不同后殖民作家所使用的抵制殖民的策略无疑有着重要的意义。

《逆写帝国》一书以整个英帝国的前殖民地英语文学为研究对象,强调的是它们对于英国文学的共同立场,这种立场便是"反写"或者说是"抵抗霸权",强调的是后殖民文学对于英国文学的消解。该书结合语言和话语策略问题创造性地提出了"抛弃"(abrogation)和"挪用"(appropriation)两个概念。在作者看来,所谓"抛弃"是指对于英帝国文化、英帝国审美标准、语言使用规范以及语汇意义认定的全盘抛弃,"抛弃"表达的是一种前殖民地文学对于语言和写作的去殖民化诉求。所谓"挪用"就是从殖民者那里借来为自己服务的语言和书写策略,然后,用它们来表达前殖民地人民的文化经验和民族精神,殖民者的语言在这一过程中被当成了一种工具,用以表达不同殖民地人民的全然不同的生活经验。①

---

① Bill Ashcroft, Gareth Griffiths & Helen Tiffin, *The Empire Writes Back: Theory and Practice in Post-Colonial Literatuers*, 1989, pp. 38 – 39.

《逆写帝国》认为,后殖民文学的关键在于建构区别于英国文学的独特个性。具体说来,后殖民文学至少在三个方面努力实践了它们针对英国文学的"抛弃"和"挪用"原则,深入研究后殖民文学的这三个层面上的特征对于全面认识后殖民文学的本质特征有着重要的意义。

第一,后殖民文学在创作中努力实践对于英语语言的挪用和改造。从语言上看,前英殖民地国家大体上可以分成单语、双语和多语国家。不管是上述哪一种情况,后殖民文学都反对针对语言施用一种立足英国经验形成的标准,基于后殖民经验提出的语言学理论认为,任何一种语言都是一种基于混合和变化的"克里奥尔连续体"(creole continuum),从后殖民的角度来看,语言学应该关注实际的运用,特别是边缘使用者的语言运用实践,一种好的语言学理论应该把语言看作一种社会实践,语言学不应该停留在理论模式的建构上,而应该立足具体的语用经验进行理论建构,后殖民语言学反对将一种语言变体看作标准,而把这一变体视为语言学研究的唯一内容。后殖民语言学认为,语言变异具有一种提喻的功能,任何一种变体的背后是一种有着丰富实践的文化。此外,后殖民文学所反映出的语言更是文学家植根多种日常变体提炼出来的一种为人理解的语言形式,在这种语言形式当中,文学家既努力明显抛弃英国文学对于英语的认定,又要借用这一语言,通过不断的语言变异实现自我身份差异的标注,所以后殖民的语言学家主张把语言的变异视作语言研究的主要内容。

在后殖民文学中,对于殖民宗主国的语言挪用是一种话语策略,它所呈现出来的语言差异具有借代功能。那么,后殖民作家常用的语言变异方法有哪些呢?《逆写帝国》一书列举了一系列常见的挪用和改造方法。①

1. 注释法(glossing)　在后殖民创作当中,读者经常碰到一些用括号括起来的词语,如"he took him into his *obi* (hut)",这种对于单个词语进行的注释方法就是所谓的注释法,这种方法在早先的后殖民文学作品中出现较多,在包括加拿大和澳大利亚这样的移民殖民地文学中,这种注释有时或以直白的方式叙述出来。但是,不论以什么方式,对于殖民地语言的注释和说

---

① Bill Ashcroft, Gareth Griffiths & Helen Tiffin, *The Empire Writes Back: Theory and Practice in Post-Colonial Literatuers*, 1989, pp. 59 – 77.

明表面上用一个更为读者熟悉的词语说明了不为广大读者熟悉的概念，事实上显著地强化和凸显了文化距离，随着读者对于作品语境和内容的日益熟悉，读者会越来越觉得这两个词之间的差异，同时感觉用 hut 来解释 obi 的勉强和武断。

2. 不作翻译的词汇（untranslated words） 在后殖民文学创作中，作家有时故意选择对殖民地本土使用的语汇不作翻译，例如 V. S. 奈保尔（V. S. Naipaul）有时在其小说中用 hubshi 取代 negro，齐诺瓦·阿切比（Chinua Achebe）有时在其小说中用 chi 取代 an individual's god 或者 fate。对于殖民地本土语汇不做翻译解释便直接使用是后殖民文学经历了一段时间的发展之后的产物，对于殖民地语言的不注释和不翻译选择凸显的仍然是差异性，但它更具有一种政治性意义，因为跟注释相比，保留殖民地语汇的做法让人更多地关注殖民地的文化以及它们背后的殖民地人民。

3. 中介语（interlanguage） 在后殖民英语写作中，读者经常碰到一种奇特的语言系统，这种语言系统与殖民者的语言有着显著的相似性，但又与它存在显著的差异性，它介于殖民者的语言和殖民地的语言之间，不断提醒着殖民地文化与殖民宗主国的不同。中介语当然不是英国读者习惯的纯正英文，按照严格的英文语法，这种英文随处都是错误。但是，后殖民作家并不忌讳，而且在他们的作品中，这些错误严格一致，自成一种逻辑，给人一种强有力的隐喻力量。虽然半个多世纪以来的读者一直对这种语言深感不适，但是，小说家通过这种语言表达了一种挪用宗主国语言以其实现自我表达的坚定决心。

4. 混用句法（syntactic fusion） 在后殖民英语文学中，有些作者将本民族和部落语言和英语的句法和词汇混在一起，形成另一种绮丽的后殖民语言景观。小说家通过这样的句法混用，让读者听到了殖民地人民的话语风格，更听到了殖民地人民的语言节奏。后殖民英语文学中充斥着这样的节奏，为了充分表现这种节奏，作家们努力从殖民地的口语表达中汲取灵感和艺术养分，通过使用属于殖民地人民特有的新造语汇，让读者透过语言体味到了文化的风味。

5. 语言切换和方言直录（code-switching and vernacular transcription）在后殖民英语文学中，有些作者不断地在两种语言系统之间切换，小说家可以在小说的叙述部分使用标准英语,在对话中完全地直录殖民地人民实际使用的英语变体。语言切换的策略在加勒比海文学中可以说比比皆是,许多作品不仅在对话中,而且在叙述中也使用殖民地的别琴英语(pidgin English)和克里奥尔(creole)英语,许多作品针对不同部落的人物使用不同的英语变体,体现了作者对于语言的高度敏锐性。

后殖民文学对于英语的所有这些挪用手法中共有一个特点,那就是将英语实际地置于一个具体的文化环境之中,但是,在使用这一语言的过程中,努力保持自己的立场和文化特性。如果说在宗主国作家的笔下,后殖民生活经验曾经是怪异的代名词,那么后殖民文学对于英语的挪用书写将写作与阅读牢牢地结合了起来,它告诉我们,英语并不一定等于生活在帝国中心的殖民宗主国使用的英语,后殖民文学中的语言从根本上解构了传统上人们对于英语文学的假设。

第二,后殖民文学努力在写作的话语策略方面做出了大胆的挪用和改造尝试。《逆写帝国》指出,前殖民地国家和地区要从文学话语的组织上实现独立,最最重要的莫过于文本的写作本身,因为通过写作,后殖民作家可以获得一种力量,并借此实现基于"他者"的边缘杂糅特征的后殖民文学和文化界定。但是,对于后殖民文学写作的重构必然是与宗主国文学斗争的结果。阿什克罗夫特等人认为,要了解后殖民文学的文本策略,读者不妨针对一些具体的作品做一种症候性的阅读,通过这样的阅读,我们不难发现后殖民文学中普遍存在的几个鲜明的特征。

《逆写帝国》一书列举了六个后殖民文本并对其进行了分析。[①] 在三位作者看来,南非作家刘易斯·恩考西(Lewis Nkosi)的小说《交配鸟》(*Mating Birds*)和加勒比海作家 V. S. 奈保尔的《鹦鹉学舌》(*The Mimic Men*)反映出的便是殖民地人民在帝国高压之下的沉默无语和后殖民经验的边缘化。在《交配鸟》中,白人女孩代表着白人社会和白人价值观念,黑人男青年恩迪代表着威胁白人安全的魔鬼,他们之间的关系反映出来的正是控制着写作的白人殖民者和不曾拥有写作传统的殖民地黑人民族的关系。小

[①] Bill Ashcroft, Gareth Griffiths & Helen Tiffin, *The Empire Writes Back: Theory and Practice in Post-Colonial Literatuers*, 1989, pp. 83 – 155.

说通篇刻画了一种突出的沉默,一种后殖民写作特有的沉默,黑人男青年恩迪在白人女性的吸引之下主动地放弃了本民族的口头言说,进入了一个语言真空的境界,在南非的沙滩上,白人和黑人之间的沉默是深沉的,无法通过理解打破,在静静的沉默中,恩迪试图越过海边沙滩上的种族隔离线涉足白人控制的领地,这种逾越民族和文化界限的行为注定会失败。V. S. 奈保尔的《鹦鹉学舌》反复讲述的是一个中心与边缘的故事,对于小说中的人物来说,帝国的中心拥有对于文字和权利的控制权,因为文字具有建构现实的力量,处于殖民地的边缘注定了生活在无序之中,因为殖民地根本缺乏自我表征的方法。此外,按照宗主国的观念,殖民地的生活缺乏文学创作所要求的品味,所以后殖民文学要成为文学根本不能去表现殖民地的生活,所以殖民地的文学的唯一能做的便是仿效宗主国和帝国中心的文学。

《逆写帝国》通过特立尼达作家迈克尔·安东尼(Michael Anthony)的短篇小说《桑德拉街》(Sandra Street)和加拿大小说家蒂莫西·芬德利(Timothy Findley)的小说《不许你上船》(Not Wanted on the Voyage)说明后殖民文学的第二个特征。阿什克罗夫特等人认为,殖民宗主国从一开始努力向殖民地的人民灌输一种关于"正宗"的文学观念,因此,在殖民地人民开始学习写作的过程中首先面临一个写什么和如何写的问题。《桑德拉街》通过一个学生的口吻呈现了后殖民文学对于宗主国文学价值的坚定的抛弃态度。小说的叙事人斯蒂夫(Steve)是一个家住桑德拉街的小男孩,他在一个名叫布雷兹先生(Mr. Blades)的写作老师班上学习写作,布雷兹先生要求全班学生写一篇描写学校所在的桑德拉街道的习作,于是,住在桑德拉街道的斯蒂夫和不住在桑德拉街道的肯尼思(Kenneth)在描写这条街道时写出了完全不同的两个文本。布雷兹先生一面否定斯蒂夫的作文,说它不够客观,一面又否定肯尼思的作文,说它没有文学味。在小说的最后,叙述人斯蒂夫明确地指出,布雷兹先生的文学视野被一种遥远的英国经验所控制,那是一种先入为主的文学观,以那样一种话语标准为出发点,布雷兹先生根本无法看到桑德拉街的现实生活。《不许你上船》也是一部关于中心和边缘的作品,小说以后殖民文学特有的反话语立场改写了圣经中"挪亚方舟"的故事,小说以一种同样激进的立场对宗主国价值观提出了质疑和挑战。小说一反圣经中的故事原型,立足弱势群体把一个关于洪水与拯救的故事改写成一个排斥和毁灭的故事。小说认为，圣经中的《创世记》不是人类纪元的开始，而是一个结束，挪亚方舟的故事不是一个关于人类拯救的故事，而是一个由诺亚主导的对部分群体的边缘化和毁灭性打击，挪亚方舟一起航，就意味着许多的物种已经遭到抛弃，无数物种永远消失。小说针对帝国主义借以控制和压迫殖民地人民的根本观念和过程提出了犀利的批驳。

《逆写帝国》通过新西兰作家詹尼特·弗雷姆（Janet Frame）的小说《字母表的边缘》（*The Edge of the Alphabet*）和印度英语作家 R. K. 纳拉杨（R. K. Narayan）的小说《糖贩》（*The Vendor of Sweets*）说明后殖民文学在挪用和改造宗主国文学方面作出的努力。小说《字母表的边缘》讲述了三个边缘人的故事，一个是新西兰的癫痫症患者托比·威瑟斯（Toby Withers），他要到伦敦寻找他心中的帝国中心，一个是英国"老处女"佐·布莱斯（Zoe Bryce），她在中部的某个学校当老师，最后一个是爱尔兰人帕特基南（Pat Keenan），他是个公交车司机。故事一开始，这三人在新西兰登上了一艘前往英国伦敦的航船。对于这三个人来说，此番的伦敦之行都是一次前往帝国中心的航行，三人对于精神圣地的渴望异常强烈，但是那心目中的中心如同幻觉中的海市蜃楼那样永远不能靠近，因为上述三人在心里建构起来的中心并不存在，有的只有形形色色的相互交织的边缘话语。小说用这种放大的边缘话语彻底解构了那个"字母表"所代表的中心。纳拉杨的小说《糖贩》讲述了一个名叫加甘（Jagan）的小糖果店老板的故事，故事发生在独立以后，加甘继续着自己的糖果生意，与此同时，他的儿子马利（Mali）赴美留学。小说中特别介绍了加甘家里收藏的一个殖民时代的英国区域税务官的肖像，印度独立以后，孩子们嬉笑着把这个殖民官员的肖像从相框里拿出来当扇凉的扇子。小说通过这一细节极其微妙地讲述了独立之后的印度的复杂的社会现实：殖民之后，印度并没有简单地用传统的印度文化替代英国文化，而是在挪用和改造中努力建构着新的社会秩序。

阿什克罗夫特等人认为，症候式的阅读关键在于发现后殖民写作中的后殖民特征，因为后殖民的写作是一个斗争场，在这个斗争场域中，争夺的焦点既有语言，又有主题和形式，作为挪用者的后殖民作家在积极的改造中获得权利，更在积极的改造中获得个性和差异。

第三，后殖民文学在理论建构中努力展示自身的价值体系和文学理念。

《逆写帝国》的三位作者认为，后殖民文学理论的建构始于一种非传统的语言观，这种语言观否认所谓的标准，强调变异的价值。后殖民文学创作以及它们固有的本土文学理论就文学提出了一些全然有别于欧洲文学的假设，这些假设涉及文学的界定、文学的表意方法以及文学的评价等各个方面。由于它们从根本上否认欧洲人传统的普世主义观念，它们有别于欧洲文学理论的地方是显而易见的。[1]

首先，后殖民理论对于文学样式的界定更为宽泛和包容。后殖民文学在内容和形式上都表现出自己独有的特点，例如，许多非洲文学作品中融合了许多的口头叙事和表演艺术形式，这样的本土艺术形式显然影响了非洲的长篇小说创作，令非洲的长篇小说截然有别于欧洲小说。按照欧洲文学的传统分野，文学大体上可以分为长篇小说、抒情诗歌、戏剧、史诗等样式，每一种文学样式有着其自身的形式特征，用这些概念去对照后殖民文学，我们就会发现许多的问题。一方面，许多后殖民文学中的重要篇什似乎不符合任何一种文学体裁，若按欧洲文学标准，它们甚至算不上真正的文学；另一方面，这样的作品当然也一定不能成为文学经典。后殖民理论认为，多数英国文学形式也是在历史的发展过程中逐渐形成的，这些形式对于殖民地的文化来说大多非常陌生，它们为后殖民英语文学提供了一个发展的起点，但是，这种起点在后殖民文学的发展过程中逐步与本土的文化相结合，后殖民作家在创作中将自觉地使用本土的传统，以便确立作品与本土读者的联系。《逆写帝国》列举了印度裔作家萨尔曼·拉什迪（Salman Rushdie）等人的例子说明了这一问题。在阿什克罗夫特等人看来，拉什迪的在《午夜的孩子》等小说呈现的创作形式很好地反映了一种改造过了的文学形式，后殖民理论对于文学形式的认定必须充分认识后殖民文学的这种杂糅特征。

其次，后殖民理论对于文学的意义提出了自己的看法。在传统的欧洲文学中，意义是作者、读者和语言三者竞相控制的对象，在后殖民理论看来，文学首先是一个有着明确社会功能的社会活动，一部作品就是一个社会"事件"，不论是作者、读者，还是语言，他们都和文本一样存在于社会情境之

---

[1] Bill Ashcroft, Gareth Griffiths & Helen Tiffin, *The Empire Writes Back: Theory and Practice in Post-Colonial Literatuers*, 1989, pp. 181–194.

中，因此意义是包括作者和读者在内的各方参与特定话语的社会性产物。后殖民理论认为，文学话语不同于日常言说，因为文学作为一种书面的话语存在于作者和读者之间，由于参与这一话语"事件"的各方当事人都不在场，评论家很难通过当事人的参与看到作品的意义；由于后殖民文学关注跨文化社会经验，作者和读者之间的距离进一步拉大，当事人的缺场变成了一种彼此之间更为显著的距离，所以作为一种交流活动的后殖民文学文本的意义愈加难以确定。在文学意义的问题上，后殖民理论与后结构主义理论不约而同地认为，写作把语言从具体的情境中解放出来，不仅充分地凸显了语言的固有特性，还通过解放文本的具体情境让意义变得不固定和不单一，与日常的言说相比，写作是一种有着巨大阐释潜能的崭新的交流事件。后殖民文学是一种通过挪用和改造形成的文学，它用一系列的具体文学变体替代唯一的标准实践，在抛弃唯一标准的过程中，后殖民文学并非反对意义或者说永远地抛弃了意义，而是将意义建筑在具体的变化之上，意义不是通过写作固定下来的，而是一系列意义的可能性，但这种可能性不是无限的，因为后殖民文学不同于后结构主义之处在于它承认所有的写作都是作者与读者的接触的产物，作者和读者之间的有效交流明确无误地发生。换句话说，后殖民理论认为，意义必然是在特定的情境、作者和读者之间发生。

再次，后殖民理论对于文学的价值也有着与传统欧洲文学标准截然不同的看法。在后殖民文学中，价值和意义一样并非文学文本的一种内在品质，而是批评家立足一定的评判标准对于文本做出的评价。在传统的欧洲文学中，口头文学算不得真正的文学，因为它们与书面文学相比显得简单、缺乏独创性，或者说更像社会学的介绍，但在许多后殖民地国家和地区，批评家立足自己丰富的口头文学传统会把口头文学同它所依托的文化结合起来考察，并发现其中的微妙的文化契合，因此对口头文学做出异常不同的评论。阿什克罗夫特等人认为，文学价值的内在性观念是普世主义的一种常见表达，因为一切文学的内在价值必须是普世的，当普世主义被当成一种标准来衡量后殖民文学的时候，后殖民文学便成了无序和混乱的代名词，所以后殖民理论反对用一种立足欧洲文学传统的普世主义标准来衡量一切文学。

作为后殖民文学理论的一部经典之作，《逆写帝国》反映出几个鲜明的特色。第一，全书以一种曾经不受重视的后殖民文学写作为出发点来思考自己的理论基点，较为系统地梳理了后殖民文学发展的历程及其与传统英国文学学科的关系。第二，全书深入讨论了包括澳大利亚、加拿大、新西兰、非洲、东南亚以及加勒比海等多个国家和地区的后殖民文学发展特点，特别针对这些后殖民文学在研究方法和理论建构等问题上先前已经出现的方法和矛盾纠结进行了深入的探究，试图为后殖民文学研究指出一条新的路径。第三，《逆写帝国》的三位作者都是澳大利亚的白人批评家，在一个最具典型意义的移民殖民地（settler colony），他们既主张文化的去殖民化，又反对激进的民族主义，在提出后殖民文学的"抛弃"和"挪用"理论时，他们的一个最为重要的主张是后殖民文学具有杂糅性，几位作者反复以加勒比海文学为例反对民族主义，主张在后殖民文学中看到后殖民文学与宗主国文学的融合和互动关系，他们主张用小写的 english 代替大写的 English，但这一主张的核心是它强调一种暧昧的综合，这种态度一方面令人想到霍米·巴巴，另一方面令人想到澳大利亚文学批评界延续了近百年的"姓澳"和"姓欧"之争，在澳大利亚的后殖民文学批评界，这样一种态度自然会受到严重的质疑。

二

1991年，澳大利亚的另外两位学者霍奇和米什拉推出了他们的一部批评著作——《梦的黑暗面：澳大利亚文学与后殖民思维》，虽然该书是在《逆写帝国》之后出版，但是，该书的策划和写作几乎是与《逆写帝国》同时进行的。和《逆写帝国》一样，《梦的黑暗面》也是一部明显的后殖民文学研究之作。不过，与《逆写帝国》努力追求的跨文化的后殖民理论建构相比，《梦的黑暗面》是一部立足后殖民思想具体研究澳大利亚文学的后殖民批评之作，作者立足澳大利亚著名的两百年大庆后的历史节点，通过澳大利亚文学的解读对澳大利亚文化和社会进行了深入的反思。二位作者虽然同意阿什克罗夫特等人的观点，认为澳大利亚文学和社会深受英帝国主义对其殖民过程的影响，因此应该从后殖民的角度对澳大利亚文学（特别是澳大利亚的文学经典）进行深入的重新审视，但是，二位作者针对《逆写帝国》提出的基本观点提出了针锋相对的批判。

《梦的黑暗面》的作者之一霍奇先后在西悉尼大学和英国剑桥大学读书,1972年获剑桥大学博士学位,先后在英国的东安格利亚大学、澳大利亚的默多克大学工作,1993年以后在澳大利亚西悉尼大学任教授;霍奇早年从事古希腊文学和思想史方面的研究,后来的学术兴趣广泛涉及符号学、批评语言学、文化理论、媒体研究、马克思主义、精神分析、后现代主义等。至今已出版各类专著25部,其中最有名的除了《梦的黑暗面》之外还有《澳大利亚的神话:解读澳大利亚通俗文化》(*Myths of Oz: Reading Australian Popular Culture*,1987)、《社会符号学》(*Social Semiotics*,1988)等。另一位作者米什拉祖籍印度,后移民澳大利亚,现任澳大利亚默多克大学的英国文学教授,主要从事流散文学的研究。

霍奇和米什拉认为,阿什克罗夫特等人对"后殖民"这一概念所做的模糊界定("一切受殖民过程影响过的文化")暴露了他们对于殖民本身的一个突出的暧昧态度,所以《逆写帝国》给人留下一个错误的印象,那就是,所有的后殖民社会都对殖民宗主国持一种反抗和颠覆的态度。霍奇和米什拉在《梦的黑暗面》中指出,所谓的"后殖民"从来就不是这样简单的,因为同样的是殖民过程影响的文化之间其实存在着巨大的差异,除了殖民者和被殖民者之间的差别之外,不同国家的不同群体在后殖民的问题还有共谋和反抗之分,《逆写帝国》一书显然淡化了这些差别,其作者在一味强调杂糅的同时有意无意地回避了不同后殖民国家的差异性。[1]

霍奇和米什拉认为,澳大利亚的现代历史始于英国殖民者对于土著澳大利亚的入侵,澳大利亚文学和社会深受这一殖民过程的影响,通过对于澳大利亚文学的仔细研读,有助于洞悉澳大利亚人后殖民心理的独特特征。1988年,澳大利亚各级政府围绕英国殖民澳大利亚200年组织了形形色色的大庆活动。霍奇和米什拉透过这样的活动看到了澳大利亚对于历史的一种奇怪的态度,一方面竭力告诉别人澳大利亚已经经过两个世纪的历程,另一方面在讲述自己历史的时候常常只讲早年的开拓和当代的发展。在这种态度背后是澳大利亚人在民族身份问题上一个更加惊人的自我定位,那就是澳大利亚人

---

[1] Bob Hodge and Vijay Mishra, *Dark Side of the Dream: Australian Literature and the Postcolonial Mind*, 1991, pp. xi – xii.

似乎不大在意自己作为一个国家的独立,而永永远远地记得帝国入侵的时刻,澳大利亚人不庆祝独立而不断地庆祝殖民的开始。霍奇和米什拉认为,在这样的庆祝活动和自我定位背后是澳大利亚人对于国家合法性的一种挥之不去的严重焦虑。[1]

霍奇和米什拉引用美国历史学家路易斯·哈茨(Louis Hartz)的观点指出,所有欧洲列强的殖民地在社会组织架构上都共有一些重要的结构特征,每一个殖民地都是殖民宗主国的一个碎片(fragment),而在这个碎片基础上建成的殖民地在很大程度上沿袭和复制了宗主国社会的本质特征。所以在今天的语境中考察澳大利亚文学,我们不能只把它看作英国文学传统的一个放大了的脚注,因为它实在是近五百年来世界殖民历史影响下形成的文化产物的一个突出的代表。霍奇和米什拉认为,澳大利亚的早期殖民者不是人们想象的一个纯粹的工人阶级碎片,而是一种从宗主国剥离出来的复合体,作为一种复合体,这一碎片包含着宗主国母体中所有的矛盾和冲突,带着这些矛盾和冲突,这一复合体踏上了一条殖民的道路,殖民所固有的双重本能(既有对宗主国的依赖,又要从母体中独立出来)让本已矛盾重重的复合体愈加复杂,这种复杂性在日后的殖民文化中日益清晰地显现出来。具体说来,澳大利亚人的心理在英国人的殖民扩张中形成,所以在面对澳大利亚的土著以及它所在的亚洲人时或多或少地表现出一种东方主义意识形态,但是澳大利亚人的心理很少是统一的,因为在面对殖民的过程中始终存在着两种截然不同的态度,一种是与殖民主义共谋,另一种是坚决反对殖民主义,因此,澳大利亚人普遍具有一种分裂的心理。[2]

《梦的黑暗面》中集中考察了澳大利亚文学中时常表现出的四个特征。霍奇和米什拉用澳大利亚人惯用的口头禅"bastard"(杂种)一语首先说明殖民时期的早期澳大利亚文献中流露出来的关于民族身份和国家合法性的焦虑。他们发现,来自英国的殖民作家不喜欢在创作中表现土著人的生活,在澳大利亚的历史上,白人和土著人的关系曾经经历过三个阶段,第一个阶段

---

[1] Bob Hodge and Vijay Mishra, *Dark Side of the Dream: Australian Literature and the Postcolonial Mind*, 1991, p. x.

[2] Ibid., p. xii.

是种族灭绝阶段,第二个阶段是土著人的抵抗阶段,第三个阶段是土著人的崛起阶段。与此相对应,澳大利亚白人小说在表现土著人的方法上也经历过几个阶段,20 世纪二三十年代,当澳大利亚白人对于土著人的态度上处于种族灭绝阶段时,以凯瑟琳·苏珊娜·普里查为代表的一批作家用一种近乎浪漫的传奇手法来写土著;"二战"以后,浪漫传奇逐步让位给了史诗,先是一种反讽史诗,这种史诗以托马斯·基尼利的《吉米·布莱克史密斯的圣歌》为代表,作品中用一种嘲讽笔调观察土著人对于白人压迫的反抗和愤怒;然后是帕特里克·怀特的《乘战车的人们》为代表的寓言史诗,这种作品把土著人的痛苦提升为普世的人类的共同经验。从早期的传奇到后来的史诗,读者不难从中看出白人作家对于种族主义和帝国主义的认同和体认,对于土著人的轻蔑和无视,从中人们也不难看出白人作家与殖民主义的共谋关系。①

霍奇和米什拉认为,澳大利亚白人作家从一开始就更多地愿意表现早期开拓者和殖民者经历的磨难和成就,因为他们必须构建一种国家神话来,好让大家很快地淡忘殖民入侵的现实,尤其是淡忘澳大利亚土著的现实存在。他们特别关注白人作家在描写早期流放犯和丛林土匪时表现出的态度,他们发现,19 世纪的白人作家喜欢完全颠倒黑白地把流放犯和丛林土匪刻画成具有浪漫色彩的传奇人物,作品中对他们的高贵品格大家颂扬,而对他们随时随地的痛苦和死亡深表惋惜,与此同时,有些作品站在流放犯和丛林的立场上对他们遭遇的不公和迫害表示愤怒,对他们反抗殖民官员的行为给予高度的评价。其中,具有浪漫色彩的早期神话大多表现流放犯,例如,马库斯·克拉克的《终身》(*His Natural Life*, 1870—1872,也即后来的节选本小说《终身监禁》(*For the Term of His Natural Life*, 1874);而表现社会底层百姓反抗上层压迫的小说大多描写丛林土匪,19 世纪 90 年代以后,丛林土匪在澳大利亚社会逐步消失,但以内德·凯利(Ned Kelly)为代表的丛林土匪形象成了澳大利亚绘画、文学和影视艺术常用的题材,丛林土匪成了一种表现社会不公的最常见的比喻。霍奇和米什拉认为,澳大利亚的流放犯历史

---

① Bob Hodge and Vijay Mishra, *Dark Side of the Dream: Australian Literature and the Postcolonial Mind*, 1991, pp. 23 – 49.

在今天的澳大利亚看来早已失去了历史上曾有的现实意义,而成了一种抽象的比喻,或者说一种双向的思考。对他们来说,祖先或许犯下了罪,但澳大利亚的早期历史同时也是虐待流放犯的历史,今日的澳大利亚需要流放犯和丛林土匪的形象。在很多澳大利亚人看来,后者既是罪犯又是牺牲品,澳大利亚社会的心理平衡有赖于这种双向的思考。[1]

霍奇和米什拉发现,澳大利亚文学在表现澳大利亚这片土地的时候也暴露出一种非常突出的矛盾,这种矛盾的核心特征是否认现实(negation of reality)。例如,澳大利亚人从一开始就喜欢集聚在几个有限的城市里生活,但是,他们的绘画和文学却执着地表现澳洲的乡村风景,伯纳德·史密斯(Bernard Smith)认为,澳大利亚人对于乡野风景的执着关注直接导致他们为自己建构出一个非常不真实的自我身份意识;霍奇和米什拉认为,澳大利亚人关注乡野风景的根本原因在于他们要为自己非法占有澳洲大陆的事实寻找合法的借口,早期的澳大利亚作家和艺术家在表现澳洲陆地风景的时候并不愿意用真正现实主义的手法去写,他们真正开始现实主义地表现澳洲乡野风景是19世纪50年代的事,到90年代现实主义最后成功确立之时,读者从这些作品中看到的艺术形象仍然常给人一种不大真实的印象,因此贯穿19世纪澳大利亚现实主义文学艺术的背后是另外一段截然相反的历史,那是一段缓慢地不知不觉地将现实土地掏空的历史,在90年代现实主义的标杆性作品中,作家和艺术家对于现实的表现经常也是异常虚假的,在他们的作品中,他们以现实的名义建构起一番不可靠的人造现实。

霍奇和米什拉注意到,澳大利亚土著人在绘画中表现澳洲的土地时喜欢表现它的丰足,每一个地方都与其他地方紧密相连,土著艺术中很少表现那种难以企及的距离。相比之下,19世纪以来的欧洲人文学艺术喜欢表现大山森林,在他们的想象中,高山和森林对于旅行者来说是一种阻隔,但可以被征服和利用,高山和森林成不了距离。但20世纪的澳大利亚艺术家喜欢写沙漠,在他们的笔下,沙漠掩盖一切现实,更是一种绝对的难以克服的距离,在这片土地上旅行的人们找不到终点,距离让一切欲望归为虚无。

---

[1] Bob Hodge and Vijay Mishra, *Dark Side of the Dream: Australian Literature and the Postcolonial Mind*, 1991, pp. 116 – 142.

帕特里克·怀特在一部题为《探险家沃斯》的长篇小说中讲述了一个德国人深入澳大利亚内陆的探险历程，在这部本应充满了对于澳洲大陆的描述的作品中，人们惊讶地发现，怀特笔下的丛林从来就不曾获得一种实实在在的现实感，作品对于澳大利亚大陆风貌的描绘极少，即便有也是非常含糊而缺乏真实的内容的，作品的叙事人和作者一样对大片陆地的物质距离和景物风貌淡然而不予理会，让人觉得这位探险家的探险实际上从来就不是一种外在的物理意义上的探险，而是一种心灵的反思，因为他的旅行跟丛林盗匪一样漫无目的，难分始终，他在探险中走过见过的陆地与其说是真实的澳洲大陆，还不如说是关于探险家内心世界的一个隐喻，其所反映出来的是主人公在澳大利亚社会经历的一种孑然不群的孤独境遇。从这个意义上说，霍奇和米什拉认为，《探险家沃斯》是具有典型意义的20世纪澳大利亚小说，小说主人公讲述一个虚幻的时空中的幻影人物，小说中没有现在和过去的分野，更没有城市与乡村、真实与虚构、旅行与终点的区分，小说人物不会成功，也不会失败，小说家反复呈现的是一连串的关于土地和归属的比喻，作者创造这些比喻的唯一目的在于强化小说的一种孤独情绪，小说中的澳洲土地没有具体的物理意义，因为作者希望借此表达的是一种关于澳大利亚生活的极端的悲观意识。①

　　霍奇和米什拉认为，两百多年来，澳大利亚的无数文学家一直执着地书写一个关于澳大利亚民族的传奇，这一传奇的书写始于19世纪90年代的《公报》。对于这一传奇，历代的澳大利亚历史学家已经表达过不同的认识和批判，例如，拉塞尔·沃德的《澳大利亚的传说》（1958）对这一传奇的真实性深信不疑，万斯·帕尔默在其《传说中的19世纪90年代》（1954）中在指出这一传奇的虚构性的同时强化了澳大利亚读者对于这一传奇的认同，韩弗雷·麦奎恩的《一个新不列颠》（*A New Britannia*，1970）指出这一传奇对于历史的歪曲，理查德·怀特（Richard White）的《编造澳大利亚》（*Inventing Australia*，1981）指出这一传奇背后的意识形态立场。在霍奇和米什拉看来，澳大利亚的民族传奇或许从来都是一种结合体，因为它既是

---

① Bob Hodge and Vijay Mishra, *Dark Side of the Dream: Australian Literature and the Postcolonial Mind*, 1991, pp. 143–161.

主流澳大利亚意识形态的制造者和传播者，也是这种意识形态的批评者，通过阅读澳大利亚经典文学和通俗文化中的部分作品，读者不难看出所谓的主流澳大利亚意识形态中充斥着的变化和自我矛盾。

在澳大利亚文学中，亨利·劳森的《赶牧人之妻》（The Drover's Wife）最早发表于19世纪90年代的《公报》，小说出版之初是一部深受读者喜爱的通俗作品，不同的读者从中读出的意义可以截然不同，但几十年后，它成了澳大利亚人家喻户晓的经典之作，作品的经典地位让阅读者对它的教育意义产生了太多的期待，从而限制了文本丰富的潜在意义。霍奇和米什拉认为，从批判阅读的角度考察《赶牧人之妻》，人们不难发现，劳森的这部小说从一开始就不适合传达澳大利亚民族传奇的核心价值，澳大利亚民族传奇的一个核心要求是男性价值，可这部小说刻画的主人公是一个女性，代表男性的赶牧人在作品中只有草草几句可谓一笔带过，所以作品完全没有说明他是否具有澳大利亚民族传奇中人们常说的那些美德。小说的叙述人表示，由于丈夫不在家，赶牧人的妻子感到了些许的不安和焦虑，但妻子对于丈夫并不抱有一种生死相守的情感依恋，有的是她为了孩子勇敢承担起的责任，她经历过火灾，也经历过洪水，在所有的磨难中，她展现了大无畏的坚持、聪颖和忠贞，这些品质是民族传奇中所弘扬的，但它们本应该是男性的品质，因为一般认为，澳大利亚传奇中并没有女性的位置，澳大利亚民族传奇中如果有女性，她们一般也不具备这些美德。小说《赶牧人之妻》中男性甚多，而且形形色色，但具有讽刺意味的是，几乎所有的男性都是恶毒可憎的坏角色，帮助赶牧人之妻最终战胜毒蛇的不是她的男人，而是一条名叫"鳄鱼"的狗。霍奇和米什拉认为，《赶牧人之妻》并不是要告诉读者小说的女主人公碰巧具有一个男人的所有品德，而小说中的男人恰巧都缺少这些美德，因为劳森反对澳大利亚民族传奇中的男性崇拜，他不止一次地在自己的其他作品中抨击男性的凶残和浅薄，虽然劳森多数时候通过自己独特的语言和文体风格将自己的伦理倾向掩藏起来，但是，要从他的作品中读出对于民族传奇的颂扬是不可思议的。

霍奇和米什拉认为，在所谓的澳大利亚"高雅"文化当中，关于澳大利亚民族的神话和传奇有着许多不同的版本，从态度上看，早期的那些版本大体上游走于共谋（complicity）和蔑视（contempt）之间，"二战"以后，越来越多的读者感觉到自己与传统民族神话之间的距离,所以对于19世纪90年代的传奇基本上会倾向于持一种鄙夷的态度。然而,值得注意的是,即便是这一时期的澳大利亚文学艺术作品在对待传统民族神话的态度上依然会暴露出一些异常矛盾的心态。一个典型的例子便是《鳄鱼邓迪》(*Crocodile Dundee*)。《鳄鱼邓迪》是彼得·费尔曼(Peter Fairman)于1986年导演出品的一部电影,电影以罗德尼·安塞尔(Rodney Ansell)真实的内陆生活为故事脚本,讲述了美国女记者来到澳大利亚和一个长期与澳大利亚恶劣的自然环境作斗争的澳大利亚男子之间的情感故事,这位被称为"鳄鱼"邓迪的男子生活简单,但他在澳大利亚的内陆环境中展现出的强大生命力令人倾倒。在当代澳大利亚的通俗文化中,《鳄鱼邓迪》是一个由中产阶级城市居民创造出来的,但他们并不认同这样的形象,因为这并不是他们希望模仿的对象,他们普遍的态度是排斥,顶多也不过是拿来作为一个审视对象,在他们看来,真正的澳大利亚人不一定是"鳄鱼"邓迪那样的,澳大利亚人可以通过形成针对这一民族神话的共同态度来确定自己的身份定位。然而,有趣的是,关于"鳄鱼"邓迪的神话以及人们针对他的态度并不总是统一的,例如,"鳄鱼"邓迪神话中的主人公是个男性,一个来自农村的工人,一个英裔,一个澳大利亚人。一个典型的澳大利亚人必须是男性吗?必须是来自农村的吗?必须是工人阶级吗?必须是英裔吗?必须是澳大利亚国籍吗?"鳄鱼"邓迪的神话先简单地把其他的可能性全然地排除在外,让读者在认识到这样显著的缺陷之余自然而然地对它产生一种鄙视和排斥,但是,这一神话随后又努力将被排除在外的其他因素重新包容进来,让读者形成一种对于这一神话的共谋关系,以便实现神话的意识形态功能。[1]

霍奇和米什拉认为,纵观澳大利亚的文学艺术,在澳洲梦的另一面不断浮现的是一个不被人承认的秘密,这个秘密便是澳大利亚的殖民历史,这段历史不断地被人掩盖和遮蔽。通过仔细阅读澳大利亚文学艺术,人们不难看出这段历史在这个后殖民时期的澳大利亚社会和文化遗留的影响,要了解这个影响,我们只需深入考察当今澳大利亚文学的三个特征,它们分别是:

---

[1] Bob Hodge and Vijay Mishra, *Dark Side of the Dream: Australian Literature and the Postcolonial Mind*, 1991, pp. 162 – 177.

(1) 澳大利亚在历史的进程中不断形成一种"反语言"和"反文化";(2) 澳大利亚社会生活中的一个常见特征是双重形式、双重意义和双重思想;(3) 澳大利亚人在建构和阐释意义的过程中的一种常见的意识状态是妄想偏执。

霍奇和米什拉引用格里高利·贝特森（Gregory Bateson）的观点指出，澳大利亚特定的殖民历史使其具有非常清晰的分裂特征，这种分裂具体地表现为青春期妄想症（hebephrenic）和妄想偏执症（paranoiac）。所谓青春期妄想症是指面对任何事物只见表面不问其他的简单幼稚心理特征，正如米里安姆·迪克逊（Miriam Dixon）所说的那样，澳大利亚民族传奇中的"理想的"澳大利亚男女都具有这样简单幼稚的特点，他们不追求思想和情感的深刻，男女之间不知道如何建立实实在在的爱情关系；所谓妄想偏执症是指面对任何事物必穷究个中深意的怀疑一切心理态度。霍奇和米什拉认为，澳大利亚表面上表现出一种显著的青春期妄想症，但在这样的单纯背后，读者隐约感觉到一种深刻而复杂的秘密，而这个秘密才是了解澳大利亚民族身份的关键，澳大利亚读者执着地喜爱阅读米里安姆·迪克逊的《真正的马蒂尔达》（*The Real Matilda*）这样的自我剖析著作本身说明了澳大利亚人性格中的妄想偏执特征。[①]

三

在澳大利亚，《逆写帝国》和《梦的黑暗面》代表了后殖民批评作为一种崭新的批评范式的正式确立。20世纪90年代，《逆写帝国》出版以后迅速成为继赛义德的《东方学》之后最有影响的后殖民文学批评经典，先后多次再版并被翻译成韩文、中文、日文和阿拉伯文等多种文字，在较短时间内实现了世界性的传播和推广，该书的出版极大地激发了全世界对于前殖民地世界的文学创作的关注。与《逆写帝国》试图立足世界后殖民英语文学建构一种后殖民文学理论相比，《梦的黑暗面》立足澳大利亚文学，放眼澳

---

① Bob Hodge and Vijay Mishra, *Dark Side of the Dream: Australian Literature and the Postcolonial Mind*, 1991, pp. 204–219.

大利亚社会，对澳大利亚文化进行了深刻的分析和尖锐的批判，所以也受到了广泛的关注。

　　90年代之后，阿什克罗夫特、格里菲斯和蒂芬继续勤奋耕耘，霍奇与米什拉也著述不止，先后推出了一大批的相关成果。在他们的影响之下，一大批其他的批评家也先后加入澳大利亚后殖民批评的阵营。值得注意的是，如果说《逆写帝国》和《梦的黑暗面》代表一种根植澳大利亚本土的理论建构，进入20世纪90年代以后，澳大利亚的后殖民文学批评表现出一种清晰的融合本土和外来思想的倾向。在20世纪末的澳大利亚后殖民文学批评中，三位后殖民理论的国际巨子的作品先后传入澳大利亚，并成为研究生和文学教师热衷的理论宝典，被引用最多的著作除了赛义德的《东方学》之外便是斯皮瓦克的《在他者的世界：文化政治文选》(*In Other Worlds: Essays in Cultural Politics*, 1987) 和霍米·巴巴的《文化的定位》(*The Location of Culture*, 1994)。虽然澳大利亚批评家们对上述作品的引证程度各不相同，但是，这些外来的理论和思想极大地影响了澳大利亚本土的文学批评，它们与本土的后殖民理论家共同改变了澳大利亚的文学生态。20世纪90年代，人们注意到，澳大利亚的中学文学课程开始讲授英国和澳大利亚以外的文学作品，澳大利亚的出版商和各大文学节也开始以"后殖民文学"的名义推销作品，一种简化的后殖民批评术语（如"逆写"）开始在澳大利亚百姓中间迅速传播开来变成一种时尚，包括彼得·凯里（Peter Carey）在内的部分澳大利亚作家甚至开始在自己的作品中具体尝试"逆写帝国"的文学创作。在澳大利亚读者当中，后殖民批评的兴起无疑让两个历史阶段的澳大利亚文学变成了大家关注的焦点，一个是19世纪直接关注殖民生活经历的作品，另一个是20世纪中叶的一批关注澳大利亚殖民心理的作家（如帕特里克·怀特），此外，后殖民理论也首次将读者和批评家的视线集中到了土著文学上来。[1]

　　90年代以来的澳大利亚后殖民文学批评从很大意义上发展了上述这些国内外理论家的观点。1995年，罗伯特·迪克逊在其《书写殖民历险：英

---

[1] Leigh Dale, "Post-Colonialism and Literary Criticism in Australia", in *Modern Australian Criticism and Theory*, 2010, pp. 21 - 23.

裔澳大利亚通俗小说中的性别、种族与国家，1875—1914》[1] 一书中一方面借鉴了赛义德的东方学思想，另一方面借鉴了霍米·巴巴的文化杂糅和种族刻板印象建构理论，同时结合福柯的方法论，集中探讨澳大利亚在民族身份建构中的种族主义倾向，走的是一条殖民话语分析的道路。在该书中，迪克逊努力揭示殖民主义叙事当中的意识形态矛盾，一方面指出19—20世纪的历险文学中饱含的英帝国主义的男性沙文主义特征，另一方面指出这些传奇作品在字里行间暴露出的焦虑和对于帝国主义的自我挑战和批判。迪克逊指出，帝国历险小说是一种杂糅性的文学形式，在杂糅中，它令人产生一种关于民族归属的焦虑，这种焦虑直接地映射到某些澳大利亚文学作品当中，在这些作品中，作者表现一种对于失却英帝国文化的后帝国时代的偏执，作者呈现出一种英国出身与澳洲土地和澳洲社会交融后的杂交自我。[2]

同样在1995年，苏珊·谢里丹出版了她的专著《沿着裂痕：19世纪80年代至20世纪30年代澳大利亚女性写作中的性别、种族和国家》。[3] 在这部著作中，谢里丹发展了霍奇和米什拉对于澳大利亚文学的批判，将对共谋的后殖民主义延伸到了澳大利亚后殖民文学批评上。跟霍奇和米什拉一样，谢里丹把注意力集中在了土著人的问题上，谢里丹认为，白人主导的澳大利亚社会一直不断地排斥土著人，构成了当今澳大利亚人自我身份重构的一个关键，因为白人通过暴力抢夺获取了土著人的土地，然后通过话语遮蔽了土著人的现实存在，他们在这样的基础上建构起了的关于自我的统一身份和澳大利亚文化无疑具有殖民性的所有特征。[4] 谢里丹认为，所谓后殖民批评与其说是殖民批评的结束，倒不如说是殖民批评的延续。在澳大利亚，人们长期以来喜欢用英雄主义的修辞来讨论民族和国家的事情，在谢里丹看来，澳大利亚的后殖民现实不是一个追求独立的民族主义，而是一种执意要与殖民保持密切联系的共谋式的后殖民批评。谢里丹还指出，后殖民文学批评在挑战

---

[1] Robert Dixon, *Writing the Colonial Adventure: Gender, Race, and Nation in Anglo-Australian Popular Fiction, 1875–1914*, Cambridge: Cambridge University Press, 1995.

[2] Ibid., p. 64.

[3] Susan Sheridan, *Along the Faultlines: Sex, Race, and Nation in Australian Women's Writing, 1880s–1930s*, St. Leonards, NSW: Allen & Unwin, 1995.

[4] Ibid., p. 121.

民族主义的统一性神话时表现出了弥足珍贵的锋芒,但是,后殖民批评也经常沿用传统殖民主义常用的语汇,在他们着手研究和关注形形色色的边缘文学的同时,将其视作自己的"文化他者"。[1]

20世纪90年代的澳大利亚后殖民文学批评中出现的一个重要分支是安娜·约翰斯顿(Anna Johnston)和艾伦·劳森(Alan Lawson)从事的移民后殖民研究(settler postcolonialism),从1992年开始,约翰斯顿和劳森先后在《西风》(Westerly)、《澳大利亚—加拿大研究》(Australian-Canadian Studies)、《加拿大文学评论》(Essays on Canadian Writing)等地发表一批批评文章[2],积极讨论移民后殖民文学和理论的问题,约翰斯顿和劳森引用了霍米·巴巴关于殖民文学具有双重表意功能的观点[3],对于澳大利亚这样的前殖民地社会中的白人移民地位进行了深刻的剖析。他们的研究延续了霍奇和米什拉的观点,特别关注澳大利亚这样的前殖民地国家占主导地位的白人社会和文化,尤其关注在澳大利亚这样的殖民地社会中白人充满纠结和矛盾的复杂身份:他们既是被殖民者,又是殖民者,在这样的社会里,政治、文化和社会意义上的殖民可以直接导致一场独立战争,但是,这个社会里的白人移民分明又是对土著人口实行殖民统治的最直接的力量。移民后殖民理论的核心内容是考察欧洲移民殖民者是如何驱逐了土著然后取而代之的过程,这其中包括了物理意义、地理意义、精神意义、文化意义和符号意义上的所有内容。移民后殖民批评同样反对民族主义批评方法,认为民族主义文学批

---

[1] Susan Sheridan, *Along the Faultlines: Sex, Race, and Nation in Australian Women's Writing, 1880s – 1930s*, 1995, p.167.

[2] 2010年,在一篇题为《移民后殖民批评与澳大利亚文学文化》的文章中,安娜·约翰斯顿和艾伦·劳森对这一话题做了全面的介绍。文章提到了他们早期的部分研究论文,其中包括:Alan Lawson: "Comparative Studies and Post-Colonial 'Settler' Cultures", *Australian-Canadian Studies*, 10.2 (1992): 153 – 159; "Un/settling Colonies: The Ambivalent Place of Discursive Resistance", *Literature and Opposition*, eds. Chris Worth, Pauline Nestor, and Marko Pavlyshyn, Clayton, Victoria: Centre for Comparative Literature and Cultural Studies, 1994, pp.67 – 82; "Post-colonial Theory and the 'Settler' Subject", *Essays in Canadian Writing*, 59 (1995), pp.20 – 36; "Un/settling Colonies: The Ambivalent Place of Discursive Resistance", *Literature and Opposition*, eds. Chris Worth, Pauline Nestor, and Marko Pavlyshyn, 1994, pp.67 – 82; Anna Johnston, "Australian Autobiography and the Politics of Making Post-Colonial Space", *Westerly*, 4 (1996): 73 – 80; Anna Johnston & Alan Lawson, "Settler Colonies", *A Companion to Postcolonial Studies*, Blackwell Companions in Cultural Studies, eds. Henry Schwarz and Sangeeta Ray, Massachusetts: Blackwell, 2000, pp.360 – 376。

[3] Homi Bhabha, *The Location of Culture*, New York: Routledge, 1994, p.150.

评基本上是20世纪20—60年代的美国文学研究中形成的一种范式,这种范式将现实中的移民殖民者和土著之间的对立关系换成了由移民殖民者所代表的独立国家和英帝国之间的对立关系,但是,这种范式清晰地抹杀了殖民历史,因为它将曾经参与殖民的白人移民全面地包装成了被帝国殖民的牺牲者。通过分析澳大利亚作为一个前殖民地国家的特殊性,通过指出澳大利亚白人移民内部所包含的复杂历史内容,约翰斯顿和劳森对澳大利亚后殖民批评的可靠性提出了严正的批判和挑战。在过去的几年中,移民后殖民批评普遍地出现在不同国别文学的分析中,也被用于跨国的比较文学研究当中,它关注历史,也关心通俗话语体系,研究对象涵盖民族神话和白人移民女性的自传,等等。

2000年以后,格雷汉姆·哈根(Graham Huggan)连续出版三部专著,从不同侧面继续思考后殖民的问题,2001年,他出版了《后殖民异乡风情——推销边缘》[1],该书针对英美等西方国家热情倡导后殖民研究的动机提出了质疑。全书主体部分共分8章,哈根认为,近年来,西方社会不断通过文化人类学、后殖民文学评论和多元文化主义所表现出的对于东方和第三世界国家文化的关注,但是,他们这样做并非总是真正地关心其福祉,而是消费异国情调。他列举了西方文化人类学对于非洲的描写,西方人对于印度文化的表征,英美批评界对于拉什迪、奈保尔和哈尼夫·库雷西(Hanif Kureishi)等一批后殖民作家的评论,英国布克图书奖颁给后殖民作家的情况,澳加两国的多元文化政策实施情况,西方对于土著和女性自传文学写作中的纯正性要求,澳加两国小说对于亚洲的表征情况,西方对于加拿大女作家玛格丽特·阿特伍德(Margaret Atwood)的造星运动等,对后殖民文学研究的一个侧面进行了相当深刻的揭露和批判。2007年,哈根又在牛津大学出版社出版了《澳大利亚文学:后殖民主义、种族主义与跨国主义》[2],该书结合后殖民文学研究探讨澳大利亚文学中的种族问题,在当代澳大利亚后殖民文学批评中,这一成果比较集中地展示了所谓的"白人批判研究"

---

[1] Graham Huggan, *The Postcolonial Exotic—Marketing the Margins*, London/New York: Routledge, 2001.
[2] Graham Huggan, *Australian Literature: Postcolonialism, Racism and Transnationalism*, New York: Oxford University Press, 2007.

(critical whiteness studies)。全书共分四章,首章对20世纪90年代出现的新种族主义和"文化战争"进行了简要的介绍,指出了澳大利亚文学研究中不可避免的种族问题,第二章对澳大利亚文学史和早期民族神话中的种族内涵进行了分析和揭示,第三章和第四章是全书的主体,第三章针对澳大利亚传统文学批评围绕"白人性"的概念建构澳大利亚核心文化的做法给予了深刻的批判,第四章针对当代澳大利亚的多元文化主义政策在施行过程中暴露出的问题进行了分析和批评。2010年,哈根与蒂芬出版了《后殖民生态批评:文学、动物与环境》[1],该书的出版标志着澳大利亚后殖民理论与国际上日益为人关注的生态批评相结合。在该书中,哈根与蒂芬通过探究包括尼日利亚、南非、印度、澳大利亚、新西兰、英国、马歇尔群岛、特立尼达拉岛等地众多知名后殖民作家的小说、戏剧及诗歌,对所涉及的各种议题进行了睿智的分析并提供了综合的结论,这些议题主要涉及第一世界与第三世界在环保理念上的差异及潜在联系、发展问题的含糊性、关于庶民与非人类生物的代言问题、后殖民生态批评的文学类型问题、行动主义与美学之间的矛盾性等。哈根与蒂芬有效地模糊了这些议题间的学科界限,证明这些议题杂糅在一起可以挑战西方帝国主义对第三世界持续不断的社会统治及环境统治。

在当代澳大利亚文学批评中,后殖民理论在本土和外来思潮的融合中形成了规模、特色和影响,近年来,澳大利亚后殖民理论在运用国外理论和反思本国文学的过程中取得了一批重要的成果,在与生态批评、女性主义批评、伦理批评等的结合中取得的成果更是获得了国际性的影响。从这些成果中,读者不难发现对于外来后殖民思潮的选择和挪用以及对于本国后殖民批评思想的发展和扬弃,从这些成果中,读者或许可以最集中地考察澳大利亚文学批评如何结合本土经验创造出符合国际潮流的新思想和新范式的过程。值得注意的是,21世纪的澳大利亚后殖民理论还在继续,在新的时代和条件面前,澳大利亚的后殖民批评将向何处去?按照戴尔的说法,后殖民批评理论在当今的澳大利亚还在不断推出新的成果和新的方向,但也面临着无数

---

[1] Graham Huggan & Helen Tiffin, *Postcolonial Ecocriticism: Literature, Animals, Environment*, New York: Routledge, 2010.

的挑战，这其中包括世界性的经济危机和澳大利亚高等教育资源的萎缩、新的技术的出现、因经济全球化带来的文化全球化以及批评界对于回归经典的呼吁等，这些都给后殖民文学批评造成了前所未有的困难，这些困难的克服或许隐含着其他的机遇，而这些机遇或许会让澳大利亚后殖民文学批评在新的时代绽放新的生机，但是，在当今复杂的现实面前，后殖民批评的前途尚难以预测。①

---

① Leigh Dale, "Post-Colonialism and Literary Criticism in Australia", in *Modern Australian Criticism and Theory*, 2010, p. 25.

第八章
文化研究与帕特里克·怀特批判

在当代澳大利亚文学批评史上，西蒙·杜林（Simon During）的名字常与文化研究联系在一起。他 1950 年生于新西兰，1970 年开始先后就读于新西兰的维多利亚大学和奥克兰大学，1975 年获英联邦奖学金资助赴英国剑桥大学深造，1982 年获博士学位。此后，他在澳大利亚墨尔本大学英文系任教近二十年，2002 年赴美国约翰·霍普金斯大学任教至今。20 世纪 80 年代，澳大利亚批评界各种思潮汹涌激荡，杜林带着他在西方学到的批评理论来到澳大利亚；与四五十年代携利维斯主义批评思想来到澳大利亚的"新批评"家们相比，他的到来无疑代表了一个新时代和新潮流的到来。杜林关注通俗文化，反对宏大叙事，毕生致力于研究后殖民的文学困境。在澳大利亚文学批评转向文化研究的过程中，他不只是一个推动者，更是一个活跃的干将，也是澳大利亚 80 年代文学批评的标志性人物。杜林于 1982 年前后开始在澳大利亚的学术期刊上发表批评文章，虽然部分著述的主题涉及乔伊斯和乔治·艾略特等具体的英国作家，他的多数文章表现了对于理论和文化研究的浓厚兴趣。从 80 年代到 90 年代，他先后在多种刊物上发表了一大批论文，他的论文反复探讨的话题包括后现代、后殖民、性别政治、现代性、通俗文化、东西方关系和马克思主义。1993 年，他出版《福柯与文学》（Foucault and Literature）和《文化研究读本》（The Cultural Studies Reader），据此更加鲜明地标示了自己作为一代文化研究理论家的批评立场。1996 年，他出版了一部题为《帕特里克·怀特》（Patrick White）的小书，该书以其对于怀特这样一位德高望重的经典作家的严苛批评在澳大利亚文坛乃至整个澳大利亚社会引起了巨大的轰动。此书虽是作者偶尔而为之的一部作家评传，却集中地反映了当代澳大利亚文化研究理论家对于澳大利亚主流经典的质疑态度。

一

帕特里克·怀特是1973年的诺贝尔文学奖得主，也是迄今为止唯一一位获得这一崇高国际声誉的澳大利亚本土作家。怀特1912年生于英国，1939年，他出版首部长篇小说《幸福谷》(Happy Valley)，40—80年代，先后出版《生者与死者》(The Living and the Dead, 1941)、《姨母的故事》(The Aunt's Story, 1948)、《人之树》(The Tree of Man, 1955)、《探险家沃斯》(Voss, 1957)、《乘战车的人们》(Riders in the Chariot, 1961)、《坚实的曼陀罗》(The Solid Mandala, 1966)、《活体解剖者》(The Vivisector, 1970)、《风暴眼》(The Eye of the Storm, 1973)、《树叶裙》(The Fringe of Leaves, 1976)、《特来庞的爱情》(The Twyborn Affair, 1979)、《烧伤的人》(The Burnt Ones, 1964)、《凤头鹦鹉》(The Cockatoos, 1974)等十六部长篇小说和中短篇小说集、三部诗集、一部自传和五个剧本，此外还出版一个电影剧本和多部文集。作为怀特核心成就的小说常常规模宏大而富于想象力，多部作品读来给人一种澳大利亚文学不常有的震撼之感。怀特的获奖为澳大利亚文学赢得了巨大荣誉，同时也使他在20世纪中叶的澳大利亚文学经典建构中一跃而成为最有影响的经典作家。

怀特与澳大利亚批评之间的关系从一开始便若即若离，这种关系在此后的半个多世纪里演变成了澳大利亚文学批评史上的一桩公案。1956年，澳大利亚诗人兼批评家A. D. 霍普在一篇书评中辛辣地说：怀特的小说《人之树》中见不到丝毫的澳大利亚生活情景，其写作风格更是"矫揉造作的文盲式的胡话"(pretentious illiterate verbal sludge)[①]，在那以后，其他批评家也不止一次地对怀特的创作表示过质疑。对于这些批评，怀特一生愤愤不平，在一篇文章中，他把澳大利亚批评家称作不懂仁慈的野狗（unmerciful

---

[①] 转引自David Marr, *Patrick White: A Life*, London: Cape, 1991, p.310。

dingoes)。①

澳大利亚批评界是否对帕特里克·怀特过于苛刻了呢？批评家杰弗里·达顿同意这种观点，他在1961年出版的第一部怀特评论中明确提出："澳大利亚批评家对于怀特的反应大多是负面的。"② 对于这一判断，艾伦·劳森不以为然，1973年，就在怀特荣获诺贝尔奖的同一年，他连续在《堪培拉时代报》(Canberra Times) 和《米安津》(Meanjin Quarterly) 上发表多篇文章，就澳大利亚批评界对怀特的态度给予大篇幅的澄清。他认为，那种声称澳大利亚批评界一直以来由于不懂怀特而未能好好地善待自己的文学巨匠的说法缺乏根据，因为"相比之下，怀特在本土对于怀特的接受情况要比在传说中谣传的好很多，海外书评对他的肯定意见并没有人们想象的那样多，而本土的总体批评标准也比许多人知道的要高很多"③。1994年，在一篇题为《神话与事实》(The Myth and the Facts: A Reconsideration of Australia's Critical Reception of Patrick White) 的文章中，我国学者胡文仲教授提出了第三种看法，他认为怀特在澳大利亚本土批评界的接受过程经历一个从不接受到接受再到喜欢的过程，特别是1973年怀特一举获诺贝尔文学大奖之后，澳大利亚批评界对于怀特的看法产生了不小的改变，到20世纪80年代，批评界对于怀特的态度完全稳定了下来，一方面，越来越多的批评家不愿意再提起澳大利亚对怀特曾经有过的敌意，另一方面，越来越多的批评家更乐意接受怀特对于澳大利亚文学的主导性影响。对于这样的转变，胡文仲做出了以下解释：文学批评的风气会随着时代的变化而变迁，怀特在澳大利亚从受拒斥到被接受再到高度颂扬的过程，反映出了半个多世纪的文学气候的变化，早期的澳大利亚文学崇尚现实主义，对于怀特带来的现代主义创作自然持一种抵触的情绪，但从50年代开始，澳大利亚的文艺风气在欧美现代派文学艺术的影响之下逐渐发生转变，在这个过程中，怀特以他特有的坚持对澳大利亚文学气候的改变做出了重要的贡献。胡文仲得出的结论是：在当代澳大利亚，贬抑怀特已经成了曾经的神话，今天的澳大利亚批评界已经完全接受

---

① Patrick White, "Letter to Mollie McKie", March 5, 1958, NLA MS8301/59 - 61.
② Geoffrey Dutton, *Patrick White*, Melbourne: Lansdowne Press, 1961, p. 8.
③ Alan Lawson, "Unmerciful Dingoes—The Critical Reception of Patrick White", *Meanjin Quarterly*, 32 (1973): 379 - 392.

了怀特。①

如果我们相信胡文仲的判断，认为怀特已经成为澳大利亚文学中无可争议的"巨人"②，那么，从80年代开始出现的一系列批判怀特的声音一定让大家吃惊非小，先是戴维·特雷西（David Tracey）1988年以"帕特里克·怀特：小说与无意识"为题出版专著，批评怀特的创作有负于其天赋，所以读他的作品常有盛名之下其实难副的感觉③，然后是迈克尔·怀尔丁1991年以"帕特里克·怀特与现代主义政治"（Patrick White and Modernist Politics）为题发表文章严厉批评怀特小说中暗含的反动政治立场④，特别是1996年西蒙·杜林在他出版的《帕特里克·怀特》评传中更是对怀特进行了全面的批判。作为一部评传，杜林的著作开宗明义地对帕特里克·怀特及其被经典化的历史过程提出了批评，他认为：

1. 怀特为人势利、固执、难以相处，可谓一身毛病，其作品从内容到语言都存在严重的缺陷，但他喜欢在自己的作品中把自己塑造成文学天才的形象，而正是这种写作策略使他成功地被当成了澳大利亚文学的领袖。⑤

2. 他在政治上倾向法西斯主义，在小说中时常关注和刻画希特勒式的人物。⑥

3. 他在性别关系上流露出明显的厌女主义倾向。⑦

4. 他在种族与文化关系上表现出一种"晚期殖民主义的超验思想"，他的作品集中反映了一种崛起中的澳大利亚后殖民主义，一方面倡导一种后殖民的种族关系，另一方面却跳不出时代的偏见，它们努力通过欧洲古典文学

---

① Hu Wenzhong, "The Myth and the Facts: A Reconsideration of Australia's Critical Reception of Patrick White", *Australian Literary Studies*, 16.3 (1994): 333 – 341.

② See Clayton Joyce, ed., *Patrick White: A Tribute*, North Ryde, NSW: Angus & Robertson, 1991. 该书收录了几十位作家缅怀和纪念怀特的文章，绝大多数文章高度赞扬怀特，认为怀特是文学界共同景仰的巨人。

③ David Tracey, *Patrick White: Fiction and the Unconscious*, Melbourne: Oxford University Press, 1988, p. 224.

④ Michael Wilding, *Studies in Classic Australian Fiction*, University of Sydney, NSW: Sydney Association for Studies in Society and Culture, 2006, pp. 221 – 231.

⑤ Simon During, *Patrick White*, Melbourne: Oxford University Press, 1996, p. 12.

⑥ Ibid., p. 36.

⑦ Ibid., p. 58.

中的广义人间悲剧来解释白人对澳殖民的过程,但这种欧洲中心主义的意义建构掩盖了殖民过程中殖民者犯下的罪孽。

如果怀特确实拥有这么多问题,那他又是怎样成长为澳大利亚首屈一指的大作家的呢?杜林认为,怀特写作的时代恰逢澳大利亚文化政治由殖民向后殖民的转变期,此时,一直主导澳大利亚文学的社会现实主义开始让步给实验性的小说创作,澳大利亚文学需要一个现代派作家来证明实验小说所取得的成绩,于是,怀特便成了批评界的自然选择,在怀特成为经典作家的过程中,一种欧洲中心主义的文化神话赋予了怀特作品以它们需要的意义。杜林认为,全面地挖掘这一经典形成过程中的历史文化语境有助于人们深入洞察20世纪许多澳大利亚"白人创作"中在反殖民的表面之下涌动的殖民主义暗流。①

1989年,美国批评家罗伯特·罗斯(Robert Ross)在他的一篇题为《1945年以来的澳大利亚文学批评中反复出现的冲突》的文章中敏锐地觉察到80年代澳大利亚文学批评界在对于怀特的态度上不时流露出的保留看法,他指出:"目前,澳大利亚对于帕特里克·怀特的接受似乎比较稳定了,批评的性质经过了广泛的论争,怀特在澳大利亚文学中的主导地位也为人广为接受,不过,有时不乏一点不情愿的意味。"② 80年代澳大利亚怀特评论中的种种迹象表明,罗斯的判断是正确的,因为即便到了怀特去世前后的几年时间里,澳大利亚批评界对他的批评之声依然清晰在耳。人们不禁要问:80年代以来的澳大利亚批评界为什么对自己唯一的诺贝尔奖得主依然抱有这么多的疑问?西蒙·杜林为什么要写那样一部彻底摧毁性的(iconoclastic)的批评之作?③ 在当代澳大利亚批评中,当杜林等人以亵渎者和批判者的身份再次在当代澳大利亚批评界提出怀特的评价问题时,他与传统质疑者之间有着怎样的关系?在当代澳大利亚文学批评中,杜林这样的声音又占据着怎样

---

① Simon During, *Patrick White*, 1996, pp. 15 – 35.

② Robert Ross, "The Recurring Conflicts in Australian Literary Criticism Since 1945", *Australian and N. Z. Studies in Canada*, 1 (1989): 65 – 79.

③ 徐凯在其《怀特研究的歧路与变迁》(《国外文学》2009年第3期)一文中虽然承认怀特90年代以来在澳大利亚批评中的边缘化趋势,但他认为:"杜林是典型的'憎恨学派'(school of resentment),他的评论是对历史'处心积虑'的无知。"

的话语空间？在90年代围绕怀特引发的论争中，杜林与他的批评者之间又形成了怎样的话语关系？本章将就这些问题提出一些思考。

二

詹妮弗·卢瑟福德在其2000年出版的《鲁莽侵入者：弗洛伊德、拉康与白澳幻想》一书中认为，在反对怀特的问题上，20世纪50年代的批评家与今日的西蒙·杜林一脉相承，共同体现出传统澳大利亚社会的一种文化阅读策略，在他们和怀特之间，横隔着一道鸿沟，鸿沟的一边是敢于揭露澳大利亚主流文化弊病的怀特，另一边是保守的传统澳大利亚社会和文化。一直以来，在澳大利亚文化的深处暗藏着一个关于澳大利亚作为一个民族和国家的自我定位，根据这一定位，澳大利亚被理想地界定为纯粹白人主导的男性白人文化，为了保持这样一种纯粹，它对内据此对自我进行定位，对外竭力排除一切异己的土著、移民、女性存在。在日常生活中，理想中的澳大利亚人使用平白如话的语言，倡导透明直率的风格，任何违背这一标准的文学作品都是对澳大利亚理想的一种背叛，澳大利亚人通过这些人为设定的标准将自己文化中的一个巨大的虚空（the great Australian emptiness）掩盖起来。卢瑟福德认为，怀特之所以受到澳大利亚批评家的强力排斥，是因为他在自己的作品中拒绝使用澳大利亚读者习惯了的语言风格，而使用一种特有的话语方式执着地表现这种虚空，迫使澳大利亚白人读者直面自己的文化虚空，这种风格触痛了澳大利亚白人读者的精神创痛，所以不可避免地被他们视为民族的公敌和罪人。[1]

卢瑟福德显然否认澳大利亚批评界对怀特经历过一个从强力抵制到热情欢迎的变化过程，她的这种看法同艾伦·劳森否认澳大利亚批评界曾经激烈批评过怀特一样不符合史实，因为不论卢瑟福德承认与否，在1973年前后的一段时间里，怀特在澳大利亚批评界的接受情况的确出现了非常明显的转变。约翰·多克把这种转变界定成澳大利亚文学批评由一个阶段向另一个阶

---

[1] Jennifer Rutherford, *The Gauche Intruder: Freud, Lacan and the White Australian Fantasy*, Carlton South, Vic.: Melbourne University Press, 2000, pp. 176 – 203.

段的转变,在他出版的《批评情境:解读澳大利亚文学》一书中,多克区分了1980年以前的澳大利亚文学批评经历的两个重要阶段,前一个阶段被他称为"民族主义阶段",后一个阶段被他称作"新批评"阶段,在他看来,上述两个阶段的代表人物分别为澳大利亚文学批评开创了两个截然不同的传统。在对待澳大利亚本土文学的问题上,前者认为,最优秀的澳大利亚文学应该反映澳大利亚本土现实和生活,作品应该具有自己的民族特点;后者则认为,澳大利亚文学只有尽量做到摆脱澳大利亚特点才堪与英美作家相提并论,既然同是文学,澳大利亚不能为自己的作家和作品单设一套评判的标准,否则必将把澳大利亚文学引向狭隘。多克认为,在"新批评"战胜民族主义批评并成为澳大利亚文学批评的学院正宗的过程中,怀特乘风而上,"新批评"的到来最终造就了怀特的经典作家地位。①

1988年,帕特里克·巴克里奇在一篇题为《澳大利亚文学中的思想权威与批评传统》的文章中提出,多克把澳大利亚文学批评简单地分为"民族主义"和"新批评"两种传统有失简单。在他看来,澳大利亚文学批评大体上可分成四种传统,它们分别是"自由传统"、"保守传统"、"左派传统"和"新左派传统"。他特别指出,在上述四个传统中,虽然"自由传统"历来是主导,但各个传统对于澳大利亚文学的定位各不相同,在很多问题上彼此针锋相对,所以在研究不同批评家对于某一个作家的态度时不能简而化之。具体来说,澳大利亚批评中的"自由传统"关注民族主义,自觉对于民族文学前途有一种"责任感",澳大利亚文学批评中的"保守传统"关注文学的普世性意义,在实践中强调"标准",主张澳大利亚文学努力争取达到世界性的标准,而澳大利亚文学批评中的"左派传统"关注现实主义或者社会主义现实主义,以现实主义作为衡量文学成就的标准。②

巴克里奇认为,在澳大利亚的四个批评传统中,关注民族文学建构的"自由传统"无疑最有影响,他不同意多克所说的关于民族主义被"新批评"摧毁的说法,因为民族主义是20世纪澳大利亚文学批评中的一条从未

---

① John Docker, *In a Critical Condition: Reading Australian Literature*, 1984, pp. 83 – 109.
② Patrick Buckridge, "Intellectual Authority and Critical Traditions in Australian Literature 1945 – 1975", in Brian Head & James Walter, eds., *Intellectual Movements and Australian Society*, 1988, pp. 188 – 213.

消失的主线，它通过寄身"自由传统"傲然自立于澳大利亚文坛。在他看来，澳大利亚"自由传统"的代表人物包括帕尔默夫妇、A. A. 菲利普斯、H. M. 格林、克莱姆·克里斯特森、麦克斯·哈里斯、杰弗里·达顿、哈里·赫索尔廷、G. A. 维尔克斯，值得特别注意的是，巴克里奇罗列的上述名单中，多数有着明确的民族主义倾向。他认为，多克所谓的"新批评"派并非铁板一块，因为他们当中的赫索尔廷和维尔克斯从某种意义上属于"自由派"批评家，这些人同民族主义批评家一样自觉对于澳大利亚文学有着一种不可推卸的责任感，所以在澳大利亚文学走向学院化的过程中，积极地介入支持民族文学和澳大利亚文学批评的运动中，巴克里奇认为，怀特之所以能成为澳大利亚文学经典，完全是"自由派"批评家力排众议、独推民族文学的结果。①

巴克里奇认为，在澳大利亚的四种传统中，20世纪中叶的"左派"批评在面对怀特的问题上经历了一个最异常痛苦和扭曲的过程。澳大利亚"左派"政治登上历史舞台的一个重要标志是20世纪20年代澳大利亚共产党的成立，20—60年代，澳大利亚共产主义运动蓬勃发展。② 澳大利亚"左派"文学批评始于30年代，20世纪中叶前后，"左派"与"自由派"在主张本土民族文学传统的问题上建立起了一种异常微妙的联盟关系，不过，这种联盟并不可靠，相信共产主义的"左派"与纯粹的澳大利亚民族主义之间始终保持一种自觉不自觉的对立关系，这种对立时而尖锐突出，时而被淡化，但在三四十年代的学院教育中的殖民主义和50年代澳大利亚保守派的反民族主义面前，他们曾经自觉地站到了一起。③

1958年，伊恩·特纳等人通过《陆路》杂志就怀特小说《探险家沃斯》发表激烈的批评文章，这是澳大利亚左派批评家对怀特小说进行的最早的批评，在此后的四年多时间里，杰克·比斯利、杰克·布莱克和莫娜·布兰德

---

① Patrick Buckridge, "Intellectual Authority and Critical Traditions in Australian Literature 1945 – 1975", in Brian Head & James Walter, eds., *Intellectual Movements and Australian Society*, 1988, pp. 190 – 203.

② Andrew Milner, "Radical Intellectuals: An Unacknowledged Legislature?", in Verity Burgmann & Jenny Lee, eds., *Constructing a Culture: A People's History of Australia since 1788*, Fitzroy, Vic.: McPhee Gribble/ Penguin Books, 1988, pp. 268 – 273.

③ Patrick Buckridge, "Intellectual Authority and Critical Traditions in Australian Literature 1945 – 1975", *Intellectual Movements and Australian Society*, 1988, p. 207.

等人在《现实主义作家》和《陆路》杂志撰文继续对怀特进行了批判。1962年,在一篇题为《大恨:作为小说家的帕特里克·怀特》的名文中,比斯利围绕小说《乘战车的人们》表达了他的看法,他认为,这部小说暴露出小说家怀特在为人和性格方面的许多问题:他势利悲观、玩世不恭、自命不凡、神秘主义和反犹情绪严重,所有这些毛病都与现实主义文学格格不入,作为现实主义的倡导者,他不反对怀特的道德取向,但是,他认为怀特的阶级立场让他无法通过现实主义的视角去管窥历史发展的动态过程,也无法看到资本主义及其社会罪恶必将走向毁灭的规律。[1] 60年代以后,怀特在澳大利亚文坛的声誉日隆,面对批评界越来越多的誉美之词,不少澳大利亚"左派"批评家在一段时间里深感绝望,因为他们的批评不能阻止怀特在澳大利亚文坛地位的继续提高。最后,非常戏剧性的事情发生了:人们不久发现,在"左派"的内部开始围绕怀特出现不同的声音,布莱克首先在《陆路》杂志上发表文章为怀特辩护,他认为,怀特的的确确也是一个现实主义作家,因为现实主义指的是在想象的世界中对现实和生活中的真人和真事进行反思,而怀特小说集中关注人物的内心生活,他作品中对于宗教象征的使用不是玩主观神秘,而是深得现实主义的真谛。1963年,另一位"左派"批评家布兰德也在《现实主义作家》中撰文称怀特是一个现实主义作家,她认为,怀特的小说虽然在写作风格上跟许多其他的现实主义作家不同,但他跟他们一样在自己的作品中表明了自己站在人性的立场反对压迫的人生态度,她否认怀特作品中存在悲观主义,不认为怀特作品的讽刺性立意使他看起来玩世不恭。[2] 显然,全面接受了怀特的澳大利亚"自由派"给"左派"施加了太大的压力,这种压力直接造成了不少"左派"批评的被同化,在怀特的评价问题上,左翼批评家被"自由派"同化意味着怀特在走向经典的道路上逾越了最后一道障碍,在60年代的澳大利亚批评界,怀特最终从一个备受质疑的作家一跃成为大家公认的文学巨匠。[3]

---

[1] Jack Beasley, "The Great Hatred—Patrick White as Novelist", *Realist Writer*, No. 9 (1962): 11-14.
[2] Patrick Buckridge, "Intellectual Authority and Critical Traditions in Australian Literature 1945-1975", *Intellectual Movements and Australian Society*, 1988, p. 207.
[3] Ibid., p. 209.

三

作为一个经典作家,怀特的评价缘何在80年代中叶前后再次成了问题?戴利斯·伯德等人在《权威和影响:澳大利亚文学批评1950—2000》一书"前言"中指出,20世纪80年代对澳大利亚文学批评而言是个"理论"的时代,此时澳大利亚文学批评的主要特征在于大量引进西方理论,并将其用于本土文学批评。[1] 1982年,迈克尔·怀尔丁通过《岛屿》(Island)杂志撰文指出,文学不仅是学院中的专业人士学习和研究的对象,更是为社会大众所喜闻乐见的体验,形式主义的文本细读将文本之外的社会、哲学、政治、信仰等一切都排在文学之外,严重地限制了文学的范围;怀尔丁呼吁在整合文学社会学和文本细读基础上建立一种超越形式的激进而进步的文学批评,这种批评的目的就是要将被传统学院批评排斥在视线之外的作品重新置于批评家的眼前,同时对已经被主流学院批评注意的作品进行重新审视,从中发现作品中存在的对于主流意识形态进行挑战的内容;激进批评应该认真审视那些竭力传播主流意识形态的作品,从中发现其中的矛盾。[2]

在80年代初期的澳大利亚,对于一种社会介入式的激进批评的渴望激发了一系列立足边缘群体的文化研究思潮。迪特·里门奈德指出,"新批评"之后的澳大利亚文坛涌现的最引人注目的批评成果来自土著文学、女性主义文学、后殖民文学、移民文学研究,在欧美激进理论的影响下,一大批土著、女性、后殖民和移民文学批评家立足边缘文学实践,一面对主流文学提出批评,一面对于自己文学提出建设性的理论构想,他们广泛吸纳西方理论,重视文学批评的话语政治,将细致的形式主义和鲜明的批评政治紧密地结合在一起,虽然未能为澳大利亚文学批评开启一种崭新的统一批评范式,却为澳大利亚文学批评拓展了空间,他们的崛起构成了澳大利亚文学批评地

---

[1] Delys Bird, Robert Dixon & Chrristopher Lee, eds., *Authority and Influence: Australian Literary Criticism 1950–2000*, 2001, pp. xxiii–xxv.
[2] Michael Wilding, "Basics of a Radical Criticism", *Island Magazine*, 12 (1982): 36–37.

平线上的一道靓丽的风景。[1]

　　同欧美各国的文化研究一样，兴起于20世纪80年代的澳大利亚文化研究为自己设定的一个首要任务是开放经典。例如，德鲁希拉·莫杰斯卡和凯·谢菲等人立足女性主义立场对澳大利亚文学批评全方位排斥女性文学的做法提出质疑，并通过《流放在祖国》（1981）和《女性与丛林》（1988）努力建构澳大利亚女性作家的文学传统和经典作家群；斯内娅·古尼夫、布莱恩·卡斯特罗、罗洛·霍贝恩和戴维·卡特等批评家则立足移民文学大力呼吁在重读澳大利亚文学经典的同时重视族裔文学；马德鲁鲁·纳罗金等人立足澳大利亚土著文学主张将土著创作纳入澳大利亚文学研究的视野之中加以传播。作为一种批判性的话语，文化研究呼唤开放经典，在这一诉求的背后首先是他们对现有经典的深刻质疑和批判，而这样一种质疑和批判的锋芒不可避免地指向了所有的经典作家。不论是女性主义，还是土著文学，不论是移民批评，还是后殖民理论，文化研究的一个重要目的就是要揭示一切现有文学经典中的问题，批判这些经典背后暗含的主流文化和意识形态。

　　戴维·卡特认为，在80—90年代的澳大利亚批评界，结构主义和后结构主义等理论风潮几乎同时进驻，这么多不同性质的理论同时在一个话语空间里压缩式地出现，带来的结果是新马克思主义批评一举成为更受关注的思想理论体系，虽然结构主义和后结构主义理论对于澳大利亚批评家产生了不小的影响，但是，马克思主义、解构理论、符号学、精神分析、女性主义、后殖民理论，甚至后文化主义的大结合明显地让绝大多数批评家们不愿仅把自己的注意力局限于文化实践活动的形式层面，而更愿意把目光投向文化实践活动的社会政治内容（性别、种族与国家）。这种社会政治批评的一个突出特点在于：在短短十多年里批评家们制造了一大批针对经典文本的反经典解读[2]，杜林的怀特批评正是这种新马克思主义经典批判中的一个鲜明案例。

---

[1] Dieter Riemenschneider, "Literary Criticism in Australia: A Change of Critical Paradigms?", in Giovanna Capone, ed., *European Perspectives: Contemporary Essays on Australian Literature* (*A Special Issue of Australian Literary Studies*, 15.2), 1991, pp. 184–201.

[2] David Carter, "Literary Canons and Literary Institutions", in Delys Bird, Robert Dixon & Susan Lever, eds., *CanonOZities: The Making of Literary Reputations in Australia* (*Southerly*, 57.3), 1997, pp. 32–33.

卡特认为，杜林的怀特评传从一定意义上说也可以算是一部正面的澳大利亚文学文化体制史研究。[1] 他指出，80年代的澳大利亚文化研究对于学院派主导的"新批评"表示了唾弃，不过，在反叛"新批评"的同时，90年代的澳大利亚文化研究认识到：任何经典的设定都不是单纯中立的，它的背后是一个完整的决定和调节文学意义产生和传播的体制和体制运作系统，认识到这个道理之后的澳大利亚文化研究开始更关注一个作家及其作品在社会流通过程中逐步成为经典的过程，即一个作家或作品凭借什么得到大家的认可从而成为世人公认的经典，批评家们不再把经典建构和维护当作批评的主要任务，而开始关注一种广义的文化史研究，这种文化史研究用一种"正面"的文学文化体制史研究取代了单纯反经典式的负面批判。[2] 卡特认为，杜林的《帕特里克·怀特》是80年代澳大利亚文化研究中的反经典阅读的继续，却更代表着澳大利亚后批评时代的一种经典发生和接受史的研究，它把怀特放在20世纪中叶的澳大利亚文化体制中来考察，不是为了展示他的文学成就，而是把他置于一个崛起中的后殖民澳大利亚的历史转型期来观察，从中发现澳大利亚文化在20世纪中叶的发展脉络与线索，作为"新批评"经典建构中被大力弘扬的作家之一，研究怀特的经典建构史无疑会为揭示他周围的澳大利亚文学体制提供许多有益的启示。[3]

四

怀特荣膺诺贝尔奖之后，澳大利亚文学批评中公开批评他的声音少了很多，在越来越多的读者和国民心中，澳大利亚唯一的诺贝尔奖获得者成了一座值得自豪的丰碑。所以，在20世纪80—90年代的澳大利亚，杜林等人对怀特的批判对于澳大利亚文坛的不少宿将来说无异于十足的亵渎，不论是出

---

[1] David Carter, "Australian Literature and Its Criticism", in Elizabeth Webby, ed., *The Cambridge Companion to Australian Literature*, 2000, pp. 284 – 285.

[2] David Carter, "Literary Canons and Literary Institutions", *CanonOZities: The Making of Literary Reputations in Australia* (*Southerly*, 57.3), 1997, pp. 33 – 35.

[3] David Carter, "Australian Literature and Its Criticism", *The Cambridge Companion to Australian Literature*, 2000, p. 284.

于经典批判的目的,还是出于文化体制史研究的意图,杜林对怀特的批判在澳大利亚受到了广泛的攻击。例如,约翰·卡罗尔(John Carroll)在《时代报》(The Age)上撰文为怀特辩护,他说帕特里克·怀特对澳大利亚文学来说就是"经典",怀疑怀特就是怀疑澳大利亚板球运动中的唐·布拉德曼(Don Bradman),作家中的优劣之分恰似足球队之间的好坏之分,稍有一点理智的人都不会怀疑其中标准的客观性[1];著名批评家彼得·克雷文(Peter Craven)也撰文对杜林表示了极大的愤慨,他表示自己虽然没有读过后者的书,但是,他质疑墨尔本大学聘其为英文教授的过程,因为在他看来,怀特如同拜伦、济慈、D. H. 劳伦斯、格雷汉姆·格林、伊夫林·沃夫、金斯利·艾米斯、司汤达、威廉·戈尔丁、迪伦·托马斯和陀思妥耶夫斯基,对于任何一个大学的文学教授来说,充分认可怀特的地位应该是他获教授聘任的前提。[2]

  我们究竟应该如何看待发生在杜林和众多的卡罗尔和克雷文们之间的这场世纪末论争呢?格雷汉姆·哈根在其近作《澳大利亚文学:后殖民主义、种族主义与跨国主义》中明确指出,上述论争不过是发生在20世纪末的一场更大的澳大利亚"文化战争"的一小部分,在澳大利亚批评界,从80年代中叶开始,一股极右的保守思潮席卷整个澳大利亚文坛,澳大利亚因此进入了如火如荼的"文化战争"时期,此时,理论和文化研究都清晰地感受到来自保守势力的抵制。同美国世纪末的"文化战争"一样,澳大利亚的"文化战争"发生在保守主义分子和在后现代主义思潮影响下崛起的包括女性主义、后殖民主义和新马克思主义在内的各种新潮"理论"之间的一场角逐。[3] 从表面上看,这场角逐的焦点集中在对于批评功能、文学经典是否应该扩张以及各种"政治正确"的讨论上,究其实质,二者的冲突代表了传统势力和新时代左翼思潮之间难以调和的矛盾,保守派理论家们自诩为文明的护卫天使,把一切新潮的理论和文化研究统统抹黑成志在摧毁人类文化

---

[1] John Caroll, "Mocking the Classics", *Age*, 22. 3 (1996): A13.
[2] Peter Craven, "The Kingdom of Correct Usage is Elsewhere", *Australian Book Review*, 179 (1996): 36–41.
[3] Graham Huggan, *Australian Literature: Postcolonialism, Racism and Transnationalism*, 2007, pp. 17–22.

大厦的野蛮相对主义和恐怖主义,在这场"文化战争"中,怀特成了这场论争双方争夺话语权的一个重要战场。

  哈根还认为,世纪末的澳大利亚"文化战争"归根结底是一场种族的战争,所不同的是,此时的种族从简单的生物学意义扩展到了语言、历史和心理的差异,在这场森严壁垒的战争中,代表传统和现代的新旧两种力量分列两边。① 从卡罗尔和克雷文等人的态度来看,杜林批判怀特的举动显然不对保守派的胃口,因为对后者来说,怀特早已经成为澳大利亚文学的经典,批判这一经典意味着否定他们的核心价值,而对怀特成为经典过程中的澳大利亚体制进行研究更意味着彻底否定他们从利维斯那里得来的欧洲中心主义思想,这是澳大利亚保守派们不能接受的。事实上,当代表保守势力的澳大利亚知识精英们群起而攻之的时候,来自新西兰的"左翼"批评家杜林教授显然感觉到了压力,和古尼夫、米根·莫里斯、海伦·蒂芬等一大批澳大利亚文化研究理论家一样,他最终选择离开了澳大利亚。在这场围绕怀特展开的论争当中,杜林走了,他所代表的当代澳大利亚文学批评界的文化研究在遭受重创之后再次悄然隐去,留下的是人们对于那场轰轰烈烈的文化战争的追忆。在这场文化战争的硝烟逐步退去之后,我们发现,怀特的经典地位似乎比以往任何时候更加巩固了,而且,不论未来是否还会出现新的质疑之声,怀特在澳大利亚文学中的巨人形象或许永远不能撼动,这是诺贝尔奖给予他的力量,更是被岁月刻在主流澳大利亚社会心中的民族遗产,也许,这是倡导现实主义和颠覆经典的澳大利亚文化研究难以改变的。

---

  ① Graham Huggan, *Australian Literature: Postcolonialism, Racism and Transnationalism*, 2007, pp. 17 – 22.

第四部分

"理论"的消退与当代澳大利亚文学批评

第一章
"理论"的消退与澳大利亚的"文化战争"

20世纪90年代，兴起于20世纪70年代，并在此后的二十多年中盛极一时的各种"理论"热潮走到了自己的尽头，如果"理论"也算是一种批评范式，那么，90年代无疑见证了它在包括澳大利亚在内的许多国家的快速消退。曾几何时，"理论"的崛起在欧美国家被比作文学批评史上的一次哥白尼式的革命，因为它在传统的形式批评基础上启动了对于权利、责任、性、阶级、种族、两性关系、思想、人的主体性、历史构建、学科分类、真理效应、语言的符号特征等文学相关问题的全方位的重新思考，但从90年代初开始，"理论"热首先在美国降温，随后，"理论"在世界各国的文学批评中也黯然退场。

美国批评家哈罗德·布鲁姆喜欢用"一个人的战争"来形容自己针对各种"理论热"所作的斗争。布鲁姆的表述中隐含着一种传统戏剧的程式化想象，布鲁姆鼓励人们把"理论"想象成一种令人生畏的庞然大物，而把像他一样的"理论"的反对者想象成勇敢而又略带悲剧性的勇士，面对妖魔一般的"理论"，勇敢的布鲁姆们像抗击命运那样进行过无畏的抗争。

在澳大利亚，针对欧美"理论"的阻击战从来就不是"一个人的战争"。众所周知，澳大利亚的"理论"从一开始出现就受到了不少的质疑，早期对其提出严厉质疑的有约翰·多克这样的"新左翼"批评家，也有多萝西·格林这样的传统文学批评家，他们各自立足自己的立场对"理论"进行了无情的批判。虽然在七八十年代的澳大利亚文坛，"理论"之来可谓势如破竹，到80年代更成了燎原之势，难以阻遏，但是，反对"理论"的声音从来就没有停止过，特别是90年代初，整个澳大利亚社会针对"理论"

的批判更是甚嚣尘上，毫不夸张地说，澳大利亚的"理论"是在一片"文化战争"的四面楚歌之中开始黯然消退的。在本章中，我们对澳大利亚的"理论"消退过程及其与澳大利亚的"文化战争"的关系做一点简要的介绍和概述。

一

20世纪80年代初期，结构主义和后结构主义同时涌入澳大利亚，演变出一种有别于传统"新批评"的"理论"范式，在这一新型的范式当中，哲学与语言学受到了相对的冷落，"文本政治"得到了明显的关注，出于对政治意识形态的关注，文学批评自觉地上升为文化研究，性别、种族和国家越来越多地成了文学研究的关键词，关注表征、关注主体性的文化批判取代了单纯的形式批评。在外来"理论"的影响下，澳大利亚移民文学批评、女性主义文学批评、土著文学批评、后殖民文学批评在学院批评中大行其道。[①]

对于欧美"理论"入主澳大利亚学院之后的批评状况，澳大利亚知识界很早就有不满之声，早先的不满主要集中于外来理论的晦涩以及脱离澳大利亚文学实际等问题上，到90年代初，这样的不满延伸到对于这些外来"理论"所倡导的后现代价值观上，在美国批评家艾伦·布鲁姆、E. D. 赫施、阿尔文·柯南和哈罗德·布鲁姆等的影响下，一批学者先后向"理论"发难，引发了学院内外知识界的辩论，以路克·斯拉特里（Luke Slattery）、杰弗里·马斯伦和彼得·克雷文等为代表的一些学院外文人在《澳大利亚人报》（*The Australian*）的《高等教育增刊》（*Higher Education Supplement*）上连续撰文支持布鲁姆等人的立场。作家杰拉德·温萨（Gerard Windsor）、罗伯特·德赛和斯蒂芬·缪易克（Stephen Muecke）等一批文坛名宿也先后通过其他报章发表文章，对女性主义、多元文化主义以及土著批评进行质疑。1994年，斯拉特里和马斯伦共同出版《我们的大学为何衰落》（*Why Our*

---

① David Carter, "Critics, Writers, Intellectuals: Australian Literature and Its Criticism", in Elizabeth Webby, ed., *The Cambridge Companion to Australian Literature*, 2000, p. 283.

Universities are Falling），对学院派文学批评的"理论"转向提出尖锐的批评。此后，克雷文继续连篇累牍地发表著述，针对澳大利亚学院派文学批评中的"理论"进行了大规模的批驳。斯拉特里、马斯伦和克雷文等人立足报刊对澳大利亚学院派文学批评的质疑点燃了学院批评家与自由文人之间、学院与整个澳大利亚外部社会的论争，这场关乎学院批评声誉和权威的论争很快蔓延开来。

约翰·多克指出，一个国家的思想领域发生的论争，其输赢常常不取决于思想领域内部，纯粹的学术标准和说理很难让论敌心服口服地拜倒在你的面前，学术争鸣的最后胜负关键在于你在领域外掌握着多少体制性权力，拥有多大的影响。[①] 从90年代的澳大利亚来看，"理论"不仅受到了来自学院内个别同行的奚落、嘲弄和激烈批判，事实上，反对"理论"的声音来自学院之外的四面八方，"理论"的颠覆性立场和激昂的文化政治态度已经深刻地触及整个西方社会的神经，使其觉得有必要以一场"文化战争"的方式，来消除它的影响。1996年，美国女性主义理论家贝尔·胡克斯（Bell Hooks）在一篇题为《女性主义阵线一片沉寂》（All Quiet on the Feminist Front—Backlash Against Feminism）的文章中就美国保守势力对于女性主义的围攻做了一个非常具有戏剧性的描述：90年代中期，美国大众媒体针对女性主义发动了前所未有的恶毒攻击，主要的策略是广泛招募社会各个阶层的女性，让她们站出来证明女性主义是何等平庸和腐化，在招募的著名白人女性当中，有大学教授兼社会批评家卡米尔·帕格里亚（Camille Paglia）、前女性主义历史学家伊利莎白·福克斯－杰诺威斯（Elizabeth Fox-Genovese）、通俗作家南希·福莱笛（Nancy Friday）等人，《新共和》杂志、《高等教育纪事》以及《乡村之音》等媒体为她们的反女性主义声音提供了发表的园地。从这些媒体中，人们随处可以见到一些女性主义者攻击另一些女性主义者。1995年，美国黑人球星O. J. 辛普森杀妻案爆发之后，女性主义运动更是受到了来自主流媒体的前所未有的恶意攻击，伴随着百万人大游行的进行，美国媒体把辛普森案描绘成了一个种族问题，对于该案中涉及的性别和阶级问题不予问津，当部分白人女性就此案中涉及的性骚扰和家庭暴力提出抗议

---

① John Docker, *In a Critical Condition: Reading Australian Literature*, 1984, p. 84.

时，保守的美国大众传媒反复呈现给观众的形象是：反女性主义黑人妇女为了保护自己的男人愤怒袭击信奉女性主义的白人女性。在短短数月之内，美国女性主义在强大的媒体舆论面前堕入了谷底。[1]

1992年，澳大利亚墨尔本大学的奥蒙德学院（Ormond College）的两个女学生向警方报案，称该学院院长艾伦·格里高利（Alan Gregory）在前一年的一次课间休息时间对其进行了性骚扰，警方因此介入调查。澳大利亚著名女作家海伦·加纳得知此事后给被告格里高利写信，对他所受的遭遇表示深切的同情，并指出，不论两位女学生所告之事是否属实，她们以这样的方式处理此事实在残酷无情，"我想让你知道，很多女人对你的遭遇感到震惊……"奥蒙德学院的两个女生及其顾问老师杰娜·米德（Jenna Mead）博士得知此事之后义愤填膺，所以，当加纳前往墨尔本大学采访她们时，当事人一律不予理睬。作为回应，加纳把自己围绕此次事件进行的调查结果写成一书，名曰《第一石》（The First Stone），把奥蒙德学院性骚扰事件中的女学生看作是掷出第一块石头从而引起矛盾的人，对米德博士拒绝配合及阻挠调查进行了猛烈的批评。《第一石》于1995年一出版，在澳大利亚社会可谓一石激起千层浪。一方面，加纳以女性主义者自居，却不分青红皂白地批评一场性骚扰案的女性受害者，指责在奥蒙德学院性骚扰事件中明显存在一个当代学院派女性主义的大阴谋，极大地伤害了无数女性主义支持者。以米德博士为代表的学院派女性主义知识分子对加纳的这种行为进行了奋起反击。另一方面，加纳素以小说家而为世人所知，在写作《第一石》过程中混淆事实与虚构，以小说创作手法书写新闻报道，在道德上有不负责任之嫌，以马修·里克顿（Matthew Ricketon）为代表的一些评论家对此进行了严厉的批评。[2] 对于上述批评，加纳并不示弱，而且她的文学名人声誉使她不至于孤军奋战。对于前一个指责，她和她的支持者以老一代女性主义斗士的姿态给予回应，她认为，年轻的学院派女性主义知识女性忘却了前辈女性为争取女性权益所作出的牺牲，她们的言论举止令人失望。对于后一个批评，她与

---

[1] Bell Hooks, "All Quiet on the Feminist Front—Backlash Against Feminism", *Art Forum*, 1 December, 1996. http://findarticles.com/p/articles/mi_ m0268/is_ n4_ v35/ai_ 19128242.

[2] Jenna Mead, ed., *Bodyjamming: Sexual Harassment, Feminism and Public Life*, Sydney: Vintage, 1997.

以凯里恩·哥尔斯华绥为代表的一般支持者从法律和女性文学的角度给予辩解。① 奥蒙德学院性骚扰事件吸引广大民众并引发广泛争议的原因之一在于，它触及了当代澳大利亚社会的一系列敏感话题：性骚扰、政治正确、言论自由，但这场辩论真正伤及澳大利亚文学和文学批评，还有另外一个更重要的原因，那就是，围绕《第一石》所演绎的争鸣在后来的论争当中被澳大利亚媒体描绘成了一场新老两代女性主义之间的矛盾和冲突，证明这种矛盾存在的另一事件便是1993年以来另一位著名女性主义理论家安妮·萨默斯因批评1968年以后出生的年轻女性而引发的论争。广大媒体和公众据此认为：90年代，曾经给澳大利亚社会和文化带来最深刻变化的女性主义已经分裂成许多彼此不能兼容的力量，在她们之间正发生着一场你死我活的战争，这场战争的结局只有一个，那就是澳大利亚女性主义的破产。②

二

20世纪90年代，对"理论"抱着深刻敌意的澳大利亚保守派们大多认为，从70年代开始实行的多元文化主义国策就是欧美"理论"培植出来的产物，所以对与之相关的一切表示不屑。在短短几年之中，他们先后制造出了一个马德鲁鲁·纳罗金假土著身份案和一个移民文学家斯内娅·古尼夫的文风大批判，将上述两位批评家先后逼出了国门。

说到多元文化主义就不能不说一下著名的"德米丹科事件"（the Demidenko Affair）。1993年，一个自称海伦·德米丹科（Helen Demidenko）的年轻女作家以一部反映乌克兰犹太人生活的小说处女作《签署文件的手》（*The Hand that Signed the Paper*）一举夺得"澳大利亚人报/沃格尔"（*Australian/ Vogel*）文学奖，1995年，该书一年之中先后再获澳大利亚文学研究会金奖和迈尔斯·弗兰克林奖，消息传开，举国哗然。参与上述三项文学奖评审的批评家评委们还没来得及说服国民这样一部小说好在哪里，媒体在关

---

① Helen Garner, "The Fate of *The First Stone*", in *True Stories*, Melbourne: Text Publishing, 1996, pp. 169 – 180.

② See Mark Davis, *Gangland: Cultural Elites and the New Generationalism*, Sydney: Allen & Unwin, 1997.

注这位自称是乌克兰后裔的女作家的过程中已经发现,这位自称海伦·德米丹科的年轻人根本不是什么乌克兰后裔,她的真实姓名叫海伦·达维尔(Helen Darville),出生于昆士兰一个地道的英裔家庭,家族中没有她声称的乌克兰经历。细心的读者还发现,这位年轻的达维尔还有一个经常剽窃前人文字的毛病。这样一个年轻作家怎么会获奖?为什么改名海伦·德米丹科?她为什么为自己的小说选择一个移民题材?她为什么要编织一个有关自己身世的弥天大谎欺骗读者?决定颁给她上述三项大奖的评委是由什么人构成的?是什么让他们觉得这样一个作家的这样一部作品值得给予如此崇高的荣誉呢?围绕这些问题,澳大利亚全国上下迅速形成了两种意见,其中,以上述文学奖评委利昂尼·克雷默、吉尔·吉特森(Jill Kitson)、艾德里安·米切尔(悉尼大学教授)、哈里·赫索尔廷(澳大利亚国防大学教授)、彼得·柯克帕特里克(Peter Kirkpatrick,西悉尼大学教授)等为代表的批评家认为,《签署文件的手》获奖是因为它在艺术上达到的造诣,与其他无关;以公共知识分子自居的罗伯特·曼恩(Robert Manne)和杰拉德·亨德森(Gerard Henderson)等人严厉批评小说捏造史实,指责小说家弄虚作假,他们认为,《签署文件的手》之所以获奖,与当代澳大利亚文学以及文学批评的"理论"转向有关,批评家一味屈从于多元文化主义的宣传,关注后现代文本的游戏和自我指涉,完全忽略了文学的伦理趋向,导致批评失去准心。曼恩和亨德森认为,当代澳大利亚文学和文学批评已经失去了为民族提供道德指引的能力,不应享受社会的尊重。上述两种意见在长达一年多的时间里互不相让,通过大众媒体的炒作,集中了全澳大利亚的关注。在此次论争中,后一种意见利用作为当事人的海伦·达维尔所设计的种种令人不齿的骗局和谎言,广泛调动普通民众的情绪,显然占得了先机,而代表文学和学院批评家的前一种意见虽然顽固坚守,最终难免变成了澳大利亚民众心中的笑柄。①

20世纪90年代,"德米丹科事件"将澳大利亚的多元文化主义变成了

---

① See John Jost, Gianna Totaro, Christine Tyshing, eds., *The Demidenko File* (Penguin, 1996); Andrew Riemer, *The Demidenko Debate* (Allen & Unwin, 1996); Robert Manne, *The Culture of Forgetting: Helen Demidenko and the Holocaust* (Text Publishing Co., 1996); Adrian Mitchell, "After Demidenko: The Curling Papers", *Southerly*, Summer (1996-1997): 110-126.

全社会的笑柄。也许以今日之眼光观之,"德米丹科事件"显然不是孤立的事件,因为它发生在一个仇视多元文化主义和后现代主义"理论"的社会文化空间,在这个空间里,自视为传统文化守护者的右翼保守势力随时准备着对其发动攻击,"德米丹科事件"成了他们针对各种"理论"发动斗争的又一个机遇,它是90年代澳大利亚"文化战争"的一部分。①

1992年,澳大利亚批评家麦肯锡·沃克(McKenzie Wark)在他的一篇题为《"政治正确"斗争中的猎手与被猎目标》的文章中指出,90年代的澳大利亚知识界在美国思想界的影响下发动了一场针对"理论"的"文化战争",其势之猛令人胆寒②;1997年,他更以"虚拟共和:20世纪90年代的澳大利亚文化战争"为题出版专著,并在该书中围绕澳大利亚文坛内外发生的一系列激烈的论争进行了深入的探讨③。沃克对于澳大利亚"文化战争"的分析犀利生动,对于我们了解澳大利亚社会与知识文化大有裨益。应该说,同样是一种"文化战争",发生在90年代澳大利亚的种种辩论较之美国的"索卡尔骗局"(the Sokal Hoax)④ 少了一些单纯,多了一些复杂;同样是指责"理论"化了文学批评,澳大利亚的反"理论"人士没有简单地

---

① David Carter, "Critics, Writers, Intellectuals: Australian Literature and Its Criticism", in Elizabeth Webby ed., *The Cambridge Companion to Australian Literature*, 2000, p. 258.
② McKenzie Wark, "Hunted Are Hunters in PC Beat-Up", *Australian*, 15th April, 1992.
③ McKenzie Wark, *The Virtual Republic: Australia's Culture Wars of the 1990s*, Sydney: Allen & Unwin, 1997.
④ 1994年,美国科学家艾伦·索卡尔(Alan Sokal)仿照后现代文学理论家的口气以"超越界限:两字引力的转换论解释"为题撰写了一篇文章,在该文中,他汇集了形形色色的后现代主义、后结构主义、女性主义等当红的文化理论概念和论述,立足于相对主义对于真实的虚幻性进行了全面研究和论述。为了让论文显得有学术根据,他模仿后现代理论家的样子,开始在自然科学中寻找依据,他利用自己作为一个科学家的专业知识,根据那些理论家的需要,胡乱地在文章中编造了一些似是而非的科学理论。文章提出,时间和空间都不是具体而有束缚力的范畴,他们的恒定性是以一种过渡性的形式活动的,任何一种时空点的存在可以自由地转换成另外一种时空点,无限恒定性的时空因此消磨了观察者的差别。他又说,量子力学的关键在于体现了主导意识形态和产生这种知识的文化中的权利关系,科学真理本质上都是某一种理论的产物,只反映它自己的世界观。此文写成之后,索卡尔把它投寄给了杜克大学一份很有影响的文化批评刊物《社会文本》(*Social Text*),经过五位匿名的评审认可,文章得以顺利发表;与此同时,索卡尔通过大学的内刊《通用语》(亦作《交流》,*Lingua Franca*)高调发表声明称该文是一个骗局,并指责《社会文本》的编辑和评审专家都是一帮自欺欺人的蠢货。消息一出,舆论一片哗然。骗局立足于科学对后现代文化理论发动的攻击争取了整个美国大众的支持,切切实实地形成了一种舆论导向,它的爆料不仅损害了几位理论家的学术声誉,一时间,包括文化研究在内的整个"理论"界都变成了笑柄。

设下一个骗局或者陷阱,让学院派文学批评掉进去,然后在全社会面前丢脸。不论是"《第一石》大辩论",还是"德米丹科事件",还是其他的事件,它们都涉及某个具体的作家,这个作家先在不知不觉中成了某个争论的导火索,然后又在不知不觉中被媒体当成了攻击学院派批评"理论"的工具。这些不知不觉的背后所反映出的是澳大利亚"文化战争"发动者的强大力量,而这或许也正是澳大利亚"文化战争"区别于美国"文化战争"的最鲜明的特点。

三

如果说《第一石》案见证了女权运动中在澳大利亚的"文化战争"中的迅速落败,"德米丹科事件"见证了多元文化主义在澳大利亚的节节败退,那么,著名的"《死白男》案"无疑见证了整个后现代"理论"在澳大利亚的显著消退。1995年,澳大利亚剧作家戴维·威廉森(David Williamson)以"死白男"[①]为题出版剧作,此后该剧在悉尼歌剧院连演三月,场场爆满,在澳大利亚社会产生了巨大的影响。威廉森在大学时代学习工程专业,后转入戏剧创作,他自称对于人性问题有着浓厚的兴趣,希望通过戏剧创作实现自己的愿望。他认为,科学的任务就是寻求真理,科学的方法同样适用于社会科学,并最终适用于人文科学,他相信科学的真理是唯一的真理,但二十多年来的后现代理论家告诉世人世间实际上并不存在客观真理而只有权力关系,对此,他深感不安和气愤,于是,打算写一部戏剧对包括激进女性主义和多元文化主义在内的后现代"理论"做出自己的回应,他大量阅读了德里达、福柯等后结构主义理论家的著作,最后写成了《死白男》。该剧的背景设在澳大利亚的一个名叫"新西部大学"的校园里,剧中的三个主要人物分别为该大学英文系的一名女学生安吉拉·扎德(Angela Judd)、主讲文学理论的男讲师格兰特·斯文(Grant Swain)以及女学生心目中想象而成的莎士比亚,剧情在这样一个典型的三角关系中顺利展开:格兰特·斯文反复向安吉拉·扎德灌输"世间无绝对真理;人生而无固定的本

---

① David Williamson, *Dead White Males*, Sydney: Currency Press, 1995.

性；现实不过意识形态和话语建构的假象；语言既反映现实又制造现实"之类的思想，他满嘴福柯、巴特、西苏和赛义德，他的理论从文本快乐谈到身体快乐，唯独不谈文学价值。相比之下，莎士比亚向安吉拉·扎德讲述的问题关乎爱、痛、内疚、愤怒、恐惧、鄙视、忠诚、仇恨等人类的普遍经验。威廉森并不隐瞒自己对那位文学理论讲师的蔑视，以及对莎士比亚的尊敬。他尤其要通过女学生的家庭故事对于学院中流行的女性主义思想进行猛烈的批判，观众随着安吉拉的祖父科尔（Col Judd）先聆听了妻子女儿对于他的控诉，随后，我们又随安吉拉·扎德聆听了祖父科尔的辩白，祖父科尔以莎士比亚笔下的李尔王形象出现在舞台上，对后现代理论进行了旗帜鲜明的反驳，他告诉人们：作为世间两性的男女的确是生而不同，但这种差异远不是意识形态那么简单。

《死白男》公演之后受到了来自学院派不少批评家的批评，但是，戏剧家并不担心，因为在自己引发的冲突当中，戏剧家对自己讽刺和批判的对象不抱幻想，他所努力争取的是学院外的澳大利亚社会。威廉森有信心通过自己作为一个学院外作家的努力给予包括女性主义在内的澳大利亚"理论"以致命一击。事实证明，威廉森的信心不是没有根据的。吉斯·温德恰特尔（Keith Windschuttle）在为《死白男》撰写的《前言》中指出，《死白男》不是一个关于澳大利亚大学校园里发生的人际关系戏剧，它从一开始就是对于当代澳大利亚学术争鸣的直接介入，威廉森注意到自80年代以来的澳大利亚人文学科领域中发生的"理论"革命，深觉法国后结构主义哲学和文学理论对于西方文化的传统价值的打击，对"理论"主导的学院派文学批评肆意践踏西方知识和西方文学传统经典的行为表示痛惜，通过《死白男》，他试图让观众看到当今的澳大利亚大学中的批评家是如何竭力毁灭文学的。[①] 戴利斯·伯德认为，《死白男》以它喜闻乐见的方式，针对包括那些深谙后现代主义和解构理论的学院派批评家提出一种以传统人文主义为核心的对立价值体系，在这部戏剧中，以莎士比亚和家庭为代表的传统人文主义价值彻底战胜了后结构主义，因为后者代表一种思想的绝对空洞和道德上

[①] Keith Windschuttle, "The Value of Literature", in David Williamson, *Dead White Males*, 1995, pp. xii – xv.

的彻底腐化。[①]

通过《死白男》一案，我们清楚地看到，发生在 90 年代澳大利亚的"理论"消退不只是因学院内部矛盾导致的普通范式更替，而是大规模的"文化战争"的产物。在这场"文化战争"中，反"理论"的传统保守势力立足于学院外的大众传媒，打着自由人文主义的旗号运用了包括公开辩论、制造丑闻在内的多种手段，对学院主导的"理论"发动了毁灭性的打击。"理论"因何在全社会招祸？原本立足于学院的文学文化研究，缘何会引起学院内那么多的反对之声？英国学者卡罗尔·阿塞顿（Carol Atherton）在其出版的一部题为《界说文学批评：学术、权威及文学知识之占有，1880—2002》的著作中指出，近来围绕文学展开的众多争鸣的核心实际上可以归结为"权威"二字，其最焦点的问题在于：谁才是评判文学的权威？20 世纪 20 年代以前，西方世界普遍认为，文学是一种大众艺术，是任何一个普通读者都可以懂的审美体验，最优秀最权威的文学批评家是作家与受过良好教育的文人，他们面向普通读者通过大众媒体发表对于文学的评判，与全社会的读者大众共同体味文学的深刻和美感；但是，20 世纪 30 年代，文学教育的学院化全面启动了学院内批评话语的增长过程，学院派批评家将传统的学术研究与批评结合起来，将文学批评界定为一种专门的、自有其知识积累的、非专业人员不能涉足的实践活动，从根本上否定了学院外传统批评的价值。[②] 卡罗尔·阿塞顿暗示：如果说文学批评的学院化和职业化在学院内外两种文学批评实践之间播下了敌意的种子，那么，晦涩艰深的后现代主义和文化研究更在学院内部给"理论"制造了仇敌，二者共同为"理论"最后的衰退埋下了伏笔。

四

1997 年，澳大利亚批评家马克·戴维斯（Mark Davis）在一部题为《帮

[①] Delys Bird, Robert Dixon & Christopher Lee, eds., *Authority and Influence: Australian Literature Criticism 1950–2000*, 2001, p. xxxii.

[②] Carol Atherton, *Defining Literary Criticism: Scholarship, Authority and Possession of Literary Knowledge, 1880–2002*, New York: Palgrave MacMillan, 2005, pp. 173–179.

派林立：文化精英与新代沟主义》(Gangland: Cultural Elites and New Generationalism) 的著作中用"新代沟"一词形容20世纪90年代发生在澳大利亚的"文化战争"。他认为，发生在"理论"和保守派之间的激烈冲突或许还可以从双方主要代表的年龄以及他们分别在自己的时代所受到的文学教育来观察，因为发生在20世纪末的"文化战争"双方大体上分别属于两个时代，一边是在"理论"影响下成长、从传统"新批评"中实现自我超越的学院派，一边是19世纪末20世纪初兴盛一时的传统人文主义教育塑造成的普通媒体与大众认知，二者之间的矛盾听来颇有些叛逆子孙与封建家长间的冲突，这场冲突以封建家长的胜利而告终，因为家长们在漫长的岁月中积攒了强大的势力，在他们的影响下，大家普遍认为，年轻人成不了文化的接班人。

1999年，澳大利亚批评家格雷姆·特纳发表了一篇题为《澳大利亚文学和公共领域》的文章，该文运用"公共领域"的相关理论[1]，对发生在90年代澳大利亚的"理论"消退进行了个案分析。[2] 特纳认为，当代澳大利亚文学存在于一个几乎完全由市场主导的"公共领域"之中，90年代以来，保守的澳大利亚政府以理性经济政策为名，把政府与商业的价值融为一体，民族和公共利益被简单地等同于经济的收益，以政府为代表的"公共领域"被商业化了，人们注意到，政府不再针对社会文化政策向专家寻求咨询，对于民族文化活动的资助不断减少，每当政府为拯救民族文化进行干预和支持的时候，都会受到来自右翼势力的强力反对，曾经被看成澳大利亚文化旗帜的文学在这种情况下被推向了市场。过去30年的文学理论逐步为我们澄清了文学在大学体系中地位，但对于文学在政府政策和广义社会中的作用以及对国家为什么应该用纳税人的钱去支持文学创作的问题没有做出明确的界

---

[1] 哈贝马斯在他1989年出版的《公共领域的结构转型》中指出，系统意义上的"公共领域"是指那些公共研讨和公共辩论的场所，这种场所既可指政府为国家利益而设置的机构，也可以指私人拥有和控制，但面向公众的商业传播媒体，在当代民主社会里，民众是否可以参与"公共领域"进行理性辩论是一个十分重要的问题。哈贝马斯认为，理想的"公共领域"应该能够为民众提供一个传播信息和公开辩论的场所，一个国家的"公共领域"一旦被商业利益所控制，那它固有的功能就会丧失。哈贝马斯强调公共理性，尤其是理性的受过良好教育的精英是理想"公共领域"的关键，所以他对18世纪欧洲各国资产阶级建构的"公共领域"情有独钟，对当代西方媒体的严重商业化深感失望。

[2] Graeme Turner, "Australian Literature and the Public Sphere", in Alison Bartlett, Robert Dixon & Christopher Lee, eds., *Australian Literature and the Public Sphere*, 1998, pp. 1 – 12.

定，加之几十年来的文学批评变革把文学与外面的世界分隔得越来越远，不少新的观念新奇到了普通人不能接受的地步，结构主义、后结构主义、女性主义、后现代主义、后殖民主义和文化研究等"理论"也许本意在于挑战精英主义，打破学院内外的界限，但这些观念批判的恰恰是学院外普通百姓心目中的文学理想。特纳认为，90年代围绕文学"理论"发生的多起辩论，如果仅仅局限于学院内部应是具有进步意义的，但是，当它们通过媒体传到百姓当中，这些辩论对于其在整个澳大利亚文化和政府文化政策体系的地位而言无疑是非常不利的，因为20世纪90年代的澳大利亚媒体以"公共领域"的主人自居，它们与"理论"化的学院批评之间展开殊死的较量，为的是争夺文学和文化权威，它们利用"理论"的过度专业化特征及其极端相对主义价值观对其大加诽谤，使它在德米丹科这样的公共辩论中完全失去公信力，这样一来，决定文学声誉的权力便又回到媒体和出版商的手中。①

2003年，澳大利亚作家拉里·巴特罗斯（Larry Buttrose）以"理论之后"（After Theory）为题发表一篇文章，文章以十分个性化的方式对"理论"（他把"理论"等同于后现代主义）在澳大利亚文学批评中的崛起与衰落的过程进行了勾勒，同时对"理论"对于澳大利亚大学人文教育造成了冲击和伤害进行了批评。文章认为，首先，"理论"在过去的30多年中已经从澳大利亚大学传播到了中学，而"理论"对于"英文"的攻击让年幼的中学生们把学习英国文学看成了"禁忌"，反思"理论"消退意味着从根本上扭转"理论"给他们造成的错误印象。其次，30年的"理论热"已经培养了整整一代的"理论"家，在这些人看来，批评重于创作，当代澳大利亚大学里的文学教育将来如果要回归文学经典，恐怕很难找到称职的师资。最后，澳大利亚大学历来是进步思想的发源地，然而，被只关注自我的后现代"理论"荡涤之后，大学中的进步力量失去了传统青年的动力。②

巴特罗斯在讨论"理论之后"时，考虑的不是"理论"究竟是怎样走向消退的问题，而是在"理论之后"如何拨乱反正的问题。的确，"理论"

---

① Graeme Turner, "Australian Literature and the Public Sphere", *Australian Literature and the Public Sphere*, 1998, pp. 4 – 10.
② Larry Buttrose, "After Theory", in Marele Day, Susan Bradley Smith & Fay Knight, eds., *Making Waves: 10 Years of Byron Bay Writers Festival*, St. Lucia, Qld.: Queensland University Press, pp. 56 – 66.

消退之后，文学批评应该向何处去？英国的弗兰克·克默德（Frank Kermode）和美国的布鲁姆主张回归文学经典，他们认为，文学批评只有回归文学、回归经典才有希望，颇有些迷途知返的味道，但问题是，回归什么样的文学经典？怎样回归？20世纪的文学批评曾经带领西方从形式主义走向结构主义，从新历史主义到生态批评，一百年的历程让他们的文学批评全面体验了内在批评、外在批评以及内外兼修的文化批评。此外，半个世纪以来的经典论争早把经典变成一个充满火药味的斗争场，经过了经典开放和经典爆炸，传统西方的文学经典还回得去吗？

20世纪文学批评范式不断更替，其主要原因在很大程度上是因为我们很久以来喜欢把文学批评等同于为普通读者确定传诸后世的文学经典，不同批评家从各自不同立场出发总希望对现行"经典"进行修改，所以彼此之间永远争执不休。90年代以后，在澳大利亚，一种独特的文化体制史研究的重新出现让人们看到了传统文学批评的局限，当今的澳大利亚批评家们逐渐从"理论"倡导的那种单纯的消极批判中走出来，主张积极展开一种针对以文学体制和实践为核心的文化史的研究，把文学批评变成一门学问。从文学体制和实践的角度来看，"理论"所倡导的"反经典"暴露出严重的矛盾，一方面，它要证明"反经典"与经典一样，具有同样的文化价值，另一方面，它又必须证明"反经典"根本上的颠覆性。但不管如何，"反经典"与传统经典一样被放在一个脱离其具体产生历史的情形之下，每个具体的文化对于"反经典"的阅读都会加上一些体制性的限制，所以，脱离历史一味强调经典和"反经典"在彼此的矛盾中构成同样的文化资本，存在严重的弊病，未来的文学研究应该从简单的"经典"确定中跳出来，进入一种理性的文化体制史研究。这种研究不只关注作家，而且从文化的高度探究文学创作的历史，这样的历史从细微处入手，从宏观处把握，既关注表面上的文学实践，更关注制约文学实践活动的体制，从很多意义上看，这样的研究较之从前单纯"反经典"的文学批评更有颠覆性。[1]

经过了90年代的"理论"消退，澳大利亚文学及其批评与欧美其他国

---

[1] David Carter, "Literary Canons and Literary Institutions", in Delys Bird, Robert Dixon & Susan Lever, eds., *CanonOZities*: *The Making of Literary Reputations in Australia* (*Southerly*, 57. 3), 1997, pp. 32–35.

家一样依然轰鸣着滚滚向前。综观十多年来的澳大利亚文学研究，当代澳大利亚文学批评在一场"文化战争"的废墟上，又建构起了多个崭新的视角，除了不少批评家从事的文学体制研究以外，崭新的一代澳大利亚批评家或大力投身于一种立足于跨国的比较文学研究，或积极开展一种基于网络的数字化新经验主义文学研究，并积极勤勉地投身其中，在短短数年当中，推出了一大批令世人瞩目的重要成果，关于批评、阅读史、出版、传播、高等教育、学术期刊等与文学相关的体制研究如雨后春笋一般地涌现，一批重要的数字化文学数据库得以建成，一批重大的国际合作研究课题先后立项，所有这些成果为21世纪的澳大利亚在"理论"消退之后打开了崭新的文学研究天地。

第二章
多萝西·格林的早期后现代"理论"批判

多萝西·格林（Dorothy Auchterlonie Green，1915—1991）或许是澳大利亚第一个对欧美"理论"提出严厉批判的批评家。格林出生于英国，后随家人移居澳大利亚，曾就读于悉尼大学，从20世纪70年代开始大量发表各种书评和文学评论，并逐渐为世人所熟知。苏珊·谢里丹在2001年澳大利亚文学研究会年会上的一次纪念演讲中指出，作为一个批评家，格林在20世纪70年代的澳大利亚文学和文化批评界发出的声音无疑是最响亮的。[①] 格林一生著述丰富，她的代表作包括《万花筒》（Kaleidoscope，1940）、《海豚》（The Dolphin，1967）等。此外，她还修订了其父 H. M. 格林（H. M. Green）撰写的《澳大利亚文学史，1789—1950》（History of Australian Literature，1789–1950，1985），为澳大利亚文学史研究做出了杰出的贡献。格林对于澳大利亚文学最主要的贡献还在于文学批评，她一生写了大量的文学评论文章。1973年和1974年，她因《被缚的尤利西斯：亨利·汉德尔·理查森及其小说研究》（Ulysses Bound: A Study of Henry Handel Richardson and her Fiction，1973）连续多次获得嘉奖，1973年，她荣获澳大利亚作家协会颁发的芭芭拉·拉姆斯登奖（Barbara Ramsden Award），次年获詹姆斯·库克大学北昆士兰基金奖。

在格林结集出版的著作中，《爱之旋律》（The Music of Love，1984）和《作者·读者·批评家》（Writer Reader Critic，1990）集中地收录了格林一生

[①] Susan Sheridan, "Cold War, Home Front: Australian Women Writers and Artists in the 1950s", Australian Literary Studies, 20.3 (2002): pp. 155–166. 本文是其于2001年7月在墨尔本澳大利亚文学协会年会上的演讲。

最重要的批评文章，因而也最集中地体现了她的文学思想和批评理念。其中，《爱之旋律》所收录的部分文章集中呈现了格林对包括帕特里克·怀特和马丁·博伊德在内的一批澳大利亚重要作家和诗人及其创作的评论；在《作者·读者·批评家》收录的一组文章中，只有 1982 年的《作为社会批评家的作家》最初作为文章发表在《岛屿》杂志上，其他六篇文章均由演讲稿修改而成。① 在这些文章中，格林着力讨论了文学在当今世界的使命，同时讨论了作家、读者和批评家对于当代澳大利亚的重要作用。

格林早年就读于悉尼大学期间深受其恩师约翰·安德森（John Anderson，1893—1962）等哲学家影响，在哲学学习上下过苦功，所以她的著述体现出很深的哲学功底。显然，她受到过空想社会主义者威廉·莫里斯（William Morris，1834—1896）、马克思主义哲学家阿多诺（Theodor W. Adorno，1903—1969）和马克思主义历史学家 E. P. 汤普森（E. P. Thompson，1924—1993）的影响。此外，17 世纪神学家托马斯·布朗爵士（Sir Thomas Browne）也对格林产生过特别大的影响，在她的一生的著述当中，布朗爵士是她的精神导师，其浓重的宗教精神和关怀自始至终地引领着她，成了她的批评思想中的主旋律。威拉·麦克唐纳（Willa McDonald）在为格林撰写的传记中强调指出，基督教在格林价值观形成过程中产生过非常重要的作用，他认为："在她的职业生涯中，她形成了一种特有的行为模式，生活中总是慷慨行善，在学术上积极投入，作为领导，她总能提出真知灼见。"②

在 20 世纪后期的澳大利亚文学批评界，格林因其突出的学术风格和问题意识深受广大作家和批评家的关注。说到她的批评风格，澳大利亚许多批

---

① 《文学的地位》（The Place of Literature）是格林于 1973 年在詹姆斯·库克大学 ELLA 研讨会上的非正式演讲改编而来。《作为社会批评家的作家》（Writers as Social Critics）于 1982 年首次登载在《岛屿》杂志上。《作家》（The Writer）、《读者》（The Reader）和《批评家》（The Critic）三篇文章是由格林于 1985 年在北昆士兰的詹姆斯·库克大学的"多萝西·格林于柯林罗德里克演讲"（Dorothy Green's Colin Roderick Lectures）改编而成。《男作家与女作家》（Men and Women Writers）是由她在澳大利亚作家协会（Australian Society of Authors）1985 年年会上所作的第五届柯林·辛普森年度演讲改写而成。《在闪光的奖杯背后》（Behind the Glittering Prizes）是据 1986 年 "新南威尔士首相文学奖"（NSW Premier's Literary Awards）颁奖典礼上的演讲稿修改而成。

② Willa McDonald, *Warrior for Peace: Dorothy Auchterlonie Green*, North Melbourne, Vic.: Australian Scholarly, 2009, p. 247.

评家具有比较一致的评价，例如，许多人认为，格林是"最直言不讳的澳大利亚传统文学批评家"，虽然她是一位相对保守的文学批评家，有时甚至比一般作家和批评家想象得还要保守，但她的长处"在于言辞清晰，词汇简洁而含义丰富，情感丰沛"[①]。格林在70年代西方"理论"刚刚开始大举入侵澳大利亚文坛之际，就感觉到澳大利亚文学和澳大利亚文学批评面临的深刻危机，所以，她决定直面"理论"的锋芒，为澳大利亚文学大声疾呼。她认为，当代澳大利亚文学之所以面临深渊，原因有二：一个原因是文学批评的"理论"化和专业化，以后结构主义为代表的"理论"崇尚颠覆，因此必将把文学批评带入绝境；另一个原因是文学话语的科学化，在她看来，枯燥的科学主义日益窒息了鲜活的文学。格林同时认为，就澳大利亚而言，文学的出路在于抛弃后现代主义，重拾文学的道德和伦理关怀，以便回归西方的人文主义批评传统。在当代澳大利亚文学批评界，格林可以算是第一个以鲜明的态度对欧美"理论"提出如此严厉批判的人，她在对待"理论"的问题上表现了传统价值所特有的态度和立场，所以值得关注。

一

作为一种思潮，当代西方"理论"兴起的黄金时代是20世纪60—80年代的二十多年时间，具体涉及的"理论"包括结构主义、后结构主义、后现代主义、女性主义、后殖民主义等。80年代中叶以后，"理论"开始受到质疑，除了女性主义和后殖民理论继续得到关注之外，不少"理论"并未得到大的发展。一方面是因为这些"理论"自身日益丧失前进的动力，另一方面因为世界各国反"理论"的呼声越来越高，希望这些"理论"早日死亡的声音不绝于耳，其间一大批的反"理论"的著作先后问世。[②] 80年代中期，连

[①] Ken Stewart, "Australian criticism in 'transition'", *Australian Literary Studies*, Vol. 16, No. 1, May 1993.

[②] 80年代主要的反"理论"著作有：W. J. T. 米切尔的《反抗理论》(*Against Theory*, 1985)，保罗·德曼的《抵制理论》(*The Resistance to Theory*, 1986)，奥尔森 (Stein Haugom Olsen) 的《理论的终结》(*The End of Literary Theory*, 1987) 和 T. M. 卡维纳 (T. M. Kavanagh) 编的《理论的限度》(*The Limits of Theory*, 1989) 等。

法国结构主义大师茨维坦·托多罗夫都开始走出自己参与构建的结构主义理论,转而研究和介绍巴赫金的"对话原则"。90 年代之后,各地反"理论"的声音更加此起彼伏。① 2005 年,达芙妮·帕泰(Daphne Patai)和威尔·H. 柯雷尔(Will H. Corral)主编的文集《理论帝国:反"理论"文选》(*Theory's Empire: An Anthology of Dissent*)汇集和保存了一批著名思想家在二十多年间针对"理论"发表的批判文章,这些文章系统地梳理了这些思想家从结构/后结构主义、语言转向、理论的专业化、身份问题、政治、非理性等不同角度对"理论"的批判,也较完整地记录了他们在抵制"理论"泛滥过程中走过的心路历程。通过这部书,该文集的两位编者反思并批判了 20 世纪的"理论"现象,更为读者呈现了一派蔚为大观的反"理论"浪潮。②

以后结构主义为核心的"理论"同样刺痛了不少澳大利亚文学批评家的神经。作为当代澳大利亚著名的文学批评家,格林对当代欧美传来的"理论"非常反感,她从 70 年代开始就在自己的公开演讲中对"理论"进行批驳。格林认为,当代的"理论"过于傲慢,一派专业化的"官僚作风";她指出:"如今,我们都被一长串的'主义'给弄得晕头转向。"③ 格林认为,以大写形式示人的"理论"在讨论文学的过程中常常与现实脱节,其思想常常与现实的文学实践没有任何指涉,自说自话,有时甚至玩起了文字游戏。在"理论"与实践断裂的情况下,"文学理论家把作家'放逐',因此,作家只能假装缺场,结果读者认为作家在耍把戏,从而对作家的任何言辞都置若罔闻"④。越来越多的人认为,作家丧失了对读者和社会的道德责任,更忘却了自己对于社会承担的责任。格林认为,"理论"不仅使作家丧失道德责任感,还恨不得要吞噬文学本身。"文学理论酷似官僚,它的服务对象

---

① 90 年代反"理论"的著作有:J. 阿拉克(Jonathan Arac)等编的《理论的后果》(*Consequences of Theory*,1991)、R. 布拉德夫德(R. Bradford)编的《理论状况》(*The State of Theory*,1993)、M. 克瑞格尔(Murray Krieger)的《理论体制》(*The Institution of Theory*,1993)、W. 瑞特(William Righter)的《理论的神话》(*The Myth of Theory*,1994)、C. 玻格斯(Catherine Burgass)的《挑战理论》(*Challenging Theory: Discipline after Deconstruction*,1999)和 M. 马奎兰(Martin McQuillan)等编的《后理论:批评新方向》(*Post-theory: New Directions in Criticism*,1999)等。

② Daphne Patai, & Will H. Corral, *Theory's Empire—An Anthology of Dissent*, New York: Columbia University Press, 2005.

③ Dorothy Green, *Writer Reader Critic*, Sydney: Primavera Press, 1990, pp. 125 – 126.

④ Ibid., p. 125.

是批评理论家，而不是作家。"①

格林不喜欢因"理论"的过分专业化造成的自我封闭现象。她认为，批评不应成为一个"封闭的花园"，因为花园外面的土地更为肥沃，批评家必须走出围墙，更新自己与花园及土地的关系。②赛义德在《世界·文本·批评家》（*The World, the Text, and the Critic*, 1983）一书中也曾对这种自我封闭式的分工有过类似的批判，他指出："批评的普遍状况是：在四种类型中，无论哪一种都代表着各自的专业化和非常精确的智识劳动分工。紧接着，出现了对于专业专门技能的崇拜。对于知识分子阶层来说，专门技能往往为社会中央权威服务或向其出售某种服务，这就是朱利安·班达所说的知识分子的背叛。"赛义德在这段文字中批判了文学批评的专业化分工，在他看来，这种分工最后导致的结果就是知识分子对社会的失职。格林针对"理论"专业化给文学评论带来的严重后果进行了严厉的批判。她指出："二十世纪70年代，专业化与劳动分工有政治经济的特点，哲学家与符号学家对文学理论的挪用便是专业化的一个例子。专业人士大量散播的专业化的术语枯燥而令人生畏，作家和读者都被传染。"③大部分"理论"作品故弄玄虚、晦涩难懂、令人费解。伴随着大写的"Theory"的蔓延，文学批评领域也出现了分工：有人专事书评或文学新闻写作；有人专治学术批评及文学史；有人专门从事文学的阐释与欣赏（部分是专业的，部分是业余的）；有人专门从事"理论"研究。针对"理论"的专业化，格林指出："坚持封闭的'纯文学'，其实就是把文学与世隔绝，其结果就是让当权派从中渔利。"④

格林认为，英语文学批评有三种，它们分别是：规定性的（prescriptive）文学批评、审美的或理论性的（aesthetic or theoretical）文学批评和描述性的（descriptive）文学批评，"规定性的文学批评是各个大学的'文学创作班'里用来贬损某些创作方法的招数；在批评家与哲学家分道扬镳之

---

① Dorothy Green, *Writer Reader Critic*, 1991, p. 124.
② 转引自陆建德为李自修译《世界·文本·批评家》中文版作的序，北京：生活·读书·新知三联书店2009年版，第8页。
③ Dorothy Green, *Writer Reader Critic*, 1991, p. 125.
④ Ibid., p. 130.

后，审美性/理论性的文学批评在哲学家、符号学家和历史学家的操纵下，再一次叱咤风云；而描述性的文学批评是英语文学批评中最具生命力的，它紧紧依靠特定的文本，所以常能在'理论'家的狂轰滥炸中幸免于难"[1]。格林对于上述第一种和第二种批评表示了不满，认为它们都是基于某种"理论"的文学批评，她最推崇的是第三种，因为那是一种"基于细致、缜密的文本分析"的批判，因此"具有强大的生命力"，她认为，这种方法不寄生于"理论"，会"在后现代理论的侵袭下依旧岿然不动"[2]。格林一生都坚持这种批评方法，在她看来，这种基于细致文本分析的方法最能传承西方的人文主义传统。

格林的文学批评初听上去与"新批评"颇为相近，但她表示自己所喜欢的批评实践与标榜"细读"的"新批评"之间有着本质的区别。格林对"新批评"曾大加挞伐，她认为，"新批评"主张文本性，抹杀了作品与社会现实之间的关系，一些文学批评理论标榜"纯"文学，主张研究文学必须要与世隔绝，说到底还是现实的当权派想从中渔利。不仅如此，格林还指出"新批评"所谓的"纯"文学是不可能存在的，主要原因是它的原料不能进行抽象。文学使用的是语言，而语言很难与人划清界限。[3]

格林憎恶符号学、后结构主义和心理分析，她反对现代主义，有时也反对女性主义。她认为："文学批评就像文学本身一样，是文学的一部分，是热爱生命的，而不是毁灭生命。"[4] 她主张文学批评不能囿于文本，而是应把文本分析与时下的历史、哲学和政治紧密结合起来，她引用赛义德的话说："所有事件都是世界上社会生活的一部分。所有事件共享一个历史时刻，如果我们想要捍卫自由教育，我们就不能忽视人文学科得以存在其中的历史性世界。"[5] 格林的批评涉及宗教、民粹主义和文化独立等，在她看来，这些主题与作家的社会和意识形态倾向紧密相连。她同时鼓励读者将她的批评置于她所生活的澳大利亚社会文化背景中去观察。

---

[1] Dorothy Green, *Writer Reader Critic*, 1991, p. 124.
[2] Ibid.
[3] Ibid., p. 130.
[4] Ibid., p. 146.
[5] Ibid., p. 138.

值得注意的是，格林对文本分析的强调与利维斯的观点颇有点类似，跟利维斯一样，格林的批评中饱含对生命崇敬而开放的态度，饱含对生命的深刻道德关怀。在《爱之旋律》中，格林运用道德批评的方法对二十多位澳大利亚作家的作品进行评论，其间涉及了作品中的人物、情节、环境等。不难看出，格林之所以坚决地反对"理论"，是因为她坚决地反对以后结构主义为代表的一切后现代"理论"，虽然这些"理论"分工精细，但与现实脱节，更重要的是，它们从根本上无视道德，抹杀人性。

二

格林认为，以结构主义和后结构主义为代表的当代西方"理论"大力倡导科学主义，不知不觉中再一次将大家带回到了一个关于文学与科学的传统论争中。众所周知，西方对于科学主义的批评由来已久。19 世纪，伴随着科学技术的迅速发展，文化阵营就已经开始对科技的鼓噪产生质疑，1880 年，在伯明翰的乔赛亚·梅森爵士科学学院（伯明翰大学前身）的建院典礼上，亨利·赫胥黎（Henry Huxley）发表了题为《科学与文化》的演讲，这是一篇积极倡导科学精神的宣言书，内容一经公布便在英国拉开了"科学与文化"之争的序幕。马修·阿诺德在 1882 年的剑桥大学"里德演讲"中以《文学与科学》为题对赫胥黎的观点提出了驳斥，他提出，对美和行为操守的关心是人类生活的意义所在，只有广义的文学才能反映并促进这种关心。阿诺德是维多利亚时期最伟大的文学批评家之一，文学道德观是其文学评论的核心内容，他的参与极大地提升了这场论争的层次。到 20 世纪中叶，这场论争又掀起了一个高潮。1959 年，英国科学家兼小说家 C. P. 斯诺（C. P. Snow）在其著名的"里德演讲"《两种文化与科学革命》中提出，当代的科学家和人文学者俨然分化成了两种文化，彼此不交流，更是相互轻薄。斯诺认为，未来将属于先进的科学文化。作为对斯诺的回应，1962 年，英国文学批评家 F. R. 利维斯作了著名的"里士满演讲"——《两种文化？C. P. 斯诺的意义》，在该演讲中，利维斯与斯诺针锋相对。利维斯表示反对"两种文化"的提法，坚持一个国家应该只有一种文化，即它的文化传统。上述两种尖锐对立的观点在 20 世纪中叶前后吸引了无数人的关注，许多人不自觉地介入这场争论之中，争论的议题后来扩大到如何评价欧洲的工业革命和英国的社会进步以及文学的意义等一些重大问题。

格林对于重新在全球范围内发酵的文化与科学论争给予了高度的关注。她在80年代所作的一系列的演讲中，对于这一论争发表了自己的看法。20世纪70年代，科学如日中天，而文学却声名日下，为什么？格林认为：科学主义乃是罪恶之渊薮，当前科学的主宰地位造成了整个文学学科的一味理论化，所有的学科都标榜是"科学的，连文学与音乐也概莫能外；文学批评深陷泥潭也非一朝一夕，文学批评拒绝承认其主观性，竭力以其构建的文学经典为其观点撑腰，只可惜并不总遂人意"①。格林认为，资本主义的迅速发展，其主要帮凶是科学，科学的铁蹄践踏了文学的精神边界，在它的步步紧逼面前，文学最终丧失了自己的领地，成为科学的附庸。用美国人弗里德里克·詹明信的话说，这种现象就是"资本主义在新的一轮全球性扩张"中"对于无意识领域的彻底征服"。格林主要从科学方法和科学语言两个方面批判了科学对文学艺术的"征服"。

格林指出，海德格尔晚年目睹了科技的巨变，他把科技看作是人类的"最高危险"，认为其深刻的危害性并不在于核战争、能源耗竭、环境污染或物种灭绝，而在于大家清一色地采用科技的"思维与行动方式"②。格林总体上赞同海德格尔的观点，在她看来，对科学实验方法的盲目崇拜是导致20世纪文学困境的重要原因。但格林同时指出，海德格尔所说的思维与行动方式主要是指科技对人性的残害，而她则更多地关注这种思维与行动方式给文学带来的祸患，她认为，当今文学深陷困境的根本原因不在于科技本身，而在于文学批评家对科学实验方法的膜拜。格林详细对比了文学艺术方法与科学方法，她指出："艺术就像人生，是关于个例的、具体的，是质的，而不是量的。……艺术家关注的是多样化、人生的复杂性、神秘性，而不是简单化。……艺术从来就不是数据的，艺术从来不算平均数，而关注个体的独特性。"③ 格林的这一观点中显然有着阿多诺的痕迹，但更有尼采的观点：

---

① Dorothy Green, *Writer Reader Critic*, 1991, p. 132.
② 赵一凡：《欧美新学赏析》，北京：中央编译出版社1996年版，第119页。
③ Dorothy Green, *Writer Reader Critic*, 1991, p. 68.

她认为艺术是个体的、有差异的、独特的，而不是科学所标榜的量化的、简单化的、算平均数的东西；科学方法向往理解一切事物，向往把世上万物都变得实际、有用、可以实施剥削的东西，因此它本质上具有反美学的本质，在价值上，它只关心那些可以衡量、测定和算计的东西。①

科学方法与文学艺术方法在对待人类的态度上有着本质的区别。海德格尔说，现代科技漠视事物的天然存在权利，把它们仅仅当作进攻与克服的目标；在它面前，世上的一切，包括人本身，都是可以估算、分析、利用并加以控制的对象；正是由于这种严重侵害事物本性的逻辑，人类被强迫进入非自然的存在，逐渐丧失本性，沦为所谓"人道主义"的牺牲品。与此同时，现代科技又勒令一切神话、宗教和传统存在方式退出历史舞台，而"新时代"的一切事物，只能在技术交往中得到重新构造与规定，也就是说，它们必须千篇一律地展现为功能性和物质性的存在，并且成为可预测、可算计、可耗尽的技术对象，因此，现代科技绝不是什么单纯的中介或工具性力量，而是自然、世界和人类社会的强制性座架，决定真理发展或者毁灭的命运，由此，我们不难看出现代科学方法反人类、反人文主义的本质。② 格林反对一味宣扬科学方法，她认为："半个世纪以来，科学已经与商界的和军界的掌权者狼狈为奸，那套为人类造福的架势其实都是一出闹剧。"③ 与科学相反，西方的文学批评，从埃德蒙·威尔逊、利维斯再到哈罗德·布鲁姆，始终贯穿着一条人文主义的主线。④ 格林认为，科学的本质是与文学艺术的主张背道而驰的，而这正是格林要反对科学方法、弘扬艺术方法的根本原因。

格林引用俄罗斯 19 世纪思想家亚历山大·赫尔岑（Alexander Herzen）的观点批判了科学语言给文学带来的灾难，赫尔岑认为："现代社会最大的灾难之一就是人类被锁入抽象而不是现实的牢笼。"⑤ 格林紧接着批判了包括隐喻、概括、抽象、委婉语在内的四种科学语言。格林认为，隐喻虽然能

---

① 赵一凡：《欧美新学赏析》，第 677 页。
② 同上书，第 190 页。
③ Dorothy Green, *Writer Reader Critic*, 1991, p. 137.
④ 阿伦·布洛克：《西方人文主义传统》，董乐山译，北京：生活·读书·新知三联书店 1997 年版。
⑤ Dorothy Green, *Writer Reader Critic*, 1991, p. 141.

启迪心灵，但也能误导心灵；在写实验报告时，概括是一种抽象，但概括也是导向抹杀人性的重要一步；现代战争语言中令人作呕的抽象词与委婉语表明了语言的堕落，随之而来的是思想、感情以及道德判断能力的降低。① 格林批判了科学语言对人的思想、感情及道德判断能力的损坏，揭示了科学的局限性及对文学艺术的极大伤害。格林暗示，科学语言在逻辑的基础上对事物进行实证认识，是一种用以表现客观事物性质、状态及特征的语言。而艺术语言是一种内向性语言，是一种用以表现创作主体的情感、思想、感触或价值观念等主观情绪倾向的语言。艺术语言具有意象、神韵之美，艺术语言重在营造意象，往往以"立象以尽意"来反映客观生活，描写话语主体的情和意。它是对常规语言的超脱与偏离，表面上是悖理，用词不当，句子不完整，但它自有深意，艺术语言善用修辞，如比喻、移情、通感、拈连、夸张、双关等等，它遵循的不是理性逻辑，而是情感逻辑。科学语言与文学语言相去甚远，把科学语言引入文学语言，势必对文学造成毁灭性的打击。格林举了一个例子对此加以说明，"科学总是企图解释每一个词的意思，这点和一词多义截然对立，诗人醉心于使用一词多义。因此，想要把科学方法用在文学上的作家和批评家，就会破坏文学的独特性"②。科学逻辑的核心是确定的真理观，其目的是要把握事物的本性，把握同一性与普遍性，其思维方式是整体性的，方法是演绎与归纳性的；而人文和文化的逻辑和真理观是解释性的，也是多元和个别的，它追求的是差异性，用科学和逻辑的方式来讨论文学只能扼杀文学鲜活的生命力。

　　格林坚定地反对科学主义的最重要原因是科学违背人类道德。"人性扭曲的一个更容易辨别的标志就是世界上几乎一半的科学家——所谓的知识分子的精英——满足于在核武器工厂里赚钱，设计出更加惨绝人寰的武器，只要政治家一声令下，就大规模杀戮人类。毫无疑问，许多科学家已经向魔鬼撒旦妥协，因为他们只是做自己的工作，仿佛他们的道德感已经在外科手术中被移除。科学界的腐败已经蔓延到整个知识界。"③ 格林对此

---

① Dorothy Green, *Writer Reader Critic*, 1991, p. 142.
② Ibid., p. 136.
③ Dorothy Green, *The Music of Love*, Ringwood, Vic.: Penguin Books Australia Ltd., 1984, pp. 7 – 8.

深恶痛绝。

格林通过对比古今作家的创作动机，指出科学的实用主义思想对作家具有腐蚀作用。格林列举了古代文学中的歌者或游吟歌手和土著人的创作动机，指出，传统艺人通过艺术与祖先建立联系，记录历史，与更高层次的现实建立联系，这些层次包括宗教图腾、农业丰收、哲学思想、表达情感、启迪心灵、传承文化与教育。① 现代作家的写作目的则令人扼腕痛惜：他们有的为了挣钱，有的为了宣传，少部分人希望成为"真正的作家"以便能够实现艺术"创造"。显然，古代的作家更注重表达人的情感与心灵，而现在的作家已被功利主义所控制，他们的写作彻底地背离了人的天然情感与人性对于他们的召唤。在文学艺术与科学进步之间究竟存在什么样的关系呢？格林认为："文学读者必须意识到，艺术并不必然随着科学的进步而进步，音乐或许有些不同，因为乐器制造方面的进步会带来一些进步。但好的文章、好的绘画绝不依赖技术进步。"② 格林认为技术的进步对文学艺术没有任何促进作用。但是，今日的科学主义使作家盲目崇拜科学方法和科学语言，科学是使文学陷入困境的罪魁祸首。格林认为："没有科学，文学会走得很好。"③

三

2004 年，英国马克思主义理论家特里·伊格尔顿的《理论之后》(*After Theory*) 出版之后，在全世界的人文学界引发了高度的关注："任何在 20 世纪末文化战争的学术前沿参与论争的人都会竖起耳朵，欲先睹为快。"④ 伊格尔顿在该书中并不像有些人想象的那样宣告"理论"的终结，而是抱着对人类负责任的态度，对后现代主义的某些价值取向进行了认真的评估和彻底的清算。格林也不喜欢当代"理论"所反复宣扬的后现代主义。早在 20 世纪 80 年代，格林就开始对后现代主义理论的得失进行反思，但她反思的

---

① Dorothy Green, *Writer Reader Critic*, 1991, p. 48.
② Ibid., p. 111.
③ Ibid., p. 135.
④ 戴维·洛奇：《向这一切说再见——评伊格尔顿的〈理论之后〉》，王晓群译，《国外理论动态》2006 年第 11 期，第 52 页。

出发点不是像伊格尔顿那样为了"理论"寻求发展的出路,而是为了为整个文学思考新的路径。格林把对人的关怀放在文学批评的首要位置,认为后现代主义理论回避道德的做法是极其错误的。格林指出,伟大的文学必须显示出深刻的道德关怀,批评家在评论具体的小说时,也应该使用道德尺度,因为跟道德关怀紧密相连的是对生活的态度。

在其《爱之旋律》一书中,格林反复强调文学批评应该遵循的道德原则。她指出,文学作品必须紧扣现实,文学要有强烈的道德感染力,文学要用艺术的人本主义思想来救赎人类。格林结合具体的作家评论对文学的道德作用进行了较为详细的说明。在《从亚拉格林到罗马:.马丁·博伊德,1893—1972》(From Yarra Glen to Rome: Martin Boyd, 1893 – 1972)一文中,格林着重分析了博伊德的《当乌鸫鸟在歌唱》(When Blackbirds Sing)等几部作品。格林认为,博伊德的作品中涉及许多伦理问题,在家庭伦理方面,博伊德表示,人类行为的道德基础是"一个母亲不管出于什么样的原因,也不能抛弃自己的孩子"。在生命伦理方面,博伊德认为,"人不应该选择死,而要选择生,不要选择不存在,而要选择存在"[1]。格林认为,博伊德还有他的一套自然伦理思想,他认为,人类"应该享受生命的过程,应像动物一样,与自然界和谐相处,顺应自然的本意,而不是把人的意愿强加给自然"。博伊德还认为"自然要顺应自然的伦理法则,这就是他谴责医学手术藐视人类感觉的原因所在"[2]。格林认为博伊德的作品较之英国作家约翰·高尔斯华绥还要更胜一筹,因为"与高尔斯华绥不同的是,博伊德的作品建立在坚实的宗教信仰的基础上,而且还不断更新。这种信仰的外在表现形式是英国国教高教会派,其实质是 C. S. 刘易斯(C. S. Lewis)提出的'道'(Tao),博伊德把它称为'经典的道德'。他不关心宗教的外在形式,而只关心其诗性真理——从死到自我再到重生的核心神话,每一种真正的道德体验都有引发特有的道德震荡,这种认识在高尔斯华绥那里是毫不存在的"[3]。格林喜爱博伊德的原因在于其"经典的道德":博伊德的道德并不是把道德放进宗

---

[1] Dorothy Green, *The Music of Love*, 1984, p. 41.
[2] Ibid., pp. 37 – 38.
[3] Ibid., p. 25.

教的框架里，他只是借用宗教的伦理观来表达自己的道德思想。博伊德在《一团火》(A Single Flame)中阐述了他的这种道德思想："反对理智、真理和正义就是反对经典的道德。"① 除了明确地赞赏博伊德对生命的乐观态度以外，格林还对曾获诺贝尔文学奖的澳大利亚小说家怀特推崇备至。她在评论怀特的自传《镜中瑕疵》时指出，"怀特对人类，包括对他自己的憎恨，是因为他热爱人类善良的一面"②。在她看来，"在（怀特作品中）所有的消极能力背后是一种核心信念，即，爱能抚平一切创伤"③。格林认为，怀特由衷地信奉爱和人性善，并据此鼓励读者认真读怀特的小说，从中体会这些作品中所传达的积极向上的精神主旨。

格林主张从人文主义道德关怀的角度去审视每一部文学作品。她的批评中探讨的所有道德命题里浸润着基督教人文主义的精神，她的观点在只为名利而创作的时代显然具有警世的作用。格林指出，"文学家都需要学会对生命抱着敬畏之心"④，"人性化的成分才是文学所要张扬的主要内容"⑤。格林对文学发展的前景胸有成竹："我们没有理由不相信，西方文明会从当前技术和消费经济的枷锁中解脱出来，就像曾经从自然的桎梏中解放出来一样。"⑥

立足于人文主义的道德关怀，格林主张文学要与社会现实结合起来，重拾传统文学的"世俗性"和"业余性"⑦。格林强调作者与读者之间交流的重要性⑧，在她看来，"文学是作家与读者，或说者与听者的伟大合作。简言之，文学不管是口头的还是书面的，都是人与人之间的——穿越时空的、

---

① Dorothy Green, *The Music of Love*, 1984, p. 38.
② Ibid., p. 64.
③ Ibid., p. 65.
④ Ibid., p. 145.
⑤ Ibid., p. 136.
⑥ Ibid., p. 12.
⑦ 在《人文主义与民主批评》一书中，赛义德提出"世俗的批评"(secular criticism)和"业余性"(amateurism)。前者是针对后结构主义而发的，在赛义德看来，后结构主义一如经院哲学，陷入琐碎不堪的语言和逻辑游戏，成为一种准神学，"世俗的批评"要摆脱这种高度专业化倾向，回归世俗的历史与社会。后者旨在反对批评家画地为牢，将视野局限在专业范围内，他们应将思想的触角延伸到学术圈子之外，针对社会时局发表见解，体现知识分子的道德勇气和社会良知。
⑧ 英国小说家菲尔丁(Henry Fielding, 1707—1754)早在200多年前就注意到了读者对文学的重要作用，强调作者与读者的交流，作者与读者互相依赖的合作关系。读者反应批评理论把读者奉为上座。

伟大的、连续的交流，关于一切人类经验的交流"[1]。格林把文学的本质定位于人与人的交流之上，强调交流的内容要与实实在在的生活有关，"如果作家没有什么想法或经历值得交流，那么他最好停笔。文学爱好者必须要有直接经验"[2]。格林指出，交流对于文学的成长大有益处，一方面，读者能从作家那里欣赏到"想象、强烈的情感、智慧、鲜明的个性和风格"[3]；另一方面，作家在和读者交流的过程中能够寻求自我身份的确定："济慈把艺术家看作是没有自我的变色龙，但它能进入他人的自我，甚至能进入无机生物的肌体。"[4] 在这一点上，格林的观点与美国小说理论家韦恩·布思高度一致，她指出：作者在作品中塑造了他自己的形象和他的读者的形象；他塑造读者就像塑造他的第二个自我。

关于澳大利亚文学，格林意识到澳大利亚的文学创作队伍和读者群体之间存在严重的失衡，并对此唏嘘不已。她指出：第一，澳大利亚的读者文化水平有限，读写能力还很欠缺：这严重地阻碍了读者与作者的合作，以及澳大利亚文学未来的发展，而"在当今工业社会中，基本的读写水平是生存所必需的"[5]。第二，读者和文学批评家往往抓住某些观点不放，而置事实于不顾，读者和批评家常常盲信别人的观点，格林希望"有良知的读者要相信自己的判断"。第三，阅读对读者个人至关重要："要想没有人欺骗你，没有人剥夺你的权利，没有人操纵你，那么你就要博闻强记，广泛地阅读。为了避免失之肤浅，就要细致地阅读一些有价值的书籍。"[6] 格林对读者寄予极大的希望，她认为，在澳大利亚文学的发展中，作家最需要的是读者，"澳大利亚文学中存在大量的糟粕，只需一点常识或专业知识就不难发现，所以澳大利亚的作家亟需细心的读者，我们希望，这些读者能够把这些糟粕完全摒弃掉"[7]。格林最后指出："要想把文学从西方工具理性的束缚中解救出来，就要走知识的道路，在文学的世界里，读的能力是踏上知识道路所要

---

[1] Dorothy Green, *Writer Reader Critic*, 1991, p. 16.
[2] Ibid., p. 125.
[3] Ibid., p. 150.
[4] Ibid., p. 147.
[5] Ibid., p. 91.
[6] Ibid., p. 111.
[7] Ibid., p. 115.

迈出的第一步。对于西方文明的恶，把它连根拔起付之一炬不能解决问题，我们需要的是读者的仔细查验，由他们来确定哪些本质上是好的，学会自我更新，并适应新的环境。"①

格林认为，在澳大利亚文学发展过程中，读者是最薄弱的一环，要努力提高读者的读写水平，澳大利亚文学整体才有望提高。②像其同时代的许多批评家一样，格林抱着对澳大利亚文学负责的态度积极参与批评，她对文学艺术寄予崇高的希望，她赞美伟大的文学作品，认为这些作品有改良澳大利亚社会的作用，试图通过文学解除澳大利亚民族的困境。格林是一个非常具有责任感的批评家，她认为，文学仅仅自救是远远不够的，还要承担起救世的责任。"艺术的主要功能是使全人类都能承受生命，并憧憬未来。"③格林把艺术提高到人类生命的层面，可见其对文学艺术的赞美与褒扬：艺术可以让人热情地投入时代的洪流中；艺术是纯粹的娱乐；艺术能表达自我；艺术可以用来沟通和交流。很明显，格林把艺术提高到人的本质的层面来考虑，强调艺术与人类灵魂之间的呼应与共建，主张摒弃干瘪而实用的工具理性，还给人类一个鲜活的、互动的、永恒的、能够承受生命之重的人生。格林毕生恪守对于人类解放的终极关怀，她的思考具有很强的社会实践性，她用伦理关系渗透文学批评的思想给人深刻的启示。

格林反对后现代主义给文学带来的荒凉世界，她用自己的道德情怀为文学（尤其是澳大利亚文学）的未来勾勒了一幅非常美好的图景，她指出："如果作家、读者和批评家都主张人类重新思考自我，那么他们就在黑暗里点燃了一丝希望。一个作家如果可以有幸为大家指明道路，而读者对此也能做出积极的回应，而不是挖苦或不理不睬，那么批评家与作家、读者便可以携手给文学一个推动力，文学据此就一定能在原有的基础上更上一层楼。"④

---

① Dorothy Green, *Writer Reader Critic*, 1991, p. 11.
② 格林提出这种观点与其多年的教学经历有关，她曾在多所学校教授英语、法语、英语文学等课程，对澳大利亚普通读者的读写水平了解非常深入，故而提出这种观点，这是针对澳大利亚民族文学建构方法提出的富有建设性的建议。
③ Dorothy Green, *Writer Reader Critic*, 1991, p. 148.
④ Ibid., p. 152.

第三章
"德米丹科事件"中的"文化战争"

　　20世纪的澳大利亚文学史风云激荡,特别是40年代以后,一个个惊世骇俗的文学骗局一波未平一波又起,在澳大利亚人的文化生活中激起了不少波浪,也在世界文学中泛起了层层涟漪。这其中,除了发生在20世纪上半叶的"厄恩·马利事件"之外,影响最为深远的当数发生在90年代中期的"德米丹科事件"了。1995年6月1日,澳大利亚迈尔斯·弗兰克林文学奖的评委们宣布,将1995年度的该奖项授予小说《签署文件的手》①的作者、青年作家海伦·德米丹科(Helen Demidenko)。《签署文件的手》讲述了一些乌克兰人在"二战"期间的经历:他们因为曾在以斯大林为首的布尔什维克以及犹太人的合谋影响下承受了很多痛苦,故在"二战"开始后,部分乌克兰农民为了报复,倒戈希特勒,帮助纳粹屠杀犹太人。《签署文件的手》得奖的消息一经公布,立刻招致了不少犹太裔人士的强烈抗议,他们指责迈尔斯·弗兰克林文学奖的评委们竟然给这样的一本反犹的"邪恶"之书颁奖。然而,这仅仅是争论的开始。同年8月,一名记者在报上披露说,这个自称海伦·德米丹科的作家本姓达维尔(Darville),是正宗的英国移民后裔。不久又有人指出,这部小说剽窃了包括澳大利亚小说家托马斯·基尼利在内的诸多国内和国际著名作家的作品片段。一时间,诸如"魔鬼"、"骗子"之类的指责纷至沓来,"德米丹科"这个名字及其作品由荣耀的巅峰跌至谷底,"德米丹科"其人也成了臭名昭著、人人喊打的过街老鼠。

　　"德米丹科事件"发生在一个特殊的历史时刻,所以太多的时代纠结让

---

① Helen Demidenko, *The Hand That Signed the Paper*, St. Leonards: Allen & Unwin, 1994.

当时的人们很难冷静以对，那是一个"理论"消退的时代，更是一个"文化战争"的时代，在这个时代，右翼思潮激荡了整个澳大利亚社会，大有不荡涤一切激进的左翼思潮誓不罢休的架势，在这个时代，澳大利亚文坛的任何一点风吹草动都有可能被演绎成一个"事件"或者一个"丑闻"。"德米丹科事件"究竟是如何演绎出来的？"德米丹科事件"背后究竟反映出怎样的澳大利亚批评生态？它与澳大利亚文学批评中的"理论"消退之间究竟存在怎样的关系？本章围绕这些问题做一点回顾和评述。

一

提到与"二战"屠犹相关的文学作品，人们常常想起埃利·维塞尔（Elie Wiesel）的《夜》（*Night*）和普里莫·莱维（Primo Levi）的《如果这是一个人》（*If This Is A Man*）这样的文学作品。在这些作品中，刽子手的形象狰狞可怖，他们是清一色杀人不眨眼的冷血动物，魔鬼的化身。《签署文件的手》这部同样以犹太人大屠杀为背景的小说打破了人们对刽子手角色的形象期待，在这部小说中，在大屠杀中担任刽子手的乌克兰农民们与普通人一样，也有七情六欲，也是有血有肉的人。他们在脱下纳粹发放的制服之后，在日常生活中与我们普通人没有任何的区别——他们酗酒，与妻子打架；他们教孩子游泳，给心爱的人精心挑选生日礼物……他们会害羞，也会哭泣，有时也会感到彷徨、恐惧和忧郁。他们一方面在复仇信念的驱使之下帮助纳粹大肆屠杀集中营的犹太人；另一方面，他们的内心深处也充满了矛盾和纠结，不时质疑自己这样的做法是否正确。这样的描写引起了不少犹太裔人士的强烈反感，早在德米丹科的真实身份被揭露之前，不少犹太裔学者和批评家就纷纷撰文，对德米丹科及其作品表示强烈的谴责，对迈尔斯·弗兰克林文学奖的评委们竟给这样一部小说颁奖表示愤慨和不满。在他们看来，这样描写刽子手等于将魔鬼赋予了人性，是在为当年犯下滔天罪行的恶徒们开脱，是企图否定犹太人大屠杀。正因为如此，犹太裔澳大利亚批评家安德鲁·里默（Andrew Riemer）怒斥《签署文件的手》为"邪恶"之书。[①]

---

① Andrew Riemer, *The Demidenko Debate*, St. Leonards: Allen & Unwin, 1996, p. 120.

发生在"二战"期间的大屠杀给犹太民族造成了难以磨灭的伤害，直到今天，这场灾难仍然是犹太人"无法愈合的伤口"[1]。从情感的角度上来说，《签署文件的手》所刻意营造出的那种冷静、客观的叙述笔调让不少犹太读者感到愤怒、难以接受，犹太人在这场灾难中承受了太多痛苦，而受过伤害的心灵总是格外敏感和纤弱，此乃人之常情。但是，这部小说是否真如有些人说的那样是一部反犹小说呢？我们认为，年轻的德米丹科在创作小说《签署文件的手》的过程中显然受到了两种思想的影响，一种是汉娜·阿伦特（Hannah Arendt）的平庸邪恶论，另一个是关于现代性条件下的犹太民族身份问题理论，了解这些影响对于更好地了解这部小说会有所裨益。

汉娜·阿伦特在《耶路撒冷的艾克曼》（*Eichmann in Jerusalem*）一书中针对"邪恶"的问题进行了专门的探讨。1961年，阿伦特以《纽约客》杂志报道员的身份见证了纳粹分子阿道夫·艾克曼在耶路撒冷的审判。出乎她意料的是，在受审者玻璃亭里的艾克曼，这个曾亲手签发过上万张屠杀犹太人命令的纳粹头目，并非人们想象中的穷凶极恶的魔鬼。相反，他只不过是个非常普通的平凡人，稀松平常，乏善可陈。尽管在种族屠杀中犯下了弥天大罪，而他的动机却是极平常的服从命令和尽忠职守——"除了一心向上爬之外，艾克曼确实没有任何动机……用通俗的话来说，他只是不知道自己在做什么"[2]。艾克曼的这个案例使阿伦特意识到"邪恶"或许并非一种卑鄙得超乎常人理解的现象；正相反，"邪恶"的动机非常肤浅，是极为平常的人性弱点。阿伦特由此得出结论："邪恶"的本质是平庸。阿伦特认为，大恶虽然极端，但它既不深刻，也不是妖魔。大恶能弥漫，能糟蹋世界，是因为它能像毒菌一样在表面扩散。《签署文件的手》中的刽子手身上充满的正是这种平庸无奇的恶。1932—1933年间，乌克兰发生了前所未有的大饥荒，数百万人失去了生命，乌克兰人民承受了巨大的痛苦。当时盛传着这样的一种说法，认为这次饥荒是布尔什维克与犹太人合谋的结果。受这种说法的影

---

[1] Andrew Riemer, *The Demidenko Debate*, 1996, p. 76.
[2] Hannah Arendt, *Eichman in Jerusalem: A Report on the Banality of Evil*, New York: Viking, 1965, p. 287.

响，小说中的乌克兰农民将一腔怒气宣泄在了犹太人身上，而德军的到来正为他们提供了机会。于是，宣泄的快感、对于纳粹强权的畏惧以及对富裕物质生活的渴望取代了任何具有道德内涵的信仰——他们将自己变成了德国人的杀人工具，他们中的有些人对大屠杀的惨状麻木不仁；有些虽然内心有挣扎，可出于对纳粹强权的畏惧为了自保而选择了隐忍；还有些则贪恋德军开出的优厚报酬而迷失了最基本的人性。

阿伦特认为，"邪恶"与思想不能相互见容，因为思想要朝深里去，要追根究底，思想碰上"邪恶"，便无所进展，因为"邪恶"中空无一物。这就是平庸。只有善才有深度，才能产生原创。传统的从受害者视角进行叙述的幸存者小说有着见证历史、警示后人的积极作用；但是，一味地强调施暴者的残酷，始终将关注的目光聚焦在对施暴者的谴责上，也会造成非常严重的后果——导致人们放弃对"邪恶"问题的深入思考。传统的幸存者小说容易使读者陷入这样的一种思维定势，即，凡施暴者必然是"最可怕"的恶魔，无形之间，"邪恶"以及"邪恶"的施行者都被神秘化了，深不可测。既然"邪恶"是不可知的，那么人们除了湮没在悲伤和愤慨的情绪里，无可作为，根本无从探讨究竟是什么促使人们去作恶。在这样的情形之下，从根源上阻截邪恶的产生也变成了空想。从阿伦特的理论出发，《签署文件的手》选择从施暴者的角度对大屠杀进行叙述，在表现大屠杀的残酷的同时着力还原施暴者真实的面目，将他们从冷血的恶魔变回有血有肉的人，或许更有利于作者对"邪恶"动机问题的探讨，也促使读者去深入思考这个问题。

在西方思想史上，现代性乃是现代社会思想理念的集中体现。它以启蒙运动以及随后的法国大革命为主要标志，在本体论上崇尚以个体为本位，在价值上追求自由平等，给整个西方社会带来了巨大的冲击。在现代性带来的诸种后果中，以个人主义的影响最为深远。凭借近代的社会契约论传统，个体在理论上占据了主导地位，人们摆脱了超越于个体之上的神圣秩序的羁绊，获得了现代意义上的自由即自己选择生活方式的权利。整个现代社会由此产生。但是，现代性带来的进步却给犹太人带来了极大的困扰，犹太民族遭遇了前所未有的民族认同危机。现代性对个体本位的推崇使得维系个体成为共同体的纽带发生了断裂——语言被转换，血缘通过异族通婚而淡化，就连两千多年来一直被视为犹太民族精神根本的犹太教也遭到了被摒弃的命运，一大批犹太人选择了无神论，走上了世俗化的道路。这样的危机使得一部分持保守立场的正统派犹太人士对一切与世俗化或是普世主义相关的言论深恶痛绝，它们被视为是保持犹太民族特性的大敌。

《签署文件的手》因为叙述视角以及风格的变换而招致猛烈的抨击和严厉批评。在过去的几十年里，人们不断地以各种形式重述发生在"二战"期间的犹太人大屠杀这一重大历史事件，重述的目的不尽相同，有的充当历史见证，有的则利用人们的同情赚取商业利益等，而增强犹太民族的民族意识也是其中之一。这类文学作品通常从幸存者的视角出发进行叙述，叙述的风格偏于抽象和宏大，最显著的特征就是强调犹太人大屠杀这一历史事件的独特性，将其与世界历史上的其他大屠杀相区别开来。与此类作品相比，《签署文件的手》不但叙述风格偏于具体而琐屑，还大胆变换了叙述视角。它所关注的不单是犹太人大屠杀，更是人类历史上的一切极权阴影下的杀戮和暴行；它所要探讨和分析的不单是纳粹之恶，更是人性之恶背后的动机。由此可见，二者对"犹太人"这个概念的解读各有侧重，一方将重点放在"犹太"上，具有鲜明的民族主义色彩；而另一方则更强调"人"，具有明显的普世主义倾向。年轻的德米丹科或许想通过《签署文件的手》展示自己超越民族主义的思想高度，将自己的创作与一般人性结合起来。然而，事实证明，这样的做法在崇尚正统的澳大利亚部分主流批评家那里还是得不到认可的。

二

澳大利亚的一位畅销小说作家 J. B. 萝莉（J. B. Rowley）在她的博客中这样抱怨道："在澳大利亚，只要你的履历表上申明你是土著、难民或是新移民……那么你要出书的话就会很容易。我们都知道，在澳大利亚的主流出版界，存在着一种对白人的严重歧视。"在澳大利亚主流社会，与萝莉持相同观点者并不在少数，因为许多盎格鲁－凯尔特裔澳大利亚人相信，少数族裔的作家更容易在澳文坛立足或是成名。基于这样一种观念，德米丹科/海伦·达维尔伪造身份这一点招致了一片质疑。批评者将德米丹科骗局的产生直接归咎于在澳大利亚日益兴盛的多元文化主义运动。在他们看来，由于澳大利亚社会对多元文化主义文学过度推崇，其结果是给澳大利亚文学造成了很不好的影响——人们将族裔身份凌驾于文学价值之上，作为评判一部文学作品的首要标准。他们指出，正是在这种观念的影响下，澳大利亚文坛才会涌现出德米丹科这样的文学骗子。一时之间，指责之声四起，在人们眼中多元文化主义文学成了德米丹科骗局的始作俑者。

德米丹科究竟为什么要伪造乌克兰裔背景呢？据达维尔的大学同学及老师回忆，达维尔在大学时就曾使用过德米丹科这个姓氏，从那时起她就对乌克兰历史很感兴趣。而达维尔本人则披露，虽然成绩优异，但由于性格内向，从小时候起在学校里就备受同学们的排挤。为了排遣孤独，她养成了阅读的习惯，而读得最多的就是文学和历史书籍。她还不时地幻想，幻想自己就是书中的主人公……有专家指出，种种迹象显示，达维尔可能患有臆想症。因此，从这个角度来看，达维尔有可能并不是存心在编一个假故事来欺世盗名。她的写作完全可能出于一种真实的心理需要，用以实现自己的身份幻想，借此逃避现实，寻求安慰。她不止在虚构的小说中把故事写得情真意切，在小说之外她也全情投入扮演这一自己幻想的身份。据相关报道称，在真实身份被揭露之前，达维尔无论出现在什么公共场合都穿着典型的乌克兰民族服装，她甚至还专门去学过乌克兰民间舞蹈，因此，她使用德米丹科的名字或许并非刻意制造一个多元文化主义的骗局。这个根据新的体验和需要一点一点编织而成的身份，由于没有计划而矛盾多多，以至于后来轻易就被人戳穿了。

德米丹科伪造少数族裔身份的目的或许的确是功利性的，作为一名年轻作家，她把少数族裔身份当作是出名的一条捷径。在澳大利亚，不少人认为少数族裔的作家更容易成名。驱使达维尔伪造德米丹科这个身份的或许正是这样的一种观念。不可否认，随着20世纪70年代多元文化主义政策在澳大利亚的施行，少数族裔人士的地位较之以前有了大幅度的改善。在文学界，少数族裔作家的境况也大为好转，一批优秀的少数族裔作家开始崭露头角，也引起了众人的关注。德米丹科试图借助这样的形势为自己谋求更快的发展，不能说没有可能。

不过，值得注意的是，对少数族裔作家无论是批评还是肯定，澳大利亚文学话语的主导权始终牢牢掌握在盎格鲁-凯尔特裔的文化精英手中，少数族裔作家在文学界的名声和影响力还远不能与英裔白人作家相提并论。以迈尔斯·弗兰克林奖为例，从 1975 年至 1995 年的这 20 年间，在德米丹科之外的获奖者中，除了 1991 年获奖的戴维·马洛夫拥有少数族裔背景之外，其余获奖者几乎皆为英裔白人。因此，仅仅因为部分少数族裔作家的境遇较从前有所提高而就此宣称澳大利亚社会对多元文化主义文学推崇过度，这种说法也显然与事实相距甚远。从这个意义上来说，导致达维尔伪造身份的，或许并不是澳大利亚社会对多元文化主义文学的推崇过度，真正的始作俑者是部分盎格鲁-凯尔特裔人士对少数族裔作家境遇改善的不满。正是受了他们的影响，达维尔才有可能去利用少数族裔身份进行投机。

斯内娅·古尼夫曾经指出，在澳大利亚，"（少数族裔）作家，特别是那些有意凸显自己的非英语语言意识的作家，他们的作品多半被看作是书写自己的生平故事，至多不过为社会学家或者历史学家提供了研究素材而已"[1]，而"最受编辑、出版商以及评论家青睐的（少数族裔）作品就是那些公开描写自己移民前的经历，特别是那些以口述历史的形式出现的自白小说"[2]。斯内娅·古尼夫在她的著述中不止一次地道破了多元文化主义文学在澳大利亚所面临的尴尬境地。虽然如上文所述，随着多元文化主义在澳大利亚的实行，英裔白人在文化生活中一统天下的局面逐渐被打破，但土著以及少数族裔作家在文学界的名声和影响力还远不能与英裔白人作家相提并论。长久以来，英裔白人文化精英一直牢牢占据着澳大利亚文化生活的中心位置，少数族裔作家境况的改善让他们深感焦虑和不安。正如批评家马克·戴维斯所指出的那样，这种焦虑实质上是一种中心对于边缘的焦虑。[3] 他们担心这些来自边缘的声音会威胁到他们的中心位置，他们害怕失去自己的文化优势地位。正是在这种焦虑的驱使之下，他们给多元文化主义文学的发展

---

[1] Sneja Gunew, *Framing Marginality*: *Multicultural Literal Studies*, Melbourne: Melbourne University Press, 1994, p. 6.
[2] Ibid., p. 8.
[3] Mark Davis, *Gangland*: *Cultural Elites and the New Generationism*, St. Leonards: Allen & Unwin, 1997, p. 223.

设置了诸多障碍。比如，他们故意忽略少数族裔作家作品中的文学性，或者大力褒奖只有社会学家和历史学家才会感兴趣的自白式小说。这样的行为带来的后果是：一方面给公众造成一种错觉，即少数族裔作家的作品都是缺乏文学价值的次品，之所以能出版或获奖都是凭借着他们的族裔身份；另一方面，这些文化权威们无形中为少数族裔作家的创作确立了一种模版，借此，他们试图将少数族裔写作永久定格在"低人一等"的位置上。如此一来，少数族裔作家永远处于文学场的边缘，他们承受着公众的误解，或是等待着主流社会的赞扬和扶持。但他们永远也不可能与英裔白人作家平等竞争，自由发展，自然也就无法撼动那些文坛主流作家们的中心位置，无法对他们的文化优势地位构成威胁了。

把德米丹科/海伦·达维尔虚拟乌克兰裔家庭背景归咎多元文化主义或许是澳大利亚主流社会的故意而为之的一种"误读"，在澳大利亚主流社会对达维尔行骗动机的"误读"背后，潜藏着一种文化焦虑。细察一下达维尔的批评者们的身份，我们不难发现，这其中几乎没有一位土著或是少数族裔人士，而是清一色的盎格鲁-凯尔特裔文化精英。他们中的有些人利用达维尔伪造少数族裔身份这一事件在道德上的缺陷来质疑整个少数族裔作家作品的文学价值，以图加深公众对多元文化主义文学的不良印象。最终达到打压多元文化主义，巩固自己的文化中心位置的目的。

三

2008年9月，来自悉尼科廷地区的议员朱莉·毕肖普（Julie Bishop）在她的一次演说中援引了《华尔街日报》（*Wall Street Daily*）的一篇财经报道中的一段文字，事后被她的政敌发现，继而被称为"澳大利亚政坛的德米丹科"，这是因为，在不少人看来，毕肖普与德米丹科/海伦·达维尔有一个共同特点，那就是"剽窃"。除了反犹、伪造族裔身份，"剽窃"是批评者们眼中德米丹科/海伦·达维尔的又一重大罪状。他们一一列举出了德米丹科/海伦·达维尔的作品与托马斯·基尼利、托尼·莫里森（Toni Morrison）、格雷汉姆·格林（Grahame Greene）以及艾伦·佩顿（Alan Paton）等在内的多位著名作家的作品的部分相似或者甚至是完全雷同的句子或是片段。虽然德米丹科/海伦·达维尔的支持者们毫不示弱地予以了反驳,并且抬出了后现代主义作为自己的理论依据,但对许多澳大利亚的普通民众来说,这样的辩护是脆弱的。

在德米丹科/海伦·达维尔的支持者们看来,《签署文件的手》是一部典型的"后现代主义"文学创作实践,而依据后现代主义文学理论,"原创性"这样的概念根本就站不住脚。评论家安德鲁·里默以著名的后现代派小说家朱利安·巴恩斯(Julian Barnes)的名作《福楼拜的鹦鹉》(*Flaubert's Parrot*)为例,指出这部小说从某些方面来看,就是在大量重述福楼拜的名著《包法利夫人》(*Madame Bovary*),这样的创作实践依据传统的文学观来看就是剽窃,本该受到严厉的批评和谴责,可是,批评界却冠之以"互文"这个颇具学术色彩的术语,并且对此大力推崇。他由此得出这样的结论,以后现代主义文学观来考量,"剽窃"一说根本就不存在。在后现代主义看来,德米丹科/海伦·达维尔与巴恩斯相比可谓小巫见大巫,充其量只不过是"小偷小摸",因此就更不能算"剽窃"了。[1]

后现代主义这个名词借助于发达的大众传媒充斥在我们日常生活中的各个角落,在报纸杂志、电视和网络上随处可见,对此大家似乎早已司空见惯。但是,要对此做出一个清晰、明确的界定却并非易事,因为后现代主义本身是一个十分复杂和宽泛的概念。从广义上来说,后现代主义作为一种思想体系,与后现代性这个概念紧密地结合在一起,主要出现于20世纪60年代后期,是资本主义经济和文化发展到一定程度的产物——詹明信称之为"后期资本主义的文化逻辑",其核心内容是对于绝对真理、绝对客观等的摒弃。这一思想体系的主要构建者们是一批被人们称为后结构主义的理论家——德里达、克里斯蒂娃、福柯等,他们强调差异、离散,反对宏大叙事,并围绕这些概念提出了一系列的相关理论。狭义地说,后现代主义通常被用来指称20世纪的一个文学流派,具体说来,这一流派出现在60年代之后,是在现代派作为一种文学潮流结束后崛起的新兴流派。这个新的流派的最大特点就是认为文学从手段上来说几乎已经穷尽:在陀思妥耶夫斯基、福克纳、乔伊斯这样的大家之后,文学实验已无以为继,很难创造出新意。在

---

[1] Andrew Riemer, *The Demidenko Debate*, 1996, p. 212.

这种情形下，约翰·巴思、唐纳德·巴塞尔姆等一批作家努力寻求突破，试图超越传统叙事模式的安排，创造一种新的文学叙事的可能性，于是，他们在自己的创作中积极探索和使用元小说、拼凑等手法，在他们之后，以不确定性、多元性、语言实验和语言游戏为主要特点的后现代主义文学作品开始纷纷涌现。

《签署文件的手》究竟是不是一部具有典型意义的后现代主义小说呢？许多批评家认为，无论是从主题、叙述模式还是语言风格上来说，这部小说都更加贴近传统的现实主义文学，因为它叙述的内容非常清晰，讲述的是乌克兰人民因为曾在以列宁为首的布尔什维克以及犹太人的合谋影响下承受了很多痛苦，故在"二战"开始后，不少乌克兰农民为了报复，帮助纳粹屠杀犹太人；小说的主题也十分明确，作者通过探讨作恶者的作恶动机进而上升到探讨整个人类之恶和人性之恶；小说的叙述视角也很稳定，作者通过作为旁观者的女学生和作为主人公的叔叔的双重视角，交替展开叙述。此外，从语言角度来看，小说中与其他作家作品相似或雷同的语句或片断和后现代主义的"互文"或是"拼贴"手法也有着本质上的区别："互文"或是拼贴手法中的相似或是雷同是有目的性的，作为一种表现手法服务于作品的主题，有助于这个主题的表现，而《签署文件的手》与其他作品的雷同和相似却是偶然的，没有规律可循的，对小说主题的表现起不到任何特殊的帮助作用。因此，宣称《签署文件的手》是一部后现代主义小说显然存在一定的问题。

把《签署文件的手》说成是一部后现代主义小说或许还是来自澳大利亚主流批评界的一种刻意的解读。驱使这些批评家们做出上述解读的，同样是一种中心对于边缘的文化焦虑。细察之下，在"德米丹科事件"中，将"剽窃"与后现代主义联系在一起的批评家们多是位高权重，已积累了雄厚的文化资本的"权威"人士。仍然以安德鲁·里默为例，他是澳大利亚发行量最大的报纸——《悉尼先驱晨报》（*Sydney Morning Herald*）的资深文学评论家，在澳大利亚文化生活中处于中心位置，像他这样的既有文学权威又有社会影响力的主流文学批评家对于包括后现代主义在内的各种文学"理论"的盛行早就极为不满，认为这些崇尚"解构"和"颠覆"的话语以及在这些话语的影响下成长起来的年轻一代，扰乱了正常的文化秩序，对他们在澳大利亚文化生活中所占有的优先位置构成了威胁。回顾"德米丹科事件"的发展过程，面对纷沓而至的有关"剽窃"的指责，德米丹科/海伦·达维尔急于为自己开脱，于慌乱中宣称自己的作品是一部后现代主义小说，试图通过向后现代主义借势，达到为自己正名的目的。这一无心之举恰恰为包括里默在内的中老年主流文化精英们提供了机会，于是，德米丹科/海伦·达维尔所代表的澳大利亚文坛新生代，连同她胡乱抓住的这根救命稻草一起变成了他们的靶子。他们借参与德米丹科/海伦·达维尔一案的辩论之名，行攻击包括后现代主义在内的当代文学"理论"之实，以图收复被推崇这些"理论"的年轻一代逐渐占领的文化失地，巩固自己在澳大利亚主流文化界的中心地位。所谓"醉翁之意不在酒"，而在澳大利亚文化生活的主导权。

同"厄恩·马利事件"一样，"德米丹科事件"最终以德米丹科/海伦·达维尔彻底退出文坛而告终。曾被不少评论家认为是前途远大的德米丹科/海伦·达维尔最终放弃了成为一名作家的梦想，转行从事法律。德米丹科/海伦·达维尔的黯然离场是20世纪90年代发生在澳大利亚的"文化战争"的一个缩影。在澳大利亚的历史上，年轻作家崭露头角之后旋即退出文坛的例子并不少见，多数时候都是因为作家卷入了某种形式的纷争而沦为众矢之的，随即就像流星在天际一闪而过而归于沉寂，从此再无声息。细究之下，它们都有一个共同特征，那就是，作品本身或是作家的言行与主流社会的价值观相悖，因而引起争议，招致猛烈的攻击。澳大利亚的主流社会与公众的关系一向密切，他们牢牢掌握着公共空间的话语权，对任何有可能威胁到他们优势地位的人或事总是不遗余力地进行抵制和打击，在澳大利亚文学界，情况也是如此。翻开20世纪的澳大利亚文学史，这样的例子比比皆是，他们曾经抵制现代主义的先锋派诗歌，也反对后现代主义"理论"，对于多元文化主义国策更是素有微辞，而公共空间则是他们消灭异己的重要战场。他们往往将自己置于一个道德的制高点，利用自己手中掌握的公共资源如报纸杂志或是广播电视等大众传媒，对那些凡是不符合他们标准的作品或作家，一律扣上"有碍风化"、"道德堕落"或是"有碍社会正义"这样的帽子，挑起激烈的争端，然后借此对其狠狠地予以打击。在这些打击之下，一个又一个富有才华的青年作家因为不堪忍受巨大的压力而放弃了写作。在20世纪90年代，人们从"德米丹科事件"看到了一个被时代扭曲了的年轻作家，更从澳大利亚主流对她的刻意误读中感受到世纪末澳大利亚"文化战争"的血腥和硝烟。

第四章
戴维·威廉森的《死白男》与"文化战争"

戴维·威廉森（David Williamson）是当代澳大利亚最有影响的剧作家之一，他1942年生于墨尔本，1960年开始在墨尔本大学攻读工程专业，在校期间开始接触戏剧表演，大学毕业以后曾在斯威本大学任教师，自20世纪70年代开始戏剧创作，首部戏剧《唐的晚会》（Don's Party）一经上演之后便开始受到关注，在那以后，他笔耕不辍，平均每年都有一部新作品问世，迄今已有四十多部剧本问世，其中，有些剧作经改编后被搬上了荧幕。威廉森早先的代表作包括《搬家公司》（The Removalists, 1971）、《俱乐部》（The Club, 1977）、《北漂》（Travelling North, 1979）、《完美主义者》（The Perfectionist, 1982）《金钱与朋友》（Money and Friends, 1991）、《绿城》（Emerald City, 1987）、《弥天大谎》（Brilliant Lies, 1993）等。威廉森在戏剧创作方面取得的成就使他声名鹊起，他的作品先后荣获包括英国"乔治·迪瓦恩奖"和"澳大利亚作家协会年度最佳剧本奖"等多项大奖，1983年，威廉森因为其在戏剧领域的"杰出贡献"而获得澳大利亚勋章，1988年，威廉森更被冠以"澳大利亚国宝"之称。在当代澳大利亚戏剧界，威廉森具有强劲的票房号召力，用著名戏剧评论家凯瑟琳·布里斯班（Katherine Brisbane）的话说，威廉森的戏剧创作在当代澳大利亚显然已经形成了一种特有的"威廉森经济"（Williamson economy）效应。[①]

威廉森的剧作最常见的主题包括政治、当代澳大利亚的城市生活和家庭生活等，风格上向以幽默和讽刺著称，他早期的剧作（如《搬家公司》）融

[①] Katharine Brisbane, *David Williamson: A Celebration*, Canberra: National Library of Australia, 2003, p. 1.

合了黑色喜剧的成分,在"拉玛玛剧院"一经演出便引起轰动。然而,威廉森的创作思想和关注的焦点随着时间的推移而逐渐发生了变化,"虽然威廉森早期的剧作产生于新左翼浪潮,但他不久便脱离了那种在他看来沉闷而有碍创造性的集体决策和'毛主义的权力戏剧'"[1]。创作于1995年的《死白男》是威廉森较满意的一个剧本,该剧曾在悉尼歌剧院连续上演,而后又在澳大利亚全国巡演。《死白男》中充满了辛辣的讽刺,讽刺的对象是20世纪70年代以来盛极一时的各种"理论",为了强化其主旨,威廉森在该剧中特别设置了莎士比亚这一角色,让这一举世公认的经典作家助他一起参与对于"理论"的斗争,作者希望通过这样的斗争,大力彰显传统的自由人文主义精神及其蕴含的"普遍真理",通过尖锐的戏剧讽刺,无情地批判包括女权主义和后结构主义在内的各种后现代主义理论,给澳大利亚大学教育施加压力。由于威廉森有意识地让自己的剧作不加掩饰地加入澳大利亚当时如火如荼的文化论战当中,所以这部戏剧在上演之初就引发了很多争议,借用批评家伊利莎白·维比的话说,威廉森在取得巨大成功的同时情不自禁地陷入了一场和批评家们相对立的无休止的文化战争。[2]

客观地说,威廉森不是一个文学批评家,但在20世纪末的澳大利亚文坛,他是一个很愿意表达自己文学思想的戏剧家。他明确地表示自己不喜欢"理论",面对澳大利亚形形色色的"理论",他急切地希望发表自己的看法。他最终选择了他擅长的戏剧方式实质性地介入了澳大利亚世纪末的那场"文化战争",《死白男》在20世纪末的澳大利亚"文化战争"中究竟扮演了怎样的角色?作为一个主流艺术家,威廉森通过这一剧本对澳大利亚的"理论"进行了怎样的清算?本章就这些问题做一些简略的探讨。

一

在当代英语中,"dead white males"(有时亦作 dead white men, dead white guys 或 dead white European males)是一个具有明确针对性的贬义语,

---

[1] Elizabeth Webby, *The Cambridge Companion to Australian Literature*, 2000, p. 220.
[2] Ibid., p. 221.

20世纪70年代，伴随着后现代理论的兴起，学院派文学批评围绕传统欧裔白人经典展开的文学教育受到质疑，一些激进的后现代理论家指责西方文明体制一直以来过于重视那些已经去世的欧洲白人男性的"经典作品"，他们认为，基于这样的经典开展教育，最终只会让人相信欧洲文明的优越性，相信欧洲人世界观的正确性，否定其他文明对于世界的贡献。在文学批评界，激进的批评家开始对包括莎士比亚戏剧在内的传统经典提出质疑。例如，英国著名的文化唯物主义理论家特伦斯·霍克斯（Terence Hawkes）便将莎士比亚比作一个"黑洞"（black hole），任凭人们随意编织意义。

威廉森以《死白男》为题出版自己的这部剧作，说明他对于自己的反"理论"立场并不避讳。威廉森不同意后现代"理论"对于传统经典的批判，他认为莎士比亚的剧作是自由人文主义的集中体现，因此，在《死白男》一剧中，威廉森让莎士比亚这一角色一开场就在观众面前亮相，通过这种处理方式，他将自己对于莎士比亚的态度毫不含糊地公之于众。

威廉森在《死白男》中反复使用的一个手法是反讽。作为一种修辞手段，反讽（irony）最早出现于古希腊戏剧，原指古希腊戏剧中的一种角色类型——佯作无知者。[1] 20世纪的修辞学和形式主义文学批评（尤其是"新批评"）在传统的基础上对它进行了扩展，美国"新批评"家克里安斯·布鲁克斯在其《反讽——一种结构原则》（Irony as a principle of Structure）中将其称为"语境对于一个陈述语的明显歪曲"。此后，反讽概念大大地超出了修辞范围，变成了一种广泛涉及语境与篇章结构关系的话语手段。威廉森在《死白男》中高调使用反讽手法，将人物置于一个包含严重冲突的戏剧情节当中，通过生动而精炼的对话刻画各个人物的不同性格及思想倾向，以特别的戏剧反讽效果来实现其讽刺后现代理论的目的。

威廉森不喜欢那些用"死白男"一语指责传统经典的人，所以在剧中对一位在大学生中积极传播后现代"理论"的文学理论老师——格兰特·斯文博士（Dr. Grant Swain）——给予了激烈的讽刺。

《死白男》一剧塑造了莎士比亚的形象，并让他在剧中数次出现在安吉

---

[1] 马金起：《论古典反讽与现代反讽——兼论现代反讽在中国当代小说中的存在方式》，《山东社会科学》2005年第10期，第40—43页。

拉的面前。安吉拉是一位年轻貌美、思维敏捷的大学生，她喜欢莎士比亚的作品。正当她向莎士比亚诉说自己的钦佩之情的时候，一位三十来岁、衣着时尚休闲的男子拔枪打死了莎士比亚，并提醒安吉拉要留意这个敌人。这位视莎士比亚为敌人的男子正是安吉拉的老师、在大学教文学理论课的斯文博士。斯文博士是一位典型的后结构主义者，他认为世上没有"绝对真理"，更没有所谓永恒的"人性"，而"现实"也是由意识形态构建的。莎士比亚为什么在西方如此受到尊崇？莎士比亚的作品为何对西方文化如此重要呢？斯文博士告诉学生们说，莎士比亚及其所代表的自由人文主义其实也不过是西方父权意识形态的帮凶和爪牙。斯文博士还解释道：学文学并非为了积累智慧，而是为了获取权力，巩固父权意识形态，莎士比亚的剧作《皆大欢喜》和《驯悍记》带有明显的父权主义因素，莎士比亚之所以受到广泛尊崇是因为他彻底迎合了父权主义的主流价值。

斯文博士还告诉他的学生说，自己既不支持激进女权主义，也不赞同主流意识形态，而秉持一种非本质主义的女性主义和多元文化主义立场，可事实上，斯文博士为了迫使他的女学生接受自己的"理论"，不止一次地以请客为名引诱安吉拉和梅丽莎（Melissa），并对拒不接受后结构主义理论的斯蒂夫（Steve）以挂科相威胁，在听取安吉拉的课程报告时，他引用莎士比亚的名言"女人啊，你的名字叫脆弱！"来发泄私愤。种种迹象表明，斯文博士言行相悖、表里不一，以自己身为教师的"权力"构建大学教育的"现实"。威廉森巧妙地设计了这样一个人物，然而借用这样一个舞台形象讽刺了后结构主义理论及当代澳大利亚大学的文学教育。威廉森通过大量的反讽细节推翻了斯文博士发表的种种观点和谬论。在戏剧家的心目中，《死白男》中真正的"死白男"或许不是莎士比亚，因为莎士比亚所传达的人文精神真实地存在于每一个普通澳大利亚人心中，相比之下，以斯文博士为代表的后现代主义"理论"倒确实应该早一些死去。显然，通过对于莎士比亚和斯文博士的这一反讽式的处理，威廉森彻底打破了观众对"死白男"的预期，实现了对于后者的讽刺目的。

《死白男》中运用的另外一处反讽与安吉拉的母亲萨拉（Sara）有关。安吉拉对斯文博士课上传授的那些后现代观点将信将疑，如果说关于"意识形态构建现实"的论断帮她拓展了思路，斯文的怀疑主义论调同时也引起了她对"真理"及"现实"的疑惑。带着好奇与疑惑,安吉拉开始注意家人的言行。安吉拉很快发现,自己的母亲萨拉自称是一位女性主义者,在为祖父科尔·扎德(Col Judd)庆祝生日而举行的家庭聚会上,大家的话题在不经意之间慢慢转向了澳大利亚女权主义运动:

马丁(Martin):萨拉,女权运动并没有改变一个事实,那就是男人需要女人,而女人同样需要男人。

萨拉:毫无疑问,女权运动带来的一个结果就是男人需要女人,而女人不见得就需要男人。①

作为一位事业型女性,一位"激进女权主义者",萨拉希望自己的女儿不要结婚,"结婚是安吉拉的最后一个选项"②。然而,安吉拉发现,萨拉和马丁之间的婚姻并没有因她持有激进女权主义思想而受到任何威胁。萨拉在随后的谈话中透露,其实她很喜欢《驯悍记》里的彼特鲁乔这一角色,她甚至建议安吉拉"找一个有钱人,跟他结婚,生六个孩子!"③ 萨拉指责自己的父亲科尔是男性"沙文主义者",但是,在安吉拉眼中的祖父其实是一位慷慨善良的澳大利亚人,萨拉前后矛盾的说辞将安吉拉关于女权主义和父权意识的认识完全打乱。的确,女权运动为的是争取女性在社会中的各种权利,它试图颠覆西方社会长久以来形成的父权意识形态,但是,以"激进女权主义者"形象出现的萨拉表面上是一位与家庭里的父权意识作斗争的现代女性,骨子里却赞同父权思想,这让安吉拉大失所望。

二

威廉森在《死白男》中让莎士比亚复活并参与澳大利亚现实生活的处理有其一定的现实逻辑。作为自由人文主义的代表,莎士比亚是西方文学经

---

① David Williamson, *Dead White Males*, 1995, p. 10.
② Ibid., p. 11.
③ Ibid., p. 64.

典的核心，他集中体现了英语世界的核心价值观，所以在普通澳大利亚白人民众当中享有崇高的威望。澳大利亚属于英国的"移民殖民地"，本来是18世纪英国为了解决流放犯问题而在南太平洋地区开拓的殖民地，1901年脱离英国统治之后，建立了澳大利亚联邦，但是，澳大利亚对自己的"合法性"问题一直深感困惑，长久以来摆脱不了"文化自卑"的阴影，一方面急于摆脱对英国在政治经济上的依赖，另一方面又极力维持和英国在思想文化等方面的联系。澳大利亚联邦成立后，澳大利亚政府随即便开始实行"白澳政策"，从一开始就公开坚持"盎格鲁－撒克逊"和"盎格鲁－凯尔特"血统，宣示澳大利亚与英国的联系，虽然20世纪中叶以后逐渐开放接纳来自东欧及南欧的"边缘性白人"移民[1]，此间的澳大利亚政府仍然致力于保持国家和民族种群的"纯白性"（whiteness），因为在他们看来，白人较之其他民族确实具有无可比拟的优越性。20世纪60年代以后，澳大利亚的"白澳政策"在国内改革者和全球性的民族解放运动的双重压力下开始瓦解，70年代澳大利亚开始实行"多元文化"政策以后，大批"非白人"移民来到澳大利亚，澳大利亚的土著居民问题也开始得到越来越多的关注。但传统的"白澳政策"留下的"白人至上"思想还根深蒂固。在《死白男》一剧中，安吉拉的祖父科尔就明显具有这样的思想痼疾，他"厌恶移民，厌恶土著，厌恶任何一个不像他那样是第五代澳大利亚人的家伙"[2]，虽然安吉拉说"澳大利亚的多元文化政策取得了巨大的成就"[3]，但是，她也知道，澳大利亚的民族思想意识主要还是"欧洲中心主义的"，是围绕白人文化传统而建立起来的。[4]

在威廉森看来，澳大利亚在自己特有的历史进程中形成了自己特别有价值的传统，然而，后结构主义理论对欧洲中心主义的"白色神话"及其传统价值观提出了强烈质疑和批判，并对西方经典文学与政治意识形态之间的"共谋"关系进行了颠覆式揭露。在"理论"的挑战之下，传统的"普遍真理"岌岌可危，而这不是科尔这样的澳大利亚白人希望看见的，它也不是威

---

[1] Graham Huggan, *Australian Literature: Postcolonialism, Racism, Transnationalism*, 2007, p. 74.
[2] David Williamson, *Dead White Males*, 1995, p. 18.
[3] Ibid.
[4] Graham Huggan, *Australian Literature: Postcolonialism, Racism, Transnationalism*, 2007, p. 75.

廉森希望看见的。威廉森表示,他对澳大利亚90年代蓬勃发展的女权运动和多元文化主义感到担忧,他创作《死白男》的一个目的就是讽刺"后结构主义、激进女权主义和多元文化主义等'神圣'思想强加于社会的所谓政治正确性"[1]。为了达到这一目的,威廉森设计了斯文博士这一人物,让其以一个后结构主义者的身份质疑自由人文主义和澳大利亚中产阶级家庭的价值观。威廉森对后结构主义的讽刺集中体现在对斯文博士的反讽式塑造上面,通过刻画一个后结构主义者互相矛盾的言行和最终失败的命运,戏剧家努力地烘托了自由人文主义的优越之处。在与莎士比亚争夺澳大利亚年轻一代(安吉拉)思想认同的过程中,早先的斯文博士似乎胜券在握,因为安吉拉在听过他的文学理论课之后开始接受后结构主义思想并诘问西方文学经典中的价值观念,但这一胜利又转瞬化为幻影。安吉拉在调查了她家里的"父权状况"和"女权主义思想"后,认为"现实"的确受"意识形态"的影响,但她同时也承认男女之间存在"生物性差异","人性"和"真理"并非"人文主义的虚构之物"。在传统的自由人文主义和后结构主义之间,安吉拉一直到最后也没有形成定论,但她明显地感觉自己从情感上倾向于自由人文主义思想。在《死白男》的最后一场中,莎士比亚与斯文博士又进行了一场殊死搏斗,与开场不同的是,这次斯文博士没有击败莎士比亚,反而"开枪打伤了自己的脚"[2],根基不稳的斯文博士一瘸一拐地离开了舞台。显然,后结构主义在与自由人文主义的斗争中最终落败而走。

《死白男》一剧努力为安吉拉的祖父科尔所代表的传统澳大利亚主流价值辩护,因为在威廉森看来,科尔所代表的是自由人文主义,而自由人文主义在澳大利亚早就是深入人心的"永恒真理"。安吉拉的祖父科尔对自己的儿子严厉苛刻,吝惜钱财不让女儿上大学,却十五年如一日地将自己三分之一的薪水分给受伤的工友一家,面对家人的指责他不发一言,但他特别向安吉拉强调指出,如果自己受伤的话他的工友也会这么救济他的,因为在他看来,这是澳大利亚人之间特有的"伙伴情谊",它闪烁着自由人文主义的光辉。通过科尔这个人物,威廉森并不想塑造一个十全十美的白人男性,但他

---

[1] David Williamson, *Dead White Males*, 1995, p. ix.
[2] Ibid., p. 97.

要向世人指出的是，科尔或许是个有着性别歧视和种族偏见的白人男性，但他同时是个具有深厚人文关怀的普通的"第五代澳大利亚人"，正是他这样的澳大利亚白人男性创造了这个国家的历史，更构建了澳大利亚的文化传统。

三

20世纪70年代的威廉森积极参与"新左翼"倡导的反文化运动，他的早期的作品积极参与具有后现代性质的"新写作"运动，戏剧《搬迁者》等"对存在于澳大利亚的暴力行为做了深刻的揭露，同时也批判了人们长期存在的那种虚幻的安全感"[①]，但至90年代初期，威廉森对于自己曾经参与其中的激进社会和文艺运动的态度出现了非常显著的改变。如何看待这种改变呢？有人认为，威廉森的改变与澳大利亚大环境的变化不无关联。20世纪80年代末，在澳大利亚主流的保守派与后现代理论之间开始了一场强力的角逐，至90年代初，这场角逐演变成了一场空前的"文化战争"。在这场"文化战争"中，功成名就的威廉森选择站在传统的主流保守派一边。

威廉森的改变与"《第一石》案"中的主角、著名作家海伦·加纳有些类似。90年代发生在墨尔本大学的"奥蒙德案件"将这位曾经叱咤风云的女性主义小说家推上了风口浪尖，当时，加纳因在其作品《第一石》中秉持的保守立场而引发了激进女权主义团体的巨大争议。20世纪70年代的加纳曾是一位激进的女权主义者，但在这次事件中她却指责女权主义"过了头"。跟加纳一样，在世纪末澳大利亚"文化战争"中选择了保守派阵营的威廉森或许曾经是一个无所畏惧的"新左翼"的剧作家，在创作《死白男》时却站在了保守的立场上，他用冷峭的笔锋对形形色色的后现代理论大加挞伐，一时间扮演起了保守的文化斗士。

在谈到《死白男》的创作动机时，威廉森讲到自己曾经听一位"年轻的男性学者"给大家作关于解构主义和后结构主义的讲座，在场的人都听得

[①] 黄源深：《澳大利亚文学史》，上海：上海外语教育出版社1997年版，第669页。

一头雾水,于是,威廉森"下定决心要弄清楚后结构主义究竟是怎么回事"[1]。在他确认自己弄明白了那些"理论"宣扬的观点之后,威廉森认为有必要对外明确宣示自己的立场。虽然威廉森个人也承认"(后结构主义)理论并非全是胡说八道,像其他影响深远的理论一样,后结构主义如果没有一些真知灼见的话就不会如此盛行"[2],但是,正如加纳认为90年代的澳大利亚女权主义"过了头"那样,威廉森认为后结构主义也"过了头"。《死白男》正是他参与澳大利亚"文化战争"的一部宣言之作。为了讽刺后结构主义理论,威廉森在《死白男》中特意安排了斯文博士这个角色,通过讽刺斯文博士的私生活和理论立场,威廉森不仅影射了"奥蒙德案件"中的大学教师,而且毫不含蓄地否定了后结构主义理论。《死白男》里的斯文博士是一位后结构主义者,与莎士比亚所代表的自由人文主义可谓势不两立,在威廉森看来,斯文博士的理论已经严重影响到了安吉拉所代表的澳大利亚新生代的价值认同,所以不得不予以严正还击。威廉森一方面在剧中将斯文博士的个人问题扩大化,借此讽刺后结构主义及学院化的文学教育;另一方面,他以"文化斗士"的形象自居,努力捍卫自己心目中的自由人文主义思想。

围绕《死白男》一剧,威廉森有过不少辩解。例如,威廉森声称《死白男》中加入莎士比亚这一角色为的是使得该剧不局限于关注后结构主义和文学理论,因为在创作该剧的过程中,他真正关注的是"20世纪最后十年里男女之间的关系",但是,凡对威廉森有过关注的读者都会发现,他的这一说法与他在其他场合的说法有些出入,因为在一次题为《戴维·威廉森论女权主义、后现代主义和麦当娜》的谈话中,威廉森曾明确地告诉梅伊-布里特·阿克霍尔特(May-Brit Akerholt)说:他不喜欢当代"理论",而且"是时候讽刺一下女权主义、多元文化主义和后现代主义的'神圣'思想了"[3]。此外,威廉森坚持认为《死白男》只是一个讽刺剧,并非他"政治保守"的表现,但批评家吉斯·温德恰特尔在一篇题为《文学的价值》的

---

[1] David Williamson, *Dead White Males*, 1995, p. vii.
[2] Ibid.
[3] Ibid., p. viii.

文章中称《死白男》"是对学术争论的直接干预"①。的确,《死白男》一剧却清晰地展露了威廉森在20世纪末澳大利亚"文化战争"中的立场。

澳大利亚的一个官员曾经断言:今日的激进分子将会是明日的保守派,此言可谓一语中的,正是对威廉森戏剧创作生涯的真实写照。威廉森是20世纪七八十年代澳大利亚最著名的剧作家之一,他的作品紧扣时代主题,语言生动幽默,内容贴近现实生活,受到澳大利亚观众的广泛认可,他早期的剧作塑造了澳大利亚年轻的城市中产阶级形象,这些被称为"澳克"(Ocker)的人生活放纵,语言粗俗,无视习俗和现存的道德观念②,却完美地展示了澳大利亚"新浪潮"戏剧激进而放浪形骸的特征。90年代的威廉森放弃了这种创作风格,他的作品因语言机智幽默、内容反映时代特征而仍受青睐,但是,他的剧作逐渐丧失了"新左翼"的锋芒而趋于保守,《死白男》便是这一时期最为典型的代表,在这一剧中,威廉森俨然把自己变成了捍卫澳大利亚白人主流文化的"圣斗士"。

《死白男》是一部关于澳大利亚"文化战争"的戏剧。然而,在90年代的澳大利亚"文化战争"中,《死白男》还扮演了另外一个重要的角色。由于威廉森以这样的方式加入这场论争,原本局限于学院内部的派系斗争如滔滔江水一样溢出了校园的院墙,演变成一场全社会的大论争,在这场广泛涉及所有澳大利亚民众的大论争中,威廉森用戏剧这一特殊的文学形式对整个澳大利亚社会实施了动员,极大地调动了整个澳大利亚的保守势力,从而为保守派在世纪末的"文化战争"中做好了人力和物力上的准备。可以说,威廉森的《死白男》直接加快了"理论"在澳大利亚的消退过程。

---

① David Williamson, *Dead White Males*, 1995, p. xii.
② 黄源深:《澳大利亚文学史》,第674页。

第五章
澳大利亚后现代小说与"文化战争"

在 20 世纪 90 年代发生的澳大利亚"文化战争"中，后现代主义作为"理论"的代名词成了右翼势力集中攻击的对象，在后者看来，一切与后现代有关的批评理论都是左翼"文化精英"散布的流毒，甚至一切与后现代有关的文学现象都成了作家们应该努力回避的洪水猛兽。当澳大利亚后现代文学遭遇"理论"消退，当澳大利亚后现代文学陷入"文化战争"，这种以先锋实验为特色的文学创作会是怎样的状况呢？20 世纪六七十年代，在欧美后现代文学思潮的影响下，澳大利亚本土的后现代文学以"新写作"（New Writing）的名义开始悄然兴起，通过三十多年的积累，澳大利亚渐渐形成了自己的后现代小说，从迈克尔·怀尔丁、弗兰克·穆尔豪斯（Frank Moorhouse）、马雷·贝尔（Murray Bail）、莫里斯·卢里（Morris Lurie）、彼得·凯里（Peter Carey）、彼得·马瑟斯（Peter Mathers）、杰拉德·莫内恩（Gerald Murnane）、尼古拉斯·哈斯勒克（Nicholas Hasluck）、伊利莎白·乔莉（Elizabeth Jolley）、戴维·福斯特、戴维·艾尔兰（David Ireland）到布莱恩·卡斯特罗和 J. M. 库切（J. M. Coetzee），几代作家先后参与后现代文学的创作，形成了澳大利亚独有的后现代文学风貌。① 如果说传统人文主义主导下的澳大利亚文学批评曾对欧洲传来的现代主义思潮抱着一种长期的敌对态度一样，"理论"兴起和"理论"消退时代的澳大利亚文学批评界对于本土出现的后现代小说的接受整体上也经历了一个由委婉接受到彻底抛弃的过程。本章结合 70—80 年代澳大利亚后现代小说在本土得到的批评接受，

---

① See Hans Hauge, "Post-Modernism and the Australian Literary Heritage", *Overland*, 96 (1984): 50 – 51.

对20世纪末澳大利亚"理论"走向消退过程中的后现代小说的境遇做一点简要的观察。

一

20世纪60年代,当澳大利亚现代主义文学随着帕特里克·怀特的到来而逐步形成自己的气候时,一种迥然有别于现代主义的后现代文学思潮也开始从世界各地传入这个国家。于是,几乎与怀特通过获得诺贝尔奖牢固确立其文学地位和声誉的同时,又一个崇尚先锋形式实验和创新的新风潮便在澳大利亚文坛开始启动,不论这种改变打着什么样的旗号,一个崭新的文学时代已经到来。[1]

60年代后期,包括马瑟斯和艾尔兰在内的一些澳大利亚小说家开始在南美魔幻现实主义文学的影响下尝试实验性的小说写作,至70年代初,一批年轻作家整体崛起,这个作家群体形成了自己的理论,推出了自己的作品,他们以悉尼为活动中心,积极倡导小说实验和创新,他们把自己的小说笼统地称为"新写作"。澳大利亚"新写作"的主要形式是短篇小说,它的旗手是穆尔豪斯和怀尔丁。1972年,穆尔豪斯和怀尔丁为了支持"新写作"的创作,联合卡梅尔·凯利(Carmel Kelly)等人创办了《故事小报》(*Tabloid Story*)。《故事小报》每年向澳大利亚政府申请2000澳元的补贴,用来支持"新写作"的出版,由于缺少发行经费,他们将《故事小报》先后夹带在全国各地大学的报纸里免费赠送,他们先后寻求合作的报纸包括《全澳学联报》(*National U*)、莫纳什大学的《罗特的妻子》(*Lot's Wife*)、悉尼大学的《任由评说》(*Honi Soit*)、阿德莱德大学的《传说》(*On Dit*)等,偶尔他们也打入到更有影响的《国家评论》(*Nation Review*)或者《国家时报》(*National Times*)的发行体系。整个70年代,《故事小报》坚持年年出版,最多每年出版5次,到80年代初期才停办。《故事小报》的出版为"新写作"提供了一个巨大的发表阵地。通过这样一种发行方式,"新写作"在全

---

[1] Susan Lever, "Fiction: Innovation and Ideology", in Bruce Bennett & Jennifer Strauss, eds., *The Oxford Literary History of Australia*, 1998, p. 308.

国读者中，尤其是大学生读者中，获得了较大的影响。怀尔丁在《故事小报袖珍集》(*The Tabloid Story Pocket Book*) 的前言中指出："70 年代初的澳大利亚作家，如果你的小说不表现农村生活，如果你的作品公开表现性，那你只能到一些色情杂志上去寻求发表，那些杂志的编辑常常对新小说有兴趣，他们不仅看新小说，而且相信新小说的价值，因为他们所持的是一种非学术、非主流的口味，不似传统出版社那样讲究正统。"①《故事小报》在出版过程中坚持的原则是："不发表程式化的丛林故事，不就小说的开头、中段和结尾做出限制，不就小说结构完整性做出严格要求……我们强调开放，反对限制，反对程式化的丛林故事和有板有眼的叙事，这样的故事写的人大有人在，我们不想再去鼓噪，我们希望为那些不被传统期刊重视的另类小说提供发表的园地。"②通过怀尔丁对于《故事小报》宗旨的描述不难看出，"新写作"所倡导的是一种不同于《公报》和《陆路》等澳大利亚期刊发表的传统民族主义和现实主义小说，而是一种实验性、寓言性甚至有些惊世骇俗性的作品，以穆尔豪斯和怀尔丁为代表的一批青年作家认为，澳大利亚 19 世纪的文学中并非没有这样的作品，通过重提非现实主义的小说，他们希望在澳大利亚文坛上再次启动一个崭新的小说创新进程。

1973 年，穆尔豪斯应邀担任安格斯与罗伯逊出版公司 (Angus & Robertson) 连续出版近三十年的短篇小说选集《从海岸线到海岸线》(*Coast to Coast*) 的主编，这一公开任命标志着"新写作"最终得到了来自整个澳大利亚文坛的认可。1974 年，昆士兰大学出版社出版了凯里的首部短篇小说集《史上的胖子》(*The Fat Man in History*)，次年，又出版了贝尔的首部短篇小说集《当代肖像及其他故事》(*Contemporary Portraits and Other Stories*)。1977 年，著名文学批评期刊《澳大利亚文学研究》(*Australian Literary Studies*) 以"新写作"为题出版专辑，邀请上述作家就自己的创作发表看法。最早关注"新写作"的澳大利亚批评家是悉尼大学的布莱恩·基尔南。1977 年，基尔南以《最美丽的谎言》(*The Most Beautiful Lies*) 为题编辑出版一本短篇小说集，该书共收录包括怀尔丁、穆尔豪斯、贝尔、卢里、凯里

---

① Michael Wilding, *The Tabloid Story Pocket Book*, Sydney: Wild and Woolley, 1978, pp. 296-297.
② Ibid., p. 302.

等在内的五位作家的十多部短篇小说作品。在该书的前言中,基尔南较为详细地论述了上述小说家的创作特点。1981年,昆士兰大学出版社的克雷格·蒙罗编辑出版了《昆士兰大学出版社首部小说选集》(*The First UQP Story Book*),书中全面展示了包括穆尔豪斯、怀尔丁、凯里和贝尔在内的新一代小说家在70年代推出的新作,为澳大利亚"新写作"牢固确立在澳大利亚文坛上的地位做出了重要的贡献。

批评家海伦·丹尼尔(Helen Daniel)在《谎言家:澳大利亚新小说家》(*Liars: Australian New Novelists*, 1988)一书中指出,80年代的澳大利亚"新写作"变成了到实验主义的"新小说"。她列举了1980—1988年间部分作家出版的25部长篇小说作品来说明自己的观察,这些作品包括:

1980:贝尔的《思乡》(*Homesickness*)和哈斯勒克的《蓝吉他》(*The Blue Guitar*);

1981:凯里的《幸福》(*Bliss*)、福斯特的《月光族》(*Moonlite*)和戴维·艾尔兰的《女人城》(*City of Women*);

1982:莫内恩的《平原》(*The Plains*)和哈斯勒克的《喂你的手》(*The Hand that Feeds You*);

1983:乔莉的《斯科比的谜》(*Mr. Scobie's Riddle*)、《皮博迪小姐继承的遗产》(*Miss Peabody's Inheritance*)和福斯特的《铅》(*Plumbum*);

1984:哈斯勒克的《伯拉明瓶》(*The Bellarmine Jug*)和乔莉的《牛奶与蜂蜜》(*Milk and Honey*);

1985:凯里的《魔术师》(*Illywhacker*)、乔莉的《狐媚娇娃》(*Foxybaby*)、莫内恩的《景观对景观》(*Landscape with Landscape*)和福斯特的《狗摇滚》(*Dog Rock*);

1986:福斯特的《基督教蔷薇十字会历险记》(*The Adventures of Christian Rosy Cross*)和乔莉的《井》(*The Well*);

1987:哈斯勒克的《懒散状态》(*Truant State*)、福斯特的《睾酮》(*Testostero*)、贝尔的《霍顿的表现》(*Holden's Performance*)和艾尔兰的《生身父亲》(*Bloodfather*);

1988：莫内恩的《内陆》(Inland)、乔莉的《糖妈妈》(The Sugar Mother)和凯里的《奥斯卡和露辛达》(Oscar and Lucinda)。①

丹尼尔认为，在80年代的澳大利亚"新小说"的实验中，莫内恩、哈斯勒克、乔莉、凯里、福斯特和贝尔等六位小说家的成就最大。这些小说家在实验性的长篇小说创作方面比较一致的特点是："崇尚智力游戏，嬉戏荒诞，充满意外、悖论、矛盾和不安定，在这样一个世界里，百物诸事不过是表面现象，在它的背后是荒诞不经的现实（或超现实），小说所呈现的一切不过是覆盖在真实之上的幻影。"② 丹尼尔还指出，在80年代澳大利亚的"新小说"中，传统澳大利亚的线性文学逻辑发生了变化，传统小说的情节建筑在一种因果关系逻辑之上，一连串的事件带来一连串的后果，最后导致一个结论；但是，在"新小说"当中，传统小说中的统一性和完整性不复存在，取而代之的是一种矛盾和对立的逻辑，作品中充满了疑惑和不确定、悖论和不一致，"新小说"的逻辑要求我们接受矛盾、悖论甚至荒诞，要求我们从昔日和谐的世界进入充满矛盾的世界，这个世界便是"谎言家"的世界。③

基尔南指出，70年代澳大利亚"新写作"派作家在各自的短篇小说创作中表现出一种对于"虚构"的高度自觉；一种对于现实模仿的不屑，一种对于人物和社会环境刻画的不屑，他们更加关注风格和形式，视风格与形式为小说内容的一部分，他们的作品中没有了传统现实主义，却充斥着寓言和科幻性的叙事。④ 基尔南小说选集的题目"最美丽的谎言"一语源自美国作家马克·吐温⑤，作为编者和批评家，基尔南的本意是说，该书收录的作品重虚构而不重事实，因此属于"谎言"一类，但这些作品中充满了艺术的魅力和感染力，因此是"最美丽的谎言"。值得注意的是，关于70年代"新写作"，同时代的澳大利亚批评家和文学史家们没有用"后现代"的字

---

① Helen Daniel, Liars: Australian New Novelists, Ringwood, Victoria: Penguin Books, 1998, p. 24.
② Ibid., p. 21.
③ Ibid., pp. 15 – 16.
④ Kerryn Goldsworthy, "Short Fiction", in Laurie Hergenhan, ed., The Penguin New Literary History of Australia, 1988, p. 541.
⑤ 美国作家马克·吐温曾说："澳大利亚的历史几乎总是美如画中的风景，它如此新奇和奇特，是这个国家最大的财富……它读起来不像历史，倒像是最美丽的谎言。"

眼，批评家苏珊·利维尔认为，70年代中叶前后的澳大利亚批评界之所以选择用"最美丽的谎言"来描述一种新的文学创作潮流和现象，是因为他们并不知道"后现代小说"的说法。[1] 在这种情况下，不仅"新写作"的说法在很长一段时间里得以在批评界继续沿用，就连"谎言"这样的比喻说法一直到80年代后期还在丹尼尔的《谎言家：澳大利亚新小说家》中得以保留。

在对于80年代"新小说"的评论中，丹尼尔反复提到的影响和参照是法国的新小说、拉丁美洲的魔幻现实主义。跟其他澳大利亚的评论家一样，丹尼尔似乎不大愿意把它们看成澳大利亚的后现代小说。丹尼尔强调，澳大利亚的"新小说"不同于法国的"新小说"，跟后者一样，澳大利亚"新小说"也旨在通过新的文学形式和技巧来探索社会现实，但是，法国"新小说"给人以贫乏枯燥的感觉，而澳大利亚的"新小说"虽然常常不乏荒诞，却显然更加富有色彩与活力。澳大利亚"新小说"所表现的是一种量子物理学给我们显示的不稳定世界，在这个世界里，生活中的物件不过是表面现象，在它们的后面潜伏的是一个十足的荒诞和奇幻世界，这个世界不时呈现的是一种超现实的存在，给生活的现实投下了阴影。应该说，在澳大利亚的"新小说"中，人物并没有完全失去其地位，虽然它存在的空间备受争议，范围也大不如前，"新小说"的人物背后是崇尚"谎言"的作家和读者之间的合作和密谋。澳大利亚的"新小说"在某些方面更像当代南美小说，澳大利亚"新小说"家或许并没有通过翻译第一时间了解到马尔克斯、博尔赫斯、卡彭铁尔、卡洛斯·富恩特斯等的作品，所以，当这些拉美作家的作品最终被译成英文并传入澳大利亚之后，澳大利亚小说家惊讶地发现南美小说和澳大利亚"新小说"之间的相似。[2]

二

批评家肯·杰尔德（Ken Gelder）和保罗·索尔斯曼（Paul Salzman）

---

[1] Susan Lever, "Fiction: Innovation and Ideology", in Bruce Bennett & Jennifer Strauss, eds., *The Oxford Literary History of Australia*, 1998, p. 313.

[2] Ibid., pp. 21-22.

都不否认澳大利亚曾有过自己的后现代文学传统,但他们都认为90年代的澳大利亚后现代小说明显地萎缩了,杰尔德和索尔斯曼在其《两百年庆之后:澳大利亚小说1989—2007》一书"文学小说"(Literary Fiction)一章里专门辟出一节"后现代文学小说"(Postmodern Literary Fiction),他们认为,从20世纪90年代到现在,后现代小说无疑是澳大利亚小说创作的一个亚文类,它与生态—家谱小说(eco-genealogical fiction)、殖民历史小说、欧裔澳大利亚题材小说、伦理现实主义小说(moral realist fiction)、中产阶级趣味小说(middlebrow fiction)、女性垃圾小说(women's grunge fiction)、乡村启示录小说(rural apocalypse fiction)、妇女性爱小说(women's erotic fiction)、亚裔澳大利亚题材小说、澳大利亚"鸡仔文学"(chick lit)共同构成了当代澳大利亚小说创作的今日面貌。[①] 杰尔德和索尔斯曼在他们所谓的《后现代文学小说》中着重讨论了莫内恩、安东尼·杰克(Antoni Jach)和J. M. 库切三位作家的部分作品。但事实上,杰尔德和索尔斯曼在其著作的多个地方明确表示,90年代澳大利亚在坚持小说创作实验性方面最执着,成就也最大的不是莫内恩,更不是杰克。他们认为,对当代澳大利亚文学小说贡献最多、对后现代实验最有兴趣、文学成就也最突出的作家无疑要数凯里、卡斯特罗和库切。[②]

凯里、卡斯特罗和库切或可称为20世纪90年代硕果仅存的三位澳大利亚后现代小说家(三个"C")。在20世纪后半叶崛起的一代澳大利亚"新小说"作家中,凯里无疑是最用功的作家,也是自帕特里克·怀特以来的40年中成就最大,在国际上名声最显赫的澳大利亚作家,值得特别关注。1988年以后,凯里先后出版小说《税务检查官》(*The Tax Inspector*, 1991)、《特里斯坦·史密斯不寻常的生活》(*The Unusual Life of Tristan Smith*, 1994)、《杰克·迈格斯》(*Jack Maggs*, 1997)、《"凯利帮"真史》(*True History of the Kelly Gang*, 2000)、《我的虚构人生》(*My Life as a Fake*, 2003)、《窃:爱情故事》(*Theft: A Love Story*, 2006)、《他的非法自我》(*His Illegal Self*,

---

[①] Ken Gelder & Paul Salzman, *After the Celebration: Australian Fiction 1989 – 2007*, Melbourne: Melbourne University Press, 2009, p. 17.

[②] Ibid., pp. 101 – 110, 133 – 136.

2008）、《帕洛特与奥利维亚在美国》（*Parrot and Olivier in America*，2010）和《眼泪的化学》（*The Chemistry of Tears*，2012），至今已经两次获得布克图书奖。鉴于他在文学上取得的巨大成就，他先后当选英国皇家文学会会员、澳大利亚人文学院荣誉院士、美国文理研究院院士，先后两次登上澳大利亚邮票，一次被授予澳大利亚勋章。二十多年来，凯里基本保持了他在70年代就已形成的后现代的文学观，并在近期的一系列长篇小说中将这种后现代的焦虑情绪与澳大利亚民族的、地方的以及他本人的身份相结合，写出了一批令世人瞠目结舌的优秀作品，受到世人的普遍关注。凯里的小说细节丰富，叙述方法多变，故事性强，他将在"新小说"时代获得的丰富的写作技巧非常好地反复运用于澳大利亚历史和传说之上，他重写内德·凯利（Ned Kelly），重写厄恩·马利（Ern Malley），重写19世纪英帝国对于澳大利亚的殖民，重写澳大利亚本土的文学艺术家，重写往返于澳大利亚与世界各地之间的各种旅行。凯里的叙事模式可谓多种多样，例如，小说《特里斯坦·史密斯不寻常的生活》采用了一种近乎科幻小说的魔幻现实主义，在上述九部小说中，《特里斯坦·史密斯不寻常的生活》或许受到好评较少，但是，作者在大胆实验方面可谓雄心勃勃，小说的标题清楚地说明其与18世纪劳伦斯·斯特恩（Laurence Sterne）的《项狄传》（*The Life and Opinions of Tristram Shandy*）的互文联系，凯里不仅明确表明自己这部小说与后者的继承关系，更将当代关于殖民主义的思想融入其中，将小说写成了一部关于殖民关系的寓言，作者借此探讨了不同国家作为想象共同体之间的关系。杰尔德和索尔斯曼特别指出，凯里用他特有的方法成就了一个后现代文学的奇迹，40年来，他始终没有放弃后现代的叙事实验，但是，他通过对于民族素材的精彩调动在读者中保持了很高的人气，凯里的文学实践证明了后现代小说的实验性＋澳大利亚的题材完全可以成就一个伟大的当代作家，同时他的成功也证明纯粹的文学小说并没有因为曲高和寡而失去读者。[①]

卡斯特罗1950年出生于中国香港，同时拥有中、英、葡三种血统，1982年凭借一部长篇小说处女作《候鸟》（*Birds of Passage*）首获澳大利亚

[①] Ken Gelder & Paul Salzman, *After the Celebration: Australian Fiction 1989–2007*, 2009, p. 105.

沃格尔创作奖（Vogel Prize），开始为人关注。他的主要创作始于 90 年代，先后出版长篇小说《珀姆罗伊》（*Pomeroy*, 1990）、《双狼》（*Double-Wolf*, 1991）、《中国之后》（*After China*, 1992）、《飘移》（*Drift*, 1994）、《舞者》（*Stepper*, 1997）、《上海舞》（*Shanghai Dancing*, 2003）、《园书》（*The Garden Book*, 2005）、《浴间赋格曲》（*The Bath Fugues*, 2009）。卡斯特罗的小说语言浓密凝重，重视形式，智性十足，叙事过程表现出高度的理论自觉，他关注的话题包括澳大利亚的历史、族裔、身份以及上述三者之间的关系。从某个角度上看，卡斯特罗与凯里有颇多相似之处，例如，卡斯特罗喜欢在小说中融合真实与虚构，所以在多部小说中以真实的历史人物为原型设计叙事，如果说凯里的小说中写过内德·凯利和厄恩·马利，卡斯特罗的小说《飘移》讲述了英国著名实验主义小说家 B. S. 约翰逊（B. S. Johnson）的生平和自杀的故事，《双狼》讲述了弗洛伊德的所谓"狼孩"故事。此外，卡斯特罗还喜欢跟凯里一样刻画一些不健全甚至有些怪诞的人物，这些人物或瘸腿或弱智，多数属于一种杂交产物，卡斯特罗设定这样一些特别的视角让其在小说中发声，是因为他们没有健全人进行自我表达时的傲慢和理论偏见；立足杂交，卡斯特罗可以对一切自我标榜的族裔和民族身份提出经常性的质疑。与凯里具有清晰故事线索的小说相比，卡斯特罗的小说更具有一种后现代的羊皮纸效果，小说的情节通过不同形式的写作层层重叠呈现出来，他的小说读起来有一种现代派小说的严肃效果，一方面符合肯·杰尔德和保罗·索尔斯曼所谓的澳大利亚"后现代崇高"（postmodern sublime）的特色，但是，始终没有在国际上赢得世界性的阅读兴趣和积极回应。

库切生于 1940 年，曾是南非著名的小说家、散文家、语言学家和翻译家。他于 2002 年移民至澳大利亚的阿德莱德，后入澳大利亚国籍，并于 2003 年荣获诺贝尔文学奖，初到澳大利亚的库切并没有引起澳大利亚批评界的特别注意，但他很快出版了他抵澳后的首部小说《伊利莎白·考斯特罗》（*Elizabeth Costello*），在此后的几年间，他又相继出版了《慢人》（*Slow Man*, 2005）以及《凶年日记》（*Diary of a Bad Year*, 2007）。库切早年在南非的创作关注种族隔离政策体系之下的种种道德和种族困境，《伊利莎白·考斯特罗》一问世便令澳大利亚文学和批评界大为震惊，小说一个重要内容是代言，小说充分地展示了作家在创作中如何跳出自我去深刻呈现一个完全不同的人的内心世界，例如，男作家如何进入一个女性人物的内心深处去表现一个女性的生活，一个南非作家如何进入一个澳大利亚小说家的内心世界，进而用澳大利亚小说家的眼光去书写澳大利亚的现实生活。令读者特别好奇的是，小说中呈现的不少演讲稿实际上是库切自己近年来在各个地方发表的文章和演讲，内容广泛涉及包括动物保护在内的种种话题。《伊利莎白·考斯特罗》的另一个显著的特征是针对现实主义的思考，小说充分展示了小说家将自己的思想和性格投射到别人身上的过程。在该小说中，主人公极力将自己的观点和思想传达给不同的听众，不同的立场和观点被先后呈现出来，形成了一种多声部的叙事。小说《凶年日记》与其说是小说，还不如说是一部散文集，书中的文章广泛涉及各种话题，部分散文直接讨论政治和哲学问题。小说同时包含两条线，一条是散文作者的叙述，另一条是一个女秘书的陈述，散文作者与作者库切相似，书中收录的散文跟《伊利莎白·考斯特罗》一样广泛涉及作者关心的许多主题，不少文章与作者本人的文学生涯联系紧密。这部小说的背景设定在2005年，在澳大利亚，2005年政治环境恶劣，是一个十足的坏年头，因为保守的联邦政府充满猜忌、心胸狭隘，完全是一派封闭心态。《凶年日记》给人一种反小说的感觉，令人想起19世纪的那种充满质疑和猜忌的文学创作。小说针对当代大学文学教育存在的问题提出了批评，从手法上看，小说继承了《项狄传》的自觉小说创作传统，针对小说在表现政治和道德问题上流露出来的种种问题提出了思考。[1]

三

20世纪澳大利亚后现代小说在70年代"新写作"中含含糊糊地开始，经过80年代的"新小说"和90年代的"后现代文学小说"，至今几近半个世纪，四十多年来，后现代主义给澳大利亚文学带来的影响是巨大的，一批小说家娴熟地掌握并在创作中使用后现代小说技法，更涌现了诸如凯里这样的具有世界影响的著名作家，就此而言，澳大利亚后现代小说不可谓成绩不

---

[1] Ken Gelder & Paul Salzman, *After the Celebration: Australian Fiction 1989–2007*, 2009, pp. 133–135.

大。但是，后现代小说在澳大利亚文学中始终没有明确地确立一个以"后现代"命名的创作群体和流派，虽然人们有时把70年代的"新写作"和80年代的"新小说"统称为澳大利亚"新小说"，并通过与法国"新小说"的联系，把它笼统地视为澳大利亚后现代小说，但是，澳大利亚的批评家和文学史家至今仍然拒绝用"后现代小说"来指称20世纪70年代启动的澳大利亚实验主义创作潮流，曾经参与其中的小说家也大体上回避这样的命名。

总体而言，90年代的澳大利亚批评界对"后现代主义"这个词讳莫如深。杰尔德和索尔斯曼认为，要理解90年代以来的澳大利亚后现代小说，应该首先区分两种后现代，一种是以塞缪尔·贝克特（Samuel Beckett）为代表的悲观的后现代主义，这种后现代小说完全不相信叙事的有效性；另一种后现代小说追求一种崇高的目标，它一边对叙述高度自觉，一边高度肯定叙事的重要性，这种态度下写成的后现代小说少了一种游戏，多了一份严肃，它努力在传统小说再现现实的荒诞中获得一种深刻的文化洞察，这种于高度的游戏之中展示严肃与崇高的后现代小说，人们不妨把它称为"后现代崇高"。澳大利亚的后现代总体上属于后者，它是欧美后现代文学移植到澳大利亚并在澳大利亚本土化之后形成的特殊产物。杰尔德和索尔斯曼认为，莫内恩早期的小说创作属于澳大利亚"后现代崇高"的典型，莫内恩的风格颇似一种简约主义音乐，曲调和主题简单而多重复，他的小说表现出一种对于写作过程和艺术想象本质的无限关注和深刻思索，同时在澳大利亚十分关注的土地、身份等问题上深入挖掘，为我们展示了当代澳大利亚人内心深处的肃然和迷惘。[1]

20世纪90年代的澳大利亚后现代小说为何出现明显的萎缩？杰尔德和索尔斯曼认为，这与世纪末澳大利亚的文学环境有关。20世纪90年代以来的澳大利亚文学步入了一个异常特别的时代，一方面，随着影视和网络技术的迅猛发展，传统纸质性的文学遇到了前所未有的挑战[2]；另一方面，随着经济全球化步伐的加快以及保守势力对于国内政治控制的日益加强，文学艺

---

[1] Ken Gelder & Paul Salzman, *After the Celebration: Australian Fiction 1989–2007*, 2009, p. 130.
[2] Graeme Turner, "Film, Television and Literature: Competing for the Nation", in Bruce Bennett & Jennifer Strauss, eds., *The Oxford Literary History of Australia*, 1998, pp. 351–352.

术作为文化生产的传统净土失去了往日的清净，在短短数年之中，澳大利亚社会连续围绕海伦·德米丹科的小说《签署文件的手》和海伦·加纳的非虚构文集《第一石》展开了激烈的辩论，文学创作不仅因此以前所未有的频率成为举国关注的焦点，更在不知不觉之中变成了澳大利亚不同文化势力之间角力的战场。于是人们发现，90年代的澳大利亚文学被高度地政治化了，两种势力，两种立场，壁垒森严，互不相让。一方面，一些年轻的抱着比较激进左倾立场的批评家对于包括以帕特里克·怀特和海伦·加纳为代表的作家提出了严厉批评；另一方面，一批以"文化斗士"自居的保守分子利用公共媒体大势鼓噪，又对上述批评家进行无情打击。[1]

20世纪90年代发生在澳大利亚的"文化战争"与后现代主义小说之间本无直接的关系，但是，因为一些狂热的右翼知识分子把所有盛行于各大学院大学课堂的结构主义、解构主义、符号学、语言学、马克思主义和女性主义简单地统称为"后现代理论"，所以后现代小说身不由己地被牵扯进来。在那些右翼的保守分子看来，以后现代主义为核心的"理论热"以其虚无主义精神实质给澳大利亚社会带来了严重的伤害，而后现代小说或许也逃不脱干系。1994年，杰弗里·马斯伦和路克·斯拉特里在其出版的一部题为《我们的大学为何衰落？》的著作中明确指出，以解构为核心的后现代主义"理论热"给澳大利亚带来一场严重的"文学危机"，今日的澳大利亚大学教育已经是一片狼藉。今日的澳大利亚文学批评家和理论家们热情信奉罗兰·巴特、米歇尔·福柯、雅克·德里达和茱莉亚·克里斯蒂娃的思想，他们接受的是一种来自法国的舶来价值体系，在这一体系的中间站立着一个由结构主义、解构主义、符号学、语言学、马克思主义和女性主义共同构成的脑袋进了水的野兽，他们一方面认为，《巨人金刚》（*King Kong*）比莎士比亚的《李尔王》更有价值，另一方面孜孜不倦于对吸血鬼和卡通片的研究，在他们的心目中，莎士比亚连同传统的英语文学经典都死了。[2] 1995年，当代澳大利亚剧作家戴维·威廉森推出自己新作《死白男》，用戏剧性的形式

---

[1] Ken Gelder & Paul Salzman, *After the Celebration: Australian Fiction 1989–2007*, 2009, p. 214.
[2] Geoffrey Marslen & Luke Slattery, *Why Our Universities Are Failing? Crisis in the Clever Country*, 1994, pp. 74–75.

表现了当代澳大利亚后现代主义对于莎士比亚的攻击和伤害,并借此表达了他对后现代主义的反感和抗拒。① 威廉森以自由人文主义和普遍真理的捍卫者自居,通过戏剧反讽来质疑诸如女权主义和后结构主义等后现代主义理论,并借此对当今澳大利亚大学的文学教育严正发难。1996 年,小说家克里斯托弗·考希(Christopher Koch)在接受迈尔斯·弗兰克林奖时的答谢辞中说,后现代主义"是一个肿瘤,一种危险,一种传染病,他们像老鼠一样繁殖,但是,它们统辖着的是一片贫瘠之地。它们信奉一种憎恶生命的意识形态,他们不相信天才,他们自己不懂得创造,所以仇视人类的一切创造力,人类文明不断地拒斥这个幽灵,然而他总是一次次地在重新乔装打扮之后再次粉墨登场",考希并不具体说明他所批判的后现代主义作家和批评家是哪一个,只说他们满腔无端的愤怒,智性贫瘠而缺乏创造力,否认传统和经典,热衷实验,破坏和谐和美,考希认为,针对这样的思潮应该坚定而毫不含糊地加以批驳,他称赞戴维·威廉森的勇敢,因为他敢于公开地站出来抵制这一"传染病"。②

马克·戴维斯认为,20 世纪 90 年代发生在澳大利亚的"文化战争"具有一种代沟的性质,一方面是以彼得·克雷文、莱斯·默里和罗伯特·曼恩为代表的老一代媒体评论家,他们以文化护卫者和"普通澳大利亚人"(ordinary Australians)自居,指责左倾的"文化精英们"以"政治正确"为名压制不同观点,大势抨击左倾人士,指责他们用后现代理论和通俗文化把澳大利亚的大学教育搞得混乱不堪,他们呼吁,今日的大学文学教育应该仍然遵守马修·阿诺德所提出的经典道路,主张文学应该脱离政治,号召今日的大学生仍然为文学的审美经验而学习文学,他们奉行传统人文主义,坚定地反对被年轻一代奉为圭臬的后现代主义、解构思想、文化研究、多元文化主义等"理论";另一方面是西蒙·杜林、杰娜·米德和麦肯锡·沃克等年轻一代学者,他们批判怀特,质疑经典。在上述双方激烈的交锋中,90 年代以后的澳大利亚文学批评界对于所谓的后现代小说的态度悄悄地发生了改变。③

---

① David Williamson, *Dead White Males*, 1996.
② McKenzie Wark, *The Virtual Republic: Australia's Culture Wars of the 1990s*, 1997, pp. 179 – 181.
③ Ken Gelder & Paul Salzman, *After the Celebration: Australian Fiction 1989 – 2007*, 2009, pp. 130 – 131.

总之，在世纪末的澳大利亚"文化战争"中，后现代主义成了整个澳大利亚主流社会排斥的对象，在主流社会心目中，"后现代"成了一种文化流行病，一场亟须扑灭的灾难，有鉴于此，整个澳大利亚文学对于"后现代主义"这个词只能是避之唯恐不及了。

在澳大利亚批评界一片抵制后现代主义的批判声中，澳大利亚的"文化斗士们"将怀特视为现代澳大利亚文学的核心传统，把乔莉、加纳和戴维·马洛夫视为当代澳大利亚小说创作的经典。在彼得·克雷文等人的心目中，怀特、加纳和马洛夫就是澳大利亚的拜伦、济慈、劳伦斯、奥斯汀、品特、伍尔芙、陀思妥耶夫斯基、托尔斯泰、契诃夫、贝克特、乔伊斯，而上述这些欧美作家代表着世界文学的不朽经典。值得注意的是，在克雷文等人列数经典的时候，他们对20世纪的现代主义文学普遍给予了很高的评价[1]，在他们看来，弗吉尼亚·伍尔芙和詹姆斯·乔伊斯所践行的现代主义包含了一种超越时代的文学创作路径，作为一种文学取向，现代主义相信超验和普世的艺术，它对于人类曾经于浑浊的乱世之中建构价值的时代抱有美好的追忆和怀想。克雷文等人由此认为，在当代澳大利亚文坛，现代主义仍然有其独特的作用，今天的澳大利亚需要现代主义，不仅为了抗击现实主义，更为了抗击后现代主义；因为后现代主义怀疑一切宏大叙事对于社会和世界的改造作用，澳大利亚需要现代主义特有的价值取向，并用它去抗拒虚无的后现代主义。[2]

在20世纪90年代的澳大利亚批评界，后现代主义日益失宠，与此同时，现代主义作为抗拒后现代主义的健康力量被重新强力地呼唤出来，这种现象值得玩味。20世纪三四十年代前后，现代主义被视为一种来自欧洲的有可能破坏民主平等的有机社会的颓废思潮，一种来自美国的有可能腐蚀澳

---

[1] Ruth Brown, "Cyberspace and Oz Lit: Mark Davis, McKenzie Wark and the Re-Alignment of Australian Literature", in *Contemporary Issues in Australian Literature*, ed. David Callahan, London: Frank Cass, 2002, p. 28.

[2] Ken Gelder & Paul Salzman, *After the Celebration: Australian Fiction 1989–2007*, 2009, p. 99.

大利亚年轻而健康的心灵的商业化思想,被严格予以抵制[1],但在 50 年代之后,现代主义经过了 30 年代的挣扎之后在澳大利亚得以最终确立,它说明澳大利亚在接触外来的现代主义思潮的问题上取得了一点迟到的进步。的确,"迟到"或许同样是理解澳大利亚后现代文学成长过程的一个重要概念,在当代澳大利亚文学史上,以后现代为特色的"新小说"无疑是在欧美后现代以及拉丁美洲魔幻现实主义影响下形成的产物,它的出现较之欧美可谓姗姗来迟,由于澳大利亚接受后现代思潮的过程一波三折,澳大利亚后现代文学虽然推出了一些作家和作品,但是,后现代文学至今也很难说形成了值得文学史家大书特书的流派。如今,现代主义已然是澳大利亚文学中的经典,正如 20 世纪三四十年代的批评家用现实主义标准坚决抵制现代派一样,90 年代以来的部分澳大利亚批评家用现代主义作标准坚决地抵制后现代主义。根据这样的规律,读者不妨推测,随着时间的推移,未来的澳大利亚作家和批评家或许也会更多地接受后现代主义,但是,澳大利亚需要时间,澳大利亚在接受外来思潮的过程中常常会滞后不少,这一点应该与澳大利亚这个后殖民国家的地理、历史以及国家自我身份的定位密切相关,有兴趣的读者可以持续观察。

---

[1] David Carter, "Critics, Writers, Intellectuals: Australian Literature and Its Criticism", in *Modern Australian Criticism and Theory*, eds. David Carter & Wang Guangli, 2010, p. 78.

第六章
"理论"之后的澳大利亚文学批评走向

20世纪70年代开始登陆澳大利亚的欧美"理论"对于澳大利亚文学批评产生的影响可谓深远。80年代的澳大利亚文学批评与激进的政治相结缘，形成了澳大利亚文学批评史上前所未有的文化批判巨潮，在女性主义批评之后崛起的土著文学批评、少数族裔批评和后殖民理论从方法论上说共有一种批判的特征，他们立足于自身经验批判男权主义和狭隘的民族主义和殖民主义，这种批判从欧美结构主义和解构主义"理论"中汲取了精神灵感和理论武装，共同形成了一股浩浩荡荡的"文化研究"队伍，为澳大利亚文学拓展了空间，也指出了新的方向。然而，或许因为在"理论"引领下的80年代澳大利亚文学批评中强烈的文化自省和批判触及了澳大利亚主流社会的核心价值和利益，90年代的澳大利亚批评界出现了一股针对"理论"的强烈反冲，一些评论家认为，澳大利亚文学批评中伴随着"理论"而崛起的众多潮流对于传统经典缺少一份应有的敬畏，所以它们的出现和持续存在直接威胁到澳大利亚文学批评的健康发展。他们以澳大利亚经典文化的捍卫者身份自居，扬言为了维护澳大利亚社会的传统道德和核心价值将与"理论"作坚决的斗争。在他们的影响下，澳大利亚文坛的风气急转，在一片保守声浪中，80年代崛起的各个批评流派都不同程度地受到了批判。[1]

90年代的"文化战争"给欧美各国留下一个大大的难题，这个难题就是：从这里出发，文学批评应该向何处去？当代澳大利亚文学批评的情况究竟怎么样？众所周知，90年代的澳大利亚文学批评总体说来，围绕不同的政

---

[1] 参见王腊宝《"理论"消退与文化战争》，《华东六省一市外语教学文集》，上海：上海外语教育出版社2008年版。

治立场形成了一些截然对立的阵营，不同阵营之间针锋相对，矛盾日益加剧，一时难有解决矛盾的综合方案。[1] 在这样一个高度敏感而政治化的批评氛围当中，文学批评一度面临着异常艰难的迷茫，但是，经过了近二十年的艰苦探索，如今的澳大利亚批评界似乎已经从此前的困顿中走了出来。近二十年来的澳大利亚文学批评除了在后殖民文学、土著文学、移民文学批评等领域持续获得新的进步之外，至少出现了另外三种比较清晰的新方向，第一个是对于文学体制（文化史）的研究，第二个是数字化的文学研究，第三个是立足于全球化视角对澳大利亚文学进行的跨国文学研究。本章拟对上述三种新趋势做一个扼要的概述，并据此对当代澳大利亚文学批评的最新走向做一个简单的说明。

一

按照罗伯特·迪克逊的说法，当代澳大利亚文学研究的一个重要特征是它的跨界性，在一篇题为《边缘处的工作：知识生产背景下的澳大利亚文学研究》[2] 的文章中，他引用迈克尔·吉本斯（Michael Gibbons）和朱莉·汤普森·克莱恩（Julie Thompson Klein）的两部著作[3]，同时结合澳大利亚研究理事会（Australian Research Council）的研究项目申报情况详细地说明了当代澳大利亚文学研究的新方向。在他看来，作为一个曾经相对独立的学科，当代的澳大利亚文学批评更多地选择以整个人文学科的知识场域为背景，从不同学科的边缘处入手思考新的突破，特别是通过跨越体制和国别界限努力实现在边缘处的突破。

迪克逊认为，所谓文学体制大体上包括图书出版和发行机构、文学节、

---

[1] Patrick Buckridge, "The Historiography of Reading in Australia", in David Carter & Wang Guanglin, eds., *Modern Australian Literary Criticism and Theory*, 2010, p. 139.

[2] Robert Dixon, "Boundary Work: Australian Literary Studies in the Field of Knowledge Production", in David Carter & Martin Crotty, eds., *Australian Studies Centre: 25th Anniversary Collection*, St. Lucia, Queensland: Australian Studies Centre, University of Queensland, 2005, pp. 21 –37.

[3] Michael Gibbons, et al. eds., *The New Production of Knowledge: The Dynamics of Science and Research in Contemporary Societies*, London: Sage, 1994; Julie Thompson Klein, *Crossing Boundaries: Knowledge, Disciplinarities and Interdisplinarities*, Charlottsville & London: University of Virginia Press, 1996.

文学奖、官方文化政策和政府资助、书店、阅读讨论活动、宣传介绍图书和作者的报纸广播和电视、学校的课程设置以及文学批评等。① 根据这一界定，澳大利亚批评界较早有意识地进行的文学体制研究在劳瑞·赫根南（Laurie Hergenhan）于1988出版的《企鹅新澳大利亚文学史》（*The Penguin New Literary History of Australia*）中已出现端倪，该书从第二部分开始，每部分拿出一个章节的篇幅讨论一个时期的澳大利亚文学"生产"情况，例如，在第二部分的第二章中，伊利莎白·维比介绍了1855年之前的澳大利亚作家、印刷家和读者情况，在第三部分的第二章中，肯·斯图尔特讨论了1855—1915年间澳大利亚文学创作与新闻体写作的关系，在第四部分的第二章中，理查德·乃尔（Richard Nile）和戴维·沃克（David Walker）介绍了1915—1965年间澳大利亚文学创作与文学想象的推广情况，第五部分的第二章中，朱迪思·布莱特（Judith Brett）介绍了1965—1988年间澳大利亚文学的出版、出版审查制度以及作家的稿酬情况。② 值得注意的是，该书的第四部分收录了戴维·卡特的一篇文章，文章集中介绍包括朱达·沃顿、艾伦·马歇尔、凯瑟琳·苏珊娜·普里查等20世纪上半叶的一批现实主义作家的创作特点，卡特曾于80年代在澳大利亚迪肯大学随著名文学批评家伊恩·里德攻读博士学位，当时的研究课题便是沃顿，完成博士学位之后，卡特的兴趣开始转向文学体制史，1989年，刚刚出道的他就与吉莉安·惠特洛克合写过一篇文章，该文首次明确无误地以"澳大利亚的文学体制"③为题，阐述了一种完全有别于传统文学批评的文学体制研究方法，他们指出，文学的体制研究不再把澳大利亚文学视作一个简单的有机体或者文本群，而将其看作一种系统体制或者由一系列体制构成的文化整体。在任何一个国别文学中，一个作家的一部作品并不只是经历一个创作和自然被认可的简单过程，一部文学作品的读者并不总是确定不变的，所以我们在研究文学的时候有必要将作者和读者置于一个包括批评家、书评家、记者、编辑和出

---

① Robert Dixon, "Australian Literature and the Global Dimensions of Globalization", in David Carter & Wang Guanglin, eds., *Modern Australian Literary Criticism and Theory*, 2010, p. 120.
② Laurie Hergenhan, *The Penguin New Literary History of Australia*, 1988.
③ David Carter & Gillian Whitlock, "Institutions of Australian Literature", *Australian Studies: A Survey*, ed. James Walter, Melbourne: Oxford University Press, 1989, pp. 109 – 305.

版商、研究人员、老师、文学期刊、报纸书评、广告、营销、印刷技术、中学和大学课程在内的更大的社会文化网络之中考察，研究文学体制就不能只把眼光集中于某一两个文本和作家身上，从中寻找民族文化的代言，而应该认真全面地检讨文学作品的创作、出版和阅读过程，检讨文学评价和批评的过程以及社会语境对其做出的反应，这样的检讨既是具体细节上的，也可能是宏观理念上的。我们一方面要研究一个时代关于"文学"和"国家"的认识对于文学创作的影响；另一方面，我们也要研究这个时代的出版和发行技术、不同作家和知识分子的社会属性以及不同文学作品的读者大众情况。总之，澳大利亚文化是具体的社会体制和实践共同构成的网络，而不应被看作一种神秘的"创造精神"。文学的体制研究还可以关注的领域甚多，例如文学教育、文学批评、国家支持、图书交易等，通过上述任何一个视角来研究文学，瞄准的不是单纯的文学文本，更是一种文学的社会实践，从事广义的文学体制研究可以帮助我们避免针对一个国别文学和某个民族性格做出一个大而无当的理想化判断。

卡特和惠特洛克在其《澳大利亚的文学体制》一文中以文学期刊为例说明了体制研究对于文学批评的重要意义。他们选择并集中考察了对于早期澳大利亚文学产生过重要影响的《公报》杂志，然后指出，在澳大利亚文学发展的过程中，文学期刊的作用不可小觑，因为文学期刊定期出版，大量的文学作品和文学评论通过它们得以发表，通过这个平台，人们形成文化辩论的焦点。此外，文学期刊定期推出广告，为某些作家提供宣传，通过这些宣传也为本国乃至世界文学塑造一个形象。该文结合《公报》的编辑、作者、读者、编辑方针以及倡导的风格全面分析了这样一份综合性杂志为19世纪90年代澳大利亚文学提供的平台特点，然后通过将它与《米安津》杂志相比较，郑重地指出，文学的创作和阅读无论是从结构上还是内容上都深刻地受制于发表平台，所以传统文学批评单纯聚焦单个文学文本的做法是不可取的。

20世纪90年代中叶以后，澳大利亚的文学体制研究可谓蔚然成风，标志着90年代澳大利亚文学体制研究高调崛起的事件是"澳大利亚书籍史"（History of the Book in Australia）课题的正式启动，作为一个新兴的跨学科研究领域，"澳大利亚书籍史"研究澳大利亚有史以来的"印刷文化"，

1993 年，由莫纳什大学的华莱士·科索普（Wallace Kirsop）和新南威尔士大学的保罗·艾格特（Paul Eggert）领衔的工作小组正式成立，课题组经过研究确定，将该课题按照事件先后分成三个部分，即 1891 年以前、1891—1945 年，以及 1946—2005 年，第一部分由科索普和维比负责，第二部分由马丁·利昂斯（Martyn Lyons）和约翰·阿诺德（John Arnold）负责，第三部分由克雷格·蒙罗和罗宾·施汉-布莱特（Robyn Sheahan-Bright）负责。作为结项成果，课题组拟出版一部三卷本的《澳大利亚书籍史》。从 1994 年开始，澳大利亚国立大学的人文研究中心等机构在其承办的学术会议上开始设立"澳大利亚书籍史"分场讨论，1996—1998 年，该课题组先后两次在悉尼（1996，1998）、一次在墨尔本（1997）举办独立的研讨会，研讨会得到了澳大利亚研究基金和昆士兰大学出版社的支持。值得注意的是，随着这一课题的最初目标的逐一实现，这些研讨会并没有就此结束，2003 年，澳大利亚学术书籍中心主办的"书籍与帝国"学术研讨会便是这一系列研讨会的继续。

1997 年，澳大利亚文学期刊《南风》针对经典问题特别出版专辑《澳洲经典：澳大利亚文学声誉的形成》[1]，该书的第一部分以《问题与体制》（Issues and Institutions）为题发表一组论文，这一组九篇文章每篇立足于一个不同的视角系统深入地讨论澳大利亚文学的经典形成问题，可谓较全面地涉及了文学体制的各个方面，除了卡特的首篇文章《文学与文学体制》（Literary Canons and Literary Institutions）从宏观的视角介绍文学体制对文学经典的影响之外，苏珊·利维尔的《政府资助与文学声誉》（Government Patronage and Literary Reputations）、利·戴尔的《经典阅读：澳大利亚文学与大学》（Canonical Readings: Australian Literature and the Universities）和布伦顿·多伊克（Brenton Doecke）的《分裂：澳大利亚文学与中学文学课程》（Disjunctions: Australian Literature and the Secondary English Curriculum）三篇文章研究了澳大利亚政府、学校教育和文学的关系；尼尔·詹姆斯（Neil James）的《围着中心的经典：安格斯与罗伯逊出版公司与战后文学经典》

---

[1] Delys Bird, Robert Dixon & Susan Lever, *CanonOZities: The Making of Literary Reputations in Australia*, (*Southerly* Vol. 57, No. 3), the Association for the Study of Australian Literature, 1997.

(Canon around the Hub: Angus & Robertson and the Post-War Literary Canon)和迈克尔·沙基（Michael Sharkey）的《文学什锦:〈澳大利亚书评〉1978—1996》(Literary Allsorts: The *Australian Book Review* 1978 – 1996) 两篇文章探讨了澳大利亚一家著名的文学出版公司和一家著名的书评杂志与澳大利亚文学经典形成之间的关系；伊恩·赛森（Ian Syson）的《逐出经典：澳大利亚被放逐的工人阶级文学》(Fired from the Canon: The Sacking of Australian Working Class Literature)、戴利斯·伯德的《妇女作家、性别阅读、文学政治》(Women Writers, Gendered Readings, Literary Politics)、露比·兰福德（Ruby Langford）的《谁在谁的经典里？土著作家的成就大腕》(Who's in Whose Canon? Transforming Aboriginal Writers into Big Guns) 等文章分析了澳大利亚主流意识形态及核心价值体系与工人阶级文学、女性文学以及土著文学之间的关系。总之，上述九篇文章以文学经典为中心，环视整个澳大利亚文学环境和文学体制，其所作的分析透彻而深刻，值得关注。

  戴尔的《经典阅读：澳大利亚文学与大学》一文立足澳大利亚大学文学教育讨论澳大利亚文学经典的形成过程问题。这篇文章是作者于1997年出版的一部题为《英文男人：澳大利亚大学里的文学教育》的专著[1]的一部分。作者在这部著作中开宗明义地指出，《英文男人》是一部关于澳大利亚高校文学教学的历史，一部关于澳大利亚高等教育体制的质疑和批判之书。在这部专著的卷首中，作者表示，虽然该书的研究对象是文学，但作者关注的不是文学文本，也不是阅读这些文本所需要的样式理论知识，她真正希望向读者展示的是作为澳大利亚文学体制一部分的大学文学教育，作者希望通过系统的体制性考察全面展示澳大利亚大学语境中采用的文学阐释步骤，揭示少数文学文本何以成为经典的具体过程。戴尔借鉴女性主义、后殖民理论和性别研究的社会批判模式，同时借鉴安东尼奥·葛兰西的霸权理论、雷蒙·威廉斯和皮埃尔·布尔迪厄的合法性概念，针对澳大利亚大学一百多年（1860—1960）的文学教育实践进行了系统的检讨，全书通过集中关注在这一时期的文学教授的工作情况，对澳大利亚整个大学文学教育体制进行一次

---

[1] Leigh Dale, *The English Men: Professing Literature in Australian Universities*, the Association for the Study of Australian Literature, 1997.

全面梳理。全书共分六章，第一章列举澳大利亚历史上一位著名总理罗伯特·孟席斯（Robert Menzies）对于文学的态度，生动地说明了在他担任澳大利亚总理期间（1939—1941）文学教育的发展方向。众所周知，孟席斯本人热爱文学，对于文学有着深厚的感情，连续30年担任一个负责联邦文学基金（the Commonwealth Literary Fund）的国会委员会会员，在担任总理期间，他更是与澳大利亚各大学保持密切联系，并一度亲自担任墨尔本大学校长，亲自参加挑选文学教授，所以他与澳大利亚的文学文化界长期保持着密切的联系，但是，孟席斯是个忠实的英帝国臣民，毕生致力于维系与英帝国的血脉联系，所以在他影响下的澳大利亚文学教育自始至终都是亲英的，任何有违英帝国文学的教育方向都不是他能够认可的。在该书的主体部分中，第二章介绍了早期澳大利亚大学的几位文学教授（如沃尔特·默多克），说明其古希腊罗马文学的背景对于澳大利亚文学教育的影响；作者否认了古希腊罗马文学研究方法对于澳大利亚英语文学教育的影响，相反，他指出，19世纪牛津大学老师的自由圣公会思想以及阿诺德的文化观念对于殖民时期的澳大利亚文学教育的影响更加明显，不过，作者同意马丁·博纳尔（Martin Bernal）和罗伯特·杨（Robert Young）等人关于古典文学和历史语文学中暗含的种族主义思想，一针见血地指出早期澳大利亚文学教育中不可避免地存在的殖民主义情绪和种族优越感。第三章介绍了"一战"以后英国文学在澳大利亚大学文学教育中的兴起情况，特别说明澳大利亚主流社会在这一过程中如何调和英帝国和澳大利亚本国利益的立场，以英帝国主义的视角指导澳大利亚的文学教育。第四章首先介绍了澳大利亚的几位著名莎士比亚专家，然后结合澳大利亚悉尼大学的最初的两位澳大利亚文学教授考察了牛津大学对于澳大利亚大学文学教育的巨大影响，该章同时讨论了20世纪50年代前后利维斯式的文学批评方法在澳大利亚大学文学教育中的作用。第五章首先对澳大利亚文学在本国大学中的体制化过程进行描述，然后集中考察了在这一过程中曾经扮演过重要角色的三个专家——A. D. 霍普、詹姆斯·麦考利和文森特·巴克利，说明澳大利亚文学在走向体制化过程中曾经面对的巨大阻碍。在全书的结论中，戴尔回归到自己的理论主旨并提出了自己的观点，她认为，澳大利亚的文学教育体制史从很大程度上同时也是那些执掌文学教育过程的那些文学教授们的个体阅读和教育史，参与澳大利亚文学教育的那些文学教授们在自己的学生时代受到过什么样的文学教育，在他们的孩提时代接受了怎样的喜好培训，他们就会形成怎样的文学观。值得特别注意的是，所有在学生时代学习过文学课程的人几乎都不一定能记得自己在文学课上学过什么，但他们中的许多人都清晰地记得自己如何通过文学学习体会过一种个体风格的转变。那么，究竟什么是大学文学教育呢？戴尔认为，大学是一个由一些思想观念不同的个人构成的群体，他们之间的相互争执构成了学生学习的体制环境，这种环境的变化与纯学术的期刊和书籍中反映出的东西无关，却突出地反映在师资的聘用、人员的晋升以及对不同人员研究活动的支持上。

卡特是最早参加"澳大利亚书籍史"这一课题的专家之一，近二十年来，在澳大利亚文学体制研究中着力最多，成就也最为丰硕。1991年，卡特主编出版了《书之外：文学报刊最新论集》(Outside the Book: Contemporary Essays on Literary Periodicals)，1997年，他又以"写作的一生：朱达·沃顿与文学生涯的文化政治"为题出版专著[1]，该书从朱达·沃顿成长的文化政治环境出发，探讨影响一个作家创作生涯的体制性因素。在影响澳大利亚文学的各种体制中，卡特最为关注的还是澳大利亚书籍史和出版及印刷文化研究(publishing and print culture studies)，2007年，他与安妮·加利甘(Anne Galligan)一起主编出版了《书籍制作：当代澳大利亚图书出版》(Making Books: Contemporary Australian Publishing)。此外他还先后发表了一大批相关论文，其中较有代表性的有：《跨太平洋还是跨大西洋交往？澳大利亚图书与美国出版商》(Transpacific or Transatlantic Traffic? Australian Books and American Publishers，2010)、《出版、资助与文化政治：1950年以来的澳大利亚文学体制变化》(Publishing, Patronage and Cultural Politics: Institutional Changes in the Field of Australian Literature from 1950, 2009)等。

由于卡特的体制研究始终聚焦于通过书籍和出版物传播的文学文本，所以他特别关注形形色色的阅读过程，近期发表的论文包括《殖民现代性与印刷文化研究：澳大利亚社会的图书与阅读》(Colonial Modernity and Print Cul-

---

[1] David Carter, *A Career in Writing: Judah Waten and the Cultural Politics of a Literary Career*, the Association for the Study of Australian Literature, 1997.

ture Studies: Books and Reading in Australian Society, 2009)和《了解最新图书的办法：关于图书和现代读者》（Some Means of Learning of the Best New Books: All About Books and the Modern Reader, 2006）。除此之外，他先后涉足的领域还有澳大利亚文化政策、澳大利亚文学批评等等，2001年，他与T.本尼特（T. Bennett）一起编辑出版了《澳大利亚文化：政策、大众及项目》（Culture in Australia: Policies, Publics and Programs），此后，他发表的《批评家、作家与知识分子：澳大利亚文学及其批评》（Critics, Writers, Intellectuals: Australian Literature and Its Criticism, 2000）一文全面系统地梳理了澳大利亚文学批评发展的走向。如此丰富而卓越的著述极大地推进了当代澳大利亚文学体制的研究。

卡特指出，20世纪90年代兴起的文学体制研究目的不在于立足于某一个性别、阶级、民族或者时代否定传统文学经典建构，继而批判澳大利亚文学中的狭隘，所以它不是一种单纯批判性的研究，研究文学体制本质上是一种具体的经验型调查，它区别于80年代各种批评流派之处首先在于它的"肯定性"，它所要探究的是一种包括文学发展在内的全方位的澳大利亚文化史。[1]

二

2008年，澳大利亚文学批评界在悉尼大学召开大会，会议的主题是："多资源性阅读：新经验主义、数字化研究和澳大利亚文学文化"（Resourceful Reading: The New Empiricism, eResearch and Australian Literary Culture），会议邀请了来自澳大利亚各地高校的一大批专家学者围绕"理论"之后的澳大利亚文学研究方向开展交流，会议结束之后出版了同名论文集。[2] 该书收录了25位著名文学学者、档案学专家、文学出版商以及信息技术专家的文章，其中，有些是澳大利亚文学批评中的实证性研究成果，还有

---

[1] David Carter, "Critics, Writers, Intellectuals: Australian Literature and Its Criticism", in David Carter & Wang Guanglin, eds., *Modern Australian Literary Criticism and Theory*, 2010, p. 87.

[2] Katherine Bode and Robert Dixon, eds., *Resourceful Reading: The New Empiricism, eResearch and Australian Literary Culture*, Sydney: Sydney University, 2009.

一些则比较充分地展示了在数字技术条件下的澳大利亚文学批评的其他可能性。

在为上述文集撰写的一篇题为《多资源性阅读：数字时代的新经验主义》（Resourceful Reading: A New Empiricism in a Digital Age）的前言中，迪克逊指出，近年来澳大利亚文学研究的一个突出特点是传统人文学科与现代数字技术的革命性结合，这种结合形成了一种崭新的文学阅读模式。他特别强调了数字化技术的到来对当代澳大利亚文学研究产生的巨大影响，他用"数字化研究"（eResearch）这一概念来指称当代澳大利亚新经验主义文学研究对于技术，尤其是信息技术的应用。那么，究竟什么是"数字化研究"呢？迪克逊认为，所谓"数字化研究"不等于有些人提到的数字化人文科学（digital humanities）和人文科学计算（humanities computing），因为它不是一种独立的学科领域，它专指20世纪八九十年代兴起的运用新技术助推传统文学研究的活动。在人文科学中，国际上最早的数字化研究主要表现为语言计算，作为人文科学中的一个重要的研究方向，这个领域的专家很早就开始运用计算机技术分析文学文本，这样的语言计算主要集中于词语的频率测算，通过对某一文本中的某些特定的词和词组进行的频率测算，研究者一方面可以深入了解文本的文体特征，另一方面可以对同一个文本的不同版本进行比较对照。在澳大利亚，较早从事这一领域的知名专家当是澳大利亚纽卡索尔大学的文学与语言计算研究中心的约翰·巴罗斯（John Burrows），巴罗斯于1976年被聘任为纽卡索尔大学的文学教授，他从20世纪80年代初开始关注运用计算机辅助文学文本的分析，曾多次获得澳大利亚研究理事会资助开发机辅的文学文本分析方法，1987年，他出版专著《计算走进批评：简·奥斯汀小说研究以及一种方法实验》[1]，在该书中，巴罗斯指出，传统的文学读者和批评家对于文本中的语言细节（如介词、连词、人称代词和冠词）采取一种完全的忽略的态度，仿佛这些词汇在作品中根本不存在，但是，在一部文学作品中，这些细节并非完全不重要，通过仔细分析不同人物在使用这些小词方面表现出来的表达习惯，读者常常可以很深刻地了解不同

---

[1] John Burrows, *Computation into Criticism: A Study of Jane Austen's Novels and an Experiment in Method*, Oxford: Clarendon Press, 1987.

人物的性格和个性。在简·奥斯汀的小说《诺桑觉寺》(*Northanger Abbey*)中,作品主人公在使用 the、of、it 和 I 等词语时表现出来的频率很不同,在她后期的一些作品中,我们发现一些女主人公在使用最简单的习语时也表现出一些确定而有意义的变化,了解了这些细节对我们阅读和评论作品无疑都会提供更坚实的依据。

人们常把巴罗斯从事的文学计算称作计算文体学。1989 年,巴罗斯从英文系退休之后开始担任纽卡索尔大学新成立的文学与语言计算中心(Centre for Literary and Linguistic Computing,CLLC)主任。1989—2000 年,巴罗斯跟同事一起全面地投入这一领域的研究,巴罗斯倡导功能词语量化分析和主要成分分析,他毕生追求的计算分析方法不仅首次将统计和文学研究结合在一起,更为澳大利亚文学研究中的作家风格分析增加了严谨的逻辑力量,在 11 年的时间里,他在计算文体分析方面取得了一大批重要的成果,受到了全世界的广泛关注,2001 年,他因为在人文学科计算方面取得的出色成绩荣获了"布萨奖"(Busa Award)。

20 世纪 90 年代以后,纽卡索尔大学的文学与语言计算中心仍然一如既往地致力于(文学)文本的统计和计算分析技术的开发和应用,中心现有 8 个成员,除了巴罗斯教授之外,休·克雷格(Hugh Craig)为现任主任,其他成员包括哈罗德·塔伦特(Harold Tarrant)、彼得·皮特森(Peter Peterson)以及亚历克西斯·安东尼娅(Alexis Antonia)、艾伦·乔丹(Ellen Jordan)以及迈克尔·拉尔森(Michael Ralson)。中心长年接受大学和其他委托机构的委托,从事相关研究工作。十多年来,由巴罗斯始创的计算文体学正通过新一代研究人员的研究发扬光大,中心先后围绕人文学科中的计算技术应用于 2001 年、2004 年和 2011 年三次举办过国际学术研讨会,中心先后完成的研究课题有"弗吉尼亚·伍尔芙的信件"(Virginia Woolf Letters)、"维多利亚时代的报刊"(Victorian Periodicals)、"文艺复兴时代的戏剧与诗歌"(Renaissance Plays and Poems)、"王政复辟时代的诗"(Restoration Verse)等,其中最值得一提的是,2002 年,澳大利亚研究理事会正式为"澳大利亚数字人文网络"(Australian Digital Humanities Network)项目立项,纽卡索尔大学的文学与语言计算中心接受委托成为该课题中主要研究成员之一,该课题的主要研究目标是构建一个计算文体学工具(computational sty-

listics facility），并在澳大利亚人文学科中推广和使用。2011年，纽卡索尔大学文学与语言计算中心再次以"语言与个性化"为题举办国际学术研讨会，纪念约翰·巴罗斯在这一领域所做出的杰出贡献。

近年来，纽卡索尔大学的文学与语言计算中心全面继承了巴罗斯的早期研究风格，在上述一系列课题的研究中，他们常常集中考察一些最普通词汇的出现频率分布，因为他们相信，这些词频在一个文本中的分布高度稳定，彼此之间也相互关联，所以当人们把它们汇集在一起集中考察的时候，他们就不难从中看到一部文学作品的特点。第一步，他们在比较研究的对象文本中选定30—100个最常见的词汇，然后从中找出不同文本间的对应分布情况，最后对其进行集中的主要成分分析，不同文本间如果主要成分对应情况一致，说明它们有可能属于一类；第二步，频率图必须经过分布测试，以确定哪些词汇最有可能成为区分它们的关键；第三步，把选定的关键词汇再拿回到对象文本中去考察，从中观察文本间的核心差别。经过十多年不懈的努力，该中心在文学文本的对比研究和分析方面积累了许多宝贵的经验。例如，他们可以通过两个以上文本的比较，即可以比较可靠地推断出其他类似文本的演绎方法。此外，如果这样的几个文本同出自一个作家之手，他们通过比较可以清晰地揭示出几部作品在时间上的变化和差异，如果它们分属不同的作家的作品，那么，通过比较就可以清楚地说明不同作家之间的典型差异。在他们的研究当中，他们曾经针对18世纪、19世纪和20世纪的作家，针对男性作家和女性作家，针对澳大利亚和非澳大利亚作家的作品进行了极为具体的分析，得出了许多极有说服力的结论。在另外一类研究中，他们通过同样的文本比对找到了确认它们之间究竟是改写关系还是简单的模仿关系的方法。

2009年，纽卡索尔大学文学与语言计算中心现任主任克雷格与美国马萨诸塞大学的亚瑟·K.金尼（Arthur K. Kinney）共同主编出版了一部重要文集，文集的题目是《莎士比亚、计算机与神秘的作家风格》[1]，在该书中，多位作者采用了严格的统计学方法，通过计算机的辅助计算，以崭新的方式

---

[1] Hugh Craig & Arthur K. Kinney, eds., *Shakespeare, Computers, and the Mystery of Authorship*, Cambridge: Cambridge University Press, 2009.

介入了莎士比亚研究，几位作者通过对莎士比亚和其他一些作家的创作风格的分析，直面莎翁创作中的多个公案，通过严格缜密的词语分布计算努力确定不同作者的写作风格，解决了莎学研究中许多悬而未决的疑案，他们的分析证实了学界的共识，为长期以来的学术争议画上了圆满的句号。偶尔，他们的分析也为我们得出了一些令人惊讶的发现，例如，他们认为，莎士比亚参与了1602年对托马斯·基德（Thomas Kyd）的《西班牙悲剧》的扩展改写，马洛直接参与了《亨利四世》第一、二部分的创作。《莎士比亚、计算机与神秘的作家风格》一书出版以后，受到了国际莎学界和西方文学批评界的广泛关注，大家一致认为，该书借用现代计算机的计算能力，结合计算机科学的先进手段和大量的文学基础资料和数据，推出的成果可谓最集中地代表了当今数字化人文科学研究的一个重要方向。

迪克逊认为，从21世纪初开始，澳大利亚文学的数字化研究以另一种方式得到了显著的拓展，在二十多年的时间里，同许多西方国家一样，澳大利亚文学批评界在多个国家级研究基金的支持下先后推出了一批大型的网络平台，其中最有代表性的包括：

1. 澳大利亚文学数据库（简称 AusLit） AusLit 从一开始就是一个非营利性的网络平台，也是集中反映当代澳大利亚文学数字化研究成就的一个最成熟的研究性资源。1999年，澳大利亚大学的一批文学研究者和澳大利亚国立图书馆的图书管理专家开始酝酿，他们早期计划中的网络平台应该是一个可以为澳大利亚文学、叙事和印刷文化的教学和研究提供支持的数据库，这个大型的网络文学研究资料库应集中呈现已有的文学和印刷文化方面的研究成果和文献目录，同时为澳大利亚的文学和印刷文化研究构建技术上可靠、内容上完整的基础平台，在这个平台上既要汇集澳大利亚作家的文学作品，又要集中与其相关的批评和研究文章，同时还要反映相关文化机构和产业信息。该数据库早期由新南威尔士大学牵头，2000年，课题组将自己原有的"澳大利亚文学数据库"（AUSLIT：Australian Literary Database）与莫纳什和昆士兰大学的"澳大利亚文学遗产"（Australia's Literary Heritage）数据库合二为一，原有的两个数据库各有特色，前者可引证的文学作品和批评文献丰富，后者包含完整的澳大利亚文学目录和传记。从2002年开始，在澳大利亚研究理事会、澳大利亚人文科学院和11个国内大学的全面支持下，该项目在昆士兰大学的领导下全面启动，迄今为止，AusLit 收录作品 756668 部，涉及相关作家、批评家等各类人员 135749 人，讨论各类话题 29808 个，目前，该数据库以每周新增 600 多部作品的速度定期更新，一方面不断更新技术支持，另一方面大力开发个体研究人员与平台之间积极互动的可能性。与此同时，AusLit 近年来还开发了一些新的支持性平台，其中包括 Aus-e-Lit 和 Literature of Tasmania（塔斯马尼亚文学）数据库，它们以各自的方式对 AusLit 门户平台进行补充服务。

2. 澳大利亚诗歌资源网络图书馆（Australian Poetry Resource Internet Library，APRIL） APRIL 由著名澳大利亚诗人约翰·特兰特（John Tranter）发起，由澳大利亚悉尼大学和澳大利亚版权代理局联合支持，该网络图书馆于 2004 年开始运营，后得到澳大利亚研究理事会、澳大利亚版权代理局和澳大利亚悉尼大学图书馆的资助，项目负责人除了特兰特之外还有著名澳大利亚文学研究专家伊利莎白·维比。作为一个永久性的澳大利亚诗歌资源库，该网络图书馆内容丰富，不仅集中了一大批诗歌作品，还汇集了一大批的批评和背景资料、诗人访谈、照片以及音频和视频录音。著名摄影师朱诺·杰米斯（Juno Gemes）为该网站提供了当代澳大利亚著名诗人的数十幅珍贵照片。网站现收录 170 余位诗人的 42000 余首诗歌作品，读者可以通过支付少量费用随意下载和打印这些作品，悉尼大学出版社也可以根据需要印刷成册的诗歌选集。

3. 澳大利亚戏剧网（简称 AusStage） AusStage 是一个澳大利亚戏剧网络资料库，该资料库一方面汇集了当今澳大利亚戏剧演出信息，另一方面提供有史以来所有澳大利亚剧作演出的录像资料。该资料库最早由 8 个澳大利亚大学联合澳大利亚理事会、澳大利亚表演艺术兴趣小组等单位于 2002 年在澳大利亚研究理事会的资助下建设而成，此后，国家数字化研究建设任务组、澳大利亚国家资料服务部和澳大利亚资料使用联合会也先后提供了资助。目前参与该项目的大学和机构包括福林德斯大学、皇家墨尔本科技学院、昆士兰大学、迪肯大学、麦考瑞大学、伊迪思考恩大学、拉特罗布大学、默多克大学、昆士兰科技大学、巴拉拉特大学、纽卡索尔大学、新英格兰大学、新南威尔士大学、悉尼大学、塔斯马尼亚大学、西悉尼大学、土著大学教育学院、国家戏剧艺术研究所（National Institute for Dramatic Art，NI-

DA)、澳大利亚理事会（Australia Council）、阿德莱德戏剧节（Adelaide Festival）、风车表演艺术团（Windmill Performing Arts）、澳大利亚博物馆表演艺术特别兴趣小组（Performing Arts Special Interest Group of Museums Australia）等。作为澳大利亚戏剧表演领域的一种重要研究基础数据库，AusStage 目前汇集了 48000 场演出，介绍 79000 个艺术家，8800 个组织，5800 个表演场地和 41000 件档案，这些资料全面深入地记录了无数艺术家和专业组织、场地管理人员之间的积极合作，为研究工作者提供了非常重要的资源和基础。

4. 澳大利亚阅读经验数据库（Australian Reading Experience Database，AusRED） AusRED 是一个由澳大利亚和多国专家共同开发的阅读网络数据库，该数据库由澳大利亚的格里菲斯大学于 2010 年 3 月 1 日正式开始设计，2011 年 4 月正式建成，AusRED 集中汇集了从 1788 年至今的澳大利亚人的阅读经验资料，AusRED 如今汇集了 1788—2000 年间有关澳大利亚阅读史的 1200 个文献档案，这些在 AusRED 中陈列的阅读证据有的来自个人日记，有的来自私人通信，有的来自政府教育部门档案，有的来自公共图书馆的记录，有的来自传记，有的来自文化史著作，有的是手写笔记。该资料库和其他四国采用同样的网络设计，但融入了大量的澳大利亚本土图片特色。AusRED 与英国的开放大学、加拿大的达尔湖西大学、新西兰的惠灵顿大学和荷兰的乌特勒支大学负责的其他四国的阅读资源库共同开发，彼此之间相互连接。目前，该资源库正在联合多国学者共同开发一个旨在展示人类阅读历史的国际性数字网络。

这些大型的数据库极大地改变了澳大利亚文学研究的环境、方式和方法。在上述数字化平台的支持下，当代澳大利亚文学在研究方向上出现的改变是显著的，这些改变从近期澳大利亚研究理事会新入选项目上不难看出，其中之一是戴尔、迪克逊、惠特洛克和凯瑟琳·伯德共同承担的"多资源性阅读"（Resourceful Reading）项目，其次是由卡特领衔负责的"美国出版的澳大利亚书籍"（America Publishes Australia）项目，此外还有卡特和艾弗·因迪克（Ivor Indyk）共同承担的"澳大利亚文学出版及出版经济：1965—1995"（Australian Literary Publishing and its Economies, 1965—1995），这些大型的研究项目中没有了传统澳大利亚文学研究中的文本中心和文本细读，有的是基于大型资源平台和数据库基础上的,有着成熟的数字技术支持的资源性阅读,这里没有传统的文学评判,多了一份对于文学知识的追求。这种以知识为对象的文学研究是一种经验主义的文学研究,但是,高超的数字技术和浩大的数据平台把它改造成了一种崭新的经验主义研究,它教会我们带着渊博的文学知识去从事一种当初的"新批评"无法想象的"距离性阅读"(distant reading)。

三

20世纪90年代,经济全球化日益深化,文化全球化的步伐也不断加快,越来越多的澳大利亚文学批评家开始清楚地认识到,当今澳大利亚国别文学越来越多地参与全世界的文学交流,所以,传统的澳大利亚文学不可避免地成为世界文学的一部分,在这样的背景之下,澳大利亚文学研究的方法应该尽快谋求改变。21世纪伊始的澳大利亚批评界对于澳大利亚文学面临的新生存环境表现出了清醒的意识,2008年,澳大利亚文学研究会(ASAL)以"全球语境中的澳大利亚文学"(Australian Literature in the Global World)为题举办了专题年会,会议的中心议题是:全球化时代的澳大利亚国别文学是否应该重新定位?会议号召大家围绕下列议题全面思考全球化形势下的澳大利亚文学走向:(1)全球语境中的澳大利亚文学史;(2)澳大利亚文学的对外翻译;(3)澳大利亚文学的对外教学;(4)澳大利亚文学的对外销售;(5)澳大利亚作家与跨国出版集团之间的关系;(6)澳大利亚文学中的世界性内容;(7)澳大利亚文学中的多元文化主义及移民性内容;(8)全球语境中的土著文学写作。

在全球化语境中研究澳大利亚文学,就是要将澳大利亚文学置于世界文学的大环境之中来考量,用一种跨国别的比较方法(transnational approach)来重新观照澳大利亚的文学实践。在一篇题为《澳大利亚文学与文化全球化》(Australian Literature and the Cultural Dimensions of Globalization)的文章中,迪克逊借用阿骏·亚帕杜莱(Arjun Appadurai)在其《普及的现代性:文化全球化》(*Modernity at Large: Cultural Dimensions of Globalization*, 1996)一书中的观点指出,20世纪90年代以来的全球化大体上描述的是:随着全球化的日益发展，五种东西在世界范围内大力流动，包括人员的流动（游客、移民、难民、流亡者、艺术家、作家和学者）、技术的流动（跨国公司生产的先进技术）、资金的流动（通过世界范围的货币和股票市场）、媒体信息的流动（通过报纸杂志、影视网络）和思想的流动（知识产权、思想价值观念）。值得特别注意的是，上述五种东西的流动常常与具体的国家政策和国家经济走向无关，在当今澳大利亚，超过一百万人在国外生活和工作，与此同时，每年许多的好莱坞电影在澳大利亚的悉尼完成拍摄，很多主要的角色由澳大利亚演员担任，如今，往来于澳大利亚和欧美之间的许多人，不再被称为侨民，因为在全球化的语境之下，人们仍然愿意把频繁往来于国际之间看作一种生活方式，这种生活方式并不妨碍他们的文化归属，在越来越多的人看来，文化并不总是必须完整地与国家相吻合。[①]

　　为什么要讨论澳大利亚文学的国际化问题呢？迪克逊认为，澳大利亚文学从总体上说经历过三大阶段，第一个阶段是文化民族主义阶段（20 世纪20—60 年代），第二个阶段是新的民族主义和对外宣传阶段（70—80 年代），第三个阶段应该是全面国际化阶段（90 年代至今）。迪克逊认为，澳大利亚早期的文学从一开始就具有明显的跨国特征，澳大利亚作家及其作品从来就没有被局限在澳大利亚一个国家的疆域之内，在澳大利亚的文学活动中，外来的文学影响和思想观念的输入，文学作品的编辑出版、翻译接受以及文学声誉的形成从来都不只局限于本国，早期的澳大利亚文学大多全由英美出版商在海外出版，澳大利亚作家从一开始就频繁往来于澳大利亚与世界各国之间，有时以侨民的身份旅居世界各地，其文学创作深受世界各国文学的影响，90 年代以后，许多澳大利亚作家更是四海为家，包括像彼得·凯里、汤姆·基尼利、戴维·马洛夫在内的许多著名作家常年往返于澳大利亚与世界各国之间，他们中的很多人的作品长期由国外出版商出版，许多在澳大利亚国内运营的出版机构也都是海外出版商的分支机构。此外，当今澳大利亚作家的作品参加的最重要的书市不在悉尼或墨尔本，而在德国的法兰克福。最吸引作家注意的、奖金额度最高的文学奖不再是澳大利亚的迈尔斯·

---

① Robert Dixon, "Australian Literature and the Global Dimensions of Globalization", in David Carter & Wang Guanglin, *Modern Australian Literary Criticism and Theory*, 2010, pp. 119 – 120.

弗兰克林文学奖,澳大利亚作家更加关注都柏林的英帕克奖(Impac)和英国的布克图书奖。今日的澳大利亚作家瞄准的是全球市场,所以他们在多个国家都有自己的经纪人和文学编辑。针对当代澳大利亚文学的全球化现实,批评界和文学研究界理应全面地思考与澳大利亚文学相关的一系列的问题,例如,(1)在当今世界,澳大利亚文学与国际上其他国家的英语文学是什么样的关系?与英语以外的别国文学之间又是什么样的关系?(2)当今澳大利亚文学受到哪些国外影响?它在其他国家经历了怎样的接受过程?(3)如果澳大利亚作家以世界作为自己的创作舞台,澳大利亚批评应该怎样做?[1]

  针对澳大利亚文学出版业的全球化问题,批评界不乏批判的声音,例如,马克·戴维斯在一篇题为《澳大利亚文学出版的衰落》的文章中对其大加挞伐,在他看来,90年代开始强势进驻澳大利亚文学出版业的大型跨国集团本质上不能算出版商,而是多媒体的娱乐公司,因为图书在他们眼里只是一般的信息,而不是图书,他们对于文化和民族传统缺少一份本国出版商常有的责任感,作为出版机构,他们并不把自己视作民族文学和民族文化的守护者,在他们看来,他们最主要的责任是对于各国股东和公司老板的委托责任。戴维斯认为,全球化的到来对于澳大利亚文学来说或许不是一件值得高兴的事,因为它的到来意味着民族主义文化和民族主义文学的死亡,跨国的出版集团在追逐利润的过程中,必然要踩着民族文化的尸体大步向前。[2] 针对这一观点,卡特不以为然,在一篇题为《文学小说出版:增长、下降还是保持原样?》的文章中,他指出,面对90年代以来的澳大利亚出版行业的国际化趋势,批评界或许不应该太快地用"商业化"的标签一棒子将它打死,因为从历史上看,任何一个时代的出版和编辑都有它追求商业利润的终极动机,不能说在全球化到来之前,澳大利亚出版业就处在一个没有商业化、只有民族文化和文学审美考量的黄金时代,全球化到来之后,一切出版都变成了纯商业化的了,况且,若就影响而论,全球化对于澳大利亚民

---

[1] Robert Dixon, "Australian Literature and the Global Dimensions of Globalization", in David Carter & Wang Guanglin, *Modern Australian Literary Criticism and Theory*, 2010, pp. 117–119.

[2] Mark Davis, "The Decline of the Literary Paradigm in Australian Publishing", in *Making Books: Contemporary Australian Publishing*, ed. David Carter and Anne Galligan, St. Lucia Brisbane: UQP, 2006, p. 123.

族文学和文化来说或许不一定是个坏事。① 针对戴维斯的观点，澳大利亚小说家理查德·弗拉纳根（Richard Flanagan）也不以为然地指出，报纸上那种关于跨国出版商为了追求商业利润完全不顾图书质量的报道常常是失实的，因为在澳大利亚所有的出版公司里，不管它是国外的还是本土的，都有一批执着地热爱出版热爱文学的人在工作，他们为了推出好书而努力工作，国外公司常常为了满足本土读者的需要积极组织本土图书，积极推动澳大利亚文学和文化的发展，它们帮助本土作家在海外推广他们的作品，大力推动澳大利亚文学作品的全球销售。②

美国历史学家戴维·特伦（David Thelen）指出："人、理念和体制都很难说有清晰的民族身份，人可以从不同的文化里移译和融合某些东西，我们与其去假设某样东西属于美国，还不如说这个东西的某些成分其实来自别处，或者说终落他乡，我们发现，设想人们身处两个国家之间，崭新的立足点给予他们带来的创造力将为我们反思美国历史提供一个巨大而崭新的空间。"③ 迪克逊引用特伦的此番论述呼吁澳大利亚的批评家们在国别身份的问题上进一步解放思想，迪克逊同意格雷汉姆·哈根的观点，认为澳大利亚文学的后殖民特征注定了它从一开始就是跨国的，不论是它的内容构成中的裂变性，还是它在历史上与其他各国之间保持的种种关系，澳大利亚从来都不是一个独处一隅的孤立海岛，长期的跨国往来使得澳大利亚文学历来都保持着一种高度的国际意识，所以应该在澳大利亚文学批评界倡导一种跨国的比较的方法，将澳大利亚文学重置于世界文学关系之中加以观照。④

美国哈佛大学的劳伦斯·布尔（Lawrence Buell）在讨论近期美国文学批评走向时特别强调跨国趋势，他通过广泛涉猎上百种批评文献，对当代美国文学批评中的跨国主义现象进行了深入的分析并归纳出了五个现象：（1）

---

① David Carter, "Boom, Bust or Business as Usual? Literary Fiction Publishing", in *Making Books: Contemporary Australian Publishing*, 2006, p. 244.

② Richard Flanagan, "Colonies of the Mind: Republics of Dreams: Australian Publishing Past and Future", in *Making Books: Contemporary Australian Publishing*, 2006, p. 135.

③ David Thelen, "Of Audiences, Borderlands, and Comparisons: Toward the Internationalization of American History", *Journal of American History*, 79.2 (September 1992): 1-6.

④ Graham Huggan, *Australian Literature: Postcolonialism, Racism, Transnationalism*, 2007, p. xiv.

超越国别范围的作家研究，（2）跨语言移译与跨文化交流，（3）世界范围的文本流通及跨文化影响，（4）全球性的文化流动研究，（5）相互依赖或类同的跨国环境研究。① 以美国文学批评做参照，当代澳大利亚文学的跨国研究究竟应该怎样实施呢？跨国的澳大利亚文学批评应该解答哪些问题呢？对此，迪克逊结合当代部分澳大利亚批评界的实践进行了归纳，他认为，从跨国的视角入手，当代澳大利亚文学批评可以从事（1）作家跨国经验研究：批评界可以透过一个跨国的视角研究作家传记，许多的澳大利亚作家在自己的创作生涯中就先后深受国外文化的影响，研究他们的跨国经验对于站在全球的高度重写澳大利亚的文学史无疑有着重要的意义；（2）国外社会和思想潮流研究：批评家可以研究具体的作家如何在诸如共产主义、天主教教义、女性主义、唯灵论、现代主义及后现代主义之类的社会和思想潮流的影响下进行文学创作的历史；（3）本土作家的海外出版和传播史研究：批评界可以研究澳大利亚本土作家在海外出版作品以及参与海外娱乐行业活动的经历，或者考察本土作家与国外公司、编辑、经纪人等的交往历史；（4）澳大利亚文学的对外翻译和接受研究：批评家可以考察澳大利亚作家翻译和借鉴国外文学的情况，也可以考察澳大利亚作品被翻译成外国文字以及在海外被阅读的情况，澳大利亚作家历来就有放眼世界的创作习惯，所以考察他们与外国作家和外国文学之间的相互影响和借鉴关系是一个十分有意思的研究方向；（5）跨国的文本阅读：批评家可以立足跨国的经验认真解读现有澳大利亚文学中的所有作品，关注作品中人物的跨国旅行情况，考察他们在世界各个不同的地点之间往来以及在不同思想观念之间变化的过程，研究作品中表现出来的形形色色的外国文化和技术的影响。②

2010 年，迪克逊和尼古拉斯·伯恩斯（Nicholas Birns）以"跨太平洋阅读：澳美思想史"（*Reading Across the Pacific: Australia-United States Intellectual Histories*）为题主编出版一部批评文集，该书收录了来自美国和澳大利

---

① 劳伦斯·布尔：《〈跨国界〉美国文学研究的新走势》，《当代美国文学》2009 年第 1 期，第 24—30 页。
② Robert Dixon, "Australian Literature and the Global Dimensions of Globalization", in David Carter & Wang Guanglin, eds., *Modern Australian Literary Criticism and Theory*, 2010, pp. 124–125.

亚的20多位专家的22篇文章，分5个专题讨论了国别文学与跨国关系、美国与澳大利亚的诗歌及诗歌理论关系、美国与澳大利亚的文学及通俗文学关系、冷战期间的美澳文学关系以及美澳出版和印刷文化关系。22篇文章从各个侧面和高度对澳大利亚与美国的文学关系进行了全方位的解读和调研，内容丰富而全面，为在新时期的澳大利亚文学批评界树立了一个可以学习的榜样。

卡特也认为，当代澳大利亚文学研究应该关注全球化，而在他看来，当代澳大利亚文学批评的一个非常重要的课题就是澳大利亚文学的对外关系。2009年前后，他在日本《东京大学美国太平洋研究》杂志上发表《当代澳大利亚文化中的英国性》一文[1]；2006年，卡特向澳大利亚研究理事会申报的"美国出版的澳大利亚书籍"项目顺利获得立项，在他的论证当中，卡特指出，当代澳大利亚学术界和文学批评界在研究图书和出版的时候都比较多地关注到了英国出版行业对于澳大利亚文学的影响，而对始于19世纪中叶的澳美关系知之甚少，而事实是，从19世纪中叶到20世纪中叶，澳大利亚作家出击美国市场的案例很多，在一个多世纪的时间里，许多澳大利亚作家都有过进军美国市场并取得巨大成功的经验。在他的研究课题中，他要努力回答下面几个问题：（1）澳大利亚书籍是通过什么样的途径抵达美国出版机构的？（2）美国图书市场给澳大利亚作家提供了怎样的机会，又设置了怎样的障碍？（3）澳大利亚作家的哪些文学样式的作品在美国获得了成功？（4）美国出版商对于澳大利亚题材的书籍表现出了怎样的态度？（5）上述情形在20世纪中叶以后出现怎样的变化？在2012年中国澳大利亚研究会年会期间，卡特以"澳大利亚书籍在美国"（Australian Books in the USA）为题进行了发言，在发言中，他以具体而明确的史实向人们说明，包括帕特里克·怀特在内的一大批澳大利亚作家都有过一段在美国出版文学作品的经历。[2]

卡特在其《澳大利亚文学批评和理论》中收录了蒂姆·多林（Tim Do-

---

[1] David Carter, "The Empire Dies Back: Britishness in Contemporary Australian Culture",《东京大学美国太平洋研究》2009年第9号，第41—53页。

[2] 第十三届中国澳大利亚研究国际学术研讨会（全球化与想象），成都（西华大学），2012年7月6—8日。

lin)的一篇题为《阅读史与文学史》的文章[1],这篇文章以具体明确的语言向读者介绍了他心目中的一种跨国文学研究,值得读者关注。多林此前的研究兴趣在于英国小说,尤其是维多利亚时期的小说,曾出版《乔治·艾略特》(*George Eliot*,2005)和《托马斯·哈代与当代文学研究》(*Thomas Hardy and Contemporary Literary Studies*(2004),近年来开始从事1888—1914年间澳大利亚的小说阅读研究。在这篇文章中,多林提出,当代的文学研究应当关注阅读,文学史的写作应该从传统的文本中走出来,将眼光投向那些构成文学语境的体制,研究阅读受众的构成;人们一直认为文学的生产和接受在一个特定的时间里一定总是发生在同样的文化地平线内,然而,事实证明不然,例如,一部英国(或者美国)小说除了拥有本国的读者大众之外,还会在国外拥有许多的读者,传统的英国(或者美国)小说史常常无视澳大利亚读者受众的阅读感受。同样,由于在澳大利亚讨论文学常常不仅意味着需要考察本土作家的创作,所以一部澳大利亚的文学史不能人为地限制在民族主义的经典建构之上,还应该充分考察一些非本国的作家和作品,甚至一些非文学的著作,一部全球化时代的澳大利亚文学史一方面应该打破国别界限,另一方面充分考虑到不同读者的阅读体验和意义阐释。根据这一观点,一部跨国的19世纪澳大利亚文学史应该如何去写呢?多林认为,立足一种跨国视角,一部19世纪的澳大利亚文学作品的历史应该是一部世界性的历史,在讨论这样一部作品的时候,批评家和文学史家有必要对澳大利亚以外的,甚至非文学的作品对于澳大利亚文化所做的贡献。具体地说,一部跨国的澳大利亚文学史应该讨论本土以外的一些文化产品,因为在每个特定的历史阶段,澳大利亚人都会大量阅读来自世界图书市场的商业性的通俗小说,虽然我们并不总能列举出非常明确的图书名称,也不能确定哪些小说对澳大利亚人产生了怎样重要的影响,但是,通过研究,文学史家至少可以告诉世人,在特定的历史阶段,澳大利亚人表现出了怎样的阅读兴趣或者说选择阅读了怎样一些书,然后,通过重读这些小说,努力发现这些小说何以会在特定的历史时刻令澳大利亚人产生兴趣的理由,继而在此基础上重构一种

---

[1] Tim Dolin, "Reading History and Literary History: Australian Perspectives", in David Carter & Wang Guanglin, eds., *Modern Australian Literary Criticism and Theory*, 2010, pp. 127 – 138.

澳大利亚人特有但不为人知的立场。显然，对于全面地了解上述那些全球发行的文化产品的语境意义，了解这种立场无疑是重要的，因为，澳大利亚读者所关注的东西本来就一定是这些小说原始语境意义中的一部分，而所有这些东西在传统的国别文学史和传统的以国别为界限的文学创作和阅读实践中是不被承认和关注的。①

那么，究竟应该如何进行跨国的阅读研究呢？多林以英国19世纪的一部著名的吸血鬼小说为例说明了自己的观点。1897年，英国康斯特布尔（Constable）出版社出版了作家布拉姆·斯托克（Bram Stoker）的小说《德拉库拉》(*Dracula*)，斯托克出身于一个爱尔兰小资产阶级天主教家庭，长期在伦敦的上流社会生活和工作，日常生活中一般不向外人透露自己的爱尔兰背景。小说《德拉库拉》涉及跨国移居的主题，并以各种方式讨论到了这种移居生活给人物带来的好处；小说同时探讨了两种不同形式的移动，一种是信息和思想的移动，另一种是人与物的移动，其中包括大规模的外国移民、妇女权益的提升、其他资本主义和帝国主义国家的迅速崛起以及垄断资本主义对于自由主义的威胁等。在作者看来，信息和思想的移动显然优于人与物的移动，但每一种移动和变化都在英国社会中引发了不同程度的焦虑，小说《德拉库拉》全面调动了19世纪最后十年中英国社会弥漫的焦虑情绪。多林提醒我们注意的是，在研究小说《德拉库拉》阅读史时，我们发现，作为大英帝国日益衰落时期的产物，这部小说在20世纪首先迅速而强势地横穿大西洋来到美国，随后成为美国许多作者痴迷续写的对象，此种情形印证了"吸血鬼随着强权走"的传言，正是从这个意义上说，《德拉库拉》没有成为澳大利亚的至爱自有深意，澳大利亚没有自己悠久的历史传统，也没有自己独立的语言，所以作为一个国家异常脆弱，《德拉库拉》对于澳大利亚的民族历史较之许多本国作品更加有意义，这是因为在本土作家努力通过创作塑造澳大利亚民族文化的时候，《德拉库拉》所代表的是一种外来的威胁，换句话说，在澳大利亚人的心目中，"Dracula"这个词所代表的是一种对于外来威胁的恐惧，澳大利亚人时刻担心这种威胁或许已经深入到澳大利

---

① Tim Dolin, "Reading History and Literary History: Australian Perspectives", in David Carter & Wang Guanglin, eds., *Modern Australian Literary Criticism and Theory*, 2010, pp. 132–133.

亚内部，无处不在却不能发觉，在澳大利亚，它来自两种强大的力量，这两种力量同时对澳大利亚的社会和政治进步构成巨大的威胁，这是什么样的两种力量呢？澳大利亚人认为，德拉库拉代表的是由一些无能的殖民总督所带来的欧洲和英国的腐朽的封建社会秩序，同时，它还代表着来自世界各地的廉价的有色人种的劳动力。在澳大利亚，德拉库拉最终的失败具有重要的指标性的现实意义，因为澳大利亚人最终在1901年联邦建国过程中选择了激烈驱逐有色人种的联邦国策，小说《德拉库拉》和澳大利亚联邦建国前后相差几年，对澳大利亚人来说，二者讲述了同样一个故事，在这个故事当中，白人男性必须整体获取国家的主导权，或者说一种工会制的社会民主制度是澳大利亚人选择的社会制度，澳大利亚人不喜欢恩格斯所说的"那种吸血鬼式的财产拥有阶级"，也不喜欢有色人种的那种无序劳工带来的社会价值的沦落。①

四

从20世纪90年代初开始，关于"理论"的争议在澳大利亚文学批评界此起彼伏，一方面由"理论"武装的文化批判继续风起云涌；另一方面，有些评论家指出，澳大利亚文学批评中伴随着"理论"而崛起的众多潮流因其对于传统经典的不敬对于文学批评也缺少一份应有的敬畏，所以它们的出现直接威胁到文学批评的健康发展。② 上述两种不同立场之间的矛盾到90年代中叶迅速加剧，很多人根据自己的政治立场迅速地结成了联盟，彼此之间针锋相对，似乎一时难有解决矛盾的综合方案。③ 然而，90年代中

---

① Tim Dolin, "Reading History and Literary History: Australian Perspectives", in David Carter & Wang Guanglin, eds., *Modern Australian Literary Criticism and Theory*, 2010, pp. 135 – 136.

② 葡萄牙的一位澳大利亚文学研究专家戴维·卡勒恩（David Callahan）在一篇题为"Australian literary studies bushwhacked"（*Contemporary Issues in Australian Literature*, London: Frank CASS Publishers, 2002, pp. 1 – 16）的文章中针对澳大利亚文化研究发表的激烈批评集中反映了这种反"理论"的观点。戴维·卡勒恩对以格雷姆·特纳为代表的"文化研究"提出了深刻的质疑，卡勒恩以美国文学为例指出，由"理论"主导的澳大利亚文学批评严重忽略文学，把过多的注意力放在文化批判之上，这无益于澳大利亚文学批评传统的建构。

③ Patrick Buckridge, "The Historiography of Reading in Australia", in David Carter & Wang Guanglin, eds., *Modern Australian Literary Criticism and Theory*, 2010, p. 139.

叶的澳大利亚文学批评不仅没有在上述冲突中走向停滞，相反，细心的读者清楚地发现，近二十年来的澳大利亚文学批评总体上走过了一条蓬勃发展的道路，无论是文学体制研究，还是数字化文学研究，还是跨国别文学研究，在短短的十多年时间里推出了一大批优秀的成果，吸引了大家的广泛关注。

值得特别关注的是，90年代中叶以来的澳大利亚文学批评所走过的不再是一条挑战经典的文化批判道路，因为在"理论"之后涌现的一大批崭新的文学研究成果当中，七八十年代的批评和批判（critique）已经让位给了一种貌似更加传统的文学学术（scholarship），这种文学研究大体上包括三个方面的内容：第一，目录与版本学研究：传统英文系里批评、理论与目录版本编辑三分天下的文学研究结构逐渐被突破，三个方向之间的相互渗透和支持日益受到大家的关注。在传统文学研究中，各种文学检索目录和作品版本的编辑历来不为人所重视，但是，当代澳大利亚文学批评界越来越多地认可它对于现代文学研究的基础性意义，越来越多的批评家和理论家也直接参与到一些重要的检索目录制作和版本编辑中来。第二，文化史研究：自20世纪80年代开始，一批从事澳大利亚文学研究的批评家先后介入澳大利亚书籍史的研究中来，他们关注澳大利亚的出版、印刷和阅读史，他们坚定地认为，任何一部书籍一定是在许多人和许多力量共同参与下完成和问世的，所以他们孜孜不倦地在澳大利亚的文学史上寻找每一部作品产生的复杂社会语境，试图据此形成一个详尽描述它们的物理特征的系统和所有图书描述的普世标准，研究者并不奢望在这一过程中建构起"稳定的文本和准确的作者意图"，他们所要做的是通过一种近乎统计和量化研究的办法将书籍出版、发行和消费过程中所涉及的一切多方互动的过程全部呈现出来。此类经验主义研究激烈地拒斥欧美"理论"，他们通过全国澳大利亚文学研究会和《子午线》（*Meridian*）等文学期刊长期与"理论"保持着距离，对"理论"主导下形成的批评方向提出了严厉的批评。第三，社会史研究：关于文学的社会学研究由来已久，这种研究从一个跨学科的视角探讨文学的阅读过程、文学的生产与接受情况、文学的教育和社会传播、文学的社会与文化语境、文学及其相关媒介的影响效果、文学以及相关媒介的社会体制以及文学的社会历史。总之，新经验主义的文学研究主张从"新批评"的"文本细读"中走出来，从而选择隔开一段时空距离对文学进行"远程阅读"，在这样的研究中，孤立的文学文本变得不再重要，重要的是众多文学文本共同经历的过程、人员、环境。①

有人说，当代澳大利亚文学研究反映出一种全新的"经验转向"（empirical turn）②，经验主义是理科甚至医科工作者常用的实证研究方法，经验主义研究方法为了达到了解研究对象的目的，喜欢采用观察、体验和实验手段，而不是单纯的理论抽象。在过去的30年间，澳大利亚文学批评几乎全部被欧美"理论"所主导，但是，即便是在欧美"理论"如日中天的时候，那种热衷于证据和信息资料的文学研究从来就没有停止过。90年代中叶以来的澳大利亚文学批评从方法论上说是一种反"理论"的、经验主义的文学研究，但它又不是传统的经验主义，而是新数字化技术条件下的经验主义，因此是一种新经验主义。新经验主义者认为，人文科学和自然科学不是分属两个世界的两种文化，文学研究应该努力寻求一种科学方法，努力追求文学研究和科学方法的完美统一。澳大利亚新经验主义的文学研究由于大力采用最新的现代技术，在较短的时间内形成了自己的方向，取得了一批重要的成就。应该注意的是，新经验主义的崛起自然与"理论"在澳大利亚主流话语中日益失势有关，但如此庞杂的新经验主义文学研究之所以能够成为可能当然与先进的数字技术密切相关。新技术的运用，特别是传统的经验主义与数字化技术的结合，给人们习以为常的文学批评带来了前所未有的新的可能性，虽然文学批评的正道是文学评价，文学的经验和数字化研究永远不应成为文学研究的主流，但是，立足传统的经验主义和崭新的数字技术，一种在数字技术武装之下的新经验主义无疑为"理论"之后的文学批评开拓了一片崭新的天地。③

当代澳大利亚文学批评中盛行的新经验主义初看上去像是一种"'文学

---

① Katherine Bode & Robert Dixon, eds., *Resourceful Reading: The New Empiricism, eResearch and Australian Literary Culture*, 2009, pp. 1–27.

② Terry Flew, "The 'New Empirics' in Internet Studies", in H. Brown, G. Lovink, H. Merrick, N. Rossiter, D. Teh and M. Wilson, eds., *Politics of a Digital Present*, Melbourne: Fibreculture Publications, 2001, pp. 105–114.

③ Katherine Bode & Robert Dixon, "Resourceful Reading: A New Empiricism in the Digital Age?", in *Resourceful Reading: The New Empiricism, eResearch and Australian Literary Culture*, 2009, pp. 1–2.

社会学'之后的文学社会学"①。在当代澳大利亚文学批评界，对于目前如此轰轰烈烈的新经验主义风潮并非完全没有顾虑，其原因之一在于这种新经验主义文学研究与"理论"之间的关系。例如，科林·戴维斯（Colin Davis）认为，当今的新经验主义文学研究风尚给人的感觉是，人们对于尤根·哈贝马斯（Jurgen Habermas）之类的欧美理论家以及他们提出的种种"理论"的痴迷似乎尚未结束，詹姆斯·伍德（James Wood）则指出，经历过"理论"洗礼的大学文学教师早就学会了使用"理论"的语言，如今，即便是"理论"的敌人都学会了操一口流利的"理论"话语，"理论"告诉我们，实证主义是错误的，那种假设语言、意识形态和无意识是透明的实证主义更加值得怀疑，"理论"鼓励大家对正在崛起的新经验主义文学研究报以持续的怀疑态度。马克·戴维斯、艾弗·因迪克以及杰生·恩索（Jason Ensor）认为，新经验主义的文学研究方法在某些方面十分可疑，因为它将社会批评和钩沉史实混为一谈，毕竟单纯的史料堆积并不能替代对于社会体制的分析，更不能告诉我们某些文学作品被阅读和被接受甚至记忆的情况。他们继而指出，当今批评界新经验主义如此盛行所反映出来的好像是当代澳大利亚政治文化中执行的臭名昭著的经济理性主义政策，跟澳大利亚政府把一切价值问题都归于量化的数据一样，新经验主义文学研究显然放弃了文学价值的评判，而把注意力全部投向了史实和对资料的收集，这种转向令人担忧。杰生·恩索和利·戴尔也表示，当今新经验主义文学研究在一味收集资料和史实的同时并没有建构起共同的科学方法论，经验主义研究之所以反对"理论"是因为它相信文本、史实和传记无需阐释便不言自明，如果采用这样一种老的经验主义去研究澳大利亚文学，就很难说超越了"理论"，因为它只会倒退到老的实证主义。②

在20世纪的西方文论中，人们一般认为，英美两国的批评传统偏向实证和经验主义，相比之下，法国等欧陆国家对于理论似乎情有独钟，因为这个原因，"理论"的反对者们有时把20世纪80年代风行一时的"理论"看

---

① 严蓓雯:《"文学社会学"之后的文学社会学》，《外国文学评论》2011年第1期，第223—225页。

② Katherine Bode & Robert Dixon, "Resourceful Reading: A New Empiricism in the Digital Age?", in *Resourceful Reading: The New Empiricism, eResearch and Australian Literary Culture*, 2009, pp. 19–20.

成一种法国病的流行,90 年代以后,英美批评界的不少人主张彻底抛弃法国"理论"回归到传统的英美经验主义道路上来。20 世纪末 21 世纪初的澳大利亚文学批评在坚定地执行一种"经验主义"转向的过程中是否也在寻求一种回归帝国的道路呢?

针对部分批评家提出的质疑,保罗·艾格特和卡罗尔·海瑟林顿(Carol Hetherington)从一个角度表达了他们对于新经验主义文学批评的肯定,新经验主义很好地将传统意义上的文学研究和现代意义上的文学批评结合在了一起。一般认为,文学批评比文学研究更重要,因为后者常常是非专业人士所从事的工作,20 世纪 80 年代,随着欧美"理论"的到来,这种对于文学研究的歧视更加严重,但是,新经验主义不仅通过历史的、社会的和文化的研究将文学批评的实践和文学理论联系在了一起,更重要的是,它通过关注证据将关于文学的传统学术研究提升到了一个崭新的高度。既然文学的经验研究和数字化研究具有这么多的益处,那么,新经验主义如何才能在文学批评中保持长盛不衰呢?艾格特结合文本编辑提出,在今天的文学批评中,对于文学的经验主义研究和理论思考应该与高度敏感的文本细读相结合,二者之间保持长久的平衡;海瑟林顿结合目录学提出,目录制作是一切文学研究的基础,文学研究中的数字化革命离开了这些基础性的研究成果如同无源之水。[1]

针对新经验主义与"理论"的关系问题,迪克逊和卡特等人也提出了自己的观点。迪克逊认为,90 年代澳大利亚文学批评中强势崛起的新经验主义可以看作是多种研究路径和方法的汇合,这些路径和方法的共同之处在于:一方面它们重新确立了档案研究的价值,另一方面,它们将通过数字化手段研究挖掘出来的资料信息与文学研究中的"理论"问题结合到一起。新经验主义的研究形式很多,有的属于传统的档案收集,有的则是通过崭新的网络数据库获得的崭新资料,但不论以何种形式出现,新经验主义文学研究都不是简单地抛弃"理论",而是将"理论"与丰富的文学研究数据结合

---

[1] Katherine Bode & Robert Dixon, "Resourceful Reading: A New Empiricism in the Digital Age?", in *Resourceful Reading: The New Empiricism, eResearch and Australian Literary Culture*, 2009, pp. 20 – 21.

在一起，并以丰富的资料给无生气的"理论"输送鲜活的氧气。① 卡特也强调，新经验主义不是一种"反理论"的文学批评，它更是一种"后理论"的文学研究实践，新经验主义推出的新文化史研究之所以会兴起反映了批评界对于"理论"主导下的批判性和颠覆性范式的厌倦，但是，这种研究同样反映出一种在文化研究和后结构主义批评理论影响下形成的对于澳大利亚图书出版历史的经验性关注，换句话说，新经验主义的文学批评道路不是一种倒退，因为它从根本上吸收了当代欧美"理论"的观点，极力通过实证研究的方法将文学从孤立的文学文本中解放出来。新经验主义从表面上看把"理论"主导下的文学批评变成了信息主导下的图书史和印刷和阅读文化研究，但细心的读者不难从中看出后结构主义和文化研究所倡导的文学生产、发行和接受研究，也不难看出后结构主义和文化研究所倡导的社会体制、主体身份、文化系统以及网络场域研究。新经验主义关注图书历史，因为它愿意把个别的作品置于一个更大的文化、政治和经济场域中考察，跟后结构主义和文化研究等"理论"一样，新经验主义反对传统文学研究一门心思地把注意力放在文学文本的文学性上，它认为，只有暂时地把对于文学文本的兴趣搁置起来，文学才能重新回到它所应有的语境中去，只有当文本回归到社会文化语境当中去，它较之其他媒体形式和社会关系的文化意义、价值和力量才会得到更准确的定位和评价。②

借用一位中国学者的话说，当代澳大利亚的新经验主义批评家们认为，学术研究范式的改变取决于材料、观念和方法的改变，其中材料的积累和发现是最为重要的，在"理论"消退之后，只有重建文献的基础才能真正实现对于现实的超越。③ 要真正了解当代澳大利亚文学批评中的新经验主义与

---

① Katherine Bode & Robert Dixon, "Resourceful Reading: A New Empiricism in the Digital Age?", in *Resourceful Reading: The New Empiricism, eResearch and Australian Literary Culture*, 2009, p. 15.
② David Carter, "Structures, Networks, Institutions: The New Empiricism, Book History and Literary History", in *Resourceful Reading: The New Empiricism, eResearch and Australian Literary Culture*, 2009, pp. 51–52.
③ 张伯伟：《后记》，《朝鲜时代女性诗文集全编》，凤凰出版传媒集团/凤凰出版社2011年版，第2059—2060页。

理论的关系，我们不妨再看一看迪克逊等人提出的"多资源性阅读"的概念。[①] 迪克逊用疑问的方式提出，出现在当代澳大利亚文学批评中的新经验主义是数字化时代的新经验主义，这是一种注意调动一切技术条件的研究方法，更是一种强调在更大规模上挖掘史料资源的文学批评方式，所以它仍然是一种文学阅读方式，不过，它是一种以史料和技术武装起来的阅读方式，一种因为带着丰富资源因而比以往任何时候都可能更加智慧的阅读方式。迪克逊等人用"多资源性阅读"来概括这样一种方法，非常准确地把握住了这一崭新的文学批评方向的特征。按照这样的概括，当代澳大利亚文学批评中的"多资源性阅读"无疑已经成为一种新的范式，这种范式努力通过调动实证的经验研究方法和由数字技术带来的电子档案革命带来的无限潜能对"理论"主导下的文学史和文学批评留下的遗产进行修正，同时在新范式基础上形成新的文学史写作方法和文本阅读方法。迪克逊等人认为，在我们这个时代从事文学的"多资源性阅读"，就是要在新的时代里与时俱进，在先进的数字技术方面与时俱进，在文学认识上与时俱进，在全球化的进程方面与时俱进，生活在 21 世纪的今天，人类增加了帮助我们更加全面认识事物的技术和设施，在这样的一个时代，我们应该从相对狭隘的新批评文本"细读"和更加纠结的"理论"解构中走出来，重新将文学置于它曾经存在其中的大社会文化语境中去，"带着一定的距离去阅读"，这种距离意味着丰富的信息和精确的计算方法。[②] 作为一种文学阅读的方法，这一在 20 世纪文学批评基础上重新建构起来的务实的文学批评是全新的，值得新一代澳大利亚文学批评家认认真真地去做。

[①] Katherine Bode and Robert Dixon, "Resourceful Reading: A New Empiricism in the Digital Age?", in *Resourceful Reading: The New Empiricism, eResearch and Australian Literary Culture*, 2009, pp. 1–27.

[②] Ibid., pp. 8–9.

参考文献

Alexander, George. "Postscript: The Foreign Bodies Conference", in Peter Botsman et al. eds., *The Foreign Bodies Papers*, Sydney: Local Consumptions Publications, 1981, pp. 59 – 60.

Adler, Louise, & Sneja Gunew. "Method and Madness in Female Writing", *Hecate*, 7.2 (1981): 10 – 33.

Anderson, Don. *Transgressions: Australian Writing Now*, Ringwood, Victoria: Penguin, 1986.

Arendt, Hannah. *Eichmann in Jerusalem: A Report on the Banality of Evil*, New York: Viking, 1965.

Arnold, Matthew. *Culture and Anarchy*, Beijing: The Joint Publishing Company Ltd., 2002.

Ashcroft, Bill. "Postscript: Towards an Australian Literary Theory", *New Literatures Review*, 6 (1979): 45 – 48.

Ashcroft, Bill. "The Function of Criticism in a Pluralistic World", *New Literatures Review*, 3 (1977): 3 – 14.

Ashcroft, Bill, et al. *The Empire Writes Back: Theory and Practice in Post-Colonial Literatures*, London & New York: Routledge, 1989.

Atherton, Carol. *Defining Literary Criticism: Scholarship, Authority and Possession of Literary Knowledge, 1880 – 2002*, New York: Palgrave MacMillan, 2005.

Australian UNESCO Seminar. *Criticism in the Arts by Australian UNESCO Seminar University of Sydney 1968*, Canberra: Australian National Advisory Committee for UNESCO, 1970.

Baker, Candida. *Yacker: Australian Writers Talk about Their Work*, Sydney/ London: Picador, 1986.

Barnes, John. "Counting the Swans" (Review of *Australian Literary Criticism*, ed. G. W. K. Johnston), *Westerly*, June No. 2 (1963): 81 – 85.

Barnes, John, ed. *The Writer in Australia: A Collection of Literary Documents 1856 – 1964*, Melbourne: Oxford UP, 1969.

Bartlett, Alison, Robert Dixon & Christopher Lee, eds. *Australian Literature and the Public Sphere*, (Refereed Proceedings of the 1998 Conference, Association for the Study of Australian Literature), Toowoomba, Queensland: Association for the Study of Australian Literature, 1999.

Bartlett, Alison. *Jamming the Machinery: Contemporary Australian Women's Writing*, Toowoomba, Queensland: Association for the Study of Australian Literature, 1998.

Beasley, Jack. *Red Letter Days: Notes from Inside an Era*, Sydney: Australasian Book Society, 1979.

Beasley, Jack. "The Great Hatred—Patrick White as Novelist", *Realist Writer*, No. 19 (1962): 11 – 14.

Bennett, Bruce, et al. eds. *The Oxford Literary History of Australia*, Melbourne: Oxford UP, 1998.

Bhabha, Homi. *The Location of Culture*, New York: Routledge, 1994.

Biaggini, Ernest. *You Can't Say That: An Autobiographical Essay*, Adelaide: Pitjanjatjara, 1970.

Bird, Delys. "Around 1985: Australian Feminist Literary Criticism and its 'Foreign Bodies'", in Alison Bartlett, Robert Dixon & Christopher Lee, eds., *Australian Literature and the Public Sphere*, Refereed Proceedings of the 1998 Conference, held at the Empire Theatre and the University of Southern Queensland Toowoomba, the Association for the Study of Australian Literature, 1999, pp. 202 – 212.

Bird, Delys, Robert Dixon & Christopher Lee, eds. *Authority and Influence: Australian Literature Criticism 1950 – 2000*, St. Lucia, Qld.: Queensland University Press, 2001.

Bird, Delys, Robert Dixon & Susan Lever, eds. *CanonOZities*: *The Making of Literary Reputations in Australia*, (*Southerly*, Vol. 57, No. 3, Spring, 1997), the Association for the Study of Australian Literature, 1997.

Blainey, Geoffrey. *The Tyranny of Distance*: *How Distance Shaped Australia's History*, Melbourne: Sun Books, 1966.

Blake, J. D. "The Role of the Artist Today", *Angry Penguins*, Adelaide University Arts Association, Adelaide, October 1942: 47 – 48.

Blamires, Harry, Peter Quartermaine & Arthur Ravenscroft, *A Guide to Twentieth Century Literature in English*, London: Methuen & Co. Ltd., 1983.

Bode, Katherine, & Robert Dixon, eds. *Resourceful Reading*: *The New Empiricism*, *eResearch and Australian Literary Culture*, Sydney: Sydney University, 2009.

Botsman, Peter, Chris Burns & Peter Hutchings, eds. *The Foreign Bodies Papers*, Sydney: Local Consumptions Publications, 1981.

Bouisaac, Paul. *Encyclopedia of Semiotics*, Oxford: Oxford University Press, 1998.

Brady, Veronica. "Critical Issues", in Laurie Hergenhan, ed., *The Penguin New Literary History of Australia*, Ringwood, Vic.: Penguin, 1988, pp. 467 – 474.

Brand, Mona. "Response to Jack Beasley's 'Great Hatred'", *Realist Writer*, 2 (1963): 21 – 22.

Brisbane, Katharine. *David Williamson*: *A Celebration*, Canberra: National Library of Australia, 2003.

Brissenden, R. F. "The Poetry of Judith Wright", *Meanjin*, Vol. 12, no. 3 (1953): 255 – 267 (reprinted in *Australian Literary Criticism*, Grahame Johnston, ed., Melbourne: Oxford University Press, 1962.)

Brown, Ruth. "Cyberspace and Oz Lit: Mark Davis, McKenzie Wark and the Re-Alignment of Australian Literature", in *Contemporary Issues in Australian Literature*, ed. David Callahan, London: Frank Cass, 2002, pp. 17 – 36.

Brydon, Diana. "Australian Literature and the Canadian Comparison", *Meanjin*, 38. 2 (July 1979): 54 – 65.

Buckeridge, Patrick. "Clearing a Space for Australian Literature 1940 – 1965", in

Bruce Bennett, et al. eds., *The Oxford Literary History of Australia*, Melbourne: Oxford University Press, 1998, pp. 169 – 192.

Buckridge, Patrick. "Intellectual authority and critical traditions in Australian literature 1945 – 1975", in Brian Head & James Walter, eds., *Intellectual Movements and Australian Society*, Melbourne: Oxford University Press, 1988, pp. 188 – 213.

Buckridge, Patrick. "The Historiography of Reading in Australia", in David Carter & Wang Guanglin, eds., *Modern Australian Literary Criticism and Theory*, Qingdao: China Ocean University Press, 2010, pp. 139 – 152.

Buckley, Vincent. "Towards an Australian Literature", *Meanjin*, 8 (1959): 59 – 68.

Buckley, Vincent. *Cutting Green Hay*, Ringwood, Victoria: Penguin, 1983.

Buckley, Vincent. *Essays in Poetry: Mainly Australian*, Melbourne: Melbourne University Press, 1957.

Buckley, Vincent. *Poetry and Morality*, London: Chatto & Windus, 1959.

Buckley, Vincent. "The Image of Man in Australian Poetry", in John Barnes, ed., *The Writer in Australia*, Melbourne: Oxford University Press, 1969, pp. 273 – 296.

Burrows, John. *Computation into Criticism: A Study of Jane Austen's Novels and an Experiment in Method*, Oxford: Clarendon Press, 1987.

Buttrose, Larry. "After Theory", in Marele Day, Susan Bradley Smith & Fay Knight, eds., *Making Waves: 0 Years of Byron Bay Writers Festival*, St. Lucia, Queensland: Queensland University Press, pp. 56 – 66.

Callahan, David. "Australian literary studies bushwhacked", in *Contemporary Issues in Australian Literature*, London: Frank CASS Publishers, 2002, pp. 1 – 16.

Cantrell, Leon, ed. *A. G. Stephens: Selected Writings*, Sydney: Angus and Robertson publishers, 1978.

Caroll, John. "Mocking the Classics", *Age*, 22.3 (1996): A3.

Carter, David & Wang Guanglin, eds. *Modern Australian Criticism and Theory*,

Qingdao: China Ocean University Press, 2010.

Carter, David. "Critics, Writers, Intellectuals: Australian Literature and Its Criticism", in Elizabeth Webby, ed., *The Cambridge Companion to Australian Literature*, Cambridge: Cambridge University Press, 2000, pp. 258 – 293; also in David Carter & Wang Guanglin, eds., *Modern Australian Literary Criticism and Theory*, Qingdao: China Ocean University Press, 2010, pp. 73 – 91.

Carter, David, & Gillian Whitlock. "Institutions of Australian Literature", in James Walter, ed., *Australian Studies: A Survey*, Melbourne: Oxford University Press, 1989, pp. 109 – 135.

Carter, David. "Boom, Bust or Business as Usual? Literary Fiction Publishing", in David Carter & Anne Galligan, eds., *Making Books: Contemporary Australian Publishing*. St. Lucia Brisbane: UQP, 2006, pp. 231 – 246.

Carter, David. "Documenting and Criticizing Society", in Laurie Hergenhan, ed., *The Penguin New Literary History of Australia*, Ringwood, Victoria: Penguin Books, 1988, pp. 371 – 389.

Carter, David. "Literary Canons and Literary Institutions", in Delys Bird, Robert Dixon & Susan Lever, eds., *CanonOZities: The Making of Literary Reputations in Australia* [*Southerly*, 57. 3 (1997): 16 – 37], the Association for the Study of Australian Literature, 1997.

Carter, David. *A Career in Writing: Judah Waten and the Cultural Politics of a Literary Career*, the Association for the Study of Australian Literature, 1997.

Carter, David. "The Empire Dies Back: Britishness in Contemporary Australian Culture",《东京大学美国太平洋研究》2009年第9号, 第41—53页。

Chambers, Ross. *Story and Situation: Narrative Seduction and the Power of Fiction*, Minneapolis: University of Minnesota Press, 1984.

Chandler, Daniel. *Semiotics: The Basics*, London: Routledge, 2002.

Clark, Manning. *In Search of Henry Lawson*, South Melbourne: Macmillan, 1978.

Cowden, Stephen. "Shaky foundations", *Antipodes*, 14. 1 (2000): 65 – 66.

Cowling, G. H. "The Future of Australian Literature", *Age*, 6 Feb. (1935): 6.

Craig, Hugh, & Arthur K. Kinney, eds. *Shakespeare, Computers, and the Mystery of Authorship*, Cambridge: Cambridge University Press, 2009.

Craven, Peter. "The Kingdom of Correct Usage is Elsewhere", *Australian Book Review*, 79 (1996): 36–41.

Croft, Julian. "Responses to Modernism", in Laurie Hergenhan, ed., *The Penguin New Literary History of Australia*, Ringwood, Victoria: Penguin Books, 1988, pp. 409–432.

Culler, Jonathan. *The Pursuit of Signs: Semiotics, Literature, Deconstruction*, London: Routledge & Kegan Paul, 1981.

Currie, Mark. *Postmodern Narrative Theory*, London: MacMillan Press Ltd., 1998.

Dale, Leigh. "Post-Colonialism and Literary Criticism in Australia", in David Carter & Wang Guanglin, eds., *Modern Australian Criticism and Theory*, Qingdao: China Ocean University Press, 2010, pp. 14–27.

Dale, Leigh. *The English Men: Professing Literature in Australian Universities*, Toowoomba: the Association for the Study of Australian Literature, 1997.

Daniel, Helen. *Australian New Novelists*, Ringwood, Victoria: Penguin Books, 1998.

Darby, Robert. "The Fall of Fortress Criticism", *Overland*, 102 (1986): 6–15.

Davidson, Alastair. *The Communist Party of Australia: A Short History*, Stanford: Hoover Institute Press, 1969.

Davidson, Jim. "The De-Dominionisation of Australian Literature", *Meanjin*, 38.2 (July 1979): 319–353.

Davis, Mark. "The Decline of the Literary Paradigm in Australian Publishing", in David Carter and Anne Galligan, eds., *Making Books: Contemporary Australian Publishing*, St. Lucia Brisbane: UQP, 2006, pp. 116–131.

Davis, Mark. *Gangland: Cultural Elites and the New Generationalism*, Sydney: Allen & Unwin, 1997.

Davison, Frank Dalby. "Vance Palmer", *Walkabout*, XVI, No. 8 (1950): 36.

De Man, Paul. *The Resistance to Theory*, University of Minnesota Press, 1986.

Demidenko, Helen. *The Hand that Signed the Paper*, St. Leonards, NSW: Allen &

Unwin, 1994.

Devaney, James. *The Vanished Tribes*, Sydney: Cornstalk, 1929.

Dessaix, Robert. "Nice Work if You Can Get It", *Australian Book Review*, 128, February-March (1991): 22 – 28.

Dixon, Robert. "Australian Literature and the Global Dimensions of Globalization", in David Carter & Wang Guanglin, eds., *Modern Australian Literary Criticism and Theory*, 2010, pp. 5 – 38.

Dixon, Robert. "Deregulating the Critical Economy: Theory and Australian Literary Criticism in the 1980s", in Alison Bartlett, Robert Dixon and Christopher Lee, eds., *Australian Literature and the Public Sphere* (Refereed Proceedings of the 1998 Conference), the Association for the Study of Australian Literature, 1999, pp. 194 – 201.

Dixon, Robert, Delys Bird & Christopher Lee, eds. *Authority and Influence: Australian Literary Criticism 1950 – 2000*, University of Queensland Press, 2001.

Dixon, Robert. *Prosthetic Gods: Travel, Representation and Colonial Governance*, St. Lucia: University of Queensland Press, 2001.

Dixon, Robert. *Writing the Colonial Adventure: Gender, Race, and Nation in Anglo-Australian Popular Fiction, 1875 – 1914*, Cambridge: Cambridge University Press, 1995.

Docker, John. "The Neo-colonial Assumption in University Teaching of English", in Chris Tiffin, ed., *South Pacific Images*, Brisbane: South Pacific Association of Comparative Literature and Language Studies, 1978, pp. 443 – 446.

Docker, John. *Australian Cultural Elites: Intellectual Traditions in Sydney and Melbourne*, Sydney: Angus & Robertson, 1974.

Docker, John. *In a Critical Condition*, Ringwood, Victoria: Penguin Books Australia, 1984.

Doecke, Brenton. "P. R. Stephensen, *Fascism*", *Westerly*, 2 (1993): 17 – 28.

Dolin, Tim. "Reading History and Literary History: Australian Perspectives", in David Carter & Wang Guanglin, eds., *Modern Australian Literary Criticism and Theory*, Qingdao: China Ocean University Press, 200: 127 – 138.

During, Simon. *Patrick White*, Melbourne: Oxford University Press, 1996.

Dutton, Geoffrey, ed. *The Literature of Australia*, Ringwood/Harmondsworth: Penguin, 1976.

Dutton, Geoffrey. *Patrick White*, Melbourne: Lansdowne Press, 1961.

Dutton, Geoffrey. *Snow on the Saltbush*, Ringwood, Victoria: Penguin Books, 1984.

Eagleton, Terry. *After Theory*, New York: Basic Books, 2003.

Eliot, T. S. "Religion and Literature", in Bernard Knox & Walker MacGregor, eds., *Essays: Ancient and Modern*, Baltimore: Johns Hopkins University Press, 1989, pp. 93 – 112.

Eliot, T. S. "Tradition and the Individual Talent" (1919), in *The Sacred Wood*, London: Faber, 1920, pp. 47 – 59.

Elliot, Brian, ed. *The Jindyworobaks*, St. Lucia, QLD: University of Queensland Press, 1979.

Felperin, Howard. *Beyond Deconstruction: The Uses and Abuses of Literary Theory*, Oxford: Clarendon Press, 1985.

Ferrier, Carole "Writing the History of Women's Writing: Drusilla Modjeska's Exiles at Home", *Hecate*, 8.1 (1981): 77 – 81.

Ferrier, Carole. *Gender, Politics and Fiction: Twentieth Century Australian Women's Novels*, St. Lucia: University of Queensland Press, 1985.

Flanagan, Richard. "Colonies of the Mind: Republics of Dreams: Australian Publishing Past and Future", in David Carter and Anne Galligan, eds., *Making Books: Contemporary Australian Publishing*, St. Lucia Brisbane: UQP, 2006, pp. 132 – 150.

Flew, Terry. "The 'New Empirics' in Internet Studies", in H. Brown, G. Lovink, H. Merrick, N. Rossiter & M. Wilson, eds., *Politics of a Digital Present*, Melbourne: Fibreculture Publications, 2001, pp. 105 – 114.

Forbes, John. "Aspects of Contemporary Australian Poetry", in Peter Botsman et al. eds., *The Foreign Bodies Papers*, Sydney: Local Consumptions Publications, 1981, pp. 114 – 121.

Franklin, Miles. "The Future of Australian Literature", *Age*, 2 March (1935): 5.

Frow, John. "Australian Cultural Studies: Theory, Story, History", in David Carter & Wang Guanglin, eds., *Modern Australian Criticism and Theory*, Qingdao: China Ocean University Press, 2010, pp. 104 – 114.

Garner, Helen. "The Fate of *The First Stone*", in *True Stories*, Melbourne: Text Publishing, 1996, pp. 619 – 680.

Garner, Helen. *The First Stone: Some Questions about Sex and Power*, Sydney: Picador, 1995.

Gibbs, Anna, Rosi Braidotti, Jane Weinstock & Nancy Huston. "Round and Round the Looking Glass: Three Reponses to *New French Feminisms*", *Hecate*, 6.2 (1980): 23 – 45.

Goldie, Terrie. *Fear and Temptation: The Image of the indigene in Canadian, Australian and New Zealand Literatures*, Kingston, Ontario: McGill Queens University Press, 1989.

Goldsworthy, Kerryn. "Short Fiction", in Laurie Hergenhan, ed., *The Penguin New Literary History of Australia*, Ringwood, Victoria: Penguin Books, 1988, pp. 535 – 546.

Gould, L. Harry. "Intellectuals and the Party", *Communist Review*, October (1944): 46 – 47.

Graff, Gerald. "Introduction: Conflict in America", in Lee Morrissey, ed., *Debating the Canon: A Reader from Addison to Nafisi*, New York: Palgrave, 2005, pp. 199 – 206.

Green, Dorothy. Review of *Preoccupations in Australian Poetry*, by Judith Wright, *Southern Review*, 2 (1966): 70 – 76.

Green, Dorothy. *The Music of Love: Critical Essays on Literature and Life*, Ringwood, Victoria: Penguin Books Australia Ltd., 1984.

Green, Dorothy. *Writer Reader Critic*, Sydney: Primevera Press, 1990.

Greenfield, Cathy, & Tom O'Regan. "K. S. Prichard: The Construction of a Literary/Political Subject", in Peter Botsman et al. eds., *The Foreign Bodies*

Papers, Sydney: Local Consumptions Publications, 1981: pp. 93 – 113.

Grove, Robin, & Lyn McCredden. "The Burning Bush: Poetry, Literary Criticism and the Sacred", in *JASAL Vincent Buckley Special Issue* (online edition), 2010: 2 – 14.

Guillory, John. "The Sokal Affair and the History of Criticism", *Critical Inquiry*, winter, 28.2 (2002): 470 – 508.

Guillory, John. *Cultural Capital: The Problem of Literary Canon Formation*, Chicago: Chicago University Press, 1993.

Gunew, Sneja. "Migrant Women Writers: Who's on whose margins?", *Meanjin*, 42 (March 1983): 6 – 26.

Gunew, Sneja. *Framing Marginality: Multicultural Literal Studies*, Melbourne: Melbourne University Press, 1994.

Halliday, M. A. K. *Language as Social Semiotic: The Social Interpretation of Language and Meaning*, London: Edward Arnold, 1978.

Hamill, Elizabeth. *These Modern Writers: An Introduction for Modern Readers*, Melbourne: Georgian House, 1946.

Harris, Max. "Conflicts in Australian Intellectual Life 1940 – 1964", in Clemmet Semmler & Derek Whitlock, eds., *Literary Australia*, Melbourne: F. W. Cheshire, 1966, pp. 16 – 33.

Hart, Kevin. *A. D. Hope*, Melbourne: Oxford University Press (Australia), 1992.

Hatherell, William. "Essays in Poetry, Mainly Australian: Vincent Buckley and the Question of the National Literature", in *JASAL Vincent Buckley Special Issue* (online edition), 2010: 1 – 9.

Hauge, Hans. "Post-Modernism and the Australian Literary Heritage", *Overland*, 196 (1984): 50 – 51.

Healy, J. J. *Literature and the Aborigine in Australia 1770 – 1975*, St. Lucia: University of Queensland Press, 1978.

Hergenhan, Laurie. *The Penguin New Literary History of Australia*, Ringwood, Victoria: Penguin Books Ltd., 1988.

Heseltine, H. P. "The Literary Heritage", *Meanjin*, 2 (1962): 35-49.

Heseltine, Harry. "Wrestling with the Angel: Judith Wright's Poetry in the 1950s", *Southerly*, 38. 2 (1978): 163-171.

Heseltine, Harry. *Vance Palmer*, St. Lucia, Queensland: University of Queensland Press, 1970.

Heyward, Michael. *The Ern Malley Affair*, St. Lucia: The University of Queensland Press, 1993.

Hodge, Bob, & Vijay Mishra. *Dark Side of the Dream: Australian Literature and the Postcolonial Mind*, North Sydney: Alen and Unwin, 1991.

Hooks, Bell. "All Quiet on the Feminist Front—Backlash Against Feminism", *Art Forum*, 1 December (1996): 39 (2), retrieved from http://findarticles. com/p/articles/mi_ m0268/is_ n4_ v35/ai_ 19128242.

Hope, A. D. *Native Companions: Essays and Comments on Australian Literature 1933-1966*, Sydney: Angus and Robertson (Publishers) PTY Ltd., 1974.

Hope, A. D. "Standards in Australian Literature", in Delys Bird, et al. eds., *Authority and Influence: Australian Literary Criticism 1950-2000*, St. Lucia, Qld.: University of Queensland Press, 2001, pp. 3-5.

Hope, A. D. *The Cave and the Spring: Essays on Poetry*, Sydney: Sydney University Press, 1974.

Hu, Wenzhong. "The Myth and the Facts: A Reconsideration of Australia's Critical Reception of Patrick White", *Australian Literary Studies*, 6. 3 (1994): 333-334.

Huggan, Graham, & Helen Tiffin. *Postcolonial Ecocriticism: Literature, Animals, Environment*, New York: Routledge, 2010.

Huggan, Graham. *Australian Literature: Postcolonialism, Racism, Transnationalism*, New York: Oxford University Press, 2007.

Huggan, Graham. *The Postcolonial Exotic—Marketing the Margins*, London/New York: Routledge, 2010.

Hunter, James Davison. *Culture Wars: The Struggle to Define America*, New York: Basic Books, 1992.

Ingamells, Rex, & Ian Tilbrook. *Conditional Culture*, F. W. Preece, 1938.

Ingamells, Rex, Victor Kennedy & Ian Tilbrook. eds., *Jindyworobak Reviews*, Melbourne: Jindyworobak Publications, 1948.

James, Henry. *Hawthorne* (originally published in 1879), Ithaca: Cornell University Press, 1997.

Jarvis, Douglas. "Narrative Technique in Lawson", *Australian Literary Studies*, May 9.3 (1980): 367–373.

John Barnes. "An Historical View of Literary Criticism in Australia", *Australian UNESCO Seminar Criticism in the Arts*, Sydney: University of Sydney, 1968, pp. 3–11.

Johnston, Anna, & Alan Lawson. "Settler Colonies", in Henry Schwarz & Sangeeta Ray, eds., *A Companion to Postcolonial Studies*, Massachusetts: Blackwell, 2000, pp. 360–376.

Johnston, Anna. "Australian Autobiography and the Politics of Making Post-Colonial Space", *Westerly*, 4 (1996): 73–80.

Johnston, Grahame. "Poets in a Divided World" (Review of *Preoccupations in Australian Poetry*, by Judith Wright), *Australian*, 2 June, 1965.

Johnston, Grahame, ed. *Australian Literary Criticism*, Melbourne: Oxford University Press, 1962.

Jones, Evan. "Australian Poetry since 1920", in Geoffrey Dutton, ed., *The Literature of Australia*, Ringwood: Penguin, 1964.

Jones, Joseph. *Radical Cousins: Nineteenth Century American & Australian Writers*, St. Lucia, Qld.: University of Queensland Press, 1976.

Jordan, Deborah. "Nettie Palmer as Critic", in Carole Ferrier, ed., *Gender, Politics and Fiction: Twentieth Century Australian Women's Novels*, 2nd edition, St. Lucia: University of Queensland Press, 1992, pp. 59–84.

Jost, John, Gianna Totaro & Christine Tyshing. eds. *The Demidenko File*, Ringwood, Victoria: Penguin, 1996.

Joyce, Clayton, ed. *Patrick White: A Tribute*, North Ryde, NSW: Angus & Robertson, 1919.

Kent, Valerie. "Alias Miles Franklin", in Carole Ferrier, ed., *Gender, Politics and Fiction: Twentieth Century Australian Women's Novels*, 2nd edition, St. Lucia: University of Queensland Press, 1992, pp. 44 – 58.

Kiernan, Brian. *Criticism*, Melbourne: Oxford University Press, 1974.

Knight, Stephen, & Michael Wilding, eds. *The Radical Reader*, Sydney: Wild & Woolley, 1977.

Kolodny, Annette. "A Map of Reading: Gender and the Interpretation of Texts", *New Literary History*, spring 1980.

Kolodny, Annette. "Dancing through the Minefield", *Feminist Studies*, spring 1980.

Kramer, Leonie. "Introduction", *The Oxford History of Australian Literature*, Melbourne: Oxford University Press, 1981, pp. 1 – 26.

Kramer, Leonie. "Literary Criticism in Australia", *Overland*, 26 (1963): 26 – 27.

Kramer, Leonie, ed. *The Oxford History of Australian Literature*, Melbourne: Oxford University Press, 1981.

Kramer, Leonie. Review of *Preoccupations in Australian Poetry* (by Judith Wright), *Bulletin*, 2 April (1963): 36.

Lake, Marilyn. "The Politics of Respectability", in Susan Magarey, Sue Rowley and Susan Sheridan, eds., *Debutante Nation: Feminism Contests the 1890s*, 1993, St. Leonards: Allen & Unwin Australia Pty Ltd., pp. 1 – 15.

Lawrence, D. H. *Studies in Classic American Fiction*, New York: Thomas Selzer, 1923.

Lawson, Alan. "Unmerciful Dingoes—The Critical Reception of Patrick White", *Meanjin Quarterly*, 32 (1973): 379 – 392.

Lawson, Alan. "Comparative Studies and Post-Colonial 'Settler' Cultures", *Australian-Canadian Studies*, 10.2 (1992): 153 – 159.

Lawson, Alan. "Post-colonial Theory and the 'Settler' Subject", *Essays in Canadian Writing*, 59 (1995): 20 – 36.

Lawson, Alan. "Un/settling Colonies: The Ambivalent Place of Discursive Resistance", in Chris Worth, Pauline Nestor & Marko Pavlyshyn, eds., *Literature and Opposition*, Clayton, Victoria: Centre for Comparative Literature and Cultural Studies, 1994, pp. 67 – 82.

Lawson, S. *The Archibald Paradox: A Strange case of authorship*, Melbourne: Allen Lane, 1983.

Lee, Stuart. "Stephens, Alfred George (1865 – 1933)", in *Australian Dictionary of Biography* (online edition), Volume 2, Melbourne: Melbourne University Press, 1990. Retrieved from http://www.adb.online.anu.edu.au/biogs/A2008b.htm.

Leon Cantrell, "Introduction", in *A. G. Stephens: Selected Writings*, Sydney: Angus and Robertson, 1978.

Lever, Susan. "Fiction: Innovation and Ideology", in Bruce Bennett & Jennifer Strauss, eds., *The Oxford Literary History of Australia*, Melbourne: Oxford University Press, 1998, pp. 308 – 331.

Lever, Susan. *Real Relations: The Feminist Politics of Form in Australian Fiction*, Sydney: Halstead Press, 2000.

Levy, Bronwyn. "Re (reading) Re (writing) Re (production): Recent Anglo-American Feminist Literary Theory", *Hecate*, 8.2 (1982): 97 – 111.

Liddellow, Eden. *After Electra: Rage, Grief and Hope in Twentieth-century Fiction*, St. Lucia, Qld.: University of Queensland Press, 2002.

Lotringer, Sylvere, & Sande Cohen. *French Theory in America*, New York: Routledge, 2001.

Magarey, Susan & Susan Sheridan. "Local, Global, Regional: Women's Studies in Australia", *Feminist Studies*, Vol. 28, No. 1 (2002): 219 – 252.

Magarey, Susan. "Sexual Labour: Australia 1880 – 1890", in Susan Magarey, Sue Rowley & Susan Sheridan, eds., *Debutante Nation: Feminism Contests the 1890s*, St. Leonards: Allen & Unwin Australia Pty Ltd., 1993.

Maidment, W. M. "Australian Literary Criticism" (Review of *Australian Literary Criticism*, ed. G. W. K. Johnston), *Southerly*, 24 (1964): 20 – 24.

Manne, Robert. *The Culture of Forgetting: Helen Demidenko and the Holocaust*,

Sydney: Text Publishing Co. , 1996.

Marr, David. *Patrick White*: *A Life*, Sydney: Random House, 2008.

Marslen, Geoffrey, & Luke Slattery. *Why Our Universities Are Failing? Crisis in the Clever Country*, Melbourne: Wilkinson Books, 1994.

Matthews, David. "The Strange Case of Narratology", *Southern Review*, 26.3 (1993): 468–477.

McAuley, James. *The End of Modernity*: *Essays on Literature, Art and Culture*, Sydney: Angus & Robertson, 1959.

McDonald, Avis G. "Rufus Dawes and Changing Narrative Perspectives in *His Natural Life*", *Australian Literary Studies*, May (1986): 347–358.

McDonald, Willa. *Warrior for Peace*: *Dorothy Auchterlonie Green*, North Melbourne, Victoria: Australian Scholarly, 2009.

McFarlane, Brian. *Words and Images*: *Australian Novels into Film*, Richmond, Victoria: Heinemann Publishers Australia in association with Cinema Papers, 1983.

McInherny, Frances. "Miles Franklin, *My Brilliant Career*, and the Female Literary Tradition", *Australian Literary Studies*, May 1980.

McKernan, Susan. *A Question of Commitment*, Sydney: Allen and Unwin, 1989.

McLaren, John. *Journey Without Arrival*: *The Life and Writing of Vincent Buckley*, Melbourne: Australian Scholarly Publishing, 2009.

McQueen, Humphrey. *A New Britannia*: *An Argument Concerning the Social Origins of Australian Radicalism and Nationalism*, Ringwood, Vic. : Penguin, 1970.

McQuillan, Martin. *The Narrative Reader*, London: Routledge, 2000.

Mead, Jenna, ed. *Bodyjamming*: *Sexual Harassment, Feminism and Public Life*, Sydney: Vintage, 1997.

Miles, J. B. "Art for the people", *Communist Review*, August, Central Committee Communist Party of Australia, Sydney, 1948: 260–261.

Milner, Andrew. "Radical Intellectuals: An Unacknowledged Legislature?", in Verity Rugmann & Jenny Lee, eds. , *Constructing a Culture*: *A People's History of Australia Since 1788*, Fitzroy, Victoria: McPhee Gribble/ Penguin Books,

1990, pp. 259 – 284.

Mitchell, Adrian. "After Demidenko: The Curling Papers", *Southerly*, Summer (1996 – 1997): 110 – 126.

Mitchell, Adrian. "Fiction", in Leonie Kramer, ed., *Oxford History of Australian Literature*, Melbourne: Oxford University Press, 1981, pp. 27 – 172.

Mitchell, W. J. T. ed. *Against Theory*, Chicago: University of Chicago Press, 1985.

Modjeska, Drusilla. *Exiles at Home: Australian Women Writers 1925 – 1945*, Sydney: Angus & Robertson, 1981.

Morgan, Patrick. "Realism and Documentary: Lowering One's Sights", in Laurie Hergenhan, ed., *The Penguin New Literary History of Australia*, Ringwood, Victoria: Penguin Books, 1988, pp. 238 – 252.

Morris, Meagan. "Aspects of Current French Feminist Literary Criticism", *Hecate*, 5.2 (1979): 63 – 72.

Morris, Meagan, & Anne Freadman. "Import Rhetoric: Semiotics in/and Australia", in P. Botsman, C. Burns and P. Hutchings, eds., *The Foreign Bodies Papers*, Sydney: Local Consumption, 1981, pp. 22 – 53.

Mudrooroo, Narogin. *Writing from the Fringe: A Study of Modern Aboriginal Literature*, Melbourne: Hyland House, 1990.

Munro, Craig. "Introduction", in P. R. Stephensen, *The Foundations of Culture in Australia: An Essay towards National Self Respect*, Sydney: Allen & Unwin Australia Pty Ltd., 1936.

Munro, Craig. "Stephensen, Percy Reginald (1901 – 1965)", *Australian Dictionary of Biography*, National Centre of Biography, Australian National University. http://adb.anu.edu.au/biography/stephensen-percy-reginald – 8645.

Munro, Craig. *The First UQP Story Book*, St. Lucia, Queensland: UQP, 1981.

Myers, D. G. "Bad Writing", in Daphne Patai & Will H. Corral, eds., *Theory's Empire: An Anthology of Dissent*, New York: Columbia University Press, 2005, pp. 354 – 359.

Nagel, Thomas. "The Sleep of Reason", in Daphne Patai & Will H. Corral, eds.,

Theory's Empire: An Anthology of Dissent, New York: Columbia University Press, 2005, pp. 54 – 55.

Norris, Christopher. "Science and Criticism: Beyond the Culture Wars", in Patricia Waugh, ed., *Literary Theory and Criticism: An Oxford Guide*, New York: Oxford University Press, 2006, pp. 451 – 471.

O'Neill, Patrick. *Fictions of Discourse: Reading Narrative Theory*, Toronto: University of Toronto Press, 1994.

Olsen, Stein Haugom. *The End of Literary Theory*, Cambridge: University of Cambridge Press, 1987.

Palmer, Nettie. *Nettie Palmer: Her Private Journal Fourteen Years, Poems, Reviews and Literary Essays*, St. Lucia, Qld.: University of Queensland Press, 1988.

Palmer, Vance. "A. G. Stephens", in *Intimate Portraits and Other Pieces: Essays and Articles by Vance Palmer*, Melbourne: F. W. Cheschire, 1969, pp. 108 – 114.

Palmer, Vance. "An Australian National Art" (originally published in *Steele Rudd's Magazine*, 1905), in John Barnes, ed., *The Writer in Australia 1856 – 1964*, London: Oxford University Press, 1969, pp. 68 – 70.

Palmer, Vance. "Literary America", *The Bulletin*, March (1923): "Red Page".

Palmer, Vance. "Literary Dublin", *The Bulletin*, 3 November (1919): "Red Page".

Palmer, Vance. "Literary England Today", *The Bulletin*, 2 October (1935): "Red Page".

Palmer, Vance. "Literary Paris", *The Bulletin*, 3 July (1935): "Red Page".

Palmer, Vance. "The Missing Critics", *The Bulletin*, 26 July (1923): "Red Page".

Palmer, Vance. "The Spirit of Prose", *Fellowship*, VII, No. 10 (1921): 5 – 12.

Palmer, Vance. "The Writer and His Audience", *The Bulletin*, 8 Jan. (1925): "Red Page".

Palmer, Vance. *A. G. Stephens: His Life and Work*, Melbourne: Robertson & Mullens, 1941.

Palmer, Vance. *Frank Wilmot*, Melbourne: The Frank Wilmot Memorial Committee, 1942.

Palmer, Vance. *Legend of the Nineties*, Melbourne: Melbourne University Press, 1954.

Palmer, Vance. *Louis Esson and the Australian Theatre*, Melbourne: Georgian House, 1948.

Palmer, Vance. *National Portraits*, Sydney: Angus and Robertson, 1940.

Patai, Daphne, & Will H. Corral, eds. *Theory's Empire: An Anthology of Dissent*, New York: Columbia University Press, 2005.

Perelman, Bob. "The Poetry Hoax", *Foreign Literature Studies* (《外国文学研究》), 2 (2005): 12 - 24。

Perkins, Elizabeth. "Literary Culture 1851 - 1914: Founding a Canon", in Bruce Bennett, et al. eds., *The Oxford Literary History of Australia*, Melbourne: Oxford University Press (Australia), 1998, pp. 47 - 65.

Phillips, A. A. *On the Cultural Cringe*, Melbourne: MUP, 2006.

Phillips, A. A. *Responses: Selected Writings*, Victoria: Australia International Press and Publications, 1979.

Phillips, A. A. *The Australian Tradition: Studies in a Colonial Culture*, Melbourne: F. W. Cheshire, 1958.

Prichard, K. S. "Some Thoughts on Australian Literature", *The Realist*, No. 5, 1964.

Prichard, K. S. "Anti-Capitalist Core of Australian literature", *Communist Review*, August (1943): 106 - 107.

Prichard, K. S. *The Real Russia*, Sydney: Modern Publishers, 1934.

Rahman, Anisur. "The Australian Ghazal: Reading Judith Wright", in S. K. Sareen, Sheel C. Nuna & Malati Mathur, eds., *Cultural Interfaces*, New Delhi: Indialog Publications, 2004.

Refshauge, W. F. "Fresh Light on A. G. Stephens as Editor of Barcroft Boake's

Works", *Australian Literary Studies*, Vol. 22, Issue 3 (2006): 368 – 371.

Reid, Ian. "Australian Literary Studies, the Need for a Comparative Method", *New Literatures Review*, 6 (1979): 34 – 19.

Reid, Ian, ed. *The Place of Genre in Learning: Current Debates*, Geelong: Centre for Studies in Literary Education, Deakin University, 1987.

Reid, Ian. *Narrative Exchanges*, London: Routledge, 1992.

Reid, Ian. *The Short Story*, The Critical Idiom series. No. 37, London: Methuen, 1977.

Richter, David H. ed. *The Critical Tradition: Classic Texts and Contemporary Trends* (2nd ed.), Boston: Bedford/St. Martin's, 1998.

Riemenschneider, Dieter. "Literary Criticism in Australia: A Change of Critical Paradigms?", in Giovanna Capone, ed., *European Perspectives: Contemporary Essays on Australian Literature* (*A Special Issue of Australian Literary Studies*), 5. 2 (1991): 184 – 201.

Riemer, Andrew. *The Demidenko Debate*, St. Leonards: Allen & Unwin, 1996.

Ross, Robert. "The Recurring Conflicts in Australian Literary Criticism Since 1945", *Australian and N. Z. Studies in Canada*, 1989: 65 – 79.

Rutherford, Jennifer. *The Gauche Intruder: Freud, Lacan and the White Australian Fantasy*, Carlton South, Victoria: Melbourne University Press, 2000.

Ruthven, K. K. *Feminist Literary Studies: An Introduction*, Cambridge: Cambridge University Press, 1990.

Said, Edward. "Traveling Theory", in *The World, the Text, and the Critic*, London: Faber and Faber, 1984, pp. 226 – 248.

Schaffer, Kay. *Women and the Bush: Forces of Desire in the Australian Cultural Tradition*, Cambridge: Cambridge University Press, 1988.

Semmler, Clement, ed. *Twentieth Century Australian Literary Criticism*, Melbourne: Oxford University Press, 1967.

Semmler, Clement. "Some Aspects of Australian Literary Criticism", in Clement Semmler & Derek Whitlock, eds., *Literary Australia*, Melbourne: F. W. Cheshire, 1966, pp. 51 – 68.

Sheridan, Susan. "Cold War, Home Front: Australian Women Writers and Artists in the 1950s", *Australian Literary Studies*, 20. 3 (2002): 155 – 166.

Sheridan, Susan. *Along the Faultlines: Sex, Race, and Nation in Australian Women's Writing, 1880s – 1930s*, St. Leonards, NSW: Allen & Unwin, 1995.

Sheridan, Susan. *Grafts: Feminist Cultural Criticism*, London/New York: Verso, 1988.

Shoemaker, Adam. *Black Words, White Page: Aboriginal Literature, 1929 – 1988*, Brisbane: University of Queensland Press, 1989.

Sinnett, Frederick. "The Fiction Fields of Australia", *Journal of Australasia*, September & November (1856): 97 – 105; reprinted in John Barnes, ed., *The Writer in Australia*, Melbourne & New York: Oxford University Press, 1969.

Slattery, Luke, & Geoffrey Maslen. *Why Our Universities Are Failing: Crisis in the Clever Country*, Melbourne: Wilkinson Books, 1994.

Smith, Barbara Herrnstein. "Narrative Versions, Narrative Theories", in W. J. Mitchell, ed., *On Narrative*, Chicago: Chicago University Press, 1981, pp. 209 – 232.

Smith, Vivian. "Experiment and Renewal: A Missing Link in Modern Australian Poetry", *Southerly*, 47 (1987): 3 – 18.

Smith, Vivian. "Poetry", in Leonie Kramer, ed., *The Oxford History of Australian Literature*, 1981, pp. 269 – 428.

Smith, Vivian. Review of *Preoccupations in Australian Poetry*, by Judith Wright, *Australian Literary Studies*, 2. 2 (1965): 147 – 149.

Spender, Dale. *Writing a New World: Two Centuries of Australian Women Writers*, London/New York: Pandora, 1988.

Spongberg, Mary. "Australian Women's History in Australian Feminist Periodicals 1971 – 1988", *History Australia*, Vol. 5, No. 3 (2008): 73. 1 – 73. 16.

Steele, Fritz. *The Sense of Place*, Boston: CBI Publishing Company, Inc., 1981.

Stephens, A. G. *The Red Pagan*, Sydney: Bulletin Newspaper Co., 1904.

Stephensen, P. R. *The Foundations of Culture in Australian: An Essay towards National Self Respect*, Sydney: Allen & Unwin Australia Pty Ltd., 1936.

Stewart, Ken. "Australian criticism in 'transition'", *Australian Literary Studies*, Vol. 6, No. 1, May (1993): 100 – 105.

Strauss, Jennifer. "Literary Culture: 1914 – 1939: Battlers All", in Bruce Bennett, ed., *The Oxford Literary History of Australia*, Melbourne: Oxford University Press, 1998, pp. 22 – 23.

Strauss, Jennifer. "Literary Culture: 1914 – 1939: Battlers All", in Bruce Bennett, ed., *The Oxford Literary History of Australia*, Melbourne: Oxford University Press, 1998, pp. 107 – 129.

Sykes, Geoffrey. "Semiotics in Australia", *SemiotiX, A Global Information Bulletin*, April, 2007.

Thelen, David. "Of Audiences, Borderlands, and Comparisons: Toward the Internationalization of American History", *Journal of American History*, 79. 2 (September 1992).

Throssell, Ric., ed. *Straight Left*, Sydney: Wild & Woolley, 1982.

Thwaites, Tony. "Speaking of Prowlers, Patrick White and Teaching Literature", in Peter Botsman et al. eds., *The Foreign Bodies Papers*, Sydney: Local Consumptions Publications, 1981, pp. 167 – 192.

Tiffin, Helen. "'You can't go home again': The Colonial Dilemma in the Work of Albert Wendt", *Meanjin*, 37, April (1978): 119 – 126.

Tiffin, Helen. Review of *Commonwealth Literature* by William Walsh, *Literatures of the World in English*, ed. by Bruce King, *Among Worlds* by Wiliam H. New, and *The Commonwealtyh Writer Overseas*, ed. by Alastair Niven, *Australian Literary Studies*, 8. 4 (October 1978): 446 – 456.

Todorov, Tzvetan. *Mikhail Bakhtin: The Dialogical Principle*, trans. Wld Godzich, Minneapolis, University of Minnesota Press, 1984.

Torre, Stephen. "The Short Story Since 1950", in Peter Pierce, ed., *The Cambridge History of Australian Literature*, Melbourne: Cambridge University Press, 2009, pp. 437 – 438.

Tracey, David. *Patrick White: Fiction and the Unconscious*, Melbourne: Oxford University Press, 1988.

Tulloch, John. *Australian Cinema: Industry, Narrative, and Meaning*, Sydney: Allen & Unwin, 1982.

Tulloch, John. *Legends on the Screen: The Australian Narrative Cinema, 1919 – 1929*, Sydney: Currency Press, 1981.

Turner, Graeme. "Australian Literature and the Public Sphere", in Alison Bartlett, Robert Dixon & Christopher Lee, eds., *Australian Literature and the Public Sphere*, Proceedings ASAL, 1998, pp. 1 – 12.

Turner, Graeme. "Film, Television and Literature: Competing for the Nation", in Bruce Bennett & Jennifer Strauss, eds., *The Oxford Literary History of Australia*, Melbourne: Oxford University Press, 1998, pp. 348 – 363.

Turner, Graeme. "Introduction: Moving the Margins: Theory, Practice and Australian Cultural Studies", in Graeme Turner, ed., *Nation, Culture, Text: Australian Cultural and Media Studies*, London: Routledge, 1993.

Turner, Graeme. *National Fictions: Literature, Film and the Construction of Australian Narrative*, St. Leonards: Allen & Unwin, 1986.

Turner, Graeme. "Mateship, Individualism and the Production of Character in Australian Fiction", *Australian Literary Studies*, October (1984): 447 – 457.

Walker, Shirley. *Who Is She? Images of Woman in Australian Fiction*, St. Lucia, Qld.: University of Queensland Press, 1983.

Ward, Russel. *The Australian Legend*, Melbourne: Oxford University Press, 1958.

Wark, McKenzie. "Hunted Are Hunters in PC Beat-Up", *Australian*, 5th April 1992.

Wark, McKenzie. *The Virtual Republic: Australia's Culture Wars of the 1990s*, Sydney: Allen & Unwin, 1997.

Waugh, Patricia, ed. *Literary Theory and Criticism: An Oxford Guide*, New York: Oxford University Press, 2006.

Webby, Elizabeth. *The Cambridge Companion to Australian Literature*, Cambridge: Oxford University Press, 2000.

White, Patrick. "Letter to Mollie McKie", March 5, 1958, NLA MS830/59 – 61.

White, Patrick. "The Prodigal Son", *Australian Letters*, 1. 3 (1958): 37 – 40.

White, Patrick. *Patrick White Speaks*, Ringwood, Vic.: Penguin Books, 1992.

Whitlock, Gillian, & Chilla Bulbeck. "'A Small and Often Still Voice'? Women Intellectuals in Australia", in Brian Head and James Walter, eds., *Intellectual Movements and Australian Society*, Melbourne/Oxford: Oxford University Press, 1988, pp. 145 – 169.

Wikipedia, "Culture War", retrieved from http://en.wikipedia.org/wiki/Culture_ war.

Wilding, Michael. "Towards a Radical Criticism", in Richard Kostelanetz, ed., *A Critical Ninth Assembling*, New York: Assembling Press, 1979. reprinted as "Basics of a Radical Criticism", *Island Magazine*, 2, Sept. (1982): 36 – 37.

Wilding, Michael. "Whither 'Australian Literary' Studies", *Pacific Quarterly Moana*, 4.4 (1979): 446 – 462.

Wilding, Michael. *Studies in Classic Australian Fiction*, University of Sydney, NSW: Sydney Association for Studies in Society and Culture, 2006, pp. 22 – 23.

Wilding, Michael. *The Tabloid Story Pocket Book*, Sydney, Wild and Woolley, 1978.

Wilkes, G. A. *The Stockyard and the Croquet Lawn: Literary Evidence for Australia's Cultural Development*, London: Edward Arnold (Publishers) Ltd., 1981.

Wilkes, G. A. *The University and Australian Literature: An Inaugural Lecture*, Sydney: Angus & Robertson, 1965.

Wilkes, G. A. "The Eighteen Nineties", *Arts*, 1958, reprinted in G. K. W. Johnston, ed., *Australian Literary Criticism*, Melbourne: Oxford University Press, 1962, pp. 30 – 40.

Wilkes, G. A. *Australian Literature: A Conspectus*, Sydney: Angus and Robertson (Publishers) Pty Ltd., 1969.

Williams, John F. *The Quarantined Culture: Australian Reactions to Modernism 1913 – 1939*, Cambridge: Cambridge University Press, 1995.

Williamson, David. *Dead White Males*, Sydney: Currency Press, 1995.

Windschuttle, Keith. "The Value of Literature", in David Williamson, *Dead White Males*, 1995, pp. xii – xv.

Wright, John M. "Grasping the Cosmic Jugular: Golden Builders Revisited", in *JASAL Vincent Buckley Special Issue* (online edition), 2010, pp. 1 – 11.

Wright, Judith. "Introduction", in *New Land, New Language: An Anthology of Australian Verse*, London: OUP, 1957, pp. 1 – 14.

Wright, Judith. "The Upside-Down Hut", *Australian Letters*, 3.4 (1961): 30 – 34.

Wright, Judith. *Because I was Invited*, Melbourne: Oxford University Press, 1975.

Wright, Judith. *Collected Poems: 1942 – 1985*, Sydney: HarperCollins Publishers, 1994.

Wright, Judith. *Preoccupations in Australian Poetry*, Melbourne: Oxford UP, 1965.

Wright, Judith. "Art and National Identity", in *Because I Was Invited*, Melbourne: Oxford University Press, 1975.

Wright, Judith. "Inheritance and Discovery in Australian Poetry", in Clement Semmler & Derek Whitlock, eds., *Literary Australia*, Melbourne: F. W. Cheshire, 1966, pp. 1 – 15.

Wright, Judith. "Poetry in a Young Country", in C. D. Narasimhaiah & S. Nagarajan, eds., *Studies in Australian and Indian Literature: Proceedings of a Seminar*, New Dehli: Indian Council for Cultural Relations, 1971, pp. 74 – 85.

Zhang, Xiaomei. *An Analysis of the Conversations in A Farewell to Arms—A Relevance-theoretical Communication Perspective*, Jinan: Shandong Normal University, 2006.

Zhdanov, A. A. "Speech to the First All-Union Congress of Soviet Writers, 1934", in *On Literature, Music and Philosophy*, London: Lawrence & Wishart, 1950.

［美］布尔，劳伦斯：《（跨国界）美国文学研究的新走势》，《当代美国文学》2009 年第 1 期。

［英］布洛克，阿伦：《西方人文主义传统》，董乐山译，生活·读书·新知三联书店1997年版。

陈厚诚、王宁：《西方当代文学批评在中国》，百花文艺出版社2000年版。

陈正发、杨元：《霍普和他的诗歌创作》，《外国文学》2005年第1期。

［美］多诺万，约瑟芬：《女权主义的知识分子传统》，赵育春译，江苏人民出版社2002年版。

［俄］哈利泽夫，瓦·叶：《文学学导论》，北京大学出版社2006年版。

黄源深：《澳大利亚文学简论》，《外国语》1988年第4期。

黄源深：《澳大利亚现代主义文学为何姗姗来迟》，《外国文学评论》1992年第2期。

黄源深：《澳大利亚文学史》，上海外语教育出版社1997年版。

黄源深：《澳大利亚文学选读》，上海外语教育出版社1997年版。

［澳］劳森，亨利：《上了炸药的狗》，人民文学出版社2004年版。

李春青：《文学理论的"本土化"问题》，《中国社会科学报》2012年11月2日。

刘丽君：《浅谈澳大利亚诗歌的发展道路》，《汕头大学学报》（人文科学版）1990年第4期。

［美］刘若愚：《中国的文学理论》，中州古籍出版社1986年版。

陆建德：《序》，《世界·文本·批评家》，［美］爱德华·萨义德著，李自修译，生活·读书·新知三联书店2009年版。

［英］洛奇，戴维：《向这一切说再见——评伊格尔顿的〈理论之后〉》，王晓群译，《国外理论动态》2006年第1期。

马金起：《论古典反讽与现代反讽——兼论现代反讽在中国当代小说中的存在方式》，《山东社会科学》2005年第1期。

［德］尼采：《权力意志》，贺骥译，漓江出版社2000年版。

申丹：《解构主义在美国》，《外国文学评论》2001年第2期。

申丹：《美国叙事理论研究的小规模复兴》，《外国文学评论》2000年第4期。

申丹：《试论当代西方文论的排他性和互补性》，《北京大学学报》2000年第4期。

申丹：《修辞学还是叙事学？经典还是后经典？》《外国文学》2002年第2期。

盛宁：《对"理论热"消退后美国文学研究的思考》，《文艺研究》2002年第6期。

石发林：《A. D. 霍普的两首名诗解读》，《名作欣赏》2007年第6期。

唐正秋：《澳大利亚诗歌简论》，《澳大利亚文学评论集》，河北教育出版社1993年版。

唐正秋：《澳大利亚文学评论集》，河北教育出版社1993年版。

王国富：《马丁·博伊德小说中的澳大利亚社会》，载唐正秋编《澳大利亚文学评论集》，河北教育出版社1993年版。

王腊宝：《当代澳大利亚小说创作走向》，《当代外国文学》2003年第3期。

王腊宝：《多元时空的回响——20世纪80年代的澳大利亚短篇小说研究》，苏州大学出版社2000年版。

王丽萍、王腊宝：《"理论"消退与文化战争》，王守仁、姚君伟主编：《华东外语教学论坛》（第三辑），上海外语教育出版社2008年版。

王丽亚：《分歧与对话——后结构主义批评下的叙事学研究》，《英美文学研究论丛》，上海外语教育出版社2000年版。

王培根：《试析澳大利亚文学的历史演进》，《南开学报》1994年第6期。

［美］韦勒克，勒内、奥斯汀·沃伦，《文学理论》，刘象愚等译，文化艺术出版社1984年版。

徐凯：《怀特研究的歧路与变迁》，《国外文学》2009年第3期。

许道明：《中国现代文学批评史》，江苏文艺出版社1995年版。

严蓓雯：《"文学社会学"之后的文学社会学》，《外国文学评论》2011年第1期。

张伯伟：《后记》，《朝鲜时代女性诗文集全编》，凤凰出版传媒集团/凤凰出版社2011年版。

赵一凡：《欧美新学赏析》，中央编译出版社1996年版。

赵一凡编：《西方文论关键词》，外语教育与研究出版社2006年版。

支宇：《语义杂多：新批评的文学意义论》，《中外文化与文论》2009年第1期。

索 引

A New Britannia,《新不列颠》 253

Aboriginal literary criticism,土著文学批评 258,261,324,326,329,334,410,475

Aboriginalism,土著主义 325

Aboriginality,土著性 328,335

Abrogation,抛弃 369,370,373,374,377

Adler, Louise,路易斯·阿德勒 346

Adorno, Theodor W.,西奥多·W. 阿多诺 171,424,430

After theory,理论之后 420,433

Altman, Dennis,丹尼斯·奥特曼 253

Amateurism,业余性 435

Anderson, Don,唐·安德森 240

Anderson, John,约翰·安德森 90,424

Angry Penguins,愤怒的企鹅 68,115,137,142,218,233,239,243,244

Appropriation,挪用 369-372,374,376,377

Archibald, J. F.,J. F. 阿奇博尔德 40,41,75,95

Arena,《竞技场》 253,263

Arnold, Matthew,马修·阿诺德 207,238,429,472

Ashcroft, Bill,比尔·阿什克罗夫特 102,172,249,258,333,367

Assimilationism,融合主义 126

Association for the Study of Australian Literature(ASAL),澳大利亚文学研究会 163,258,367,369,413,423,490,499

AusLit,澳大利亚文学数据库 487

AusStage,澳大利亚戏剧网 488

Australasian,《澳大拉西亚人》 18,25

Australian Feminist Studies,《澳大利亚女性主义研究》(杂志) 341

Australian Literary Criticism,《澳大利亚文学批评文集》 105,161,168-170

Australian Literary Studies,《澳大利亚文学研究》(杂志) 275,462

Australian Poetry Resource Internet Library(APRIL),澳大利亚诗歌资源网络图书馆 488

Australian Reading Experience Database(AusRED),澳大利亚阅读经验数据库 489

Australianity,澳大利亚性 66,92,97,136,185,214,237,354

Authority and Influence: Australian Literary

Criticism 1950 - 2000,《权威和影响:澳大利亚文学批评 1950—2000》 257,259,337,401

Bards, Bohemians and Bookmen,《歌者、文化人与出版商》 321

Barnes, John,约翰·巴恩斯 86,168,171

Barthes, Roland,罗兰·巴特 171,261,263,265 - 270,274,281,283,285 - 289,316,354,471

Bartlett, Alison,艾莉森·巴特利特 365

Beasley, Jack,杰克·比斯利 110,115,116,119,120,399

Belatedness,滞后 128,256,474

Bennett,Bruce,布鲁斯·本尼特 338

Beyond Deconstruction: The Uses and Abuses of Literary Theory,《超越解构:文学理论的功用和误用》 251,269

Bhabha, Homi,霍米·巴巴 258,377,386 - 388

Biaggini, Ernest,厄尼斯特·拜厄基尼 90,157

Bird,Delys,戴利斯·伯德 257,259,337,342,351,401,417,480

Birns, Nicholas,尼古拉斯·伯恩斯 494

Black Words, White Page: Aboriginal Literature 1929 - 1988,《白纸黑字:土著文学创作 1929—1988》 326

Blake, J. D., J. D. 布莱克 110,114,121

Bloom, Allan,艾伦·布鲁姆 410

Bloom, Harold,哈罗德·布鲁姆 272,409,410,431

Botsman, Peter,彼得·博茨曼 279

Brady, Veronica,维罗妮卡·布雷迪 261,276,288,348

Brand, Mona,莫娜·布兰德 11,12,120,121,399

Brooks, Cleanth,克里安斯·布鲁克斯 158,452

Brydon,Diana,戴安娜·布莱顿 259

Buckley, Vincent,文森特·巴克利 153,156,157,160,161,163,166,167,171,205 - 215,225 - 227,231,323,481

Buckridge, Patrick,帕特里克·巴克里奇 7,116,320,352,398

Burrows, John,约翰·巴罗斯 484,486

Bush ballads,丛林民谣 6,97,98,103,134,328

CanonOZities: The Making of Literary Reputations in Australia,《澳洲经典:澳大利亚文学声誉的形成》 479

Cantrell, Leon,利昂·坎特里尔 26,153,321

Carroll, John,约翰·卡罗尔 404

Carter,David,戴维·卡特 13,31,89,107,118,274,284,402,477

Castro,Brian,布莱恩·卡斯特罗 329,333,402,460

Christesen, Clem,克莱姆·克里斯特森 53,116,117,158,399

Cixous, Helene,海伦·西苏 354,417

Clark, Manning,曼宁·克拉克 93,203
Coetzee, J. M., J. M. 库切 460,466
Colonialism,殖民主义 5,96,98,107,117,163,164,320,325,369,379,380,387,388,395,396,399,467,475,481
Communist Review,《共产主义评论》109,112,114,115,118,123
Complicity,共谋 52,290,334,378-380,383,384,387,455
Computational stylistics,计算文体学 485
Corkhill, Annette,安妮特·考克希尔 330
Cotter, Michael,迈克尔·考特 258,259
Counter-culture movement,反文化运动 261,457
Cowling, G. H., G. H. 考林 36,37,154,158
Craven, Peter,彼得·克雷文 404,410,472,473
Critical whiteness studies,白人批判研究 389
Critiquing the canon,经典批判 402,404
Cultural cringe,文化自卑 5,92,93,97,99-102,129,180,182-184,196,455
Cultural elites,文化精英 104,174,264,339,419,444,445,448,460,472
Cultural malaise,文化病 6
Cultural Studies,文化研究 172-175,249,250,261,262,264,268,275,276,284,287-290,295,296,298,299,324,325,346,347,355,362,392,401,402,404,405,410,415,418,420,472,475,482,487,498,503
Culture War,文化战争 298,338-340,390,404,405,409-411,415,416,418,419,422,433,438,439,448-451,457-460,471-473,475
Culture warrior,文化斗士 340,457,458,471,473
Dale, Leigh,利·戴尔 161,194,366,479,501
Damned Whores and God's Police,《该死的娼妓和上帝的警察》 257
Darkening Ecliptic,《暮色苍茫的黄道》 239,240,243,244
Davidson, Jim,吉姆·戴维森 259
Davis, Mark,马克·戴维斯 418,444,472,492,501
de Man, Paul,保罗·德曼 272,273,425
Dead White Males,《死白男》 416-418,450-459,471
Deconstruction,解构理论 250,264,268,269,273-277,354,402,417
Descriptive criticism,描述性的文学批评 428
Dessaix, Robert,罗伯特·德赛 336,410
Devaney, James,詹姆斯·德凡尼 57,58,69
Digitalized literary studies,数字化的文学研究 476

Distant reading,距离性阅读 490

Dixon, Miriam,米里安姆·迪克逊 385

Dixon, Robert,罗伯特·迪克逊 263,283,386,476

Docker, John,约翰·多克 104,153,195,250,251,264,285,320,323,325,334,397,409,411

Dolin,Tim, 蒂姆·多林 495-497

Donoghue,Denis, 丹尼斯·唐诺修 271

Double standards,双重标准 20,24

During, Simon,西蒙·杜林 262,335,392,395-397,472

Dutton, Geoffrey,杰弗里·达顿 116,169,240,394,399

Eagleton, Terry,特里·伊格尔顿 171,270,433

Edwards, Allan,艾伦·爱德华兹 155,156,158,159

E-empiricism,数字化新经验主义 422

Eight Voices of the Eighties,《80年代八重唱》 257

Eliot, T. S., T. S. 艾略特 82,142,155,230,270

Elliot,Brian, 布莱恩·艾略特 62,66,67,69

Ellison, Jennifer,詹妮弗·埃里森 256

Empson,William, 威廉·燕卜荪 322

Essays in Poetry: *Mainly Australian*,《论诗歌:以澳大利亚诗歌为例》 206,212,214

Ethnic literary criticism,少数族裔批评 475

Exiles at Home: *Australian Women Writers 1925-1945*,《流放在祖国》 348,350,351,402

Faked Aboriginal identity,假土著身份案 413

Fellowship of Australian Writers,澳大利亚作家联谊会 11,12,108,109

Felperin, Howard,霍华德·菲尔普林 250,264,268-274,285

Feminist Literary Studies: *An Introduction*,《女性主义文学研究导论》 356

Ferrier, Carole,卡罗尔·费里尔 341,343,347-349,351-353

Forbes, John,约翰·福布斯 280

Formal criticism,形式批评 127,172,316,409,410

Fourteen Years: *Extracts from a Private Journal 1925-1939*,《十四年:私人日记节选》 190

Framing Marginality: *Multicultural Literary Studies*,《边缘之框:多元文化文学研究》 331,336

Franklin, Miles,迈尔斯·弗兰克林 11,25,33,95,118,158,159,257,343,348-351,353,438,439,492

From Deserts the Prophets Come,《来自荒漠的先知》 52,173,321

Furphy,Joseph, 约瑟夫·弗菲 9,76,84,94,103,118,161,194,213,267,323,348

Futur * Fall Conference,未来秋会 263, 280

Garner, Helen,海伦·加纳 194,256, 412,457,471

Gelder, Ken,肯·杰尔德 465 – 468, 470

Gender, Politics and Fiction,《性别、政治与小说》 348,351,352,359

Gennette, Gérard,热拉尔·热奈特 305,315 – 317

Gilmore, Mary,玛丽·吉尔摩 9,57, 108,118

Goldberg,S. L.,S. L. 戈尔德伯格 156, 157,225 – 227

Goldie, Terry,特里·戈尔迪 259

Goldsworthy,Kerryn,凯里恩·哥尔斯华绥 413

Gordon, Adam Lindsay,亚当·林赛·戈登 18,20,76,135

Gould, L. Harry, L. L. 哈利·古尔德 110,114

Grafts,《嫁接：女性主义文化批评》 347,363

Green,Dorothy Auchterlonie,多萝西·格林 116,170,195,257,348,409,423 – 437

Greer, Germaine,杰梅茵·格里尔 256, 341

Gunew, Sneja,斯内娅·古尼夫 258, 330 – 333,336,337,340,346,352,362, 365,402,405,413,444

Halliday, M. A. K., M. A. K. 韩里德 250,307,315 – 316

Harris, Max,麦克斯·哈里斯 62,68, 116,142,170,239,399

Hartman, Geoffrey,杰弗里·哈特曼 272

Hartz, Louis,路易斯·哈茨 379

Hawkes, Terence,特伦斯·霍克斯 452

Healy, J. J., J. J. 希里 259,326

Hecate,《赫卡特》 341,343 – 346,351

Helen Demidenko/Darville,海伦·德米丹科/达维尔 413,414,438,442, 445,446,448,471

Hergenhan, Laurie,劳瑞·赫根南 477

Heseltine, H. P., H. P. 赫索尔廷 116, 124,144,153,277,323,399,414

Heyward, Michael,迈克尔·海沃德 241

History of the Book,书籍史 478,479, 482,499

Hodge, Bob,鲍勃·霍奇 299,333 – 335,368,377 – 388

Hooks, Bell,贝尔·胡克斯 411

Hope, A. D., A. D. 霍普 67,68,86, 118,139 – 142,149,156,159,161,163, 175,182 – 184,186,187,202,204, 216 – 229,231,246,393,481

Houbein, Lolo,罗洛·霍贝恩 258,329, 402

Howard, John,约翰·霍华德 340

Hudson, Flexmore,弗莱瑟莫尔·哈得逊

55,62

Huggan, Graham, 格雷汉姆·哈根 389,404,493

Humanism, 人文主义 29,124,218,233, 246,266,274,298,324,417-419,425, 428,431,435,451-454,456,458,460, 472

Identity politics, 身份政治 337,338

Images of Society and Nature,《社会与自然的形象》 321

Imported theories, 外来理论 263,275, 277,289,298,345,364,410

In a Critical Condition,《批评情境》 153,171,264,265,289,295,296

Indigenization, 本土化 64,122,123, 137,153,162,192,193,262,264,277, 278,280,299,364,470

Ingamells, Rex, 雷克斯·英格梅尔斯 52,55-63,65,66,68,70,185,200

Intentional fallacy, 意图谬误 265,266

Internationality, 世界性 23,24,165, 229,245,385,391,398,468,490,496

Intervention,《干预》 263

Irigaray, Luce, 露西·伊利格瑞 354, 364

Jeffares, A. N., A. N. 杰菲利斯 159

Jindyworobak Anthology,《津迪沃罗巴克选集》 56,185

Jindyworobak Reviews,《津迪沃罗巴克回顾》 56,59,63,69

Johnston, Grahame, 格雷汉姆·约翰斯顿

105,161

Kershaw, Alister, 阿里斯特·柯啸 67

Kiernan, Brian, 布莱恩·基尔南 7,89, 214,277,321,462

Kolodny, Annette, 安妮特·克洛尼 344,354

Kramer, Leonie, 利昂尼·克雷默 153, 157,162,163,169-172,189-204, 321,366,414

Kristeva, Julia, 茱莉亚·克里斯蒂娃 300,354,364,471

Lawson, Alan, 艾伦·劳森 388,394, 397

Lawson, Henry, 亨利·劳森 8,24,38, 39,71,75,81,94,103,118,126,136, 161,175,178,183,198,213,214,240- 242,267,283,292,321,323,348,354, 383

Leavis, F. R., F. R. 利维斯 154-159, 161-164,167,169,191,194,205,207, 269,271,279,322,405,429,431

Leavisism, 利维斯主义 153,163,366, 392

Lee, Christopher, 克里斯托弗·李 169

Lever, Susan, 苏珊·利维尔 352,363, 465,479

Levy, Bronwen, 布朗温·勒维 343, 346,362

Liars: Australian New Novelists,《谎言家:澳大利亚新小说家》 463,465

Lindsay, Jack, 杰克·林赛 14,32,119,

139

Lindsay, Norman,诺曼·林赛 14,32, 33,101,139

Literariness,文学性 168,445,503

Literary standards,文学标准 20,24,75, 78,90,122,139,160,163,168,216, 246,319,375,376

Literature and the Aborigine in Australia 1770 - 1975,《澳大利亚文学与土著人 1770—1975》 326

Literature of exile,流放文学 133

Local color,乡土特色 237

Local Consumption Publications,本土消费出版社 171,263

Marxist literary theory,马克思主义文论 269

Maslen, Geoffrey,杰弗里·马斯伦 410,471

Mateship,伙伴情谊 15,56,86,94,124, 137,176,178 - 182,186,233,238,245, 276,277,295,354,456

Matthews,Brian,布莱恩·马修斯 321

Matthews,David,戴维·马修斯 313

McInherny, Frances,弗兰西斯·麦金赫尼 343,348 - 352

McKernan, Susan,苏珊·麦克南 118, 231

McLaren, Jack,杰克·麦克拉伦 124

McLaren, John,约翰·麦克拉伦 209

McQueen, Humphrey,韩弗雷·麦奎恩 253,321,382

Mead, Jenna,杰娜·米德 412,472

Meanjin,《米安津》 5,104,117,123, 124,158,228,257,259,394,478

Metaphysical poetry,形而上诗学 205, 207

Migrant literary criticism,移民文学批评

Milder Nurturer of Australian writing,澳大利亚文学的"温和的培育者" 87

Miles Franklin Award,迈尔斯·弗兰克林奖 413,444,472

Miles, J. B.,J. B. 迈尔斯 10,110,113

Miller, J. Hillis, J. 希利斯·米勒 272

Mishra, Vijay,维杰·米什拉 333 - 335,368,377 - 388

Misreading,误读 225 - 227,349,445, 449

Mitchell, Adrian,艾德里安·米切尔 196,414

Modern Australian Literature 1900 - 1923,《现代澳大利亚文学 1900—1923》 190

Modjeska,Drusilla,德鲁希拉·莫杰斯卡 325,348,350,402

Moore, Tom Inglis,汤姆·英格里斯·摩尔 15,27,320,321

Morris, Meaghan,米根·莫里斯 256, 263,299,341,344,405

Mudie, Ian,伊恩·穆迪 55,63,64

Mudrooroo Narogin / Johnson, Colin,马德鲁鲁·纳罗金/科林·约翰逊 258, 326 - 329,335,336,340,402,413

Muecke, Stephen, 斯蒂芬·缪易克 410
Multicultural literary criticism, 移民文学批评 261,298,319,324,329-331,334-338,401,410,476
Multiculturalism, 多元文化主义 258,261,298,324,325,329,331,333,336,337,339,340,389,390,410,413-416,443-445,448,453,456,458,472,490
Munro, Craig, 克雷格·蒙罗 34,52,463,479
Murray-Smith, Stephen, 斯蒂芬·马雷-史密斯 153
Narrative Exchanges,《叙事交换》 301,302,304-307,310-315,317,318
Narratology, 叙事学 276,290,294,302,304-308,310-318
National Fictions: Literature, Film, and the Construction of Australian Narratives,《民族虚构：文学、电影和澳大利亚叙事的构建》 275-277,289-291,296-299,364
Nationalist myths, 民族主义迷思 175
Nationality, 民族性 13,26,33,35,38,39,42,47,51,70,199,200,215,232,340,354,367,478
Native Companions: Essays and Comments on Australian Literature 1933-1966,《土生伙伴：澳大利亚文学散论（1933—1966）》 217
Nativism, 本土主义 55,70,89
Nellie Melba, Ginger Meggs and Friends,《耐丽·梅尔巴、金杰·梅格斯及其诸友》 174,261,288
Neoclassicism, 新古典主义 196,197,230-232,237,240,246
Neo-empiricism, 新经验主义 483,484,499-504
New Criticism, 新批评 13,15,16,86,89,90,93,124,125,151,153-156,158,160-162,164,167-176,189,191,193-196,206-210,215,217,225,229-231,246,249,250,259,264-269,274,279,280,283-287,296,298,303,319-325,366,367,392,398,399,401,403,410,419,428,452,490,499,504
New Generationalism, 新代沟主义 419
New Literatures Review,《新文学评论》 258,323,367
New Marxism, 新马克思主义 171,270,271,402,404
New Novel, 新小说 174,286,462-467,469,470,474
New Writing, 新写作 67,258,324,325,338,457,460-465,469,470
Opposition, 抵抗 369,380
Overland,《陆路》 5,120,121,123,124,399,400,462
Oxford History of Australian Literature,《牛津澳大利亚文学史》 171,172,189,196,321,366
Palmer, Nettie, 耐蒂·帕尔默 3,5,

116,153,190-195,257,351,353,355

Palmer, Vance,万斯·帕尔默 3-7,14-16,53,71-91,93,96,107,109,116,153,159,160,187,190,196,198,200,202,213,319,355,382

Paranoid culture,偏执狂文化 334

Patrick White,《帕特里克·怀特》 262,392,395,403

Perelman, Bob,鲍勃·佩鲁曼 244

Phillips, A. A., A. A. 菲利普斯 3,5,6,15,16,92-107,116,153,160,166,168,182,213,277,355,399

Poetry and Morality,《诗歌与道德》 156,206,207,210,211

Poetry and the Sacred,《诗歌与神性》 206

Political correctness,政治正确 339,340,404,413,415,456,472

Postcolonial eco-criticism,后殖民生态批评 390

Postcolonial literary criticism,后殖民文学批评 258,261,325,366-369,377,385-389,391,410

Postcolonial theory,后殖民理论 92,256,258,298,320,338,364-366,368,375-377,386,388,390,402,425,475,480

Postcolonialism,后殖民主义 15,259,387,389,395,404,420,425

Postmodern fiction,后现代小说 303,460,461,465-467,469-472

Postmodern literary fiction,后现代文学小说 466,469

Postmodern sublime,后现代崇高 468,470

Postmodernism,后现代主义 264,298,313,339,378,404,415,417,418,420,425,433,434,437,446-448,451,453,458,460,469-474,494

Poststructuralism,后结构主义 15,249-251,259,265,266,269,273,274,276,277,280,284,298,301,302,307,312-318,343,347,353,364,366,369,376,402,410,415-417,420,425,426,428,429,435,446,451,453,455-458,472,503

Power Without Glory,《不光荣的权利》 12

Practical criticism,实用批评 225,322

Preoccupations in Australian Poetry,《澳大利亚诗歌情结》 126,169,170

prescriptive criticism,规定性的批评 351

Prichard, Katharine Susannah,凯瑟琳·苏珊娜·普里查 10,11,96,109,116,257,351,353,380,477

Print culture,印刷文化 478,482,487,495

Propp, Vladimir,弗拉迪米尔·普罗普 290,294

Psychoanalysis,精神分析 300,347,353,354,378,402

Quadrant,《四分仪》 123,163,231

Racism,种族主义 53,120,252,254,320,329,340,380,387,389,390,404,481

Radical criticism,激进批评 322,364,401

Reader response,读者反应 300,316,435

Realist Writer,《现实主义作家》 109,115,118,120,121,123,400

Red Page,红页 3,22,23,26,28,30,31,75,77 – 79,81,228

Reid, Ian,伊恩·里德 251,301 – 318,342,477

Resourceful Reading,多资源性阅读 483,484,489,504

Responsibility,责任感 101,398,399,426,437,492

Richards, I. A.,I. A. 瑞恰慈 158,238,279

Riemenschneider,Dieter,迪特·里门斯奈德 258,324,401

Riemer, Andrew,安德鲁·里默 439,446,447

Rise of Theory,"理论"的崛起 409

Robinson, Roland,罗兰·罗宾逊 55,60,64

Rooms of Their Own,《她们自己的房间》 256

Russian formalism,俄罗斯形式主义 290,294

Rutherford, Jennifer,詹妮弗·卢瑟福德 365,397

Ruthven, K. K.,K. K. 鲁斯文 338,356 – 363

Said, Edward,爱德华·赛义德 153,258,276,368,385 – 387,417,427,428

Salzman, Paul,保罗·索尔斯曼 465 – 468,470

Saunders,David,戴维·桑德斯 250

Schaffer, Kay,凯·谢菲 347,353 – 355,364,402

Scientism,科学主义 425,429,430,432,433

Semiotics,符号学 15,249,250,259,263,268,275 – 277,279 – 281,283 – 291,296 – 300,315,347,354,355,378,402,427,428,471

Semmler, Clement,克莱蒙特·森姆勒 170,171

Sense of place,地方归属感 127,143,146

Serle, Geoffrey,杰弗里·塞尔 52,93,153,173,321

Settler colony,移民殖民地 370,377,455

Sheridan, Susan,苏珊·谢里丹 341,350,387,423

Shoemaker,Adam,亚当·舒马克 258,259,326

Showalter, Elaine,伊莱恩·肖沃尔特 344,348 – 350,352

Sinnett, Frederick,弗雷德里克·西尼特 17,201

Slattery, Luke, 路克·斯拉特里 410, 471

Smith, Vivian, 维维安·史密斯 69, 169, 196

Snow on the Saltbush,《滨藜上的雪》 240

Social Patterns in Australian Literature,《澳大利亚文学中的社会结构》 320

Social realism, 社会现实主义 13, 112, 113, 124, 396

Socialist realism, 社会主义现实主义 13, 111 - 119, 121, 122, 124, 125, 202, 352, 398

Southerly,《南风》 5, 67, 68, 157, 162, 175, 326, 479

Spender, Dale, 戴尔·斯彭德 190, 191, 256, 341

Spirit of place, 地之灵 34, 47, 57

Spivak, Gayatri Chakravorty, 盖亚特里·斯皮瓦克 258, 386

Stephens, A. G., A. G. 斯蒂芬斯 3, 4, 6, 7, 9, 15 - 17, 19, 21 - 31, 42, 73, 75 - 77, 79, 82, 87, 90, 93, 133, 199, 204

Stephensen, P. R., P. R. 斯蒂芬森 3, 4, 14, 16, 32 - 54, 57, 87, 93, 97, 185

Stewart, Ken, 肯·斯图尔特 477

Strauss, Jennifer, 詹妮弗·斯特劳斯 87

Striking Chords: Multicultural Literary Interpretations,《奏和弦:多元文化文学阐释》 331

Structuralism, 结构主义 15, 249 - 251, 259 - 261, 263 - 265, 268 - 271, 273 - 277, 280, 283 - 285, 290, 294 - 296, 298, 302 - 307, 310 - 317, 366, 402, 410, 420, 421, 425, 426, 429, 471, 475

Studies of literaryinstitutions 文学体制研究 422, 477, 478, 482, 483, 499

Sturm, Terry, 特里·斯特姆 196

Summers, Anne, 安妮·萨默斯 257, 413

Sykes, Geoffrey, 杰弗里·赛克斯 299

Syson, Ian, 伊恩·赛森 480

Tabloid Story,《故事小报》 461, 462

Tate, Allen, 艾伦·泰特 158

The Australasian Critic: A Monthly Review of Literature, Science and Art,《澳大拉西亚批评家:文学、科学和艺术月评》 19

The Australian Legend,《澳大利亚的传说》 6, 107, 160, 355, 382

The Australian Nationalists,《澳大利亚民族主义者》 171, 321

The Australian Tradition: Studies in a Colonial Culture,《澳大利亚传统:殖民文化研究》 5, 93

The Bulletin,《公报》 3 - 5, 9, 15, 22, 23, 25, 26, 31, 40, 41, 73 - 75, 78, 95, 198, 205, 228, 382, 383, 462, 478

The Cave and the Spring: Essays on Poetry,《洞穴与涌泉:诗歌论随笔集》 217, 218

the Communist Party of Australia (CPA), 澳大利亚共产党 3, 10 - 12, 108 -

111,113 – 116,118,399

The Dark Side of the Dream,《梦的黑暗面》 333,334,377 – 379,385,386

the death of the author,作者之死 265,266

the Demidenko Affair,德米丹科事件 413 – 416,438,439,447 – 449

the double aspect of Australia,两面情结 127,132 – 135,144,146

The Empire Writes Back,《逆写帝国》 102,172,333,334,338,369,370,372 – 378,385,386

The End of Modernity: Essays on Literature, Art and Culture,《现代性之终结：文学、艺术与文化论集》 142,232,235

the Ern Malley Affair,厄恩·马利事件 142,163,218,231,232,239 – 243,246, 438,448

the Fall of Theory,"理论"的消退 407,409

The Female Eunuch,《女太监》 256,341

The First Stone,《第一石》 412,413, 416,457,471

The Foreign Bodies Papers—Semiotics in/ and Australia,《外国理论文集——符号学在/与澳大利亚》 171,279,280

The Foundations of Culture in Australia, 《澳大利亚文化的基石》 4,32,33, 57,97,185

the Great Australian Emptiness,严重的澳大利亚空虚 182 – 184,186

The Hand That Signed the Paper,《签署文件的手》 413,414,438 – 442,446, 447,471

The Indigenous Literature of Australia: Milli Milli Wangka,《澳大利亚的本土文学》 327,328,335

the Jindyworobak Movement,津迪沃罗巴克运动 4,16,33,55 – 60,63 – 70, 93,97,137,144,185,200,213,218,233

The Legend of the Nineties,《传说中的19世纪90年代》 5 – 7,74,75,83,84, 86,107,160,200,355,382

The Lucky Country,《幸运之国》 182

The Most Beautiful Lies,《最美丽的谎言》 462

The Music of Love,《爱之旋律》 423, 424,429,434

the new left 新左翼 13,251 – 253,255, 259,262,289,319 – 324,334,335, 337 – 339,366,409,451,457,459

The Penguin New Literary History of Australia,《企鹅新澳大利亚文学史》 477

the sensual or sensory imagination,感知想象力 221,222,229

the Sokal Hoax,索卡尔骗局 415

The spirit of prose,散文精神 71,80,81, 90

the Statute of Westminster,威斯敏斯特法令 33,47,48,366

The Stockyard and the Croquet Lawn: Literary Evidence for Australian Cultural Development,《牲畜围栏和槌球场：澳大利亚文化发展的文学印迹》 162,175

the verbal imagination,言语想象力 221, 222,229

The World, the Text, and the Critic,《世界·文本·批评家》 427

Thwaites,Tony,托尼·思维特斯 281 – 284

Tiffin, Chris,克里斯·蒂芬 259,368

Tiffin, Helen,海伦·蒂芬 258,333, 367,368,405

Todorov, Tzvetan, 茨维坦·托多洛夫 294,297

Tracey,David,戴维·特雷西 395

Transnational literary studies,跨国文学研究 476,496

Travelling Theory,理论的旅行 153

Trilling, Lionel,莱昂内尔·特里林 246

Tulloch, John,约翰·塔罗奇 289

Turner, Graeme,格雷姆·特纳 174, 260,275 – 277,283,289,364,419,498

Turner, H. G., H. G. 特纳 18

Turner, Ian,伊恩·特纳 120,153,399

Unaipon,David,戴维·乌奈庞 66

Unity,完整性 209,245,303,305,306, 310 – 313,462,464

Universalism, 普世主义 15,19,20,86, 89,151,175,213,217,229,231,245, 246,319,324,375,376,442

Vision,《愿景》 14,139,140

Vitalism,生机论 13

Walker,Brenda,布伦达·沃克 348

Walker,Shirley,雪莉·沃克 348,349

Wallace-Crabbe, Chris,克里斯·华莱士 – 克拉比 171,321

Ward, Russel,拉塞尔·沃德 6,107, 153,160,355,382

Wark, McKenzie,麦肯锡·沃克 415, 472

Waten, Judah,朱达·沃顿 10,11,110, 115,120,122,123,332,477,482

Webby, Elizabeth,伊利莎白·维比 326,451,477,479,488

Wellek, René,勒内·韦勒克 268,360

Weller, Archie,阿切·维勒 328,329

Westerly,《西风》 52,388

White Australia policy,白澳政策 329, 455

White, Patrick,帕特里克·怀特 16, 82,116,119,120,129,161,167,175, 176,202,203,218,223,262,267,281, 283,284,323,348,380,382,386,392 – 396,400,404,424,461,466,471,495

Whitlock, Gillian,吉莉安·惠特洛克 257,350,352,477

Who Is She?,《她是谁?》 348,349

Wilding, Michael,迈克尔·怀尔丁 249,250,258,322,323,338,395,401, 460 – 463

Wilkes, G. A., G. A. 维尔克斯 116, 153,157,162 – 167,169,171,175 –

189,213,323,399

Williamson economy,威廉森经济 450

Wilson, Edmund,埃德蒙·威尔逊 79,431

Wimsatt, W. K.,W. K. 维姆萨特 158,208

Windschuttle, Keith,吉斯·温德恰特尔 339,417,458

Windsor, Gerard,杰拉德·温萨 410

Women and the Bush: Forces of Desire in the Australian Cultural Tradition,《女性与丛林:澳大利亚文化传统中欲望的力量》 353,354,364,402

Wright, Judith,朱迪思·赖特 16,69,70,123,126-150,161,169,170,200,202-204,213,214,224,241

Writer Reader Critic,《作者·读者·批评家》 423,424

Writing from the Fringe: A Study of Modern Aboriginal Literature in Australia,《边缘处的写作:现代澳大利亚土著文学研究》 327,335

Zhdanov, Andrei Alexandrovich,日丹诺夫 111,113,115

后　　记

　　决定撰写这部书的初衷首先是为了向我国的澳大利亚文学研究的前辈们致敬。我国的澳大利亚文学研究始于20世纪70年代末，两个最具标志性的事件分别是：(1) 1976年，马祖毅教授于安徽大学成立大洋洲文学研究所，(2) 1978年，胡文仲等九位中国高校英语教师前往澳大利亚悉尼大学留学。80年代，随着留学澳洲的九位学者相继回国，各地高校开始陆续设置澳大利亚研究中心，至1988年成立全国澳大利亚研究会。早先的中国澳大利亚文学研究在这个基础上发展起来，一路走来可谓筚路蓝缕。我留学澳大利亚期间通过中山大学的唐正秋老师主编出版的一部《澳大利亚文学评论集》首次读到国内澳大利亚文学研究界前辈学者的文章，1999年回国之后我随同王国富教授首次参加2000年在西安举办的全国澳大利亚研究会年会，并在那里结识到各位作者本人。在那次年会上，我认识了浙江大学的朱炯强、上海理工大学的叶胜年和安徽大学的陈正发教授，还有澳大利亚的Nicholas Jose、Glen Phillips以及Ines Tyson老师，同样是在那次会议上，我有幸结识当时还在华东师范大学的黄源深老师。在我的印象中，我国澳大利亚文学研究前辈中的每一位都是那样平和的谦谦君子，与他们相识令我充分体会到了如沐春风的感觉。

　　黄源深教授与我校的王国富教授同是我国最早前往澳大利亚悉尼大学留学的"九人团"成员，回国之后倾十年之功著成七十万字的《澳大利亚文学史》，填补了我国澳大利亚文学研究的空白，更为我国澳大利亚文学教学奠定了坚实的基础。在2000年的西安全国澳大利亚研究年会上，黄老师在听完我的发言之后，与时任华东师范大学外国语学院院长的曲卫国教授说，让他想方设法一定将我吸收进他们的团队中。此事后来终未实现，但我和黄老师成了忘年交，从那以后，我们经常见面，他对我提携有加，或带我一起出去讲学，或带我一起为出版社编写教材，2007年，我跟他说想申请一个有关澳大利亚文学批评史方面的国家社科基金课题，他欣然同意作为课题组成员参加部分工作，对我全力支持。黄老师是我国培养澳大利亚文学研究后辈人才最多的名师，八年来，他培养了一大批学有所成的澳大利亚文学博士，为我国的澳大利亚文学研究做出了突出的贡献。我和他的很多学生年龄相仿，辈分相当，但他既不把我当学生待，更不把我当外人看，每次见面都对我鼓励有加，令我这个晚生受宠若惊。我喜欢黄老师激情四射的性格，也喜欢他高贵的学术品格，我希望这部仓促间完成的《澳大利亚文学批评史》不辜负他的期望，并为他心目中的我国澳大利亚文学研究做出一份自己的贡献。

本书从酝酿到写成前后大致花了八年时间。八年前，我写完了《最纯粹的艺术：20世纪欧美短篇小说样式批评》，决定认认真真地再坐下来做一个澳大利亚文学方向课题，于是就以"澳大利亚文学的批评传统"为题申请了国家社科基金课题（项目批准号：07BWW002）。我曾经在澳大利亚留学数年，所以澳大利亚文学是我比较熟悉的国别文学，但它并不像人们想象的那样简单，特别是作为一个课题来研究，资料不足的问题同样难以逾越。课题立项之后，我原计划至少抽出三个月的时间重返澳大利亚，为收集课题所需要的资料做一次系统调研，但因从2007年开始担任学院院长一职，终日诸事缠身，正所谓人在江湖，身不由己，后来只得开好了书单，委托在澳的朋友帮忙。在此期间，澳大利亚专家Ines Tyson教授出力最多。Tyson教授曾任教于西澳的一所大学，2000年之后连续多次应邀到中国任教，我所在的学院师生从她的教学中受益良多。Tyson教授的教学效果好，调研能力也出众，她在了解了我的研究计划之后，先后拿着我的书单前往墨尔本、悉尼和堪培拉的许多书店和图书馆，为我购得了大批的图书，复印了大批珍贵的资料。那一段时间，她从澳大利亚给我寄来的成箱的图书资料给了我无尽的快乐和希望！

本书的写作过程总体上是顺利的。我们部分可爱的博士生成了课题组的天然成员，他们每个人的研究背景不同，写作能力各异，但他们都是"20世纪英语文学"方向的学生，都在我的博士生课上听课，他们热爱学术，积极要求进步，接到每一个子课题都非常努力地阅读和思考，并按期完成任务，可以说，他们以各自的方式为课题的完成做出了不少贡献。他们参与研究的具体情况如下：柯英与毕宙嫔（Judith Wright）、佘军（A. G. Stephens

和 A. D. Hope)、孔一蕾（Helen Demidenko）、黄洁（P. R. Stephensen，A. A. Phillips 和澳大利亚女性主义批评）、杨保林（David Williamson）、王静（Vincent Buckley）、李震红（G. A. Wilkes）、张慧荣（James McAuley）、方红（Leonie Kramer）。特别值得一提的是，他们在各个子课题基础上完成的论文大多公开发表，不少论文发表在包括《外国文学评论》在内的优秀学术期刊上，这些成绩振奋了他们的精神，更坚定了他们追求学术的信心。如今，他们都已经毕业并走上了各自的工作岗位，我祝福他们，并希望他们继续努力，不断取得新的成绩。

在本书即将付梓之际，我还想把它献给另外两位对我影响至深的恩师。

我出生于穷乡僻壤，儿时又逢"文革"动乱，上大学之前没有读过几本书，没有家学渊源的我到了大学才第一次体会到读书的乐趣。20 世纪 80 年代后期，我考入复旦大学外文系读硕士，在那里，我遇到了对我影响至深的陆谷孙教授。记得那时候，陆先生还在忙着主编《英汉大词典》（下），根本无法分出时间来指导研究生，但他让我每周到他家见他一次，于是，他的家成了我在校园之外的最佳课堂，在那里，他跟我谈天说地，说古论今；他听说我对悲剧理论感兴趣，就把外文系的莎士比亚图书馆钥匙交给我，让我随时使用；在我撰写硕士论文期间，他不厌其烦地向我引荐专家；论文完成以后，他逐字逐句地帮我润色。在我的记忆里，他家的案头上永远是堆积如山的词典校样，那上头永远是改得密密麻麻的红字，他或许不知道，他修改过的那些校样和他跟我说话时的样子永远地印在了我的心里。

Elizabeth Webby 教授是我在悉尼大学留学时的导师，记得我 1995 年初到澳洲时，老师让我写一点东西给她看，那一天，我回到住处带着巨大的压力急匆匆地读了 Michael Wilding 的一部短篇小说（"Reading the Signs"），然后胡乱地写了一篇读后感交差，她看了我的评论之后当即就笑了："Obviously you don't know much about this country." 在那以后的日子里，她没有嫌弃我积累少，更不担心我是否资质愚钝，为了帮助我尽早进入研究状态，亲自为我确定选题，物色副导师，介绍调研方法，每年的论文进展报告提交给她之后，她都给予充分的肯定，即便在我面对 scholarship expiry date 即将到来的压力开始怀疑自己的时候，她总是一面微笑着对我，一面肯定地告诉澳大利亚政府和悉尼大学研究生院，说这个中国学生一定能按期完成博士论文并如期毕业。1999 年初，我的学位论文进入最后的冲刺阶段，我生平第一次产生了严重的自我怀疑，恩师以她一贯的风格和平平静静的几句话打消了我的疑虑，让我重拾了自信，继续向前。在一个连我自己都不知道自己是怎么回事的年代，Webby 教授给了我那么多的信任，这些信任给了我勇敢向前奋进的动力。

我要借此机会感谢中国社会科学院的吴元迈教授。2007 年国家社科基金课题评审结束之后的某一天，吴老师给我打来电话，他在电话里告诉我，专家组对我的设想给予了充分肯定，希望课题组全力以赴，力争早日完成预期的研究任务，他还表示期待早日看到课题成果。八年来，每当碰到困难，吴老师的鼓励成了时时鞭策我奋力前行的动力。感谢南京大学的王守仁教授和南京邮电大学的王玉括教授，他们在课题结项时用最短的时间通读了书稿并提出了许多宝贵的修改意见；感谢杭州师范大学的殷企平教授和陈正发教授，他们在我申请国家社科基金课题和国家社科基金成果文库的过程中不止一次地大力推荐；感谢我在澳大利亚悉尼大学时的已故副导师 Noel Rowe 博士，在我懵懵懂懂的留学岁月，他请我喝咖啡，给我改论文，把我的论文推荐给期刊发表，他的关心、指导和帮助我一直铭记在心，愿他的灵魂在天堂安息；感谢澳大利亚悉尼大学的 David Brooks 教授和 Robert Dixon 教授、昆士兰大学的 David Carter 教授、阿德莱德大学的 Nicholas Jose 教授、迪肯大学的 Lyn McCredden 教授和新南威尔士大学的 Bill Ashcroft 教授，他们在本书的写作过程中以不同的方式给予了很多的鼓励和支持。感谢国家社科规划办的"国家哲学社会科学成果文库"项目对本书的大力支持。

最后，我要感谢我的妻子和女儿，在我和课题组奋力往前的日子里，我的妻子除了和我们一起写作之外承担了所有的家务，几年来，为了保证我的写作时间，她主动放弃了所有的家庭娱乐活动，让我全力以赴；我的女儿八年前前往新加坡留学，从高中到大学，一路过来，仿佛在我们不经意之中从一个孩子长成了大人，八年来，因为路途遥远，因为我没完没了的工作，对她的关心少了很多，但是，让我无比自豪的是，她竟然在我们给她的 parental neglect 中健康地长大了！

2015 年 12 月于姑苏东吴园

图书在版编目（CIP）数据

澳大利亚文学批评史／王腊宝等著. —北京：中国社会科学出版社，2016.3

（国家哲学社会科学成果文库）

ISBN 978-7-5161-7634-4

Ⅰ.①澳⋯ Ⅱ.①王⋯ Ⅲ.①文学批评史—澳大利亚 Ⅳ.①I611.09

中国版本图书馆 CIP 数据核字（2016）第 028619 号

出 版 人	赵剑英
责任编辑	史慕鸿
责任校对	石春梅
责任印制	戴　宽

出　　版	中国社会科学出版社
社　　址	北京鼓楼西大街甲 158 号
邮　　编	100720
网　　址	http://www.csspw.cn
发 行 部	010-84083685
门 市 部	010-84029450
经　　销	新华书店及其他书店
印刷装订	环球东方（北京）印务有限公司
版　　次	2016 年 3 月第 1 版
印　　次	2016 年 3 月第 1 次印刷
开　　本	710×1000 1/16
印　　张	36
字　　数	586 千字
定　　价	128.00 元

凡购买中国社会科学出版社图书，如有质量问题请与本社营销中心联系调换
电话：010-84083683
版权所有　侵权必究